有爱的青春陪伴者

小良药

白糖三两 著

江苏凤凰文艺出版社
JIANGSU PHOENIX LITERATURE AND ART PUBLISHING

图书在版编目（CIP）数据

小良药 / 白糖三两著. -- 南京：江苏凤凰文艺出版社，2024.12. -- ISBN 978-7-5594-9024-7

Ⅰ. I247.5

中国国家版本馆CIP数据核字第2024Q189B5号

小良药

白糖三两 著

责任编辑	王昕宁
特约编辑	欧雅婷
出版发行	江苏凤凰文艺出版社
	南京市中央路165号，邮编：210009
网　　址	http://www.jswenyi.com
印　　刷	天津睿和印艺科技有限公司
开　　本	880mm×1230mm 1/32
印　　张	11
字　　数	443千字
版　　次	2024年12月第1版
印　　次	2024年12月第1次印刷
书　　号	ISBN 978-7-5594-9024-7
定　　价	42.80元

江苏凤凰文艺版图书凡印刷、装订错误，可向出版社调换，联系电话025-83280257

目录 contents

第一章　　药人...001

第二章　　春和景明...030

第三章　　回京...061

第四章　　道歉...080

第五章　　换个人喜欢...110

第六章　　执念...143

目录 contents

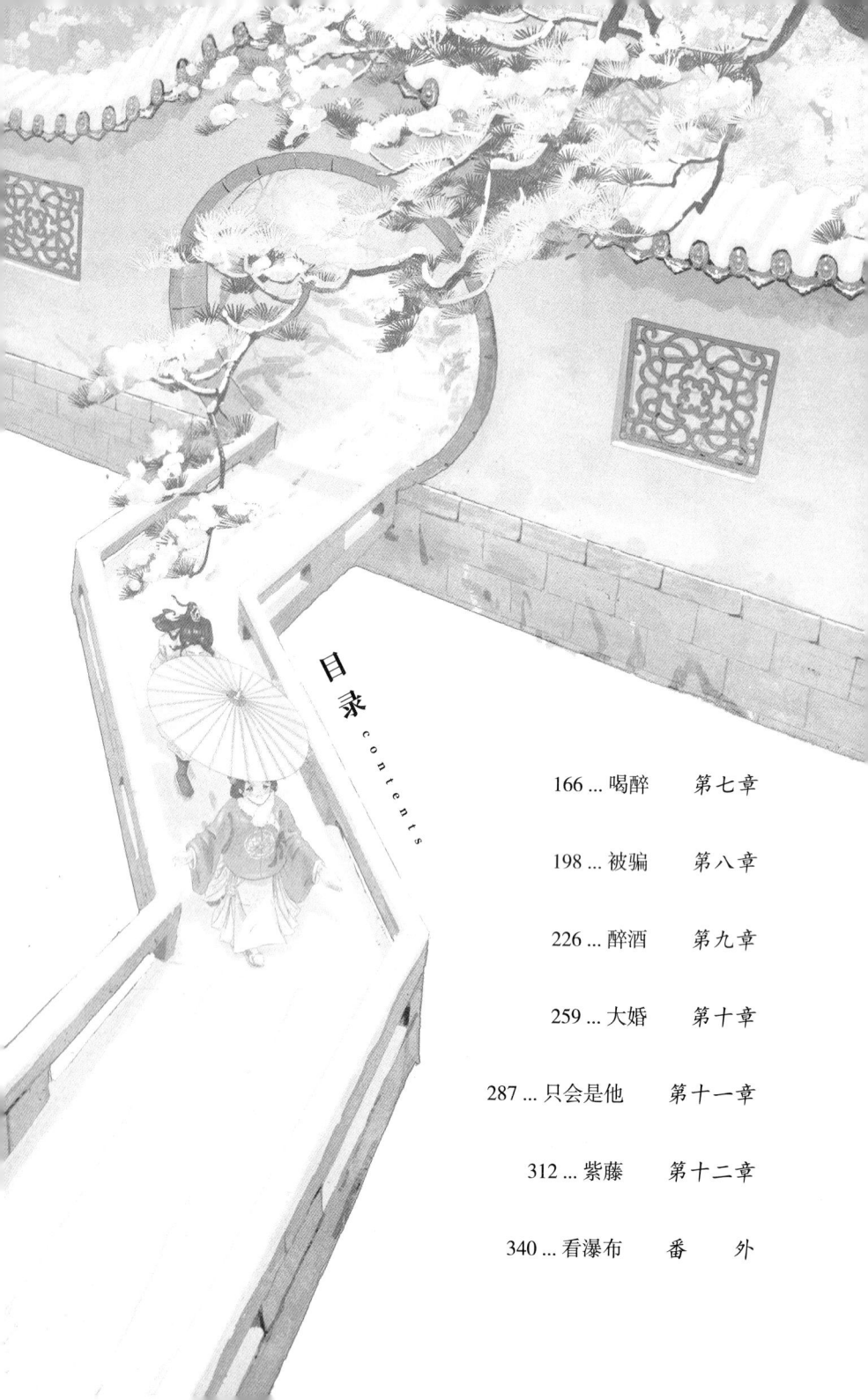

166 ... 喝醉　　第七章

198 ... 被骗　　第八章

226 ... 醉酒　　第九章

259 ... 大婚　　第十章

287 ... 只会是他　第十一章

312 ... 紫藤　　第十二章

340 ... 看瀑布　番　外

第一章
药人

"小姐,您往里站站吧,要是淋了雨染上风寒,我们可不好和相爷交代。"

眼看雨线越来越密,姜小满还傻站在台阶边,上衣已经微湿,她却浑然不觉,照顾她的侍女这才开口,语气中带着些埋怨。

姜小满像是突然回神,瑟缩了一下往后退。她抬臂将额前的一缕发丝拨到耳后时,层层叠叠的罗衫滑下,露出一小截玉臂,上面却满是斑驳的伤疤,或新或旧,在白皙的手臂上显得狰狞恐怖。

侍女看了一眼,在心中暗暗叹息一声,忙又低下头。

相府有两位小姐,一位是真正的掌上明珠,是丞相和夫人的心头肉。

另一位就是这足不出户的二小姐,生来就是为了给大小姐做药引的。堂堂一朝之相,家里居然有这样的事情,这种事传出去自然有损名声,也就只有他们这些贴身伺候的人知晓。

丞相姜恒知,和发妻程汀兰伉俪情深。在娶妻之时,他就发誓要一生一世一双人,后来却因女儿姜月芙一岁时被歹人下了剧毒,解毒之法极为古怪——要用至亲的血做药引,那至亲还须是一位天生的药人。

姜小满的母亲便是药人,生下来的女儿也是药人。

陶姒是真心喜欢姜恒知,像一位女子喜欢情郎一样随他来到京城。欢欢喜喜要嫁给他,才知晓他有妻子,娶她也不是因为喜欢。陶姒一怒之下离开,却被丞相夫人的胞弟给绑了回去,也不知程郢是怎么威胁她的,最后当真就老老实实留在了相府。

姜恒知发过誓一生只要程汀兰一位妻子,最后却添了一个陶姒,尽管是无奈之举,他也依旧对程汀兰感到愧疚。自陶姒有了喜脉后,他就再也不曾去过她的院子,吃穿用度从不吝啬,但不肯给她半分怜爱。

小满和陶姒,不像是相府的主子,更像是被关在这里的囚犯。

与言语刻薄的陶姒相比,小满的性子更讨下人喜爱。爹不疼娘不爱,从小就被关在府里,喝的药比吃的饭还多。

001

可就是这么一个小姑娘，对谁说话都是温温软软的，即便对方嘴里没好话，她也还是迎个笑脸。起初还有几个见她不受宠便言语奚落，吃穿上怠慢她的奴仆，见她脾气好得不像话，也都不好再做什么了。

说到底，也是个可怜人。

雨下得渐渐大了。姜小满盯着院子里苍翠的芭蕉叶看了快半个时辰，最后才下定决心般转身，对自己的侍女雪柳说："我想去找我娘。"

陶姒根本不待见她，见她就像见了仇人似的。雪柳想到这些，就有几分不大情愿了："陶姨娘对小姐不好，小姐又何必非要见她？"

小满垂下眼眸，语气有几分委屈："可今日是我的生辰，她这次不会不想见我的。"

又不是第一次过生辰，上次也是这么说的……雪柳虽然暗自腹诽，却还是不忍心，带小满去找了陶姒。

陶姒见到小满来了，只是轻轻抬了下眼皮，冷淡道："你来做什么？"

小满觉得她肯定是忘了，就提醒道："今日是我的十五岁生辰。"

陶姒正有一搭没一搭地抚弄着怀里的猫，听到她的话，抚猫的手顿了片刻，突然抬起脸瞪着她，目光凶狠痛苦，又含着更多复杂到让人说不清的情绪。

猫从她怀里跳开。陶姒美艳的脸上满是戾气，指着小满大喊："十五岁有什么了不起，被折磨了十五年，像猪狗一样活了十五年，还有什么好庆祝的不成？我怎么会有你这种女儿？我为什么会生出你，都是你害了我！我这辈子都让你毁了！你给我滚，我不想看见你！"

杯盏被扫下去，"哗啦"一声碎了一地。

突然发狂的陶姒吓了雪柳一跳，怕她伤到姜小满，忙要去拉人，却被陶姒用力甩了一个耳光，打得她脑子里都是一片"嗡嗡"声。

"下贱的东西，轮得到你插手？给我滚出去！"陶姒对所有人都带着一股恶意，像口中满是毒液的蛇，见到谁就咬谁。

"你先出去吧。"姜小满已经习惯了陶姒对她的冷言恶语，连眉头也不曾皱一下。

姜小满将唯一一个完好的杯子拿起来，倒了杯茶水递给陶姒，想要她冷静下来。而陶姒见到她手上的伤疤后，就像是被针扎了一样，猛地缩回了手，捂着脸一言不发。良久后，她的肩膀开始颤抖，发出难以抑制的呜咽声，每一声都压抑悲恸到极致。

"我能怎么办啊！"

姜小满手足无措地看着陶姒哭了许久，却不知道自己该做些什么。

陶姒红着眼眶，语气有些颤抖，说的话让小满听不明白："寸寒草就要找到了，没多少时间了……"

"什么？"

陶姒就是这样阴晴不定，时而歇斯底里，时而又如和煦春风，甚至有时还会无端恸哭。明明对姜小满恶语相向，却又每日逼着她喝些难以入口的药。有几次小满深夜醒来，瞧见床头坐着人影，吓得差点叫出声，却发现那是陶姒。

这种事发生过许多次，陶姒偶尔会用手指轻抚过她手腕上的伤痕，动作轻柔怜惜，却又将五指放在她的脖颈处。那个时候陶姒可能真的是想杀了她，却又没真正下手。

"你留在这里吧，等我回来。"陶姒下定决心，忽然站起来。

姜小满见她不再赶自己走，脸上洋溢着喜悦，乖乖应道："我哪儿也不去，就在这里等着。"

陶姒去了很久，足足快一个时辰。

走的时候像是一朵高傲娇艳的花，回来时这朵花就枯萎了，如同被人连根拔起丢在烈日下曝晒。

看到小满饱含期待的眼神时，她的心就像被淬了毒的匕首一刀刀划过。姜恒知的话还在她耳边回响，每回响一次，就多一份心碎。

"我今日给你过一次生辰吧。"

陶姒说出这话的时候，姜小满笑得眉眼弯起，如同得到奖赏的孩子。

说是给小满过生辰，却也只是喝酒而已。陶姒一杯接着一杯地喝，喝到脸上都有了红晕，喝到眼里泛起泪花。

下人们都知道陶姒是个不能用常理去揣测的主，偏偏又不敢怠慢她，于是只要做得不太过，下人们都随她怎么闹，毕竟这样一个女人也实在令人唏嘘。因此她酒喝多了，拉着小满出去赏雨，几个下人也都是不慌不忙慢悠悠地去拿伞跟上。

直到雪柳来接小满，听到有个侍女提了一句："大晚上的去湖心亭赏雨，真是有病。"

雪柳心道不妙，喊道："赶紧去找人，陶姨娘喝醉掉湖里就糟了！"

"扑通"一声。

冰凉的湖水灌进口鼻，胸腔疼得厉害，一张口就是水。

姜小满被窒息感压得快撑不住了，身子不断下沉，挣扎也渐渐弱了。

而脑海里还在想陶姒抱着她跳下去之前，一边哭着一边说："是娘亲对不起你，很快就解脱了，就要解脱了。小满别怕，娘亲在呢。"

话音刚落，她就被推进了冰冷的湖水里。

姜小满想到，陶姒从未用过这种语气和自己说话，她的眼睛在夜里发亮，似乎有过愧疚和挣扎，最后那一刻，却满是无望与决绝。

岸边的仆人们纷纷发出惊呼声，可姜小满耳朵里进了水，什么也听不见。

往下沉的时候，她的手还被陶姒紧紧拉住，即便挣扎也没能使这力道松上一分。

003

陶姒想要她死。

姜小满察觉到有人跳入水中，可她撑不住了，也就放弃了挣扎。

最后一刻，不知道是为什么，陶姒反而松开她的手，奋力将她推回水面。那么一个纤瘦的女人，此时的力气竟大得吓人。

姜小满露出水面猛喘一口气，很快被赶来的仆人抓住。等她反应过来时手心空空如也，已没有一只紧拉着她不放的手。

湖面除了大雨落下的"哗啦"声，再无更多动静。

陶姒死的时候还要拉着自己的女儿一起，因说出去难听，对外便称是醉酒落了水。反正也没人会在意她的死活，死因更是不会有人深究。

除了一个姜小满，的确是没人在意她的死活。

而小满被救起来后大病一场，烧了整整三日，转醒的时候，陶姒都下葬了。姜恒知在这三日里表现得无比关怀，时不时就要问她可有好转，就连程汀兰都热切了起来。

小满知道，他们不是怕她会死，而是怕姜月芙的药引没了。

虽然陶姒死得蹊跷，但也没人敢乱嚼舌根。

似乎有无数的事瞒着小满。她实在想不明白，往日牙尖嘴利怼得人不敢吭声的陶姒，为何在她生辰那一日就跳湖了。就算是因为痛恨姜恒知，也忍了十六年，本来还好好的，出去一趟再回来就变了个模样，甚至疯癫到拉着她跳湖。

小满病了几日，模模糊糊地感觉有人在不远处，正小声交谈着什么。

是姜恒知和一个老人的交谈声。

隐约听到那人长叹了一口气，说："挺不过去……日子也快到了。"

小满的父亲从不关心她这个便宜女儿，如今破天荒来看她一眼，连她自己都觉得不可思议，想再听清二人说些什么，自己又是神志不清了。

挺不过去……她不过是染了风寒，怎么会挺不过去？

姜恒知是二皇子周攻玉的老师，周攻玉时常来拜访他。

听人说姜府的小姐病了，他以为是姜月芙，便命人备了上好的药材准备一起带去，临走前想到什么，又加了许多补血益气的药材。

等到了相府，他才知道那位病了的小姐，居然是姜小满。

姜恒知对他有恩，从小教导，这种事也不瞒他，看得出来周攻玉心中有惑，便实话实说了。

送完药，照例关心了几句姜月芙，周攻玉便要走了，如往常一般从长满紫藤的长廊离开。只是现如今已入秋，本来郁郁葱葱的藤蔓显得枯黄寥落。

和以往一样，长廊的木栏边坐了一个人，等着他从此经过。

斗篷上一圈柔软的兔毛将本就小巧的脸蛋包裹着，像是只缩在蛋壳里的幼鸟。

听到脚步声，姜小满立刻抬起头，本来灰暗的眸子顷刻间就明亮了，闪烁着熠熠的光。

"攻玉哥哥！"

周攻玉看见她，嘴角勾起一丝笑意，让人把盒子里的糖葫芦拿出来："我给你带来了。"

小满没有伸手去接，反而是极为突兀地，甚至让他有些猝不及防地直直扑到他怀里。

周攻玉的手还抬着，呼吸都慢了半拍，连一向沉稳从容的面色都微微发生了变化。

女儿家娇小的身躯撞进他怀里，脑袋埋在他胸口处。即便隔着厚厚的衣物，他依旧能感受到独属于女子的馨香和柔软。

周攻玉眉头微皱，先是看了眼四周，才面色缓和，轻轻拍了她两下，语气温和："怎么了？"

以往小满即便再怎么和他亲近，也不会大胆到这种地步，将他都吓了一跳。

"我娘亲没了，她不要我。"以后就只剩下她自己了。小满说出口的时候，眼眶酸涩无比，声音闷闷的，听着委屈极了。

周攻玉不知道怎的，兴许是习惯了安抚她，下意识就接了句："你还有我。"

小满发出微弱的低泣，抬起头，眼含期冀地望着他。

"最后她把我推上来了，她是不愿意让我死的。攻玉哥哥，我娘没有他们说的那么坏，她只是比较可怜。"姜小满声音轻悄悄的，说完还咳嗽了两声。

周攻玉默不作声，将她的斗篷拢了拢。旁人不知道内情，他却知晓不少，甚至比姜小满还要多得多。知道小满并不恨陶姒对她冷眼相待，反而时常说陶姒如何对她好，尽管有时候听着像是在自欺欺人。

至于陶姒到底是不是要杀她，周攻玉也说不清，只是一想到她险些就没命了，心头就一阵沉闷，像是被什么拉着往下坠。

小满脾气好，对人总是一副笑脸，甚至说话也带着小孩子的天真幼稚，就有人真的将她当作什么都不懂的小孩儿。可周攻玉知道她并不傻，甚至有些大智若愚。陶姒说不上可恨，只是太可怜，她再清楚不过。

天空阴沉，寒风吹得枯叶颤巍巍地抖动。小满吸了一下鼻子，说道："这几日我还要喝治风寒的药，太苦了。"

"我还当你都习惯了。"

姜小满垂下眼睫："不好的东西怎么能习惯呢？只是我也没办法，只能忍着了。"

周攻玉将糖葫芦和一包饴糖递给她："喝完药吃几颗糖就好了，不喝药病就好不了。"

接过糖葫芦，除去油纸，红艳的果子上包着晶莹的糖晶。姜小满咬了一口，酸得眉毛皱起，眨了眨眼，泪珠又像是开闸般止不住地落。

周攻玉将糖葫芦拿回来，掏出帕子递给她："酸就别吃了，下次给你带别的。"

姜小满却安安静静的，一言不发。

周攻玉想要开口安慰的时候，她又说话了："雪柳说冬至的时候，街上会有灯会，有各种各样的灯，还有做成兔子形状的。"

她尽量让语气平静，却难以抑制地流露出向往来。长这么大，她还未出过府。外界是怎样的繁华，她都只能从旁人口中得知。

周攻玉知道姜恒知不会同意让小满出去，却还是给了她一线希望："我帮你去问丞相，他若是同意，我今年带你出去可好？"

姜小满双眼明亮，笑起来明艳动人，好似能扫清一切阴郁之气："好啊。"

回宫的路上，侍从阿肆跟随周攻玉已久，知道其中不少因果，不免叹道："这相府二小姐是个可怜人，也不知道大姑娘的病何时才能好，真是作孽。"

周攻玉掀开车帘，看着阴沉沉的天空，想起在书房问起姜月芙的病情时，姜恒知回答他的话。

"很快月芙就有救了，那边派来的人说寸寒草已经找到，只需再过一个月，月芙的身体就会好起来，这点你自不必担忧。"

姜恒知一直让他和姜月芙相处，想让姜月芙嫁给他，若是姜月芙死了还真不好办，既然有救也算是好事。

不知怎的，他又想起小满手臂上的疤痕。若是姜月芙身子好起来，就不必再让她做药引了吧，那姜府会如何对待她？是送去偏远的庄子，还是随便找个人嫁了？

周攻玉只觉得心头烦闷得紧，连呼吸都沉重了几分："今日沉闷得很，应当是要下雨了。"

阿肆答道："不是才下过雨吗？这怎么又要下雨。"

"惠贵妃的身子如何了？"

"回殿下，圣上一直陪在惠贵妃身侧，除了御医，还找来不少民间广传的圣手，惠贵妃的病近来已有好转。"

已有好转，那他母后必定是气得不轻。

"今日不去母后宫里，让她别再动手脚了，若是父皇查出来，我保不住她。"

他修长白净的手指屈起，捏了捏眉心，看上去很是疲惫。

阿肆道："是。"

相府中，净兰院。

姜月芙坐在窗前修剪花草，程汀兰和姜驰也在，几个侍女在一旁逗笑，一片欢声笑语。

"二皇子方才已经走了。"

一个侍女来禀报，程汀兰听完，笑容渐渐消散。

"又去见了那丫头？"

"我们也不敢跟着二皇子，不过他是从紫藤廊出来的，想必是没错了。"

程汀兰是名副其实的大家闺秀，举止娴雅端庄，即使心中不快，却也只是脸色沉了些，并未说什么不好的话。

"罢了，她一个什么都不懂的小丫头，二皇子看她可怜才多关照几分。月芙才是往后的太子妃，念在她生母的分上，就不与她计较了。"

姜月芙连眼皮都不曾抬一下，仍是专心摆弄自己的花草。

反而是姜驰，像是被激怒了一般猛地跳起："我看她就是装可怜想勾引姐夫！为什么不计较？要不是相府，她和陶姒哪有今日的荣华富贵，吃穿用度又不曾亏待她，还跑到姐夫面前装可怜。这个贱人就是故意要败坏姐姐的名声。等姐姐身子好了，就把她扔出府！"

姜月芙停下了手中的动作，眯着眼打量自己的弟弟。

"闭嘴！谁教你这样说话的？"程汀兰一巴掌拍在他脑后，面上都是怒意，"你平日在太学里都学了什么东西回来？出口如此粗鲁，简直丢了你爹的脸。我看平日对你太纵容了，养成这般骄横的性子。姜小满是一个女子，还是你妹妹，你便是再不喜她，也不能如此口出恶言，毫无容人之心。这些话我不想再听到第二次。"

程汀兰一向温柔，说话都是轻言细语，很少见她动怒，尤其是训斥姜驰。

姜驰年纪不大，说出这种话却是理直气壮的，可想而知，府里嘴碎的人还不少，把姜驰都教坏了。

被骂了一通后，姜驰扭头看向姜月芙，想让她替自己说话，而姜月芙只是笑道："娘说得对，你是有些欠管教了。"

"姐姐！"

"我与二皇子并未成婚，婚约也未曾定下，你这般急着叫他姐夫，让旁人听了，还会说我不知羞耻自作多情。"

她伸手摆弄兰草，樱粉色的襦裙摇晃，裙带上也绣着兰花。

姜驰不满："你自己的事自己都不操心，整日就知道摆弄这几盆破花。"

姜月芙睨了他一眼，不耐烦道："张祭酒布置的功课做完了吗？你还有闲心管我的事？"

皇宫之中，周定衡从惠贵妃处离开，碰巧见到周攻玉。

周定衡在几位皇子中，算是最好相处的，平日里和宫人也是说说笑笑，笑起来更是和惠贵妃有几分神似，连皇帝都因此对他多有爱护。

周攻玉时常想，若不是朝堂中的臣子反对，也许太子之位早就给了周定衡。

"听闻二哥去了相府？"周定衡的语气自然，好似这只是平常兄弟间的闲谈。

"嗯，我去拜访姜丞相。"

周定衡长着一双桃花眼，笑起来眼睛弯得如同月牙，看着很不正经："偷偷告诉你一声，父皇知道你总去姜府，看出来你喜欢姜大小姐，正想着要不要给你们赐婚呢。"

月辉透过稀疏的枝叶，投下一地斑驳光影，风一吹，光影便微微颤动。

姜小满站在院子里，呆呆地看着药碗里的褐色药汁，映出了天上一轮圆月，风一吹，"圆月"就颤颤巍巍地抖动。

一旁纸包里的饴糖都快被吃完了，药还没喝上一口。

雪柳又催了一遍："小姐，你赶紧喝药吧，要不我再去给你热一遍？这糖吃多了，一会儿药怎么喝得下去？"

姜小满吃了糖，舌尖都是甜的，现在是一口药也不想喝了："以前不吃糖，药还能勉强喝进去，吃了糖反而觉得药更苦了，真是奇怪。"

按理来说，该吃药的是姜月芙，可陶姒却硬要小满喝药，从懂事开始药就没停过。现如今陶姒没了，她却习惯性地每日都不落下喝药。

姜恒知对小满喝的什么药并不关心，只要不影响到姜月芙就好，因此她少什么药材，府里都会送最好的来。

明日又是姜月芙喝药的日子，会有人来取血。

周攻玉竟难得地梦到了一些过往，是他和小满的初识。

那时她十岁，周攻玉不过长她三岁。旁人还是玩闹惹事的孩童，而周攻玉已然是少年老成的模样，仪态举止都挑不出错来。

他是皇后所出，本该是当之无愧的太子人选，可皇帝心中只有体弱的惠贵妃，对她所生的三皇子周定衡更是宠爱有加，时常让人猜想是否会立三皇子为储君。皇后因此对周攻玉严加管教，处处都要他做到最好，不能被周定衡胜去一丝一毫。

因着周定衡擅长御射，稍有些进步便兴高采烈要给父皇展示，周攻玉当时也在，难免被拉出来比一比。若是在平日，他必不会输给周定衡，只是当日精神不济，只与周定衡打了个平手。

皇帝只是一时兴起，见两个儿子如此出彩，心中自是高兴。周定衡也高高兴兴，不把这些放在心里，只有周攻玉心中忐忑，回了宫果真被皇后一通训斥。

"你是要当太子的人！居然和一个舞姬之子打成平手，简直让本宫颜面大失，若下次再如此，便不用来见本宫了。"

皇后疾言厉色一通训斥，丝毫没有注意到周攻玉的脸上有着病态的红晕，走路时脚步都有些虚浮。

为了能早些离去，不再听没完没了的训斥，周攻玉谎称自己要去拜访姜恒知。因为宫里有人看着，一言一行都逃不过皇后的眼睛，他只好真的出宫去了相府,佯装有问题请教。

早春时节寒气尚未消退,畏寒的人还穿着冬袄。

周攻玉想到相府唯一的公子姜驰顽劣得很,路上顺手买了些饴糖用来打发他。

在相府耽搁许久,他仍是不想回去面对皇后。离开时,他有意绕了远路,经过那条紫藤缠绕的长廊。紫藤尚未开花,淡紫的花苞像果实挂在藤蔓上,密密麻麻的淡紫灰白,看着也有几分雅趣。

一位肤色苍白的小姑娘坐在那儿,肩膀一抽一抽的,似是在流泪。

他本想装作看不见,就此走过,却未承想那姑娘突然抬头看向他,"哇"的一声大哭起来。

"哭什么?"周攻玉有些奇怪,却还是走了过去。

看她的衣着和年岁,他隐约猜到了小姑娘的身份。

"我娘不喜欢我。"小姑娘哭得眼睛都红肿了,身边也没个仆人照料,想来是偷跑出来的。

周攻玉就是因为不想面对皇后才到相府来的,听她这么说,心头难忍酸涩。

他唇边泛起一抹苦笑:"我娘也不喜欢我。"

姜小满立刻就不哭了,盯着他看,疑惑地问:"你这么好看,怎么会有人不喜欢你?"

"好看吗?"

"好看。"姜小满说着,还踮起脚尖伸手摸向他。

周攻玉惊讶得眼睛睁大,发烫的脸颊已经覆上了一片柔软,冰冰凉凉的。

姜小满收回手:"你的脸好热,是生病了,你是不是很难受啊?快去喝药休息吧。"

面前矮他许多的小丫头,稚嫩的嗓音因为哭过,还有些微哑。脸上泪痕未干,却在真诚无比地问他是不是很难受。若不是被她问起,可能连他都要忘了自己还在发热。第一个知道他生病,劝他喝药休息的竟是个陌生的小姑娘。

"你叫什么名字?"

"我叫姜小满。"

周攻玉摸了摸她的脑袋,轻笑一声:"小满,那你吃糖吗?"

夜里传来几声咳嗽,周攻玉嗓音微哑,唤了阿肆一声。梦醒了,殿里一片昏暗,没有长满紫藤花的长廊,也没有小满。他披衣而起,站在了寒意凛冽的寝宫前。

"周定衡今日去了你父皇的书房,他都知道去讨父皇欢心,你怎么不去呢?你去帮父皇处理政事,让他看看谁才最适合做这个太子。明明你才是嫡出的皇子,凭什么皇上只看得到那个贱人所出的儿子。有朝一日你登上皇位,他们母子给我的屈辱,我都会一点点讨回来。"

皇后的话在周攻玉脑海中不断响起，通常是苛责严厉的，时而也会歇斯底里，内容却没怎么变过。

在自己的儿子面前，她抛去一国之母的仪态，抛去名门闺秀的端庄，露出自己嫉恨怨毒的一面，仅有的一点温情，也是许久以前了。

当上太子，将周定衡踩在脚底，对周攻玉来说，几乎成了本能，稍有一丝不如他，就会受到责骂。

可如此的争强好胜，同样让他的父皇不喜，认为他眼中无容人之量，只一味与自己的手足攀比。好像他无论怎么做都是错的。

从小周攻玉就在极为严苛的环境下长大，像一个真正的太子一般谨言慎行，而周定衡活得潇洒自在，还能得到惠贵妃和皇上的宠爱。

阿肆为周攻玉掌灯，见他站了许久都没反应，忍不住出声提醒他："殿下，该歇息了，此处风凉。"

"阿肆，母后要我娶姜月芙。"周攻玉半晌不说话，嗓子有些干哑。

阿肆有些奇怪，要娶姜月芙不是早就定好的吗？怎么周攻玉像是才知道一样？

"那殿下是不想娶吗？"

周攻玉揉了揉眉心，叹道："娶谁都是一样的。"反正都不喜欢。

姜小满坐在屋里，将衣袖撩上去，露出一截手臂，上面还有几道尚未愈合的血痂。来取血的侍女却早已见惯，眼睛眨都不眨。

匕首一划，血缓缓流入瓶口。姜小满撇开脸，尽量让自己不看手上的伤。

"好了，二姑娘去歇息吧。"那侍女接完了血，对姜小满的态度仍然说不上好。她在程汀兰身边服侍多年，自然厌恶极了陶姒和这个多出来的女儿，平白让程汀兰受人笑话。

"慢走。"小满就当作没听出她语气里的冷淡。

她离开后，雪柳立刻去找帕子给小满止血。

白皙的肌肤上，血迹顺着手臂往下，一路蜿蜒到桌子上。

"真是没眼色，也不知道捂个帕子，小姐的血可金贵着呢。"雪柳不满地嘟嚷了两句，反而是小满拍了拍她的手臂安抚她。

小满没说什么，对于这些早就习以为常。她的血金贵，是因为能救姜月芙的命。如果这血没用了，那么她的存在就是一文不值的。

耐心地等雪柳给她包扎好伤口，她才轻声说道："我想睡一会儿。"

"那我就先下去了，小姐有事再叫我。"

院子里的下人因为姜小满不受重视，平日里又太好说话，在她面前也不遮掩，除了做好分内的事，便一点下人的自觉也没有。雪柳还算是好的。

屋子里的陈设简单，却堆了许多小玩意儿，都是孩子才会玩的，可姜小满却觉得新奇有趣，都留了下来。

妆奁是陶姒留给她的唯一的东西,里面放着药方和一只碎裂的镯子。

那是姜恒知送给陶姒的东西,后来被她摔碎,又默默捡了回来,放在妆奁最下层,既不拼好也不扔掉,就静静地放着。

周攻玉送给她的糖也放在里面,被小心翼翼地,如同珍宝一样地对待着。

姜小满坐在妆台前,将发髻散开。柔软的发丝垂落在肩头,发梢有些枯黄,像秋日濒死的草木,丧失了生机。

她想看看那只碎裂的玉镯,便抽开了最下面一层。

出乎意料的是,碎玉下压了一封信,没有信封,却叠得很整齐。一定是陶姒的信,陶姒是有话想对她说的。姜小满的心跳忽然快了起来,按捺不住喜悦的心情。

"砰砰砰!"

门被用力砸了几下,院子里的静谧被打破。

"回少爷,小姐才刚睡下呢。"

"我管她睡不睡,让她给我起来!"

是姜驰的声音。

姜小满有些疑惑,她平日里很少会见到他们,姜驰来找她做什么?

"赶紧出来!"姜驰用力拍门,吵得人头疼。

门打开,看到披头散发的小满后,他先是愣了一下,接着表情就变得愤怒:"姜小满,你要不要脸?"

姜小满皱眉,茫然道:"你说什么?"

"我警告你,二皇子以后是要做太子的人,我姐就是太子妃。你算什么东西,也敢往他身边凑。等我姐的病好了,你就像你的下贱娘亲一样跳湖吧。"姜驰和小满同岁,个头却比她高了不少,语气咄咄逼人,毫无手足之情可言。

起初她还听得面无表情,最后脸色越来越差,即使努力克制了,袖子中的信还是被捏到变形。

姜驰见她脸色苍白,想起今日是姜月芙喝药的日子,忽然没再说下去,目光不自然地扫向她的手腕。

手缩进袖子里,信纸露出一个小小的角,姜驰看了,伸手就去扯。

她下意识躲避,却惹怒了姜驰:"拿来!"

姜小满摇摇头,眸子发冷:"你赶紧离开,不然我去找父亲。"

"父亲?他是我的父亲,不是你的!"

姜小满紧抿着唇,脸色越发阴沉。

雪柳见状不妙,赶紧让人去找程汀兰。其他几个下人都知道姜驰才是相府正儿八经的少爷,没人会为了小满惹他不高兴,都装作看不见这一切。

"拿过来!"

姜驰一把攥住姜小满的手腕,恰好按在伤口处,疼得她皱起眉,小声哼了一下，信却仍被紧攥着不放。

"你放开我。"就算生气的时候，姜小满也和凶沾不上边，总是温和柔软的，像只没有攻击力的兔子，只会红着眼睛瞪他。

被攥住的手腕纤细，脆弱得像是一折就断。

他将姜小满的手指一根根掰开，将被捏出折痕的信扯出来，在她面前晃了晃。

笑容只让她觉得刺眼。

"这信你要是还没拆开，我劝你就别看了。陶姒那么讨厌你，巴不得你去死，说不定这信里写的也是在咒你呢。"

拿到了信，他并不拆开，而是当着姜小满的面，慢条斯理地撕碎，再朝她身上一扬。碎纸如落叶飘落，被冷风一卷，在青黑的砖石上滚了几圈。

白花花的纸片散落着，刺痛她的双目。

小满眼睫轻颤，迟迟没有看向姜驰得意的嘴脸。

"为什么这样对我？"声音苍白无力，像是从贫瘠的荒漠走过一遭，剥离了生机和希望。她抬起头，眼眶泛红，分明有盈盈水光聚起，却不见泪水流下，"你想要我怎么样？去死吗？"

姜驰哽住了，话都卡在嗓子眼出不来，嚣张的气焰遇到了她的话，像是瞬间被冰水兜头浇下。他不想表现得退缩，于是变本加厉地踢了一下地上的碎纸，骂了一句："死了最好。"

"你再说一遍？"身后突然传来苍老浑厚的声音，让他不由得身躯一震。

姜驰声音发颤："祖母，你怎么来了？"

小满蹲在地上捡起被撕碎的信，知道是老夫人来了，她也并没有什么太大的反应。姜恒知不会当她是女儿，姜驰不会当她是姐姐，姜月芙也不会将她看作妹妹。这位不曾与她说过一句话的祖母，更加不会当她是自己的孙女。

老夫人的脸上满是皱纹，像是山石上的沟壑，眼瞳有些混浊，却依旧锐利严肃。

拐杖重重地砸在地面，发出沉闷的撞击声，连带姜驰的心头都一颤。

"向你姐姐赔罪，然后给我滚过来。"老夫人语气严厉，说完后又看了姜小满一眼，也不追究她的无礼，转身便要离开。

姜驰不敢不从，声音细若蚊蚋，飞快地道了句歉，几步追到老夫人身后。

碎纸沾了灰尘，小满浑不在意，一张张捡起，无意间瞥到了几个字。

字迹还算规整，有几笔却略显曲折，像是握笔的手在颤抖。

好在撕得不算很碎，拼起来应该也容易。

只是……寸寒草是什么东西？

上京今年的秋天格外短，冷风吹得人脸颊生疼，而离真正入冬还有些日子。变天总是令人猝不及防，周攻玉忙于政务，对这些根本上不上心，很快就染了风寒。

这次的政事皇上愿意交给他，周攻玉其实是有些意外的。毕竟这件事要是做好了，必定会赢得不少民心，甚至在朝堂上都会有不小的分量。

皇后知道周攻玉处理得很好，几乎是迫不及待地催促他去向皇上请功，让皇上看看谁才是最出色的那一个。

周攻玉去了，皇上随口应了两句，就急着和惠贵妃一同去用膳。

起初因为政事完成得出色，又被几个老臣称赞了几句，他心里是有些骄傲的。来之前这骄傲便像是一簇小火苗，燃得他心头有了热气，浑然感觉不到寒风的冷意。

他的父皇什么都不必说，就能浇灭这簇微弱的火苗。

阿肆知道此时周攻玉的心情不好，便劝道："殿下要不去相府坐坐？"

周攻玉淡淡扫他一眼："为何？"

阿肆实话实说："姜二姑娘性子单纯，殿下和她相处时会自在许多。"

这些话只有阿肆会说，但也的确是真话。

无论是在朝堂上，还是在皇宫里，勾心斗角是少不了的。皇帝有四个儿子五个女儿，除了周定衡和周攻玉之间，其他的宫妃皇子也是斗得死去活来，就连底层的宫女太监都会相互算计。

皇宫就是个大染缸，只要进来了，无论品性如何单纯，最后都要染上一身污。

姜小满从小就被困在府里，认识的人少得可怜，就像意识不到自己处境有多悲惨，总是一副天真乐观的模样，偶尔哭哭啼啼，都是因为小得不能再小的事。周攻玉每次见到小满，她就叽叽喳喳说个不停，还将自己视若珍宝的小玩意儿塞到他手里。

若是哪一次，周攻玉没有带糖给她，姜小满必定要扯着他的衣袖，仰着头唤他："攻玉哥哥不要小满了吗？"

想到这里，周攻玉放下马车的帘子，脸上是连他自己都未察觉的笑意。

姜驰闹完事不久，雪柳端来几碟糕点，一看就是上好的，她院子里很少能吃到这样好的东西。

等她出去了，小满拈起软糯的糕点咬了一口，有梅子的清甜。这是老夫人的口味，糕点是从她的院子送来的。

囫囵咽下，她蹭了蹭手上的糖霜，继续去拼那封被姜驰撕碎的信。

信被拼好的过程中，内容也顺带看完了。

最后几张拼上去时，姜小满发觉自己的手都在抖，眨了眨眼，滚烫的泪水落在纸页上，一会儿就洇开了墨迹。

怪不得姜驰说姜月芙就要好起来了。

传闻中三伏天的雪才能长出寸寒草来，一旦摘下立刻枯萎。这么难找的东西，竟让他们找到了。

姜小满这才明白，她存在的意义不仅仅是做药引，还为了在必要的时候替姜月芙去死。

寸寒草是毒草，也是唯一能救姜月芙命的神药。可毒性太强，服下者立刻便会身亡。

唯一的解法是让服药的人变成姜小满，届时姜月芙用了她的血做药，毒性便抵消了不少。

寸寒草剧毒，她必死无疑。

姜小满突然想起来，不久前她还心心念念着，若是姜月芙的病好了，姜府的人用不着她了，是不是真的会把她送到远处的庄子。如果是那样，周攻玉还愿不愿意偶尔来见她。

现在回想，只剩下可笑。

桌上摆着的几碟点心，无论口味还是卖相都极好，软糯香甜。此时看到，却只觉得扎眼。

陶姒把一切都留在了信里。

她说，南下到了益州，花开得比京城要好看。到春日，彩蝶纷飞，百花齐放，是真正的人间仙境。

"若是活着，就离开京城，永远都别回来了。你喜欢花，就去益州，或者去江陵也是极好，我想去很久了，可惜一直没这个机会。你若能康健活着，便替我去看看。"

陶姒在信的结尾，写着对姜小满最好的祝愿。

在寸寒草找到之前，她甚至抱着一线希望：若是找不到寸寒草，过几年姜月芙死了，她就会重获自由，到那时就带着小满离开，永远都不回来。

可惜一切都是虚妄。

门"吱呀"一声开了，雪柳正坐在院子里剥豆子，回头看向小满。

"来为我梳妆吧。"

姜小满平日里是个不大注重打扮的人，只有听说周攻玉来了，才会找出最好看的衣裳，梳上一个灵巧的发髻，满心欢喜地等着他从长廊经过。

因为无论怎么摆弄姜小满，姜小满都不会说不满意，更不会责骂她，所以雪柳把打扮姜小满当成了一种乐趣，总是会花很多心思给她编繁复的发髻，搭配各式各样的衣裙。

难得姜小满主动要梳妆，雪柳顿时就热情起来了。

在插完珠花后，雪柳望着镜中的姜小满，总觉得缺了点什么。

"小姐今日怎么愁眉苦脸的，可是因为少爷？"

"与他无关。"

等走到院门前，寒风吹得衣裙扬起，雪柳瞧了眼院子里的落叶，转回屋准备拿件厚实的兔毛斗篷给姜小满披上。只是拿个斗篷的时间，院子里的人就不见了。

寒风顺着衣襟灌进去，姜小满的背脊却依旧挺直。她走到陶姒抱着她跳下去的凉亭，站在那里看着波光粼粼的湖面，心底生出一股悲哀来。如镜的湖面映出她的身影，孤零零的，头顶的天空也是灰暗一片。

她的父亲是怎样看待她的呢？

姜月芙会的，她都努力去学，学着看书背诗，学着姜月芙的样子说话走路，可陶姒没有因此对她展开笑颜，姜恒知也不会因此多看她一眼。

陶姒死在这片湖水里，或许生前对她有过不忍，也当她是自己的女儿，可即便是死，也不曾像一个母亲一样对她笑。

最后那个拥抱，回想起来只剩下无尽的冰冷，悲凉到没有一点温度。

姜小满又朝前踏了一步，正在这时，却被人猛地从身后拽了一把，不受控制地往后栽去，砸在一个人胸口上。

对方似乎是急匆匆跑过来的，语气有些急，扳过姜小满的肩膀让她转身："你这小丫头没睡醒呢？再往前可就掉水里了！"

姜小满抬起头，眼睛有些红。周定衡立刻松开手以示清白："我只是扶你一下，可没有辱了你的清白，你这样哭别人还以为我对你做了什么，不会是想不开要寻死吧？"

姜小满摇摇头，周定衡吁了一口气："那就好，你这样漂亮的姑娘，要是想不开就太可惜了，能活着就要好好活着。"

姜小满能看出他的衣服华贵，周攻玉也穿过这种料子的衣服，他的佩玉和周攻玉的也很像。

按照年岁和外貌，与传言中的三皇子相符，于是她问："你是三皇子？"

周定衡有些意外，笑着应了："还挺聪明的，这都能猜到。那你是谁？这么漂亮，是丞相的远亲吗？"

话刚出口，他就突然想到传闻中丞相有个妾室，还生了一个女儿，但是鲜有人见过，就没把这件事放在心上。

如今看到她，反而就想起来了。

"你不会是相府的小姐吧？叫什么名字？"

"我叫姜小满，圆满的满。"

眼前的姑娘身形纤细，眼眸清澈，脸上的神情分明是带着笑的，可周定衡却觉得眼泪马上就要从她眼眶落下了。

姜小满不是很想和周定衡搭话，即使周攻玉很少说这些事，她也能从其他人口中知道，当今的圣上喜欢惠贵妃所生的三皇子，偏心的可不止一点点。

周攻玉是唯一对小满好的人，她见不得他受一点委屈。

周定衡知道了姜小满的身份，对她生了兴趣，索性也不急着去看姜月芙，耽误一会儿也无妨。

"虽说你是个庶出的小姐，但也不至于没人知道，怎么我没见过你？"

015

姜小满低着头，目光放在沾了点泥灰的鞋尖上，也不抬头看他。

"你这小姑娘是怕生吗？怎的不说话？"周定衡话里还带了几分笑意，也不在乎小满的无礼。

周定衡身边的侍从有些不满："喂，我们殿下问你话呢。你这丫头怎的如此不懂礼数？"

小满抬头，眼神戒备地望着他："你来这里做什么？"

周定衡指了指侍从手里抱着的盒子，回答："来看望相府的大小姐，顺带问问姜驰，要不要做我的伴读。"

小满皱了皱眉，疑惑道："你要找姜驰做伴读？"

"是啊。"周定衡看出了她心中所想，便压低声音说道，"想必你也猜到了，姜驰未必愿意做我的伴读。只是我母妃想让我这么做，我便来了，回去也好交代。"

姜小满点点头。从周定衡的角度，正好能望见她乌黑的头顶，插着乳白色的珍珠花发钗，白皙的脸颊被风吹得有些发红。

周定衡见她瑟缩了一下，便说："你就这么跑出来，身边也没有下人跟着？"

她正张口要答，周定衡突然抬起手伸向她，从乌黑的头顶上拈出一片树叶。

他笑了笑："你常年不出府，是身子不好吗？"

"姜小满！"

远处有人唤了一声，周定衡转身朝那处看去。一排排的桂花树下，有几个人正在靠近。

周攻玉知道今日姜恒知不在家，只是找个借口来见小满。程汀兰的侍女叫住他，说是姜驰有事与他说。

等一行人到后，姜月芙也在其中，程汀兰便劝他们二人来湖边的水榭对弈。

遥遥望见周定衡和小满时，周攻玉以为自己看错了。待走近几步，却见周定衡伸出手，从她头顶拈起一片枯叶，而她不躲不避。

周攻玉心中忽然觉得这一幕扎眼得很，即便两人只是并肩而立，他都会感到不耐烦。

小满心性纯良，认识的男子屈指可数，更是只与他亲近。

姜驰朝姜小满跑过去，语气不悦："你怎么在这儿？"

姜小满没理他，目光直直地看向周攻玉。

周攻玉与她的目光刚一接触，她又毫不犹豫地移开了。

一旁的周定衡将她的神情看在眼里，小声咳了咳，提醒道："我懂了。"

姜驰怒了，咬牙切齿道："你又来做什么？我就没见过你这样的人，居然还巴巴地凑上来，可恨至极！"

说罢就伸出手来拉扯她，被周定衡抓住："你是她哥哥吧？有话怎么不能好好说呢？"

"是弟弟。"姜小满纠正。

"我呸！谁是你弟弟？"

周攻玉眯了眯眼，袖角隐约被捏出褶皱。

姜驰态度恶劣，连周定衡看得都皱起了眉。

这时，程汀兰终于开口："姜驰！不可无礼。"

姜驰冷哼一声，对周定衡行了礼，站到自己姐姐身侧。

姜小满没什么反应，就好似一切与她无关。周定衡故意说："皇兄和姜大小姐站在一起，可真是一对璧人啊。"

听到这句，她终于有了细微的变化，却也只是看向周攻玉，睫毛轻颤两下，又垂下眼眸。

程汀兰笑道："三皇子和小满也在啊！你姐姐和二皇子正准备去下棋呢，要不要过来看看？"

周定衡看向姜小满，似乎是等她的回答。

"你看我做什么？"她毫不客气，直接问出口。

似乎是从没见过这么直白的人，周定衡还愣怔了一下，接着才笑出声："当然是因为你好看了。"

此话一出，除了小满和周定衡，其余人都不约而同地皱起了眉。

周攻玉刻意移开视线，却仍是情不自禁地看向她，眼眸中渐渐染上阴霾之色，沉得使人发慌；姜月芙的脸色有片刻僵硬，很快又恢复自然。

姜小满很少与外人交流，也不知道被人夸奖该做什么反应。每次夸周攻玉的时候，他都会笑着应一声，再揉揉她的头顶。

周攻玉是要当太子的，他不喜欢周定衡，那她也不喜欢。

于是，姜小满撇过头，快步走向程汀兰。

周定衡挑了挑眉，也跟着过去。

周攻玉开口："你今日怎么想到来相府？"

一个舞姬所生的皇子，即便再得宠，想要登上皇位，也比不过有朝臣推举的嫡出皇子。他来此处，无非是惠贵妃知晓周攻玉和姜恒知走得近，想要让他也拉拢罢了。

"皇兄是来做什么的，我就是来做什么的。"周定衡面貌俊朗，笑起来嘴边还有梨涡。

"姜丞相不在府中。"

"那就下棋吧，我也好久没和皇兄下棋了，刚好今日你我都闲着，棋盘都摆上了，不对弈两把多可惜。"周定衡径自朝亭子走去，走到姜月芙身侧时，还眨了下眼，语气有些轻佻："好久不见月芙妹妹，越发漂亮了，身子好些了吗？"

姜月芙从他走近时，心跳就不可抑制地加快，和他视线对上的那一刻，甚

017

至紧张到屏住了呼吸。

她匆匆低下头,垂落的发丝遮住了发红的耳尖。

"好些了,多谢三皇子殿下关心。"

踏上台阶时,姜月芙不知怎的脚踩滑了,身子往后倾倒,周攻玉顺势伸手,轻轻一扶便松开了。

姜小满的脚步在这时慢了下来,忽然想到了许多东西。周攻玉是要娶姜月芙的,即便他再好,最后也和她没有关系。他生得好看,比她见过的所有人都好看。

雪柳曾和她说,上京的人形容周攻玉,都会说他是"言念君子,温其如玉"。

小满问:"那他就没什么缺点吗?"

雪柳摇头:"没有,二皇子行事作风让人完全挑不出错来,简直就是一块无瑕美玉。"

这么好的一块美玉,以后却是属于姜月芙的,何其不公。

说是和姜月芙下棋,周定衡却先和周攻玉对弈起来。

姜小满坐在冷风中许久,雪柳也找到了这里,见人都在,她也不敢上前。

她看不懂,只知道周攻玉险胜一筹,周定衡还夸赞道:"皇兄都让了我好几次,我还是输了,果然是技不如人。"

"并非如此,巧胜而已。"

"我就不打扰你们的兴致了,月芙妹妹还在呢。"

姜小满猛地打了个喷嚏,周攻玉执棋的手微微一顿,抬眸看向她。

她偏过头去,猝不及防又打了个喷嚏。

"就说你衣服穿得太单薄了吧。"周定衡"啧啧"两声,随手接过侍从手里的斗篷往她身上一盖。

黑色暗纹的斗篷一罩上去,就将她遮得严严实实,只露出藕荷色的裙边来。周定衡动作极其自然,甩完斗篷就摆摆手离开了。

程汀兰心中忍不住怀疑,姜小满会不会对三皇子说了什么不该说的,换得他格外怜惜。万一三皇子借此在背后瞎说,或是告诉皇上,会不会有损姜恒知的清誉。

姜月芙手指甲掐着掌心的肉,盯着小满身上的斗篷,目光像是带了刺。一旁有些安静的姜小满受不了这如芒的目光,即便周攻玉在这里,她也不愿意多留一会儿了。

程汀兰和姜月芙看待她,只是在看一味救命的药。姜驰更不用说了,她非常肯定,若是现在没人,姜驰会立刻把她推到湖里。

周攻玉的目光稍一触及她,立刻又移开了。

姜月芙看在眼里,若有所思地偏过头去看着湖面。

湖面上漂浮着一些枯叶,就在不久前,姜小满的生母喝多发酒疯,抱着她跳了湖。若换了旁人,怕是要绕道走,她倒好,上赶着往湖边凑,还恰好碰见了周定衡。

姜月芙的手攥紧,将衣袖捏出了褶皱。

方才周定衡略带笑意的话语,仿佛还在耳侧,身影却已经走远不见了。

她努力让自己的语气显得正常些:"你今日怎会碰到三皇子?"

小满很少见到姜月芙,更别提与她说话了,听她问自己话还有些意外。

"就是在这里遇见了。"这有什么好问的,难不成还是约好了要在这里见面?

姜驰不耐烦地说:"三皇子也是你高攀不起的,我劝你最好不要动什么乱七八糟的心思。"

程汀兰呵斥了一句,就没再说什么了。

姜小满毫无反应,甚至点点头:"知道了。"

周攻玉脸色微沉,修长的手指夹了一枚棋子,迟迟没有再动作,也不知在想些什么。

"你怎么不回去?"姜驰看到小满看向周攻玉的眼神,就气不打一处来,语气称得上恶劣。

姜月芙拍了他一巴掌:"闭嘴,怎可如此不懂礼数?"

程汀兰瞪了他一眼:"回去把《谦恭卷》抄二十遍,不抄完不用吃饭了。"

"娘!"

"还不快去!"

自始至终,程汀兰也没有安抚过小满什么,不过她也不指望这些了。手腕的伤口已经凝结成血痂,一次又一次被划开皮肉放血的疼痛早已麻木。

与其说想要被姜恒知当成女儿,不如说她只是想要得到别人发自内心的关爱。不因为她是姜月芙的药,只因为她是姜小满而爱她。在被爱之前,至少要被当成人看待。

姜小满想到寸寒草,忍不住一阵恶寒,就像裹了一层冰,浑身发冷。

她在离开前,看向周攻玉。这是从小到大,她遇到的唯一一个会无条件对她好的人了。

至少还有周攻玉在。他说过的:"你还有我。"

周攻玉察觉到了小满的视线,再次看向她的时候,望见她发红的眼眶,心中有些愕然。

只是此刻,他依旧想扔了那碍眼的斗篷。

姜恒知回府后得知周攻玉来过,心中倒是没有多少意外。

周攻玉和小满之间的关系非比寻常,甚至有可能已经生了别的心思,这些他不是一无所知。因此小满是药引这件事,他也没有瞒着周攻玉。

作为一个要做太子的人,他知道自己该怎么选择,对小满的亲近不过是看她可怜,就算对她多出了那么一丝不该有的情愫,也不会改变什么。

019

教导了周攻玉许久，他清楚对方是个什么样的人。

至于小满……

姜恒知难得从长廊走过，看到了坐在栏杆边的小满，身上披着一件宽大的苍青色斗篷，看样式还有几分眼熟。

小满仰着头，似乎在看那片要落不落的枯叶。

发红的鼻尖和双眼，让她的脸不再显得那么毫无血色。一双水灵灵的眼眸睁大，纯净得像湖面一般。姣好的面容一眼望去，他还以为是见到了年少时的陶姒。

沉稳的脚步踏过去，踩在枯叶上"沙沙"作响。

小满循声望去，如湖面澄净的眼瞳幽幽地直视他："父亲。"

姜恒知点了点头，打量她的身形时才发现，原来这个小丫头已经长这么高了。

"天寒了，不要总是坐在外面，早些回去吧。"

姜恒知想要抬手摸摸她的脑袋，似乎想起了什么，手猛地顿住，就不再抬起。

眼看着姜恒知一如既往地准备离开，小满站在原地问道："我娘死前，去找你说了什么？为什么回来就跳湖了？"

姜恒知的脚步停下，身子微微一僵："你娘死前，是不是和你说了什么？"

"父亲，你会觉得愧疚吗？"小满没有回答他的话。

她想知道，这个身负盛名的一朝之相，对外人都肯仁慈，为什么就不肯对陶姒多一点怜爱。

姜恒知转过身看着小满，望见她的眼神，顿时明了。他叹了口气："我知道你心中有恨。"

"你知道，但你什么都不做。"连摸下脑袋安抚这种事都做不出来。

长廊顶上的枯藤遮住了昏暗的天光，她站在阴影之中，像是要被这昏暗吞噬。

姜恒知站在原地沉默不语，他知道自己是对不起陶姒的，可他已经许了程汀兰一生，不能辜负她。月芙和小满都是他的骨肉，可若非要选择其中一个，他只能放弃小满。只能不看她，不给她关爱，以免将来自己狠不下心。

"父亲，你本不必如此。你怕自己给我一点关爱，到头来会狠不下心送我去死。"小满语气平静，双眼在阴暗中发亮，"你太低估自己了，你是狠得下心的。就算多看我一眼，届时送我去死，你也不会手软，不会犹豫的。"

被戳破后，姜恒知的脸色终于沉下来。府里的人都说小满天真懵懂，可今日的她，根本就是另一副模样。她什么都知道，面对他的时候连眼泪都没有掉。

"生下我，对娘亲和我来说，都是个错，唯独对你们不是。喝自己妹妹的血，姜月芙喝的时候不会觉得恶心吗？父亲你要不要看看我手臂上有多少伤口？"说着小满就伸出手臂，作势要撩起层层叠叠的衣袖。

这一幕仿佛刺痛了姜恒知，他脸色彻底沉下去，快步走近将她撩衣袖的手按下去。

他速度极快，却仍是不可避免地看到了那些伤痕，狰狞斑驳地横在白玉般的手臂上，像是什么恶咒一般。

姜恒知抿紧唇，一动不动地望着她。过去的小满，从来都是温柔胆怯的，遇见他就扬起笑脸，小声唤一句"父亲"。像个没长大的孩童，天真烂漫，时而采花扑蝶，好似没什么事能让她难过一般。他从没有见过小满这副模样，纤弱却坚硬，露出的锋芒尖锐锋利，和她对视只会让人感到不适。

什么时候小满成了这副模样？

姜恒知有些惊讶，同时还压着一股火气。他不悦道："你想说什么？你到底是何意？"

小满语气轻飘飘的，听不出怒意来，也听不出多少埋怨，只是带了几分委屈，让人听了没来由地难过："父亲，我是人，不是什么猪狗牛羊。你想让我去死，竟不亲自告诉我一声吗？"

姜恒知愣住，神情显出错愕来，还生出了几分手足无措。他想到小满此番前来，多半是要给自己讨个公道，要诉说心中的怨恨，兴许还要求他放一条生路。

因此，他很快就想好了该怎么回应。只是没想到，最后小满收起了尖锐的刺，脆弱得如秋风中飘零的枯叶。她没有歇斯底里地哭喊，甚至没有落一滴泪，只是迷惑而委屈地说："我思来想去，还是难以接受。大抵是因为我习惯了被这般对待，起初知道我会为了姜月芙去死，心中确实是难过气愤的，但这件事还是很好想通的。父亲面对我娘的死，可能也没有愧疚可言。等届时我死了，也只会是像死了只猪狗一般，暂时的不忍后很快就忘了我。"

她不说，不代表什么都不懂，而她不哭，也不代表不难过。陶姒说眼泪是最没用的东西，因为只有在乎她的人才会在意，而这府里，是没有人在乎她的。

姜恒知不会因为她哭而动摇，更加不会因此难过，所以她没必要对着姜恒知流泪。

她看到姜恒知不想哭，可此刻捏紧斗篷，脑海中浮现周攻玉的身影时，眼眶却开始泛酸了。

无论如何，她还是不想死的。若是她死了，以后谁陪着周攻玉呢？他要是生病就没人催他喝药了。

面对这样的小满，姜恒知一句话也说不出来了。

良久后，他才说道："我没办法，只有这样才能救你姐姐，她的时间不多了。是我负了你娘，对不住你们母女。"

他宁愿小满哭闹叫骂，也不愿看到她这样懂事，平静地说出事实，犹如一把刀子在剐他的肉，折磨得他良心难安。

小满没答话，静默地站着。姜恒知想到了什么，便问她："你可有什么想要的？"

"益州是什么样子的,春日会开满花吗?"她想起陶姒在信里留的话,说她若是活着,就去益州看看。

姜恒知听她提起益州,脸色有些不自然。他和陶姒就是在益州的春日里相遇的,那时她还是药谷中的医女,也是最合适的药人。

"益州很好,冬日里不会像京城这样冷,那里不比京城繁华,地势险要,却有各种奇花异草。"姜恒知说起这些的时候,脑海中又浮现起陶姒的音容笑貌。

最后见陶姒,她哭着来求他放过小满,称月芙一定能找到其他的办法活命。当时他忙于公务,被她一通歇斯底里的哭闹吵得烦了,语气便重了些,不承想那会是二人见的最后一面。

他这些日子,根本不敢从湖心亭经过,只要想到陶姒在那处自尽,心脏便像被敲打似的闷疼。

无论是歉疚还是对程汀兰许下的誓言,都让他无颜面对陶姒,不管她如何言语讥讽都甘心承受。被她责骂羞辱的时候,心中的歉意才得到了片刻的纾解,而这些又因为她的死成了阴影。

姜恒知后悔与陶姒见的最后一面是那般的不堪,即便她死去已有月余了,脑海中还是日日想起她的模样。

"我想看看外面是什么样子的,我还没有出过府。"

小满的话让姜恒知以为她是要去益州,面露难色,无奈道:"益州离京城太远了,就算快马加鞭也要十日才能到。"

"我只是想出府看看,不是要去益州。"她摇摇头,紧接着又咳嗽了几声。

姜恒知眼中有不忍,想也不想就答应了:"这几日先好好喝药,等你身体好些了,我再让人带你出去,这样可好?"

"我想和攻玉哥哥出去。"小满低下头,盯着弓鞋尖上的珍珠看。

姜恒知深吸一口气,他知道小满和周攻玉走得近,却也不知道两个人的关系竟然亲密到这个份儿上。

"二皇子待你很好吗?"

"他是对我最好的人。"小满毫不犹豫地说出来,片刻后又接了一句,"只有他对我好。若是我死了,攻玉哥哥会伤心难过,以后就没人陪着他了。"

听了这番话,姜恒知竟一时语塞,不知该怎么说才好。

小满看似通透,却又是小孩子心性,不过是在她哭的时候,说几句安慰的话,送上几块饴糖,就使她如此真心相付。他教了这么多年的学生,心中自然有数,周攻玉这样的人,即便不受宠爱,也是真正的天之骄子,一身荣光高高在上。他对小满,更像是于枯燥中寻到了乐子,只是施舍给她几分好意罢了。

姜恒知看到小满的眼神,也不好说什么,只能点点头:"过几日就是冬至了,街上十分热闹,你若想去,我和二皇子说一声,让他带着你去吧。"

他想了想,又说道:"若是他不去……"

"不可能!"小满一口否决,"攻玉哥哥不会不去的。"

姜恒知张了张口，还是选择了沉默。

姜月芙的身子越来越差，远看着如同一朵即将凋谢的花，毫无半点生气。与之形成对比的，是在各种珍贵药材的滋养下，气色红润的小满。

自从知道了寸寒草的事，小满就不敢再多睡，总是要晚睡早起，每日都要出去走动。

雪柳觉得奇怪，也渐渐地不耐烦了。陶姨娘自尽后，丞相一怒之下罚了整个院子的人，若不是小满不责怪她，说不准她也要被拉去发卖。

自己侍奉的小姐说好听点是天真懵懂，说难听点就是脑子不太灵光，稍微离开一会儿就不知道又出什么事了，她哪里再敢偷懒。

这府里的景致再好，看了千百遍也是厌烦的，也不明白小满想做什么。

雪柳捶了捶酸痛的腿，抱怨道："小姐，这府里有什么好看的，一大早就起来吹冷风，也不好好困觉了。"

以往到了冬日，天寒地冻的，小满是催着都不肯下榻的，如今倒好，天没亮就开始穿衣，连带着她也要起来。

意识到雪柳不高兴，小满停下来，将手里的汤婆子塞到雪柳的手里："你要是冷了，就先回去吧，我想一个人走走。"

她一张口，哈出来的热气就凝成团团白雾，白雾之后露出被冻红的脸颊来，花一般的娇艳，是冬日最鲜活的存在。

雪柳揣着手，倒不是觉得冷，接过汤婆子说道："小姐这几日是怎么了，生怕不够看一样，觉也睡不安生？"

"我不想睡……"

"这是为什么？小姐以前可是总觉得睡不够呢。"

她顿了顿："睡着就什么都不知道了，像是在虚度光阴，太浪费。你先回去吧，我不会有事的。"小满也不多作解释，摇摇头继续向前走。

雪柳乐得清闲，转身就走了。

晨雾蒙蒙，隔远了就看不清晰，尤其是靠湖的那一片，烟雾缭绕恍若仙境。困意早就被冷气驱散了，这时候看到朦胧的雾气，小满倒是心情好了许多。

再走一段距离就是西苑的长廊，她已经有些日子没见过周攻玉了。

周定衡在京城赛马时冲撞了一位六品官员的母亲，那老妇受不起惊吓，一口气没上来就没了。此事被御史上奏给皇上，自然是少不了对他的责罚。

而皇帝的偏心，朝堂上下都是有目共睹的，只是些无关痛痒的责罚罢了。但多次被朝臣上奏，还是影响了周定衡，不少人都认为他仗着皇帝的偏爱为非作歹。

皇帝也不能在风口浪尖上交代给他什么政事，许多重要的事都交由周攻玉来办。

由于政务繁忙，周玫玉一时抽不开身，好几日都没去相府。

皇帝决定为他和姜月芙赐婚，相当于帮他坐稳储君的位置，将姜恒知给牢牢地拉到这个位置。

不仅如此，还告诉他，周定衡明年春日便要去军营历练，等心智成熟后才好回来辅佐他。

周玫玉入主东宫已是必然，而皇帝也要给周定衡找到立身之法，避免将来他会对周定衡出手。

周玫玉想得明白，却也觉得讽刺。无论从哪个方面看，他都是比周定衡更合适的人选，可直到父皇发觉已经无法再强行培养周定衡了，才下定决心将太子之位交于他。

分明他才是名正言顺的嫡子，却要处处给一个舞姬之子退让，受到旁人的耻笑。如今，他的父皇还想着为周定衡铺路，恐他日后登基加害于自己的手足。

一直以来，他又何曾真的对周定衡出过手。

他虽得到了太子之位的保证，却还是得不到自己父亲的肯定。

"阿肆，我想见小满。"周玫玉有些麻木了，手心都冰冷一片，发现自己第一个想到的却是小满。

此时见到她，她会说些什么呢？

应当是会将他的手焐热，会把自己特地留下的糕点给他尝尝，然后和他说自己在书上看到的新奇事儿。有时候说着说着自己就笑起来了，露出两颗小尖牙，眼眸生动又清澈。想到这些，心中那团乌云似的郁气忽然散开了，如同一束光劈开晦暗，暖阳直达心底。

阿肆提醒道："殿下，如今天色已晚，再去叨扰姜丞相，我怕……"

"那就明日一早去。"

说到做到，第二日，周玫玉果真一早就动身了。

相府的下人多少也知道些什么，明白周玫玉可能是未来的天子，虽然疑惑他怎的这般早就来了，却还是不多问便放进去了。

太阳没出来，晨雾还浓得很。

周玫玉起初步子还有些快，想到了小满这个时间可能还没起床，步子便放慢些，对阿肆说道："我们在府里走一会儿，她冬日里不喜欢早起，说不准还要一两个时辰。"

阿肆哀号："那殿下还起这么早？"

阿肆也不是真的介意，他能感受到，周玫玉每次去见姜小满的时候，心情比平日要愉悦，甚至说话的语气都轻快了几分。

可他怎么细看，周玫玉都是不改严谨克制，在面对小满的时候，不曾有过一丝逾矩之举。

周玫玉踏着清晨的露水和雾气，从花园一直走到湖边，隐约听见了脚步声。

朦胧之中有身影渐渐清晰，乍一看还以为是哪个侍女，等人影再近些，就露出了那人的面貌。在宁静寒冷的清晨，小满孤身一人出现，看着竟有些孤寂可怜。

小满忽然望见周攻玉，泛红的眼睛刚一睁大，就因为斗篷的毛扫到鼻侧，猛地打出一个喷嚏来。

"攻玉哥哥？"小满有些惊讶，加快步子走向他。

周攻玉嘴角漾开一抹笑意："这么早？"

见周攻玉突然笑，她的脸上晕开桃花般的红晕，在与他还有几步时堪堪停下。

他们都说周攻玉是君子，而小满想起陶姒说过的话：位高权重的人没有一个干净的，表面再光风霁月，内里也是肮脏不堪。

周攻玉是皇子，未来还会站在更高的位置上，没有多少人能比他位高权重。可小满左思右想，也不觉得周攻玉和肮脏这个词有丁点关系。

"怎么了？"周攻玉见她望着自己出神，没忍住又笑了一声，隔着兔毛斗篷将手放在她头顶揉了两下。

小满的脸更红了，恨不得将整个脑袋缩进去："你怎么这个时候就来了呀？"

"前日有人献茶，新得了几份上好的雪山云涧，带来与丞相共品。"周攻玉确实给姜恒知带了茶，虽然是借口，但小满总会相信。

站在他身后的阿肆端着茶叶，一想到过会儿要献给姜恒知，就止不住地肉疼起来。

雪山云涧这种顶尖的好茶，是从一棵树龄已有四百年的茶树上采得，因此产量极少，今年收成又不好，周攻玉是皇子，也才分得了五两。

想不到有什么借口再来找姜恒知，索性拿出了自己珍藏的好茶。仅仅为了这种小事，将雪山云涧拱手送到姜恒知这老匹夫手上，简直是暴殄天物。

为周攻玉叹息完，阿肆没忍住打了个哈欠。小满注意到他，问道："阿肆是不是睡得很晚啊？"

阿肆想说是因为自己起得太早了，一抬眼，发现周攻玉面色柔和，带着些似笑非笑的意味，正目光平静地看着他。

每次被周攻玉这样看着，他就止不住头皮发麻，连忙反驳："是是是，小的昨日做了噩梦才没睡好。"

不知何时，太阳已经出来。小满面对晨光，肤色红润发亮，整个人的轮廓都是朦胧的。

她被光线刺得眯了眯眼，刚要抬手去挡，周攻玉就先她一步，将刺目的光线遮得严实。

袖子被扯了两下，小满仰起头问他："攻玉哥哥，我想冬至那天和你一起去灯会。"

周攻玉低头，恰好和仰头的小满近在咫尺，能清晰望见她眼瞳中映出的自己。他的心跳好似慢了半拍，呼吸也轻了。

怔住片刻后，他又很快回过神来，脸上笑意浅淡，却是发自真心："好。"

随着天气入冬，姜月芙的身子越来越差，几乎疼到夜难安寝。程汀兰看女儿如此痛苦，忧虑之下也生了病。姜恒知满面愁云，连带着整个相府都气氛压抑。

小满知道姜月芙病得越重，自己的死期就越近，心情也好不到哪儿去，只能硬逼着自己把这些念头赶出脑海，多想些好事。

比如冬至已经到了。

靖朝的开国皇帝与发妻在冬至那日成婚，对这个节气极为看重，还颁下了不少诏令。后来慢慢演变成一个举国欢庆的节日，每年的这一日，京城没有宵禁，人山人海，通宵达旦，一片繁荣欢快的景象。

小满总觉得今年的冬日比往年还要冷，出门时特地裹了厚厚一层。

雪柳给她绾了垂桂髻，两边各绑了条红色细绳，坠着两个兔毛做的绒球，又别了珠花上去。上着红色的夹袄，下着绣着璎珞纹样的宝蓝襦裙，衬得她更加面色如雪，如同瓷娃娃一般精致可爱，让人见了心生欢喜。

阿肆看见她，眼中难掩惊艳之色，察觉到失态，忙看了眼周攻玉的表情，发现他没注意后才别过脸不再看。

周攻玉穿了身仓黑的圆领袍，革带简单系着，难掩挺拔精壮的身姿。小满站在他身侧，勉强能到他肩膀。

"靡颜腻理，遗视矊些。"

小满没听懂，抬起头问他："这句是什么意思？"

"是在夸你貌美。"

她点点头："攻玉哥哥也貌美。"

周攻玉哑然失笑，轻敲了下她的脑袋："好了，我们走吧。"

大街上人来人往，天色还早，灯笼就已点上了。

走在长街上，一抬头，入目所见都是花灯，各式各样，涂着不同的颜色。

今日是摊贩赚钱的好时机，街上什么奇奇怪怪的东西都有卖。

周攻玉并不喜欢去人多的地方，总觉得吵闹喧嚣都是别人的，他难以融入其中。

这次带着小满，她对一切都好奇，指着不明白的问东问西，他出奇地耐心，不厌其烦地回答她，也不觉得这人声鼎沸是什么糟心的事。

无论是皇亲贵胄还是平民百姓，这一天都不会安分地留在家中。

小满不觉疲倦，一扭头望见一个戴着面具的小贩，青面獠牙的修罗面具将她吓得连连往后退。周攻玉从后扶住她："怎么了？"

"鬼脸。"小满攥着他的袖子别过脸，手指着小贩。

小贩连忙解下面具,笑道:"贵人胆子倒是小得很,这都是假的。"

周攻玉温声安抚,拍了拍她的后背:"没事,只是个面具,别害怕。"

一个高架上挂满了面具,大都是恐怖夸张的修罗相面具,第一次见被吓到也在所难免。

小贩不知情,还说道:"这年年冬至日都有卖面具的,这位贵人怎的还吓成这样,莫非是没见过?"

小满轻哼了一声,手抓着周攻玉的袖子:"那么丑,卖得出去吗?"

周攻玉忍不住轻笑出声,将她往后拉了拉,对小贩说道:"家妹不常出府,言语多有得罪,还请店家莫与她计较。"

"这有什么计较的。"小贩本就不生气,而周攻玉和小满的衣着,一看就是非富即贵,态度还如此亲和有礼,他也乐呵呵地说,"嗨,这位郎君气宇非凡,我还没见过这么好看的人呢。这姑娘也是,好生漂亮。"

小满不习惯面对陌生人的打量,缩在周攻玉身边露出半张脸,睁大眼睛望着小贩。

小贩取下一个昆仑奴的面具递给周攻玉,说:"这个不吓人,拿去给小姑娘玩吧。"

"多谢店家好意了。"他拍拍小满,"接着吧。"

小满接过来:"谢谢。"

"不谢。"

小满拿着面具,步子轻快地往前走,又和小孩挤到了做糖人的小摊前。

周攻玉转身吩咐阿肆给小贩结了账,加快步子跟上她。

"想要这个?"他站在小满身边,轻声问道。

小满点点头,指着糖人说:"我记得你也给我买过糖人,做得像老鼠。"

那个糖人她一直没舍得吃,悉心保存也逃不过坏掉的结局,还引来一堆蚂蚁,被雪柳抱怨了好久。

"想要哪个?"

小满盯了糖人一会儿,摇摇头说:"我不要,我怕留不下来。"

"给你吃的,留下来做什么?"

"舍不得吃。"

她回答得直率,周攻玉却有些愕然:"一个糖人而已。"

"可这都是你送给我的。"

他不曾想到,于他而言只是微不足道的一份好,却被小满珍之重之,连一个糖人都悉心珍藏。

小满也送过他东西,都是些小玩意儿,可能是一本好看的书,也可能是一个精致小巧的核雕。

慢慢也积累了不少,但他从未有一刻,如同小满般对待那些物件。从来都是草草收起,也许被宫人洒扫时扔了也不知道。

周攻玉缓缓道:"没事,你想要什么和我说,我都给你。"

小满没注意到他的神情变化,望见卖花灯的架子就拎着裙子小跑起来。

"阿肆,我是不是该告诉她,我要娶姜月芙了。"周攻玉望着小满的背影出神,语气不复方才的温和,带着拒人千里的寒意。

阿肆不明白他的意思:"可这件事,小满姑娘心里也是有数的,殿……公子为何还要忧虑?"

"忧虑?"周攻玉皱了皱眉,"这么说也可以。我只不过在想,姜恒知那老狐狸说姜月芙有救,到底是怎么个救法?太医分明说姜月芙活不长。"

"那这和姜二姑娘有什么关系?姜丞相也没有告诉殿下吗?"

天色暗下来,街上挂满明灯,光影斑驳摇曳。

周攻玉半边身子都在晦暗的阴影之中。

"他含糊其词地说几句,能知道些什么。我倒是让人查了,却也只查到了一个寸寒草。听御医说,寸寒草罕见且有剧毒,也没问出个名堂。我怀疑,此事和小满有关。"

"属下愚钝,请公子明示。"

周攻玉语气淡淡的,纵使对小满温柔,此刻提到生死,神色依旧显得凉薄寡情:"姜府对小满的态度有所转变不说,你没发现小满有什么不对劲吗?"

"这属下也不怎么关注姜二姑娘,怎么可能同公子一般细致入微呢。况且,无论姜相如何抉择,都不是我们该插手的啊。"阿肆神色也凝重起来,生怕向来理智的周攻玉在这件事上糊涂。

"确实。不过虎毒不食子,想来小满会没事。"

看到周攻玉的态度,阿肆这才长吁一口气。

小满踮脚去够兔子灯,烛火映照在她脸颊上。

"哎!"她够不到,身子歪了一下,发上簪着的璎珞串一晃一晃,撩动了不少人的心。

路过的行人都难免要多看她几眼,还有的四处张望,想看看她身侧有没有旁人,不怀好意地驻足盯着她。

周攻玉几步走过去,扶着她晃动的身子,手微微一抬,将兔子灯给拿了下来递给她。

他不经意地将小满往自己怀里带了带,几乎是用一个半搂的姿势环住她。

"怎么不叫我?"

"我以为自己够得到,看着也不高啊。"

周攻玉手指修长漂亮,微微屈起抵在唇边,无奈地轻笑出声。

他一笑,有如和煦的春风。小满心跳声"扑通扑通"的,她心虚地低下头去看手里的兔子灯。

兔子灯的眼睛用红墨点了两团,脸颊也用颜料晕开两团,做得可爱生动,而小满脸上,也像是晕开了一团颜料般的红。

天色暗沉，街上行人更多了。周攻玉尽力护着小满，她看什么都新奇，总要到处跑。有行人撞了他一下，稍微没注意，小满人就不见了。

周攻玉心底涌上一股慌乱，目光扫过人群寻找她的身影。阿肆也忙着一起找，好在她穿的红色衣服显眼，很快就在一个卖字画的地摊前找到了她。

字画堆在地上，那书生模样倒是俊俏，眼睛都笑成了缝，露出一口白牙，看着不像什么正经读书人，身上的衣袍看着崭新，不像是会清苦到摆摊的人。小满蹲在书生面前，不知道在说些什么，笑得肩膀都在颤抖。

周攻玉的慌乱焦急一扫而空，随之泛起一股无名火，烧得他越发焦躁，面上却还是保持着温和沉静。他几步走过去拎着小满的领子，迫使她站起身。

小满扑腾了一下，一扭头看到是周攻玉，立刻换上笑容，把坐在矮凳上的书生指给他："这个哥哥的字画特别好玩。"

周攻玉觉得面前的人有些眼熟，再看地上的字画，都是一些鬼画符般的画，还要标上是美人图，配以狗屁不通的打油诗。

那书生坐在小凳上，歪着脑袋，用手中的折扇点了点其中一幅字画，笑道："小丫头可喜欢这幅美人图了，公子要不要啊？算你便宜点，五十两吧。"他的眼神放肆轻佻，看向小满时毫不避讳，简直就和京中的放荡纨绔没什么两样。

乱七八糟的东西叫价五十两，旁人听了还以为他在发疯。周攻玉只觉得憋了一团无名火，刚才小满突然不见吓得他心跳都乱了，她倒好，蹲在别人面前乐呵呵的。

"你和他不熟，叫人哥哥作什么？"

"不熟就不能叫吗？"小满有些奇怪，她认识的人不多，对她好的更少，以为是喜欢的都可以叫哥哥。

那书生似乎对小满有了兴趣，撑着脑袋目不转睛地盯着她。周攻玉眼眸微冷，将小满挡在身后。

小满视线突然被挡住，刚扯上周攻玉的衣袖，就被他稍一用力给拽了下来。她睁大眼，冰冷的手掌落入一片暖，被紧紧包裹着。

周攻玉牵着小满的手，低头看她，灯火璀璨，照亮他瞳孔，幽黑眼底满是她的模样。

"熟了也不能叫。"

"为什么？"

周攻玉寒潭般的眸子闪过冷光，平静之下隐藏翻涌的暗潮。他似笑非笑，眼神却有些危险："你不是有我，还要别的哥哥，是不要我了吗？"

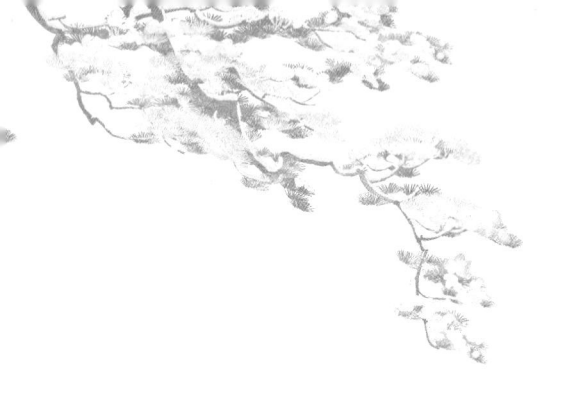

// 第二章

春和景明

冬至因为先祖皇帝，多了几分缱绻意味。这一日，会有年轻的女子和郎君出街，打着游玩的名义私会。

靖国民风开放，男女私下会面不算什么大事，冬至也就慢慢被默认成了一个情人相聚的日子，成双成对出门的男女都会被默认为眷侣。

小满不知道这些，看街上的男女大多是两两同行，且都朝一个方向去了，便也想跟去看看。

从卖字画的小摊前离开，周攻玉拉着她的手就没有再松开。

"月老祠是什么地方？"听到行人的议论，小满也忍不住问了。

"是西街的一个古祠，院子里长了一棵五百年的古树，丈量需五六人合抱。传说是一位丞相为已逝的心上人所植，他为那女子洗清冤屈，誓不再娶。情意真挚，感动上苍，心上人死而复生，与他再续前缘。"

小满眨眼，握着周攻玉的手指紧了紧："死而复生？可是人也会死而复生吗？"

周攻玉笑了一声："都是百年前的志怪传闻，是真是假又有谁知道呢？若是情意真挚便能感动上苍，岂不是人人都能复生。你若想去看，我带你去就是。"

兔子灯的底座缀着红色流苏，随着小满的裙边一晃一晃。

路上拥挤，周攻玉小心护着她，避免被人撞到。到了月老祠，周边的人更多，满是卖香烛、红绸的，人声混着钟声，繁华又嘈杂。

小满第一次见到这种景象，一直以为需要人祭拜的寺庙都该宁静庄严，却不想这月老祠极具烟火气。

"别的寺庙也这样……繁华吗？"

周攻玉听到繁华这个词，不禁笑道："你是觉得这样的寺庙闹哄哄的，不够仙气不够庄严？"

小满点点头："我以为向神仙祈求心愿，都要很郑重很严肃的，原来不是这样啊。"

周攻玉领着她进去,边走边说道:"你想的没错,确实是这样。只是这月老祠和别的寺庙不同,才多了些特殊性。那些山寺多是建在僻静的高山上,僧人超脱凡尘寻求缘法,要的是六根清净,求的是自身修行。而这月老祠恰好相反,它求的是情,本就是这红尘俗世的东西,沾了情,再超尘脱俗也要融入这烟火人间来。"

小满听得懵懂,嘀咕了一句:"还是不太明白。"

周攻玉摸了摸她的脑袋,叹了口气:"其他寺庙求的是万种欲念,而这月老祠却只求情爱。一个是天上,一个是人间。"

门口卖绢花的老妪喊了一声:"公子,给你的心上人买朵花吧。三文钱一朵,就看看吧。"

听到"心上人"三个字,周攻玉身子一僵,却没有否认,俯身接过了她手里的花。

老妪眼珠混浊,捏着绢花的手颤巍巍的,重复道:"谢谢公子,祝二位恩爱不疑,白头偕老。"

周攻玉的面色更奇怪了。

阿肆赶忙上前,拿了银子递给她:"谢谢婆婆,不用找了。"

小满也沉默着,不知道该做什么反应才好。这些祝愿不该是给她的,和周攻玉恩爱不疑的另有旁人,她也没有机会白头了。

小满微微一用力,挣开了周攻玉的手。

"怎么了?"周攻玉面色无虞,心却沉了沉。

不等她应答,忽然有一道熟悉的声音出现。

"二哥?"

周定衡正在不远处的小摊前,手里拿着两条红绸,惊讶地看着他们:"你们也在这儿?"

周攻玉眸光掠过他身侧的女子,并没有多大的反应,反倒是周定衡极为不自在,刻意将那女子挡了挡,说道:"她是孙太傅的女儿……二哥可能没见过,不要吓到她了。"

双方面对面站着,身后各带着一个姑娘。一方神态自若,一方做贼般心虚。

周攻玉有些好笑:"我又不是什么吃人的猛兽,为何会吓到她?反倒是你,孙太傅家风严苛、为人板正,孙家的姑娘怎会和你在此相会?"

话一说完,小满就附和道:"肯定是偷偷拐了别人家的姑娘。"

周定衡背后的女子"扑哧"一声笑出来,也不替他解释。周定衡被戳穿,急忙道:"我们是两情相悦,怎么能用'拐'的说法,日后总要成婚。二哥你千万不能说出去,否则她和我都得遭殃。"

那女子红着脸,掩唇一笑,小声嘀咕:"谁要和你成婚?胡说八道。"

周攻玉嘱咐:"早些将孙姑娘送回府,不要污了女儿家的名声。"

"那是自然。"周定衡剑眉星目,笑得肆意自在,和稳重内敛的周攻玉大不相同。

外界将他们二人之间的争斗形容得有如血雨腥风,彼此仇视到了水火不容的地步。

小满觉得并非如此,首先周攻玉极少在她面前提起周定衡;其次见过周定衡后,才发现这位三皇子也是很好相处的,和周攻玉在一起也没有出现过传闻中的针锋相对。

上次她偏心周攻玉,对他有些意见,现下也有了缓和。

周定衡扯了一条红绸递给小满,冲她挤了下眼睛:"不去试试?"

小满疑惑地问:"试什么?"

周攻玉将红绸接过,说道:"那我和小满先走一步了。"

二人转过身,刚走了几步,周定衡又追上了他们。

"我想起来一件事,姜相似乎急着让人把小满姑娘带回去,方才我还遇到了程郢和姜驰,八成是来寻人的。"

小满听到程郢这个名字,手指攥紧了袖子:"父亲说了今天让我出来的,为什么要回去?"

周定衡看她的表情像是快哭了,连忙说:"这我也不知道啊,说不定是有急事呢。你别伤心啊,冬至年年都有,每年都一样,没什么好看的。"

他一说完,小满直接哭出来了。周定衡和孙小姐手足无措地开始安慰她。

周攻玉皱了皱眉,俯身给她拭去眼泪,温声道:"应该没什么事,我今天会好好陪着你的。"

说好的事,姜恒知不会轻易反悔,急着召小满回去,只能是因为姜月芙。他犹豫片刻,还是决定找到程郢问清楚。

周攻玉抬眸看了眼周定衡,他立刻会意,拉着孙小姐一起哄小满。

"让二哥去问,我们带你去月老祠看看好不好?里面可是有棵好大的姻缘树呢。"

小满看了眼周攻玉。

"很快就回来找你,好吗?"周攻玉面色温柔,让人难以拒绝。

小满垂下眸子,听话地点点头:"好。"

周定衡发现周攻玉一走,小满很快就不哭了。孙小姐也忍不住好奇开始询问小满,被他言语暗示几次也就停下了。

姻缘树在月老祠中央,树上系满了红色绸带,将繁茂的枝叶挡住,那点绿色反而被红色压得严严实实。

四周不少年轻的男女在往树上绑红绸,还有特地架着的梯子,以供香客能够到高处的树枝。

小满手上拿着红绸,有些不知所措。

孙小姐向她解释:"这是求姻缘的,在上面写下意中人和你的名字,你们就能长长久久，白头偕老了。"

小满拿起红绸打量，似乎在质疑真实性："这个真的准吗？"

"这可是神树，只要是真心喜欢，没什么不可以的。"孙小姐很是热情，直接带小满去了一旁备着笔墨的桌台，将笔递给她。

"你快写，一会儿他会上去，把我们的愿望挂在最上面，这样月老就更容易看到了。"

小满并没有多大兴趣，她此刻纠结着要不要告诉周攻玉实情，若是说了他会不会很难过。可不说的话，她突然就死了，周攻玉会不会更不好受。

在周攻玉心里，她总归是有些分量的吧……

孙小姐很相信这棵姻缘树，认定了在树下许愿的有情人会终成眷属。小满也不好拂了她的意，潦草几笔就在红绸上写了自己的名字递过去。

孙小姐一看，立刻不满道："哪有只写一个人名字的，要两个人，殿下又不在，你莫要害羞了，快写吧。"

小满无奈，只好拿回来准备加上周攻玉的名字。

再次执笔，迟迟没有落下，墨聚在笔尖滴落，洇开了一个不大的黑点。

周攻玉这三个字，是她短暂又无望的生命里，唯一能回想起的好。

她问过一个有情郎的侍女，什么是喜欢。

那个侍女说："只要想到那个人就想笑，盼着他开心。只要一见到他，一听到他的声音，什么不好的事都想不起来了。就是见不得他难过，想把自己有的都给他，永远都跟他在一起。"

原来这就是喜欢，那她应该是喜欢周攻玉的。

小满有些可惜，她有的东西太少了，竭尽全力能给他的也是如此微不足道，最后也不能永远跟他在一起。

红绸上的"姜小满"三个字被她写得潦草敷衍，轮到写周攻玉的名字时，却是郑重认真，一笔一画地在描摹，恨不得将满腔爱意和不舍都渗进墨里，融进他的名字里。

写着小满和周攻玉名字的红绸被挂上高处，和成千上万的名字混在一起。缠绕在姻缘树上的红绸承载了爱意和承诺，也承载了无数情人的祈盼。

月老祠的香火味熏得小满有些难受，她又不好意思开口告诉周定衡，便独自一人朝外走去了。

一堵墙将月老祠的热闹隔绝开，墙外是冰冷而清寂的小巷，仿佛被割开成了两个截然不同的天地。

程郢不耐烦，甚至有些愤怒，咬牙切齿道："二皇子，月芙已经危在旦夕，实在不能耽误，小满我必须立刻带走！"

银白的月光下，周攻玉的侧脸显得冰冷疏远。

他语气寡淡，没什么起伏："急什么，寸寒草都有了，还怕救不活？小满这么懂事，不会跑的。"

"她怎么可能不会跑？你不知道她的生母是个什么样的女人，简直心如蛇蝎……"

小满的手扶着墙，因为用力，指缝里都沾了些青黑的墙灰。

原来她要替姜月芙去死这件事，周攻玉心里也是清楚的，而且，他好像不觉得难过。

周定衡发现小满不见了，惊得双目睁大，在月老祠找了两圈，还是没见到人。两人慌乱得不行，小满要是出了什么事，周攻玉可不会轻易放过他们。正愁得发狂时，周攻玉先找到了他们俩，身边还跟了程郢和姜驰。

两人更慌了。周定衡见周攻玉难得冷着脸，更加心虚了，十分内疚地说出实情："我们就一会儿没注意，再回头就找不到小满了。真的就一会儿，她肯定在附近。"

程郢冷笑一声："还用说什么，必定是跑了。我就说不该放她出来，要是害死了月芙，我要她偿命。"

周攻玉脸色差得难以掩盖，冷声道："程都护慎言。"

程郢在周攻玉面前不敢放肆，强忍着愤怒冷哼一声。他都要怀疑周攻玉是不是故意要带小满出来，好给她机会逃跑了。

"二皇子应当知道，月芙是姜家和程家的掌上明珠，从小就被我们细心爱护，容不得半点闪失，何况她与你……"

"我自然知道，程都护无须多言了。"周攻玉很清楚，程郢是在提醒他，不要想着帮小满离开。

姜月芙要是因他而死，会成为一个难解的麻烦，他还不至于如此蠢笨。周定衡虽然听了程郢的话有些生气，可他不知道其中缘由，也不好多言。

没看好小满确实是他的过失："我和你们一起找吧。"

程郢带了不少人，分散在各处，一看就知道事态严重到不能再耽误了。

周攻玉烦躁地揉了揉眉心："好了，去找小满吧。"

小满从月老祠的偏门绕出去，孤魂一般漫无目的地向前走。等走到桥上，花灯顺流而下，光点都挤在一起，看着赏心悦目。

几个小孩冲过来，不小心将她撞了一下，手上的昆仑奴面具"啪"的一声落到水里。

小孩害怕，一哄而散跑远了。

小满趴在桥头往下看，面具浮在水面上，和花灯一起顺着暗流漂远。

兔子灯还被她握在手里，始终没舍得松开。她觉得自己可怜，简直是低微到了尘土里。仅仅是从指缝漏出来的那么一点怜悯和关照，都让她视若珍宝，不顾一切地想要抓紧。

这哪里是喜欢，就算她笨一点，听到那些话后，也不会再天真地认为周攻玉心里有她。

小满坐在河岸的石阶上,双臂环抱着膝盖,蜷缩着像个孩子。

过了一会儿,身后有老妪吆喝卖花的声音,小满回头去看,发现果然是月老祠前的卖花婆婆。小满和周攻玉郎才女貌,出手还极为阔绰,她自然是记忆深刻,却没想到这么快就在这处见到了小满孤身一人。

"姑娘怎么一人在这儿?那位公子呢?"

老妪的篮子里都是一朵朵她亲手做的绢花,小满的发髻也簪了两朵。

周攻玉给的钱够她余生不愁了,面对小满也就十分热心:"是找不到路了吗?"

小满是第一次出来,离开的时候浑浑噩噩,现在被人提起才发现自己确实是找不到路了。

她点了点头。

"那位公子兴许还在月老祠等你呢,若是姑娘不嫌弃,我带你回原地吧。"老妪在小满身边坐下。小满摇摇头,眼眸染了层水光。

"我不想回去。"她的手臂收紧了些,心中的不愿更加强烈。

老妪自顾自地说道:"那就是和好心公子吵架了。小姑娘也别难过,端不说别的,那公子出手阔绰,是位难得的贵人,姑娘可要好好珍惜,切莫闹脾气,好好说开了没什么大不了的。"

小满抱着膝盖,娇小一团,身影显得孤单无助。

"可他不喜欢我。"

老妪又劝慰道:"怎么会呢?我看那位公子分明是极其在乎你的,还一直牵着你的手呢。"

小满摇摇头,知道和旁人说不通,安安静静的,也不准备反驳了。

老妪停了一会儿,看小满是真的难过,便说道:"要是你真的不喜欢啊,那就算了吧。京中权贵人家,从来就不把真心当什么。那些纨绔啊,见一个爱一个的,到头来伤的都是好姑娘的心。真正喜欢你的人,是根本舍不得见你伤心难过的。那位公子若不是你的良人,再寻一个便是,可莫要死心眼。这男子向来薄情,姑娘想开了就好。"

这老妪句句恳切,说完还拍了拍小满的肩膀。

"谢谢老人家。"

老妪叹了口气,转身离开了。

小满仍是孤零零地坐在河边,看着花灯一盏盏漂过。

一番打听后,周攻玉很快就找到了小满。

她背对着街道,小小的一个人缩成一团,周围人流车马的喧闹声不断,这么热闹的景象,却好似与她无关,半点也融不进去。那一块昏暗的方寸之地,将寂静寥落都圈了进去,独剩她一人无声。

周攻玉走近,坐到小满身边。小满身子没动,肩膀却轻微地颤动了一下,把脸埋在了双臂间。

035

"我不想回去。"小满的声音微弱,颤抖得厉害,像是被一根弦紧吊着。

周攻玉顿住,良久没有说出话来。

"我会死的。"小满眼泪止不住地流,她还是不相信周攻玉会忍心看着她去死。

周攻玉发出极轻的一声叹息,像是无奈,似乎是埋怨她像个不懂事的孩子。她头顶被揉了揉,他还是和以前一样的语气,温柔又冰冷。

"小满,"周攻玉看着她,夜色中的神情晦暗不明,"听话。"

眼泪怎么都止不住的小满,在听到这句话后,眸子霎地睁大,哭泣也停了。

陶如说,只有那个人在乎你的时候,眼泪才有意义。

可是周攻玉不在乎她。

没有人在乎她。

小满被送回姜府后,宫中有急事来召周攻玉。他匆忙安抚了小满几句,却没能等到她回应。小满垂着眼睫,像是没听到般一声不吭。

阿肆又催了几句,周攻玉抬手想哄哄她,被她看似无意地避开了。

"小满,"他叹息一声,"等我回来。"

身后人离开,马蹄声远去。

程郢的怒火再难忍住,几乎是粗暴地将她拽进相府的大门。

小满手上还紧握着兔子灯,一直被扯到了姜月芙的院子。

只听里面传来程汀兰的哭声:"月芙又呕血了,她快不行了。"

程郢深吸一口气,见到小满一副漠然的神情,不禁怒从中来,狠狠一巴掌打在小满的脸上。

"啪"的一声,清脆到让姜驰都蒙住了。

小满摔在地上,兔子灯落在地上滚了两圈。她脸颊通红,上面印有清晰的指痕。

"贱人,你是成心想害死月芙!若是她有什么闪失,我必定叫你生不如死。"

"舅舅!"姜驰眉心一跳,不敢再看下去,忙拦住了程郢,"还等着她救我姐呢。"

姜恒知从屋子里奔出来,见到小满的样子,冷着脸一言不发,将她扶了起来。若不是程郢说小满不见了,他确实没想到,小满真的会趁冬至的机会逃走。

"起来吧。"

小满起身,手上是摔倒在地时擦出的血痕。

姜驰张了张口,又什么也没说。

很快,屋里走出一个头发花白,身形佝偻的老人,他手里端着一碗药汁。

小满听到了屋子里的抽泣声和哭喊声,看到了程郢脸上的愤怒,和姜恒知失望的眼神。

所有人都在等着她,看着她,似乎她逃跑是犯了什么滔天的罪孽。

姜恒知不忍再看，转过身背对小满。

朝堂上一身傲气，少有低头的丞相，此时却不敢看向她，连说出口的话都带着颤抖："进去吧。"

姜月芙突然病发，谁也没料到。

床褥上都是她吐出的血，人没有完全失去意识，只能发出"嗬嗬"的气音，疼得说不出话来。

头发花白的老人，就是提出用寸寒草救姜月芙命的江湖大夫。找到寸寒草以后，顺带也寻到了他。

将药碗推给小满的时候，他还叹了口气："可惜喽，也是个如花似玉的小姑娘，就是命生得不好。"

小满没说话。他说得很对，确实是她命不好。眼下这碗药汁都已递到面前，她是非死不可了。

在姜月芙和她之间，所有人都选择了前者，她是要被放弃的那一个。连周攻玉也是这么认为的。

小满觉得自己不该哭，可是想到周攻玉的时候，眼前又模糊一片，滚烫的泪水砸进药碗里。心口处泛起细密的疼痛，像是被无数的针扎过一般。

她想，在周攻玉心里，对她的喜欢，约莫和对小猫小狗是无甚区别的，和姜月芙是毫无可比之处的，因此他才会毫不犹豫地做出了选择。

这些事都很好想通，但还是让人难过。

隐约听到他们在安慰姜月芙，对着几乎不省人事的姜月芙说："别怕，我们都在呢，你会好起来的。"

真是奇怪，姜月芙有什么好怕的呢？

小满垂下眼，突然认命了。有些东西，就是她注定得不到的。

此刻还有人对姜月芙说着别怕，而她要为了旁人牺牲掉性命，也只有周攻玉告诉她要听话。

又苦又辛的药汁下肚，说不出什么感觉，只是那一瞬间喉咙就开始灼烧般疼痛。浑身都在疼，倒分不清哪儿更疼了，连取血时的皮开肉绽也没能感觉到。

眼前一黑，便全部沉寂了。

痛苦还是委屈，或许还有不甘和埋怨，都没有了。

小满的血救了姜月芙，折磨她许久的毒终于解了。院子里的气氛说不上欢乐，只有几个人脸上带有笑颜。毕竟他们都知道，一个人的生，是用另一人的死来换的。

江湖大夫以为小满是必死无疑的，便也没顾得上照看。

她手腕的血一直流，蜿蜒到了桌底，触目惊心的血线终于让一个侍女看不下去了，走过去准备将她的手腕缠起来。

触碰到小满手腕肌肤的那一刻，她猛地叫了一声："哎呀！这还活着呢！"

"什么？"江湖大夫忙走过来，开始为小满把脉。

片刻后，他道："竟还有此等奇事，快！快为这丫头包扎伤口，扶到榻上去，我开几个吊气的方子，说不准还有救。"

寸寒草有剧毒，小满一炷香之后还活着，实属罕见，简直是闻所未闻。

他摇摇头："脉象微弱，却能勉强支撑，我还从未听说有人受得住这寸寒草。"

姜恒知面上终于有了喜色，立刻道："请神医再救救她，届时我定有重谢。"

江湖大夫斜了他一眼："用了这种东西，就算没死，以后也别想安生，还不如死了，你对她并无感情，确定要救？"

姜恒知朝他一拜："请神医救她。"

"罢了，我尽力而为吧。"

冬至这日，皇上陪惠贵妃一同游园，被刺客打伤，惠贵妃反而安稳无事。皇后一怒之下将惠贵妃拖出去关进牢狱，按刺客一并处置。

周攻玉和周定衡得到消息后都急忙赶回宫中，惠贵妃被关在肮脏潮湿的地牢里且吓得不轻，皇帝醒来第一件事就是责骂皇后。

事态一发不可收拾，皇后第一次毫无形象地冲着皇帝大吼大叫，以至于他叫来了太医看她有没有失心疯。

周攻玉被这一连串的事搅得心烦意乱，只好替他母后收拾烂摊子，去父皇处为她求情开脱。

惠贵妃被放出来后，周定衡也知道此事和他母妃脱不了干系，为了避免朝中大臣的口诛笔伐，连忙请罚让皇上对惠贵妃禁足，而他自己也做好了离开京城奔赴军营的准备。

等到一切稍微平息了，周定衡去找周攻玉告别，正碰上他处理政务。

因为皇帝受了伤，书案前堆了高高一摞的奏折无人批阅，全都交予周攻玉。

周定衡早知道自己坐不成太子的位置，就算母妃再怎么逼着他，也不得不承认他就是不如周攻玉。且不说出身，便是才学和谋略，他又哪里是周攻玉的对手。

虽然太子诏令还未颁布，周攻玉却已经住进了东宫。惠贵妃虽不甘心，眼下却木已成舟，不是她能左右的了。

周定衡做好了离开的准备，和周攻玉聊了几句，二人都心照不宣地没有提起皇后和惠贵妃。

直到周定衡迈出殿门，才想起什么，回过身。周攻玉看奏折看久了，正疲倦不已地揉着眉心。

"对了，皇兄可知道姜二姑娘怎么样了？听说姜大小姐体弱的病治好了，我昨日去拜访，本想顺便给姜二姑娘道个歉，谁知府里人说她病了。"周定衡想起昨日的情形。

说是病了，可那些下人又神色慌乱，似乎是什么难以启齿的事，生怕被他问起一般。

"冬至那天她看着还活蹦乱跳的，怎么才几日就病得下不来榻？"

"什么？"周攻玉抬眼看向他，神色愕然。

周定衡有些惊讶道："皇兄不知道？"

周攻玉脸色沉下去，强忍着怒意叫来了阿肆："阿肆，进来。"

阿肆听到他的语气，顿时就心虚了："殿下……"

周定衡见此状，就知道事情没那么简单，他也不好多听，干脆地走了。

"小满是怎么回事？"周攻玉见阿肆的表情，心中隐约有了猜测。

程郢多半是没说实话，只说姜月芙需要小满回去放血，可放个血又怎么会有几日下不来榻。

阿肆硬着头皮说："回禀殿下，是皇后娘娘吩咐这段时日让你安心处理政事，不许用琐事来烦扰你。皇后娘娘知道冬至那日你和姜二姑娘出去，发了好一通脾气。况且，姜丞相要救姜大小姐，我们总不能为了小满害死姜大小姐。"

周攻玉问："小满现在如何了？"

阿肆看周攻玉的神色，也不敢将实情和盘托出。

"小满姑娘至今昏迷不醒，其余的我们也无从得知。"

话音刚落，周攻玉猛地起身，衣袖扫落了书案上的折子，干净的袖边染了乌墨，迅速在锦袍上洇开。

阿肆急急忙忙跟上前。

他周身气息冷得吓人，因为步履匆忙，长衫边缘的摆动好似波浪一般，飘浮不定让人心神俱乱。

程郢骗了他，毋庸置疑。

他现在只想知道小满的情况，暂时没时间追究其他。

等来周攻玉后，姜恒知脸色也说不上多好，不等他开口，周攻玉就问道："小满如何了？"

姜恒知默了默，侧过身对他做了一个"请"的手势："我说的殿下未必相信，不如自己去看吧。"

周攻玉扫了他一眼，从他身侧过去，态度和往日的温和有礼差了一大截。

起初知道小满没死，姜恒知心中是欣喜的，末了又觉得造化弄人，愧疚一波波如浪潮般拍打在他心头。为了救月芙，强迫小满服下剧毒的寸寒草，即便她日后醒来，他也不知如何面对小满。

他甚至不敢想，陶妩是不是因为知道小满必死，才彻底心如死灰，决绝到用如此的方式了结自己。

她最后还是没能狠心，亲手杀了自己的女儿，而小满还活着，陶妩却……

姜恒知实在不愿想，甚至不敢去见小满一眼，只能让大夫每日为小满治病，无数上好的药材流水般送进她的院子。似乎这些能让他的心好受些。

他听闻,那日是周攻玉找到小满,并亲自送她回府的。如此说来,他没有看错周攻玉,周攻玉确实知道该如何抉择。

小满经此一遭,若真的能醒来,愿意放弃周攻玉,也不失为一件好事。

自从服下剧毒的寸寒草后,小满就高烧不退,整整四日都没有醒来。时不时会呕出几口乌血,脸色苍白如纸,泛着将死的灰。

周攻玉呼吸一滞,半晌没有再靠近。

小满毫无生气地躺在榻上,下颌也因为脸颊的急剧消瘦,显得更尖细了。比起冬至那一日,娇艳灿烂如盛放的花朵般的小满,现如今却迅速枯萎灰败,如同长廊的紫藤,凋零的样子好似即将死去。

周攻玉沉默地站了许久,双腿如同灌了铅,靠近她的每一步都走得艰难。

他坐在小满榻边,低垂着头,墨发垂落而下,覆在她苍白至极的手背上。

白得吓人,黑得分明。

周攻玉握着小满的手,冰冷得好似握了一块寒冰:"小满……"

屋子里寂静无声,除了他浅浅的呼吸,没有一句应答。小满也没能醒过来,和他说一句"攻玉哥哥不要伤心了"。

连着三日去相府,周攻玉作为皇子,难免会引起有心人的注意。

京中都知道有位神医治好了姜月芙的体虚之症,现在周攻玉又去相府去得频繁,除此以外,还将宫里几个医术最好的太医送去了相府,人们便纷纷猜测他和姜月芙的赐婚是板上钉钉了。

皇后不费力就知道他是为谁而去,想做什么。

"你刚搬进东宫,行事失了分寸,连自己身份都忘了!不过一个低贱的庶女,死了便死了。你坐上皇位,什么样的女子没有,别忘了,姜月芙才是你要娶的人。"

周攻玉眼中凝着寒光,薄唇抿成一个略带讽刺的弧度:"我如今到了这个位置,母后还是有诸多不满。儿臣的身份是什么,儿臣从来没有忘过,反倒是在母后您眼里,儿臣是什么身份?"

是皇子,是储君,是未来的天子,却不是她的儿子。

皇后愣了一下,眉毛拧起:"你在说什么?居然敢顶撞本宫,你这是什么意思?"

"母后若无事,我还有政事要处理,您还是回去吧。"

皇后还想继续争执,却被周攻玉的人强行拦着,送回了宫。

周攻玉很快就又出了宫,奔着相府去了。

冬至过后,京城的寒意一波接着一波,连天色都灰蒙蒙的。

连续几日了,小满还是没醒,药喂进去就会被吐出来,高烧时还会发出沙哑模糊的声音,拼凑不出一句完整的话,就像是被人扼住喉咙在发声。

每日都有人守着，以免她咯血会呛到。

姜月芙已经治好了，寸寒草的事也没什么好隐瞒的，不等周攻玉问，姜恒知就如实告诉了他。

榻上的小满沉睡着，眼下一片青黑，即便是双目紧闭，也能窥见她的痛苦。

周攻玉坐在一边，看着她日渐瘦削的下巴，黑瞳越发寒冽。

他想起了姜恒知问他的话——

"即便程郢和你说了实情，告诉你要用小满的命换月芙的命，我不信你会选择小满。"

周攻玉看到姜恒知脸上的笃定时，心头涌上一股火气，却只是勾了勾唇，嘴角弯出的笑意只让人觉得冰冷。

他会恼怒，是因为自己。因为姜恒知说得不错，连他自己都不相信。

教导了他这么多年的姜恒知，自然能看清他是个怎样的人。

只是一个女人而已，还是个无足轻重的女人，他的太子之位能不能坐稳尚未可知，为了她害死程家和姜家的掌上明珠姜月芙，怎么看都不划算。

正是因为他知道自己会怎么选，他心底才会泛出这种怒意。周攻玉觉得自己卑劣，不值得被真心对待。

冬至那一日，小满知道自己快死了，在他面前却还是一副高高兴兴的模样。可最后她眼里噙着泪水，恐惧地说自己会死的时候，只得到了一句"听话"。

谁不害怕死呢？她那样一个姑娘，本不该这样活着。小满想活下去，但是信错了人。

周攻玉想起这件事，心又猛地沉了下去。

小满那样害怕，他就该猜到了什么，其实是他自欺欺人，宁愿相信程郢的话，相信她不是必死无疑的。

雪柳知道周攻玉是什么身份，无论他对小满做什么，雪柳也不敢说个不字。让他进了屋，自己就在外守着，小心地听着里面的动静。

屋子里始终沉寂一片，偶尔有几声低微模糊的声音，也只是小满的嘶哑呻吟。

周攻玉坐在榻边，床榻微微凹陷，小满的手指颤了颤。

他仍是许久没有动作，语调如往常一般平静而温和，只是再听，又让人无端升起畏惧。温柔的表皮下，是冰冷的刀刺。

他手掌贴在她冰冷的脸颊上，指腹轻抚过她的细眉："你会没事的。"

门"吱呀"一声被推开，周攻玉一身白袍走出，乍一看像个清冷出尘的神仙。此时的周攻玉比起往日，略显沉郁的神情似乎要好上许多了。

等周攻玉走后，雪柳颇为惋惜地叹了口气，推门走进去。

一见到床上努力起身的人影，她吓得发出一声短促的尖叫。

"小姐！"

小满穿着单薄的里衣，依稀可见内里几乎是形销骨立的轮廓。

她望着雪柳，张了张口，嗓子仍是疼痛火辣的，如同被炭火燎烤过。

"太好了，小姐终于醒了，相爷夫人和二皇子近来都在为你担忧呢。"

小满还是没说话，伸出手指点了点自己的喉咙，艰难地张口说话，只发出了低沉嘶哑的气音。

她疼得眼泪流个不停，还是没办法发出声音。雪柳不知道是怎么一回事，忙递了温水过去。

小满伸手去接，纤细瘦弱的手臂抖个不停，水从茶盏中洒出来，沾湿了前襟。

她猛地灌了两口水，再次尝试说话，还是什么也说不出来，像是嗓子眼被堵着了，一用力想发声，喉咙就像刀刮般的疼痛。

"小姐。"雪柳吓傻了，"这是怎么回事？"

"咳……咳……"小满又急切地喝水，呛得她猛地咳起来，就连咳嗽声都是微弱的，仿佛有人掐着她的喉咙。

雪柳连忙给她拍后背顺气，慌乱道："没事的小姐，不要急，没准一会儿就好了。"

即便她算不上是一个忠心耿耿的侍女，可服侍了小满这么久，总归生出感情来了。得知小满差点没挺过去，也是真心实意为她伤心，见她日渐憔悴的样子，还暗中抹了几次眼泪。

雪柳从没见过这副模样的小满，心里一时间也不是滋味，红着眼安慰她："小姐别担心，一定会没事的。"

因为剧烈的咳嗽，病态的苍白的脸上多了红晕。

小满不再尝试开口，睁大了眼睛，手指攥紧被褥，最后又卸了力，彻底放弃似的松开。

她仰起脸看向雪柳，指了指自己的喉咙，泛起一个苦涩无奈的笑，然后摇摇头，做了个口型："算了。"

姜月芙是丞相的千金，出身显贵，才貌双全，又自小被人所害落了病，说出去总让人唏嘘命运不公。

她身体刚恢复不久，收到的花帖便多到数不清。

无数人想和她这个贵女攀上关系，贺礼也是如同流水般送进丞相府，连皇帝都让人给相府赏赐了物件。反而是西苑的小院子，安静得仿佛与世隔绝。

醒来不久后，小满就发觉自己说不出话了，头脑也昏昏沉沉的，身子虚浮无力。

雪柳抹着眼泪让人去叫大夫，又忙着去给她做些清淡的粥菜垫肚子。

桌上放着些糖糕点心，还有极为熟悉的饴糖。

小满目光触到后，短暂地停了片刻，又淡淡移开视线。眸子如深潭一般幽深，没有什么波澜。

很快，院子里的下人领着大夫回来了，随之一同前来的还有姜恒知和姜驰。

都是她不愿意看到的人。

当她醒来,发觉自己还活着的时候,心里也没有太高兴。姜府的人,连同周攻玉一起,再一次让她认清了自己的位置。

不是什么姜府的二小姐,不是二皇子的心上人,她只是一个可以随时为了姜月芙而死的药引。又或者,是他们闲暇时用来打发时间的乐子,心情好时会给她个笑脸,耐心地逗弄一番;心情不好,便弃在一旁不闻不问。

她活下来了,那以后呢?在姜月芙和她之间,她永远是次要的那一个。哪怕连周攻玉也选择放弃她。

姜恒知神色复杂,侧身让大夫给小满把脉,酝酿了许久,却也只说了句:"你醒了……"

听到这句话,小满抬起脸看他一眼,又平静地撇开目光。

姜、程两家的人,拿她当牲畜对待,养到了一定的时候,就拉去宰杀放血。可笑她过去曾天真地讨好姜恒知,妄想被他当作女儿,得到如姜月芙一样的父爱。现在会觉得难过,只怪她自作多情,怪她痴心妄想。

姜驰皱着眉,对小满的态度很是不喜,但她现如今的模样憔悴至极,好似被风一吹就要散落的枯叶。他站在姜恒知身后一言不发,眼睛紧盯着脸色苍白的小满,似乎想从她脸上看出点什么来。

半晌后,姜驰忍不住开口:"你就没什么想说的吗?"

或许是因为姜驰态度不好,姜恒知回头瞥了他一眼。姜驰心头一紧,心虚地别开目光,不再盯着小满。

屋子里被炭火煨得暖烘烘的,小满披着一件素袍,头发披散下来。仔细看会发现,本来光泽黑亮的头发,如今发尾却略显枯黄。

很难相信,短短几日,她就被迅速剥夺了生机。寸寒草的毒,生生将她磋磨成了一个废人。

小满嗤笑一声,觉得这两人实在可笑。

雪柳端着清粥小菜回来,一见到姜恒知和姜驰站在屋子里,吓得手一抖,险些把粥菜都洒出来。

每次遇到姜驰,小满都要被他挖苦几句,以往不在意也就罢了,这个时候还来伤口上撒盐,简直不是人。

雪柳有些生气,行了个礼,颇为戒备地看了姜驰一眼,说道:"小姐的身子已经经不起折腾了……"

姜驰冷哼一声,不满道:"你哪只眼睛看到我折腾她了,好意过来关心她,不理人就算了,说得好像是来欺负她一般。"

"你住嘴。"姜恒知斥了他一句,心情有些复杂。

"小姐现在说不出话,自然是无法回应相爷和公子了。"雪柳不敢将心里的怨怼表现出来,低头时却忍不住翻了个白眼。

真是没良心,居然连小满嗓子坏了也看不出来。

"什么？"姜恒知和姜驰俱是一惊。

姜恒知的脸色凝重起来，对小满说道："我会让大夫医治好你。这次你救了月芙，往后便好好养伤，我们断不会再对你如何。"

一旁的姜驰也从震惊中缓过来，半张着嘴，却没有再多说什么。

姜恒知自说自话了一会儿，也慢慢停下了。好似小满的耳朵也一起坏了，旁人说话的时候，她就像是在发呆。意识到小满可能不太想见到他，姜恒知也不想留下讨好她。

再怎么说，他也是小满的父亲，能做的都做了，难不成还要给她认错不成。

姜恒知脸色微沉，转身走了，姜驰也紧跟着离开。

战战兢兢的雪柳终于松了口气，对小满说道："再放粥都要凉了，小姐快喝了，大夫一会儿就给你把脉。"

她忍着喉咙的疼痛，一边小口地喝粥，一边听雪柳说着这几日发生的事。

"小姐昏睡的这几日，每日又是吐血又是发热的，还总是说梦话。我说怎么听不清说些什么，竟是因为伤了嗓子。"雪柳重重地叹息一声，又补道，"连老夫人也来看过小姐，倒是少爷今日是第一次来。"

那就是说姜月芙没来过了。小满敲了敲桌子，示意她继续。

"大小姐身子一好，借口送礼实则攀关系的人就一批接着一批来，丞相府都快堆不下了。再过三日，就是大小姐的生辰了。"说到这里，雪柳突然停住，小心翼翼地打量小满的神色。

小满笑了笑，做了个口型："继续说。"

雪柳犹豫了一下，想到那日周攻玉亲自把小满送回来，这段时日又呵护备至的模样，心中五味杂陈，一时间更同情小满了。

"我听府里的人都在说，皇上已经准备好了册封太子的诏书，等到大小姐生辰那日一同册封大小姐为太子妃。"

雪柳说话的时候，小满一只手杵着脑袋听得认真，另一只手有节奏地轻叩着桌子。她的话说完，轻叩桌子的声响停住了。满室寂静，只剩下暖炉中烧得正旺的火炭，发出细微的火花炸裂声。

为小满看病的是宫里来的太医，先前那位江湖大夫治好了姜月芙，本要留下医治小满，却不知怎的，带着赏金匆忙离开，半点人影也寻不到。这御医是周攻玉送到相府来的。

来之前，他还以为是要为姜府的大小姐调理身子，哪知道原来是那个他只在传闻里听过的庶女。若不是亲眼见到，他还当这个庶女只是京中捕风捉影的人胡编滥造出来的。

"姑娘这嗓子是因为寸寒草而坏的，不曾受到过其他的损伤？"

御医问雪柳，雪柳摇摇头。他叹了口气，像是早就料到这个结果。

来看病总要知道人是得了什么病，怎么病的，可他每次发问，相府的人总是含糊其词。还是二皇子告诉了他寸寒草的事，不然他连这位小姐的命都难保住。

相府的人还特意警告他，此事不可对外透露。这种高门之中，内里免不了藏着各种龌龊事，他想活命自然是不敢说出去。

"那小姐若是不曾遭受过其他，这嗓子就是被寸寒草灼坏了。这草药性极烈，在下从未见过，如今也只能试着来了。但请小姐放宽心，我定当全力以赴。"

等太医走了，小满喝完药，雪柳推开门窗道："这几日阴风吹得人骨头缝都发冷，今日总算是出太阳了，小姐要不出去走走？"

屋里火炭熏得小满头昏脑涨，望着屋外的蓝天，也有些心动。

她点点头起身，又裹了两层厚实的衣物。雪柳顺手拿起那件挂在架上的苍青色斗篷，准备给小满披上。

小满看见斗篷，稍微愣了一下，很快就摇头拒绝了，自己去挑了一件。

雪柳疑惑地嘟囔："我记得小姐喜欢这件斗篷的啊……"

小满就像没听见，伸手去扯斗篷的时候牵动了伤口，手腕又在隐隐作痛。

相府因为姜月芙，来了许多前来祝贺探望的人，少不了有些个凑热闹的年轻纨绔。

郭守言就是其中之一，但和其他人不同的是，他是真心喜欢姜月芙，喜欢了很久。过去姜月芙在病中时，他还来探望了多次，甚至扬言要娶她为妻。

姜恒知对这种纨绔极为看不上眼，没拿棍子打他出去都是有涵养了。这次他好心来庆贺姜月芙病愈，相府也不能推托。

府里的玉兰结了苞，挂在空寥寥的枝上有些难看，还要等冬天过了玉兰花才会盛开。

小满被雪柳扶着，看到了玉兰树下愁眉紧锁的郭守言，下意识就要避开。

郭守言正和自己的小厮说话，远远瞧见了小满，乍一看还没认出来。见她是从内院的方向出来，以为是姜月芙，小跑着追上她。

雪柳焦急地说："小姐，郭小公子追来了。"

小满皱着眉，脚步又加快了几分。

郭守言喜欢姜月芙，平时自然是看小满不顺眼，说话还轻佻无礼。

小满身子不好，走也走不快。郭守言追上她，一把攥住她的胳膊。

方才靠近的时候，他就认出这人是姜小满了，却还是追上她："我说你怎么见了本公子就跑啊，我能吃了你吗？"

小满瞥了他一眼不说话，把自己的胳膊抽回来。

"怎么不说话？哑巴了？真是没教养。"

郭守言讽刺了一句，小满没反应，绕过他继续往前走。

雪柳便对他解释小满受伤了，导致嗓子没法出声。

郭守言点点头："啧，还真是多灾多病的，这才多久不见，瘦成这样了，相府还能不给你饭吃？"

小满无法回答，也不怎么想理他。郭守言反而来了兴趣，絮絮叨叨说个不停，非要激得她发怒。

奈何跟了一路，也不见小满再皱一下眉，他不满道："你这人是个木头？怎么说什么都没反应，不会耳朵也聋了吧？"

小满受够了他的聒噪，看到湖心亭的石桥上站的是谁，脚下一顿，转身看向郭守言。

"哟，总算是有反应了。"

小满抬起手，指向石桥，示意他自己看看桥上是谁。

郭守言身边的小厮立刻说道："公子，那不是姜大小姐吗？"

湖面只剩下寥落的枯荷，显得一片惨淡凄凉。

相反的是，石桥上站着几个身影，雪肤花貌，绫罗堆叠，看着很是养眼。一见到姜月芙，郭守言眼睛都亮了起来，也不再纠缠小满，忙要走过去。

还没等他靠近，湖上忽然传来一声巨响。

"扑通——"

方才还站在桥上的粉裙女子，忽然从桥上翻落，虚影一闪就落到了冰冷脏污的湖水中。

冬日的湖水看着发黑，明镜般映出蓝天，枯叶和灰尘就好像浮在天上。忽然坠落的人将明镜打碎，惊起巨大的水花，溅到了姜月芙的衣裙上。

郭守言和小满被吓了一跳，齐齐停在原地。

雪柳惊得瞪大眼，难以置信地望着桥上的姜月芙。如果她刚才没有眼花，推人落水的正是姜月芙身边的侍女！

姜月芙站在桥上，望着水里扑腾的女子，心里十分畅快，立刻让侍女去叫人来救人。

她刚一抬起头，笑容还没来得及露出，就看到了小满和郭守言，两人都瞪大眼睛望着她。

雪柳心里慌乱，却不敢靠近。郭守言和小厮反应过来，立刻去救人。

小满也要朝石桥走去，被雪柳拉着不让动。

"小姐，去不得，你就别管了。"

水里扑腾的水花越来越小，小满想着自己落水时令人恐惧的窒息感，忙挣脱雪柳朝着落水的人小跑过去。

姜月芙心虚地捏着衣角，大声喊人来。

郭守言二话不说跳进混浊冰冷的湖里，等姜月芙的侍女喊人来的时候，人已经被郭守言拖着往岸上拉了。

一堆男人手忙脚乱地把人拉上来，小满看了姜月芙一眼，解开身上的斗篷盖到落水女子的身上。

本来还安静的地方，霎时间就热闹起来。

姜月芙张了张口，没说出话来，脸色惨白地对小满笑了一下，问道："小满，你的身子好些了吗？"

雪柳颤抖着不敢说话。郭守言吐了几口水，脸色冻得惨白。浑身湿透后被风一吹，冻得他不停打战，看着很是滑稽。

小满没有对姜月芙的话做出什么反应，弯腰蹲在落水的人身边。拨开湿发后，她认出了这个女子。是冬至的时候，被周定衡拐出家门的孙小姐，是孙太傅的女儿。

姜月芙看到小满的眼神，心中更加慌乱了，刚想开口解释，郭守言就挤着眼睛冲她摇了摇头。

接着，小满听到郭守言缓缓开口："孙小姐脚滑落水了，我们还是赶紧找大夫看看吧。"

雪柳看到了一切，也不敢说话，瑟缩着肩膀站在人群外围。

地上是大片的水渍，被救上来的孙小姐冻得脸色青白，靠在一个仆妇怀里。

赶来救人的都是些男子，孙太傅为人极其古板迂腐，知道后非要逼着郭守言娶了孙小姐不可。

蹲得太久，小满起身便感到眼前一黑，正往前栽倒时又被人拽回去，没等站稳，一件温热的披风罩住了她。

周攻玉扶住小满，语气分明关切，却被她听出几分冷漠来："发生何事了？"

周攻玉一来，所有人都安静不少，赶忙对他行礼。

连抱着手臂不停打战的郭守言都忍住了，强忍着寒冷端正姿态。

这是孙太傅的女儿，是连冬至都要被关在府里不能出门的孙小姐。

如今在大庭广众之下落水，又被郭守言从水里拖上来，一堆男子围着，将她的狼狈姿态看了个遍。

孙太傅知道后必定是要气到两眼昏黑，轻则将她关在家里闭门思过抄《女训》，重则直接让救人的郭守言娶了她。

周攻玉只是淡淡扫了姜月芙一眼，她就有一种被瞬间看穿的心虚感，不知不觉连手心都泛起了冷汗。

郭守言是看到了这一切的，下意识地为姜月芙做隐瞒，说孙小姐是自己不慎落水。

可面对周攻玉时，好似有无形的压力，逼得他大气都不敢喘，生怕自己说点什么就会被对方识破。

"把孙小姐带下去吧，此事就莫要声张了。"他的目光甚至没在孙小姐脸上多停留一会儿。

今日来了不少人，只要姜月芙有意，就能轻而易举地将这件事宣扬得尽人皆知。

周攻玉显然是不想多管闲事，只是低眸看向小满："还是太医告诉我你醒

047

了，怎么身子没好就出来？"

郭守言抱着胳膊准备下去更衣，临走前见姜月芙没有要走的意思，只好摇摇头自行离去。

守在湖边的人慢慢也散开了，姜月芙没走，站在周攻玉对面一动不动。

即便她自认面上没有太大的破绽，心里却始终是忐忑不安，想找机会为自己解释。

可周攻玉不看姜月芙，明明她才是未来的太子妃，周攻玉却从不与她亲近，反而是对小满出奇的好。现如今更是毫不掩饰，当着她的面就关心起来了。

可凭什么，明明这些人都不如她，无论是三皇子，还是要与她结亲的周攻玉，心思都放在旁人身上。

姜月芙捏紧了衣袖，用力到罗缎有了褶皱。

孙敏悦不如她，无论是家世、相貌还是才情，处处配不上周定衡，可周定衡却喜欢上了这种女子。

而姜小满，不过是一个药引，是一个脑子不好的小丫头，病得都快死了，就算活下来也一辈子上不了台面。

"殿下不觉得自己和小满太亲近了吗？"姜月芙说不上对周攻玉是什么感觉，她一直以为自己和周攻玉是最适合的人，可这个人却对一个微不足道的姜小满动心。

姜月芙有些愤懑地看向二人，她不甘心，甚至是觉得屈辱。

周攻玉挡在小满面前，弯起的眉眼看似带着笑，实际上却满是令人齿寒的冷意："听姜小姐这话，是想让我亲近你吗？"

他脸上的笑意化去了，目光凌厉如刀："姜丞相确实将你宠坏了。"

姜月芙心头一跳，不禁后悔招惹了他，往后退了几步。

周攻玉压下略带嘲讽的笑，对小满说道："这里风凉，走吧。"

亏他过去还以为姜恒知的女儿是个有脑子的，实际上却是只会争风吃醋的蠢货，病才刚好就要给姜恒知惹麻烦。无论是手段还是演技，都拙劣得令人发笑。

又毒又蠢，约莫就是这种人。要做太子妃，实在是不够格。

等二人离开后，姜月芙缓缓松了口气，一旁的侍女心中担忧，小声道："小姐，二姑娘会不会说出来？"

姜月芙睨了她一眼："一个姜小满不足为惧，刚才吓得半天不吭声，谅她也没有那个胆子。就算真的说了，又有谁会信她？"

"小姐说得是。"

"小满，"周攻玉的脚步停住，"太医说你嗓子坏了。"

小满垂眸，突然有些感慨。周攻玉在她面前总是从容不迫的，好像没什么事能打破他的镇定冷静。过于冷静的人，有时候就是冷漠了。

小满抬起脸看向他,眼睛还是忍不住地酸涩,幽幽的眼眸依旧澄澈,连一丝怨恨也没有。

换作以前,她会扑到周攻玉怀里,甚至会哭着拉住他的衣袖让他不要走。而现在她只是静静地看着他,一丝笑容一个皱眉都没有。

身上的披风宽大,一直遮到裙边。

披风上沾染了周攻玉身上的熏香气味,她被浅淡的冷梅香气包裹。周攻玉这个人,连用香都是如此,温雅又冰冷,让人觉得若即若离。

周攻玉心脏被揪紧一般,有片刻,不知道自己该对她说什么。

小满摇摇头,无声地开口,希望周攻玉能看懂她的口型:"我不怪你。"

虽然没有声音,可是周攻玉还是看懂了。他脸上有一瞬的惊愕,心中却涌上一股不安来。

"我……"

为什么还能说出不怪他的话?怎么可能没有怨恨?

小满忽然转身,以袖掩口,猛地开始咳嗽。

每一声都是剧烈痛苦的,气音几乎是被紧压在缝里透出来的,嘶哑而压抑。

周攻玉拍了拍她的背,帮她顺气。

等小满直起身,脸色更差了。他窥见了袖上的点点血渍,瞳孔骤然一缩,手上的动作也僵住了。

小满就像是没看见,随意地擦了擦嘴角。

"你想去哪儿?"

小满神色如常,待他的态度似乎也没什么变化。但周攻玉心里清楚,不可能什么也没变,她不会不在意的。

小满张了张口,没有声音:"回去。"

周攻玉沉默片刻,又跟上了她的脚步。

雪柳正欲上前,忽然被人从身后叫了一声,她有些不放心地看了周攻玉一眼。

"你这是什么表情,殿下还能害你们小姐不成?"

阿肆不满地说了一句,雪柳慌忙否认,头也不回地离开。

小满原路返回,而周攻玉也没有要走的意思,竟一直跟着她到了院门。

周攻玉走到院门口,小满还是没有什么反应,表情有些呆滞,看着似乎在发呆。

"小满。"

她停下,疑惑地看向他。不久后他就是太子了,将来还会是九五之尊。

周攻玉是当之无愧的天之骄子,理应心中无所惧,做到不胆怯不软弱。可仅仅是几句话,他却在心中酝酿了许久,斟酌了几遍才决定说出口,连他自己都不知道这烦乱从何而来。

"三日后,立太子的诏书会和立太子妃的诏书一同颁下,届时我就是太子了。"周攻玉凝视着她，想从她眼中看出什么不一样的表情来。

小满愣了一下，很快脸上便带着笑意，无声地说："恭喜。"

除此以外，再没有多余的表情。

小满是在真心实意地为他高兴，祝贺他得偿所愿。

周攻玉抿唇不语，眼中渐渐染上阴霾之色，温和的笑意消失得干干净净。

小满没有怨恨，也没有躲避他的靠近，甚至会笑着祝贺他。可此刻是沉默压抑的，两人之间有了一道打不破的隔阂。

周攻玉站在她对面，看着她笑意盈盈，心里沉了难以消解的郁气："阿肆，送上来吧。"

阿肆觉得气氛怪异，站得远远的不敢吭声，直到周攻玉一句话才反应过来，捧着一个不小的匣子走上前。

落寞只存在片刻，很快被他压下去，面上的神情沉稳克制到让人挑不出错来："打开看看？"

小满上前，打开了匣子。

里面静静地躺着一个做工精致的兔子灯，比冬至那日的兔子灯还要好看上许多。

她低垂着眼睫，幽深的眸子看不出情绪。

谢谢。她张口道谢，将匣子抱过准备走进屋。

周攻玉心中的不安更甚了，心底的失落如潮水般涌出，险些压不下去。

他快步走去，抓住小满的手腕："你没有别的话要说吗？"

手下的腕骨纤细，撑着皮肉也只有薄薄一层。周攻玉放轻了力度，转为牵着她的手。

小满眨了眨眼，指了指自己的嗓子，意思是她没办法开口，说不了什么。

周攻玉道："不用太久了。小满，我不是不要你。"

他觉出自己的动摇，可又明白现在不是合适的时机。

只要她如往常一般乖巧安分地留在深闺，等他将所有东西握在手心，一切都会欢喜美满起来。

冬日的日光并不刺眼，晒得身上暖洋洋的，但院子的树遮住了日光，树下依旧晦暗湿冷。

周攻玉站在阴影之下，而小满承着暖光。两人之间就像是被这光影撕裂，生生隔开了一道天堑。

"雪柳怎么还没回来？"

"怕不是又抛下小姐去哪儿偷懒了。"

"今天府里有个小姐落水了，听说夫人把她叫去问话了。"

小满坐在院子里，身旁的侍女正在议论雪柳的事。

距离雪柳被叫走，已经过了三个时辰。太阳已经下山了，天色慢慢灰暗，凉风吹得枝叶摇动。

几个侍女也是伺候小满起居的人,平日说不上细心,也只能说是不怠慢罢了。

不过小满也很耐心,就算没人管她也会安安静静地坐在火炉边取暖,听她们聊些趣事,也从没有过什么冲突,相处得也算融洽。

火光照在小满的脸上,忽明忽暗,让人看不真切。

有侍女见到了小满身后的匣子,问道:"小姐,那是什么?二皇子送的好东西?"

小满回过神,被她一说才记起兔子灯来,又不免想到白日里周攻玉说的话。

明明都要当太子了,可他看上去也没有高兴的样子。

其实想通之后,她是真的不怪周攻玉。是自己没有本事,喜欢上周攻玉,又没本事让他喜欢自己,怪不得旁人。

即便周攻玉选了姜月芙,那也是他做出的选择。想来一直都是周攻玉对她好,她自认为对周攻玉也好,可那都不是他需要的。

若是他喜欢桃花,而自己给他的全都是叶子,到头来却怪他不珍惜,未免太强人所难。

两情相悦这件事,应该是让人开心的。

小满回头看了看兔子灯,忽然有些羡慕姜月芙。无论什么时候,姜月芙都是被坚定地选择和偏爱着的那一个。不像她,从来都是被放弃的那一个。

火光照出小满眸中的盈盈水色,她低低咳嗽两声,将兔子灯拿出来。

"哟,这兔子灯做得可真好看!"

"二皇子可真是好啊,前些日子小姐手里的兔子灯被踩坏了,这就送来一个更好的。"

接着她们就看到,小满将"更好"的兔子灯,轻轻一抛,丢进了火里。

火舌瞬间燎起来,迅速吞噬掉了兔子灯,猛然升高的火焰,吓得几人惊呼出声。

小满的裙子差点被火苗燎到,被一旁的婆子赶忙拉了一把。

"哎呀!小姐这是做什么,简直吓死人了,好端端烧了做什么?多可惜啊……"

"这是怎么了……"

纸糊的兔子灯很快就被烧干净,剩下片片残灰随着热气飘浮。

黑灰落在了木匣子上,小满俯身准备将木匣子也烧了,这才发现里面还有一块被绸布包裹的东西。

捡起来拆开,里面是一块玉佩。

她虽然辨不出玉石好坏,可这块玉晶莹剔透,看着就不是凡品。只是想往后不要在意周攻玉了,倒也不必和一块宝贵的玉佩过不去。

小满将玉石塞进怀里,拍了拍身边的侍女,指向门的位置,又比了个推门

051

的动作。

侍女问道:"小姐是说让我们晚上给雪柳留个门?"

她点点头,准备回屋歇息了。

整整一夜,雪柳都没有回来,一直到第二日也没人来说是怎么一回事。小满隐约觉得,这件事和姜月芙是脱不了干系的。

院子里有和雪柳关系好的人出去打听,这才知道雪柳做错了事,被夫人发卖出去了。

她院子里的人,被发卖了连知会一声也没有,何止是目中无人。院子里的人都觉得不公,连一向与人为善的小满都忍不住了,冷着脸要去找程汀兰要个说法。

此时的相府正在为姜月芙的生辰布置,程汀兰脸上也洋溢着满足的笑。

一见到小满面色不佳地走来,她表情先是一僵,很快就迎着笑脸问道:"小满怎么来了?"

小满来的时候为了防止别人装作听不懂,还自己带了笔墨,将纸往石桌上一铺,"唰唰"几个字写下,写得潦草用力,可见心中的愤怒。

白纸上几个大字:为什么发卖雪柳?

程汀兰的侍女眉毛一横,立刻不满道:"你怎么能这样质问夫人?"

小满扫了侍女一眼,又写下四个字:做贼心虚。

浓黑的四个字印在白纸上,刺激得程汀兰太阳穴直跳,脸上的端庄笑意快绷不住了。她实在是没想到,小满居然如此大胆,如此直白。

推孙敏悦下水,是姜月芙身边的侍女所为,即便她事后懊悔自己的冲动,也被程汀兰教训过了,却担忧此事会找到她的头上。

孙太傅在朝中是极有威望的老人,向来板正严厉,从不攀附权势,自恃清高不屑与姜恒知为伍,若是得知自己女儿被姜月芙推下水,怕是会立刻翻脸,说不准还要将事情闹大。

姜月芙在闺中娇养惯了,不懂朝堂争锋也不知其中利害,一时脑热就害了人,还是只能让程汀兰为她解决。

郭守言站在姜月芙一边,自然会替她瞒过去,姜小满和她的侍女可就未必了。

程汀兰脸色微沉,强撑着笑脸:"小满这是什么意思?"

能说出"做贼心虚",她竟也不算愚笨。

小满眼瞳发亮,盯着程汀兰,不知道是因为怒火还是什么,胸腔闷闷地发疼,手指用力到攥破了宣纸。

她努力想要开口,却嗓音嘶哑,连音也发不准,索性又放弃了。

她继续在纸上写道:你们把她怎么了?

程汀兰面色渐渐缓和,说:"雪柳不过一个侍女,手脚不太干净,动了府里的东西。我怕你知道了伤心,这才没告知。你若不高兴,我便再给你拨两个手脚伶俐的丫头,这样可好?"

什么偷了东西,不过就是找个理由将雪柳处理了。

小满知道是不可能将雪柳要回来了,将纸拿起来摇了摇,坚持要知道雪柳的下落。

程汀兰不想被这种小事纠缠,轻笑一声,说道:"我们又不会要她的命,只是将她送出府去了,小满怎么这般生气呢?我这两日忙得很,你要是无趣,可以去找你月芙姐姐玩,她必定会欢喜的。"

实际上,姜月芙正因为推了孙敏悦的事心烦意乱,连门都不敢出了,更别提见到小满。小满也知道程汀兰的话并非出自真心,索性将纸揉成一团,抱走了。

等她走出一段距离,程汀兰脸上的笑意隐去,敛眉沉思着什么。

一旁的侍女问道:"夫人,看来小满姑娘也知道。"

程汀兰"嗯"了一声,端起茶盏小饮了一口。

"不傻,那就更留不得了。不能让二皇子把心放在她身上,还是送走吧。"

往年,姜月芙生辰那日本该没那么冷,可冬日的寒风总是来得猝不及防。尚未等她生辰到来,便已经是寒风呼啸,阴云暗沉。

天空灰蒙一片,行人皆是裹紧衣衫,减少外出。

各种补药和糖糕,仍是流水般地被送进小满的院子。周攻玉对她的喜好最为清楚,送来的都是些杂书和小玩意。

而程汀兰也一直关注小满院里的动向,周攻玉送了什么她也是一清二楚。

姜月芙得知后,心中多有不屑。哪个男子不是送玉石珍宝,再不济也是胭脂水粉、绫罗绸缎,送些古籍话本和小孩子的玩意儿,可见也并未多上心。

临姜月芙生辰的前一日,有个侍女找到了小满。

"雪柳已经在相府的侧门等了许久,一直找不到机会,她说自己就要走了,想请小姐明日与她见上一面。"

小满得知雪柳会在府门前等她,心中还是有些惊讶的。那侍女收了雪柳的财物,带完话就匆匆离开,也不想和小满扯上什么关系。

倒是这件事让她记在心里,一直到深夜还辗转难眠。

夜里窗户没有关严,留下了一道细缝,冷风顺着缝隙灌进屋子,本就没睡熟的小满被这风一吹,顿时打了一个寒战清醒了。

她坐起身,顺着地上投映的一道亮光看过去。炉火已经熄灭,屋里没有掌灯,只有一道细细的银白光线,顺着窗缝漏进屋子。

看着像是月亮,只是近几日的天气,怎么看都不像是会有月亮。

睡不着,小满索性披了件外衣下榻,忍着冷意走去准备关窗。

寒风一吹,她猛地打了个喷嚏,这才意识到不对,将窗子猛地拉开,寒风飕飕全部灌进来,瞬间冻得鸡皮疙瘩都起来了。

屋外的雪不知道下了多久,天地已浑然一色。莹白的雪在夜里折射出光亮来，雪色让她误认为是月光。窗棂上也积了厚厚一层，静听风雪的声音，难以宁静的心也渐渐得到安抚。

小满睡意全无，索性把窗户打开，裹了层棉被坐在窗前看雪。

不等天色亮起，相府的下人们就早早开始忙碌着姜月芙的生辰宴了。小满记挂着雪柳，连早膳都没吃，喝完药就匆匆朝侧门走去。

好在姜月芙的病治好了，府里的人便没有再约束小满。

雪柳一早就在侧门等候，脸颊和鼻尖都冻得通红，搓着手等小满出来。

守门的下人也认得她，只当是主仆叙旧，没有拦着她们。

小满撑着一把油纸伞走过去，雪柳眼泪差点出来，带着哭腔道："小姐，奴婢总算是等到你了。"

她笑了笑，觉得奇怪，以往在府里都不自称奴婢，怎么现在还严谨许多。

雪柳看了她一眼，又不安地挪开目光，低声说："小姐，能跟奴婢来一趟吗？"

府中的客人络绎不绝，人声夹杂风雪声，喧闹嘈杂，一片祥和之景。

小满揉了揉通红的鼻尖，把纸伞往雪柳头顶遮了遮。虽然疑惑雪柳想说些什么，但总不至于会有什么危险。

她这么想着，便和雪柳一同走到了不远的小巷里。

身侧人半晌未开口，小满正想扭头看雪柳，只见雪柳脸色惊恐地往后退了一步，忽然有什么冰冷坚硬的东西抵到了小满的喉颈处。

小满被冻得缩了一下脖子，身后人的声音低沉凶狠："动什么动，你想死？"

她条件反射般就要摇头，想到脖子上的匕首，动作又停住了。

雪柳嗓音发颤，问道："你不会杀了她吧？"

男子冷哼一声："那要看你听不听话了，去把信送到王八府。"

听到"王八府"三个字，小满愣住，都忘记害怕这回事了，"扑哧"一声笑出来，又被男子凶了一句。

从关外找到京城，张煦费了很大的功夫。寸寒草是他妻儿救命的药，本来他妻子身患不治之症，想最后服下寸寒草换得孩儿的康健，哪知好不容易找到了寸寒草，却被一个江湖大夫带人抢走了。

任他哭喊哀求，也没能救得了自己妻儿的命，只能眼睁睁看着他们双双死在眼前。

张煦对抢了寸寒草的人恨之入骨，到了要啖其肉，吮其骨血的地步。

他辗转来到京城，却得知那大夫治好了相府的千金，察觉到他追来便早早溜之大吉。

相府的人就是抢他的药，害得他家破人亡的罪魁祸首。

张煦好不容易盯上了雪柳，一番恐吓威胁，雪柳便想到了把小满骗出来的法子。他知道这未必有用，却是他唯一能想到的办法。

若是这相府的人还有人性，就让那丞相夫妻和用药的千金，亲自到他妻儿的坟前磕三个响头。

他知道让他们偿命是痴人说梦，可他已经一无所有，不知道该如何活下去了，最后也只想给自己死去的妻儿讨个说法。

小满被带到了城西一个偏僻的湖边，湖面结了冰，天地间茫茫一片。

她捂紧身上的斗篷，只能勉强抵御寒冷。在雪地等待许久，已冻得两颊冰冷，手脚都麻木了。

"为何还没人来？"张煦一张口，声音都是颤抖的，可见也冻得不轻，"当真是想让你死不成？"

说出这话的时候，他心中大致猜到了。仅剩的期冀也被风雪吹灭，徒留破灭后可悲的灰烬。

"我让那侍女把信送给你的心上人和父亲，他们竟都不管你？是想看着你死在这冰天雪地里不成？"张煦将匕首沉下，压在小满白皙的脖颈上，依稀可见浅蓝的脉络，只要轻轻一划，热血立刻便会洒满这一片雪地。

与此同时，相府一片欢腾热闹。

任风雪连天，姜月芙的生辰也未曾被耽误，宾客依旧是如期而至。

府中张灯结彩，人们往来道贺。

雪柳被拦在相府门外，脸冻得发青，却仍是不敢就此离去。若是因为她想活命而害死了小满，恐怕她往后余生都再难安稳。

"我不进去，求你了，把信带给相爷吧。小姐被人带走了，若是再拖下去，她会没命的！"

门仆嗤笑一声："胡说八道，今日是小姐的生辰，你说小姐让人带走了，这不是成心咒她吗？再不滚，我可就叫人了。"

"不是这个小姐，是二小姐，二小姐出事了！必须把信给相爷啊！"雪柳嗓子都喊哑了，对方仍是当她在胡说八道。

来往的宾客众多，门仆不想与她纠缠，正要把信接过来，却被一只手横空夺去。

"这是什么？"程郢皱起眉，冷着脸将信拿过，瞥了雪柳一眼，"姜小满院子里的人？在这儿做什么？"

雪柳知道程郢不喜欢小满，生怕他从中阻挠。

门仆说道："她现在不是府里的人了，前两天犯了错被赶出去，本来要送走的，不知道怎么回事现在还没走呢。还硬说要给相爷和二皇子送什么信，说要救二小姐的命。"

程郢盯着雪柳，她心底发虚，头也不敢抬起。程郢冷哼一声："滚吧！无论是不是胡说，这信我会交到他们手上，看不看就不关我的事了。"

雪柳不相信程郢会那么好心，瑟缩着没敢动。程郢脸色沉下来："不滚，那你就和她一起死吧。"

055

鹅毛大雪飘落,遮住了天地的脏污。独剩下相府门前,被宾客踩踏和车马碾压出的灰黑印记,在一片白茫茫中格外显眼。

雪柳还是走了,她没那个胆子惹程郢发怒,只好流着泪离开相府,身影渐渐消失在风雪中。

在程郢心里,姜小满只是一个无足轻重的药引,他自然不必用什么心机去谋害她。信他也没有要拆开的意思,只是压在手里等了一会儿。

一直到宾客来齐,宴会开始。

姜恒知忙于应付京中的权贵,周攻玉正和几位朝臣低声交谈,相府的下人大多出来凑热闹等赏钱,没有人发现,西苑的二小姐整整半日未归。

府中燃着暖香,烟雾伴着香气缭绕,渗入锦衣罗襦。

周攻玉在屋中停留片刻,清隽的眉眼微微蹙起,问身边人:"诏令是时候到了吧?"

"禀太子殿下,下人传话,人已经到府门,是时候去接旨了。"

正值此时,程郢走入,手上拿着一封信:"殿下,姜小满让人给你递了封信。"

"马上册封诏令就下来了,这时候看什么信!"阿肆不满道。

周攻玉手指一顿,淡淡扫了一眼那封信,声音如琼脂碎玉,却泛着冰凉:"放着吧。"

程郢转身走出,脸上挂着讽刺的笑。果真是不出他所料,无论姜小满要捣什么乱子,两人都不曾理会。

姜恒知没有为了她的信丢下宾客,周攻玉也不会因为她而耽误册封诏令。她可实在是高估了自己,怨不得旁人。

寒风在耳边吹了两个时辰,小满已经快忘记寒冷这回事了。

她在心中想了许久,会不会是这个地方太偏僻,所以根本没人找到。又或者,是雪柳的信没有送到他们手上。要不然,怎么会没人来呢……

刺骨的寒风像是钝刀,每一刀都让她疼得颤抖。

张煦自知无望,落寞地在雪地坐下,缓缓道:"送一封信又有何难,想必他们只是没将你放在心上。我本不想伤你性命,特意叫那侍女给你的心上人也送了信。这个时候,那相府该是一片欢声笑语,姑娘你啊,怕是被人抛之脑后了。"

张煦的话如同利剑戳在心口,挑起新痕旧伤,刺得小满鲜血淋漓。

在雪地里等了太久,她始终呆呆地望着前方一片白茫茫,眼睛不禁感到刺痛,视线一会儿清晰一会儿模糊,眼泪始终没有落下。

年少时相遇在那一片紫藤下,不知不觉已经多年过去,可在紫藤下等着的人,一直只有她。

越是在意,就越是让她难过。

良久后,张煦凝视着结了冰的湖水,语气绝望:"这种皇亲贵胄,向来不将普通人的性命放在眼里,是我不自量力,竟还妄想得到一个说法。姑娘也是可怜之人，我不会害你性命，若有其他栖身之处，你就回去吧。"

小满有些麻木地起身，揉了揉眼睛准备离开。

待她艰难地迈出步子，忽听背后一声巨响，伴随着浮冰碎裂的声音。

张煦投湖了。

他丝毫没有挣扎的意思，很快身影就消失在了水面下。

小满站了一会儿，心底漫出无尽的悲哀来。再迈开腿时，摔进了雪里，腰腹被什么东西硌到了。

她喘了口气，将放在暗袋中忘记拿走的玉佩取出，往身后一丢，头也不回地走了，也不知是往哪儿走，也不知是走了多远。

小满的眼睛越发刺痛，视线也越来越模糊，到最后像是什么都看不见了。肩上发上都落了雪，脚步变得缓慢，每一步都走得沉重艰难。

终于，她倒在了寒冷的雪地里。

只是片刻而已，片片飘落的雪花就在她身上积了薄薄一层。

风雪呼啸中，马蹄和车轮碾压的声音渐渐清晰，半响后，这些声音停了下来。

马车的帘子被一只带有薄茧的手挑开，里面传来一个男人略带懒散的嗓音。

"哟，怎么还是个姑娘？"

"我说马车夫能不能快点，我今日可是好不容易逃出来的，你这慢悠悠的，我赴宴都迟了。"郭守言烦躁至极，厉声催了两句。

前几日在相府救了孙敏悦，他爹非说是相府设计他们，无论如何都不让他再和相府扯上关系。

今日本就来得迟，偏偏这雪路还湿滑难行。

郭守言心中越发烦躁，掀开帘子朝街上看了一眼。

空荡的街上还有个人瑟缩着往前走，他定睛一看，居然还有几分眼熟。

"哎，那不是姜二姑娘身边的侍女吗？"小厮惊讶道。

郭守言立刻就想起来了，满目疑惑："这大雪天的她在街上干吗呢？"

待马车驶近，雪柳也抬头看了一眼，正和郭守言的目光对上。

她眼神一亮，如同见到了救命恩人，几步跑到郭守言的马车边，扒在窗口上，口齿不清地道："郭公子，求求你……求你救救我家小姐，救救她吧……再晚就来不及了。"

郭守言皱眉道："你说什么玩意儿呢？"

雪柳将信的事说了出来，又笃定程郓不可能会帮忙，求郭守言去提醒姜恒知。

郭守言一时还有些不信，直到雪柳跪在雪地里要给他磕头，立刻应道："好好好，你别跪了，这大雪天的赶紧走吧，我会把话带到的。"

虽然他平日里喜欢招惹那个小姑娘，却也没想过真把人怎样。要是耽误了传话把人害死，那可就是天大的罪过了。

057

郭守言想到这些,暴躁地催马车夫:"快点没听见啊!人要是出事了,我跟你没完,早上没吃饭呢?"

马车迎着大雪,慢悠悠地赶到相府。

郭守言一下马车就直奔周攻玉而去,恰逢诏令开始宣读。

相府里的人跪成一排准备接旨,除了宣旨的人,就剩周攻玉和慌忙跑进去的郭守言还站着。

众人目光齐聚到他身上,惊得他话都说不利索了,脑子一抽,直接对周攻玉说:"姜小满要死了,殿下能不能等一会儿?"

郭侍郎跪在地上,抖得像筛糠一样,恨不得立刻跳起来掐死这个不肖子孙。

"跪下!"

被他爹吼了一句后,宣旨的人挑了挑眉,郭守言"扑通"一声跪在地上。

姜恒知还以为自己听错了,脸色凝重,一动不动地盯着郭守言。

宣旨没有继续,周攻玉快步走向郭守言。脸上的淡然在此刻碎裂,连脚步都紊乱了:"你方才说什么?"

"殿下,不可耽误了吉时。"

阿肆回道:"又不是拜堂,要什么吉时?"

郭守言被这么多人盯着,还有来自他爹的怒目而视,心中有些崩溃:"有人给你和丞相送了信。"

周攻玉一怔,紧接着转身离去,衣袖带起纷飞的雪花。宣旨的宫人和跪了一地的朝臣被他抛在脑后,皆是面面相觑,不知所措。

找到湖边的枯柳时,雪已经积了厚厚一层,将足迹彻底掩盖。

周攻玉没有撑伞,任雪花飘飘洒洒落在他肩头,积了一层白。踩在雪上的步履有些不稳,待他见到湖面窟窿时,浑身血液仿佛在此刻冻结,呼吸也一同停滞了。

风雪声和身后的呼喊声都忽然消失了,一瞬间万籁俱寂。

他踉跄着坐在雪里,低头猛地咳嗽起来,眼前的一切都变得朦胧,让人看不真切。

手中的信被紧攥着,用力到指节发白,却又突然失去力气般,五指慢慢松开。

阿肆在距离周攻玉还有几步的距离停下,做了个手势让所有人都不要靠近。

众人停住了,远远地看着他。

茫茫天地间,身着太子华服的周攻玉,却无端身影寥落,如同飘零的游魂。

益州靠南,冬日里要比京城暖和,却也是会飘雪的。

韩拾急着赶路回巴郡,不想错过和姨母一家的年饭,却没想到路上会捡到一个又瞎又哑的姑娘。

巧的是,这人还与他有过一面之缘。正是冬至那天,他和堂兄打赌装作书生摆摊,那个来摊前看画的小姑娘。

也正是这个原因，韩拾动了恻隐之心，一路将人带回了郡守府。

"这里就是巴郡，我跟你说过吧，我姨夫就是这里的郡守。他在这里可是人人称道的好官，为人正直、爱民如子，我姨母心地善良，虽然他们家风严了点，但是为人好相处，一定会喜欢你的。"

韩拾走出马车，朝车中的女子伸出手。

郡守府的下人立刻迎过来，欢喜地喊道："二公子回来了！快去告诉夫人！"

紧接着他们看到马车中又走出一位姑娘，即使眼上覆了一条绸带，依旧难掩她姣好的面容。

几个下人皆是瞠目结舌，片刻后又大喊："公子从京中拐了个姑娘回来，快去告诉郡守！"

小满嗓子嘶哑，声音极低："我的眼睛真的能治好吗？"

韩拾轻嗤一声，俊朗的脸上浮现笑意："都说了是雪盲，几日就好了，你非不信。"

一旁的小厮正搬个矮凳准备放下去接她下马车，韩拾却伸臂要揽她下来。

江所思身着竹青色深衣，缓缓走出府门，见状便轻斥一声："韩拾，注意举止。"

韩拾收回手，挑眉笑道："表哥，你怎么没在书院？"

"临近年关，书院前日便让学生归家了。"

侍女过来扶小满下了马车，她点头，开口道谢时，粗砺如砂石的嗓音让两人都讶异了。

江所思微微皱眉，看向韩拾："这位姑娘是？"

韩拾答道："路上捡到的小丫头，被心上人抛弃，我见她可怜就带回来了。嗓子被药哑了，眼睛又因为在雪地走了太久，雪盲了。"

此话一出，周围的人唏嘘一片，看向小满的目光满是怜悯。

江所思担心韩拾这样直白，会挑起小满的伤心事，然而却见她面上并未流露伤感，反倒小声说："我没哑……"

韩拾拍了拍她的脑袋："你听听这声儿，破锣一样，还不是这两日才慢慢能开口，之前可不就是个哑巴。能少说话就少说，不然你的药可就白喝了。"

江所思点点头："敢问这位姑娘怎么称呼？"

"她叫小满，圆满的满。"韩拾笑了笑，调侃道，"只可惜过去的经历不算圆满。"

她也低头笑了一声，对韩拾的话并不在意。

小满没说姓氏，韩拾就不追问，江所思也心照不宣地没有提起。

被众人簇拥着走进府，侍女们都围在小满身边，面露怜爱地扶着她，叽叽喳喳地说起巴郡的风光。

不多时，江夫人也出来了。她外穿一件灰色的百蝶披风，裙子是满地金的马面裙。

江夫人衣着端庄，面容温婉秀丽。走近韩拾后，她亲热地拍了拍他的手，问道："这是从京城来的姑娘吧？都道京城美人如云，如此看来，此话不假。"

她怕提及对方的伤心处，即使看到她眼睛上的绸带，也没有当面表现出疑惑来。

小满不习惯被这么多陌生人包围着，难免显得有些拘束，不知道该怎么回应，只好腼腆地笑了一下。

江所思出言提醒江夫人："母亲，韩拾和小满姑娘一路舟车劳顿，不如让他们先休息几个时辰，届时再问也不迟。"

江夫人点点头："也好，那便让人收拾一间房出来，将小满姑娘安顿下来吧。"

巴郡的雪才下过不久，如今太阳出来，屋檐和树枝上的雪都开始化了。雪水从屋檐落下，滴滴答答清脆如碎玉。

小满被人扶着走过檐下，有冰冷的湿意不慎砸入衣襟，冻得她脚步一顿。

"小满姑娘小心台阶。"扶着她的侍女开口提醒。

"这是何处？"她有些艰难地开口。

侍女一听到她的嗓音，不忍，更可怜她了："这是夫人为姑娘安排的住处，和我们小姐的闺房相邻。夫人和大人是出了名的善人，姑娘安心住下便是。"

小满点了点头，等进了屋子，光线暗下来，她抬手去解眼睛上覆着的绸带。视线短暂的模糊过后，等适应了房间的昏暗后，眼前的一切才缓缓清晰。

侍女布置房间，一扭头，发现小满拆下了眼睛上的绸带，惊讶道："姑娘看得见？"

"大夫说是雪盲。"

侍女若有所思地点头，继续忙活手上的事务："我们这里少有像京城那样的大雪，这种眼疾我也只听人说过，好像是在雪地里待太久，一直看着雪就容易坏眼睛。姑娘这些日子就少见日光，把眼睛养好了，让我们二少爷带你出去看看巴郡的好风光，绝对是不输给京城的。"

小满想到陶姒在信里说的话，益州到了春日，百花齐放，彩蝶纷飞，是真正的人间仙境。

陶姒还说，若是小满能康健地活着，就替她回来看看。

离开了京城，往后就不要再回去了。

相府的姜小满，已经死在京城的初雪中。

这个冬天过去，往后就是春和景明。

第三章 //
回京

这一年的冬天比往年要冷,第一场雪就下了整整三日没有停歇。从相府千金的生辰宴回去后,太子便大病了一场。传闻中要册封太子妃的诏令也并没有颁下。

周攻玉病后,依然坚持处理政事,丝毫没有松懈,甚至比平日还要勤勉。

在外人看来是可歌可颂的事,在阿肆眼里,更像是他强迫自己专注政务,不把心神放到其他事上。

当朝皇帝似乎觉得让太子处理政务是件极为舒坦的事,他索性让自己病得更久了些,将担子都交给太子,自己和惠贵妃好不快活。

情爱是周攻玉最不需要的东西,不会带来什么好结果。如同他的父皇母后,身居高位却困溺于一个情字上,执迷不悟,失了本真。

他对小满是有情意的,正是这份情意让他犹豫不决。于是他便想将这悸动压下去,不让它扰乱自己的心神,也不给它产生变数的机会。

回到东宫后,周攻玉连着几日没睡好,总是做梦。梦里入目皆是苍茫一片的白雪,唯有一人身披红色的斗篷,在雪地中好不显眼。

小满就那么站着,一动不动地看着他,面容悲戚,眼角还挂着泪。

那个梦太真实,似乎能让人感受到铺天盖地的寒意,他朝小满走了很久,都没能靠近她半分。

小满只是站在原地,深深看他一眼,转过身朝相反的方向离去了。

她的身影在风雪中渐行渐远,无论他如何呼喊,都不曾回过一次头。

梦醒后,冷汗淋漓,竟湿了衣衫。

周攻玉起身,一动不动地沉默了良久。他没有叫宫人来掌灯,赤脚踩在冰冷的地砖上,刺骨的冷意从脚底升起,蔓延到四肢百骸。

直到推开门,看到还未消融的积雪,他才彻底从梦中回过神来。

小满分明就不在了，是他没来得及抓住她。这次离开，她是真的再也不会回来了。

　　恍惚间，周攻玉才后知后觉地发现，他对小满的心思并不只是心动而已。

　　无论他如何摒弃这些念头，离了政事，他脑海中便只剩下了这么一个身影。仔细一想，他过去的人生里，值得再回味的日子，也都是与她有关。

　　欢喜也好，悲伤也好，都说给她听。现如今，午夜梦回，寂静空荡的大殿里独剩他一人。

　　周攻玉缓缓坐于书案前，看着浓黑的夜色，心中酸涩苦痛如潮水般席卷而来，逼得他窒息。

　　若只是心动，也会有这般痛苦的感受吗？他心中茫然，连同曾经坚定清晰的前路，也在此刻变得虚幻。

　　巴郡的冬日很快过去，柳枝抽芽，迎春含苞，是大地回春，万物生辉的景象。小满喝了整整一个冬日的药，嗓子才算是彻底好了。

　　这段时日里，江郡守和江夫人都对她关怀备至。小满的性子又讨人喜欢，府中的人都多多少少关照她。

　　包括江家唯一的千金江若若也和小满成了闺中密友，几次三番提议要将小满的东西搬到她的院子。

　　韩拾的父亲是有名的云麾将军，母亲也出身世家，夫妇二人在他十二岁那年便双双战死，留下韩拾一人。

　　好在江郡守一家怜爱他，待他如亲子，府中的人也都是拿他当正经的少爷看待。

　　唯一不同的是，江家是书香门第，家风严格不说，还兴建了书院。因为江郡守太过严厉，江氏子弟无一不是规行矩步的人，唯独韩拾特立独行，他们是想管也管不了。

　　小满的眼睛慢慢恢复了八九成，除了要避免在强光下待太久，已经没有什么大碍了。

　　江夫人待小满好，也有其他原因。

　　江夫人年少时有过一个友人，时隔多年都快忘记长相了，可见到小满又让她忆起了那位故人。她隐约看到过小满手腕上的伤疤，心中猜想小满的过去必定是极为悲惨和痛苦的，为了不触及小满的伤心事，便压着心中的疑惑许久都未开口。

　　郡守府开办书院，招收的学生都是男子，为他们传道解惑也是有名的大儒。江所思勤勉好学，一直以来都是书院最出色的学生。韩拾和他恰好相反，在书院连一刻钟也坐不住，听不进去那些之乎者也的大道理，时常翻墙逃走，玩够了回来就被责骂、抄书、关禁闭。

　　江若若虽是江家千金，却依旧要遵循礼法，读书习字都是由先生来教，不能和男子同学。

小满来郡守府不久,江夫人建议让她和江若若一起学习,也能少些无趣。一开始小满是欢喜地应了,等和江若若学久了些,连她这种耐性极好的人都坐不住了。

当初来巴郡,韩拾就提醒过她,说江郡守一家心善好客,唯独家教严格、礼数众多。

如今看来,何止是严格,甚至说得上是迂腐。

除了夫子,还有一位女先生,两人教导小满和江若若的,都是些《女诫》《女训》,时不时还要看《孝经》。除此之外,江若若还要习女红和琴棋书画。

在相府的时候,小满说得上是无人管教。因为无法出府,就时常找书来看,虽然都是囫囵一遍过去,没吸取到什么精粹,却也增长了见识。那个时候她想看什么书是没人管她的,周攻玉也时常从宫里给她捎书来。

从艰涩难懂的史书兵法,到一些民间流传的志怪话本,她几乎什么都看,唯独没看过《女诫》这种东西。初次听先生讲授还觉得新奇,越听越觉得不对劲,书中所授让她感到诧异。

江若若听得认真,见小满愁眉紧锁,还疑惑地问她:"怎么了?可是哪里不对?"

先生也停下来,审视着小满。

小满态度谦恭,问:"学生有些不懂,方才说了'得意一人,是谓永毕;失意一人,是谓永讫',可接着又说男子可再娶妻,女子不可再嫁,否则便是违背礼义。为什么男子可以娶多个妾室,女子再嫁却要遭到上天惩罚……这是为何?"

江若若没想到这点,很奇怪小满会有这种想法:"自古以来便是如此,天经地义的啊,这还要什么为何吗?"

夫子暂且有耐心,解释道:"江小姐说得不错,自古以来都是如此。夫者,天也,天固不可逃,夫固不可离也。男子娶妾实属常理,无论如何,嫁了夫婿,自然是要以夫婿为大。二位小姐都是人上人,往后必定是正妻,若夫有所求,岂能不允。"

小满越听越疑惑,接着又问:"男子娶妾为什么会是常理?难道就没有一个女子嫁给多个男子的?"

一旁的江若若没忍住,"扑哧"一声笑出来。

夫子脸色阴沉下来,捏着书卷又翻了一页,疾言厉色地说了几句更加晦涩的话。小满一头雾水的样子令他升起怒火,面色不悦地说道:"小姐身为女子,此等言论还是少说的好。若说与外人知,必定要嘲笑小姐不知礼数,不知贤良淑德为何物。"

韩拾从窗外探进来一个头,在夫子背后对小满和江若若招手。

江若若轻瞥一眼,很快又收回目光。反观小满,不仅看向韩拾,还冲他招了招手。

夫子登时怒了，认为小满不识礼数，顽劣不堪，和韩拾是一路货色。再加上知道小满无权无势，只是郡守府收养的一介孤女，语气就更差了。

"朽木不可雕也！如此女子，怎堪当人妇？"

这话说得就有些重了，连江若若都皱起了眉，小满浑然不在意，点点头颇为赞同："那便是吧。"

她是真心赞同这句话，却被当成故意顶撞，使得夫子脸色黑如锅底，气得胡子都在颤动。

韩拾连忙进屋，在夫子大发雷霆之前将小满拉走。

小满出去了，心中还疑惑道："夫子为何要生气？"

韩拾轻哼一声："谁知道呢？儒士都是有脾气的，但凡学生不如他的意，就要想方设法让你低头认错，赞同他的话。小爷我也有脾气，还偏就不听他们这些酸儒的话。"

阳光正好，郡守府内的湖面上波光粼粼，有几尾红鲤游过，争食水面漂浮的柳叶。

小满蹲在湖边，问他："先生说的话也不一定对吗？"

"这不是废话。你可别和我表哥他们一家学坏了啊，什么对不对的，让自己不舒坦，那就是不对！"韩拾斜倚在柳树上，眼角眉梢都透露着肆意。

她蹲在湖边，裙裾微微沾湿："书中的道理都是古人定下的，并不是不可更改的，等我们死了，也就成了古人，那我们也可以自己定规矩。"

这话听着混乱，却不是毫无道理，韩拾也没弄清楚她在说什么，就一顿猛夸："小满真聪明，说得对，什么抄书不抄书的，我还偏不！"

说完，他笑道："今日这般好的天气，你身子好不容易好些了，我带你看看巴郡的好风光。你想去吗？"

"想去！"

益州不比京城繁华，然而在江郡守的治理下，百姓也是安居乐业，一派祥和。

韩拾自己浪荡惯了，身边多带了一个小满还有些不习惯。

她难得出门一次，看什么都新奇。巴郡人的口音和京城人差别很大，尤其是不会说官话的百姓，叽里咕噜一堆听得她一头雾水。

春寒还未消退，街上的人多是穿着厚袄的，小满畏寒，临走前江所思还让她带了一个手炉。

她来郡守府这段时日，每天好好用膳，气色好了不少，韩拾却还是觉得她太瘦。

街市上蒸腾的热气，小贩的吆喝声，行人那些奇怪的口音，都让小满觉得新奇有趣。

韩拾望着她脸上的笑容，觉得有些感慨。刚捡到小满的时候，她身上积了一层碎雪，人已经在雪地里冻僵了，像一只即将死去的幼鸟。

至于为什么会带她回巴郡,还是因为觉得二人有缘,在冬至的灯会上见过一次,她笑起来极为好看,他自然是印象深刻。只是没想到再见,这丫头又瞎又哑,可怜兮兮,醒来之后竟也没有哭,反而是强撑着对他笑了一下。

大概就是因为那个笑,韩拾便坚定了带她来巴郡的心思。

"你一向乖巧,今儿个怎么让夫子动了这么大火气?"韩拾正发问呢,才发现身边人又不见了。

他急得回头寻找,发现小满正蹲在一个卖绢花的小姑娘身边说话。

她蹲在那处,曳地的裙被人踩了一个泥印子都没发现。

小满问那个姑娘:"那你的兄长还没有考中进士吗?"

卖花的姑娘说的话带着一些口音,小满琢磨了一会儿才理解过来,复述:"他七次都没能考中?"

韩拾嗤笑一声:"岂止,我还见过考到死也没中进士的。"

小满蹙起眉,不解道:"他考不中进士,为何不让你去试试呢?反而要卖花供他读书,这是什么道理?"

此话一出,卖花的姑娘和韩拾都哑口无言,像看到什么惊奇的东西一般盯着小满。

他多少能猜到夫子为什么会对小满发火了。

"女子是不能参加科举的。"韩拾回答她。

卖花的姑娘点头:"奴家连字都不识得,姑娘就莫要取笑奴家了。"

她好好地在街边卖花,突然来了个衣着不凡的贵人,本以为今日能多赚些银钱,哪知道对方养尊处优,竟对着她这种穷苦人胡言乱语。

小满问:"是因为书院不收女子吗?"

韩拾看不下去了,一把将她拉起来,掏出碎银子递给卖花的姑娘,带着小满转身就走。

"你自己听听你说的什么话,女子参加科举?女子怎么可能参加科举。不说那书院不收女子,就是收了又能如何,教她们孔孟之道?让她们学《周易》《中庸》又能如何?难道要靠这些相夫教子不成。"

"入朝为官啊!男子为了做官,那女子读书,不也是可以吗?"她甚至还回头看了眼那个卖绢花的姑娘,"也许她兄长做不到的事,她可以做到呢?"

一开始的时候,韩拾还以为小满在说玩笑话,看到她表情认真才反应过来,她竟真是这么想的。

他此刻更加疑惑小满过去的生活是怎样的,想法异于常人,甚至说得上天真无知。

韩拾想了想,说道:"这怎么可以,男女天生就是不同的,很多事都是女子不能做的。女子若是与男子整日厮混在一起,名节受损便会招人口舌,这让她的夫婿情何以堪。"

小满道:"那男子名节受损,他的妻子该怎么办?"

韩拾要受不了了，扶额叹息："你都要把我绕晕了，这叫我怎么说，总之女子和男子是不同的，男主外，女主内。还好今日你问的是我，若你去问我表哥，他必定要长篇大论地说教了。"

小满若有所思地点点头，张口欲再问，韩拾连忙打断她："停！你别问了，一会儿我的火气也得上来，今天是带你出来玩的，一会儿问得我兴致没了，你就自己逛吧。"

小满答应了，果真不再追问他。

枝头绽放的春樱沾了雨露，清风一吹，花瓣飒飒飞舞，卷着幽香飘到小满脚下。她停下脚步，朝花瓣吹来的方向看过去，明眸中映出月老祠的庙牌。

韩拾手上提着给江若若买的糕点，以为她是好奇，说道："那是月老祠种的樱桃树，这树也有些年头了，当然跟京城那树精是没法比的。现在没什么人，你要想看我带你去看看？"

"我不看。"

她眼中闪过一瞬的失落，很快恢复如常，收回视线继续往前走。

两人出去游玩了许久，等回到郡守府的时候天色已近昏暗。

江郡守对着韩拾发火，将他怒骂一通。

"胡闹！惹怒了两位夫子不说，还耽误了小满喝药的时辰，我看你真是越来越无法无天了！明日午膳之前不把《勤学卷》抄完，半月不准出府！"

等训斥了韩拾，江郡守面色稍缓，对小满说："日后你要出去，可以和若若一起，让她带着你和其他小姐游园赏花，韩拾带你出来我始终是不放心的。"

坐在一旁的江夫人凝视着小满的面容，看了许久仍是觉得相似。

小满也发现江夫人在看自己，回想起这段时间对方总是看着她欲言又止的样子，便问道："江夫人是想问我的身世吗？"

江夫人犹豫了："你若不愿，也可以不说。"

她脸色淡然，没有出现什么悲恸："没有不愿意，还是可以说的。我母亲是相府的妾室，名叫陶姒，我是丞相姜恒知的庶女，但父亲和母亲都不大喜欢我。去年秋日，母亲投湖身亡了。"

众人呆呆地望着小满，烛影摇动之下，一室寂静。江郡守看向因为震惊而睁大双眼的江夫人，轻声问了句："你说的那位友人，是这吗？"

江夫人张了张口，面上的神情悲喜交加。

她此刻的心情称得上百感交集，暗含庆幸与惊喜，又夹杂着对世事无常的悲哀。

良久后，她长叹一口气。

"小满，我收你为义女吧。"

三月，满京城的梨花盛开，任春风一吹，簌簌落下，仿若冬雪再至。周玟玉最终还是没让立太子妃的诏令颁下。

没人能证明孙敏悦是被姜月芙所害，也找不到姜月芙害她的理由，任凭孙敏悦如何哭泣恳求，孙太傅仍是态度冷硬地将她强嫁给了郭守言。二人定下婚约不久，周定衡快马加鞭赶回京城，冲进相府质问姜月芙。

周定衡虽然痛恨郭守言，却也知道此事与他无关。

被三皇子一闹，孙太傅觉得丢人现眼，姜丞相也愤怒至极，此事在京城传得沸沸扬扬，姜月芙也成了被耻笑的对象。

程郅要为姜月芙讨个说法，最后激怒了周定衡，两人在相府动起了手。

久病不愈的皇上这时候倒精神了，亲自上朝护着周定衡，将姜恒知和程郅痛骂一通。孙太傅和郭侍郎又不知从哪儿得来了程郅的罪状呈上，又让他被皇上骂得狗血淋头。

杖三十，官降六品，罚俸三年。

暮霭沉沉，帘卷黄昏。

周攻玉站在院中，面无表情地听阿肆说起程郅的惨状。

"殿下，这样做会不会太过了？"

他眼眸中的阴晦冰冷，从初雪之后就不曾消散："还不够。"

东宫新植了几棵紫藤，藤蔓纤细脆弱，连病恹恹的花苞都少得可怜，看着十分凄凉。众人都不明白，他们的太子好端端怎么想起摆弄花草来了。但看他日日对着紫藤发呆，宫人也不敢敷衍，都用尽了心思去照料。

阿肆忍了许久，终于说出口："殿下，你不是不喜欢小满姑娘吗？"

周攻玉垂眼，如鸦羽般的眼睫覆下。

其实他最该惩罚的，是他自己。若他愿意，程郅他们又怎么会有机会伤她分毫。说到底，只怪他自己凉薄，明白得太晚，迟来的情深终究是在自欺欺人。

"我后悔了。"

从前觉得时间漫长难熬，现如今在郡守府，一切又如白驹过隙。

江夫人年少时，和小满的母亲陶姒是至交好友。陶姒是药谷的医女，江夫人在山野游玩被毒蛇咬伤，是陶姒救了她。最后陶姒又因为爱上一个男人，跟随他离开了益州。

二人约好再见，却没想到最后见到的是陶姒的女儿。

因着这一层关系，郡守夫妇对小满疼爱有加，也不像对江若若一般严格要求她。

在巴郡待了半年多，小满的药一直没停过，身子骨受了损伤，一到阴冷的天气就会头痛欲裂，骨头缝都泛着令人牙酸的刺痛。江郡守寻了一位神医，为她开了丙服药，这才让疼痛稍有缓解。只是没多久，那位神医不知云游去了何处。

韩拾说得的确不错，江郡守虽为人清廉正直，但确实是过于迂腐古板。

小满之前和江若若一同听夫子授课,之后不久便放弃了。

在姜府的时候,她没有太多乐子,看的书大多是周攻玉带给她的。周攻玉是皇子,就算有意为她挑些有趣的书,也还是会时常将兵法策略的书带给她。百无聊赖的时候,她还看了各种版本的史书。遇到不懂的去问周攻玉,也都能得到认真的解答,而作为储君,他对那些故事的见解也很有趣,不知不觉也让她开阔了视野和胸怀。

再想看书的时候,她都会去找江所思和韩拾,两人也很乐意借给她。韩拾立志要和他爹娘一样上阵杀敌,书架上满是讲兵法布阵的典籍,江所思则专心准备明年的春闱。

江若若在一旁绣花,小满就在一旁看书,她便打趣道:"你读这么多书,将来是准备做先生吗?"

闻言,小满放下书,似乎是在认真考虑可行性。

"这个,我倒没想过。那应该要先从识字开始吧,好像大多数女子是不识字的。"

"可对大多数女子来说,读书根本就是无用的。"江若若容貌和江夫人很像,温婉柔和,说话时也轻声细语,还有那么一丝感慨的意味,"你我志向不同,我是世家女子,日后兴许还要进宫。我若成了妃嫔,读再多的书,也只是闲时作作诗讨人欢心罢了,实属无趣。"

一听江若若说要进宫,小满立刻挺直脊背,也不瘫在桌上了,神情都愕然起来:"你要……嫁给太子吗?"

江若若面色微红,略带羞怯地垂下头:"太子才貌双全,连我父亲都赞不绝口,哪个女子不想嫁给他呢?"

见小满神情复杂,她又问:"你以前是相府的人,那应当也是见过太子的。你可知道他是个怎样的人?说给我听听。"

小满犹豫了一会儿,迟迟没有开口。江若若也不准备为难她:"你若是不知道也无妨,我就是随口……"

"太子殿下,是个很不错的人……"她低垂着眼,日光透过幕帘缝隙,在她脸上晃出斑驳的影痕。

再次提起与过去有关的事,她的嗓子已没有了艰涩的痛感。时间如流水,冲走了不停磨砺的砂石。

不过半年,说起周攻玉,只觉过往一切恍然如梦。

"他的相貌是我见过的最好的,待人温和有礼,我还没见过他失态的模样,总是从容又镇定,没有什么能难倒他。"周攻玉很好,好得几乎挑不出错来。是她自己不被喜欢,又怪不得旁人。

江若若更好奇了:"是和我兄长一样的人吗?我兄长除了被韩拾捉弄会生气,其他时候也不会失态。"

小满想了想二人的区别,又觉得差了很远:"不是,兄长虽然严厉,却让人喜欢亲近,而且他也没那么温和……"江所思大多数时候,都是冷肃板正的,比起江郡守是有过之而无不及。

"而太子是不同的,两人其实差了很远。"即便周攻玉面带笑意,也让人觉得冰冷,站在他身旁,仍是觉得隔了万水千山。

"那倒也是,太子可是将来的九五之尊,自然是高高在上的,怎么会让人觉得亲近呢?"江若若眼中的向往反而更甚了,贴到小满的身边,低声和她说着话。

幕帘忽被人从外掀开,灼人的日光照进来,小满眼睛一痛,抬袖遮了遮。

韩拾赶忙跳进窗子,把帘子重新放下,面带歉疚地说:"对不住啊小满,我方才大意了,你没事吧?"

她摇摇头,暂时的目眩后又能看清了。

韩拾抱了一盆栀子花,洁白的花朵和苍翠绿叶掩映,芬芳馥郁的香气盈了满室。

江若若蹙眉:"好端端的,抱盆花作甚?"

"大夫说花草的香气比香料安神要好得多,我挑来挑去还是这栀子最香,放到小满屋里,说不准能让她睡得好些。"韩拾顶着烈日而来,额间覆了层薄汗,笑容灿烂若屋外艳阳,灼灼逼人眼。

手上的书卷被放下,小满嘴角弯起,漾出一个笑。

"多谢韩二哥关心。"

韩拾顺手拿过江若若的团扇摇动,想驱散浑身燥热,口中念叨着:"叶大夫说了,你当初服下的毒本是必死无疑,但因为你从小服药,身子本就带了毒,这一相融反而留住了你的命。要治还是早治,拖得久了那是百害而无一利。叶大夫倒是有个很厉害的师兄,就是可惜三个月前进了京城为贵人治病,也不知道何时能归。"

小满想到陶姒每次冷硬着脸逼她喝药的样子,心里始终沉沉压着的乌云忽然散去,一切都豁然开朗。

至少她还是得到过爱的,即便这份爱掺杂了太多的恨意和不甘,在最后,陶姒都是想让她活下去的。

江若若问道:"若是那位大夫一直不归,我们该如何?"

韩拾看向小满:"届时再说吧,还要看小满的意思。"

她迎上韩拾的目光,懂得了他的意思。这只是一个提醒,关于回京这件事,她应该有心理准备。

入夜后,小满坐在窗前看书,夜雨忽然而至。

夜风卷着冰凉的雨丝飘进窗,雨雾沾湿了书页,小满起身想要关窗,目光扫到院中已经枯死的藤蔓。她动作微微顿住,过往的画面伴随着微凉的夜雨涌入。

一切人和事都已经淡去,再掀不起涟漪。

而此时，远在京城的姜月芙却旧疾再犯。

寸寒草救了她的命，数月后，也给她带来了痛不欲生的后遗症。

疼到失去理智的姜月芙，将药碗和茶盏尽数打翻，歇斯底里地哭喊着。

程汀兰心痛到哭肿了眼，姜恒知无奈，不禁开始回忆起小满还在的时候，心中越发后悔。月芙这副模样，必定是无法做太子妃的。

程汀兰抹着眼泪，手指颤巍巍地扯住了他的衣袖："夫君，救救月芙，救救她……"

冷月高悬，遍地清霜。紫藤被风一吹，花叶婆娑，在寂静的夜里"沙沙"作响。

周攻玉轻笑一声，对一旁的阿肆说："丞相若是这个心思，帮帮他也无妨。"

暑热消退，巴郡迎来了秋风。

这一年的收成不好，江郡守和江夫人缩减府中的开销，开始对外赈济百姓。

来寻求救济的百姓多是衣着单薄、身形瘦弱到令人可怜的地步。

江所思他们去帮着施粮时，小满就走到一旁帮大夫给病人开药方。药房的学童比她要手脚麻利，因此小满也只能帮些小忙。

一个多时辰后，江所思便让人唤小满回去喝药，好好歇息。

小满起身，手腕和腰背皆是酸痛难忍。她揉着手腕往回走，正想回郡守府时，发现高大的石狮下有个姑娘蜷缩着躲在那儿，瘦弱的身躯颤抖，像是恐惧着被人发现的小兽。

她放轻脚步靠近，缓缓蹲在小姑娘的身前。

那小姑娘抬起脸，见到是在门口治病的小满，以为她也是大夫，眼泪"唰"一下就流了出来。

"呜呜呜，救命……活菩萨救救我吧。"

小满惊讶，问她："你怎么了？是生病了吗？"

小姑娘靠在石狮上，衣服灰扑扑的，手掌捂着腹部，面色痛苦。

由于对方哭得太过凄惨，小满担心起来，但对方又一副犹豫不肯说的样子，她劝说道："你得告诉我哪里不舒服，不然大夫没办法给你看病。"

"我肚子疼，还流血了……"小姑娘脸色通红，嗫嚅着说出这些话。

一听流血了，小满紧张起来，打量她身上的伤口在哪儿，又疑惑地问："是哪里流血，我为何找不到？"

小姑娘的头压得很低，声音细若蚊蚋。

小满问了第二遍，终于听清她说了些什么，愣怔了半晌。

接着小满长吁一口气，温柔地安抚她，摸了摸她凌乱的发丝："你不是要死了，没事。"

"可是一直流血，怎么办……"她不信，泪眼蒙眬地继续问，身子还是止不住地发抖。

小满皱眉："你娘亲没教过你这些吗？"

那小姑娘眼里满是茫然，不知道小满的话是什么意思。

府门前的人很多，想到她可能还在害怕，小满就找来侍女，要了一件披风。

小姑娘身上都是尘灰，犹豫着没有接过去，怕弄脏了会被怪罪。小满拍拍她，亲自给她披上："没事的，你随我来。"

江夫人察觉到小满那里的动静，侧头看了一眼，吩咐身边的侍女去询问。

等小满带着那位姑娘出来时，已经过了许久。那姑娘身上的衣服也换了，面色微红，低着头不敢看人。

一直在为人诊病的大夫余光扫了她一眼，并未多说什么，只是又写了一个药方递给学童。

那姑娘强忍着腹痛，走了几步就惨白着脸停下了。

学童抓好药，递给小满："小姐，这是补血益气的药，你给那姑娘拿去吧。"

"好。"

赈济百姓的事做了很久，从早晨一直到天色昏暗，如焰火般的晚霞渐渐归于黑紫。

江若若来劝过小满，让她回去歇息，她却不肯。近距离看到庶民是如何在底层挣扎着生存的，这样直面的冲击感是书中文字做不到的。

离开了困住她的相府后，她在益州见到了许多她从未见过的东西，也学会了很多道理。她虽没有和男子一同在书院听学，却也读了很多书，可她还是不知道自己将来要做什么。

韩拾和江所思，他们都有自己的抱负和理想，连江若若都知道自己将来会走什么样的路。

唯独她，每日过得虽舒心，细究却是浑浑噩噩，茫然不知前路。

天光暗下去，大夫和药童都准备离开了。

江夫人让侍女来催小满，她没有急着走，反而叫住大夫。

"小姐有何事还请吩咐。"大夫虽然劳累了一天，语气却没有不耐烦。

平日给小满看病的也是他，医术高超脾气也很好。

"叶大夫，今日我看到许多妇人分明等候已久，却仍是犹豫不敢上前。我命人上前询问，她们又含糊其词，不肯说明原因……"

叶大夫胡须花白，面上的皱纹多如山石沟壑，眼神却依旧沉稳锐利。

他开口，语气还有些无奈："我行医多年，见过的病症不计其数，唯独妇人的病极少见。"

"什么病这么少见？"

叶大夫摇头："不是病少见，是没人看病。有病就该看大夫，可妇人身染恶疾，除非到了不得已的地步，她们始终讳疾忌医，羞于和大夫详说。而更多穷苦人家的女子，根本不知道自己患病，只当是些小毛病，最后贻误病情。女医少见,她们又觉得此事羞耻,我也是爱莫能助。"

一旁的学童接话:"可不是,本来能治好的,最后拖成大病反而还丧命了。一半是因为脸皮薄,一半是真的不懂,不把病当病。"

"谢大夫,小满懂了。"小满对叶大夫行了一礼。

等人都走了,侍女问小满:"小姐,你方才问大夫什么病啊?"

"我问的是妇人病。"她说完还打量了身边侍女的反应。

果不其然,侍女瞪大了眼,一副被噎到的表情。

"妇……妇人……怎么问这些呢?他们两个可是男子,小姐又没病,问这些做什么?实在是……有失体统。"侍女知道小满脾气好,一时情急"有失体统"这种江所思常用的词都冒出来了。

小满笑了一下,问:"你第一次来葵水,是什么反应?"

侍女脸色爆红,扭过头去不愿意说。

小满又道:"我猜,你以为自己受了什么伤,觉得自己要不行了是不是?"

被戳中心事的侍女又羞又怒,涨红着脸不肯看她。

"果然是这样。"

想到白日里那个小姑娘哭泣着缩在石狮后的样子,小满沉思了片刻,心中头一次有了要坚定地去做一件事的冲动。

小满想要编著一本专为女子而写的医书,并将此事告知了江夫人。

起初,江夫人还有些惊诧,没想到小满会有这般想法,还劝说她:"世上已有《妇经》,记载也十分详细,你又何必多此一举呢?"

"《妇经》晦涩难懂,除了医者,根本不会有什么人去看。应该要有一本平常百姓家的女子能看,且一看就能懂的书。这样也能知道自己是生了什么病,有哪些地方不对,又该如何做。"小满说着,又深吸一口气,似乎是下定决心般,"兄长和若若都觉得无用,虽然我也觉得可能是没有什么成效,但万一有用呢?也许会帮到许多女子,我还是想试试。"

江夫人沉眸看着她,面色柔和下来,眼眸有如春水般温柔:"我从前不知,你还有如此志向。你母亲知道,也该高兴的。她若是没有去京城,一定也是位名扬天下的女医。"

她说完后拉过小满的手,放在自己膝上轻拍了两下,语气颇为自豪:"初见你时,你又白又瘦,胆子小也不爱跟人说话,像只兔子一样。现在你已经学会了如何与人相处,有了自己想做的事,无论结果如何,义母都会帮你的。若有旁人认为你言行怪异,有违常理,你不必去理。无论做什么都有人不喜欢的,但求不负自己的本心。"

屋外的凉风拂动芭蕉叶,不停地拍打摩挲,发出轻微的声响。

灯火昏黄的室内,江夫人的步摇轻轻晃动,静谧之中,只剩她的轻声细语。温婉又端庄,对小满慈爱、包容,满是怜惜。她的话语比屋子里的安神香还要温和,安抚了本来忐忑又失落的女子。

小满眨了眨眼，眸子蒙上了层水雾，在烛光下晶莹地闪着光："义母说得对，为什么都要让我和他们一样呢？这世间的人有不同的活法，自然不能用同样的眼光来判定。富绅认为穷苦的百姓不正常，权贵认为庶民不正常，男人认为女人不正常，连兄长也时常认为我不正常……可人是不同的，自然是每个人都正常，只是活法大相径庭而已。"

"那我可以吗？"她还是有些怀疑自己。

"你可以。"

等巴郡迎来第一场冬雪的时候，韩拾不等天光亮起就跳到了小满的院子里。天冷的时候，她总是格外不好过，时常是疼得难以安睡。

以往韩拾很喜欢下雪，每次推门看到天地洁白一片时，都会兴奋地喊醒江所思。

今年冬日，是他头一次不想看到雪。

韩拾在院子里堆了一个高高的雪人，一边堆一边搓着冻得通红的手。

小满因为疼痛难忍早早地醒了，披着一件毛毯窝在火炉边，不一会儿就听到了屋外的声响。

她推开窗子时，韩拾恰好滑了一跤，将自己堆起来的雪人踹了个稀巴烂。

听到毫不掩饰的笑声，他懊恼地回头："你居然还笑我！我费尽心思哄你开心，现在摔跤了，你怎么能笑我？"

他张口，呼出的热气凝结成白雾，使他的面容有片刻看不清晰，但那双熠熠生辉，犹如明星般的眸子，是寒冷中最能给人温暖的存在。

韩拾大步走过来，"啪"的一声关上了窗户。

小满惊讶地张了张口，赶忙说："我不笑你了，真的。"

"你能不能少让我操心，眼睛又不想要了？"韩拾憋着火气说完，又抱怨道，"我都快被冻死了，你怎么不让我进屋啊？"

"义父知道你单独进女子闺房不是会骂你吗？"小满故意这么说，仍是走过去抽开了门闩。

韩拾冷哼一声走进屋，身上还裹挟着冰雪的冷意，鼻尖和手指都是通红的。他盯了小满一会儿，又不自在地撇开目光，小声说："我明年要进京了。"

"嗯。"

"那你要不……和我一起去吧？"

昏暗的屋子里，仅剩炉火的微光。

橙红的火光照在韩拾的脸上，显得他脸颊也泛着红。

小满迟疑了片刻，还没开口，韩拾就迅速，甚至是急切地说："不对！你必须和我一起去。"

"为什么？"她眼中满是疑惑。

韩拾停了一下，很快想到了小满必须去的理由："叶大夫的师兄能治好你的旧疾,他人在京城不回来了,所以你也要和我进京。明年开春,表哥要春试,我们三人一起。"

想到了这个绝佳的理由,他笑得有些得意,胡乱地在她头上揉了一把,将本来柔顺的发丝都弄乱了:"听到没,要一起去才行,姨母要是问你,记得点头。"

"好。"可叶大夫没说他师兄不回来了啊……

到了春日,江所思要进京参加春试了,听闻韩拾和小满也要走,本来还安分的江若若顿时不干了,抹着眼泪去求江夫人,一直求到江夫人心软。

由于江若若的外祖都在京城,江夫人索性同意了,权当让她去看望外祖。

临走前,夫妇二人特地嘱咐江所思看好韩拾,一路上照顾好小满,不能让韩拾带着小满胡闹。

一行人浩浩荡荡离开巴郡,除了小满显得略微沉默,其余人都是欢喜的,期待着去京城。

江若若注意到小满情绪不佳,特意和她搭话:"我前段时日和杜盈她们闲聊,她还小声问我认不认识《芳菲录》的作者呢。现在好多女子都有一本,说不准到了京城,也有贵女在闺房放着一本。"

《芳菲录》就是小满和叶大夫的孙女一同编著的医书,或者说只是一个小册子,也称不上医书。

书中记载了对女子身体的各种解释,从病症的预防到染病的表现,一应俱全,最后还有对女子看大夫的劝诫。

书只署上了叶大夫孙女的名字,小满不愿意添上自己的名字。

《芳菲录》刚出来的时候,光是这么一个像极了三流杂书的名字,就大大减少了让人看的欲望。

江若若撇去贵女的矜持,和自己认识的小姐们有意无意提起,多番暗示才让她们一时好奇去看了这书。没多久,这本书就在小姐们的圈子里传开来。

内容叙述并不像医书般晦涩冰冷,而是如同闺中密友相互交流般亲切。

平日里总是羞于开口询问的事在这本书里被一一解答,也让她们知道了许多不曾了解的东西。

小满本来是有些开心的,可过了一段时日,她发现真正的问题没有得到解决。

平民百姓上不起私塾,多数女子都是目不识丁,而偏偏最需要了解自己身体的,也是她们这些普通人。

能有闲心看书的也只是一些家境优渥的小姐,而更多普通人家的女儿,就算将《芳菲录》一本本送到她们手里,她们也看不懂书中写的是什么。

小满内心有些挫败,因为最初她写这本书是希望不再看到有女子来了癸水,却害怕得以为自己会死掉这种情况发生。

而这些就好像是一个圈,最后又回到女子读书这个问题上。

等离开京城回到益州，她一定要再试试。

在江若若刻意活跃下，小满也没有再情绪低沉，很快就把这些烦心事抛之脑后。

长街之上，柔软的柳絮如同剪碎的鹅毛，轻盈柔软，漫天飘散。

马车停在西街一个不起眼的小宅院门口，精致却又低调的马车上走下一个人，身上还穿着尚未脱去的朝服，正是当今的宰相姜恒知。不待他走进院子，就有一个妇人出来迎接，宽大的衣衫遮不住她高高隆起的小腹。

"相爷，你摸摸，他今儿早上还踢我了。"林菀是个十足的美人，柳叶眉纤长微挑，一颦一笑皆是风情，勾得人春心荡漾。

姜恒知看了眼四周，冲她笑了一下，没有摸她的腹部，轻声劝道："进去再说吧。"

林菀脸上的笑意凝滞了一瞬，很快又笑得娇艳，挽上他的胳膊："好啊，今日我让人做了相爷爱吃的饭菜。"

院中有棵高大的柳树，纤细的柳枝随风摇摆，白絮纷飞过长街，被送到了更远的地方。

江若若掀开马车的帘子，伸手接住了飞絮，递到脸色惨白的小满面前。

"你看外面飘得到处都是，跟下雪似的。"

"这个不小心吸进去会咳嗽的。"小满开口，嗓音微弱干哑。

韩拾就坐在马车前驾车，恰好打了个喷嚏，揉着鼻子说："这都坐了近二十日的马车了，你怎的还是头晕？"

"没事，一会儿就到了。"小满掀开帘子喘了口气，打量着她阔别一年多的京城，依旧是……无比的陌生。好像巴郡才是她的故乡，而京城的繁华热闹，始终与她无关。

细想实在可笑，她在这个地方活了十五年，却从没见识过真正的京城，不认识这里的街道河流，也不认识什么商铺酒楼，唯一能让她想起来的就是城西的月老祠。

但想起来还不如彻底忘了。

她收回目光，将马车的帘子重新放下。

阿肆驾着马车，正侧头打喷嚏，一辆马车迅速从他眼前远去。而刚才合上车帘那一瞬，他看到马车中女子的侧脸，分明像极了姜小满！

他揉了揉眼睛，只当是自己眼花，大白天怎么可能见到鬼。

愣怔了半晌，他又回头去寻找那马车，却是怎么也看不到了。

马车中传来太子殿下压抑的咳嗽声，片刻后，他嗓子微哑，问道："怎么停下了？"

"没什么，刚才看错了一个人。"

"走吧。"

阿肆只说是看错了，连姜小满的名字都不敢提起。

明明都过去了这么久，只有他们殿下一直走不出来，时不时就对着东宫那株紫藤出神；烦心了还会孤身一人去当初姜小满殒命的湖边发呆，将饴糖和糕点悉数倒进湖里，对着空旷寂静的湖面自言自语。

若不是看太子殿下平日处理政务仍然从容冷静，他真的要以为太子殿下是不是得了癔症。

周攻玉夜里睡不安稳，醒来还有心口疼的毛病。从益州来的神医本来就是为他诊治的，留在京城一年也没见成效，索性留在东宫为他调理身子。

皇后见他一直在推拒往他东宫塞的侍妾，不禁开始怀疑他的身子是否出了问题，时常找人试探。

一次两次周攻玉都忍了下来，皇后变本加厉，将自己的外甥女陵阳郡主直接送进了他的寝殿。

周攻玉少见地动了怒，直接命人把那位郡主丢出东宫，亲自去警告了皇后，自那以后东宫就安宁了好一阵子。

一直到现在，那位郡主因为太过不甘，准备卷土重来。

阿肆对那位死缠烂打的陵阳郡主心有余悸，反观周攻玉，丝毫不把此事放在心上。

"殿下，陵阳郡主若再堵到崇政殿怎么办？"

周攻玉淡然道："慌什么。"

他记得，自己有位远亲也要参加今年的春试，为人正直，相貌俊朗，且尚未娶亲，现在应当是已经到了京城。

还真是便宜了陵阳。

江所思和韩拾，在京城都有自己的亲友，韩拾的姑父是当朝少府监，江所思的外祖是威远侯。两人从巴郡到了京城，一样可以横着走。

韩拾本是坚持要带着小满住到他姑父家，但江所思无论如何也不同意，生怕他会带着小满胡闹，韩拾只能作罢。

小满就这么在威远侯府住下，威远侯两鬓花白却依旧健壮，性格爽朗大方，很快就接受了小满。

唯一令人头疼的是，他坚持义兄义妹天生一对的说法，将小满当作江所思的心上人。

江所思被说了好几次，几乎要后悔自己当时没有同意让韩拾带走小满。

等一切打点好了，没几天，江所思收到宫里的传话，称皇后想接他们兄妹二人叙旧。

江所思起初还有些意外，毕竟江家虽然和皇后一脉，两家却不曾有什么交集。但既然是皇后要见他们，二人也不好耽误，换了身衣裳进宫。

趁着江所思不在，韩拾换了身轻便的圆领袍，拉着小满到京城游玩。

"你这次还回巴郡吗？"

她想起韩拾说过,这次回来,他是想进军营,像他的父母一样保家卫国,为朝廷尽忠。

那也就是说,他以后会离开……

韩拾摸了摸她的脑袋,笑道:"你舍不得我?"

本以为这种话应该得不到回应的,小满却丝毫没有犹豫地点了点头。

"你要明白,我不能永远留在益州做个默默无闻的官家子弟,我的父母是被人称赞的英雄,而我也想和他们一样建功立业。等有朝一日,大将军韩拾的名声一定能传入你耳中。"

韩拾回身时,高高扎起的马尾连同发带悠扬地甩出一个弧度。日光透过云彩,照得他整个人好似在发光。

本来想说上战场会死人的小满,在此刻将话默默咽了回去。对韩拾来说,流血和战死都不是值得恐惧的事。

"那你一定要平平安安,完完整整地回来才行。"她重重地点了点头,语气难得严肃起来。

韩拾看她这副模样,"扑哧"笑出声,轻挑眉梢:"那是自然,不然惹得我们小满哭鼻子怎么办?"

小满瞪了他一眼,愤愤地咬碎手里的糖画。坚硬的糖块化开,口中都是黏腻的甜。

皇宫中。

江所思带着江若若一起觐见了皇后,其间也只是简单疏离的寒暄。他越发不懂此番召他们前来的意义何在,没多久,殿外传来一个女子的嗓音。

"姨母,太子哥哥在这儿吗?"

江所思闻声回头,只见陵阳郡主一身红衣跑进大殿,腰间的禁步撞击出清脆的"叮当"声。随着步子而翻起的裙边如跳动的火焰,明艳到灼人眼眸。他自觉失礼,很快又收回了目光。

"这是巴郡郡守的长子,他的母亲是本宫一位表姐,按理说,与你也是远亲。"皇后浅笑着,又向江所思介绍了陵阳郡主。

她看了江所思一眼,目光在他俊朗的脸上停了一瞬,很快又移开了,问道:"姨母,那太子哥哥在哪儿?"

江若若微微皱眉,将头垂得更低了。这么没眼色不识礼数的贵女,可实在是不多见。

"太子此时应当是和皇上处理政事呢。"皇后笑得雍容端庄,委婉地用假话骗了陵阳。

自从周攻玉来殿里发了次火,她也不敢再自作主张撮合二人了。

本以为姜月芙身子好了能为她赐婚,如今看来也是枚废棋。陵阳总是到她殿里来问周攻玉的事,时间一久也让人心烦。

她瞥了眼站得笔直的年轻男子，若有所思地放下茶盏。

出了皇后寝宫，江所思和江若若正想出宫时，有宫人拦住了江所思，称是太子请他一见。

江若若提前回了威远侯府，江所思也顺利见到了周攻玉。

他到东宫的时候，远远便看见了廊道上覆了一层淡紫，垂落而下的藤萝美得如梦似幻。

而站在藤萝之下的人衣着素净，披了一件宽大的暗纹白袍，用玉簪半绾的墨发倾泻在肩头。光线透过藤蔓的缝隙，照在他清冷的面容上。远看去，气质超然，真如谪仙一般。

"见过太子殿下。"江所思俯身行礼。

周攻玉不疾不徐地朝他走来，唇边扬起一抹笑意："听闻表兄意欲参加今年春试，便想着和你叙叙旧，你我一家，不必多礼。"

听闻太子极其温雅，好品行好修养，是个挑不出错的君子。可脑子不糊涂的人都清楚，能坐上太子之位，将朝廷掌控得稳稳当当不说，且行事滴水不漏让人抓不到把柄的人，怎么可能是个简单人物。

是人都会出错，都有自己的弱点，哪有干干净净毫无瑕疵的圣人。

二人初一相见，江所思身心紧绷，始终端正仪态，怕自己言语不当。没过太久，周攻玉三言两语便让他心生亲近之感，二人志趣相投，谈话也变得轻松许多，本来紧张吊起的一颗心不知何时就放下了。

等到最后，江所思又想起了一件事，对周攻玉行礼道："在下还有一个请求……"

"但说无妨。"

"敢问殿下，宫中可有一位来自益州的太医？"

周攻玉将茶盏轻轻一放："若你指的是徐太医，他如今正在东宫。怎么，可是身子哪里不适？"

江所思摇头，面色凝重道："是在下一位义妹，体弱多病，身缠旧疾。这位徐太医曾是巴郡一位神医的师兄，还望殿下能借徐太医一用，为在下的义妹诊治一番。"

"这有何难，今日便让他与你一同出宫。"

话音刚落，宫人便来禀报周攻玉，说是陵阳郡主在殿外等候多时。

江所思沉默着，想起了方才在皇后殿中那位盛气凌人的女子。连若若都对太子倾慕已久，这位郡主心悦太子，也不是什么奇怪的事。

"那在下就先行告退了。"

他说完，并未得到答复。

周攻玉缓了缓，嘴角勾出一抹笑："不急，正好今日无事，我也许久未曾拜访过威远侯了，此次便随你同去吧。"

江所思愣了一瞬，很快便应道："是。"

威远侯府内。

凉风拂动垂柳,衣衫也随之轻舞。

凉亭中的周攻玉和江所思正在对弈,陵阳就坐在江所思一旁指点江山,使人不胜其烦。

江若若瞥了眼棋盘,很快又红着脸收回目光。

太子的手骨相极好,手指修长白净,和他的人一样温雅。

她发了会儿呆,忽听到韩拾的声音越来越清晰,想到他和小满今日出去游玩,怕他冲撞了太子,便急急起身走过去要将二人拦住。

陵阳看向江若若,只见她向一高一矮两个身影走去,下意识问了句:"那是谁?"

周攻玉正要落子的手微微一顿,顺着她的目光看去。

苍翠的栀子掩映过后,女子的面容逐渐露了出来。少年为她簪好头上的步摇,笑着对她说了些什么,女子的眉眼也弯起来。她的乌发蜿蜒过肩头,苍白的脸颊泛着淡淡的红晕,澄净的眼眸如无波的湖面。一颦一笑,和梦中清影逐渐重叠。

如此熟悉。

霎时间,风声和鸟鸣连着陵阳的话语一起消失。万籁俱寂,只有他紊乱的呼吸越发清晰。

棋子脱手,发出清脆的坠地声,似是将他的神志拉回现实。

周攻玉猛地起身,棋盘翻落,黑白棋子"哗啦"散落一地。

陵阳惊呼,一声"太子哥哥"还未说完,就瞪大了眼看着周攻玉的身影飞快离去。

踏进府门后,小满正和韩拾说着话,忽然间眼前一暗,不受控制地被拢进一个带着暖意的怀抱。

正要挣扎时,她嗅到了浅淡的冷梅香气,<u>丝丝缕缕缠绕上来,将她的心撕扯、揪紧。</u>

这个人唤过她的名字千千万万遍,却从来没有任何一次如今日般。颤抖的嗓音微哑,好似极力压抑着什么。片刻后,他轻叹一声,将她拥得更紧。

"小满。"

// 第四章
道歉

韩拾正在和小满说着话,突然一道白色身影出现在眼前,将小满抱在了怀里。他吓了一跳,手里的花盆都险些砸在地上。

正要伸手去拉开二人的时候,江若若阻止了他。

"这是太子!"

江若若的话,如同一道惊雷炸在他头顶。惊诧的不止他,还有陵阳郡主和江所思。

阿肆倒抽一口冷气,用力眨了眨眼睛,确定自己没有眼花。

姜二姑娘死去一年多,如今却忽然回来了,竟还跟着江家的大公子一起?

江所思始终端正的仪态也在此刻瓦解,瞪大眼睛望向二人,紧接着目光又投向韩拾。

韩拾想都不想就知道,江所思这是在问他怎么回事,小满和太子怎么会认识。

然而韩拾和周攻玉仅有一面之缘,若不是今日再见,连他的模样都记不清楚,更别提知道他的身份。

他是如何也想不到……小满的心上人会是当朝太子,是人人都称赞的举世无双的周攻玉。

连陵阳郡主都没见过这种场面,在她心里,太子一直是冷静自持的模样,从未像今天这般,在大庭广众之下跑向一个女子,不顾外人的目光将她抱在怀里。

小满被紧紧锢着,几乎是被周攻玉按在了怀里。冰凉的发丝垂落在她脸颊,曾经无比熟悉的怀抱和声音再次出现,她却觉得恍若隔世。

察觉到怀中人的挣扎,周攻玉放轻了力道,却没有彻底放开她。

"太子殿下。"韩拾面色微凝,实在忍不住先开了口。

小满有些喘不过气,推了推周攻玉。他退后半步,清润的眼眸微眯,看向韩拾的那一瞬，似有阴鸷渐渐从他眸中隐去。

虽然结束了这个拥抱，他的手仍是没有要松开的意思。小满用力挣开，立刻跑到韩拾身后，眼神戒备地看着周攻玉。

韩拾面色缓和下来，拍了拍她的肩："没事，别怕。"

周攻玉面色微怔，看向躲开他的小满，眼中还有几分意外："小满？"

陵阳怒瞪江所思："这是怎么回事，那个女人是谁？你们是不是故意找了个人来勾引太子？"

江所思很是苦恼："回禀郡主，在下是真的不知。"

"你不知道？这是威远侯府的人，你说你不知道！"陵阳郡主的吵闹声打破了诡异的沉默。

小满缩在韩拾身后，心跳飞快，生怕周攻玉将此事告诉姜家。

韩拾心中焦躁，随口胡扯："太子殿下是不是认错人了？"

周攻玉脸上笑意犹在，看向韩拾的目光却犹如淬了毒，泛着阴狠戾气。语气也是轻飘飘的，好似冷凝的雪花飞进脖颈，让人生出要打寒战的冲动。

"你觉得呢？"

江所思心道果然，外人说的温和好脾气都是假的。为了避免韩拾再说什么冒犯的话，他赶忙上前阻止了韩拾，让二人对周攻玉行礼。

小满低着头从韩拾身后站出来，始终不肯抬眼看向周攻玉，只是声音极低地唤了一声："见过太子殿下。"

"太子殿下？"他咬字清晰，一字一顿，缓慢念出了这四个字，"你要装作不认识我吗？"

她头压得更低了，恨不得缩进衣服里。

江所思知道这两人之间的事不是他们能解决的，将韩拾往回扯了一把，对小满说："既是故人，便去和太子殿下叙叙旧。"

她极其不情愿地点了点头。

周攻玉看她这副模样，心中无比酸涩，不知是喜更多一点，还是悲更多一点。

然而触及她目光的那一瞬便豁然了。还是喜更多，只要她还活着，恨也好怨也好，都不是难以承受的事。

韩拾憋屈至极，愤恨地看向江所思，刚要说些什么，就见江若若咬着唇瓣，眼眶通红，泫然若泣。

他愣了一下，有些莫名其妙："你哭什么？"

江若若好似受到了莫大的羞辱，眼泪夺眶而出，哭着跑开了。

韩拾睁大眼，又是疑惑又是气愤："我还没哭呢，她哭什么？"

小满听着身后人的声音逐渐远去，手指用力到几乎要把袖子攥破。

周攻玉轻轻扫过，当作没有看到，轻声和她解释："小满，当时的事，我并非有意。"

她退后一步，意识到自己的行为可能不好，又飞快抬头看了他一眼。

"没事的，我不怪你。"

话中满是疏离，甚至还有些许恐惧。周攻玉眼眸微沉，直直盯着她的脸，似是要看出她说的到底是真是假。

"为什么不怪我？"

小满心里说不出是什么滋味，她竟然见到了周攻玉，本来以为回京城一段时日就能再回到益州，往后应当是再也不会相见的。

再也不见或许有些可惜，却也不是什么坏事。都说喜欢一个人，是见到他就会笑，想到他就忍不住开心。可她想到周攻玉，只觉得难过。想开之后，就连难过也没了。

周攻玉看着小满沉默许久，胸腔里好似有星火渐渐熄灭。

小满终于抬起了脸，望着他的眼眸仍旧澄澈，却分明是疏远躲避的。

"我不怪你，我现在很开心的，真的没事。"

"你想我怎么做？"凉风拂过，白色衣袍微微摆动，柔软的衣料勾勒出他清隽的身形。

"什么？"她疑惑道。

周攻玉的眼中蕴含着苦涩无奈："小满，我没有娶姜月芙，以后也不会娶。"

她没想到周攻玉会这么说，神情和她的眼神一般，看不出丝毫情绪。

"我知道。"可这与她又有什么干系呢？

"回来好不好？"

"可我不想回姜府，我不喜欢那里。"

"你可以和我回东宫，我已经是太子了，不会有人拿你怎么样。"周攻玉仍抱一线希望，几乎是在半哄半劝。

"殿下可不可以不要告诉姜丞相他们，当作今日没见过我？我不想回去了。"她终于下定决心，说出了这些话，紧张地等待周攻玉的答案。

和周攻玉再相见的时候，她一颗心始终吊着，生怕他会告诉姜恒知。

姜府的人现在应当是过得很好才对，她一点都不想和过去再扯上什么关系了。

沉默了半晌，周攻玉答道："好。"

她眼睛亮起来，眉梢的那一点欢喜像枝头含苞待放的桃花，鲜活艳丽，娇俏得让人移不开眼。

无论周攻玉如何说服自己，都不得不承认，小满的欢喜确实与他无关了。看到他的时候，她的脸上只有惊慌失措。

可曾经明明……明明不是这样。

她会笑着喊"攻玉哥哥"，扯着他的衣袖问他要饴糖，有数不清的问题要问他。

可方才，她唤的却是"殿下"。

对着另一个男人言笑晏晏，还叫他"韩二哥"。

一时间，胸腔就像灌了冰水，带来凛冽的刺痛，将他的理智不断挤压。

小满低头看着脚尖，努力让自己不要看周攻玉的表情。

"我想回去找韩二哥。"

掩在衣袖下的手指收紧，指节用力到泛白，他却好似感受不到指甲嵌进掌心的疼痛。想扯出一个笑来，却发现自己根本做不到。

周攻玉生了一副极好的皮相，给人看去，只觉得他气度深沉如远山。脸上总挂着一抹清浅虚伪的笑意，实在是迷惑人心。

可如今，他也不笑了，连嗓音都带着那么一点脆弱低哑，像是朽枝即将被压断的悲鸣："你喜欢他？"

小满被问到了，尚不知道回答什么好时，远处突然传来一声呼喊："太子哥哥！"

陵阳被丢下很久，两人的叙旧还没结束，在韩拾的再三挑衅撺掇下，她还是忍不住来打探情况了。

周攻玉的心中横着一根绷紧的弦，陵阳的突然出现，反而使他长呼一口气，紧绷的弦也缓缓松了。

问出那句话他便后悔了，与其得到不想要的答案，不如不要问，权当不知道。

小满是第一个真心实意对他好的人，会小心翼翼地将自己的一切都与他分享。在他称得上寡淡无趣的人生中，这是仅有的慰藉，也是他在晦暗中唯一能看到的光。

是他配不上小满的好。

"小满，我不逼你，也不告诉姜府的任何人，你不要走，好不好？"

可他现在想抓紧这束光，困也好，求也好，都不能再眼睁睁看着她离开。

陵阳还未走近，被周攻玉冷冷地看一眼，脚下步子立刻停住。

韩拾等得焦躁至极，一心想将小满立刻拉出来，然而江所思还坚持问个不停，他不胜其烦，抱怨道："我哪儿知道啊，我也不知道小满认识太子啊。你问我有什么用？"

说完后又是一阵沉默，江所思也不知该如何是好。

他此次进京只为取得春试榜首，不曾想过还会卷入这种事。

方才见小满的神情，倒像是害怕太子的接近，二人之前到底有多少牵扯，不是他们能胡乱臆测的。

江所思脸色凝重："那你想如何？"

"你没看到小满刚才不情不愿的吗？反正她不愿意，谁都不能强迫她。"韩拾说完，就见两人的身影逐渐近了。

小满朝韩拾跑去，藕荷色裙边如盛放的花朵，恍然之间让周攻玉想起了不少旧事。不同的是，那时候小满是向他跑来，此刻，却是从他身边离去，奔向另一个男人。光是这么想，胸腔翻涌的嫉妒与不甘如潮水，恨不得将他整个淹没吞噬。

走到此处，周攻玉眼神依旧冰冷，面上却已经恢复了往日的从容笑意："方才是我失礼了。"

韩拾一肚子火，也假惺惺笑道："殿下说笑了，失礼的是我才是。"

小满瞥了二人一眼，悄悄问江所思："若若去哪儿了？"

江所思叹息一声："她可能有些不好受，这不是你的错，切勿放在心上，她定能想开的。"

小满一听，顿觉不好，甩下他们就去找江若若了。

见小满来了，院子里的两个侍女奇怪地对视一眼。房门紧闭着，她叩了叩门，屋里无人应答。

小满回头问："若若在屋子里吗？"

侍女表情复杂地说："在呢，也不让任何人进去，小满姑娘帮着劝劝吧。"

威远侯府这么大点的地方，发生了小满和周攻玉这等事，不消一炷香时间就传遍了。

现在大家都知道太子一见面就抱了这个来路不明的小姐。

小满听到屋子里压抑的低泣声，敲门的手停住："若若？"

屋子里的人并不理会她，站了许久，她也不好再继续惹江若若烦心，默默转身离开。

侍女小声交谈着，看着小满远去。

"这小姐真是个了不得的，还以为是从哪儿捡来的孤女，竟然能一见面就勾了太子的心。"

"可不是嘛，指不定是个有手段的，看着还乖巧本分，原是个事儿主……"

门"啪"的一声被打开，吓得两人一个激灵。

江若若泛红的眼眸还含着泪光，面色愠怒地瞪着二人："非议主子，自己去请罚十杖。"

说完后又"啪"的一声关上门，力度之大，惊起了枝头的雀鸟。

江所思得知了二人之间生出嫌隙，也不知该如何劝解，又怕韩拾心直口快，惹得若若更加不满。

"此事并非你的错，若若并非不懂道理的人，你和她好生解释，她不会怪你的。我和韩拾去只怕她认为我们偏向你，届时更难解决了。"

"兄长都不问我和太子之间有过什么吗？"

江所思叹了口气："无论有什么，那都是过去的事。韩拾也说过，初见你时，你在大雪里被冻到僵冷，若不是他遇见，你可能连命都没了。想必过去也不是什么值得回忆的好事，你若不喜欢，我自然不会提。"

她低下头，眼眶渐渐红了。

"好了，哭什么。"江所思拍拍她的肩，安慰道。

夜里没有月亮，漆黑寂静，几声虫鸣都显得极为清晰。江若若沉闷了一整天，谁也不肯见，裹在被子里好久才睡着。

安静的房中响起一阵窸窸窣窣的声音，树影透过窗户照进来，像是张牙舞爪的妖怪。

本来在睡梦中的江若若迷迷糊糊地醒了过来，忽然见到有个黑影正要爬上她的床，吓得一个激灵猛地起身，尖叫声被卡在嗓子眼还没来得及发出，就被那一声"若若"打断了。

"你别害怕，是我。"小满心虚地低头，声音细若蚊呐。

江若若一肚子火，气得语无伦次，指着她的手抖个不停："你要做什么？你竟然……竟然敢深夜爬我的床！谁给你开的门？"

小满声音压得更低了："窗子。"

"你！"她气愤地瞪了小满一眼，咬牙切齿地挤出几个字，"你来做什么？"

"我睡不着……"小满偷瞄了她一眼，又赶忙把头压低了，一副做错事怕被骂的样子。

江若若缓过神来，板着脸冷冷道："你睡不着来我这儿做什么？"

嘴上这么说，她又不禁打量起小满单薄的衣衫。

夜里寒凉，小满临时起意到江若若屋里来，冷得肩膀瑟瑟发抖，身子也是疼痛难忍。

被褥兜头盖下，她扯开，疑惑地看着江若若："你不生气了吗？"

江若若愤愤道："生气，你别跟我说话了！"

说完后她就躺回被窝，背对着小满，下定决心今晚不看她不理她，就当作她不存在。

小满默默钻进被窝，躺在江若若身边，小声地解释："我不是故意不告诉你的，我以为自己不会再见到太子了。我不想留在这里，我想回益州。"

江若若憋着不出声，突然有一双手伸过来环住了她的腰。

小满贴着她，话里都带了点哭腔："我不知道会看见他的，我以为和他再也见不到了……我可以明天就离开京城，再也不回来了……你别不理我。"

话说到最后，成了小声的啜泣，江若若眼眶也红起来，"噌"地起身，说道："胡说什么，太子一看就是喜欢你，别说益州，就算你躲到青州也没用。"

小满蜷缩起来，终于忍不住捂着脸哭出声。

"我不是有意要见他……我不喜欢他了，你别生我的气。"

江若若本来的怒气被她这么一哭都散得个干净，无奈地拍着她的背安抚起来："我不生气，你别哭了。"

小满还是抽噎个不停，眼泪将衣衫都浸湿了。

"我都说不生气了，你怎么还是在哭？"她这回是真的恼了，本就不是什么大事，早知如此还和她生什么气。

"我……我停不……停不下来了。"

江若若十分无奈。

小满坐起来，扭着身子钻到她怀里，被轻拍了几下才停住抽噎。

"你真的不生气了？"小满小心翼翼地开口。

"嗯。"江若若没忍住，问她，"你是相府的庶女，太子是怎么喜欢你的？"

小满摇摇头："他不喜欢我。"

"怎么可能？今日太子的模样，分明就是心悦你已久。"江若若皱眉，不满地说道。

树影从半开的窗户映进室内，本来略显狰狞的影子看着也不再恐怖了，反而多了几分清冷寂寥的意味。

她捏着被角，嗓音哭到有些喑哑："太子不喜欢我。"

"那你呢？"

"我也不喜欢他。"

第二日起来，徐太医来为小满诊脉。前一日发生的事，徐太医也有所耳闻，为小满诊治时就忍不住多打量了几眼。

离开威远侯府后，徐太医径直去了东宫。

昨晚回寝宫的路上，周攻玉眼角眉梢都是掩不住的笑意。阿肆能看出来，太子这是发自内心不带半分虚情的高兴。

怎知等天光破开夜色，他起身去太子寝殿时，再一次望见了紫藤之下的身影。周攻玉坐在一片阴翳之中，身上沾染了寒露的冰冷，晨光无法照到他。

依旧是形影相吊，茕茕孑立。

为什么小满姑娘都回来了，殿下还是会失落？

徐太医回到东宫向周攻玉禀报小满的病情。

周攻玉正在批阅奏折，可在徐太医来之前，他手中的折子半个时辰未曾动过。

即使坐在书案前，他仍是难以凝聚精神使自己专注。

"那位小姐曾用过寸寒草，如今身子被余毒摧残，天气转凉便会疼痛到难以入睡，我又开了几个安神的方子……"

"可有根治之法？"

"只能慢慢调理，此事急不得。"徐太医说完后，又想起了一件事，说道，"还有一件事，据江公子所言，小姐还曾患上雪盲之症，不能视强光，亦不可雪天出行。若雪盲反复，日后恐会失明。"

说完后，他等了座上人许久，仍未听到应答。

周攻玉神情怔忪，沉吟片刻后，将手中折子轻轻放下："你说……失明？"

始终沉稳从容的太子，语气里竟有几分惊慌。

徐太医还以为自己耳朵出了什么问题。

"殿下不必担忧，小姐的雪盲不算严重，只要多加注意，绝无失明的可能。"

他的话刚说完,周攻玉起身朝外走去:"阿肆,出宫。"

周攻玉昨日离开时,就已经安排了人守在威远侯府,以免小满再次消失。

这些事威远侯自然是注意到了,但既然是太子的命令,他也只能睁一只眼闭一只眼。江若若的火气刚上来就被小满的眼泪浇灭,两人依旧手挽着手好得形影不离。

只有韩拾整夜睡不着,翻来覆去地想着小满被太子抱在怀里的情景,恍然间又记起了那年冬至,二人拉着手站在人群中,连小贩都夸赞他们十分登对。

韩拾越想越不甘心,又要去威远侯府找小满,他姑父命人将他堵了回来,义正词严道:"既然你回了京城,就不能如往日一般胡作非为。我和张祭酒说好了,你过两日就和你两个弟弟一起入国子监,否则整日游手好闲,再在京中给我惹出什么祸事来。"

威远侯府中,江所思料到周攻玉会来,带着江若若避开了。

小满的院子里正在煎药,苦涩的药味弥漫到了每个角落,丝丝缕缕地飘出了院墙。

在距离她的院门还有几步时,周攻玉停下了。

阿肆疑惑道:"殿下?"

"无事,走吧。"

连他自己也不知为何,来之前几乎是急切地想要见到小满,等到了与她只有一墙之隔的地方,却无端心生怯意。

药渣被倒在海棠树下当作肥料,小满捏着鼻子,愁眉苦脸地说:"为什么要在院子里煎药?花都被熏苦了。"

小满上身穿了一件杏粉色短衫,藕荷色的百褶裙有着璎珞纹样的刺绣。仍是旧时模样,但眼神比在姜府时生动明亮。

周攻玉的目光停在她身上,直到有侍女出声才让她反应过来。

小满转身时,习惯性地抬臂遮住光线。这一动作却像是刺痛了周攻玉的眼,他瞳孔骤然一缩,几步走到小满面前,高大的身躯投下阴影,将光线遮了个彻底。

两人突然靠得这么近,小满无措地退后一步。

"殿下?"

"小满……"

不知道是不是这日光晃人,她竟觉得周攻玉的眼中尽是沉痛。

"殿下怎么来了?"

周攻玉的话没能说下去,他想问她愿不愿随自己回东宫,可话到嘴边又被压了回去。

她定是不愿,不用问。

"公务处理完,来看看你。"周攻玉说完,小满又是一阵沉默。

面对周攻玉的时候,也是在面对过去那段苍凉无望的日子,她不想这样。她本可以只记得他的好,不带一丝怨恨地记着。

缭绕的药味极苦，一直苦到了心里。

她直视着周玫玉的眼睛，平静地说："我现在很好，离开京城后也没有什么。我学到了很多东西，认识了更多的人，韩二哥他们都对我很好。我知道你当上太子了，在益州也经常听到有人说起你的名字，他们都在夸赞你是个很厉害的太子。"

周玫玉的笑意不减，眸光却黯淡下来，犹如烟花盛放后冷却的灰烬。

离开了京城，她遇到了更多的人，过得很开心，她不需要他了。其实从来都不是小满需要他，是他离不开小满。

"小满，留在我身边可好，我可以让你做……"

"太子殿下！"小满打断他的话，目光里是他未曾见过的坚定，"以后可不可以不要来了？"

周玫玉呆呆地望着她，周遭分明是和煦的春光，他却觉得如置身寒冬。

此刻再想说些什么，却觉得嗓子干涩，如鲠在喉。

"这是你想要的吗？"

小满撇开头不看他，低声道："你就当作我已经死掉了好不好？"

她说这话的时候还有些犹豫，出口都是小心翼翼的。

"若是我不愿呢？"周玫玉扯出一个苦涩至极的笑来，"我若不愿，你会伤心吗？"

小满摇头，诚恳道："那也没关系，不怪你，我不该这样强求你的。反正过些日子我也是要回去的。你在京城好好的，我也很放心。"

"你不想看见我？"他缓缓开口，又似自言自语一般。

小满半晌没说话。

阿肆快看不下去了，小声叫了句："殿下，要不我们先回去吧？"

周玫玉身材颀长，离开时碰到了低垂的海棠枝。花瓣如雨般簌簌落下，贴在她乌发上，飘落在她脚尖。

花朝节这日，小满本来和韩拾约好一起去凑热闹，但韩拾在国子监和太尉的儿子打了一架，被姑父关在府中不许他出来。

江所思本想留在府中研习自己的新书，得知江若若和小满要出行，便不放心地跟了出来。

街头繁花似锦，男女皆在发髻簪着花。

小满穿得素淡，淡鹅黄的两层长褙子，鱼肚白的百褶裙。若是混在人群里，很快就融进去找不到了。

江若若折了一枝海棠簪入她发中："今日好不容易出来，你竟也不好好妆饰，可千万要跟紧，不能走丢了。"

"知道了。"

这一日的上京，人声嘈杂，灯影幢幢。一瞬间，她好似回到了一年前。

明明只过去了不久,她却觉得十分遥远,甚至想不起当时周攻玉拉着她的手都说过什么,脸上是什么表情。

只有那句冰凉的"听话"记忆深刻。

四溢的花香伴着浓郁的脂粉气,飘然散开笼了满街。

江若若从巴郡来,不了解街上的年轻女子为何都要手持花枝。

"她们都拿着花,我们不拿是不是有些怪异?"

江所思回答:"京城的花朝节和巴郡有所不同,他们不仅要祭祀花神,这一日,只要是未曾许配人家的小姐,在街上看到了喜欢的男子,都可将自己的花枝赠予他。"

江若若惊讶:"这……这怎么行,会不会太过轻浮了?"

他一本正经道:"这是京城的传统,你大可不必理会。要是父亲知道你在街上向人示爱,可能会让你跪半个月的祠堂。"

小满笑出声,眼睛都眯成了弯弯的细缝。

玉兰花的香气沁人心脾,她低头轻嗅,正欲开口,肩膀被人从后拍了一下。

转过身,韩拾喘着气,气息不稳,像是匆匆跑过来的。

他轻挑眉梢,对她粲然一笑:"这花是送给我的吗?"

江若若冷哼了一声:"料定你又是偷跑出来的,等回去了定又要挨骂了。"

韩拾无所谓道:"就算挨骂也不能耽误了来见小满啊。"

他目光灼热,毫不躲避地看着她的眼睛:"要不然你将花送给旁人了,我可怎么办啊?"

小满无所谓将花给谁,既然韩拾要了,她自然不会不给。

正待她要伸手时,突然有一人不轻不重地撞了她一下,花枝脱手掉落在地上,不待她去捡,又被急匆匆跑过的孩童踩了两脚。娇嫩的花瓣被踩烂,沾了泥灰上去。

韩拾气愤地瞪向那小孩,那小孩反而还回头对他做了个鬼脸,他气得七窍生烟:"这孩子怎么回事?"

江所思叹了口气:"看来你跟小满的花没缘了,来都来了,去西街看花会吧。"

等几人转身离去后,一只白净的手将沾满尘灰的玉兰枝拾起。

周攻玉站在人群中,周身的矜贵与清冷神情,都与街市的一切格格不入。

偶有大胆的女子看向他,犹豫着要不要将手里的花抛给他,都被阿肆几个眼神给瞪走了。

小满腰间挂了一个香囊,鼓囊囊的,看着像是装了不少东西。

韩拾正抱怨着"花王"不好看,小满也应和了两句,腰带被扯着猛地一坠,她惊呼一声,就见那贼子的身影跑远了。

"怎么回事?"

她有些哭笑不得,指了指空空如也的腰际:"有个小贼偷走了我的香囊。"

"里面装的不是花瓣吗?"

"谁会把那么多银子挂在腰上,不觉得重吗?这小贼真傻,白偷了。"

这一个小插曲并未影响到什么,几人还是高高兴兴地看花,时不时还盯着四周的年轻女子,看她们会将花抛给谁。

给韩拾送花的姑娘都被他拿小满当借口婉拒了,而她也不在乎这些,仍是与江若若挤在一起。

烟花腾空升起,长鸣之后,在漆黑如墨的夜空中炸开一朵绚丽的花。

短暂地照亮天地后,烟花归于黑暗,冷寂下来。

韩拾装作若无其事地靠近小满,手指与她垂在身侧的手越挨越近。

他下定决心,一闭眼,正要握上她的手掌时,后背被人猛地一撞。

两个小男孩笑嘻嘻地做着鬼脸,又要去扯他腰间的玉佩。方才的旖旎心思登时就被打破了,化为一腔怒气。韩拾觉得自己一定是天生和小孩相克。

小满回头看向他:"怎么了?"

烟火升空,又在刹那间照亮了他微红的脸庞。

"没……没事,就两个孩子……"

天地重归黑暗的那一瞬,周攻玉转身,逆着人潮离去。

阿肆将从贼子手上追回的香囊交给他。

"殿下,我们现在要回宫吗?都出宫了,当真不和小满姑娘说点什么?"

"不用了,若见到我,她今日不会那么开心。"周攻玉走了几步后又停下,对阿肆说,"吩咐她周围的人,看好韩拾。"

"是。"

入夜后的东宫寂静无声,唯有太子寝殿一盏昏黄的烛火摇曳着。

周攻玉鬼使神差一般,将掉落在地的玉兰花枝拾起,也不在乎被踩烂的花瓣和沾染上的泥灰。

玉兰枝孤零零地插在瓷瓶中,放置在他的书案上。

月白锦囊被拆开,晒干的栀子花瓣落在奏折上。

淡雅香气萦绕,混入空气中难以挥散。

他不禁想到重遇的那一日,男子抱着一盆栀子,俯身对小满说些什么,她盈盈一笑。

凉风吹入殿中,拂落了冷却的灯花。

周攻玉以手扶额,低垂着头看桌上的花瓣,蓦地发出一声讽刺至极的笑来。

徐太医每日都会到威远侯府为小满诊脉,没过几日,他拖来一大包的药草,开始让小满泡药浴。

小满皱着眉,表情有些扭曲,极其不情愿地问:"那我会不会浑身都是苦的,他们都不愿意和我站在一起了?"

这件事说给周攻玉听的时候,他也忍不住笑出了声。

虽然他不好再去到小满面前，却仍是日日找借口和江所思下棋，比当初拜访姜恒知还要频繁。

朝中渐渐起了流言，纷纷猜测他是否要重用威远侯一脉的人。

陵阳找到小满的时候，她正挽起衣袖给院子里的花花草草浇水，嫩白的脸被太阳晒得微微泛红，像是枝上半开不开的海棠。

"喂，你是谁家的女儿，怎么跟太子认识的？"陵阳高昂着头，一身红装，盛气凌人地站在院门前。

小满直起身子，抬手遮了遮日光，疑惑地"啊"了一声。

"你是哪儿来的野丫头？如此无礼，不会说话吗？"陵阳闻到院子里苦涩的药味，眉毛都拧在了一起。

她径自走到海棠树下的石桌边坐下，随手翻看桌上放着的书。

小满听江若若说起过陵阳郡主，却没想到她会真的来找自己。

"我从益州来，是被韩二哥捡到江家的。"她说得坦坦荡荡，语气还莫名自豪，好似被人半路捡到是什么了不起的事。

陵阳听得眉头皱起，问道："你是捡来的？那你是怎么和太子相识的？"

小满道："他可能认错人了。"

这话是韩拾教给她的，要是被人认出来，大可不必承认，但显然陵阳是不信的。

她冷哼一声，收回目光，漫不经心地翻阅小满的书："《芳菲录》，竟还有人看这种书消遣？"

小满眼睛亮起，欲言又止。

陵阳不耐烦地问："你想说什么？"

"郡主也读过《芳菲录》吗？敢问京城有多少女子曾读过此书？"她心里是有些期待的，在来京城之前，她不曾想过一本书会从益州传到这么远的地方。

"你问这么多，这书是你写的不成？"陵阳随口说了一句，却不见小满应答，怀疑道，"这书是从益州传来的，你也是益州的人，难不成真是你写的？"

小满摆摆手："不是的，是我一位友人，她是医女，我只帮忙录入而已。"

这话便是谦虚了，叶大夫的孙女和她的功劳基本对等，但最后她却不愿加上自己的名字。

得到小满的回答，陵阳还有些不信。起初她还以为这书是哪位年长的妇人一手编撰，谁承想只是一个娇弱的小姑娘："真是你写的？"

正要踏入院门的江若若听到这话，立刻说："小满不会骗人，这书的确是有她一份功劳。"

陵阳有些惊讶地睨了她一眼，将书放回原位，一言不发地起身就朝外走了。

江若若奇怪，凑到小满身侧，小声问："怎么回事？"

"她是来问太子的事，我也不知道她怎么又突然走了。"小满也疑惑着，面上却难掩喜色，"好在这本书竟真的传到了京城，也不枉费我花了那么长的时间。"

等出了小满的院子，方才那挥之不去的苦味才算是消失了。

陵阳的侍女便问她："郡主方才怎么突然就走了？"

陵阳冷哼，眼底眉梢尽是高傲："病秧子一个，我不屑与她一般计较。能写出这么一本书，想必人也不会太差，总比姜月芙好得多，整日里装模作样，还在做太子妃的白日梦。就算太子哥哥瞧不上我，也不能便宜了姜月芙。"

侍女附和道："郡主说得极是。"

院子里味道实在太重，连带着小满身上的衣衫都带了股淡淡的苦味。江若若想上街去买些胭脂水粉，索性拉上了小满一起去购置新的衣料。小满跟在她身后，却总有些魂不守舍。

她扯了扯江若若的袖子："若若，你有没有觉得不太对？"

"什么不对？"江若若寻到了一个好的衣料铺子，走了进去。

小满回头看了一眼："我总觉得有人跟着我们。"

江若若愕然，回身看了看四周："没有的事，你莫要多想了。我刚才看到一匹不错的料子，买来给你做夏裙吧？"

小满犹疑片刻，仍是点了点头。

转身时肩膀被人轻撞了一下，身侧传来女人的惊呼和东西落地的声音。

江若若将挺着大肚子的女人扶稳："夫人可有事？"

女人发髻簪花，纤细的柳眉轻轻一弯，带着十足的风韵。

"无事，多谢这位姑娘了。"

她说完，又要俯身去捡掉落的布匹和胭脂。

小满先她一步捡起，微笑道："夫人住在何处，若无人陪伴，我们送你回去？"

江若若打量她的衣衫，分明不是普通百姓穿得起的，却在身怀六甲之时独自上街。她不禁有些疑惑，却仍是点头赞同了小满的话："如此还是我们送你吧，这些东西拿着实在多有不便。"

何况她们还带了一个侍女，想必不会有什么事。

妇人轻轻一笑，感激道："那便多谢二位姑娘了，我的住处离此地不远，半炷香时间便到了。"

几人结伴朝着妇人的住处走去，小满仍觉得有人在跟着自己，回头又看了几次，却找不到丝毫异样。

"那你如今怀有几个月的身孕了，怎的会独自出门？"江若若和妇人搭起了话。

二人这才得知，妇人的丈夫是位品级不高的京官，平日里多忙于公事，下人还有其他事要做，有些东西她不放心交给他人，便亲自出门了。

妇人生得漂亮，江若若看着也心生好感，不知不觉就多说了几句。

一路走到了巷中，小满看到从院子一直垂落到院墙外的苍翠柳枝，莫名想起不知是在哪本书上看到过，家中栽柳是要招来祸事的。

好巧不巧，妇人就在这个院门前停下了，对着她们盈盈一笑："多谢二位姑娘，若是不介意屋内简陋，进来喝口水再走吧。"

江若若暗自腹诽，这怎么能叫简陋呢。

刚要开口婉拒，便听身后传来一阵急促的马蹄声，离她们越来越近。

妇人一直挂在脸上的笑容僵住了，反应过来，便劝道："既如此，二位还是快走吧。"

小满正要转身，忽听一声中气十足的——"林菀！你这女人好生不要脸！"

这声音太过熟悉，即便过了这么久，仍是如一根扎在心底的尖刺，只轻轻一拨，便瞬间勾起了关于姜府的记忆。

头顶是和煦的春光，她却觉得有寒意从脚底升起，蔓延到四肢百骸，使她浑身都僵冷起来。

江若若看到小满的神情不对劲，出声唤道："怎么了，小满？"

程郢从马上下来，斜睨了江若若一眼，尚未看到小满的正脸，问道："你们是谁？"

林菀强装镇定，拦在二人身前："只是两个送我回来的姑娘，你不要为难她们。"

小满刻意将脸偏向一侧，扯着江若若的袖子要带她离开。

面容被垂落颊边的发丝遮得隐约，程郢看了眼江若若的衣物和跟着的侍女，也能猜到她出身不凡，并没有要多加为难的意思。

"走吧。"小满低声说了句，拉着江若若就走，步履显得有几分慌乱。

姜驰站在程郢身后看了她半晌，眉头皱得越发厉害了，只在她转身时，看到了一个模糊的侧颜。

身后响起程郢怒气冲冲的质问声，小满权当没听见，江若若却拉着她问个不停。

终于走出一段距离，程郢的声音渐渐远去，她解脱般缓了口气，才发觉手心黏腻，竟是生出了冷汗。

"若若，我……"

"姜小满！"

伴随着一声冷喝，她的手臂被人猛地攥住，用力一扯被迫转过了身。

姜驰目眦欲裂，握着她的那只手轻微颤抖，瞪着她竟是半晌说不出话，开口便是咬牙切齿的："你竟然活着，你竟然没死……"

小满的手臂被捏得生疼，不等她挣扎着抽回手，姜驰就被突然出现的女子一掌推开了。

女子挡在小满身前，面无表情："姜公子自重。"

江若若被突然冒出来的女子吓了一跳，这才觉得眼熟："你不是每日煎药的侍女吗？怎么也跟出来了？"

女子微微一颔首："属下名为白芫，是小满姑娘的侍卫。"

小满也是满脸疑惑，不知所措地往后退了两步。

但有人拦着姜驰，倒让她安心了不少。

程郢本来正在和林菀互相讥讽，听到姜驰的一声"姜小满"后也震惊地回过头，表情逐渐变得狰狞。

"姜小满……好啊，姜小满，你果然是跑了，居然还敢回来？"

姜驰捂住被打得生疼的胸口，目光发怔，仍是觉得不可思议。

然而下一刻，他却鬼使神差地扯住了走向小满的程郢。

"舅舅！"

程郢盯着白芫，神情倨傲："你是何人？知不知道我是什么身份，和我作对，是不想活了吗？"

白芫冷眼看着，继续面无表情，根本不屑于理会他的话。

小满扯着江若若的袖子，偏过头不敢看程郢，白玉般的手指轻轻颤抖。

"既然没死，现在跟我回去，你还能将功赎罪。"程郢眯了眯眼，看她的眼神就像看一只兔子，"你若再跑，我可没相府的人那么好心，你的腿可就别想要了。"

江若若气得涨红了脸，连仪态都没注意，啐了一口："呸，你这混账东西，大言不惭！"

小满的脸也是红的，不知是因为惊吓还是气愤。

江若若拉着她的手轻拍两下，惊惶不安的心莫名沉稳了许多，加之在益州待了这么久，已经很久没人用这种语气对她说话了，她分明可以不用再那么可怜卑贱地活着，有人在乎她、对她好，凭什么就要被相府的人视若草芥。

不知道是哪儿来的一股勇气，她抬起头直视着程郢，强忍住语气中的颤抖，眼中的恐惧渐渐消散。

"我有何罪要赎？我又有何亏欠？"

程郢没想过她会反抗，就像是看到了兔子咬人一般，气极反笑。

"你生来就是药引，这是你的命，这是我们给你的命。让你锦衣玉食地长大，不过是放血而已，你竟不知感恩，还一心要害死月芙。"

姜驰扭头看了眼程郢，抿着唇默不作声，目光又回到了小满身上。

江若若怒道："你在胡说八道些什么！"

程郢的话如同一颗石子落入深潭，在小满本来还算平静的心里激起一声巨响。

"我的命不是你们给的，是我娘生下我，是她让我活到现在的。你们只是让我去死而已。就算姜丞相与我有血肉之恩，十几年以血为引，我该还的早还尽了。我不属于姜家，也不欠姜家。"

她想到了死也没回到益州的陶姒，语气竟渐渐染上了怒意。江若若有些惊讶，姜驰和程郢也是如此。

他们似乎从来没见过小满发怒，以前的她就像是没有这种情绪，从不责怪旁人，也不会大声斥责什么。

姜驰发亮的黑瞳定定地望着她，张了张口，又什么也说不出来。

程郢被激怒，阔步走来要强行拉她。一直沉默护在小满身前的白芫，见他靠近直接从袖中抽出一把短匕。

薄刃的寒光一闪而过，即便程郢躲避及时，仍免不了被削断了半截袖子。凌厉的锋刃划开他的手臂，鲜血滴滴答答落入尘土。

"你！"

"再走近一步，死。"白芫的眼神如语气一般冷冽。

程郢捂着手臂，血从指缝间渗了出来。他黑着一张脸，因为愤怒显得表情更加狰狞："好，好你个姜小满，今日放你一马，过几日，定要你跪着给我磕头认错。"

他和姜驰出来时，只带了一个贴身侍卫，这女子身手不一般，下手极为狠辣，他们若硬拼必定占不了上风。

反正姜小满还在京城，他总能把她给找出来。

"傻站着做什么！"程郢深吸了一口气，瞪着一动不动的姜驰。

等走出了一段距离，他又吩咐身边的小厮："跟着她们。"

"是。"

林菀捂着隆起的小腹，远远地看完了一切。小满和江若若细声说了些什么，视线突然扫向她。

林菀面色略显苍白，正想着如何开口，小满便转身走了。她长吁一口气，顿觉轻松许多。

没想到今日的麻烦，是丞相那个死而复生的女儿凑巧替她拦了一回。

路上遇到这样的事，江若若哪里还有心思逛什么商铺。

小满觉得自己扰了她的好兴致，有些抱歉："都怪我给你惹麻烦……这几日我还是不出门了，我早该想到会遇见他们，没想到会在今日，会是这么……"

"说什么胡话，这如何能怪你？虽然我不知他们和你到底有什么过往，但那男人凶神恶煞的，可想而知你曾经的日子有多不好过了。现在你是我们家的人，有人欺负你，我们第一个不答应。"江若若说着，表情又古怪起来，凑到她耳边小声道，"相府怕什么，太子不是还喜欢你吗？还特意在你身边安插了一个侍女。"

小满听她提起周攻玉，摇了摇头："可他不会选我的。"

"什么？"

"也没什么，我们快回去吧。"

白芫瞧了小满一眼，不禁觉得她不识好歹。

等回到威远侯府，江所思和威远侯都知道了这件事，小满也不再隐瞒，将事情原委和盘托出了，却没有说周攻玉与她之间的事。

威远侯闲散多年，虽不参与朝政，却也是个极其正直的人，得知姜府和程家人所作所为，也是气得将茶盏拍得"哐当"作响，口中念念有词："竖子！实乃狼心狗肺，丧尽天良！如此品性，竟也当得一朝之相！"

气完之后，他又觉得无奈。多年前他也是驰骋沙场的大将，如今垂垂老矣，整日养花逗鸟，就算看不惯姜恒知的所作所为，却也做不了什么。

能受到这般爱护，小满已经觉得感激了。包括白芷，虽然是周攻玉派来的人，但的确是她在关键时刻拦住了程郢。

第二日，韩拾知道了此事，在国子监听学的他把同窗的姜驰按在地上痛揍。分明是韩拾动手在先，夫子却在这一日格外偏心，将挨揍的姜驰一并处罚。

仅仅是隔了一日，小满最担心的事就发生了。

姜恒知来了威远侯府。

这时的小满蹲在白芷身边问她是和谁学的武功，忽听到姜恒知来了，险些打翻药罐。

她慌乱起身，连药都不喝了，直接跑出院子。

在来威远侯府的前一日，姜恒知知晓程郢找了林菀的麻烦，本是要教训他和姜驰的，却不想得到了这个消息。

姜小满还活着。听到这句话，他的大脑有一瞬的空白，良久后才缓过神来，先是震惊，接着喜悦、无措，甚至带着那么一些愧疚的情绪。

当初小满本可以不死的，是他觉得小满的一封信无足轻重，便为了宴客置之不理。

可如今她活着，姜恒知想不通自己到底是怎么想的，他也曾打算过从那以后好好对待小满，甚至想过为她找一门好亲事，找一个会真心待她的人。

可小满就那么死了，一时间让他的愧疚达到了顶峰。

得知她活着，心中压了许久的大石仿佛落了地，使他暂时得到了解脱。

威远侯显然是不想搭理姜恒知的，因为是前朝老臣，又年长姜恒知一轮，完全可以不拿正眼瞧他。

姜恒知是一朝之相，哪里受得了被威远侯屡次掉面子，脸色不禁难看起来，只是隐忍不发罢了。

"今日我的确是来接小满回家的，多谢侯爷这段时日的照料，他日我定有所报答，还望侯爷将她带出来。"

"我说了，不知道你说的什么小满大满，不在就是不在。"威远侯懒散地坐着，正想再阴阳怪气两句，却见不远处一男子，长身玉立，正缓缓走来。

威远侯道："哎呀，太子殿下来了。"

语气颇为得意。

姜恒知表情有些复杂，想到近日朝中传闻太子有意提拔威远侯一脉的事，顿觉自己像是被耍了一通。

周攻玉早就知道小满没死，却不告诉他。甚至有可能，一开始小满就没死却被他藏了起来。他越想脸色越差，胸口好似有一团火在烧。

周攻玉走近，看到姜恒知隐忍的脸，露出了一个温雅的笑，和煦得如同春风，偏偏他眼底是不加掩饰的冰凉。

"丞相这是怎么了？"

姜恒知被他一笑，火势烧得更旺了。

江所思听闻太子和丞相聊了起来，顿觉安心不少，然而下人又跑来说小满不喝药，也不知道躲到哪里去了。

韩拾受了罚，想尽办法从姑父家跑出来，走路的姿势还一瘸一拐的，脸上的表情极为得意，一进门就呼喊道："表哥，那个姜驰冲撞皇后挨了板子，他舅舅也坠马把胳膊摔断了！现世报啊，就差他们家的那个姜……"

待走进前堂，望见姜恒知阴森的目光时，韩拾的话戛然而止，默默换了个方向。

"丞相还是回去吧。"周攻玉淡淡道，"人不是你能带走的。"

姜小满缩在假山后，周身湿冷。

光照不到她，就好似姜恒知也找不到她。

白芫武功虽好，却不太会说话，不知道该如何安抚她。

"小姐，药快要凉了。"

小满抱着膝盖坐下，觉得自己又回到了十岁的时候。

程汀兰院子里的婆子下手不知轻重，割得有些狠了，她大哭一场，躲在假山后许久。

一直到天黑也没人找她，她捂着手腕，哭着哭着就快睡过去了。

陶如就是那个时候出现的，一片昏暗中也不提灯，居高临下地望着她，看不清表情："哭够了就回去睡觉。"

听到白芫唤了声"二公子"，小满将头埋进手臂，委屈地喊道："韩二哥，你带我回去好不好，我不治病了。"

那人的脚步顿了一下，片刻后，她感觉到衣袖带起的微风。

不是韩拾。

她抬起脸。

周攻玉蹲在小满面前，目光一如往常的温和沉静。他伸手揉了揉她的发丝："小满，没事了。"

她往后缩了缩，眼神中满是恐惧和戒备："我不跟你回去，我不回姜府。"

这些惧意和她本能的排斥，像是对他的凌迟。

周攻玉的脸色有些苍白，却仍是笑着说："他已经走了，没人会带你回去。"

这是他咎由自取。

白芫站在不远处,只看了一眼便移开目光。她只是觉得不忍心,这么久以来,她从未见过太子在任何人面前露出这种表情。

低微到……小心翼翼。

那以前呢,太子以前也是这么对待姜小满的吗?

这些事太子只会和阿肆说,她很好奇除了脸,如此无趣普通的姜小满,是如何让高高在上的周攻玉动心的。一个是贵如云霞的储君,一个却是贱若草芥的药引,二人分明不该有什么牵扯。

"我不回去。"小满盯着周攻玉,又重复了一遍。

他耐心地哄她:"我知道,不会让他们带你走的。走吧,小满,该喝药了。"

以前不是这样的,只要他轻轻一招手,她就会提着裙子跑向他,从来不会有迟疑。

小满很惊讶周攻玉会来找她,但一想到姜恒知也来了,不得不怀疑他是要帮着姜恒知带她走。在他好言好语安抚了几句后,她仍是没有要走的意思。

白芫看不过去,补了句:"韩公子在找你。"

小满抬头,立刻就要起来。

周攻玉抿唇不语,伸手要去扶她。小满却自己扶着嶙峋的山石起来,蹲得太久连腿都酸麻了,才踏出一步便感到眼前一黑,险些栽倒。

他稳稳地扶住,隐约闻到小满身上苦涩的药味,想起太医说的药浴,面上不禁发热。

韩拾正要走过来,突然被江所思拉走。

"哎哎,表哥你拉我做什么?"韩拾还不配合地挣了一下。

他没好气地说:"莫要多言,跟我出来。"

小满奇怪地看了他们一眼:"兄长这是要做什么?韩二哥闯祸了吗?"

周攻玉将药碗递给她:"兴许是因为在国子监闯祸了,不会怎么样的。药快凉了,你该喝药了。"

说着,他将一块糖喂到她唇边,动作极其自然。

小满愣了一下,摇头道:"不用了。"

言罢,端起药碗,屏息一饮而尽。

周攻玉眸光暗了暗,看她被苦得表情都扭曲了,又不忍失笑,把糖递给她:"还是吃了吧。"

小满瞄了一眼,赌气一样,更坚定地说:"不用了。"

这些时日他虽没有出现在小满面前,却时常出入威远侯府,让人送了东西,虽然她并未收下,却不再抵触他的靠近,也算好事。

"我能问殿下一件事吗?"虽然她心中怀疑,却无法印证,如今周攻玉来了,她想,他总归是知道的。

"你且问,我都会告诉你。"

"姜丞相……"她如今也不肯称父亲了,"他在西街,是不是有一外室?"

那女子见到程郢并不意外,必定是知道姜恒知的身份,可他不是说只爱程汀兰一人,永不变心吗?

周攻玉眼眸微沉:"姜月芙的病没有好,你走后几月,她旧疾复发。"

小满猛地抬起头看着他,黑亮的眼瞳睁大,膝上的手紧攥成拳,似是极力克制着什么。

"他是不是……又找人……"

"是。"

周攻玉知道她在想什么,轻声道:"你莫要为此担心,无论如何,我都不会让他们伤你分毫。"

听到他的话,她心里竟只觉得好笑。这话要是放在冬至那日说出口,一定会让她感激万分。

你还有我。

那时候他是这么说的吧。

可是现在她有了很多人,已经不需要他了。

小满忽然起身,一言不发地走进了屋子,将他独自留在院子中。

周攻玉看了眼紧闭的房门,又将视线放在了药碗上。

他在院中静坐片刻,方才离去。

相府中,如今正不得安生。

桌上的茶具、花瓶皆被扫落,碎瓷铺了一地,绒毯上有点点血迹。

房中充斥着哭喊、怒骂、歇斯底里的疯狂。

姜月芙嘴角挂着一丝血线,眼里遍布血丝,伏在地上抓起碎瓷就要划向自己脖颈。

程汀兰哭肿了双眼,紧紧抱着她,央求道:"放下吧,月芙,很快就能撑过去,你能撑过去。若你出了事,娘可怎么活啊!"

两个侍女将她牢牢按着,手劲用得大了些,在她的手腕上留下红痕。

程汀兰看着眼泪又流个不停。

"让我死……放开!放开我,我不要活了……为什么是我?凭什么我要遭罪……"姜月芙哭得嗓子都哑了,终于放弃了抵抗,疼得身子都在发抖。

程汀兰抖着手在柜子里翻找起来,终于找到了压在最下面的一包药粉,颤巍巍地拿起来,又回头看了眼痛不欲生的姜月芙,还是下定决心走向她。

就在她打开纸包的时候,姜驰冲过来一把将药夺过,厉声道:"娘,你糊涂了!"

姜月芙疼得脸色苍白,唇瓣几乎要咬出血来,瞪大眼望着他:"给我……你给我!"

程汀兰捂着脸痛哭:"你姐姐太疼了,你就让她挺过这次吧,下次就不用了,就这一次。"

平日里,母女二人是端庄温婉的好模样,如今却发丝凌乱,满面都是凄惨的泪痕。

姜驰心痛,却无可奈何,将药包紧攥着,双目猩红。

"这药用不得!这不是什么好东西,你这样只会害了她!"

说这些话的时候,姜月芙仍是狠狠地挣扎着,额上泛出冷汗,嘶哑着哭出声,一声声地求他。

他不忍再听下去,无视程汀兰的呼喊,拔腿就要离开,走路时不小心牵动了伤口,又疼得一抽。

他龇牙咧嘴地抬起头,又猝不及防撞上了姜恒知。

他脸色阴沉,像是强忍着怒火。

见他这模样,姜驰多少也猜到了:"她不肯回来?"

姜恒知冷哼一声,面色含怒,未来得及答话,程汀兰就先一步冲出来,毫无仪态地攀着姜恒知:"为什么不回来,夫君你怎么能不把她带回来!月芙怎么办啊?月芙撑不住了啊……这是她姐姐,只是一点血而已,让她回来啊。"

不知是说了什么,又刺激到了姜恒知,他扯下了程汀兰攀着他的手臂,猛地一巴掌打在姜驰的脸上。

力度之大,直接将站立不稳的姜驰打翻在地。

姜恒知身居高位,向来注意言行举止,连对下人都极少苛责,在府里鲜有过疾言厉色的时候。

此番动手,的确是因为怒极。

"我行事自有分寸,并非未曾告知过你,不许去找林菀!"他深吸一口气,指着程汀兰,"你管好程郢!他姓程,却三番五次插手相府的事务。我怜你与他姐弟情深不曾说什么,可如今却是变本加厉。我再三说过,林菀的事我心中有数,你为何还要去为难她!"

他说完后,程汀兰哭得停不下来,质问他:"你既然心里没鬼,为何不许我弟弟和阿驰去看她?为何坚持要将她安排在府外,还几次去探望她。分明派了下人去,你去做什么?我怎知你到底是为了月芙,还是为了你自己!"

程汀兰的嗓音有些尖厉,听得他眉头紧蹙,手颤了半晌也没做什么。

"她为什么不回来?"姜驰问。

姜恒知道:"如今有太子和威远侯府的人护着,只能等她消气了自己回来。"

程汀兰一愣,立刻道:"这怎么行!月芙怎么撑得住?她们是姐妹。她怎么会不愿意回来,你让她回来,我们一定会好好对她,相爷你再去找……"

"住口!"姜恒知忍无可忍,目光锐利,"月芙可曾当她是姐妹,你要小满顾及恩情,她如何应你?简直是痴心妄想。"

程汀兰身子瘫软,被侍女扶住了。

她想到屋子里躺着的姜月芙,想到林菀,再想到程郢,心中不由得生出了怨怼，出口刻薄："我痴心妄想，如今这一切是谁导致的？月芙中毒是替你受过！这段时日你对陶姒和小满心怀愧疚又如何，是你生生逼疯了陶姒，小满也是你让她生下的。不觉得可笑吗？"

他们的夫妻恩情也在一日日被消磨着，被折磨的不只是月芙，她又何尝不在受煎熬。

少年夫妻，一路携手，却抵不住成为一双怨偶。

"你觉得自己负了陶姒，那我呢？你也负了我！你就是对林菀动了心思，休要再欺瞒我！"

程汀兰何曾在他面前这般歇斯底里过，和当初的温婉柔和简直判若两人。

姜恒知表情冰冷坚毅，眼神却有被戳破的心虚，在程汀兰斥责的时候，甚至不由自主地后退一步。

不该是这样，他偏开目光，不再看她，最后长叹一声离开。

程汀兰怔怔地看着姜恒知远去的背影，那身锦袍已经染上另一种香气，可这是她亲手缝制的锦袍啊。

姜驰来找小满的时候，她正准备出门。

他不是在宫里挨了板子，若不是看在姜恒知的面子上，兴许还要被赶出国子监，怎么今日就来找她了？

江若若没好气地说了句："这人好生不知羞，连丞相都被劝回去了，他还要缠着你不放，难不成还想挨打？"

"他挨打和这件事有什么干系？"小满有些奇怪，"来找我为什么会挨打？"

江若若笑道："也不知你是真傻还是假傻，他欺负你的第二日就在宫里受了罚，必然是被人交代过了。要不然凭什么韩拾动手，却要罚他一个丞相之子，国子监的祭酒可不会傻到得罪丞相。再说他舅舅，坠马后还不见大碍，看完大夫左手就折了，你竟不觉得蹊跷？"

她并不知道其中详细经过，自然也不会瞎想。既然若若都明说了，也只能是因为周攻玉。

"就说我不在，让他回去。我们还是从后门走吧。"

若说之前是恐惧，知道林菀的身份后，她一想到姜家的人便觉得厌恶。

白芫承认身份后，小满劝过她离开，都没有成功。从前是偷偷跟着，如今是光明正大地跟着，就算被小满发现也懒得躲了。

小满也不再赶人，毕竟周攻玉是白芫的主子，她为难白芫也无用，总有离开京城的时候。

江若若挽着她的胳膊，一路上都在唏嘘韩拾的遭遇："以大欺小，也才堪堪占到上风，他若真是这般还如何做得了将军？"

"韩二哥可以做大将军，他以后会是最厉害的将军。"小满笑起来，语气坚定，仿佛看到了韩拾身披战甲凯旋的样子。

101

行人围在路边，叽叽喳喳说个不停，江若若隐约听到他们提起三皇子。

"我听祖父说，三皇子今日要领兵回朝了。当初他争夺太子之位失败，便被贬到了边关，也挺可怜的。"

走了不久，小满停在了一家书肆前。

正巧江若若想要去对面卖头面的铺子，二人暂时分开了。

书肆古旧狭小，在外撑了个棚子用来晒书，里面昏暗一片，散发着阴冷和霉味。

一个穿粗布衣裳的姑娘正在和老板说话。

见小满走近，老板飞速扫了眼她的衣着，挤出一个奉承的笑："这位贵人要什么书？我们这儿店面虽小，书可齐全。"

姑娘看了眼小满，神情变得局促，缩着身子往后退，手上还拿了一本志怪话本。

刚好这本她也看过，不过写得无甚新意，问道："你喜欢看话本吗？我可以告诉你几本更好看的。"

姑娘涨红了脸，将书"啪"地摔回桌上，瞪着老板说："你骗我这是张老的文集，分明是话本！把钱还来。"

老板眉一挑，语气格外嚣张："这书是你自己拿的，钱我已经收了，要怪就怪你自己不识字！还张老的文集，你知道谁是张老吗？"

姑娘又偷看了小满一眼，好像受到了什么羞辱般，眼眶里都蓄满了泪水。她抽噎道："你把钱给我。"

"把钱给她。"小满忽然开口了。

"这位贵人，你要不买书可以，但是也别……"

小满拍了拍姑娘："你先跟我出来。"

"我的钱……"

"我帮你要回来，没事。"

老板嗤笑，嘀咕一句"多管闲事"，又坐回桌前看书了。

姑娘跟着小满走出书肆，白芫进去了。

小满静静地站了一会儿，书肆中传出老板的求饶和尖叫声。声音消失，白芫出来，将两颗碎银子丢给她。

"好厉害，谢谢你。"小满笑着道完谢，将钱还给哭个不停的小姑娘。

白芫冷着脸不说话。

小姑娘委屈极了："他说我不识字，呜呜……我弟弟在念书，可他们不让我去学，我也想读书，我要是读书，识字肯定比他还多。我爹娘说姑娘家不该念书，说我学了也没用，可我就是想学……我要是生在富贵人家就好了，就不会连话本都认不出来让人骗……"

小满看她红着脸委屈巴巴的样子，一时间又想起了益州那个面黄肌瘦的姑娘，知道自己是来了葵水而不是要死了，表情和她是一样的。

"那你念书后想做什么呢？"

"非要做什么吗？我就是……就是想念书。"小姑娘泪眼蒙眬，将银子攥在手里。

小满愣住片刻，才缓缓一笑，说道："你说得对，不一定非要做什么，说不定以后民间就有女学了，你也可以念书。"

"什么是女学？"小姑娘听她这话，眼中隐含期冀。

"就是女子的学堂，教你读书识字的地方。"

她还想说点什么，忽听急促的马蹄声出现在嘈杂的街市，踏在地上让人心生不安。

这里分明是闹市，谁胆子这般大，居然敢在闹市纵马？

小满抬头，只见百姓争相躲避，你推我搡。

江若若从铺子里出来，看到小满极其不雅地蹲在路边和人说话，皱起眉就要朝她走去，不料行人骚动起来，慌乱躲避间打掉了她的簪花。

"真是无礼。"

她嘀咕一声，俯身去拾，马蹄声却已近至耳边，到了避无可避的地步。

"闪开！闪开！"

她听到呼喊，竟吓得浑身僵住，第一时间闭上了眼。

小满猛地起身，还未来得及出声的呼喊堵在了口中。

电光石火之间，一个男子迅速将江若若救下，两人还在地上滚了一圈……

男子身材高大，松开江若若，起身拍了拍身上的灰。

"得罪了。"

小满跑过去，将吓傻了的江若若扶起来。

"姜小满？"他拍袖子的手顿住，"我这不是见鬼了吧？"

"三皇子？"小满惊讶道，"你这么快就回来了？"

"喂！怎么回事啊，不要命了？我方才扯着嗓子喊你，是聋了吗？听不见？"纨绔惊了马，险些也要从马上摔下来，便没好气地冲他们发泄。

小满觉得声音有些熟悉，抬眼看到马上的人，不由得愣在原地，小声说了句："今天是什么日子啊……"

周定衡回身，看到马上的人，脸色顿时黑如锅底，一开口就丝毫不客气："滚下来。"

江若若伏在小满肩头，拍着胸口平复心情。

小满道："若若……"

"怎么了？"

"你耳朵好红。"

郭守言看到周定衡，吓得一个激灵，又看到他身后的小满，双眼瞪圆了，捏着缰绳的手都在抖。

"你……我不是见鬼了吧？"

103

正所谓冤家路窄，尤其是周定衡和郭守言之间，又不仅仅是冤家那么简单。

这个养尊处优的三皇子，在经受边陲之地的风霜雨雪后，面容越发坚毅，周身气度沉稳，已和往日大相径庭。

郭守言却好像没怎么变，仍旧是嚣张无礼，说话欠揍的样子。小满想到孙小姐嫁给了一个纨绔，心中越发觉得可惜。

"下马……"

周定衡抱臂看着郭守言，脸上的神色一度让人觉得他要动手了。

郭守言也不想引起什么争执，利落地下了马，老老实实地和江若若道歉，然后盯着小满半晌没移开眼。

"真是你？"

周定衡手指攥紧，嘴唇紧抿成冷冽的线条。

"我皇兄知道你回来了吗？"周定衡脸色怪异，皱着眉问了小满一句。

见她点头，周定衡也不再多说，似乎急着做什么，转身就走了。

他们愣在原地，都有些不明所以。

郭守言可是横刀夺爱，娶了他的心上人，他怎么会一言不发就走了呢？

小满也不想继续和郭守言纠缠，拉着江若若就离开了。

路上听着江若若念叨周定衡的时候，她思虑许久，才恍然明白了。

方才周定衡的脸色分明是很不好看，却强忍着不再对郭守言说些什么。

那是因为孙小姐已经嫁作人妇，若是他和孙小姐如今的夫婿起冲突，也只能是让他们夫妻不和睦，是害了孙小姐。

虽然过去喜欢，却也是过去，往后要陪着孙小姐的人是郭守言。想到这里，她又觉得失落。虽然只在冬至那日和孙小姐说过一次话，却觉得她是个很好的人，要是能嫁给自己的心上人多好。

江若若问她："你方才在和谁说话呢？怎么还蹲在路边了？"

这话反而提醒了小满，便对江若若说起方才那姑娘的遭遇。

江若若明白了她的话，反驳道："我们这种官家女子识字，往后若做了主母是要过账的，诗词歌赋也要会一些，说出去也不至于是个草包。可平常百姓识字也无大用，她们要去田地间劳作，归家后要洗手作羹汤，便是识字又有何用？"

小满心里知道这话不对，却又一时间找不到合适的话来说服江若若。

沉默了一会儿，她便又放弃了。未必需要说服，江若若从小在郡守府长大，学的是《女诫》，背的是他们的家规，自然不能认同她的话，又何必强行说服对方呢。

一路到了韩拾姑父的府邸，得知韩拾在后院习武，两人便偷偷摸摸去看。

韩拾一身黑色圆领袍，发髻高高扎起，黑色的云纹发带垂在脑后，随着矫健的身姿飞舞。

银枪翻转，气贯长虹。

韩拾喘着气转身，额上有一层晶莹的薄汗，几缕汗湿的发丝贴在颊边。

"小满？"他收起银枪，扬起一个笑来，"可算等到你了。"

几人坐在凉亭中，说起江所思参加春闱的事。

江若若不满道："兄长这段时日是要专心读书的，太子来了，时常为他指点。可这几日倒是那个郡主，三番五次到府中找兄长下棋，为人傲慢，言语刻薄，有时候还要缠着小满，实在过分。"

韩拾立刻问小满："她欺负你了吗？"

小满摇头道："郡主说话不太好听，但人还是很好的。"

陵阳郡主是她认识的人中，唯一一个认为女子要和男子一样念书的人。虽然她总是用江所思举例子："你看你兄长，念了这么久的书，下棋还是要输给我，可见女子才智未必输于男子。若我能参加科举，说不准这榜首就是我呢。"

这话虽狂妄了些，却也未必不是真话。

韩拾讶异道："你说的是那个趾高气扬的郡主吗？她人好？她怎么了？"

小满便和他解释："我无意和郡主说起过办女学的事，郡主还说若我真的想做，她也会帮我。"

江若若和韩拾对视一眼，默默咽回了要说的话。她看得出小满是真心想这么做，可这与伦理不符，必然要遭受那些文人的口诛笔伐。

小满心思细腻又与人为善，若真这么做，最后竹篮打水一场空，不过徒增伤感罢了。

韩拾问她："那你是想回巴郡办书院？可我姨母他们未必会赞成。"

她摩挲着手指，似乎还有些犹豫："徐太医说我要留在京城至少半年，大概今年冬日前才能回巴郡。我想在这段时日里试试看能不能办成一个书院。京城虽繁华，目不识丁的人仍是多如过江之鲫，不仅仅是益州需要女学，全天下都需要。"

"什么，全天下？"韩拾有些惊异。

他还以为小满是一时兴起，若真要在巴郡办书院，她是郡守府的人，也没人敢明面上说闲话，可在京城就不知会被多少人讥讽，更遑论在全天下办书院。

"这怎么可能？"江若若首先质疑了，"且不说你怎么办成，这书院需要夫子，你又去何处找？"

小满撑着脑袋，被否定后也不觉得气馁："没关系，可以慢慢来，夫子总会有的，兴许有人也和我想法一样呢。"

韩拾还是觉得不靠谱，要是她真这么做，得被多少酸儒嘲讽。

他面色罕见地认真起来："小满，此事并非如你当初写一本医书那么简单……"

两人都在委婉地劝说她，小满心里有些微微的失落。她知道韩二哥和若若都是为她着想，可她还是希望得到他们的肯定。夕阳西沉，江若若和小满又一路走回了威远侯府。

下人上前禀报："姜公子在姑娘的院门前站了两个多时辰,姑娘去劝劝吧。"

江若若恼怒道："姜府的人好生不讲理,这是硬逼着小满回去不成?"

"我自己去看看,你先回去吧。"小满沉思片刻,扯了扯江若若的袖子。

江若若回头瞪了她一眼,叹了口气:"那好吧,你可别心软。"

姜驰穿了一身箭袖圆领长袍,站得笔直,一动不动,像是棵挺拔的松树。

有小厮站在一旁苦苦相劝,他恍若未闻。

"姜驰?"

她开口,大概是白芷站在身后,为她带来了底气,这次再见到竟也不害怕了。

姜驰身子一颤,僵硬地转过身,眼中都是血丝,让他看上去还有些可怕。

"姜小满,"他嗓子又哑又干,"我在这里等了你两个时辰。"

他语气里的埋怨让她觉得好笑:"可我真的不在,是你自己不信。"

姜驰低垂着头,影子被拉得很长。

他来这里,是想求小满用自己的血做药引,再救救姜月芙。

他想说,只要等林菀的孩子出生,长大一些,就再不会取她的血了,可这些通通没说出口。

"你不回去吗?"

小满是真的奇怪,这回姜驰怎么这么好说话。

"我不回去。"

姜驰抬头,看着她张了张口,却还是没说出什么,拖着发麻的双腿,步履僵硬地从她身边走了。

走出一段距离,姜驰扶着墙停住了。手攥成拳猛地砸在墙上,闷响一声,跟在他身后的小厮一个激灵,战战兢兢地往后退了两步,生怕他是被烦得厉害想打人。

姜驰收回手,将指节上的墙灰和血迹拭去,若无其事地继续往前走。

跟在他身后的小厮心想:侯爷说得不错,姜家的人果然脑子有病!

东宫中,周攻玉翻着折子,不知道是看到哪个朝臣胡言乱语,不耐烦地将折子重重一丢,砸在书案上,"啪"的一声。

正在向他禀告小满身体状况的徐太医微微一顿。

周攻玉似笑非笑地盯着他,说:"徐太医为何只说了半年?若她真的半年后要走……"

徐太医连忙跪下,说:"这是小满姑娘非要问的,臣也是随口一说。小满姑娘身子亏耗严重,到底要治多久,还要从长计议,便是要三年五载也是有可能的。"

他点点头:"无事了,你下去吧。"

等殿内安静下来,周攻玉闭眼捏了捏眉心,对阿肆说道:"你记得交代陵阳,不该说的一个字都不许说。"

阿肆不懂:"殿下为何要让陵阳来做,又不让小满姑娘知道?"

"她知道了,就更不愿接受了。"周攻玉看向瓷瓶中的一截枯枝,语气微沉,"她如今能有自己想做的事,是好事,我都会帮她。你听说过《芳菲录》吗?"

说到这里,他终于有了些笑意:"是小满和一位医女共同编撰的,她学到了许多。"

芳菲谢过,绿上枝头。

参加春试的学子远道而来,都想在科举中拔得头筹,从此出人头地,扬名立万。

不久后,皇榜公布,江所思果不其然位列榜首。威远侯高兴得直拍桌子,倒是江所思自己不以为意,对自己能高中的事毫不意外。

他进宫面圣,小满和江若若留在府中等他的好消息。

风吹花叶,书卷翻动,一切都静谧而美好,除了江若若不断的叹息声。

小满终于停下手中的动作望着她:"你到底怎么了?"

江若若脸色不自然,小声道:"也没怎么……"

小满问:"你是在想前几日被三皇子救了的事吗?"

江若若的脸颊透着红,一直蔓延到了耳边:"我不是在想他……只是、只是那日我忘了道谢,心中过意不去。"

小满也想起了周定衡抱着若若从地上滚了一圈的样子。

江若若是规行矩步的闺秀,和韩拾站在一起都不会轻易触碰他,更何况是被外男抱着,必定是别扭又羞怯的。

"那你想和他道谢吗?"

江若若的眼眸盈盈发亮,红着脸点了点头。

虽然和周定衡也仅有几面之缘,但只要若若想,她一定会想办法的。

不久后,侍女来传话:"小姐,公子已经回来了。"

江所思穿着官服,从马车中走出,后面跟着几辆马车拉回来的赏赐,浩浩荡荡惹人注目,现如今满京城的人都知道今年的才子颇得太子心意。

小满和江若若穿过廊庑,本以为第一时间见到的是江所思,哪里会想到陵阳郡主也一起来了。

陵阳一身榴红百花裙,头顶着一堆华贵的金钗玉石,无论站在哪里都是格外显眼。

见到小满,她便阔步朝小满走来。

众人俯身行礼。

陵阳看都懒得看,拉着小满就走:"你跟我来,我有话要跟你说。"

小满被拉得跟跄,一头雾水地跟着走了。

"我此番找你是为了正经事,你可好生听着。"陵阳从袖中抽出一份地契晃了晃,脸上满是得意,"你不是想要办书院吗?我这里刚好有一个地契,无论是位置还是府苑大小格局,都极为合适,反正也空置了许久。只是你可要想通了,这办书院的事并非那么容易,书院里教授什么,谁来教,可都是问题。"

"谢谢你,我会慢慢想办法的。可……你为什么要帮我?"她好像没什么能回报给陵阳的。

陵阳脸上的笑凝滞了一下,紧接着就说道:"哪有那么多为什么,我乐意不就行了,你只管收着,不要问那么多。"

她这么说了,小满也不再多想,接过地契就和她说起自己的打算。

《芳菲录》开始拓印后,其实她也赚了一些银钱。

她虽然说不上学识过人,教人识字还是绰绰有余的。

过了两日,天气突然变得寒冷起来。

正是清明,韩拾和江所思他们要去祭祖,顾及小满的身子,便没有让她一同跟去。

威远侯府有一片不大的湖,湖边也有亭子,周攻玉和江所思总在那里下棋。

小满不想和周攻玉有太多交集,也不怎么过去。除此以外,还有另一个原因。

树叶"沙沙"作响,像是被春蚕啃噬。

白芫撑了一把油伞给小满遮雨,也不知道她找了哪个下人要来的黄纸和香炉,抱着就往湖边走。

走到湖边时,小满停下将香炉放好,对白芫说道:"你先走开一会儿好不好,我不会有什么事的。"白芫听话地离开。

小满尝试着用火镰点燃黄纸,试了几次都不成功,手指还被划得生疼。她挫败到说不出话来,无措地看着水面上的倒影。

片刻后,飘在脸上凉丝丝的雨水不见了。

水面的倒影多了一人,正撑着一把油纸伞,静静地垂眸看她。

"见过太子殿下。"小满起身,要对他行礼。

周攻玉丢了伞扶住她,触碰到她冰凉的手指,只是短暂一瞬,她退开两步,握紧了手中的火镰。

察觉到她的退避,他略显无奈地笑了笑,伸出手:"给我吧,我帮你点好火就走,绝不烦你。"

小满没动,只是摇了摇头,轻声细语地劝他:"殿下不用一直帮我的,以前的事我不怪你,你也不用补偿我。你现在是太子了,以后还会遇到很多人,我只是一个微不足道的人,不值得你费心。"

周攻玉眼眸也像是积了层朦胧的水雾,隔着袅袅尘烟有些悲凉地看着她。

他眨了眨眼,纤长的眼睫上挂着微小的水珠。

"小满,对不起。"

她知道周攻玉是在为了曾经的放弃而道歉。

在益州的那段时日，她心中不是一丝怨恨也没有的。她甚至不在乎姜府的人如何对她，可她在乎周攻玉，所以得知他的答案时才最是难过。

不在乎就不难过了，这也是她慢慢想明白的事。

"你没什么对不起我的，人之常情，我没关系。"

人总是会选择对自己更重要的那个，放弃次要的那个。

她只是不太幸运，在所有人那里，包括周攻玉，都只能成为次要的。

他捡起油纸伞，递给她："听……别淋湿了。"

颊边垂着几缕湿发，看着竟有几分狼狈。

也不等小满将火镰递过来，他伸手拿走，自顾自地蹲下，直到看见火苗蹿起，这才缓缓起身。

他还有很多话想说，想说自己总是梦到她，想说东宫的紫藤已经长得很茂盛了，还想说自己明白了对她的情意有多深。

可触及她疏离的目光，一切话语都堵在心口，沉闷地压在一起。

他语气讨好，低声下气，毫无平日里的威严冷冽。

"小满，你别这样……我们不要这样好不好？"

小满觉得奇怪，周攻玉为什么会这么难以接受，她的语气应该也不伤人啊。

于是，她又宽慰道："殿下以后就习惯了，我终究是要离开京城的，还可能会嫁人，而殿下也要娶妻生子。我们本就不会再有什么交集，不要再浪费多余的精力了。"

"嫁人"这两个字刺痛了他。周攻玉睁大眼，双目微微泛红，含着盈润的水光。

小满面色无虞，说出的话也认真恳切，就好像是真的在为他考虑。

周攻玉再也听不下去，无措地转身，连同离去的脚步都失了往日的从容。

她重新蹲下，黑眸中倒映出渐渐熄灭的火苗。

黄纸的灰烬被雨水打湿，贴在石岸上，还有些随着热流升起，飘飘转转地落在了湖面。

// 第五章

换个人喜欢

清明一别后，太子连着几日都不曾到威远侯府来了。

江所思已经是朝中四品官员，只等赐下的宅邸打扫完毕，他便会收拾着搬过去。

韩拾在国子监捣乱了几次，被他的姑父警告后也不见安分，一直吵嚷着要参军。

韩拾的父母战死沙场，他是这一脉留下的唯——个男丁，他的姑父姑母说什么都只让他留在京城。

正好小满的书院打扫干净了，他赌气，就带着衣物和一杆银枪住了进去。

小满怕他没有人陪，自己也想着搬过去。江若若不放心，又命四个侍女去侍奉小满的饮食起居。

等江若若再想走，威远侯是说什么都不肯让她走，四人就这么莫名其妙地分开住了。

小满坐在木质地板上，膝上摊开一本厚厚的游记。

白芫把掉进药碗里的叶子拾起来，催促道："该喝药了。"说着将一盘糖糕递过去。

小满瞄了一眼，问道："是太子教你这么做的吗？"

白芫道："那又如何？"

小满接过药碗一饮而尽，擦去嘴角的药汁："我已经不喜欢吃甜的了。"

"小姐，陵阳郡主来了。"侍女唤了一声。

话音刚落，陵阳手持马鞭走了过来，昂着下巴对她说："整日里病恹恹的，看书多没意思，我带你看些好玩的。"

小满放下书："去哪儿？"

"进宫，看马球，韩拾果然没告诉你。"陵阳冷哼一声，"也是，只有我才能带你进宫玩。你现在跟我走吧，连三皇子都在呢。听说这三皇子和郭守言的妻子关系匪浅，他们二人一起打马球，你不想看？"

听了陵阳的话,她确实是有些心动的:"那我能把若若一起带去吗?"她想起江若若念叨三皇子很久了。

"行吧行吧,快一点,不然你可就见不到你韩二哥打马球的样子了。"

江若若在益州时,郡守夫妇管教得很严,不许她与外男接触,去人多的地方还要戴上面纱,如今来了京城才得以喘息。

一路上,江若若都在有意无意地提起周定衡。这些小心思瞒不过陵阳,她也不屑戳破,直言道:"这三皇子是惠贵妃所出,圣上十分宠爱他。三皇子从前去相府大闹一场,据传是为了落水的孙敏悦,不过这孙敏悦后来还是嫁给了郭守言。今日这宫里打马球,他们二人可都在呢。"

江若若脸上红晕不减,仍是问:"那孙小姐很漂亮吗?"

陵阳瞥了她一眼,挑眉道:"没你漂亮。"

一旁默默听着的小满终于出声,问她:"郭守言对孙小姐好吗?他以前不是喜欢姜月芙吗?"

她仍是觉得心绪难平。孙小姐落水的时候,她也在,可至今不明白为什么姜月芙要害人。

"虽然郭守言看着不正经,嘴还贱得很,但他也是正儿八经的书香门第出身,又不是吃喝嫖赌的浪荡子。两人成婚后还时常结伴出游,看着倒是夫妻和睦。姜月芙有什么好值得喜欢的,郭守言还能瞎一辈子不成?"

小满听后,并没有因此感到欢喜,反而情绪更低落了。她忍不住问:"以前喜欢的人怎么办呢?那些情意也不是假的,都要忘记吗?"

陵阳和江若若似乎都很奇怪她会问出这种话,略显疑惑地看着她。

江若若说:"嫁了人就只有自己的夫婿,喜欢也不成了啊,情意有过,彼此珍重就好了。"

"总不能盼着自己夫婿只有自己一个人,再好的男人往后都要娶妾室,想开不就好了,情意也不是什么舍不得的东西。"

小满想问为什么就不能一心一意,只娶一个妻子?可她想到了姜恒知,虽然他只想娶程汀兰一个妻子……可他也不是什么好人。

而像江郡守这般正直的男子,也有自己的妾室,人是很容易变心的。

随着天气渐渐炎热,贵女们迫不及待地脱下繁重的夹袄,换上轻薄的绫罗纱衫。清风一吹,各色裙裾晃动,好不美艳。

周攻玉站在一处不被人注意的地方,远远地看着小满抬起手臂遮蔽日光的样子。

"去给白芫递伞,别让她站在日光下。"他吩咐了身边的人,低头看向手中的玉簪。

很久之前,他得了一块上好的玉料,给自己刻了一枚私印,又亲手为小满做了一块玉佩。后来她不见了,这玉佩被埋在雪地里,雪化了便被人捡到,拿到市面上卖了,几经辗转,最后又回到了他手里。

想必小满恨极了他，即便是要走，也要将他给的东西一并扔了。

清明之后，周攻玉连着几日没有再出现在小满面前。他听懂了她的话，也明白了那些意思。小满是真的放下了，也是真的不在意了。

他的屡次出现，是在破坏她如今的生活，只能让她越发厌烦。

自他登上太子之位，便开始上下收权，将那些世家的权力渐渐架空。

姜恒知的人被他除去大半，势力早已不足为惧，等到时机恰当的时候，即便他想废了姜恒知的官位也是轻而易举。

他现在可以护住小满，再也不用受权臣掣肘。可她已经不在乎这些了。

"阿肆，去替我把玉簪送给小满。"周攻玉眼睑低垂，遮住眼底阴云晦暗的情绪。

她若不收……

周攻玉自嘲一笑。若不收……又能如何，只怪他自己。

昨晚梦到了冬至那日，小满和他走散了，他在人流中找了许久，却见到韩拾牵着小满，她手里还捏着一个兔子灯。

他想追上去，二人却凭空消失般，怎么都找不到了。梦醒后，只觉遍体生寒，好似一切都真实地发生了。

今日陵阳将她带入宫，实则也是他的安排。可笑的是，他竟只敢远远地看着，不能上前，不能触碰。

马场之上，传来少年的欢呼声。

周定衡骑着一匹枣红骏马，飞扬的袍角如黑燕的翅膀。

韩拾穿了一身便利的窄袖袍，高坐在马上。远远看到小满，他立刻冲她招了招手。

周定衡也朝她看了过来，这下子看台上的人也都注意到了小满和江若若。

"这是谁？我怎么没见过？"

"我也没见过呢，不过这韩二和今年的进士第的榜首是兄弟，既然认得她们，指不定是什么妹妹呢。"

白芷撑起一把伞，遮在小满头顶。小满笑盈盈地回头："白芷你想得真周到，竟然还带了伞！"

江若若站在栏杆边，看着翻身下马的周定衡，激动得手帕都绞在了一起。

周定衡也注意到了她："是你啊，前几日我们见过。"

"小女子江若若，多谢三皇子救命之恩。"

韩拾牵着马，一边擦汗，一边朝小满走过来，顺手在地上摘了朵野花递给看台上的她。然后斜倚在栏杆上看着难掩羞涩的江若若，低声问她："若若不会是看上三皇子了吧？"

小满点了点头："好像是。"

韩拾挑眉："那表哥可得加把劲儿，若若一个郡守的女儿想做正妃可不是件容易的事。"

他正说着,就见阿肆走来,脸色顿时又不好看了。

阿肆无视他,将手上的玉簪呈上:"小满姑娘,这是太子殿下让属下交予你的。"

玉簪玲珑剔透,一丝杂质也无,在日光下泛着莹莹的润泽感。玉是上乘的,只是雕工比较一般。

韩拾盯着小满,她愣了一下,然后摇摇头:"我不要,你还给太子吧。"

小满站在看台上,算是俯视着阿肆。他仰着头固执地将玉簪呈上,说道:"这是太子的吩咐,属下不敢不从,姑娘若不收,太子必定要责罚的。"

他也算认识了小满许久,知道她心软又怕麻烦,能少一事便少一事。

她微微俯身,果然伸手接过了玉簪。

阿肆这才放心离去了。

韩拾抿了一下唇,似乎在想些什么,片刻后问她:"小满想不想学骑马?"

他仰着头,额上的汗珠闪闪发亮,眼里盛着细碎的光。

她其实不想骑马,却鬼使神差地点了头。

"这簪子……"她看向韩拾,似乎在问他自己该怎么办。

"既然是太子送的,你就收着吧。"

韩拾心里明白小满和太子的纠葛,却也知道现如今小满不会回到太子身边。

太子是君,他是臣,如今没资格与太子一争,可小满的心若是不在太子身上,那便好说了。

周攻玉虽然是太子,但就算再喜欢也许不了小满太子妃的位置,更不可能执着于她一人不放。

无论往后如何,至少现在他不能因此退缩。

小满刚要走,被白芷一把扯回去,冷着脸说:"不行。"

韩拾这才反应过来,今日阳光正好,小满的眼睛怕是受不住,不免又失落起来:"这般好的天气,太可惜了。"

紧接着他又说:"还是白芷你贴心,都怪我竟然连这件事都给忘了。"

白芷在心底冷笑。

小满还笑着说:"没事啊,我自己都忘了,还是白芷提醒我才想起。"

她身子前倾,一缕光线透过伞面洒在脸上,眼底剔透澄净,流转的光泽如同琥珀。

很快白芷就将眯着眼的小满拉了回来,语气不耐烦道:"眼睛。"

"知道啦,知道啦。"

等一行人的身影渐渐消失在马场上,周攻玉靠在树上,瞧着她方才站的位置出神。

后来几日,韩拾不知怎的和周定衡开始来往。小满也开始做自己的正事。

江所思认为女学的事不靠谱,见她坚持也就不再劝说,反而将自己的许多书送给她，还列了一份京中名士的单子，让她试着看能不能为书院招来先生。

小满只是个没名气没身家的小姑娘，突然说出要办女学这种话，被人知道还不知要被如何讥讽。

韩拾担心她会受不住旁人的刁难，也经不起竹篮打水一场空的打击，好言劝了几次，她不肯听，最后就由着她去了。

小满带着白芷，整整半个月都在拜访京中的名士，一路上听遍了冷言冷语。这些人全都在说她痴心妄想，更有甚者拍着桌子和她争得面红耳赤，活似请他们教授女子是一种奇耻大辱。

受了无数打击和嘲讽后，小满心情也逐渐低落了下来，有一瞬甚至动摇了，认为韩拾的话也许是对的。但也只是一瞬，这些人的话越发让她明白，他们口中，女子是只有一个活法的，都该温顺地留守在家中，若生了其他的念想，就是与伦理背道而驰。

那她应当就是背道而驰了，可活得也挺舒心啊。

站在一扇木门前，她抬起手想要敲门，手臂却停在半空中迟迟没有落下。

刚才那位儒士讥讽她的话犹在耳边，任她心性坚韧，在接连这么多天受挫后，心中还是生了怯意。

小满缓缓放下手，语气难掩失落，对白芷说："算了，林老多半也要拒绝，要不我们回去吧？"

白芷看了她一眼，自己去敲门了："都被拒这么多回了，也不差这一个。"

堂中墨香缭绕，满园青竹被清风拂动，好不风雅。竹影透过窗棂映在林老的白色道袍上，身后立着梅鹤的屏风，他虽然年老却不见身形佝偻。脸上的皱纹如同山石的沟壑，苍老而萧瑟。

"何事，你且说。"他一开口，语气不像面上那么难以接近。

小满行了一礼，将此行的目的一一告知，连同说了不知多少遍的话重复出来。连她自己都觉得又要受一番讥讽了，不禁低垂着头等待林老开口。然而料想中的话迟迟没有到来，只是一声轻轻的叹息。

"老夫且问你，此举为何？"

她没有多想，实话实说："为女子能有更多选择。"

"你的选择呢？"

小满摇摇头："暂且不知，也许是走遍河山，去看看自己未曾看过的风景。"

"那你的选择与女学又有何干？"

"我只是想，若是我能有这种选择，那其他女子应当也是有的。万一她们读书识字了，能学到更多的东西，会活得更好呢？"

林老的脸色严肃起来，语气微沉："若这些无用，她们仍是选择相夫教子，一生碌碌无为，你又如何，那你的女学又有何用？"

"若相夫教子，为心爱之人洗手作羹汤是能使她们欢喜的事，那便不算碌碌无为了。只是这读书识字，总归不算个坏事。"

林老没有立即回复她,只是招了招手,说道:"回去吧,此事还要待老夫想想。"

这是十几天来,唯一一个没有打击小满的人。即便没有立即答复,也总算是让她于灰暗中看到了光亮,心里那丛微弱的火苗如同受到鼓舞,燃烧得更旺盛了。

从堂中离去的时候,小满脸上带着欣喜,连脚步都轻快了不少,甚至不顾了白芫的冷脸去挽了她的胳膊。

风一吹,竹林又发出"沙沙"声响,竹叶的影子晃动着落在屏风上,又落在一人的苍青色的长袍上。

他坐在林老对面的位子,蒲团上尚有离去之人的余温。

茶盏中的热气缕缕升起,林老的目光从澄亮清澈的茶水,缓缓移到周攻玉含着浅笑的脸上。

"此女非同一般,只是太过天真无知。"

"无知与清醒,谁又分得清楚呢?"周攻玉态度谦和,却仍是矜贵的,不显丝毫卑下。

对林老行了一礼,他方道:"先生只需帮她,兴许她能做好呢?"

"哼,你都开口了,我能不帮吗?"林老冷哼一声,饮了口周攻玉送来的好茶,心情又朗阔不少。

他又忍不住好奇:"你心悦这姑娘,何不坦荡行事,偷偷摸摸做什么?"

"我从前糟践了她的情意,如今她不愿见我,还望此事先生莫要告知她。"

林老对于这些年轻人的情情爱爱还是好奇得很:"你难不成就这么躲着,一直不见她?"

他面上的笑意不达眼底,低垂着眼睑,静静看着茶盏中漂浮的茶叶,眼底隐含了几分偏执。

"当然不会。"

回到东宫后,周攻玉按例该去拜见皇后了。

还未等他走进殿内,就听到陵阳叽叽喳喳地和皇后说个没完。

"今年的榜首实在是太奇怪了,我还是想不通。是不是太子哥给他放水了,这人下棋实在太烂了,看着也不像是个聪明的。"

周攻玉一笑,说道:"这是没有的事,才智岂能用棋艺评断。"

话刚一说完,便看到陵阳发上的一支玉簪,熟悉到使他浑身僵住。

玉石剔透,光泽流转。暖融融的春光照在身上,可他只觉得滚烫的血液都在此刻变得冰凉。

此刻他仍是不得不承认,小满很聪明,知道将玉簪送给陵阳,他一定能看到,也一定能明白是什么意思。

她就是要让他知道,他所做的一切,仍旧无法使她回心转意。

115

陵阳被他的眼神吓到了，忙问："这是怎么了？"

周攻玉缓缓扯出一抹笑，仿佛什么也没有发生。

"表妹头上的簪子，可否借我一看？"

陵阳想起这是小满要她戴上的，顿时觉得不对劲，连忙拔下来交给他。周攻玉接过玉簪，一言不发地离开了，背影甚至让人看出了几分萧索。

书院的位置很安静，避开了吵闹的街市，隔壁院子也空置着无人居住。

四个侍女，小满只留下了一个，其他都送回了威远侯府。

很快，一个男子走了进来。

侍女惊得手上的菜都掉了，睁大眼睛看着突然出现的太子。

周攻玉竖起一指抵在唇边，对她摇了摇头，示意不要出声。

他缓步走到睡熟的小满身前，垂着眼看她，眸中好似有乌云翻涌，带着凄风苦雨。

坐在小满身边，他仍是静默。除了风吹花叶的声响，就只剩下她平缓的呼吸近在咫尺。

微风拂动，苍青色的袍角和玉色裙裾交叠，又分开，再交叠。

小满的手无意识地垂落身侧，低头时露出一段脖颈，白皙又脆弱，好似花茎一折就断。

周攻玉听着她的呼吸声，恍惚想起当初在相府的时日里，她时常在和自己说话时，说着说着就睡过去，靠在他肩膀上只有那么一点的重量，抱起来也是小小一团。

偶尔，他也会因为太过劳累，靠在她身侧闭目小憩。如今想起来，竟会觉得十分遥远。

周攻玉的手掌挨近她的五指，却在相距毫厘时停下了。想要触碰，又怕惊醒她，不愿从她眼中看到疏远和厌恶。

原来喜欢一个人，不仅仅是有欢喜，也有忐忑不安和满腔的苦涩。要是当时他早一点意识到自己的情意，没有糟践过她的真心，现在是不是还和过去一样？

明明来之前，他看到陵阳头上的玉簪，是带着些怨气的，可静静地看着她，心却逐渐平静下来。有什么好怨的，无非是怪他自作自受。只差一点就害死了她，只差一点就再也见不到她了。只要小满还活着，往后他总会将她留住，再也不辜负她。

坐了许久，小满倚在廊柱上的头点了一下，险些要醒过来。周攻玉一颗心被紧吊着，盯着她一动也不动了，连呼吸都不由自主地屏住。

谁知她只是小鸡啄米似的点了点头，身子软塌塌地往下一滑。周攻玉连忙伸手环住，她便顺势趴到了他怀里，下巴枕着他的肩膀，呼吸依旧平缓。

侍女都傻眼了，呆愣地看向二人。

周攻玉几乎是半跪着抱住小满，当这久违的温软再次陷入怀抱，他甚至有片刻的失神，连圈住她的手臂都不敢用力。

直到察觉她是真的睡熟，他才缓缓松了一口气，脸颊贴着冰凉的发丝，嗅到了她身上的药味。

白芷不敢打扰，谁也不敢出声。

看着高高在上的太子如此低微，近乎小心翼翼地抱着自己心上人，谁若破坏此刻岂不是自寻死路。

良久后，周攻玉将小满抱起来。

她的眼睫颤了颤，柔软的发丝遮住半边脸颊，无意识地往他怀里拱了拱。周攻玉无声一笑，只觉得怀里的女子轻盈若无骨，抱起来像是抱着一只猫。

连着几日奔波走动，四处拜访名士，小满确实是累得不行，睡得天昏地暗，连何时被人抱回屋盖上被褥也不知道。

等她醒来的时候，天已经黑了，屋子里空荡荡的，寂静得让人害怕。

"白芷。"

白芷端着碗药进来："总算是醒了，喝药吧。"

"我怎么睡了这么久？是你把我抱回来的吗？"小满笑起来，昏黑夜色中，明眸如落了星光般好看。她又道，"你好厉害啊，我力气就特别小。"

白芷脸色有一瞬的不自然，敷衍地应了一声。

"你睡着的时候，徐太医来过了，他说是药三分毒，你往后三日一服药，药浴还是要泡，剩余的再从长计议。"

"终于能少喝点药了，还有啊……我也该让百姓知道这个书院了。"

听到这话，白芷忍不住翻了个白眼。

真是天真妄为。

等过些日子，她就知道办女学是多难的事了。

名单上最后一位名士，名为时雪卿，住在郊外红枫山的道观里。

那是前朝唯一一位女官，写下的诗文也曾惊震文坛，最后却有酸儒看不得自己不如一个妇人，便想尽办法侮辱。一开始是文章，最后是她的相貌，连着她几段风月情事也被说得一团污糟。最后时雪卿想开了，就到这红枫山修行，再不掺和他们的争斗。

小满爬山累得不停喘气，等见到道观的时候，腿都在发软，裙边也沾了些泥土。

时雪卿已经不复年轻，头发已是花白，穿着身葡灰色的长衫坐在躺椅上，怀里还抱了只圆滚滚的花猫。

时雪卿睁开眼，斜睨着她："你就是那个四处找人，想办书院的小丫头？"

她惊讶道："时先生知道我？"

"你这句先生，我可当不起。这几日城里的酸儒正在说你呢，知道他们都说了什么吗?"

小满点点头,觉得自己能猜到。

"他们说你痴心妄想,不知天高地厚,说你一个黄毛丫头口出狂言,做的是罔顾人伦颠倒天地阴阳的事。"时雪卿自顾自地说,"我人在山里,不代表双耳闭塞,你那些话就不必再重复了。"

小满脸色微微泛红,站在时雪卿面前有些不知所措。

"他们还有几个,说你相貌不错,若是身家一般,纳入房中也算美事。"时雪卿淡淡地瞥了她一眼。

以前从未有人说过这种话,小满乍一听,脸颊更红了,不是害羞,而是气的。想到之前那几个人义正词严地批评她,背后却要说这话来羞辱人,实在可憎。她从小到大也不是没有挨过骂,却也没人会这样背后议论。

"他……他们枉为人师,君子……君子不该是这样的!"

时雪卿摇了摇头,叹息一声:"这就受不住了,果然是天真无知。君子又如何,君子还说'唯女子与小人难养也'。你认为君子就会尊你敬你?"说完,她又低下头挠了挠怀里的猫,懒得再看小满。

"劝你莫做这无用功,且回吧。"

"若我受得住呢?我不怕人非议,史书上的变法者都是要流血的,我办女学,有风言风语也不足为惧。"小满声音弱,说出的话显得没底气。

时雪卿嗤笑一声,颇有瞧不起人的意思,仍不看她,摆摆手说:"回去吧,你这书院要是能有个模样,不消你来请,我就下山帮你。"

能成才叫奇事,怕不是过几日就哭着回闺房绣花了。

小满像是听不出她话里的意思,道完谢就拉着白芷下山。

欢快起来也忘了腿酸,也不需要搀扶了。

回到书院的时候,院门前站了一个蓝衣的少年,像是一棵笔直的青松。

小满的脚步慢慢停下,少年听到了她的脚步声,因为久久未曾开口,嗓音有几分干哑:"姜小满,林莞的孩子要出生了。"

她手指紧了紧,面色有些发白:"你为什么要找我说这些?害她母子的不是你们吗?"

姜驰转过身,扯出一个难看的苦笑来。以前姜驰也对她笑过,总是嘲讽或者羞辱,全都是恶劣到让人讨厌的。可她从来没见过姜驰对她露出这种笑。

"林莞是自愿的,你以为她是被骗的吗?从一开始她就知道自己是什么下场,却舍不得这个攀上姜家的机会。你见过姐姐了吗?知道她现在什么样吗?她不会死了,可时不时就痛到发疯,你以为我们愿意这样吗?"他说着,眼眶泛了红,声音也拔高了几分。

小满还是一副平静的模样,丝毫不为他的话所触动:"那为什么别人就要为她死,用自己的疼来抵消她的疼?"

"那你不愿意,为什么不说?"姜驰不知哪里来的一团火气,竟开始吵嚷了。

"因为没用,我不说不代表愿意,只是没得选。要能选,我希望离你们一家越远越好。"此时此刻,她的怨气终于被姜驰激了出来,说出了一直以来没机会说出口的话,心中竟感到了一丝解气,"我觉得你们一家都很可怕,很恶心,包括你。所以说,姜驰,你为何总是来找我?你这么讨厌我,恨不得我去死,又为什么来找我?"

片刻后,他吸了一口气,仍是低着头没有看她,压抑着复杂的情绪,咬牙切齿道:"姜小满,你说得对,我确实讨厌你。"

他抬起脸,面上满是泪痕,却露出了当初在姜府一样的笑,满是恶意,又莫名悲凉:"我就是要你不痛快,我就是要缠着你,你又当如何?你就算死了,也是姜家的人。"

小满不想再理会,只当他是被宠坏了,转身走进书院。

姜驰没有拦,然而不等他离开,就听到了身后的脚步声越来越近。

他转过身。

韩拾扛着杆银枪,披着落日的余晖,橙黄的光晕映在身后。

他皱眉,挂上了一个挑衅的笑:"怎么着,特意来这儿找打?"

姜驰握紧了拳,眼中满是戾气。

白芫送小满回屋,听到了院子外的动静。

小满疑惑:"好像有什么声音?"

白芫不想多管闲事,淡淡道:"你听错了。"

"哦。"她听话地点了点头,继续向前走。

韩拾比姜驰的年岁要大,又是从小习武的,很快就把姜驰揍得毫无还手之力,放了两句狠话走了。

等回了书院,他有话想和小满说,正站在她门外思忖着如何开口时,门突然就打开了,吓得他一抖,呆呆地看着她。

"韩二哥?"

韩拾轻咳一声:"小满,我有事想告诉你。"

二人并肩坐在堂院的地板上,灯笼的光照在他们身上,光影绰约,生出了几分落寞来。

"韩二哥,你真的要走吗?"她双手放在膝上渐渐收紧,语气也渐渐变得低落。

韩拾深吸口气,坚定道:"是啊,我必须走,邑人又在边关侵扰百姓,妄图侵占我们的城池。我要保家卫国,守住我爹娘守住我的国土。我姑父他们不让我参军,是为了我好,可我不能听。男子汉大丈夫,为守住河山抛头颅洒热血,是我心甘情愿,即便有朝一日战死沙场,也是死得其所。"

小满怔怔地望着他,只觉得今夜的韩拾,眼里就像是装了星空,是最最好看的模样。可她还是觉得眼眶发酸,眨了眨眼,便有热泪滚落。虽不曾见过真正的战场厮杀,她也知道是要死人的,满是残肢断臂,血流成河。

小满身体颤抖了一下,话里带着哭腔:"我……我害怕。"害怕他回不来,害怕这个拉她重新活一次的人消失不见。

韩拾无奈地摸着她的脑袋:"怎么还哭了,这么舍不得我?"

她点头,眼泪流得更厉害了:"你要完完整整地回来,一根指头都不能少,我不要你抛头颅洒热血,你好好回来……"

韩拾突然笑了一声,伸手将她搂到怀里拍了拍,认真道:"我保证完完整整地回来。

"这次不会去太久,也没有那么严重,再说了,又不是立刻就走,哭什么,我还要陪你捉鱼呢。等边外的事解决,冬至的时候我会回来看你,可一定要等我啊。"

少年的玄袍融入夜色,而眼中闪烁的光,她毕生都不会忘。

那是将她从雪地里捡回来,给她一个家,给她亲人的韩拾,是世上最好的人。

林菀产子的时候,姜月芙再次病发。

西街的小院里是女人痛苦到嘶哑的呻吟,相府中则是丧失理智的哭喊和绝望的悲泣。

姜恒知在姜月芙的院子外站了许久,听着里面乱糟糟的声响,思绪都缠成一团。

直到屋中的哭喊声渐渐小了,姜恒知长叹一声,踏步走进院子。守在门外的侍女一见到他,脸色都变得煞白一片。

他顿了一下,意识到不对劲,步子猛地加快,用力将门推开。

姜月芙因为挣扎,衣衫都凌乱了,苍白的脸上带着泪痕,眼下是一片遮不住的乌青。

轻烟从炉中丝丝缕缕地攀升,缓慢如一尾游走的小蛇。

她就伏在香炉边,表情近乎迷醉,手指都在微微发颤。

程汀兰慌乱地扑过去,想挡在她身前,将香炉也扫到地上,却被姜恒知用力扯到了一旁。

屋子里弥漫着一股似是花香,又带着腥气的味道。

而姜月芙知道他进来了,却还是不避不闪,贪婪地嗅着炉中的轻烟。

靖国的不少文人为了寻求快活激发诗情,会用一种名为"百花泣"的熏香,这香闻了使人飘飘欲仙,甚至能忘记疼痛。

但这东西会使人成瘾,渐渐地从文人传到了京城贵门子弟的手里。

直到去年,太子殿下令将"百花泣"列为禁药,制药者杀头,买药卖药者都是同罪。

他亲眼见到自己一手提拔的学生,竟在下朝的时候药瘾发作,口吐白沫从白玉台阶上滚了下去。

回府后,他气愤至极,还对程汀兰说起了此事。

当时她神色怯怯，他还误以为那是对"百花泣"这种脏物的排斥厌恶。

如今想来，竟是早就开始给姜月芙用药，他以为的排斥，是她对事发的恐惧！

姜恒知只觉得眼前一片黑，站在原地久久都不再动。

屋里的香气让他胃中一阵翻涌，等终于缓过神来，他猛地回身抽了程汀兰一个耳光。

程汀兰摔倒在地，发髻散乱，捂着发红的脸"嘤嘤"哭出声，边哭边怨恨地说："你说过会一辈子对我好，现在却动手打我。你说只要我一个人，先是有了陶姒，如今又在外养了个贱人！现在成了这模样都怪你！月芙痛得要死，我能怎么办？她是我的女儿，只要能让她好过，我什么都管不了！你有办法，那你就治好她，跟我发什么脾气！"

姜恒知目眦欲裂，被气得面目都有些狰狞了，指着姜月芙说："让她好过？你以为自己是为她好？无知妇人！这是害她，是要毁了她！谁给你出的主意？是不是又是程郢，是不是？"

他未曾有过哪一刻像现在这样厌恶程汀兰，他一直认为她温婉懂事，是世上难得的好女子，委屈下嫁给了他。

程汀兰双目也泛着红，嘶哑道："毁了她？你根本不在乎她！你早就不想要我们了，你说自己不曾对那贱人动心，却三番五次去她的住处。月芙痛得死去活来，你却和旁的女人卿卿我我，你眼里早就没有月芙了。你想让月芙死了，再找旁的女人为你生儿育女！死了这一个，你还可以再找旁人，是不是！"

"你混账！简直胡说八道，我何曾对不起你，我做了那么多，你就只看得见这些……"

姜恒知扶着桌子喘息，看向趴在桌前昏睡过去的姜月芙，她本该娇艳的面容，如今像濒临凋谢的花，一寸寸发黄枯败。

"相爷，杏花巷那边出事了，快去看看吧！夫人才刚生产，这程郎君就赶去了。"

他猛地一颤，夺门而去。

林菀苍白着脸坐在屋里，孩子正在稳婆手中哭泣，被锁在门外的程郢正不耐烦地拍着门，朝她叫喊："不要不识好歹，这是先前说好的，如今变卦，我……"

她低头估摸了一会儿时间，便将门闩抽去，开门和程郢对上。

程郢见着她衣衫单薄，因为产后虚弱腿还在发颤，就往后退了一步，冷笑出声，对稳婆招手："把孩子抱过来吧。"

这个时候林菀突然扯出一个笑，说道："程郢，你和你姐姐可真是恶心，你们全家都该去死。"

程郢脸色一变，顿时暴怒地骂了一句。

121

林菀听到了车马声,猝不及防地跪了下去,抱着他的腿哭出声,声声都柔弱可怜。

"求求你,求求你不要带走我的孩子,我不能没有他……"

"你说什么屁话,滚开!"程郢正要扯开她,就听身后一声怒喝。

"程郢!"

林菀突如其来的转变,让程郢完全没想到,还以为她是生完孩子得了失心疯,居然敢这么对他说话。

正要将林菀扯开,手刚摸到她的衣服,就见她猛地往后一栽,额头撞在门框上,发出沉闷的响声。

程郢整个人都傻了,愣愣地看着自己的手,甚至忘了刚才姜恒知暴怒的呵斥声,指着她回头说道:"姐夫,这贱人……"

语气中的迷惑被姜恒知一拳打散。

"程郢,你给我滚!再有一次,你就不用再进我相府的大门了!"姜恒知拳头攥紧,双目都猩红着。

从姜府出来,他胸腔里就燃了团火似的,一路上越烧越旺,见到程郢欺负林菀时,这团火"噌"地就上来了。

"你算什么东西,处处指手画脚,给你姐姐出些乱七八糟的主意,非要搅得相府不得安宁。我提拔你这么多年,除了闯祸惹事有何用,这么久了还是个五品的废官,程家的脸和我的脸都被你丢光了。"

他怒极,一脚踢过去:"滚,休让我看见你。"

程郢面红耳赤,又气又怒,却又不敢对姜恒知做些什么,喘着粗气瞪了林菀一眼,恶狠狠道:"她是骗你的!"

林菀倒在地上被人扶着,额角撞了一个伤口还在流血。她眼角挂着泪,面色苍白惹人生怜,睁大眼怯怯地望着姜恒知。

一时间,他的心脏就像是被狠狠抽了一下,猛然间想起了当初抱着孩子不可置信地望着他的陶姒。

"滚。"他冷冷地说了一句,便伸手去扶林菀。

林菀像是受惊的兔子一样撞到他怀里,委屈地哭出声:"相爷,别带走孩子好不好?别带走他,这是我们的孩子。"

姜恒知抱着怀中的人,手臂缓缓收紧。

他辜负了陶姒,要再辜负林菀吗?

等到程郢离开,院子里安静到只剩下孩子的啼哭声,尖厉吵嚷得像是刀子,划开了他的思绪。

姜恒知身处的地方和十几年前小满出生的那个时候交错了。

当时的他是如何对待陶姒的?

他想了想,又觉得恍惚,那时的陶姒睁大着眼睛流泪,不让他接近小满,他便转身走了,并没有像这样抱过她。

他们之间满是不堪,从一开始的相遇就是错误和欺骗。

陶姒和林菀终究是不一样的人。

他为官多年,并非一点也看不出林菀的心思。她是朵美艳带毒的娇花,对他是带着心思和欲求的。

可陶姒是蝴蝶,本是热烈自由的女子,就连死也那般决绝,一句话也没有留给他。

"我会带你回相府,不会将你们母子分开,日后你就是相府的姨娘,想要的我都会补偿给你。"

韩拾要走这件事,江所思和江若若都不知道,他只和小满一个人说过。因为舍不得韩拾,小满连着几日都在书院陪着他,像是要将他的模样深深印在脑海里。

等到夕阳西沉,林老的信送到了书院。

相府的消息也传到了东宫。

"丞相知道了姜大小姐用'百花泣'后怒不可遏,还打了夫人和她的弟弟。"

周攻玉执笔的手不曾停顿,漫不经心道:"姜恒知竟然现在才察觉,若他早些知道,姜月芙说不准还能戒了这毒物,现如今已如跗骨之疽。他们几个蠢人,也难怪被林菀玩弄于股掌间。"

等想起了小满的事,他才将笔放下,看向阿肆:"那些辱她的人,你可记下了?"

"回殿下,都记下了。"

不一会儿,宫人来报:"太子殿下,三皇子求见。"

"让他进来。"

惠贵妃见到被风霜磋磨后面容都变得沧桑的周定衡,心疼到去找皇上哭了一整晚。

皇上心软,果真就答应周定衡留在京城了。

周攻玉对此事并不在意,皇后却到东宫怒斥他不知进取,无法将周定衡和惠贵妃踩在脚下,帮她取得皇上的心。

听完后他只觉得好笑,都这么多年了,为何他的母后仍旧不死心,还想让父皇将心放在她身上,对一个不爱自己的人执迷不悟。都是六宫之主了,何须再这般卑微地去求人疼爱。

"皇兄,母妃会这么做我也不清楚。"周定衡走进殿中就急着与他解释,脸上还有几分焦急,"你还是让我回去吧,还是在关外自在。"

周攻玉抬眼,看出了他的心思,只轻笑一声:"这与你无关,你安心留下便是。父皇都在为你想封号了,这时候去关外做什么?"

周定衡也不再纠结了,既然周攻玉开口了,他便可将此事暂且抛在脑后,于是转而问道:"韩将军的遗子,我近日试了他几次,本领不算差,只是心性略显浮躁,智谋也过得去。年纪轻轻倒果真是个可用之才,只是皇兄为何要提拔他?"

周攻玉嘴角凝了抹浅淡的笑意:"他想,我也想,何乐而不为?"

关于韩拾和小满的关系,他还是知道一些的,还以为按周攻玉的性子,会踩得韩拾爬不起来,谁知却是用别的法子:"你竟然还帮他,万一他回来了还是跟你抢小满呢?干脆别让他回来了。"

周定衡脱口而出的话,多少带了些试探。

周攻玉淡淡地看了他一眼,语气不变:"韩将军和韩夫人是忠烈。"

此话一出,他就明白了周攻玉的意思,心里还有些羞愧,竟是他自己想多了。

"那你和小满……"

听周定衡提起小满时,周攻玉手中的笔微微停顿,聚在笔尖的墨滴下,绽成一朵浓黑的花。

"我也不知道。"

林老同意来书院授学的第二日,小满一早就和白芷起来收拾书院。

清晨空气微凉,带着泥土和青草的气味。

小满坐在院子里喝甜汤,寂静到只有鸟鸣之声,忽然传来敲门声,她立刻放下药碗跑去开门。

门一打开,并没有预想中的林老。

两个七八岁的小姑娘挽着手,仰头看向小满,其中一个扎着小辫子的姑娘,杏眼疑惑地眨了两下:"这里是书院吗?"

小满愣了一下,随即便欢喜地问:"你们是来上学的吗?"

"原来是真的呀?"

"我还以为是骗人的。"

"我们真的能念书吗?"

两人当着小满的面就说起来了,边说边朝院子里探头。

她侧了侧身子:"你们进来看看吧,这里就是书院。"

"那夫子在哪儿?书院不都有夫子吗?"

小满笑道:"有一位很厉害的夫子,他还没有来,现在只有我一个。"

扎辫子的小姑娘疑惑道:"可你是女的啊,怎么会做夫子?"

"女子为什么不能做夫子?"小满蹲下,和两个小姑娘一问一答起来。

"我没见过女夫子。"其中一个拧着眉毛,似乎不相信她的话,"你肯定是骗子。"

"你也没见过女学对不对?这是第一间女学,我是第一个女夫子,你们是第一批女学生,那不是很厉害吗?"

小满三言两语就将二人说得不知如何反驳,只知道呆呆地点头。

其中一个想起了什么，突然发问："那读书是不是要很多钱啊？"

小满被问住了，这才意识到自己漏了多重要的事，有些蒙地看向白芫："我还没想过这些……怎么办？"

在开办书院前，小满去询问过江所思，也准备了需要的用具书籍。

可她竟然忘了重要的一点，书院的银钱应该收取多少。

白芫不能给她一个答案，她便摇摇头，对两人说："你们先回去，明天再来吧，书院的先生今日还未到。"

两个小姑娘拉着手蹦蹦跳跳地离开书院后，小满重新坐回去，也没了喝甜汤的心思。

江郡守建立书院是为了培养人才，男子读书是为了自己能考取功名，便是再穷也会攒下钱争取读书的机会。对于那些家境贫寒的学子，江郡守也会直接免了他们来书院的银两。

但他们都是男子，和女子是不一样的。

小满想到那个在书肆门口被骗了钱而大哭的小姑娘，即便她想念书，她的爹娘也不会舍得银钱让她来书院。

不过半个时辰，林老就来了。

看到书院的模样，他倒是不意外小满能找到这么个好地方。沏了壶茶，小满和林老坐在树下说起了自己的想法。

林老只当是帮周攻玉哄哄心上人，也没什么想法好说的。

直到小满和他说书院不收钱，一口茶水呛得他开始咳嗽。

现如今，他真的相信这女子是一时兴起了。

林老的表情已经很明显地说明了自己对此事的看法。

小满知道自己说出这种话，定然是要被嘲笑愚蠢的。

"在先生来之前，晚辈已经想了许久。而世间男子与女子多有不同，男子读书说出去是有脸面的事，女子却不然。她们无法参加科举考试，也很少能在文坛展露才学。多的是女子一字不识，受人耻笑欺辱。那些能出钱供女子来书院的人家，也请得起私塾先生。而那些不愿供女子读书的人家，偏偏她们才是最需要读书识字的。办书院，本就是为了教书育人，让女子识字。如果最需要读书的那些人因为银钱而放弃，那不是本末倒置了吗？"

听她说完了这么一大段，林老的脸色略微缓和了，却仍是冷哼一声，道："你自己都说了，女子不用科举，家中也不想让女子读书识字。她们图得一时新鲜，不久便会不知上进，变得怠懒散，而你连银钱也不收，末了落得人财两空，值吗？"

"有真正喜欢读书的人就好，总会帮到一些姑娘的。我帮了她们，也许以后她们能去帮别人，或者教自己的女儿读书识字，那以后读书识字的人也会慢慢变多……"

林老摇摇头，叹了口气："真是个痴儿……"

125

第二日，书院来了四个小丫头，看着都不超过十岁，不像是来上课，倒像是手拉手过来玩闹的。

听说不要钱后，她们高高兴兴地到学堂中听小满教她们识字。

林老觉得人太少丢人，告诉小满，若没有十个学生就别来找他。

小满非常想得开，总觉得学生会慢慢多起来。然而显然不是这样，学生因为得到太容易，将读书当作一件好玩的消遣，不明白其中的意义，也不是真心想要读书。

小满为了教她们识字教得口干舌燥，四个小姑娘在台下嘻嘻哈哈，甚至还要走动。

她有些无力，用力地拍了拍桌子，说道："识字要专心，不可嬉笑打闹，你们别再吵了，要听我的话。"

四个小丫头暂时安静下来，她才转身继续教她们识字，怎奈何半炷香的时间学生又乱作一团。

小满背对着她们轻轻叹了口气，走过去一个个教她们识字。

在教一个小姑娘写自己的名字时，旁边三个吵闹成一团，甚至将砚台打翻，墨汁全泼到了小满的衣裙上。

她站起身，无论如何都挤不出笑意来了。办书院并不是只有找来先生那么简单的事，还有数不清的麻烦。单单是学生不用心，就能让她手足无措。

小满忍不了，落寞地走出学堂。

白芷在院子里练剑，堂中的笑声她自然也听得清楚。

自己选的路就要自己走，这仅仅是最小的麻烦，若连这点都摆不平，不如老老实实放弃。

小满摸了摸自己的裙子，小声道："这是我最喜欢的一件，洗不干净怎么办啊？"

白芷斜睨了她一眼，收起剑从她身旁走过。

小满疑惑地看着她走进学堂，不一会儿听见什么东西落地的声音，接着就是小姑娘此起彼伏的号啕大哭声。

她赶忙起身跑进去，才见到四个小姑娘身上都是一大团的墨。

"这是做什么？"

笔墨散落，一地狼藉。还有尖厉到穿透人理智的哭声，和理直气壮的白芷。

小满看到这场景觉得糟心至极。

她转身出去，不一会儿端来一堆饴糖和糕点，一个个哄过去。

"这个姐姐是在和你们闹着玩，不要哭了。"

"她就是故意的！我要告诉我爹！"扎辫子的小姑娘看到裙子脏了，哭得最大声。

小满问："那我的裙子也脏了，你是故意的吗？"

126

小姑娘喏嚅着又不说话了,小满就说:"你的裙子被弄脏了都会哭,那我的裙子我也很喜欢,现在被你弄脏了,那我是不是可以让你赔给我?"
一听到要"赔",小姑娘脸色都变了,纷纷推卸责任。
"知道'己所不欲,勿施于人'的意思吗?"
四个小姑娘哭声渐渐停下来,脸上都是迷茫。
小满吩咐侍女端了盆水给她们洗手,让她们吃了东西平静下来,这才慢慢重新开始讲课。
"我给你们讲讲刚才那句话的意思……"
闹了一通,末了才让她们学会一点儿东西,最好的学生也只是勉强歪歪扭扭地写出"己所不欲"四个字。
等送走了四个小姑娘,小满坐在檐下已是身心俱疲,只知道看着落日发呆。
"去换身衣服用膳吧。"白芫说完,小满仍是坐着不动。
"她们明日肯定不来了……"小满有些挫败。虽然知道办女学是件很难的事,她也早有准备,却抵不住第一天就被四个小丫头重击了。
"她们只是觉得新奇好玩,也不是真的想读书,今日你还把她们吓哭了。"
她似乎有些想明白了:"我说出了不需要银钱,就该明白会是这个下场。不求回报地做一件事,便会如愿以偿,得不到任何回报,无论做什么都是这样的。而她们不用付出就能得到读书识字的机会,便会更加不懂得珍惜,即便明日来了,也会在随便哪一日放弃。因为对她们来说,这是不亏本的买卖,我把一切想得太简单,其实这才刚刚开始。"
"都这样了,你还不放弃吗?明明做这些根本没用。"白芫说完也在她身旁坐下,越发不明白她是怎么想的,"你知道的吧,你一个人办女学,根本不会有什么用。"
"我还是想试试……以后的事情再说吧,就当不留遗憾了。"小满还是原来的回答,既然决定了这条路,总是要走走看,不管能走多远都不能在开始就放弃。

小满知道第二日不会有人来,也没抱太大的希望。
韩拾要走了,她要去为他送行。
长风拂过皇宫的林苑,穿过护城河的垂柳,送走离京的行人。
韩拾一眼就看到了人群中唯一撑伞的姑娘,嘴角忍不住勾起。
小满捏着从庙里求来的护身符,见到韩拾的笑容后,眼泪不受控制地开始流,边哭边走到他身边。
"韩二哥……"
"傻丫头,怎么又哭了?"韩拾低头站在伞下,为她抹去眼泪。
小满睁大眼望着他,眸中是晶莹的水光。
韩拾眼眸沉沉,喉结滚动了一下,低声问她:"小满,你会等我吗?"

"我等你回来。"

韩拾笑了,随即毫不犹豫地低头,在她脸颊落下一个轻柔的吻,像是一缕柔和的风拂过她的脸颊,却又如此滚烫。

小满身子僵住,心脏跳得飞快,甚至不敢再抬头看他。

韩拾笑了一声,耳尖也是滴血似的红。

"我走了。"

他抽走小满握在手里的平安符,从伞下退出来,利落地翻身上马。

马蹄声远去,少年的身影逐渐消失,撑伞的女子站了一会儿,不久后也转身离去。

阿肆看着脸色冷寒、眼中凝结了一片阴云的周攻玉,不由得担心起来。他哪儿猜得到韩拾胆子那么大,太子殿下都没碰过小满姑娘呢。

太子殿下不高兴,必定要彻夜不眠地批折子,不知这次又有多少人要被抓到把柄。

周攻玉在人群中缓缓走着,视线始终在那把显眼的伞上。

良久后,他对身旁的阿肆说:"让人把姜驰拖走,送到相府,姜恒知看到了自会明白。"

他的语气也像是裹了层碎冰,冷得人胆寒。周攻玉在外,便是再怒也会收敛着情绪,哪里像今日这般。

小满一路走回书院,周攻玉便默默跟了她一路。一直到书院门口,周攻玉停下,垂着头靠在墙上,任由几缕发丝垂落在额前。

他听到了院子里小满压抑的低泣声,心口处像是有条细线拉扯缠绕,生生勒出血来。

她在为另一个人哭。

周攻玉攥紧了拳,又失去力气一般,十指缓缓松开了。

院子里有人出来,他听到了脚步声,却还是一动不动。

"太子殿下?"小满唤了他一声,眼眶还红着,睫毛都湿润地粘在一起。

周攻玉收起神情中的颓废,周身的气息却仍旧是阴郁的。

他挤出一个笑,温声问她:"怎么哭了?"

"韩二哥今天走了,他要去边关。"她说话时带着哭过的鼻音,听着软糯又娇气,和从前一模一样,"冬至才会回来,可别人都说战场是要死人的。"

周攻玉笑中带着苦涩:"他不会死,别怕。"

"你……你进来坐坐吗?这里是书院。"

他当然知道这里是书院,他甚至知道昨日小满被几个小姑娘气得快哭出来。

周攻玉和小满坐在院子里,她就像对待客人一般,显得局促疏离。

"你的书院如今是怎么打算的?"

小满摇头:"她们好像不喜欢读书,只当作玩乐。书院不收银两,她们也不愿意认真对待,我在想要不要换个方式。"

周攻玉认真地为她提出建议:"你若想让她们真心对待,还是收取些什么好,不一定要是金银,可以是米粮和布匹,或者别的什么,他们好拿出手的。愿意的自然会来,不愿意的若是交了东西,她们各自的父母也会管着些。"

"多谢殿下指点。"

"小满,你我二人不必如此生分。"周攻玉凝视着她,语气有些无奈。

小满撇开目光,避开和他对视:"可你已经是太子了。"

他们二人本就该生分。

周攻玉沉默了一会儿,突然朝她伸出手。

小满一怔,还没反应过来,脸颊便被用力地蹭了两下,是真的有些用力。

她皱着眉正要后退,周攻玉另一只手扶住她的后脑,语气平淡,却莫名让人觉得森冷:"别动,有个脏东西。"

他松手时,小满的脸颊上已经有了一小块红。

她捂着脸,半信半疑地看着他。

周攻玉微微笑道:"现在干净了。"

侍女抱着一团衣物走到院子,喊道:"小姐,喝药了。"

小满应了一声,看向他。

"去吧,我也该走了。"

等小满离去,周攻玉看向侍女手中满是墨迹的衣物,蹙眉问道:"这是她的衣服?"

侍女叹了口气:"小姐最喜欢的衣服呢,这下只能扔了。"

周攻玉垂眼,似乎想到了什么,说道:"把衣服给我吧。"

侍女愣了一下,说:"这衣物都脏了,怎敢劳烦太子殿下……"

他轻笑一声:"无事,你不用告诉她,给我便是,过段时日我再让人还回来。"

姜驰被拎回姜府,姜恒知正被姜月芙气得不轻,得知他去找了小满,气愤到亲自动手。

而姜月芙沾了"百花泣",戒掉那是比扒皮抽筋还痛苦的过程。

姜恒知让人将她关在院子里严加看管,连程汀兰都不能去探望。

儿子不再讨父亲的喜欢,女儿沾染了"百花泣",外室也被接进府。程汀兰感到眼前灰暗一片,不知从什么时候起,阴云就没再散开过,一直到现在,她已经看不见光了。

书院那边,小满调整了收取的报酬,没过几日便来了两个学生,第二日来的时候还带了几个姑娘。

有人提着一小袋米粮,也有拿了鸡蛋的,更甚者背了一箩筐干柴。她们穿着粗布衣衫，年纪也各不相同，齐聚在这里，都是为了学些东西。

小满将她们聚在一起，没有要上课的意思，问她们以后想做什么。

背来一筐柴火的名叫付桃，是她们中年龄最大的。

付桃与其他几个姑娘都不同，她们多是要识字后回去帮爹娘算账，或者是能嫁个更好的夫家。

付桃却想不到自己该做什么，只是问："我只想找个活儿，不被卖出去。"

她们家孩子太多，吃饱都是问题，更别说读书识字了。她来这里之前，还怕自己的干柴书院不会收。她只会烧火做饭，力气小连种地都会被嫌弃，爹娘会把她随便嫁出去卖钱。

她什么也不会，所以才希望读了书能学到东西。

每个人的需求都不一样，小满稍微了解后，心中也有了一套办法。

至于笔墨纸砚，也不能再白给，不然会被浪费。

她这里的所有东西，都是要她们自己拿东西来换，换多少就用多少，总好过不懂珍惜。

既然要授学，那就不能学非所用。

她们需要什么，就教授什么，而不是一味将诗词歌赋天文地理硬搬过来。

有人为了消遣，有人为了更好地生存，自然不能教授同样的东西。

小满和她们围坐在一起，说道："我们要先学识字，之后呢，想学诗词歌赋的和学农时算数的隔一日，相互错开。若都想学也随你们，但日后一定要听话，今日我先告诉你们上学要做什么，你们且听好了……"

等将学生送走了，小满站在檐下看灰暗的天空。

不多时，大雨倾盆而至，铺天盖地浇灭一切燥热，湿润的水汽里混着泥土的气息。

小满的衣袖被微微打湿了些，白芫过去拉了她一把，皱眉道："这有什么好看的，一会儿淋湿了又要着凉。"

这话听得十分熟悉，好像从前也有人喜欢这么说。

她伸手去接雨水，露出的一小截皓腕上有斑驳的旧痕。

"当初知道自己要死了，我才觉得活着是件很好的事，连鸟鸣花香都让我舍不得，风霜雨雪都好看，万物都好看。"

已经过去了很久，她却始终忘不了当初的恐惧，那时连着好几日都不愿意睡觉，宁愿多看几眼风景，感受阳光洒落肩上的温暖。

回到京城也许不是什么好的决定，可最坏的时候已经过去了，她还有什么好担心的。而每到天寒的时候，那种渗进骨头缝里的阴冷疼痛，不断地提醒她有些事情忘不干净。

她本来不用整日喝药，也不用经历病痛，不会做噩梦被吓醒。

"我不会一直留在京城，等书院像样了，我还有很多想做的事。"

白芫道："我以为办女学是你的志向。"

"不是,我的志向是好好活着,活得开心一点。"

"仅此而已?"

"仅此而已。"

她确实没那么多的想法,就连办女学这件事都是偶然。她只是比较幸运,如果只有她自己,肯定是什么都做不成。

大雨冲刷过后,枝叶碧绿苍翠。

周攻玉正出神地走过廊庑,蓦然有冰凉滴落在鼻尖。

他眨了眨眼,抬头看向虬枝盘绕的藤蔓,语气极轻,自言自语道:"花要谢了。"

东宫的紫藤花已经要败了,可小满还没看过呢。

服侍的人劝道:"殿下,您整夜未歇息,现在已经是巳时了。"

周攻玉神色如常,让人看不出倦意,然而眼中的血丝却遮不住。

玟江水患四起,而本该负责此事的官员,却是尸位素餐,文恬武嬉。他连着两日没合眼,提了新吏去接管此事。

而江所思出身益州,益州多水患,江郡守治水也算有经验,他便也一同派去了。

周攻玉回到殿里,刚走了两步便身子一晃险些倒下,身边人赶紧扶稳了。

正好阿肆回来了,赶忙将托盘放下,劝道:"殿下歇息会儿吧。"

周攻玉摇头:"睡不着,再说吧。"

也不知怎的,分明有了倦意,却始终心烦意乱无法入眠。

他看向托盘中的两件裙子,问道:"一模一样吗?"

"绣娘说是一样,应当是看不出来问题。"

周攻玉"嗯"了一声。

"那属下让人给小满姑娘送去?"

"我亲自送去。"

说着,他将阿肆手里的衣服接过来,目光在染了墨的纱裙上停住,伸手将那件纱裙取出,然后放到了自己书案上,神情坦然,道:"走吧。"

小满的学生中,付桃是最让她省心的那个。她是个真正在努力,想抓住一切机会逃出灰暗处境的姑娘。

对付桃来说,她知道自己读书可能是徒劳的,但是只要有一线希望她都会抓紧。

周攻玉来找小满的时候,她正在帮着侍女打扫学堂。

周攻玉抱着她的衣服走进书院,朝学堂的方向走去,小满正俯身捡起地上的树叶。

他轻咳了一声,小满这才注意到,接着起身问他:"殿下今日怎么来了?"

周攻玉将衣裙递与白芷："我让人帮你新做了一件，和以前的一样，今日给你送来。"

小满有些惊讶，她还以为那件裙子已经被扔了："多谢殿下。"

侍女做好了饭菜，见周攻玉来了，问道："太子殿下可要一同用膳？"

小满想到周攻玉是太子，也许吃不下这些普通东西，说道："这里的膳食比不得宫里，殿下可能吃不习惯。"

"可以习惯。"周攻玉应道。

白芷和侍女都不敢和太子殿下同桌用膳，尽管周攻玉说了不在意，两人仍旧是浑身不适，没吃两口就默默端着饭碗出去了。

留下小满和周攻玉在屋里，二人虽许久未见，相处却还算自然。

她指了指一盘菜花，絮絮叨叨地说："这是学生今早送来的菜。我把教授的东西改了许多，也许会更适合她们。不过林老知道了定是要生气，文人好像看不起这些。还有个学生背了一筐柴火……"

等意识到自己在和一国储君说这些微不足道的废话时，小满脸色又变得不自在了，略显心虚地看了周攻玉一眼。

不知何时，周攻玉已经放下了筷子，神情专注地看着她。

见小满停住，周攻玉缓缓一笑："怎么不说了？"

"我话有点多……"

周攻玉摇头："不多，你想说什么就说，无碍的。"

她已经很久没有和他说过这么多话了。

"你能和我说这些，"周攻玉眸中含着真切的笑意，"我很高兴。"

用完了饭，周攻玉还是没走，不仅如此，他还让阿肆把没看完的奏折从马车里抱出来，坐在小满的书案前批阅。

小满平日里喜欢窝在软榻上看书，不喜欢端坐在书案前，因此也不是很介意被他占了地方，只是疑惑他怎么还不走。

周攻玉诚恳道："宫中总有人烦扰，你这里清静，等我批完这些折子就走。"

小满瞄了一眼，折子好像也不是很多，一个时辰应该能看完吧。

"那好吧。"

她半倚在靠窗的软榻上，拿起没看完的书轻轻翻阅，很快就把周攻玉抛之脑后。

处理公务只是个借口，但他确实没想到自己会什么也看不进去。他看向不远处的女子，眼神逐渐变得温柔。

不知道过了多久，小满将书看完，揉了揉发酸的眼睛，这才想起屋里还有个人在。

她扭头看向周攻玉，想问他折子怎么还没看完，发现那个端坐在书案前的人，不知何时竟撑着额头睡着了。

小满犹豫着要不要叫醒周攻玉，又觉得这样不好，便踮着脚走出去了。

阿肆坐在院子里和白芫聊天,见到小满出来了,不禁问道:"太子殿下还在看折子吗?"

小满摇头道:"他睡着了。"

阿肆表情有些欣慰地说:"殿下两夜没合眼了,今早还说睡不着呢,总算能歇息会儿了。"他想起什么,又说,"小满姑娘能不能去帮殿下披件衣裳,前两日属下才听殿下咳嗽,今日可别又着凉了。"

小满面露难色:"你可以让白芫去啊,为什么是我?"

白芫义正词严道:"奴婢习武之人,向来不知轻重,不敢惊扰殿下,还是小姐去吧。"

小满若有所思地点点头,又转身往回走。

屋子里的周攻玉还保持着原来的动作不变,小满怕惊动了他,走路都是轻手轻脚的,拿起软榻上的小毯子。

贴近周攻玉的时候,她呼吸也不自觉地轻了许多,俯身时能看清他每一根睫毛,以及眼下的微微青黑。

也许是因为坐稳了太子之位,他的锋芒不必再刻意隐去,平日里除了温雅,更多的是凌厉,连笑起来都让人觉得疏离冷淡。如今合眼熟睡,清隽眉眼也变得亲近了许多。

小满盯着他,眼神十分淡然,没有太多情绪。

周攻玉有挽回的心思,她自然看得出来,该说的她也说过了,若他还是如此,最终苦的也是他自己。

轻轻将薄毯覆在他肩上,小满直起身准备要走,却蓦地被他垂在地上的袍子绊了一下,身子一个趔趄,险些摔下去。

周攻玉似乎从梦中惊醒,猛地拉住她手臂,短促又急切地喊了声:"小满!"

小满站稳了,莫名其妙地看着他:"怎么了?"

周攻玉反应过来,握着她的手却没松,仰着头看她,嗓音微哑:"我梦到你了。"

"那是梦。"她也没问是什么梦。

小满稍微用了些力,挣开了周攻玉拉着她的手:"你该回去了。"

手中空落落的,什么都没有。在梦里没有抓住她,梦醒了,还是抓不住。

女学这件事确实不容易,没过几日就有人坚持不下来了。

等学生聚了十来个的时候,小满把《芳菲录》取出来,为她们一一讲解。

小姑娘第一次听说葵水,都是羞怯又好奇的,小满索性就多说了几句。

付桃问道:"那女子怎么看病,也是找大夫吗?"

小满点头道:"对啊,有病就看大夫。"

一个小姑娘怯怯地问:"没有女大夫吗?"

"有是有，不过很少。你们有想做大夫的吗？"小满脑子里不禁冒出了一个想法。

底下好几人都应了声。

白芫再次听到小满说起自己的独特想法时，已经是见怪不怪了。

"大夫整日那么忙，会闲着没事儿干过来教一帮小孩子？还是你以为治病救人是多简单的事？"

"不试试怎么知道，就算失败了，也亏不了什么。"小满笑了笑，"下午是林老授课，我打听到了城西有个医馆，坐馆大夫就是女子，我们去问问吧。"

城西的医馆之所以出名，倒不是因为大夫的医术高超，而是因为坐馆大夫是个女子，而且名声是不大好的。

白芫听闻小满要去找那位林秋霜，便将京中人的评价粗略地和她说了一遍。

"据传林秋霜学艺不精，治死好几个人，还说她抓药抓错了。尤其是脾气很差，至今没有嫁出去，除了一些女子迫于无奈会找她，平日里很少有人去她那里看病。"

听了这番评价，小满不由得想起了时雪卿。

"若只是听闻，倒不必太早下定论。大夫多为男子，若突然有了女子，便会被视为异类，成了众矢之的。谁都不愿承认自己的医术不如一个女子，更不愿被女子抢去了生意，便会想办法诋毁，从医术到她本身，都会被拿来指点。而男子做大夫，就不被人议论他是否娶妻生子。"说完后，她又补了一句，"不过这也是我的猜测，她是否如传闻那般，还要我们亲自看过才知道。"

林秋霜的医馆生意的确算不上好，等小满和白芫到的时候，刚好有一个女子提着药离开。

听到脚步声，林秋霜用手里的秤杆敲了敲桌子："手放这儿，自己说什么毛病。"

小满便说："我不是来看病的。"

"你丈夫我不认识，若是妻子长成你这样貌，他还在外和人私通，你倒是可以让他看看眼疾。"林秋霜冷淡地瞥了她一眼，继续自顾自地干自己的事。

小满停顿片刻后道："我是想问问你，愿不愿意去教授女子医术，我开办了一间女学……"

林秋霜停下动作，打量了她几眼，嗤笑一声："就是你啊，原来那个痴心妄想办女学的女子还真不是谣传。小姑娘，知道外边怎么说你吗？"

白芫脸色阴沉，提醒道："林大夫慎言。"

林秋霜扫了她一眼，继续做自己的事，话却没停："你这套行不通的，最后都是亏本，我猜你那女学现在是倒贴钱还找不到夫子。学生不老实，也没几个人愿意去。还想请我教一堆小屁孩，你脑子不清醒吗？"

小满不生气，缓缓道："未必行不通，林大夫可以再考虑考虑。"

林秋霜道:"你走吧。"

小满道:"一月十两银子。"

林秋霜的动作停住了,她缓缓转过身,盯着小满问:"没骗我?"

"没骗你。"

她每月累死累活还时常遭人骂,除去收草药的钱,多的时候也才赚来二两银子,有这种好事她还在医馆受什么气。

等说服了林秋霜,小满才知道民间已经有了不少关于女学的流言蜚语。

回去的路上,白芫忍不住问:"你哪儿来的每月十两银子给她?"虽然她是在太子身边做事的,十两银子实在不够看,可对于小满这种无父无母的姑娘,能开口就是十两,确实不是件简单的事,"你不会骗她吧?"

小满睨了她一眼道:"你怎么会觉得我这么没用呢?我义母在益州有商行,给了我几间铺子教我打理,虽然我不是很厉害,但我在钱庄也存了银两啊。"

白芫目光更加怀疑了,问道:"你会赚钱?"

明明她看上去就像什么也不会的娇小姐,满脑子都是奇怪的想法,赚钱这么正常的事似乎和她不沾边。

"游山玩水也要花钱啊,为了去更多的地方,我肯定要存下好多钱。"

江若若在书院坐了许久,一见小满回来,便将茶盏重重一放,神情十分严肃地说:"你近日可曾听过京中的传闻?"

"你先前去请夫子,就遭人背后非议。京中几个名士,正在背后议论你的出身来历,言语多有诋毁,还说女学是上不得台面的东西,辱了先祖传下的典籍。称女子读书,就是有悖人伦,抛头露面不知羞耻。"

江若若是大家闺秀,是连一句粗话都说不出口的,因此有些不堪入耳的话经她说出,便显得不那么龌龊污浊了。

小满平静道:"他们说的都是假话。"

江若若见她没什么反应,心里更堵了,咬牙切齿地说:"你可是一个女子,外人这样非议编造,你的清白可就毁了。你办女学,对自己根本就是百害而无一利,怎么就是不听劝呢?"

小满听到她说名节有损,表情总算是有了些变化,问:"那会不会连累到你?你还要嫁人的。"

"她们哪里知道你和我们江府的关系,要找也是找到丞相头上。兄长临走前也听了那些风言风语,气得饭都吃不下了,还担忧韩拾不在了,你会躲在被子里偷哭,特地让我来宽慰。谁知道你全然不放在心上。"

小满面带歉意地说:"是我不好,没有想到这些。玟江水患严重,兄长走的时候我都不知道……"

江若若叹了一口气:"这不怪你,连我也未曾反应过来他就动身走了,反倒是那个陵阳郡主是个胆大包天的,竟偷偷跟了过去。也不知道兄长发现她了

135

没有。"

"陵阳……跟过去了？"小满怔住，"为什么？"

可陵阳不是总嫌弃江所思棋艺差，怎么就慢慢变成了这样……

江若若语气透露着些许骄傲："兄长可是榜首，就算棋艺不如太子殿下，又怎会在郡主面前输得一败涂地，无非是让着她罢了。谁知道郡主对我兄长上了心。"

江家这种门第，一个郡主还是担得起的。

"那你和三皇子呢？"

白芫不免也看向江若若，她脸颊染上一层薄红："我外祖想让皇上赐婚，但我也不知他意愿如何，若是他不想娶我……"

惠贵妃对自己的儿子期望很高，一度让他与周攻玉争夺储君之位。虽然她是舞姬出身，却是眼高于顶，京中的贵女还没几个能入得了她的眼，江若若也是一样……除非周定衡真心喜欢她。

小满没有多做评价，二人又说了些别的，顺带婉拒了让她回威远侯府的盛意。

送走江若若还不到一刻钟，书院又来了一位不速之客。

姜恒知打量着书院的布置，眉头始终没有舒展。

这么久以来，碍于周攻玉的威胁，他无法在小满面前出现。可事到如今，他已经没得选了。

"小满，我听说你要办女学？"

小满本来还面色平和，听他也要提起这件事，语气有几分不耐烦："丞相有些话还是不说为好，我不爱听。"

姜恒知脸色变了变，将险些出口的话压了回去。

他想起府中的变故，硬是扯出一个慈爱的笑来："你弟弟满月礼，你这么久没回去，还是去看看吧。"

小满神情认真，语气却带着几分迷惑："你是不是也厌倦姜夫人了？"

姜恒知的笑意绷不住了，望向她的眼睛如鹰隼般锐利冷肃："你在说什么？"

"你从来都没有陪我过过生辰，却要为他办满月礼。你不是一向将我当作姜月芙的药引，像牛羊一样养大，为什么又开始在意牛羊的生辰了？"她知道自己若真心想要讽刺谁的时候，也是可以做到不留情面的，"是他有什么不一样吗？你把他当作自己的孩子了？"

"我只是没有选择。"因为知道小满总有一日要死，为了自己不会心软，便无视她疏远她，好等那一天真的来临，他能足够狠心，"你对我有怨是应该的，但这次，我只是想让你回去看看自己的弟弟。"

"我会好好待他，也会好好待林菀，不会再犯过去的错。小满，你回来吧，我一直拿你当女儿，我只是……只是无奈。"姜恒知句句恳切，连目光都沉痛万分。

小满听到他的话，心中难以抑制地泛起了厌恶。她的母亲已经死了，她从姜府出来，侥幸留住了一条命。可姜恒知又找了一个林菀，将自己的愧疚报于这对母子。

被害的人已经死去，生者所受的伤害也半分不少。分明是不知悔改，还要安慰自己会好好待他们母子。

"我娘的埋骨地在何处？"

她要带陶姒回益州，去春暖花开的地方，不能让这男人觉得歉疚时去陶姒坟前叨扰她。

姜恒知眼神微动，回答道："你愿意回去了？"

"我只去看我娘。"

"那也好。"他若有所思地点了点头，轻飘飘地扫了白芫一眼。

小满撑着伞走进姜府的大门，好似有阴冷之气扑面而来，让她的脚步都不由得停滞了。

陶姒的坟墓在相府的后山，从姜府穿过可以不用绕路，小满自然会选择近路。

姜恒知走在前面，她刻意保持了一段距离，彼此都无话可说，说了无非是给彼此添堵。

正当她撑着伞发呆地往前走时，一抹海棠色飞快掠至眼前，猛地撞到了姜恒知的怀里。婴孩刺耳的号啕大哭将沉默撕碎，吓得小满身子都颤了一下，连忙往后退了一步。

接着又是一堆人追过来，喊着："跑什么！林菀，你不要不知好歹！"

林菀抬起蒙眬的泪眼，扯着姜恒知的袖子，哽咽道："相爷，晟儿这么小，他真的不能放血救大小姐，求相爷，您看他还这么小……"

最先跑过来的姜驰指着林菀，怒气冲冲地说："你胡说八道什么！"

林菀悄悄看了眼小满，哭声更大了几分，委屈万分地说："小满姑娘，这是你的弟弟，求你救救他吧，你知道的……"

姜驰愕然地看向小满，满目的不可置信："你……你回来了？你不是不肯回来吗？现在已经不需要你做药引了，赶紧滚吧。"

小满早就对他阴晴不定的态度习惯了，不等她说什么，姜恒知就暴怒地训斥了他。

婴孩的哭泣声尖厉到让她皱起眉，而紧接着又是另一波叫喊声。她眼睁睁地看着两个仆妇利索地按住了林菀，将哭闹的孩子从她怀里抢走，接着程汀兰阴沉着脸从人后走出。姜恒知正要开口发问，就被她抽在林菀脸上的响亮耳光打断了。

"贱人！"

小满神情复杂，抬眼看向姜恒知。

"这就是你说的好好待他们？"

姜恒知气到脸色发青，攥住程汀兰的手："你这是做什么？"

程汀兰鲜在人前失控，以往的她端庄温柔，知书达理又体贴下人，几乎谁也不相信这样的夫人会亲自打骂人。短短一个月，林菀就让她的情绪彻底失控，使这种泼妇一般的行径多次上演。

在场的除了第一次见这种场面的小满，其他人都还算镇静。

小满往后退了两步，生怕程汀兰现在会拉着她去放血。

"你知道什么！她是个骗子，是她害月芙变成今日模样！都是她！"

程汀兰神情癫狂，似乎是气急了，拔下金簪胡乱挥着要刺向林菀："今日种种，都是你这个贱人从中作梗，你该死！"

除了局外人的白芫和看傻了的小满，其他人都手忙脚乱地上去拦人。

忽听一声痛呼，林菀软软地倒在了姜恒知怀里，肩上绽开一团深红，地上也溅了点点血迹。

林菀的伤口不算严重，姜恒知连忙让人叫了大夫。

程汀兰突然发疯，将他气得不轻，阴着脸让人将她带回屋子。

"相爷，大小姐病发了。"

一个侍从急慌慌地跑过来禀报姜恒知，程汀兰一听，像是受了什么刺激，一把推开扶着自己的人："小满，帮帮你姐姐吧，你们是姐妹啊，不能看着她疼死。月芙要疼死了，你救救她。你以前救过她很多次，再帮她一次好不好？"

姜恒知怒喝一声："适可而止！"

姜驰也安慰道："她不会愿意的。我们先去看看姐姐，别说了……"

程汀兰突然用力反抗，一巴掌打在姜驰的脸上："连你也不要你姐姐了，给我滚！"

姜驰脸颊火辣辣地疼，偏过头一声不吭。

他害怕自己一抬头，见到小满看好戏的眼神。

程汀兰不理会姜恒知的话，乞求道："小满，你去看看你姐姐吧，我知道你心善，不会看着她去死的，你们是姐妹啊。"

所有人都齐齐将目光放在了小满身上，除了姜驰。

她沉默了片刻，说道："她是看着我去死的。"

话音刚落，白芫就拉着小满离去，她也不反抗，跟着出了府。

程汀兰还焦急地说："去拦住她！愣着做什么！她走了月芙怎么办……"

姜恒知望着程汀兰，脸色越发阴沉。

姜月芙已经毁了，若是戒不掉"百花泣"，别说皇子，她连一个勋贵都别想嫁。小满却与她不同，若好好培养，即便做不成太子妃，也能凭借周攻玉的宠爱身居高位。

白芫撑着伞，走得腿酸了，不禁说道："你该让自己习惯坐马车。"

小满似乎走神了，没注意她说了什么。

"你在想丞相府的事？"白芫问。

她摇摇头："我想将我娘的墓挖开，搬走她的棺材，是不是不行？"

"将尸骨从京城运到益州？你疯了？"

她叹气："那好吧，我再想想办法。"

一直到回了书院，路上也不见她提起过相府发生的事，倒像是真的不放在心上。

门口停着一辆马车，白芫一看就知道是太子来了。

走进院中，映入小满眼帘的是树下的周攻玉。

衣袍曳地，墨发半束，清隽的眉眼弯起，带着几分撩人的风情。

纵使见过无数次，她仍是停住脚步，不禁在心中感叹，周攻玉的脸真是惯会骗人。

小满坐到周攻玉对面，随手倒了一杯茶："你怎么来啦？"

"在宫里心烦，来看看你。"

周攻玉的眼眸在树荫下显得幽暗深邃，看着她饮下一杯茶，才缓缓开口："你方才用的茶盏，我用过了。"

小满口中最后一口茶，突然变得难以下咽了。

她僵硬地放下茶盏："你方才怎么不说？"

周攻玉淡淡道："忘了。"

白芫听不下去了，带着阿肆蹲得远远的。

"你去了相府，有什么想问的，我会告诉你。"

一想起相府，她脑子里都是近乎疯狂的程汀兰，以及古怪到让她不适应的姜驰。

"程汀兰好像有些不对劲……她好像很痛恨林菀。"

周攻玉"嗯"了一声，缓缓开口："林菀和姜恒知有些旧仇，是故意接近姜恒知的，不是什么药人，那个孩子的血根本毫无用处。姜月芙染上了'百花泣'，现如今已经戒不掉了，也是林菀在暗中算计，程汀兰兴许是知道了什么。"

他语气平静，带着隔岸观火的冷漠感。

她咬着唇瓣，手指不由得紧了紧："那你，有没有……"

"我没有。"

侍女端着药碗过来，小满苦着脸接过药碗，深吸一口气，屏息饮净药汁。周攻玉给她递去茶水，指尖拈了块饴糖递过去。

苦涩辛辣的药汁暂时让她头脑放空，有人将糖递到嘴边，想也不想就低头含了进去。

柔软濡湿的唇瓣触过周攻玉的指尖，他身子不由得僵住了。

反应过来做了什么，小满也怔住了，脸色变得复杂起来。

139

从前在相府,周攻玉不知喂她吃了多少东西。可那时候,二人都不明白自己的心意。

更何况如今她是不喜欢周攻玉的,再这么做,不仅没有那些旖旎心思,反而有说不出的古怪感。

不等周攻玉说什么,她就将他的手拉过来,用袖子用力擦了擦。

周攻玉轻笑了一声,听上去还颇为愉悦:"甜吗?"

见小满脸色越发不好,周攻玉也不好再逗她,将手抽回来,掩在袖中的手指轻微摩挲了两下。

"书院这几日可有遇到什么事?"

他知趣地不再提起方才的事,小满也迅速转移了话题。

"学生陆陆续续走了几个,留下的不过十数人。我想去找时先生下山,我知识浅薄,心胸眼界都不如她,时先生比我厉害许多。女学的事要一步步来,她这么厉害,一定比我好多了!"

"小满也很厉害。"

随着太阳位置的变动,阳光透过树荫照在小满脸上,她眯了下眼。

周攻玉起身,袖子遮住她头顶的光线:"回房好不好?"

"好。"

周攻玉的目光掠过放在她背后的纸伞,说道:"伞被白芫带走了,那你捂住眼睛,我牵着你回去。"

"牵袖子。"

他笑了笑:"随你。"

小满早已熟悉这条路,就算捂着眼睛也不妨碍什么,继续和周攻玉说起方才的话。

他问道:"你认为你的女学能广泛传播,让女子和男子一样读书习字吗?"

小满道:"那肯定不能啊,我哪有这么厉害?"

"那你为何执意如此?"

小满踩在青石铺就的小路上,沉默了一会儿才说:"我只是想,既然我想过女学这件事,那从前也一定有人这么想过,但是他们都没能办成女学。若是我第一个办成了,那后来人会想,既然有人做过,那她们也可以。比如这是荒草地,待我走过一次后,便会有第二个人第三个人走过,荒草地也会被走出一条路来。虽然我做的事没那么厉害,但也不是毫无意义的啊。"

说完这一大串,她还有些开心,觉得自己说得很有道理,隐约冒出了点小小的骄傲感。

脚下突然被绊到,她一个趔趄往前扑去,又被人横臂拦住,稳稳地抱在怀里。

腰间的手臂环紧了些,浅淡的冷梅香萦绕在鼻尖,紧接着,颈项处微微一沉,有什么压了上去。

"你……"

圈住她的手臂又紧了几分，没能让她继续说下去。

周攻玉开口，声音闷闷的，有些遗憾，又有些委屈："小满，东宫的紫藤花落了。"

冰凉的发丝扫在她雪白的颈项，话语贴在耳边，连同温热的气息，激得她微微战栗。

小满使了些力气，才掰开周攻玉的手。

眼上覆着的手掌温热，她脸颊微微发烫，要扯开他的手。

周攻玉无奈道："不要睁眼，我不碰你便是。"

话音刚落，眼上的温热果然离去了。她蒙着自己的眼睛，抿着唇一言不发，心头涌起了一股莫名的火气。

她也不再去牵什么袖子了，只凭感觉朝前走。周攻玉伸手去拉，立刻被用力甩开。

"殿下自重。"

"是我孟浪轻浮，以后不会了。"他凝视着小满，低声向她保证。

周攻玉在她身后一步的距离默默跟着，眼见着她走歪了，便伸手扶了一下。刚一碰到小满，她就躲避地往前走了两步，像是害怕再被他触碰。

周攻玉突然有些后悔自己方才的所作所为，分明可以忍住，却又为何鬼使神差地抱住了她。如此轻浮，又如此……失控。这般冒进只会把她推得更远，可他偏就没忍住。

"我只是想扶你……"

小满手搭在眉骨处，遮住迎面的日光，低着头看脚下的步子，索性也不蒙住眼睛了。

她闷声说了句："不用扶，我自己可以。"

等她到了房门前，周攻玉问："我们一定要这样吗？"

"不然呢？我们这样，已经是最好的结果了。"

周攻玉是她的过去。从前的她低微如草芥，被人轻贱，偏又时常自作多情。而他刚好出现，对她好，会哄她开心。她的世界那么小，偏又遇见了这样好的一个人，怎会不喜欢他。

她还是想谢谢周攻玉。放弃她是人之常情，没什么好怨恨的。

至少那五年，每次见到他的欢喜都是真的。

"我们不能和从前一样吗？"周攻玉逆着光站在门口，神情隐在阴影之下。他一开口，声线都带着微颤，好似光线下飘浮的尘埃，轻飘飘的，一吹就散了。

小满看着他，低眉敛目的样子十分温柔，轻轻说了句："你这样是不行的，你已经是太子了。"

她不怪周攻玉，却不可能不介意，也不能再喜欢他。

他看向小满，正要说什么，目光触及一片翠绿。就在书案边上，是一盆栀子,绿叶肥美,一看就是被精心照料的。

她不喜欢紫藤了。

掀起暗潮的是不甘和嫉妒,将他的温和冷静撕碎,目光再抬起时,还带着几分阴鸷。

"你喜欢韩拾?"仅是问出这句话,都让他心底不由得一沉。

喜欢韩二哥?小满微微一愣,又想起了临走前韩拾在她颊边印下的吻。

看到她的沉默和面上神情,周攻玉眼中只剩森然一片:"若是我说,我只喜欢你呢?"

她猛地抬头,眼中满是惊诧:"可你是太子,可以换个人喜欢。"

"换个人喜欢?小满,那你不喜欢韩拾,喜欢我好不好?"

小满面色微凝,盯着他不说话。

周攻玉知道自己不能再说了,若是再说下去,一切都会前功尽弃。

他语气近乎讨好,半哄半劝:"那我不说了,你先不要喜欢别人。好不好?"

说到最后,他眼角染了一抹微红,淡淡的,像是白梅上的绯色,将淡漠晕出些许风情。

"你回去吧。"她没有说好,也没有说不好,语气称得上冷漠。

他自以为二人还可以回到过去,但有些裂痕,无法修补,也遮掩不住。

第六章 //
执念

没过多久,林秋霜就来了书院。
她到了书院后就直奔小满的房间去了,只见鼓成包的被窝里露出一个圆圆的脑袋。
"什么病啊?我给你开两服药。"林秋霜坐在榻边,伸手去摸她的脉。
小满卷着被子,声音虚弱无力:"我瓜果吃多了,已经喝过药了……"
她没管住嘴,边看书边吃,不知不觉就吃了那么多。本来身子就差,这回凉了肚子,上吐下泻折腾得快没气了,稍微好一点,又来了葵水,疼得只能缩在被窝里。

周攻玉在东宫,得知小满吃坏肚子,一时间又是气又是觉得好笑。最后还是让徐太医连夜赶去给她开了药,知道她身子好些后才算放心。
等到夜里,心中挂念着小满,他仍旧是无法安眠,连夜出了宫。
周攻玉站在小满门外,压低声问白芷:"可曾好些了?"
白芷问道:"姑娘喝过药,房中又点了安神的香,已经睡熟了。"
他低声道:"往后看着些,生食冷食都勿要多用了。"
"是属下不慎。"
周攻玉迟疑了片刻,站在门外远远地看了一眼,只能望见被窝隆起的一个包。
明知来了也是这结果,他却还是忍不住来了,不仅没能心安,反而是加倍的烦乱。
"睡熟了?"
"是。"
白芷答完,周攻玉轻手轻脚地进屋了。
房中只点了一盏烛火,昏暗中,能瞧见墙上映出缕缕升起的轻烟。小满盖着厚被子,被热得脸色发红,在昏暗中看不太清。只余下平稳的呼吸,在夜里牵动着他的心跳。

她蜷缩着像个婴孩,手和肩膀都露在了外面。

他静默地看着她,那点烦躁又莫名地平静了。

心中冒出的念头就如雨后春笋,无可阻挡地往外冒,一些情感也逐渐难以克制。

周攻玉俯身为她扯了扯被子,将手和肩盖住,将要直起身时却停顿了。

月光透过窗子,流泻下一地银霜,朦胧又清冷。

他倾身,缓缓贴上她的唇,却又害怕这触碰会惊醒她,只是一触即离,如蝴蝶倏尔掠过,在他心底留下酥软和温柔。

冰凉的发丝从她脸颊离开,烛火依旧摇曳。

等到门"吱呀"一声合上。

"睡熟"的小满睁开眼,脸颊滚烫,身子都在微微颤抖。

手攥紧了被褥,她缓缓呼了一口气。

片刻后,她将头埋得更深,发出一句带着羞愤的、咬牙切齿的低骂。

"浑蛋!"

那场大雨似乎是彻底结束了暖春,迎来了蝉鸣和烈阳的夏日。

小满连着几日都不理会白芫,也不和任何人说缘由。她还暗自想着,若周攻玉再敢来,她绝不看这个登徒子一眼。

可恨他是太子,又不能找人教训他一顿。

林老年迈,所授皆是圣贤典籍,学生认真听的却不多。不久后林老便离去,留给小满一封信,让她去请了时雪卿下山。

时雪卿没有食言,待小满再去请便欣然同意了。

林秋霜教授实学,时常带着书院的学生辨别草药,教授她们药理。时雪卿博览群书才学出众,做夫子的时候也不亚于林老。

只有小满教着她们最简单的识字和算数,时不时还要带着教授农时。

虽然五谷不勤,好在先贤已有著作,这些实学只需要照着书讲。

纸上谈兵久了,她自己也学会一些,便在书院划了一块地开始种花养草,各类瓜果和菜也种了一些。

而周攻玉也被政事缠身,没时间再来打扰,小满也不愿意见他。

玫江水患消退,却已祸及数地,天气又越发炎热,民间颗粒无收,百姓怨声载道,已经有人自发组成一股势力,虽不大,却也是个麻烦;而书院已有学生数十人,名气愈大,招来祸事也是难以避免的。

两人各有各的事要忙着应付。

一日,林秋霜正带着学生上课,小满也在后院摆弄自己的花草,有个男人猝不及防地闯入书院,径直走入学堂。

堂中一片骚乱,后排一个学生吓得发抖,瑟缩着肩往后躲。男人抓起她就是狠狠一个耳光,打得女孩伏在地上大哭。

林秋霜要去拦,被一把推开,学生们都吓得四散开来。

男人喘着粗气,骂骂咧咧道:"赔钱货,我说你每日都跑哪儿玩了,死活找不着,敢跑这么远来听乱七八糟的东西,干活不见你勤快!"

小女孩嘴角破了皮,脸上几个红通通的指印,哭着撞进小满怀里。

小满面色沉下,问道:"为何要动手?"

"我的女儿,我想打就打,就是打死她也……"他的话被压深的剑刃打断了,语气带着惧意,"你……你们要做什么?我可告诉你,你们……你们敢动我是……是要蹲大牢的!"

"我办自己的书院,你闯进来打砸叫骂,还想报官?"她睨了男子一眼,"我这书院可是不收银钱的,你要讹诈,犯不着来此地。"

男子被剑指着,没了方才的嚣张气焰,面目却依旧狰狞,唾沫横飞,指着自己女儿喊道:"就是你们骗了我家女娃,家里的鸡蛋少了,老子前天钓的鱼也不见了,都孝敬你们来了,还耽误做工,你就说赔多少钱!"

小满低头看着女孩,轻声问道:"不能偷拿家中的东西,知道吗?"

小女孩抹着眼泪认错,小满推了推她:"去和你爹保证,以后不犯了。"

"我错了,以后再也不敢了。"她哭得一抽一抽的,脸上红印还未消去,瑟缩着认了错。

小满又道:"学生送来的东西,书院有账本记录,我会退还。还望你以后莫要动辄打骂,孩子的命不属于你。"

男子愣了一瞬,冷哼道:"我生的不是我的还是你的?你说收了多少就多少,我凭什么信你啊?谁知道你们教了什么乱七八糟的东西,小小年纪就手脚不干净,教坏了我家孩子,都要赔钱!"

林秋霜被这不要脸的行径气笑了:"真是个泼皮无赖,没皮没脸的东西,孩子跟着你才不知道要被怎么教坏,跑这儿来讹钱,也不看看自己几斤几两,我呸!"

男子脸色涨红,奈何有剑横在脖子上,恶狠狠地瞪向小满:"有种你就杀了我,不然我今日拿不到钱还真就不走了。看我不去报官,谁知道你们聚一堆姑娘是在教什么脏东西,保不准是要当个鸨母!"

小满脸色彻底冷了下去:"你真当我不敢杀你?"

此话一出,方才还放狠话的男子脸色立刻吓白了,腿都在微微发颤,还强撑着说:"你敢!"

小女孩"哇"的一声哭出来,抱着男子的腿喊道:"别杀我爹,别杀我爹,呜呜呜呜……"

哭声吵得人头疼,小满无奈道:"我就是吓吓你爹,没有要杀他的意思。"

大汉的底气又回来了,横着眉毛怒道:"你们赶紧赔钱,今天的事我就当作不知道,否则别怪我翻脸。"

145

小满是不缺那么一点钱的,可没由来让人讹诈,她也不情愿:"我的账目记得清清楚楚,你不要就算了,没有赔钱的说法。若是真心不服,可以去报官。而你刚才闯进来,摔坏了桌上的砚台,那砚台不是什么便宜的物件,要五两银子,你交了钱便可走了。"

　　男子噎住了,看着地上被摔出豁口的砚台好一会儿,嚷嚷道:"你骗谁呢,就这么一块黑漆漆的石头要五两银子!"

　　她淡淡道:"你不信,我便去报官。"

　　其他的学生抱团站在一起小声说话,对着大汉指指点点。他脸色黑如锅底,一把拽过自己的女儿:"把东西都还回来!赶紧还回来!不想跟你们这些女人一般见识!"

　　白芫用剑鞘狠狠抽在他脸上,登时多了一道红印子。

　　男人惨叫着往后躲,怒骂道:"疯子,贱货,你们给我等着!"说罢连女儿也不等了,连滚带爬地跑出了学堂。

　　小姑娘愣了片刻,"哇"的一声大哭起来。

　　几个和她交好的玩伴上前叽叽喳喳地安慰她。

　　小满蹲下身子,温声问她:"你爹回去了还会打你吗?"

　　"他会打死我的,我怕……"

　　"我让白姐姐送你回去,不让你爹打你好不好?"小满柔声安慰了几句,小姑娘这才停止了抽泣。

　　白芫送小姑娘回家,将小姑娘带来的东西都原封不动地还回去。小满还特意嘱咐白芫若没必要,尽量不要再动手了,还给了学生碎银子,让她拿回家,好让她爹不动手。

　　因为这件事,小满和白芫几天的冷战就莫名打破了。学生们白日里受了惊吓,也都早早回家了。

　　小满坐在树下,一直叹气。

　　"她爹要是再打她怎么办?付桃在家中也会挨打吧?这样不行。"

　　"你又管不了他们的家事。"白芫道。

　　小满点头道:"所以我让你不要再动手啊,不然你一走她爹就拿她出气了。就算这次不会挨打,以后她爹也会因为各种原因对她动手。"

　　林秋霜正在收自己晒干的草药,冷嗤一声,说道:"这世间的父母都是如此,有什么好奇怪的。尤其是这种无赖,在外窝囊,对家里人倒是下得去手,剑一架脖子上吓到险些尿裤子。"

　　"要是以后能立下律法,不让殴打妻儿就好了。"

　　"做梦呢?"林秋霜边翻着草药边说。

　　小满撑着下巴,问林秋霜:"你近日怎么准备了这么多的药啊?"

　　"我师父来信,因为玟江的水患,宁州起了瘟疫,我们几个弟子都要去帮忙，这才准备着，过几日要动身去一趟宁州了。"

"那你要去多久？"

林秋霜语气里还带着漫不经心："不知道啊，能不能活着回来还不一定呢。为医者本就要救苦救难的，我敢说不去，我师父非得追到京城拿拐杖打死我。"

"那你……"小满斟酌片刻道，"那你可一定要好好回来，下个月给你加二两银子。"

林秋霜挑眉："那为这二两银子我也得早些回来。"

书院被带走的学生没有再回来上学，而之后，陆续有学生的爹娘找了过来。

先前那个来闹事的人非但没有被怎么样，拿回了东西且得到些许银钱，让其他人也生了这种讹诈的心思。

时雪卿和林秋霜都是在流言蜚语中挺过来的人，在面对这种口舌之争时，丝毫不畏惧，站在院门前一句一句怼得人哑口无言。

只是学生多少受到了影响，走了好几位。

连最勤勉的付桃，也因为家人知道此事后强逼她离开了书院，她从山上捉了只野兔子给小满，算是报答师恩。

夜里凉风习习，因为第二日林秋霜要去宁州，小满坐在树下和她说些离别的话。

说着说着，林秋霜像是想到什么道："对了，你那个信的事我托人问过了，因为宁州瘟疫，边关的信应当也是耽搁了，如今都在城外的一个驿站堆着，你要心急就去看看吧。刚好去宁州的人马明日动身，你可以顺路去看看。"

若真是如此，那韩二哥是给她写过信的！

小满眼眸一亮，心中涌起了欢喜。一想到韩拾这个名字，心中就像是暖阳照进了湿冷的缝隙般温暖。

"笑得这样开心，难不成是情郎？"林秋霜又忍不住问了一句。

小满没有否认，也没有生气，脸上的笑意并未退去。

"再说我就扣你工钱了。"

书院自从有了些名气后，一举一动都被人看在眼里，包括准备马车要出城这种事。

第二日一早，小满就准备好了出城的事宜。

周攻玉自然也得到了消息，得知她是要去取韩拾的信时，一动不动地沉默了许久。最终还是多派了几人跟在她身边，确保她能安稳地回城。

天将亮他们便动身了，一起出城的人有很多，包括商队、押送的囚犯等，聚成了一支四五十人的队伍。

出城之后，走上半日，还要翻过一座山才能到驿站。坑坑洼洼的路面晃得小满头昏脑涨，隐约听到同行的人说什么瘟疫、水患、流匪之类的。

行至半路，她深吸几口气，对白芷说："停一会儿，我想下去。"

白芷知道她身体不适，也没多说什么。将马车停下后，小满踩在实地上，这才感觉好了不少。

等缓过神来，她想去询问一下刚刚听到的，正当众人交谈融洽时，一支利箭破空而来，直直钉在巨石上，打破了这份宁静。

白芷是第一个反应过来的人，寒光一闪，利剑出鞘，立刻将小满拉至身后。

注意到飞箭的人也都骚动起来，吵嚷着往前跑。

又是几支飞箭，猛地射中两人，惨叫声响起。百姓见热血喷洒，都吓得往前疯跑，挎着大包小包你推我搡，好似跑慢了就会死在这里。

不少人都呼喊着"流匪来了"的话。

"快上马车！"白芷将小满推上去，自己坐在前面驾车。

小满刚坐进去，听到外面的哭喊声，心脏跳得飞快，还未来得及平复，一支箭破开厚厚的车壁，箭头直接从外穿了进来，险些要刺在她身上。

她心有余悸，坐在马车里的软毯上，将身子压低了。在晃动中，她窥见了马车外，人群和马蹄经过后掀起的黄土沙石。

"走不了，前面有人拦路，我去前边开路！"小满听到白芷说了一句，接着马车停下，此起彼伏的惨叫声仍在继续，几乎要刺穿她的耳膜。

她紧攥着衣袖的手指微微发抖："白芷？"

无人应答。她挑开了车帘，才看到了烈日之下的一地死尸。黄土混着赤红的血，触目惊心！

她看见了好几人在前方厮杀，便朝后喊了一声："林秋霜！"

还是没人回答，仔细找寻，又看到林秋霜跪在地上为一个妇人捂住伤口。

小满喘了口气，正要下去帮忙，被一位行商打扮的男子阻止，说道："姑娘莫要下车，这些乱党可能是冲着您来的。"

她愣了愣，看着死伤遍地的人："你说这是……因为我？"

"姑娘快进去吧！"

小满眼里噙着泪水，脸上满是歉疚之色："我……我不知道……你把我交出去吧。死了好多人，我也不知道。"

她不知道怎么回事，怎么会是冲着她来的？那这些人都是被她害死的吗？

护卫是被派来暗中保护她的，自然也只当她在说胡话，将她往马车里推了一把，继续挡住企图靠近的人。

马车周围杂乱的脚步声如踩在她心上，帘子被人猛地掀开，男子狞笑着伸手扯她。小满抵抗不过，被他扯下马车摔倒在地，方才将她推进马车的暗卫尸体就在她身侧。

小满惊叫出声，男子又要来拉她，被马车夫一剑刺穿胸膛。他推着小满说道："方才不注意，竟让这人混过来了，小姐上去吧，马上就能走了。"

眼看着有人又要来了，马车夫扯着她将她推上马车，喊道："趁现在快走！"

148

小满上了马车,也没看清是哪一驾,不一会儿便察觉到马车动了。飞速前进,驾车的却不知道是谁,从惊慌中回过神,她这才发现马车里是大包的草药。

这是林秋霜的马车。

"白芫呢?"小满收回了满是鲜血的手,出声问驾车的人。

"后方都是乱党和流匪,乱党应该是冲着小姐来的,大路暂时不能走了,现如今只能从小路脱身。殿下过几日也会去宁州,属下会先送小姐去宁州,届时再与殿下会合。"

暗卫说完,喊了一声:"有人追来了,小姐请换衣物,躲进山里,我引开他们。"

"怎么可能!你在说什么?"

暗卫催促道:"小姐请下马车吧,他们应当不会上山找人的,等到时机合适你再出去,京中得到消息很快就会来救人。"

"那你呢?"

"生死有命,小姐活,属下才能活。"暗卫掏出匕首递给小满,"小姐保重。"话音刚落,他便驾着马车飞驰而去。

小满往深山走,避免被流匪和乱党找到,走得浑身酸痛,还是要强撑着让自己打起精神。

如果这些人是冲她来的,很有可能会进山找人,她一直都提心吊胆的。

周攻玉料到乱党会在几日后他去宁州的路上动手,却没想到乱党会冒着暴露的危险去动小满。他在小满身边派了不少人,至少能在危难中护她,却偏偏又遇上了流匪。

得知小满出事,周攻玉只觉得呼吸都停滞了。屋外艳阳高照,蔓延而上的冷意却让他如坠冰窖。她不能再出事,不能再一次不见了。

此时去找小满,无异于入了乱党的埋伏。

周攻玉抬眼望见了攀附在长廊上的藤蔓,理智第一次被情感压过。为什么要冷静,他活了这么久,似乎没有为任何人冲动过。

如果非要有,这个人只能是小满。

为了避免打草惊蛇,防止布局毁于一旦,并且避免将乱党逼得狗急跳墙,周攻玉只带了一部分人亲自去找小满。

山里总是白天炎热,夜里冷得人发抖。小满抱着手臂颤抖,呜咽着哭出声,又怕声音太大会招来人,只好掐着自己的手心强忍住。

她没有经历过这样的事,从未有过这样的恐惧。

只剩下她自己,不知道该往哪里走。

周攻玉再见到小满的时候,已经过去了两天一夜。

黑夜里,小满跪在地上,白皙的手指磨破了皮,一双眼睛也红肿着,头发凌乱地垂落下来。

听到声响后,她身子一颤,抬眼看向周攻玉。小满看不清,只看到昏暗中突然出现的人影,可她的眼睛根本看不清周攻玉。

极度惊惧下,她几乎发不出声音,只是死死地攥紧了手中的匕首。

人影停顿了片刻,忽然又靠近。她的惊慌到了临界点,被人扯过去的时候,同时将手里的匕首刺了出去。

一声闷哼响起,她才听到了那句极为熟悉,熟悉到让她的热泪夺眶而出的话。

"小满……你……"

匕首刺下去的时候,周攻玉用手挡了一下,并没有被刺到要害,却还是让他伤得不轻。

腹部传来疼痛的时候,他突然觉得,这更像是个报应。如果不是他,小满也不会被卷进来。越靠近,越不顾一切地要抓紧她,就越是将她推离得更远。

小满听到周攻玉的声音,霎时间泪如雨下,抖着手丢开了匕首,捂着他的伤处,口齿不清地道歉。

空气中都是令人不适的血腥气。

"我不是……我不知道是你,怎么会……对不起,攻玉哥哥,对不起。"

她惊惶无措之际,忘记了自己对他的称呼。周攻玉听到后,拉着她的手掌紧了紧,忍痛深吸一口气,将她搂进怀里:"不怪你,没事了。"

小满紧绷的神经总算是得到了片刻的舒缓,抽噎着被他抱在怀里。

伤口清洗完,周攻玉草草包扎了,开始询问小满这几日发生的事。

她未曾见过几次死人,就连陶姒去世时,她也因为高烧而昏迷不醒。

她不知道自己有一日会见到这么多血,周攻玉看出小满还在害怕,拉着她到泉水边,把她手上的泥土洗净了。

冷霜般的月光铺洒下,才使周围不至于伸手不见五指。借着微弱的光,能看到她手上的伤口和衣裙上的血。

"是因为我吗?是我把这些人害死了吗?"

"不是。"周攻玉轻拍她的后背,细声抚慰,向她解释着这一切,"流匪因为宁州的水患才到崇山一带祸害百姓,这是巧合。乱党想掳走你,以此来胁迫我,是我失策,事先没有料到,这些都与你无关。流匪作恶,乱党杀人,你只是运气不好。"

听他说完,小满看向他,眼中好似有波光粼粼,像蒙了层水雾。

"那你怎么来了,你是怎么找到我的?"

"你在这里,我就来了。"

周攻玉一来,是乱党千载难逢的好时机。

他们派人大肆搜查他，若是真的找到了，打算动手杀了他嫁祸给流匪，他们还能扶持一位新帝上位。

为躲避夜里乱党的搜寻，周攻玉也不好和小满在山里多耽搁，只能连夜赶路和他的人会合。

小满长久未饮食，饿得没什么力气，走路也难免会落在后面。周攻玉要背她，小满顾忌他身上的伤拒绝了。

等到后半夜，果然有了动静。

周攻玉的脚步越发虚浮，一个趔趄险些摔倒。小满伸手去扶，触及他的手掌，才发现不知何时他的肌肤已滚烫到灼人。

"殿下？"

他拉着小满，看了侍卫一眼。

侍卫立刻会意："请殿下保重，属下定不辱命。"言毕，便头也不回地离开，故意闹出动静来引开乱党。

小满和周攻玉藏身在一个土坡后，暂时避开了乱党。周攻玉的额头越发滚烫，垂着眼帘看着小满，喘息声在夜里格外清晰。小满伸手去捂，做了一个噤声的动作，他的呼吸果然就放轻了许多。

周攻玉的气息喷洒在她掌心，灼热得似乎能将她烫伤。

等到脚步声远去，她想收回手，却被他紧攥住。

发热是会死人的，还会烧坏脑子。小满急得不行，想立刻带着周攻玉赶路，即便是找到水为他降温也好。

"不能睡着，我们该走了。"

奈何他烫得厉害，不仅不理会，还开始说一些她听不懂的话，抓着她的手贴在自己额头，垂着头说："好热……"

她刚想收回的手止住了，任他抓着降温。

周攻玉身形高大，她扛不动也拉不起来，又害怕途中再遇到找他们的乱党，索性蹲在他身侧为他挡住夜里吹来的山风。

小满不敢睡，手被周攻玉紧拉着。

黑夜中，只剩下虫鸣和二人的呼吸，周攻玉闭眼，看似是睡熟了，却时不时会说出类似梦呓的话。温度一直不曾降下去，她是真的害怕周攻玉会烧傻，只能不断用冰凉的手贴上去，夜风吹得她几乎发抖。

等到深夜，小满困得下巴一点一点的，周攻玉忽然叫了声，她猛地回神，和从梦中醒来的周攻玉四目相对。

"小满……"他开口，嗓音沙哑，带着些可怜。

小满瑟缩了一下，他看着像是清醒的，额头的热度却一点也没退去，显然还迷糊着。

"对不起，我不是不要你……"

她愣了愣，这才反应过来，这是在说从前送她回去服下寸寒草的事。

已经过去了这么久,她也说过对他没有怨恨,怎的周攻玉意识不清了还在说这些?

"你要什么,你和我说。"他盯着小满,发丝凌乱地垂落在颊边,"我都给你,你别喜欢韩拾了。"

小满见他发烧了还要说这些话,不禁觉得好笑:"真不知道你喜欢我什么,我不值得你这么做。你以后是太子,要什么样的女子都可以。她们比我漂亮,比我聪明,比我体贴,总之千好万好,都比我好上许多。我什么都做不好,也不喜欢你,我什么都给不了你。"

说了这么多,她又有些后悔。说了有什么用呢,指不定等他清醒后又忘得干干净净。

而周攻玉渐渐不满足于只握住她手掌,手指摸到她腕骨处,依旧是冰凉一片。轻轻一拽,就将她拉进自己怀里。

她冻得瑟瑟发抖,忽然跌入温暖的怀抱,先是愣了片刻,撑着腰起身,却被他牢牢按住。

"可她们都不是你。"

小满顿了顿,说道:"你对我的喜欢,是年少时那段陪伴,让你有了这些执念。可我到底哪里让你喜欢,明明我什么也没做。"

周攻玉侧过脸,掩唇轻咳两声,缓缓仰着头看着月亮,黑瞳映出月光。

"你那么好的人,为什么不喜欢?世上只有一个你,再像你的人,终究不是你。我宁愿你恨我怨我,也要你留在我身上。"

小满没说话,他像是在自言自语说了许多。

她很少听周攻玉说这么多话,大多数时刻,他都是内敛沉静的,持着那份山沉远照的气度。

"初见你,那时候你还很小,我觉得你可怜,又觉得你哭得让人心烦。什么时候喜欢你的,连我也不知道。我有很多要做的事,且还要比旁人做得都要好。即便事事都能拔尖,我也不觉得高兴,连册封太子的诏令下来,我也丝毫不想笑。那个时候我只想见你。"周攻玉捂着眼睛,嗓音都在发颤。

"我从未喜欢过谁,第一次喜欢人就出了错。对不起,小满。"

周攻玉说完,凉风一吹,她脸颊是湿冷的泪。

她不知道自己为什么会哭,可能是觉得委屈。

虽然是过去很久的事了,想来还是会觉得心酸。

"殿下别说了,睡一会儿吧。"

"你不走吗?"

"我哪儿也不去。"

周攻玉紧盯着她,就好似她随时会转身抛下他一般。

小满靠在他身旁说:"你快睡吧。"

一觉醒来,也许都忘干净了。

等周攻玉睡着，小满缩在他身侧，眼神空洞地望着地上的树影。她和周攻玉，不是喜欢与否的问题。

情爱从来都不是最重要的东西，若真要选，许多人都会将情爱放在次要的位置，她也是一样。

山川河海，大漠草原，都是她想去的地方，而东宫不是。

周攻玉以后会是一代明君，韩拾也会成为有名的大将军。

她希望他们一切都好，也希望自己一切都好。

于她而言，好好活着实属不易，就连这具病体能拖多少年也未可知，何必在情爱上纠缠不清，不如趁还有机会，去做尽想做的事。

东方天际初明，小满渐渐醒转，连自己昨夜何时睡去都不知道。

醒来的时候却发现自己被周攻玉背在身上，她揉了揉眼睛，拍了拍他："殿下，放我下来吧。"

周攻玉意识到她醒了，沉声道："你的脚还能走？"

昨夜昏暗一片，她裙子又遮掩着，直到早晨他才发现她脚上伤痕累累，昨日竟不见她喊过一声疼。

"你都不会说吗？"

小满小声道："太麻烦了。"

周攻玉隐怒不发，无奈道："以前忘记给你带糖都要哭，现在身上都是伤也不知道喊疼。"

说完，他愣住，竟想起了一些往事。

当初冬至那日，小满是哭过的，似乎就是从那次过后，她再不肯轻易地在他面前落泪。

小满不答，反问他："我们在哪儿？"

"尚未得知，朝西南走应当没多远了。"

小满觉得脑子昏昏沉沉的，她许久都没好好歇息了，如今已经疲惫不堪，没走多久就晕倒了。

她本就体弱多病，又吹了整夜的凉风，病来如山倒，她这一病便是人事不省，连什么时候到的宁州都不知道。

周攻玉安插的人手总算是解决了崇山的乱党，也找到了狼狈的二人。

万幸白芫带着林秋霜逃出，到了宁州，迅速加入了救治百姓的大夫中。

林秋霜的师父是药谷的隐世高人，这次瘟疫横行，民不聊生，他才主动出谷来救人。

眼看着小满的病不见好转，周攻玉派人去请那位宁谷主。对方毫不留情地将人赶了回来，周攻玉只能百忙中亲自去拜访，在宁谷主治病救人的时候帮着煎药递碗，足足两个时辰后才请动了宁谷主。

宁谷主为小满诊治后，写了方子让人去煎药，目光中是毫不掩饰的探究，问周攻玉："这姑娘是个天生的药人,可惜这身子给药败坏了,以药养人,不是长久之计。"

周攻玉向他行礼,恭敬道:"敢问先生,可有补救之法?"

"她可是用过寸寒草?"

听到这三个字,他眼神微动:"确实如此。"

小满猛地咳嗽,手指紧攥被褥,抓出层层褶皱,迷蒙地睁眼后,吐字不清地叫人。

宁谷主听了许久,才听清她喊的是"娘",过了片刻又在喊"韩二哥"。

周攻玉的身子僵住,眸中有几分说不清道不明的悲凉。

宁谷主自然知道眼前的人是太子,也知道他并非小满口中喊着的人,不禁揶揄:"她心悦旁人,你还愿意救她?"

周攻玉看了小满一眼,将冰凉的手嵌入她五指中。

"是我负她在先。"

宁谷主了然一笑,遂不再问。

"是药三分毒,跟个药罐子似的,当然活不长久。我写个方子,以后看着她好好喝药,不可受凉,生食冷食也少碰。余下的待我施针后再看,还是要一步步来。"

"敢问先生,那先前她喝的那些药,可是无用?"

"你先前拿来的那些药方我都看过了。那大夫是个会的,只是你们宫里的人,个个命贵,太医连用药都要讲究中庸,求稳是好事,只是依我看,这姑娘的身子拖不了,还是要用猛药。"

周攻玉眉头微皱,怀中的人又咳了两声,目光涣散无神,显然是连他是谁也没认出来,抓着他的手不停地喊"韩二哥"。

"一切都依先生,只要能救她。"

小满不知道自己是什么时候到的宁州,只觉得一切都像模模糊糊的梦。

她从噩梦中惊醒,身上竟是寒意阵阵。

"你醒啦!"

"咳咳……"小满嗓子疼得厉害,刚要说话。

周攻玉没有出声,倒了杯温水递过去。

小满喝水喝得太急,把自己呛到了,周攻玉扶着她的脊背轻拍起来。

小满将周攻玉推离了一些,自己偏过头去咳嗽,缓过来后才道谢:"多谢殿下。"

周攻玉面无表情地看着她,第一次感到如此厌恶"多谢"二字。

每说一次,都让他觉得二人又生分了许多。

小满像是想起了什么似的,看向周攻玉,神色复杂,低头极小声地说:"你的伤好了吗?对不起。"

"小伤而已,并无大碍。倒是你的身子,不能再像从前那般任性。说了忌口,你总是记不住,还时常赤足。"白芷到底是从小习武,不是侍候人的人,疏漏是难免的,也不能要求她事事俱细,有时候他甚至想把小满带回东宫亲自照看。

"我是不是活不久了?"她捧着茶盏,冷不丁地说了一句。

周攻玉脸色沉下来,冷声道:"说什么胡话?"

小满笑道:"我只是问问,无论能活多久,于我而言都不是不能接受的事。只是若时间不多,有些事便拖不得了。"

周攻玉只当小满在说女学的事,脸色缓和了些:"不要瞎想,你定是可长命百岁的。"

半月内,乱党因为自乱阵脚,被周攻玉顺藤摸瓜,将朝中一干祸害一并除去,同时派兵处置了宁州水患期间大肆祸害百姓的流匪,连同那些尸位素餐的官员也抄家问斩了。

小满风寒刚好,便去帮着林秋霜救治百姓。

宁谷主见她身子弱成这样还出来乱晃,就赶她去后方帮着煎药。

时间一长,她身上又是一股洗都洗不去的药味。

玟江水患被江所思治理得差不多了,便叫陵阳来宁州帮忙。

陵阳对周攻玉和小满的过去无比好奇,想着法子打探,却也只能勉强得知小满是相府的庶女。

"我还以为姜丞相真的只娶姜夫人呢,我就说,这世上哪有那么好的男人。"陵阳凑到小满面前挤了挤眼,"从前都传表哥要娶姜月芙,是假的吧?那后来你去哪儿了,真的去养病了?"

小满笑笑不说话。

"你看我表哥多好啊,我还没见他对旁人这般用心,三天两头去威远侯府,又是送人又是送太医,送院子的……"

"送院子?"小满面露疑惑,"你是说书院?书院是太子的,不是你的?"

陵阳反应过来自己说漏了嘴,但又觉得没什么大不了:"是啊,你看他对你多好,还不让你知道,你要是错过了可再难遇到像他这么好的人了。"

小满面上笑意全无,垂下眼看着茶盏中漂浮的茶沫,神情反而是迷茫无奈的,半点欢喜也不见。

陵阳急道:"不会吧,你不高兴吗?"

茶水入口,她却只尝到了苦涩,并无回甘。

半晌后,她轻叹一声:"可我没什么能给他的……"

从前是,现在依旧是。

周攻玉从刑室出来后,换了身衣裳,走进小满的屋子时,并未让人通传,未等他撩起帘子,陵阳与小满的谈话先入了耳。

"你还要走,是回益州?"陵阳讶异道,"你不留在京城吗?可是我表哥喜欢你啊,他肯定不愿意让你走。"

小满语气平和,倒是不见纠结,没什么犹豫地回答她:"太子志向高远,不会沉溺于情爱。我会想办法还清,若是有缘,总会再见的。"

周攻玉缓缓放下了准备撩开珠帘的手,隐约能闻到从她房中弥漫出来的清雅香气,栀子花到季,已经开了。

还清。

实在可笑,他想补偿,她想还清。他们之间岂是一句"有缘再见"便能了结的。周攻玉站了片刻,终是折回去了。

入夜后,寂静中唯有虫鸣阵阵,流萤穿过草叶停在窗棂前。

小满起身伏在床榻边咳个不停,口中有股腥甜的血气。她张开手掌,模糊的夜色看不清,索性起身点亮烛火。待到屋里被微弱的烛光照亮,她才能看清掌中的血迹,夜色中如墨点一般。

她叹了口气,去找帕子擦净,又倒了杯茶水漱口。

深夜中突然有人敲门,吓得她肩膀一抖。八成是哪个浅眠的侍女见她屋中烛火亮了,想着过来看看。

她对门口的人说了句:"没事,起来喝口茶,早些回去睡吧。"

"是不是做噩梦了?"

竟是周攻玉。

小满披了件衣裳去给他开门。

周攻玉提了一盏灯笼,柔顺如绸缎的墨发披散,好似融进了浓黑夜色。

小满接过灯笼,侧身让他进来:"白日里热得不像话,夜里偏又风凉,你这时候怎么想到过来?"

"刚才怎么了?"

"就是被蜡烛烫了一下,没什么大事。回到京城后,我会让人把置办院子的钱还给你。你能不能让那些人回去,不要再跟着我了,我不喜欢一举一动都被人盯着。"

"我是在保护你。"

"我知道,谢谢你。可我承受不起。"

周攻玉缓了缓,唇边泛起一抹极淡的笑,像是自嘲,又像是迷茫至极,无可奈何露出的苦笑。

"我没有挟恩图报的意思,你盼着我好,为何又不肯接受我对你的好。不能再试试吗?我会对你好,不让任何人欺你辱你,珍奇异宝都给你。你想办女学,我也会帮你,无论要什么我都可以捧到你面前,只要留下……"

小满眼神复杂,带了些迷惑,又觉得感慨:"你从前不是这样的。"

从前的周攻玉是天之骄子，谦而不卑，不向人低头。总是沉着冷静，从不会露出脆弱惶然的神情。

周攻玉听她这么说，也眨了眨眼，笑道："是啊，我从前不是这样的。"

"我们不要互相折磨了好不好？"她不想看周攻玉这副神情，也无法让自己心软。

周攻玉的面容一半隐在阴翳下，强撑出的笑意也渐渐淡去。

"我心甘情愿。"

小满张了张口，又不知道该怎么说。

周攻玉看到桌上的素帕，待看到上面的血迹，他身子紧绷，将素帕一点点展开。

他眼眸幽深地看着她："你咯血了。"

小满坐上软榻，轻描淡写地说："其实还好，也不是什么大事。刚醒来的时候也经常咯血，后来去了益州，又病过两次，两次都险些死了。咳出来的血比现在要多，但我还是好好活到了现在。"

周攻玉忽然变得词穷，神情竟有几分无措。

其实，但凡他能早些认清自己的情意，早些将小满放到心上，也不至于让她受那么多的苦。

"和我说说你在益州时候的事吧。"

小满睨了他一眼："你不是都知道了吗？"

以周攻玉的性子，知道她曾经在益州生活，必定是将她的老底都给挖出来，连她走过哪条街被哪家的狗吓哭过都知道。

"这不一样，"他摇头，"我想听你亲口告诉我。"

小满回绝："夜深了，回去睡吧。"

"你告诉我，我便把韩拾的信给你。"

她愣了一下才反应过来，随即瞪大了眼看着他，一股火气直冲头顶，差点就要拍桌子了："堂堂太子殿下，不觉得此举卑鄙吗？"

日夜牵挂等待，韩拾报平安的信却一封也没有收到，还以为真的是水患、瘟疫导致，哪知是他从中阻挠。

周攻玉坐在另一边，这次连敷衍的抱歉也不屑说了，颇有些暴露本性的意味。

"你早就知晓我并非正人君子，偶尔不择手段也不稀奇。说说吧，说完就把信给你。"

小满无可奈何，就真的和他说起了自己在益州的日子，说着说着，声音就越来越小，最后都有些模糊不清了。

他倾过身，往小满的身上盖了条薄毯后，室内唯一的光亮熄灭。

周攻玉的身形渐渐融进了夜色，他望着小满的睡颜，不禁低笑一声。

"其实我也没那么卑鄙。"

江所思处理完玟江的事情归来，来找小满的时候已是日上三竿，小满才醒没多久，洗漱完还未妆饰。

"小满，"江所思的语气认真了起来，"你和太子之间，是怎么想的？"

小满没有犹豫地回答："我不是他的良人。"

江所思叹息一声。

"这些日子母亲的信被卡在了驿站，一直没能送到京城，前几日我忙于政务都把这事忘了，今日把你的那两封也带来了。好好照料自己，若若做事没有分寸，有什么难处大可来找我。"

小满点了点头，又迟疑了一下，问他："义母的信也被卡在了驿站，那韩二哥的呢？韩二哥的信在哪儿？"

"韩拾的信自然也是，只是我还未去取信，应当是还在驿站吧。"说到这些，他不由得打量小满，见她没什么哀色流露，心里也踏实许多。

二人又寒暄了几句，江所思就又去忙着处理政务。

小满蹲在床头，望着那盆栀子花发呆。

脑海中浮现了许多画面，一幕幕都是韩拾。

从她哑着嗓子念"韩拾"开始，到她解开眼睛上的缎带，见到一个少年笑意盈盈地冲她晃着手指。冬日里，他也会清早起床，冒着寒意在她窗前堆雪人。夏日的时候，在她窗台摆一盆芳香的栀子。

韩拾舍不得她，想她一起去京城，而她想活下去，须得在京城找更好的大夫医治。

那么大的京城，偏偏江所思和周攻玉是远亲，又让他们重新遇见，再次纠缠。

万般皆是命，当真是……半点不由人。

周攻玉是君，韩拾是对他效忠的臣子。

君臣有别，上下尊卑。江家的家规里写得清清楚楚，便是韩拾敢，江郡守也是不敢。

他们不愿意韩拾因为一个她而埋下隐患，和君主产生嫌隙。

若执意如此，也许会害了韩拾。

江所思和她说得隐晦委婉，她也不是不知，只是心里还抱着一线希望，期盼周攻玉对她只是一时兴趣，受挫几次便会放弃。

可他远比她想的要偏执，颇有得不到就誓不罢休的意味。

就算没有周攻玉，韩拾以后要做大将军，要在朝中铺路，兴许还要与他人结亲，而他辛苦建功立业，怎能因为她要游历山水而耽误。

世事难两全，不能什么都要。

周攻玉在屋中看书，小满来得这样晚，他倒有些意外。

"来问我信的事？"

"你又骗我?"

周攻玉将书翻过一页,若无其事道:"不算骗你。过两日回京,我命人去驿站取了信,回京便交予你。"

小满瞪了他一眼,转身就要走。周攻玉敲了敲书案,说道:"丞相来信,有你的一份,不看看吗?"

她背影僵着没动,内心挣扎着该不该看。

周攻玉索性将信拆开,劝她:"还是看吧,无论好坏,也不差这一会儿。"

他说这话的时候想起了一些事,语气沉重了许多。

小满接过信拆开。姜恒知大概是不知道该说什么好,不过是父亲对女儿几句简单的关心。她看完也只觉得字里行间都是强拗出来的亲近,实则彼此生疏冷漠,信里也看不出多少温情。

"看看就行了,若是不合你意,就当作没看过。"

小满睨他一眼:"那为什么还要看?"

周攻玉翻书的手指停顿片刻,无意识地摩挲着书页:"若是不看,可能会错过很多的东西。万一错过,也是不该的。"

小满似懂非懂,一旁的阿肆却听得明白。

自那次小满姑娘被歹人掳走,殿下没看信而错过救她的机会,此后就养成了一个习惯,有信一定会拆看。

从前那些无趣枯燥的信件,他也不再忽视,都要自己过目一遍。

阿肆问她:"小满姑娘上次的书可是看完了?"

周攻玉冷冰冰地开口:"什么书,我怎么不知道?"

阿肆心道不好,立刻撇清关系:"是侍女说小满姑娘来借书,便自作主张将书拿给了小满姑娘。"

"是一本游记,不算出名。"

她不准备多说什么,起身要离开时,门口的侍卫来通传:"启禀殿下,宁谷主来访。"

周攻玉抬眼看小满,难得主动赶客,随手抽了本书给她:"看这本吧,该回去喝药了。"

待小满走远了,周攻玉才放下书,向宁谷主行了一礼。

"此番请前辈来,确实是有事相求。"

宁谷主一挑眉:"看来不是什么好事。"

周攻玉并不否认。

好在这场瘟疫终是止住了。

周攻玉在宁州办事,免不了要受掣肘,很快就带着小满和陵阳回了京城。

太子回朝,京城也变了天。

此次乱党风波,被年少的太子用极其强硬的手段平息。连同那些尸位素餐、蝇营狗苟的官员都被揪了出来。

赏罚分明,该杀的一个都没放过。连丞相姜恒知,都被自己底下的人狠狠坑了一把,一朝之相愕是被看押候审,最后落得个三品秘书监的职位。

从叱咤风云的权臣,到典司图籍的小官,换谁都要气得呕血。

虽说这秘书监也是个美差,但和丞相还是不能比。

旁人知道了姜恒知在背地里的动作,还赞叹太子大度感念师恩,这才是气得姜恒知两眼昏黑的原因。

小满回书院的第二日。

她去钱庄取了银票,让白芷回东宫的时候带给周攻玉。再三说过让他不许派人监视后,周攻玉总算收回了安插的暗卫。

虽然换了药方,但她的病还是不见好,夜里咳得撕心裂肺,几次见血。

韩拾的信也如约送到了她手上,信里说着边关风情景致,或是军中遇到的趣事,没有半句不好,似乎入了军营是件多好玩的事。

但她心知这不过是韩拾不想让她担心,报喜不报忧罢了。

信的结尾,他还说:军中有位医术了得的女大夫,之前我还小看人家挨了骂。等我回京,让她替你好好诊治,我不在的时候,你可要照料好自己。若回去见你瘦了,我可转身就走。

小满将信反复看了许多遍,甚至能想到韩拾在写下这些字时的表情。

外界对书院的闲言碎语,最后又成了对几位先生的污蔑漫骂,意志不坚的学生选择离去。

小满将自己能做的都做了,想办法为时雪卿说话,可世上的偏见最难消解,有些更是根深蒂固的,并非她能撼动的。

时雪卿并没有太在意这些事,加上小满身体越来越差,这些事也都被抛之脑后。

书院几经风雨,初心经过摧折打磨,反而更加真挚坚毅。

江若若来书院劝小满回威远侯府养病,连周定衡都跟着来了。

小满被她一番哭诉后,终于生了愧疚之意,同意随她回威远侯府养病。书院事宜交给时雪卿,她也能做得游刃有余。

周攻玉忙于政事,偶尔见了小满几次,两人的关系重归冰点。在荒山野岭的那一晚,就像是不曾有过。

病醒后,只有他自己在乎,每每示好,她都生分地不愿接受。

姜恒知被贬官后颓废了好些日子,最后似乎是想开了,发现做秘书监也很闲散自在,只是被人嘲讽奚落不大痛快,其余的也不算太难接受。

小满去了威远侯府,他倒是松了一口气。女学在京中的风波他也有所听闻,日后做了太子妃,还任性妄为地去办什么女学,说出去就是惹人笑话。

因着这些,姜恒知也不让姜驰再去找小满,搜寻了珍贵药材送去,却都被退还。

同小满和周攻玉不同,江若若和周定衡之间,进展却是飞快。

惠贵妃起初瞧不上江若若的出身,奈何江所思争气,去玟江治理水患崭露头角,又得了提拔赏赐,成了朝中新贵。而江家是皇后的母族,惠贵妃存心想让江若若做侧妃,好打皇后的脸。

皇后偏不如她的愿,直接向皇上说了赐婚的事。皇上招来周定衡一问,得知二人是两情相悦,果断写了赐婚的诏书。

姜月芙病发,痛得死去活来。程汀兰亲自登门,希望小满念在姐妹情分去救救姜月芙,而小满午睡,她尚未见到人,就被江若若冷嘲了几句。从前的丞相夫人哪里受得了这种冥落,回府后还气得大哭一场。

比旧疾发作更难熬的,是如同蚶骨之疽的"百花泣",发作之时姜月芙几近疯癫。

姜月芙甚至尝试过咬舌自尽,清醒后看到程汀兰痛哭流涕的模样,她又不忍心这么去死。知道程汀兰去求姜小满后,她对结果并不意外,却还是忍不住去问了侍女。

"姜小满对我娘说什么了?"

侍女支支吾吾半天,才把江若若的话原封不动地告诉了她。

姜月芙的手扣住桌角,指甲嵌入肉里,眼神有些可怕。

"王妃?江若若?"

"是啊,诏令下来,三皇子赐封为平南王,还钦点了一位王妃。还未曾嫁过去,就这样趾高气扬的,对我们夫人出言不逊……"

姜月芙像是有些疯魔了,一遍遍地念着:"平南王,王妃,三皇子要娶江若若……不对,他现在是王爷了,他要娶妃……"

侍女有些担忧,低声唤道:"小姐,你没……"

"滚!"姜月芙起身,将桌上的香炉、花瓶扫落,"哗啦"一声碎了一地,"滚出去,都给我走!"

歇斯底里发作一通后,她冷静下来坐在地上,将头埋进手臂,肩膀微微抖动着,哭泣声也再难压抑。

七夕将至,江若若决定去月老祠求个姻缘,想要小满陪她一起。

听到"月老祠"三个字,小满眉心一跳,扶着额头说:"这个东西不灵,没用的。"

江若若认为她是在找借口:"我可听过那棵树的传说,保佑了多少情人,怎么就不灵了?"

小满叹了口气,又说:"是真的,我以前认识的朋友,虽然挂了姻缘绳,两人也没能走到一起。你和周定衡都是有婚约的人了,哪里用得着这些,自然是要幸福美满的。"

江若若笑道："胡扯,不想去还找借口,我怎么不知道你在京中认识什么朋友。总之你必须同我一起,整日在房中看书睡觉,骨头都要酥了。"

"好吧,好吧。"小满无奈地应了,不禁回想起第一次去月老祠,心里多了几分烦躁。

她当时年少无知,还在红绸上写下了她和周攻玉的名字。还好当时挂得高,若不然被熟人看见,也确实是丢脸。

走了不久,街市上的灯笼被依次点亮。

灯影幢幢,衣带飘扬。

看着卖糖葫芦的小贩从旁经过,包裹着糖晶的艳红果实吸引了小满的目光。

小满跟着小贩转身,落入眼帘的,除了那渐行渐远的小贩,还有一个戴着昆仑奴面具的男人,即便是单看身形仪态,在人群中也是鹤立鸡群,能被人第一眼注意到。

小满转身的时候,他也没有动,只隔着人流与她遥遥相视。

夜色渐渐深了,又是最热闹的西街,聚集了许多女子在穿针乞巧。

小满停了一会儿,望着欢笑声阵阵的人群发呆。再一抬头,江若若和周定衡就走远了。

她就知道,江若若出来坚持要拉上她,分明是为了让江所思放心。

因为是七夕,月老祠的人比冬至那日不见少。还未来得及走近,就能闻到空气中隐约的香火味,越靠近越浓郁。

垂落的红绸几乎将树上的绿叶全遮住了,在树下,小满看到了江若若和周定衡。

因为曾经见过孙小姐,再看到这一幕,心里有一种说不出的怪异感。

小满不愿在这里久留,捂着鼻子朝香火味没那么浓的地方走去。

因为多是来求姻缘的年轻男女,其他殿里则人影寥落。小满绕到了后院的小殿,也认不出供奉的是什么神仙。

嘈杂吵闹的人声都远去了,偶尔几声清远的钟声穿透了浮躁,一直传到僻静的小殿。

她一动不动地看着星空,直到眼睛都有些发酸了,才将头低下,开口道:"你还要跟着我多久?"

殿里供的菩萨宝相庄严,轻烟从炉中缭绕而上,立香被烧得只剩点点火星,忽明忽灭。

最后的火星黯淡,身后的枯枝落叶被踩出轻微声响。

"小满。"

她转过身,眼神平静。

周攻玉手上拿着一个昆仑奴的面具,低垂着头看她,眼睫颤了颤,又移开了目光。

"你为什么要跟着我?"

周攻玉用指腹摩挲着面具粗糙的边缘,好似这能让他缓解一些心虚和焦躁。

"我想见你了。"

在大街上回首时,小满第一眼便看到那个站在灯火下,戴着昆仑奴面具的人。

几乎不用多想,仅凭直觉,一眼就认出了周攻玉,连她自己都说不清是什么感受。包括来到月老祠,她虽没有回头去看,却也能猜到周攻玉就在不远处。

她眼睫轻颤,语气温柔又疏离:"殿下不该这样。"

周攻玉垂首,眼眸的光亮凝结了夜里的寒气般,萧瑟得让她不忍再看。

"母后前些日子旁敲侧击地想为我娶妃,昨日来东宫,因为此事还大闹一场。她将京中贵女们一一比对,希望我能从中挑选……"

"你和我说这些有什么用?"她当然知道这些话是什么意思,也清楚这些事与她无关。

周攻玉走近她,肩膀上落了燃尽的纸灰。

"我该怎么样?那你说,要我怎么做?"

他声音变得低哑,低头时眼眶里泛着莹润水光,走在月色下,白袍上银线绣的仙鹤仿若振翅欲飞。

小满的视线停在那一片白中极为碍眼的黑灰上。

她听到周攻玉的话,是有些无奈的。

他们两个,好像总是在彼此纠缠,彼此不放过。两个人都不开心,有什么意思呢?

"后宫和前朝息息相关,你还需平衡朝堂,牵制下臣,迟早要选妃的。"小满不知道怎么回答,只好干巴巴地说了一句,眼睛仍是忍不住朝他肩膀上的纸灰瞄过去。

周攻玉苦笑一声:"我明知你会说什么,却还是抱着一线希望,盼你听到我要娶妃,能有一分不喜,哪怕是皱个眉也好。你当真就没有半分心动了吗?即便我将真心予你,你也不肯要,是不是?"

小满犹豫地伸出手,将周攻玉肩头的黑灰拍落,却被他拽着手腕扯到怀里。

面具坠地,发出沉闷声响。

周攻玉脸上的温柔消失殆尽,眼眸深邃得像日光照不到的谷底。

他一只手抚在她的长发上,缓慢又深情地用手指轻抚着,温柔得让她觉得毛骨悚然。

"你为什么就不能像平常的女子那样,乖乖地留在这里,你想要的我都会捧到你眼前……"说到一半,他又想到了什么,自言自语道,"也对……你不是平常女子,你不是她们。"

周攻玉没使什么力气,却轻而易举地将她桎梏住,任她用力挣扎也推不开。

"放开。"

各种气息混在一起，浓郁的檀香和花香，以及他身上若有似无的冷梅香气。

周攻玉的怀抱是温热的，和从前没什么区别。

他察觉到小满的抗拒，仍是当作什么也没有发生地道："你长高了，大概有一寸。"

周攻玉说完，揉了揉她的脑袋，很快就松懈了力道，任她像条鱼一样从他怀中溜走。

小满冷漠地站在周攻玉面前，甚至不再朝他看一眼。

他的言行已经使她有些害怕了。这不仅仅是什么喜欢，更像是他的执念，显得有些莫名其妙的执念。

周攻玉平静地看着她，余光扫过从墙边一闪而过的身影，嘴角甚至泛起了没有温度的笑。

"我方才在想，你说得很对。我不该这样，就像个疯子，一厢情愿，固执地爱着你，要将你留在身边。我以前没有对谁这样过，也不知道其他人是如何追求心爱的女子。可至少我明白，喜欢一个人是不能让她离开的。小满，若是我只娶你，太子妃只有你，皇后也只有你，此生唯你一人，你是不是也不愿意？"

小满抬头，眼中甚至有了怒火，语气坚定道："是，我不愿意！你说够了没有？不用白费时间了，我不想留在皇宫，也不喜欢京城，而且我一点也不相信你说的话。满意了吗？不要自作多情了，想进你东宫的女子如过江之鲫，你大可细细挑选，何必来纠缠我，折磨我？"

"我喜欢你，是折磨？"周攻玉露出那种被刺痛的神情，脸色苍白得像从冰水里刚捞出来。

小满握紧手指，说："是。"

周攻玉鸦羽般的睫毛颤了颤，嘴唇抿成一条冷冽的线："我知道了。"

立香燃尽，香气却经久不散。

周攻玉离开后，小满面对着神像站了许久，一直站到双腿都酸麻了，才提了提裙摆跪下去。

她双手合十，闭上眼拜了三拜。

就在刚才，她下定决心，过几日便离京回益州。

什么喜欢不喜欢的，她回去以后就收拾收拾离开。先回益州找个地方避一避，等周攻玉冷静下来再回趟京城，然后就去游山玩水，从此山高水远再难相逢，也就没有这些乱七八糟的事了。

周攻玉是未来的一国之君，这样一个人的喜欢，她实在是担待不起，还不如早些了结，彻底断了他的念想。兴许等她走后，他会再遇到许多人，连想起她的瞬间都少得可怜。

小满撑着腿起身，转身正要走时，余光扫到地上的昆仑奴面具。她停顿了一下，还是俯身将面具捡了起来。

等时间差不多了,她却没有找到江若若和周定衡的身影,于是就让江若若的侍女转告她,说她回书院一晚。

林秋霜恰好也凑热闹回来了,见到小满站在院子里,唤了她一声,问道:"今日怎的就回来了?"

小满道:"去我房中说吧,有些事要与你谈一谈。"

// 第七章

喝醉

"你疯了!"林秋霜听了小满的话,拍桌起身斥责,"你这是小孩子心性,遇到了难处就想着逃避。普天之下,莫非王土。你真当自己离开了,太子就找不到你?再说,我现在还在为你扎针,你离开了,谁给你调理身子?"

说完一通,她似乎反应过来自己说得太绝对了,没有考虑小满的立场:"若换作是我,恐怕也不愿被一个男人束缚在牢笼里。可自己的性命永远是最重要的,你还真是'不自由,毋宁死'不成?"

小满被她脸上的严肃逗笑,敲了敲桌子,说道:"我这不是来找你了,你将宁谷主写好的药方给我一份,我会按照那些方子吃药。况且我只是先去益州避一避,又不是不回来了。若若还要成亲,我是可要看着她嫁人的。活是一定要活下去的,蝼蚁尚且偷生,我怎么可能不要命。"

"我就想不明白了,太子有哪里不好,你竟能忍住不动心。换了我,遇到这么一个白璧无瑕般的男子,那必定是想也不想就栽进去,哪里还会想着去游山玩水,著书立说呢?"林秋霜说着不由得压低了声音,靠近小满,"你到底是怎么想的?那个韩二哥,当真如此好?"

小满低头笑了笑,光是想起韩拾,胸腔里就是一股暖意:"是啊,韩二哥特别好,没人比得上了。"

"那个不知天高地厚的小子,能比太子还好?可太子对你也很好啊,他不是还在崇山救了你?你要是喜欢他多好,除了两百年前有位一龙一凤的痴情皇帝,我可再没听闻过放弃后宫佳丽三千,只娶一个人的君王。姜小满啊,这是几辈子修来的福气啊。"林秋霜连连咂舌,言语间都是羡慕。

小满垂眸,笑容浅淡,似是对她的话毫不在意:"这世上,本就没什么圆满可言。人不能什么都想要,虽然取舍是件很难的事,但既然做出了选择,就要做到落子无悔。"

要是很久以前,周攻玉说一生只娶她一人的话,她大概会高兴到夜里睡不着,毫不犹豫地扑进他怀里。

她现在做了决定，也许往后走的路是坎坷艰难的，但她也不能后悔，要逼迫自己向前看才好。

"那你想何时动身去益州？"林秋霜轻咳一声，瞥向小满。

"三日内动身吧。"

林秋霜若有所思地静了片刻，说道："再晚几日。"

"为什么？"

林秋霜思虑片刻道："你的药方还需更改，我得再问问我师父。"

小满皱了皱眉，还是点头说："那你不要告诉别人。"

在书院留了两日，小满准备回威远侯府收拾些物件，过了不多久便要动身回去了。惠贵妃却在这时邀江若若去宫里赏菊，还特意交代让她带上小满。

惠贵妃对于江若若这个未来儿媳，自然是百般看不顺眼，恨不得立刻取消婚约。江若若去了，还不知道要被如何为难。

为了入宫，小满特意穿了件不打眼的烟粉裙子，上身是珍珠白的花罗短衫。这是她第一次入宫，心里还是有些忐忑不安的。

等到了惠贵妃的蓬莱殿，小满的目光只是随意掠过，却一眼看到了和贵女们站在一起的姜月芙。

姜月芙也看到了她，冲她浅浅一笑，看着极为和善亲切。

惠贵妃相貌极美，周定衡的眼睛和她的如出一辙，一笑就眯成了月牙，看着叫人心生欢喜。

"若若总算来了，快来本宫这边。"

纵使年华已老，惠贵妃的风情也半分不减，笑起来仍是娇俏惹人怜，也难怪能盛宠不衰。

小满除了一开始的时候被惠贵妃问了两句话，就不再有人关注她，她不禁疑惑为什么叫自己进宫一起赏菊。

因着姜恒知被贬的缘故，其他贵女也没有捧着姜月芙的必要，几个过去看不惯她的，更是故意和身为庶女的小满说话来硌硬她。

"姜月芙好歹也是嫡女，怎么看着还不如你一个庶出的。亏她当初目中无人，我还以为她真能当上太子妃，谁知道都这么久了，她还没嫁出去。"

"眼高手低能有什么法子，之前王家的三子去求亲，反被羞辱了一通。她以为自己还能做太子妃不成？"

小满默默听着，不置一词。

姜月芙想闭塞耳目，让自己听不到旁人对她的议论。指间稍一用力，将菊花的枝叶掐断，就像是在发泄着自己的怨气。

等赏花赏得无聊了，她们才坐在一起开始喝茶吃点心。

惠贵妃笑了笑，问道："听若若说，你很喜欢吃甜的，也不知本宫今日备下的点心，合不合你胃口？"

"都很好,谢谢娘娘。"小满说完,看向桌子上的糕点,几乎都是她喜好的那些。

小满吃过了糕点,刚要倒杯茶,茶盏就被姜月芙推了过来。

姜月芙笑盈盈地看着她:"小满连这点面子都不给我了吗?"

其他人听到了,装作不经意地看着二人。

小满淡淡地望了姜月芙一眼,没听到一般扭过头,一副被噎死也不喝茶的样子。

姜月芙冷哼一声,也不再说什么。

等到惠贵妃终于没了兴致,要起身去他处走走的时候,江若若顺手就要去挽小满,她却在这时候往下倒去,江若若扶着她跟跄几下。

小满腹中忽然泛起疼痛,起初算着日子,她还以为是葵水来了,直到这疼痛加剧,疼得她都不能好好走路了,这才觉得有什么不对。

惠贵妃一见有人在她宫里出事了,立刻就派人喊太医,抓住身边的宫女,低声又吩咐了几句。

小满被江若若抱着,疼得面无血色,手指绞紧了衣袖,小声呜咽着:"我又怎么了……"

江若若慌得手都在发抖,拍着小满的肩安抚她:"没事没事,你肯定又吃坏肚子了,太医一会儿就来了。"

小满深吸一口气,疼得眼泪都出来了,努力回想自己刚才吃过什么东西。可她吃的,旁人也吃了,怎么就她出事?

而比起太医,最先赶到的,是东宫那位正在和朝臣议事的太子殿下。

意识模糊之际,她只听到周围人呼啦啦跪了一片,齐齐行礼,接着自己便被人抱起,清冷浅淡的香气缭绕着,使人安心。

"我在这儿,别怕。"

周攻玉置在她腰间的手指收紧,低声安抚,步子却忍不住加快。

小满几乎是无意识地攥紧了他的衣襟,将脑袋往他怀里钻了钻,疼得抽气:"我要死了。"

她是真的快要被疼死了,皇宫这个地方,果然跟她五行相冲。

周攻玉语气严肃地斥了一声:"不要胡说。"

听完这句,她眼前彻底昏黑下去,四周的声音一瞬都安静了。

惠贵妃只是邀人来赏菊喝茶,突然就出了这档子事,心中也是慌乱得不行。虽说心中焦急,却也是在后宫混了近二十年的人,很快就召人一一检查所用的茶水、糕点是否有毒,以证明自己的清白。

姜月芙脸色苍白,神情显得十分不自然,但一想到倒下的人是她的妹妹,相信不会有人对她多加猜测。

惠贵妃喜好各类点心,带着糕点进宫拜见的又不只是姜月芙一个,一一排查后,所有的点心都没什么问题,惠贵妃这才松了口气,将人给放出了宫。

因着周攻玉的缘故，此事就被闹大了，皇上皇后都注意到了小满，而惠贵妃也急着去证明此事与自己无关，都等着小满醒来。

周攻玉是出了名的不近女色，连皇后往东宫塞的人都被丢了出去，这次却为了一个名不见经传的女子抛下正在议事的朝臣，急急忙忙奔向蓬莱殿，也不顾什么仪态风度了，直接将人抱到自己的东宫。

此事一出，宫里的人都炸开了锅，背地里开始议论小满的来历。

这一深究，自然就能品出些不一样的东西来。

"这个小姐要真是姜家那位，那可就不一般了。"

"可不是，以前都说太子对姜大小姐情根深种，意欲娶她做太子妃呢，最后却是丁点水花也没了。我就说怎么这么奇怪，哪有半点传闻的样子。非要这么说，你是没见着太子抱人的时候，那眼神和语气，真正应了情根深种这个词。"

"那怎么早不娶了？这个庶女以前听都没听过，像是突然冒出来的……"

"就是说，里头事儿多着呢……"

阿肆替周攻玉去请林秋霜，路上就听到三两宫人聚在一起，正低声议论着晌午时小满晕倒的事。

反正说的也不是什么假话，他也就没有出声制止，倒是林秋霜多看了阿肆两眼。

等走远了，她才问他："他一个太子，这么做可不值当。到底什么事儿，要费尽心机让小满回心转意？"

阿肆道："值不值当，只有殿下才说得清楚。至于背后的事，在下恐不能告知林大夫。"

林秋霜哼了一声："不说就不说，我只是收钱办事，银货两讫即可。"

"这是自然。"

小满中的不是毒，是蛊。

有人给她下了蛊，而这蛊极烈。她的身子从生下来便浸染药物，更有寸寒草摧残，就算没死，各种余毒也够让她不痛快了。好在她自身是个药罐子，硬生生扛下了这凶险的蛊毒。

以毒攻毒后，即便寸寒草的余毒能被压制住，这蛊也会要了她的命，需要用男子的血为她化蛊，而且这也并非一两次能了结的事。

因为事出紧急，化蛊的人只能从身边找，周攻玉无疑是最合适的人选。

皇后来到东宫时，便看到了脸色苍白的周攻玉从殿中出来。

她皱着眉上前，面色多有不悦："这是怎么回事？姜恒知的这个女儿不是死了吗？你到底还有多少事瞒着本宫？之前让你娶赵家的小姐，你不情愿，就是因为一个庶女？"

周攻玉没什么心思应付她："该做什么，儿臣心中有数，母后就不要为这些事劳心了。"

皇后心中升起了一股怒意,但周攻玉冷淡的神情却让她不敢再多说。如今的他早已不是从前听话温顺的模样,凡事都有自己的度量,好歹也是一朝太子了,她确实不该管教训斥。

她面色微沉,压下心中的不满,说道:"凶手可找到了?"

"尚在调查。"

"人怎么样,醒过来了吗?"

周攻玉摇头。

皇后叹了口气,将声音放柔和了些,劝道:"你若实在喜欢她,倒也无妨,她一个庶女,也无家世支撑,先做个妾室,只要你对她爱护也是一样的。但太子妃这个位置,你让她坐她也压不住的。"

周攻玉抬眸看向她,缓缓道:"母后多虑了,有我在她便压得住。"

仿佛一口气堵在皇后胸口,让她瞪着周攻玉半晌也说不出什么话来,最后愤愤地一甩袖子,丢下一句:"一意孤行!"

帝王之道,在于制衡,而不在于一意孤行。可关于小满,他不想再放弃了。

等到夕阳西沉,小满仍然在东宫昏睡不醒。姜恒知听闻此事,也没有派人接回小满的意思,反而是那些传闻让他觉得是件好事。江所思想着夜宿东宫会坏了小满的名节,找周攻玉说了一番,这才知道蛊毒的事。

"太子殿下这般尊贵,怎能用自己的血化蛊,就没有其他法子了吗?"

周攻玉薄唇微抿,轻笑一声:"无事,如今看来,只有这一个法子。小满要用血化蛊,此事耽误不得,总不好我每日都出宫……"

江所思深思片刻,问道:"太子殿下的意思,是让小满在东宫久住?"

"左右我日后也是要娶她,留在身边也无妨。我定会仔细照料,不让她受半点委屈,表哥放心就是。"

周攻玉语气认真,甚至让江所思生出一种嫁妹妹的错觉,总觉得哪里不对劲。但比起名节,还是性命重要,再三思量后,他还是点头了:"那便劳烦太子殿下照料小满,微臣先告退了。"

江所思刚一跨出殿门,便听到从内室传来小声的轻唤。

"醒了……"

他脚步停住,转身问道:"可是小满醒了?"

周攻玉神情落寞,眼中还有几分忧愁:"还未醒,表哥莫不是听错了?"

江所思也没什么好怀疑的,很快就离去了。待他转身后,周攻玉面上的落寞忧愁一扫而空,多了几分若有似无的笑。

走进内室,几个宫女围在小满身侧,一见周攻玉来就纷纷退散跪在两边。

他眼眸带着温柔的笑意,看向初醒的小满。

小满皱着眉,嘴里有股说不出来的味道,和她从前喝过的汤药不同,又苦又腥。疼痛的感觉已经过去了,她却依旧浑身乏力,头脑昏沉。

"这是哪儿?"

"是东宫。"周攻玉让宫女们都退下了,这才坐在小满身侧,倒了茶递给她。

小满漱过口,才将那股子血腥气冲淡些,皱眉问他:"我又怎么了?为什么会被带到东宫,是病发了吗?"

周攻玉坐在她身侧,勾她落在肩上的发丝,一圈圈缠绕在手指上,耐心地解答她的问题。

"你中了蛊毒,若是半个时辰内无人解蛊,身体会悄无声息地开始衰竭,七日内必死。好在林大夫得了宁谷主的真传,知道化解之法。这蛊暂时被压制住了,只需慢慢化蛊,你的旧疾会随着这蛊,一起消失。不用忧心,我不会让你出事的。"

小满面上没有半点喜色,直截了当地问他:"解蛊的条件是什么?"

周攻玉手指微僵,面色如常:"我用血为你化蛊,但日后,你这化蛊的血,就只能是我的血,要委屈你暂时留在东宫了。"

此话一出,空气都仿佛凝滞了,二人之间只剩下让人压抑的沉默。

小满垂着头,弯下去的颈项,像是被狂风压折的花枝,脆弱又柔韧。她深吸一口气,用手蒙住自己的脸,像婴孩般无措地弓起身子。

周攻玉顿了顿,伸手想去安抚,小满却声音沉闷地问:"你是不是在骗我?"

他的手伸出去,却又仓皇地收回:"不是。"

"蛊是谁下的?"

周攻玉回答:"还在查。你不要急,这些日子先留在这里,等化了蛊,自然就能离开。"

小满的脊背紧绷着,嗓音微颤:"那你是要做……做我的药引?"

周攻玉坐在小满身侧,低声劝她:"无事的,等蛊毒解了,你的身子也会好。这是林大夫想出来的办法,我没有骗你。留在东宫,不会有人能伤害到你,你想做什么都可以。"

小满抬起脸看他,周攻玉便伸手去拨开她两颊凌乱的发丝,宽大的袖子下滑,露出被白布缠着的手腕。

血迹渗透了层层包裹的白布,洇出一团扎眼的红。

这一幕仿佛刺痛了小满的眼睛,她瞳孔骤缩,甩开周攻玉的手往后退。

她面上满是惊慌,看他的眼神也带着不解:"为什么非要是你?"

"是我不好吗?"

她知道这是什么意思。

等小满喝完药睡过去了,周攻玉才起身离开。

东宫守卫森严,四处都有照明的灯火。即便是到了夜里,也是灯火长明,她不会因为四周昏暗而摔倒。她睡不着,装睡也只是不知道该如何面对周攻玉。

本来明日,她就该动身离开京城,连衣物都收拾好了,中途出了这样的差错，她不相信周攻玉什么都不知道。也许所谓的蛊毒，只是为了留住她的一个借口。如果中蛊是假的，他手腕上的伤兴许也作不得真？

小满起身下榻，这才发现殿内的地砖，不知何时被铺上了软毯，赤足踩上去也不会觉得冰凉。

她愣怔片刻，又缓缓坐了回去。原来这才是真正的羊入虎口，身不由己。

若这些是假的，诚然，周攻玉又是在算计她。若是真的……凭他以自己的血入药化蛊，她又该欠他多少？

小满想着这些，只觉得周身寒冷。

她不可能就此妥协，此事并非没有转圜的余地。人终究是血肉之躯，没有谁能毫无怨言地一直为另一个人割开皮肉放血。

是谁不好，非要是周攻玉。

比姜月芙先传回府的，是小满在蓬莱殿中毒的消息。姜恒知早早就在等候她回来，一见到姜月芙，便冷凝着一张脸问她："是不是你做的？"

姜月芙从小满倒下的那一刻就提着一颗心，如今回了府才稍微安定些，哪里想到姜恒知立刻就来质问，吓得她脸色一白。

程汀兰见了，拉着姜月芙的手臂，怒瞪着姜恒知，语气怨怼："别理你爹，简直胡说八道，月芙向来听话懂事，怎做得出这种害人性命的歹毒事？"

姜恒知冷笑一声："做不出来？当初孙太傅的女儿，不就是被她推下水，这才招得那老匹夫记恨？"

被这一句戳到神经的姜月芙身子一颤，睁大眼崩溃地为自己辩解："说了多少次了，我没有要害她性命！我不是故意的！事后我也后悔了，你还要如何，为什么还要一而再再而三地提起这件事！"

姜恒知见她反应激烈，心中越发怀疑，阴沉着脸问她："那你说，蓬莱殿发生的事，与你有无干系？"

姜月芙咬唇不答，反问道："你眼里有姜小满这个女儿，她可不把你当自己的父亲！我们才是一家人！凭什么你要一直护着她？"

这话就是承认毒是她下的。姜恒知只觉得两眼一黑，险些喘不上气，只得扶着桌子站稳了，抖着手指向她："孽障……你……从前我只当你是骄纵，因你身子不好，我们便溺爱了些，怎知将你养成了这么个蠢毒的东西。无论如何小满都是你的妹妹！更何况她如今是太子的人，你还敢动她？我们姜家翻身的希望，全在小满一念之间！"

姜月芙抬起的手，还未落到姜月芙的脸上，便又收了回来，最终仍是恨铁不成钢般深叹了口气，眼中满是失望。

"是我太溺爱你，也是我没有好好教导你。"他面上尽是疲态，苍老的眼睛看向程汀兰，"为人臣，我做得不够好，为人父，为人夫，也没有一项称职。我对不起陶姒和小满，也没有守住对你的承诺。"

程汀兰眸中水光闪动，有一瞬的动容，很快又想到在府中目中无人的林菀，又觉得心中麻木，眼中也再不起一丝波澜，淡淡道："大人无非是怪我没有教导好两个孩子罢了，事已至此，何必多说。"

姜恒知沉默片刻，不禁回想是从什么时候起，程汀兰对他的称呼，从"夫君"变成"相爷"，最后再成了"大人"。两人青梅竹马携手二十余载，如今也落得个夫妻离心的下场。

逃不过的，是兰因絮果，业障谁知。

姜恒知抚额，无奈道："等小满醒来，此事再做商议。从今往后没有我的允许，不许你出府。"

这话说出后，几人都没有反对。闯了祸，最后都是姜恒知来收拾，哪里还能不听。

在东宫的第一晚，小满睡得十分不安稳。

陌生的房间，陌生的床榻，连屋子里的熏香都和周攻玉身上的味道如出一辙，好似他就在身边，令她实在有些难以接受。而离她的住处不远，是周攻玉的寝殿和处理公务的书房。

小满第一次来到东宫，他总希望能给她一些好的期盼，能让她觉得留在这里也是不错的。以至于在她昏迷时，就命人将东宫的布置换了一番，再三思量，仍是觉得不够好。怕不合她的心意，让她觉得留在他身边，原来也不过如此。

留在东宫也只是养病，昨夜匆忙，好些事都没问清楚，小满连自己身上的蛊要多久才能化解都没问，更别说其他了。

刚经历了这些事，她也不想到处走动，穿好衣服让侍女随意绾了个发髻，就只想在东宫走两圈，看看这里的花草，一出门，便见到了门口的白芜。

小满目光闪躲，动作僵硬地摸了摸鼻尖，努力掩饰自己的尴尬。

虽然白芜是在周攻玉手下做事，但二人好歹相处了近半年，还是有些情分在的。当初她把周攻玉的东西都还回去，也包括了守在她身边的人，也没有和白芜交代什么，似乎是有些冷漠了。

"属下拜见小姐。"

白芜从前只将小满叫作"姑娘"，也不会自称"属下"，因为她的主子只有周攻玉。如今突然改口，小满有些惊讶："是太子殿下对你交代了什么吗？"

"殿下说了，从今日起，属下的主子就只有小姐，生死也都随小姐的意思。"

小满思索了一下，问道："你当初待在我身边，有没有觉得不高兴啊？"

白芜不像小满想得多，对她来说这也只是任务，留在小满身边比做其他事舒坦得多。整日种花养草偶尔帮着择菜，收拾一下去书院找茬的流氓地痞，一把剑几个月没见血，拔出来也只是吓唬人，这种养老一般的肥差谁不愿意去做谁是傻子。

"能留在小姐身边，是属下的福气。"

白芫的表情看上去并不像作假，小满也就不再纠结这件事："我第一次来东宫，若是有哪些不合规矩的地方，你记得提醒我。这里是太子居所，肯定有许多不能去的地方，你和我讲讲吧，我也好注意些。"

这些事周攻玉的确对白芫吩咐过了，换作陵阳郡主来，那是处处都不让去，可这人是小满……

"太子殿下交代过了，小姐在这东宫，想去哪儿都是可以的，并无禁忌。若是看中了什么也可以带走，只是出了东宫会有些讲究……"

"哪儿都能去？"小满有些惊讶，"那太子的书房、寝殿，难不成也能进？"

白芫道："小姐可以进。"

意思就是说，她是例外，太子的地方对她无须遮掩。

小满沉默片刻，问她："那太子殿下此刻在何处，何时能回来？"

"这个时辰，殿下应该上朝回来了。"

"这样啊……"她嘀咕了一声，看着阴沉沉的天。

阴云密布，遮天蔽日。

凉风卷起地上的沙尘和枯叶打着旋儿，乍一出门还觉得有些寒冷。

天气变得实在是快，再过几日就要开始加衣了。

退朝后，姜恒知问了周攻玉小满的情况，知道她安然无恙后，才松了一口气。

而周攻玉却冷声道："至于这下毒的人，我还在查。大人回家也可以问问姜小姐，可察觉出什么异样没有？"

这一句话，使姜恒知心中的石头重新被吊起。

从前处处受制、谦卑隐忍的二皇子，如今已是能一手遮天的太子殿下……

在回东宫的路上，连阿肆都觉得周攻玉的脚步比以往快上几分，面上神情温和而又沉静，是明眼人都看得出来的迫切和愉悦。

途经一处宫墙，忽听有宫女在呼唤，墙头传来了几声微弱的猫叫。

周攻玉的步子停下，看向趴在墙头的一小团毛茸茸。

宫女正努力想够到小猫，奈何墙太高，她便是跳起来也碰不到墙头，一见到太子来了，连忙跪下行礼。

"免礼吧。"

瘦弱的花猫在寒风中瑟缩成一团，微弱的叫声让人觉得无比可怜。周攻玉走过去，抬起手臂将猫抱了下来。

一见他抱起这只猫，宫女就连忙说："太子殿下使不得，这猫身上脏污，您快放下吧。"

太子的朝服华贵洁净，脏兮兮的小猫在他臂弯中显得格格不入。

阿肆忍不住问："太子殿下，要不还是属下来抱吧？"

周攻玉摇头，问那宫女："这是谁的猫？"

宫女回道："好像是后宫一位娘娘的爱宠所生，这只小猫毛色太杂，娘娘不喜欢,不知道是谁将小猫丢上墙就不管了,小猫也下不去……"

"若是那位婕妤问起,你便说这猫被本宫领去了。"

宫女领了赏钱,高高兴兴地走了,周攻玉就抱着瘦小的毛团回了东宫。

长廊的紫藤花早已凋落,叶片卷曲枯黄,连藤蔓都是枯萎的样子,看着毫无生气。

廊下有一位女子,正扶着廊柱看向园子里栽种的桂花。

察觉到有人来,她扭过头,冲周攻玉浅浅一笑:"你回来了。"

周攻玉微怔了片刻,心口就像是被开了一道小缝,有什么温暖的东西灌了进去。

这些场景只在他梦里有过,如今就摆在眼前,反而显得有些不真实。他面色如常,脚步加快朝小满走去。

阿肆知趣地往回后退了几步,看到周攻玉献宝似的将猫给小满看,顺手将正要走过去的白芫给拉住:"有点眼力见儿,别凑过去碍眼了。"

小满低头看向周攻玉怀里被吵醒的小猫:"它好小啊,书院那两只都胖成猪了……你从哪儿抱来的?"

"半路捡回来的,想着你在宫里无聊,干脆养一只猫解闷。"

小满脸上有一瞬的喜色,很快反应过来,又问道:"我要在宫里住很久不成?什么时候能离开?"

"这个得看大夫的,我也说不准。"周攻玉说着,伸手将她颊边一缕发丝捋到耳后,"外面风凉,去屋里再详说,走吧。"

小满应了一声,伸手要接他臂弯的猫,周攻玉摇摇头:"它身上有些脏,等洗净了你再抱,待会儿还要用膳。"

"那好吧。"

把猫递给侍女后,周攻玉回寝宫换下了朝服,让人把膳食直接送到了小满那里。

"我也不记得自己是怎么中毒的,明明我吃的点心,其他人也吃了,没道理只有我一个人出事啊。要说最讨厌我的人,那应该是姜月芙吧?可她递的茶水我也没喝,到底是怎么中蛊的?太疼了,直接把我疼晕了……"她还是改不掉自己的习惯,在用膳时絮絮叨叨地说着话。

周攻玉放下筷子为她舀了一碗汤,面上没有半分不耐烦。

"那你今日可有觉得身子不适?还疼吗?"

"就疼了一次,醒来就好了。"望着周攻玉给自己夹菜的手,小满的视线自他白皙的腕上缓缓上移,停在浅紫的血管上。

她仰起脸,问道:"要是化蛊需要很久怎么办?比如要一两个月……"

怎么可能只要一两个月,若是让他选,至少也要一两年。周攻玉笑了笑:"那又如何。"

"从前给姜月芙做药引，通常是隔三天一次。她身子好些了，我就可以多等些日子，然后少流一点血。因为很疼，小的时候，一到要取药引的时候，我就会哭，长大就不哭了，但还是疼。还会留很多疤，撩袖子会把人吓到……"她说着这些，想从周攻玉眼中看到一丝后悔，或者是为难。

可他只是低垂着眼，脸上只有歉疚："对不起。"

小满摇头，十分认真地看着他："你不疼吗？"

被刀子割开皮肉放血，哪里有不疼的道理，疼自然是疼，但他是男子，并非不能忍。

只有他亲身经历过，才觉得有些事极为荒谬。

小满从小就开始经历这些，可她那么小，那么娇弱的一个姑娘，哪里来的那么多血？看着别人用小碗接自己的血，再喂给姜月芙救命，这几千个日夜，她都是如何忍受的。

周攻玉望着她澄澈的眼，忽然觉得如鲠在喉，嗓音干涩沙哑："可以忍。"

小满盯着周攻玉，叹了口气，将自己的衣袖撩开，露出一截纤细白嫩的手臂。

玉藕般的小臂上，依然是数不清的疤痕交错着，或深或浅地留在那里，乍一看让人感到触目惊心。

"你不要意气用事，我不需要你为我做药引，如果可以，还是换其他方法。"

她不想自己每次见到周攻玉都觉得愧疚，也不想他做到这个地步。

周攻玉偏开目光，像是不忍再看，伸手将她撩起的衣袖放下，轻叹口气，说道："我知道你在想什么，我确实有自己的私心，你若不想亏欠我，不如将这当成一场交易。"

小满坐直身子，脸色瞬间严肃了许多："你想要什么？"刚一说完，立刻又补了句，"不能逼我和你在一起。"

周攻玉半晌无话，手指屈起敲了敲桌子，道："我答应你，先喝汤吧，一会儿该凉了。"

只要能留她在身边，一步步来，总是有办法的。

午后，一直阴沉沉的天终于落了雨点。

雨声由小变大，鼓点般密集地砸落。不多时，这雨已经是"哗啦啦"地往下落了，庭中也泛起了朦胧的雨雾。

小猫被洗净后，带到炉火旁慢慢暖干了，才送到小满的屋子。

周攻玉让小满去书房商量，小满索性抱着它一起去了。

周攻玉的书房连着寝殿，布置也是整洁简单的，没有太多装饰，除了书案上有一个瓷瓶，里面只有一根枯枝。

小满抱着乱动的小猫坐在他对面，望着那根枯枝，想要瞧出什么不同来。

周攻玉放下折子，眼眸沉静地看着她。

"你怎么摆了一根枯枝？是有什么深意吗？"

"是为了鞭策自己勤勉。"周攻玉胡扯了一句,却见小满真就点头相信了。

"你要用血救我,我也要回报你。那你还是说说想要什么吧,我尽量……"

窗外是大雨滂沱,芭蕉叶都被雨水压低了,嘈杂的雨声总是容易让人心神不宁。

周攻玉的手指在书案上轻敲着,有一下没一下的声音有些磨人:"我想了许久,还是只喜欢你,就算我只娶你一人,你也不愿意吗?"他的手指停下,慢慢蜷起。

"以后你还会遇到很多人,然后会发现,其实我也不过如此。"

周攻玉像是早就料到这个结果,无奈地笑了笑:"我就知道你会这么说,可至少如今我谁也不想娶。你若真想帮我,就假装与我两情相悦,好让我有借口回绝我父皇和母后,免得他们一再怀疑我是断袖。这样你留在东宫也有了合适的理由。若解了蛊后,你还是对我无意,我不会再纠缠于你,随你想去何处我都不会阻拦。在宫中,期间你可以随意出宫,无须告知我,可好?"

小满犹豫着没有答复。

她只是在宫里浪费时间,替他应付一下传闻,若解蛊的时间较长,兴许他会在这期间喜欢上别家的小姐,不再想要娶她。而且总是付出,得不到什么回应,他迟早会放弃的。

无论怎么想,她都不会亏。

"你真的这么想?那要是你后悔了……"

她话音未落,周攻玉便斩钉截铁地说:"不会后悔。"

小满见他答得这么利落,心中反而有些难言的怪异感,总觉得有什么不对。

"那……那我明日要出宫。"

等商量好留在东宫养病的事,小满准备回自己的寝宫歇息,周攻玉却劝道:"你便留在这儿吧,等雨势小些再走,不然是要打湿鞋袜的。"

小满望了望怀里的猫,想到外面疾风骤雨,就算撑了伞也不能遮住乱飘的雨水,于是决定听他的先等一会儿。

周攻玉起身拿了些神仙志怪的话本给她看。

小满拿到话本,奇怪地瞄了他一眼。

"怎么了?"

她扬了扬手里的书:"你不是常说'子不语怪力乱神',怎么也在书房放这些东西?"

周攻玉眼眸暗了暗,因为想起什么,嗓音不由得沉了下去。

"这是给你的书,不是我看。"

她愣了一下,反应过来后,忽然什么话也说不出来了。

很久以前,她总是拜托周攻玉为她带些新书,好让她消磨时间。这书是他两年前要交给她的,只是一直都没能送出去,在这间书房中一放就是两年,直到今日才到她手上。

周攻玉的书房中也有一处软榻,但他几乎没有用过,小满窝在上面看书,换了几个姿势都觉得硌得难受。大概是动作太过频繁,终于引起了他的注意。

周攻玉看了小满一眼,她以为是自己打扰了他处理公务,立刻就不动了。

"不舒服?"

"还好……"

周攻玉放下看到一半的折子,起身走到后面的寝殿,片刻后再走出来,手臂上搭了一张薄毯。

"这个软榻我不常用,也没有注意过,可能是没垫什么东西,你先起身。"

周攻玉将薄毯给她垫好,又继续去看折子了,反倒是小满的书怎么都看不进去了。

她只是觉得,周攻玉太细心了。

假装两情相悦,实在是太荒谬了,付出真心的只有他一个人,难道不会觉得不耐烦不公平吗?

淅沥的雨声始终没有停歇,听久了难免会感到困倦。

周攻玉没有再听到翻书声,侧目看向软榻上的女子,一人一猫都窝成了一团,不知何时已经睡熟了。

他嘴角勾起,将自己搭在一旁的宽袍拿起,起身准备为她搭上。他伸手先把她怀里毛茸茸的一团抱起来。小猫被他吵醒,发出微弱的叫声。周攻玉给它顺了顺毛,压低声音说了句:"别把她吵醒了。"

他只是随口一说,方才还在叫的猫真的不叫了,往他怀里拱了拱,找到一个合适的姿势继续睡。

周攻玉将宽袍给小满披上后,坐回自己的位置,将猫放在怀里,将批阅好的奏折放整齐,开始看书。

直到天色略微昏暗了,小满才醒来,揉着眼睛的样子像是睡蒙了,连自己在哪儿都不知道。她缓缓下榻后,先环视了四周,眼神十分迷惑,看到周攻玉正看着自己,吓得眼睛都瞪大了。

"睡醒了?"

"……啊,睡醒了。"小满缓了好一会儿,才想起来自己在东宫,皱着眉问他,"猫呢?"

周攻玉指了指怀里:"在这儿。"

朝他走过去的时候,小满的脚步怎么看都是虚浮不稳的。

于是等她抱着猫起身的时候,周攻玉故意压住了她的裙角,不等她站好就往一侧摔倒,他顺势伸手,将她搂了过来。

在她摔下去的时候,猫立刻跳开,没有和她摔在一起。

小满被周攻玉抱在怀里,撞到他胸膛的时候,鼻子被磕得生疼,险些冒出

178

泪花。

听到周攻玉闷哼一声,她连忙起身,顺带看了眼自己的裙边,怀疑自己刚才根本没有踩到。

小满站直了身子,向他道歉:"我刚才没留神。"

"无事,我送你回去吧。"周攻玉脸上似笑非笑的表情,让她越发烦乱了。

"不用,我自己回去。"

她怀疑刚才是周攻玉踩了她裙边。

次日,小满是准备要出宫的,正逢周攻玉去上朝了,等她用完早膳,侍女才端来一碗药汁。

黑褐色的药汤趁热端来,还有些浮沫漂在碗边。

她俯身闻了一下,眉毛皱成一团,感觉早膳都要吐出来了。

"为什么现在拿上来,我喝不下。"

白芷答道:"太子殿下说,若是早些端来,小姐的早膳会吃不下去。"

她以前喝过各种汤药,辛酸苦辣的味道都尝遍了,却没有哪一次觉得如此难下口。

从前是旁人喝她的血,如今是她喝周攻玉的,除了苦,药里还有股难以入口的血腥味。

她挂着视死如归的表情,闭眼屏息,仰头喝药,动作一气呵成。

漱完口,小满屏退身边的人,对白芷说:"带我去趟太医院,我找徐太医有些事。"

小满找到为她煎药的人,将倒掉的药渣都收集了起来,拿好从徐太医那里要来的方子出了宫。

她知道自己不该怀疑林秋霜会帮着周攻玉,可她才说自己要离开京城,不过三日就出了事,心中还是要戒备一些。于是她拿着药方和药渣,随便找了个医馆去询问。

徐太医是周攻玉的人,他的话不可全信。到底是不是中蛊,以血化蛊是真是假,她多少要查清。

第一个医馆的大夫,将药渣和药方仔细看过,没有查出什么不对来。她又去了几个医馆,有些人不懂什么解蛊,自然不懂这药方。也有人认出,和徐太医的说法差不离。

问遍了,似乎中蛊不假,以血化蛊也不是借口。

小满略微放心了,去威远侯府找江若若。

见到小满完好地回来,江若若忙问:"我听兄长说有人给你下蛊,是不是姜月芙?"

"还不清楚,别着急了,我没事。"

"怎么没事!你在蓬莱殿突然倒在地上,把我吓死了!"江若若脸上是毫不掩饰的担忧,看见她身后跟着的白芷,又问,"这不是太子的人吗?怎么又跟在你身边了?太子为你化蛊,不会是真的吧?"

"我回来就是和你说这件事,在我的蛊毒解开之前,可能都要留在东宫了。"小满说起这件事就觉得发愁。

江若若震惊道:"你留在东宫那些传闻都是真的?你真的要做太子妃?"

"不是太子妃,他们胡言乱语的东西你不要相信。"小满立刻否认。

"他们说你住进了太子妃的寝宫,皇后大怒,被太子挡了回去。"

小满沉默片刻,回道:"我也不知道自己住的是什么地方。"

"那就是了!太子这是铁了心要娶你!都让你提前住进了太子妃的寝宫,这下子也可以堵住那些人的胡言乱语了,我看还有谁敢在背后诋毁你。"江若若的语气十分激动,就好像小满做了什么让她扬眉吐气的事。

"不是这样,我只是和他说好了,暂时留在东宫,消除皇后往他宫里塞人的念想,没有要嫁给……"

"我的姐妹以后就是太子妃,再以后就是皇后,小满你可太争气了!"

"没有没有,我不是要做太子妃,只是暂时……"

"周定衡和我说你和太子从小相识,那不就是青梅竹马了。等我写信告诉父亲母亲,他们必定也会为你高兴。"

小满张了张口,终于放弃了反驳。

知道她要住在东宫,江若若比自己被赐婚还要激动,完全听不进去她说的。

小满也无意再反驳,等到江若若冷静下来,才说起另一件事:"我回来,其实还有另一件事。你记不记得进宫当日,我们吃了一品斋的一种糕点,你当时还说味道有些怪。"

江若若疑惑道:"你不会还想吃吧?好像从那日后就没得卖了……不过那个味道也不怎么样,你还是买其他的吧。"

"你是自己去买的吗?"

"当然不是了,是我侍女去的,后来我还特意不许她再买了。不会这个糕点有问题吧?"

小满沉思了一会儿,摇头道:"我也只是问问,毕竟你吃了也没事,总不可能只有我吃到的有毒。"

"我不会害你,这糕点我没有动过手脚。"江若若一听她这么说,脸色就凝重了几分。

她被江若若的反应逗笑了:"你在瞎想什么,我可不是这个意思。"

"那你是怎么想的?"

"先回宫,把这件事告诉太子,兴许能查出蛛丝马迹。"

小满倒了茶水,刚喝了一口,就听身后有侍女来禀告:"小满姑娘,太子殿下来接你回宫了,如今正在前厅候着。"

"咳咳!"小满听到这话,立刻呛了口茶。

江若若拍着她的后背给她顺气，还颇有深意地一挑眉，在她耳边小声说了句："太子这是怕你跑了不成？"

"你别说了……"

"好好好，不说了，你赶紧去吧，以免你总是到我这里来，反而要让太子对我不满了。"

江若若自从与周定衡有了婚约，撮合她和周攻玉的兴趣高涨，也不知道是不是周定衡吹了什么风。

本来是要在威远侯府用过午膳再走，如今周攻玉来了，她也不好继续赖在这里，和江若若道别后去了前厅。周攻玉正在陪威远侯说话，见到她来，也起身向威远侯告辞。

上了马车，小满就将糕点的事告诉了周攻玉。

他的神情没有什么变化，对小满说："这件事，我已经让人查出了些端倪。那些莲花糕只是在一品斋售卖，却并非他们的人所做。蛊毒未必都从口入，也可能是其他方式。"

小满似懂非懂地点头后，周攻玉问她："你有什么想带去宫里的东西吗？我让人帮你搬进去。"

"就是一些衣服饰品，我也没什么东西可以带走的。"她说完，突然想起了什么，补充道，"哦，我窗台摆了一盆栀子，可以一起搬到东宫吗？让别人照料我不放心。"

周攻玉的手指紧了紧，冰冷的笑意未达眼底。

"好。"

离开书院这么大的事，她总要亲自和时雪卿交代了才好，最终还是由周攻玉陪着亲自去了趟书院。

马车还未到书院门口，她就掀开帘子朝外看，正巧看见院门前站了一个衣着艳丽的女子。

待那女子转身，她看清了那张浓妆艳抹的面容。

是付桃。

小满没想到那个离开书院的学生，会以这样的样貌再次回到书院。

"付桃？"

她出声喊出了付桃的名字，却见付桃肩膀颤了一下，又惊又惧地抬眼看向她，捂着脸就往另一边跑。

小满连忙钻出马车就要跳下去追，被周攻玉一把扯住，语气带着微怒："马车尚未停稳，你急什么，摔了怎么办？"

她解释道："我看到了一个学生，她有些奇怪……"说着就扯开周攻玉的手，马车一停稳立刻跳下去追。

白芫看她提着裙子艰难奔跑的样子，忍不住帮了一把，直接去把付桃的路截住了。

付桃将衣襟拢了拢，也不想再跑了。

小满扶着墙，气喘吁吁地问："付桃，你怎么了？"

小满一走近，就能闻到付桃身上那股浓烈的香粉味儿，加上她脸上浓艳的妆容，几乎都遮掩了她的本来面貌，将一个稚嫩的小姑娘，强装成了一个艳俗的女人。

付桃一见到小满就红了眼眶，泪水将脸上的脂粉都晕花了："夫子……"

她走过去抱了抱付桃，心中也猜到了大概："你父母真的这么做了，怎么不来找我？"

付桃埋在小满肩头，哭得十分委屈："我怕夫子嫌弃我。"

小满强压住心头的火气，安慰她："你是身不由己，我不会嫌弃你，先跟我来。"

小满拉着付桃进院子里后，交给林秋霜帮她检查。

没多久到了下课时间，书院零星几个学生也都出来了，见到院子里站着小满和周攻玉，立刻满面欢喜地跑了过去，叽叽喳喳地问起来。

"夫子是不是要和这位公子成亲了！"

"林夫子说你要走，以后都不回来教我们，一品斋的糕点也吃不到了。"

"林夫子肯定又在骗人！"

小满笑了笑，揉揉其中一人的脑袋，说道："我不是去成亲的，是要养病。你们平日里总是不听我的话，怎么我要走了又装舍不得，原来只是舍不得糕点啊。"

"不是不是……"

她们立刻又吵嚷起来了。

周攻玉微微往后退了一步，站到小满身后。

有个小姑娘立刻指着他大喊："你是不是要娶我们夫子？"

周攻玉挑眉道："不行吗？"

那小姑娘年纪虽小，却也是爱美的，周攻玉这样一笑，顿时就被迷了个七荤八素，方才气势汹汹的质问立刻就软了下去："也……也不是，你好看……还是配得上我们夫子的。"

小满道："不许胡说。"

时雪卿咳了两声，学生们都安静下来，态度也恭敬不少。

"快午时了，赶紧回家，别在书院耽误太久。"

学生们朝她和小满行了一礼，挽着手臂蹦蹦跳跳地离开了。

"草民拜见太子殿下。"

"时先生不必多礼。"

时雪卿的长相偏寡淡，头发盘在脑后，用一根红色发带环着，只别了一支珍珠长簪，黑发下隐约露出些白，脸上也有了细纹。

看着比平常妇人少了些烟火气，多了几分书卷气。她膝下无子，看小满就像是看女儿，因此面对周攻玉的时候，脸色总说不上太好，也就维持着面上的几分恭敬，实则对他处处挑剔不满。

"进屋坐吧，我方才煎了茶。"

小满应了一声，提着裙子跳上台阶，像只兔子似的。在学生面前，她还是要维持些仪态，等学生一走，她又像个小孩子一样，大声喊着后院的林秋霜。

时雪卿余光扫见周攻玉，看到他面上的柔和笑意，内心的不满反而更甚。

林秋霜从后院过来，袖子挽到了臂弯处，一见到周攻玉，连忙又放下了。

周攻玉垂下眼，默默为小满添了杯茶。

"付桃怎么样了？"

林秋霜正犹豫要不要行礼，小满就问话了："付桃怎么样了？有问出些什么吗？"

"付桃是个不错的孩子，之前书院门口总是莫名其妙多出来些瓜果，都是这丫头偷偷送来的。她爹娘最后还是动了这种心思，将她卖到了青楼。女儿还是豆蔻的年纪，哪有这样狠心的父母呢？"

小满眨了眨眼，苦笑一声："确实有这样的父母。她比旁人苦一些，没有投个好胎。"

听到小满语气中的无奈，周攻玉的眼睫轻颤，心口处像是被什么东西轻扎了一下。

林秋霜叹了口气："是啊，还好我是孤儿，没爹没娘我可高兴了。付桃才去了不久，老鸨就让她迎客，好在她皮肤娇嫩，身上还没有被烫上奴印。以前带的那些学生，就数她最勤奋了……我想过替她赎身，可是这丫头竟说什么，要赚钱接济自己的爹娘，不然她弟弟就没钱上学堂了……"

说到这里，林秋霜表情都扭曲了，咬牙切齿道："我看她是脑子进水了！"

小满觉得是意料之中的事，当初在书院的时候，那个被父亲责打，还要哭着去护他的小姑娘，还有被丈夫殴打后，仍是听不得别人说自己丈夫不好的女人，实在是太多太多了。她们只是从骨子里觉得，那些都是应该的。

"还是先助她脱离苦海吧。你这个严师多多教导，趁着孩子还小给她掰正。我只是想不到底线这般低，连爹娘卖了她换钱，吃她血肉的事都能忍……还是要看她自己，失望都是慢慢积累的，迟早有一天受不住，也就放弃了。"

林秋霜叹气："我也是这么想的，不然能怎么办呢？真看这丫头掉下悬崖也不拉一把？到底是女人，我之前坐堂的时候诊治过不少烟花女子，身子都被糟蹋坏了……"

时雪卿一直没有说话，看向同样默不作声的周攻玉。见他坐在小满身侧，正专心致志地摆弄小满的头发。

"小满，给太子殿下添杯茶。"

小满俯身去拿茶壶，猛地低头，发丝被扯得生疼。她小声痛呼了一下，扭头瞪着周攻玉。

他松开手,脸上并无半点歉意,还微笑着说:"你发髻散了。"

"我发髻散了,你又不会梳,干吗动我的头发?"

"真的疼了?"周攻玉将自己的一缕头发递到她面前,"那给你扯一下出气?"

小满扭过头不看他了。

时雪卿终是看不过去,出声:"你这是当真要在东宫久住了,没有更好的法子吗?"

周攻玉抬眼看向时雪卿,语气和和气气的,却让人无端觉得话里带了丝寒意:"确实是迫不得已的法子,先生可以问问林大夫。我必定会好好护着她,不让旁人伤她分毫。"

"旁人?"时雪卿说话时拖长了尾音,让人觉得意有所指,"我倒是不担心。"

林秋霜移开目光,装作没听懂,连忙喝了口茶。

小满解释道:"确实是没有办法,这件事反而是太子殿下救了我。书院一直都是先生在打理,交给先生我也放心。而且只是在东宫暂住,等蛊毒一解我就离开,不会惹上什么乱七八糟的东西。先生放心,我会好好照料自己。"

小满都这么说了,可见是真的找不出更好的办法,时雪卿也不想再多说什么。

到了下午,小满不想耽误周攻玉的公务,便跟着他一起回宫。

她刚要钻进自己的马车,就被周攻玉环着腰抱了下来。

"你做什么?"

"我在车里熏了安神的香,你坐马车头晕,这样应当能好些,听……"他一个词还未说完,就立刻停下了,眼神有些慌乱地看着小满,像是做了错事害怕责罚的孩子。

她倒是没注意那么多,舒服才是最重要的,不能跟自己过不去,于是坦然钻进了周攻玉的马车。

他缓了口气,也跟着进去。

回到东宫后,因为不想惹出什么麻烦,小满连着好几日都没有出去过。周攻玉见她这么小心翼翼的,也劝了几次,提出陪她在宫里游玩,都被拒绝了。

直到陵阳来找小满,看到太子殿下像个傻子一般和猫对话。

"我是不是不该把你送给她?"

"喵喵喵……"

他幽幽怨怨地开口:"你看她只记得逗你,根本不理我了……要不还是将你送回去吧。"

陵阳站在不远处,还以为自己听错了。

周攻玉察觉到有人来,将猫抱到怀里,面色坦然自若,仿佛方才什么也没有做过。

"陵阳来了,可是来找小满?"

"今日他们在打马球。之前日光太刺眼,小满一直没机会骑马,好不容易现在天凉了,想邀她出去玩。"陵阳说着,眼神忍不住瞟向他怀里的一团毛球。

周攻玉笑道:"这是小满养的猫,叫'芝麻'。之前还很瘦,被她喂了不久便养圆了。小满总是在东宫待着不肯走动,你来了也好,兴许能说动她。她在后院栽花,你去找她吧。"

陵阳别过周攻玉后,总觉得哪里不一样了,想了一会儿才反应过来。以前周攻玉对人都是彬彬有礼却寡言少语,对她也是一样,绝不多说一句废话。但方才提起小满的时候,他倒是忍不住说废话了……

有陵阳作陪,小满总算愿意离开东宫,出去游玩一番。

周攻玉等小满走后,又召见了徐太医。

"你这几日为小满把脉,她身子可有好转?"

"回太子殿下,小满姑娘的身子近日已经有了好转。这化蛊的方子约再服用一个月,便可以改成养身的汤药了。"

周攻玉若有所思地点了点头,说:"小满前段时日,还亲自将药渣和方子拿去找人辨别,我就知她不信我,学聪明了不少。你若是要换方子了,记得提前与我说一声,我也好早做准备,以免出什么岔子。"

"微臣必定谨记殿下的吩咐。"徐太医话毕,望见周攻玉滑落的衣袖下被白布缠绕的手腕,又不禁说,"殿下做做样子也就罢了,切勿拿自己的身体开玩笑……"

周攻玉瞥他一眼,淡淡道:"流点血罢了。"能换她多看两眼,也算值得。

徐太医知道周攻玉是听不进去的,只好叹着气离开了。

"芝麻"在一旁撕扯周攻玉垂落的大袖,周攻玉被它闹得烦了,喊阿肆将它抱走。

阿肆刚俯身去抱"芝麻",就被一爪子挠过去,手背上多了一条血痕。

周攻玉又道:"先等等,把'芝麻'的爪子给我看看。"

"芝麻"伸出的肉爪里,藏着锋利的指甲。

周攻玉眉头微皱,捏着它的爪子说:"你这么糙的手,都被挠出道血口子。小满皮肤娇嫩,养它怕是会遭不少罪。找个宫女给'芝麻'修剪指甲,让人细心些,也别伤了它。"

另一边,小满穿着轻便的衣裳和陵阳一起到了宫里最大的马场。几个年幼的皇子正跟着教御射的夫子学习,时不时就用艳羡的眼光看着马上神采飞扬的哥哥们。

教御射的夫子很是严厉,陵阳也不敢随意叨扰,只站在不远处对几个小萝卜头招了招手。

小满看向那几个年幼的孩童，问她："这么小的年纪拉得开弓吗？还要学这些？"

陵阳惊讶地看着她："当然了，他们可是皇子，御射自然也是从小就要学起。至于拉不拉得开弓，这个你可以问问太子表哥，他小的时候可是出了名的奇才，八岁就策马挽弓射中靶心，我八岁连弦都拉不动。"

"原来他那么厉害啊……"

"那是自然了。"

听见场上欢呼雀跃的声音，小满又问了一句："那他会打马球吗？"

陵阳摇了摇头，语气中含着一抹遗憾："这我就不知道了。不过他在国子学的成绩一直都是第一，御射也极好，马球肯定也会吧？两年前我才随父王进京，过去的事我知道得也不多。不过姨母对他期望极高，他自己也是严格自律，打马球应该会被当作玩物丧志，虚度光阴吧。"

陵阳见小满还在发呆，拉着她的手就奔去马棚："别说这些了，我带你去挑一匹好马，带你骑马如何？"

"好。"

小满也不懂看马，任由陵阳挑好了，两人牵着马走到草场。

等陵阳催小满上马的时候，她脸上写满了抗拒。因为个子不高，即便是站在陵阳身边，都显得她娇小，站在高大的枣红马旁边，这差距就更大了："要不还是算了，我怕摔下来。"

陵阳怂恿道："这匹马很温顺的，你坐上去让它慢慢走，一会儿就能习惯。骑马可有意思了，你相信我。"

小满犹犹豫豫地被她推上了马，视线一下子就高了不少，不禁慌乱道："它真的不会乱跑吗？"

"当然不会了！"

陵阳自信地上马，和小满说了几句，就高兴地纵马飞奔去了。

小满坐在马上，还有点茫然，只能自己小心摸索着，拽着缰绳松也不敢松一下。

另一边打马球的几个公子看见了，有人指了指小满的方向。

"谁家的小姐，好像似曾相识啊？"

"得了吧，你跟漂亮姑娘都似曾相识。"

此话一出，众人不禁哄笑。

说出那话的李公子恼羞成怒："我绝对在哪儿见过她，不信我这就去和她说话。"

听到这话，有人又激道："有本事就去，看人家会不会给你一个眼神。"

"就是，你快去啊。"

李公子哼了一声，驾着马就朝小满的方向去了。

小满好不容易才适应马上的高度,想下马都是手足无措的。忽听身侧有马蹄声靠近,侧目看过去,发丝被风拂动,柔顺地散在耳际,面容娇艳如枝头花蕾。李公子心神一颤,连忙说:"这位小姐,我们可是在哪儿见过?方才见你,颇有几分似曾相识的熟悉感。"

"公子看错了,我不认识你。"小满虽然僵硬地坐在马上,态度却是友善的。

李公子见小满没有高傲不理人,便高兴地驾马与她并排前行,热情地问:"那你是谁家的小姐?可是来学骑马的?怎么一个人?我可以教你,我骑马可厉害了。"

小满不习惯和陌生男子说话,目光扫了几圈,才找到已经和人开始赛马的陵阳,遂叹了口气,婉拒他:"谢公子好意,不用了,我有人陪的。"

李公子以为这只是她害羞找的借口,仍是没有放弃,劝说道:"你这样慢悠悠是不行的,要让马跑起来,这样才能习惯,很快就能学会了,我以前就是这样学的。"

小满有些不耐烦了:"确实不用。"她要是这样学骑马,就算有六条腿也得断完了。

李公子见小满抗拒,也不想再缠着她了,然而一回头就见到自己的朋友都嬉笑着看向他,又不愿意丢脸回去被嘲笑,只得继续和小满搭话:"你真的可以试试,相信我。再说了,我就在这边呢,你若是怕了,我可以让它停下。"

小满瞪他一眼,扶着马鞍想要下马。他笑了一声,马鞭扬起,又重重落下。

"你别怕,我在旁边护着你。"

身下的枣红马如离弦的箭飞奔出去,小满吓得一声惊呼,苍白着脸抓紧缰绳,心中已经将这听不懂人话的混账骂了数遍。

李公子还大笑着,纵马飞奔在她身侧,喊道:"别趴着啊,你抓紧缰绳就好了。"

"你浑蛋!"

"这么漂亮的姑娘怎么还骂人呢?"

李公子的友人哄笑一片,引起了不少人的注意。陵阳这才注意到小满的坐骑正在狂奔,小满正在努力让它停下,脸都吓白了。

李公子见小满有趣,还要再挥下马鞭,手才抬起,还不等落下,一支箭破空而来,瞬间刺穿了他的手腕。鲜血如雨水般喷洒在草场之上,溅到了小满的衣裙上。他疼得大叫一声,捂着被穿透的手腕坠马。

小满被他吓得不轻,而马也受惊了,比方才更难控制。人声在她耳边淡去,只听风声呼啸,马蹄声交叠。接着腰间忽然一紧,身子有一瞬的腾空,她闭上眼撞进身后人的怀抱。

头顶传来气息不稳、略显慌乱的声音:"没事了,别害怕。"

周攻玉勒住缰绳,让马停下后,先将小满放了下去,这才翻身下马。

方才还怂恿李公子的人一见到太子现身,心里都慌乱得不成样子。

187

谁知道马场遇见的姑娘，会是传闻中拿下太子的人。要是知道了，给他们十个胆子也不敢多看一眼。

李公子起初摔在地上还骂了两句，一看太子亲自去抱人下马，疼得眼泪直流也不敢再发出半点声响。

小满心有余悸地拍了拍胸口，说道："你怎么来了呀？我还以为是陵阳。"

周攻玉阴沉着一张脸，没好气地说："她果然是个靠不住的，抛下你自己玩乐去，连你遇险也不知道。"

小满拍了拍周攻玉的手臂，倒反过来安慰他："我没事，你也不要生气，其实我刚才差一点就让它停下来了。你用箭射中了那个人，他大喊一声，又把马吓到了，我不会出事，别怪陵阳。"

周攻玉语气有些隐约的委屈："你这是怪我不该救你了？"

"这……这当然不是，你怎么这样想？"小满说着扯了扯他的袖子，朝地上躺着的李公子走去。

李公子手腕上还插着箭不敢拔，疼得冷汗直冒，脸上满是泪水，声音都发着颤了，还要周攻玉认错："太子殿下恕罪……请殿下恕罪，是小的眼拙，不该戏弄这位姑娘……"他捂着伤口，仍是止不住鲜血涌出，一小片青草地都被染红了。

周攻玉冷冷地瞧了一眼："给她认错。"

李公子忙道："我再也不敢了，再也不敢了……"

小满扯了扯周攻玉的袖子："你让人去叫太医吧。"

周攻玉应了一声。她蹲下，掏出怀里的帕子递过去要给李公子止血。周攻玉一把将帕子夺过来，将自己的丢过去。

小满起身，扯着周攻玉的衣服让他俯身，踮起脚凑在他耳边说："他应该也是王公贵族的子嗣，你是太子，这样岂不是给自己留下祸根，万一引来朝臣不满怎么办？况且他年纪尚轻，你若毁了他的手……"

她靠得如此近，周攻玉只觉得耳边微痒，脸颊也在发热，没细究她在说什么，答道："方才没想那么多，事已至此，出事了再解决便是。"

小满蹲下，对李公子说："你以后可千万别再这样了。姑娘家说不喜欢就是真的不喜欢，没有害羞的意思，不然你再调戏逗弄到别人家的小姐，未必不会惹出什么是非。"

李公子几乎是痛哭流涕地表示自己知道错了，哪里还敢不听。

让小满出东宫走走的是周攻玉，等小满不在身边时不安烦乱的也是他。

陵阳虽然素来胡闹惯了，却也是个娇蛮高傲的郡主。周攻玉同意陵阳带小满出去，也是知道两人在一起的时候没人敢动小满。可陵阳这人又极为不着调，思来想去还是不放心，索性换了身衣裳亲自去马场。

到了马场，他一眼就认出了小满。

在看到那个男子手上拿着马鞭时，他几乎没有多作思考，翻身上马时，顺手拿过器架上的长弓。

果然还是将她放在自己眼前才能放心。

周攻玉射伤李公子后,点到为止,没有为难其他人。

陵阳心虚地跟着他回了东宫,每当周攻玉冷着脸想开口说她什么时,就被小满扯着袖子不让说。明明是她将小满抛在脑后,如今还被反过来护着,她心中的愧疚如同潮水般挡不住。

小满只好拉着陵阳到自己的房间去宽慰。

"我真的没事,你为我挑的马很温顺,本来我都快让它停下了,也怪我自己没有再凶一些,那人还以为我是羞涩才拒绝……你也是好心,我好好的,没什么好抱歉的。"

陵阳红着脸说:"还好你没事,不然不管是太子表哥,还是江所思都饶不了我……"

小满笑了笑:"可我没事啊,你也不要担心了。骑马还挺有意思的,就是还不习惯,有些腿疼。"

"第一次骑马都是这样的……没想到这才第一回,就让你遇上这种事,往后你必定是不想骑马了……"

"不啊。"小满神情温柔,像是想到了什么愉悦的事,"我还是想学会骑马的,日后等韩二哥回来了,就不用让他迁就我乘马车,可以陪他策马赏花,踏青游玩。学会骑马好处也有很多啊……"

"你也可以和太子表哥一起啊?"

"可韩二哥是不一样的,换了旁人怎么能一样呢?"小满连提起韩拾的语气都是轻快的,和其他人都不同。

周攻玉站在门外,树影映在苍青色的长袍上,越发显得身影寥落。

听到小满的话,他再没有动作,脚步也不曾挪动过,半晌后才扯出一抹苦涩笑意。

韩二哥……韩二哥……在她心里,韩拾是自己人,而他早就是"旁人"了。

等到院子里的桂花香气越发浓郁的时候,中秋也就到了。

小满出宫和江所思、江若若一起过中秋,周攻玉则要留在宫中。

皇上独宠惠贵妃,中秋宫宴也只是与各嫔妃赏月用膳,做做样子罢了。

皇后是十指不沾阳春水的大家闺秀,也是个想试着为丈夫洗手作羹汤的妇人。周攻玉将小满接进东宫,她虽然心生不满,却也无法多说些什么。好在这个儿子省心,自己的事都能摆平,不需要她再操心什么了。

她学着自己做月饼,想让皇上尝尝,也能算作自己的心意了。

等乐舞完毕,她正要吩咐侍女将月饼端出来,就听惠贵妃开口道:"今日是中秋佳节,臣妾自己试着做了些月饼,虽然粗陋些,但味道应该过得去,想请陛下尝尝……"

皇帝立刻夸赞道："爱妃有心了，你亲手所做，自然是天下最好的，岂有粗陋一说。"

他看向惠贵妃的眼中，是毫不掩饰的偏爱。

皇后的眼神慢慢黯淡了下去，也没有再说什么话。

等宫宴结束后，她带着人准备回宫了。圆月高悬，清辉洒落在太子的身上，朦胧又清远。

皇后愣了一瞬，叫住了周攻玉。

"阿玉。"

周攻玉听见母后唤起这个久违的小名，步子终究是停下了。

"母后，可有什么吩咐？"

她摇摇头，说道："也没什么，我做了些月饼，你长这么大，还未曾尝过我做的东西呢。可能做得不太好，你若是不喜欢也无妨……"

周攻玉愣了一下，随即想到了什么，浅笑道："母后说的哪里话，儿臣必定是喜欢的，还有小满……她也会喜欢。"

听他提起了小满，皇后脸色稍缓，问道："你是真心喜欢姜小满，要娶她做太子妃？"

"真心喜欢。"

皇后仿佛透过他，看到了其他的东西，眸中隐约有水光闪动。沉默片刻后，她才恍惚道："听陵阳说，她是个有些单纯的姑娘。你既然要将她留在这里，就好好待她吧，我也不好再给你塞些你不喜欢的女人。"

"儿臣谢过母后。"

周攻玉恭敬行过礼后，又听她问："她今日可是在东宫？"

"她中秋和江所思他们一同过，宵禁之前我会让人接她回来。"

皇后秀眉微蹙，疑惑道："中秋之日，她竟不留在东宫陪你，反倒要你去接她。我倒是忘记问了，旁人都传你待她如何好，那她是如何想的？可是如你喜欢她一般喜欢你？"

周攻玉自然不会说出小满不喜欢他这种话，至少在母后面前，他也该让她相信二人是两情相悦，可话说出口时，还是忍不住犹豫了一瞬。

说起假话，他从来都是面不改色，可在说起与小满之间的情意，却无法做到假亦真，眼中的失落怎么都无法遮掩。

"她自然也是。"

皇后凝视着他，说道："你骗不过我。"

周攻玉身子僵住，等着接受她接下来的批评责骂。然而片刻后，只听她一声轻叹，说道："你是太子，当明白得失，不要学母后，活得像个笑话。"

"儿臣知道了……"

回到东宫，周攻玉坐在廊下，月辉照亮了昏黑夜色。

他坐着等了许久,直到听见步摇撞击发出的清脆声响后,才抬眸看向来人。

小满被他吓了一跳,疑惑道:"殿下怎么在这儿?"

周攻玉用手轻拍身侧的位置,示意她坐过去。

小满坐下,望见另一侧放着的杯盏和一碟月饼:"你在这里赏月?"

"这是我母后亲手做的,想让你也尝尝。"周攻玉的墨发垂在肩头,用发带松松垮垮地束了一半,看着有几分清闲随意。

"皇后娘娘亲手做的?"小满睁大眼,语气有些惊讶,"娘娘居然亲手做月饼了。"

周攻玉笑道:"我很久以前也这样想过,后来才发现她再骄傲,爱人的时候也会变得普通,愿意像平常妻子那般,为父皇亲手做吃食。"

大抵世上的感情都有共通之处,会为了心爱之人,一再放低要求,容忍自己从前不愿容忍的。

小满咬下一口月饼,酥皮落到衣衫上。她抖了抖裙子,称赞道:"皇后娘娘的手艺很好,一定是私底下学了好多次。"

周攻玉倒了杯酒,自言自语一般:"或许喜欢上谁,都是要使尽浑身解数讨好,连自己不喜欢的事都能为他学会。"

像是他的母后,愿意为了父皇端庄忍让,为父皇亲自做糕点讨好,而他也在努力磨平自己的棱角,将最柔软的那一面留给小满。

但她坐在马上,甚至是落入他怀里的时候,是不是都只想到了韩拾。

她养栀子花,学骑马,都与他无关。

小满吃了月饼,有些噎到了,伸手去拿杯盏,为自己倒了一杯茶。

周攻玉眼眸幽深,欲言又止地看着她的动作。

小满扭头看他,问道:"怎么了?"

他伸出一指在小满擦净的嘴角揩了一下:"这里没擦到。"

周攻玉的动作太过轻柔暧昧,让她有些不自在,便将身子挪远了些。

这让本欲言又止的周攻玉,彻底打消了开口提醒的想法。

等她仰头喝了杯中的水,口中甜腻的糕点味道,瞬间就被辛辣的酒气取代。

她还含了半口,犹豫着吐出去太失礼,又咽了进去,腹腔顷刻便烧得火热了。

她咳了两声,周攻玉伸手拍了拍她的后背。

小满语气不悦:"你怎么不说这是酒?"

"很难受吗?"他说着,又自顾自饮了一杯,语气带着讨好,"那我喝十杯赔给你,不生气了,好不好?"

"我要你喝酒做什么?也不是真的生气,现在很晚了,回屋洗漱歇息吧。"此时她腹中烧得火热,难受得紧,还想喝些茶水压一压,哪有心思看他喝酒。

小满起身要走,一封信从袖子里滑出,落在周攻玉脚边。

她俯身要去捡,周攻玉却先她一步拾起信,看到了信封上的"小满亲启"。

连张扬不羁的字迹都和本人一般,鲜明到不需要多加思索,就能立刻猜出

191

写信的人是谁。

"韩拾的信?"

小满没有回答,立刻就伸手来夺。他抬手避过,将信放到身后,说:"你坐下,陪我赏月,一会儿就还你。"

"你怎么不讲道理?这是我的东西。"

周攻玉道:"我确实不讲道理。"

他无赖得理直气壮,小满也没了脾气,本来今日就是中秋赏月的日子,一起看个月亮也没什么,何必要与他计较这么多。

小满坐下,靠着廊柱说起一些闲事:"我今日去找若若,她告诉我之前程夫人回了娘家后,程郢又追过去了,但是因为太过高傲不肯低头,反而激怒了自己的岳丈。程夫人也被气得不轻,坚持要和离不说,还写了长诗控诉程郢。连时先生都夸她有才气,嫁给程郢是委屈了。长诗在京中传开,连卖豆腐的妇人都会顺口念上两句,程郢怕是都不敢出门了。"

明明之前见程夫人,还是个被丈夫欺压责骂都要为他说话的人,如今却能直击要害,直接毁了程郢的名声,将二人和好的后路都给断干净,也让因为家世求娶她的后来者却步。

其实听若若和她说起这件事,她实在是忍不住幸灾乐祸,因此回宫后心情也是轻快的,没有和周攻玉计较。

周攻玉一杯接着一杯地饮酒,她劝了几句没有什么用,就不再多说了,起身去拿信,想去找阿肆劝他回房。

手被人拉住,她停下脚步,回眸看向周攻玉。

月光透过廊上盘绕的稀疏藤蔓,映下一地清辉,枝叶的暗影落在他身上,使他的面目一半都处于晦暗中。

"我喝醉了……"

小满哑然:"然后呢?"

听说醉酒的人都会说自己没喝醉,怎么还有主动说自己醉了的?

周攻玉仰头望着她,正好云雾遮住了圆月,照亮夜路的月辉不见,四周昏暗了许多。她眼睛也看得不甚清楚,只见周攻玉身形一动,扶着她的后脑撞在廊柱上,韩拾的信也不慎掉落在地。

浓烈的酒气靠近,周攻玉冰凉湿润的唇瓣压上了她的。

小满瞪大眼,浑身都僵住了,下一瞬就要用手去推。周攻玉将她的手腕交叠,一只手攥住牢牢桎梏在头顶,膝盖也顶住了她乱动的腿。另一只手则扶住她的后脑,深吻下去。

他撬开她的唇齿,探入冰凉的舌尖,带给她的,除了酒气就只有青涩到无措的吻。

二人发丝相互缠绕,连气息都带了灼人的热度。然而她的不为所动,反而有些激怒了周攻玉,吻渐渐变得急切,粗暴得让她有些喘不过气,胸腔闷得疼。

周攻玉听她难受得嘤咛出声,在她唇边落下一个轻吻,这才缓缓拉开距离。

这时候,被云雾遮住的月亮也露了出来,银白月光照见面无表情的小满。她喘着气,眼中只有冷然。

周攻玉愣了一下,眸中水光更甚,似乎下一刻就有泪珠滚落。

小满和他双目相对,他却挪开了眼。

像是不忍再看,他将头埋在小满的颈窝处,声音微颤,语气中满是无措,确实像醉得不轻。

"别那么看我……"

她一言不发,胸口处的剧烈起伏显示着她的愤怒。

"你不要生气……我喝醉了。"他闷闷地开口,倒显得自己十分委屈。

小满冷笑出声,觉得荒谬至极。这是拿喝醉为自己开脱不成?

周攻玉总算是松了手,她立刻将他推开,俯身捡起信,提着裙子就跑了。

徒留他一人在廊中,一动不动站了许久,冷风吹着,非但没能压下燥热,脸颊反而越发滚烫。

回了屋,小满直接扑进了被窝,如同死鱼一样瘫了许久,突然就开始捶枕头,力道之大,像是把枕头当成了周攻玉。

次日,周攻玉酒醒,昨晚的事还清清楚楚地印在脑海中。不等他去给小满赔罪,宫人就禀报说,小满清早还未用膳就出了宫。

待晨光熹微,小满就出了宫。等到了书院的时候,学生们也到了上课的时间。她没有打扰旁人,径自去了自己的房间。白芷知道她一定是和周攻玉之间出了什么事,却没有问就送她出了宫。

小满精神不好,因为她昨晚整夜都没睡着,只要一闭眼就会想到那个带着酒气、细致湿润的吻。

除了发麻的舌尖,最大的感触便是无能为力,她恨极了无力抵抗的自己,也厌恶如此对待她的周攻玉。

回屋的时候,后院还有些细微的声响传来。

等她走过去,才发现是付桃正在后院整理花草。

浓艳劣质的脂粉被洗去后,露出付桃清丽的面容,有了几分豆蔻年华的样子。

听到小满的脚步声,付桃起身看向她,眼睛睁大,忙喊道:"夫子回来了?"

小满点头,脸色还有些苍白,勉强撑起一个笑:"怎么不一起上课?"

付桃眼神闪躲,手指不安地搓着衣角,低垂着头回答:"我好几日没学,赶不上她们了。再说,我如今的身份,和她们一起上课,岂不是折辱了那些学生。若是被她们的爹娘知道与我共学,又要给先生惹来麻烦。"

小满盯了付桃一会儿,才道:"是有人和你这么说过了,还是你自己这么想的?"

"不怪旁人，就算有人说，那也是事实……没办法的。"付桃语气难掩失落。

"不一样，旁人的话无所谓，你自己不该这样想。你若觉得自己脏了身子，与旁人在一起就是折辱了她们，那是你自己都看不起自己了。"小满看着付桃，心中也觉得难过。

之前在书院里，付桃比旁人的年纪大一些，就经常照顾那些年纪小的学生，脸上也总挂着笑，性格十分开朗。被她父母卖入青楼，尽管赎身回来了，眉眼间也是扫不净的郁气，与人说话都是怯生生的，更不用说挂着笑脸了。

小满才说了一句，付桃就忍不住开始哭："我以后嫁不出去了……要是被人知道我脏了身子，我哪里还有脸活下去。"

"我不是你，无法切身体会你的苦楚，虽不好多劝，也还是想和你说几句。人生在世，总是要想些属于自己的事，你活着不是为了贞洁，也不是为了嫁给谁，不该因为这些事就想着去死。你一直喜欢和林大夫一起学医，往后学了医术，离开京城改名换姓，又有谁知道你的过去？"小满耐心地为付桃抹干净眼泪，付桃也停止了抽泣。

"谢谢夫子……"

"你要是不想和书院的学生一起，就让林夫子只教授你医术，至少要识字，否则连药经都看不懂了。"

"学生知道了，多谢夫子宽慰。"

付桃擦干眼泪，问小满："那夫子怎的这时候回书院了？不是该在皇宫，太子也一起来了吗？"知道周攻玉是太子这件事，就让她足足消化了半个月，连看小满的目光都带了些敬佩和羡慕。谁能想到这样一个举世无双的人，心上人就是她的夫子。

说完，见到小满神情复杂，似乎是不知道该怎么开口，她又说："我还是不问了，这么早夫子指不定还未吃早饭呢。要是不嫌弃，让我去做一两个清粥小菜吧？"

小满点了点头："自然不嫌弃，多谢你了。"

小满住进东宫后，屋子里就多置办了一张床榻给付桃。她的那些东西付桃也不曾动过，日日打扫也没有落灰，连窗台摆着的花草都被付桃悉心照料着。

进屋后，小满坐在书案前给江夫人写信。一夜没睡，她感觉自己的眼睛酸得不行，提笔写了几个字，又觉得不好，揉成一团扔了后又重新写。只是每次落笔，都无法抑制地想到周攻玉，也就忍不住写了几句想要回益州的话。思来想去，又觉得下笔过于草率，趴在书案上长叹一口气。

只是这一趴，困意就如同潮水般席卷而来，不一会儿就觉得眼皮无比沉重，眼前也慢慢模糊了。

付桃托着做好的粥菜准备给小满送进房，刚一踏进屋子就见到了书案前坐着一个男子，惊得手一抖，险些把粥洒了。白芷把她手中的托盘接过，示意她噤声，付桃却更不放心了。

194

她早上可是见过小满面色不悦地回到书院,指不定是被太子欺负了。要是她现在走了,太子再做些什么怎么办?

"我得叫醒夫子,不然一会儿粥该凉了。"

周攻玉走出房间,压低声音:"你叫什么名字来着?"

"我叫付桃。"

周攻玉态度很好,说道:"付桃,你可愿意帮小满煎一碗药?等她醒了,让她先喝了药再用饭。"

付桃没有犹豫就从阿肆手中接过药包,这才想起来自己没有行礼,而周攻玉看上去也丝毫不在意,又回到了屋子里。

等付桃将煎好的药端进屋子,苦涩的药味立刻弥漫开来。她见到周攻玉正捏着一张信纸看得出神,骨节分明的手指极为好看,却生生将信纸捏出了褶皱,像是努力在隐忍着什么。而小满还趴在书案前熟睡着,丝毫没有要醒的迹象。

周攻玉下颌点了点,示意她放下药碗。

付桃照做后,将粥菜端走热了一遍。等她再回屋子的时候,小满还是没醒,而周攻玉手上拿着一把沾了血的匕首。

"你要做什么!"付桃惊得喊出声,连忙放下手中的粥菜跑向他。

等近了身,才发现这血是周攻玉的,连书案上都染上了血点。他露出的手臂内侧上,布满了或深或浅、或新或旧的伤口。

付桃倒吸一口凉气,一时竟说不出话来。

周攻玉用帕子按住流血的伤口,没有理会她。

而小满也被付桃的这声叫喊给惊醒,神情恍惚地抬起头,看到眼前人后,还以为自己是在做梦。

和周攻玉短暂的双目相对后,他就心虚般移开了目光。

小满对付桃说道:"你们都先出去吧。"

付桃不放心地看了一眼周攻玉用帕子按住的手腕,素净的帕子上浸出的血,就像一朵赤莲。

小满本来睡得很死,中途醒来,可以说一半是被这股浓烈至极的药味熏醒的。自然是一眼就看到了书案上的药碗,以及滴落在碗边的血迹。

她抑制住想去看他伤口的冲动,刻意用冷淡的语气说:"酒醒了吗?"

听到她的语气,周攻玉脸上是难掩的落寞,连低垂的眼眸,都像是被云雾遮住的夜空,阴沉一片,不见星月。

"我昨夜醉酒,一时孟浪,往后不会了。"

"这是太子说的第几回往后不会了?"小满语气平淡,似乎理都不想再理他,"喝了酒不代表可以做错事,也不会让我因此谅解你半分。在东宫这段时日多谢殿下照拂,往后我自己想办法。"

"若是没有其他办法呢?"

195

"那就算了。"

周攻玉猛一抬头，略显苍白的脸上，只有眼尾处如点了胭脂似的红。

他眼眸微睁，隐含不满道："什么叫算了，当真是死也不愿意？"

小满撇过脸不去看他，淡淡道："太子怎样想都可以。"

面对她冰冷的脸色，周攻玉语气又软下来，说道："若你不喜，我日后不再喝酒。你莫要用自己的身子赌气，跟我回去吧。"

小满无动于衷，只道："太子无须这样待我，总归我日后是不会与你在一起的，也无须在我身上做些白费功夫的事，便是你做得再多，我也不会心甘情愿地与你一起。亲吻一个心中没有你的人，不会觉得寡淡无趣吗？若能将这些心思放在其他贵女身上，想必早就能遇到与殿下更匹配的人了。你我二人，无论是身份还是志趣都相差千里，何必为难我。"

周攻玉沉默片刻，再一抬眼，眸中似是裹挟了山中清雾，朦胧潮湿，有那么一丝丝的……可怜。

小满看了一眼，心上似乎被轻敲了一下，立刻又撇开目光不看他，不让自己有半分心软妥协。

"那你呢，被一个你不爱的人亲吻，那时候你又做何感想？"是感到羞愤，还是……恶心？

他虽喝了酒，不代表什么都不记得。想起昨夜她抵触的神情，和最后近乎厌恶的眼神，似乎不用再多问了。

再问下去，就是在自取其辱。

小满被周攻玉问得羞恼，不悦道："还能有什么感想？"

都要气死了，哪里还有感想！

周攻玉看了眼书案上的信纸，将尚有余温的汤药推给她："先喝了吧，喝完我就不烦你了。"

他说完，当真就起身朝门外走。

捂着伤口的帕子也不知道何时被他松开了，任鲜血蜿蜒而下，染红了手掌。

小满皱眉，欲言又止了好一会儿，仍是没能开口叫住他。就算是以血化蛊，他这割出的口子也未免太深了些……

等周攻玉走出门口，她盯着地上被血浸红的绢帕，终于还是没忍住去妆奁里翻出药，拿起一块绢帕去追他。

就算是苦肉计她也认了，只管把东西交给他，一句话也不多说。她追上前，喊道："太子殿下，你……"

听到小满的声音，周攻玉停住脚步，身子却没站稳一般晃了两晃，不等回头，就忽然朝一侧倒了下去。

云纹锦袍飘然落地，掀起了地上的尘灰枯叶。

阿肆赶忙将周攻玉扶住，小满听到他倒下砸在地上的闷响也被吓得不轻。

"他怎么晕倒了啊？阿肆你快带他去我房里，快些！白芷，你去把林秋霜喊来！"

周玫玉猝不及防地晕倒，使她完全忘记了自己还在生气这回事。

等将他扶进屋子，她才发觉自己的指尖在微微颤抖，心脏也跳得飞快，以至于话都说不完整了："阿肆……怎么了，太子是怎么回事？不对啊……怎么会晕倒？他不会出事吧……"

阿肆语气平静，倒没有多担心："小满姑娘不用害怕。"

小满迷茫地睁大眼望着他："害怕？"

她在……害怕？

害怕什么？

// 第八章

被骗

林秋霜正在给学生授课,白芫突然出现说周攻玉出事了,她便让学生自己看书,自己先了小满屋子。

学生们面面相觑,不知道发生了什么。

另一边,小满不安地坐在床沿,看着周攻玉失去血色的面容,心中慌乱不已。

林秋霜将小满赶到一边,为周攻玉把了脉,仔细查探一番后,不禁横了小满一眼,说:"你每次喝药,倒是让他少流点血。"

小满面色更差了,问道:"我记住了。那他现在怎么办?"

"喂他喝些水,醒了就吃点好的补一补身子,大惊小怪……"林秋霜睨了她一眼,"怎么就把你吓成这样了?"

小满立刻道:"他是太子,要是在书院出事,我怎么可能不慌!"

虽然嘴上说的话有理有据,却还是遮不住眼神的闪躲,林秋霜也懒得说破,起身就要回去授课。

小满跟着出去,走了一段,林秋霜停下,望着她:"你不留在屋子里守着太子殿下,跟着我作甚?"

"我是想问问你,解蛊的事,还有没有其他办法?"小满轻声询问林秋霜的时候,心里还是带着期盼的。

于她而言,就算能化蛊,她与周攻玉彼此纠缠,再想当作无事发生,彼此两清后挥手离开,谈何容易。

林秋霜眯了眯眼,低声问:"怎么,住在东宫不好?太子殿下欺负你了?"

忽听她说"欺负",小满脑子里浮现的都是周攻玉在月下将她制住的一幕,立刻羞恼地否认:"不是!"

"这么大声做什么?想也是,太子那么疼你,哪舍得欺负你。那你怎么回来了?"

"我就是不想留在宫里。"

林秋霜看得出她是真心想换个法子,但想到周攻玉还在那屋里躺着呢,于是决定断了她的念想:"那也没法子,除非你能让太子住在宫外,要不然解不了蛊,你这小命可撑不起。"

小满本来也没有抱太大的希望,然而听林秋霜这么说,面上还是难掩失落。

"算了……你先回去看着学生吧,她们这会儿都该翻天了。"

等林秋霜回去给学生上课了,付桃才怯怯地问她:"夫子,太子殿下这是怎么了?我看他方才自己的手臂都割流血了……"

小满默了默,不知该如何答付桃,只能摇着头,无奈道:"没什么事,就是身子虚了点。"

付桃一听她说周攻玉的身子虚,眼神顿时就有些复杂了。

"我去看看厨房还有什么东西,炖了给他补一补,说不准能好些。"

"我陪夫子去吧。"

本来是要进去帮忙的,可到了最后,面对手脚麻利的付桃,她站在里面显得格外碍事,只好悻悻地从里面出来,管林秋霜要了方子,带着白芷去药铺抓药。

小满走后不久,周攻玉便悠悠醒转了。

他躺在榻上浑身乏力,连头也昏昏沉沉的,睁眼便问道:"小满呢?"

阿肆如实答道:"不知。"

周攻玉撑着坐起身,看到自己正躺在小满的榻上,面上倒没什么错愕:"她刚才有说什么吗?"

"小满姑娘被吓到了,很担心。"

"没了?"

阿肆道:"没了。"

周攻玉抿了抿唇,抬手揉着眉心,说道:"罢了,先等她回来吧,总归还有江家的人帮忙劝上一劝。"

"太子殿下怎么突然想出这种法子来?"

他自己也觉得用苦肉计是无奈之举,而且十分卑劣,无异于挟恩图报。所以阿肆问起来的时候,他还有些难为情:"也不是突然,只是本来心中便在犹豫,我见她写给江夫人的信上说,想要回益州去,这才不择手段了点。"

阿肆点头,确实是不择手段,无半点君子风范,尤其是对着小满这种单纯心软的姑娘,显得很阴险。

这种招数,也就是小满还能看他两眼,换作旁的女人,被他骗了几次,知道这是黑心肝的算计,保不准他血流尽了也不看一眼。遇上林秋霜这种的,还会往上补一刀。

在等小满回来的时间里,付桃进来送了一次补汤。

周攻玉看着付桃若有所思。

前些日他母后好不容易对小满改观了些,这几日又开始不满,言语中对小满颇多挑剔,连带着朝野里都有了风言风语,说他看上了一个祸水,沉迷女色

199

荒废政事。几个文人的口舌更是厉害，将小满说得像那亡国妖姬一般。

江所思这种板正严肃的人物，都在朝上和人争了个面红耳赤。

虽然那些人被他整治了一番，可悠悠众口最是难平。小满并无过错，只是怀璧其罪，因为周攻玉的东宫只有她一个人，无名无分地住进去，而他在政事上稍微显得松懈些，就有人归罪于她。

他心中忽有一计。

小满回来之后，见他确无大碍，也不愿留他，让他早早回了东宫。

这日小满从学堂回到房中，正好见到周攻玉臂上割开了口子，鲜血流进褐色的药汁中。

他皮肤白皙，显得臂上猩红更加刺目。

他总是一寻到时间就来书院，加之还要忙于处理政事，纵使强撑精神，也遮不住疲态。

周攻玉看到她来了，将伤口按住，温声道："来喝药吧，我不会烦你。"

这几日连江所思都来劝她了……说她小孩子心性，不该与太子置气。她如今不仅仅是自己，也是江家的人。既然与皇室有了牵扯，就不得不顾忌太子的颜面，顾忌到江家的名声。

小满没有喝药，将药膏取来，坐在他身侧，一边为他敷药，一边平静地说着："我会和你回去，不要这样了……若若和我说，你因为朝中有人对我的身份质疑，而将人处置……我对朝中事并不了解，难以分清对错。但你是一国储君，不要因我而对臣子降罪……"

"真正明事理的朝臣不会说出这些话，人无完人，偶有疏漏也不是什么奇事，偏生有些老臣对我不满，才借机发难罢了。我自己的事，怎么能扯到你的身上？且不说我并未有什么过错，便真的有了，也是我一人所为，推到一个弱女子身上，实属无能。"

周攻玉说话的时候，小满就在打量他的伤口。

这一段时日下来，他本来紧致光洁的手臂上，也是一道道血痂。

似曾相识到令人难过。

她包扎的动作又放轻些，周攻玉察觉到了，眉眼低垂着，温柔道："苦着脸做什么？真的这么不想和我回去？"

"你都不觉得疼吗？"她心口有些发闷，眼眶也酸涩起来。

不因其他，只是觉得难过。

周攻玉侧过身，手臂揽过她轻轻拍了拍："与你相比，这一点伤口算不得什么。"

他是真的觉得很抱歉，也很后悔。

他厌恶韩拾在小满心中的分量，却又感谢韩拾在雪中救了她一命。若不然，只此一生，都是上穷碧落下黄泉，两处茫茫皆不见。

小满看着周攻玉的眼睛，像是透过他在看曾经的自己。曾经那个贱如草芥，低到尘埃里的自己。

她看看周攻玉这张满是歉疚，又满是爱意的脸，忽然笑了一下，眼泪随之就落下了。

周攻玉面对她的眼泪显得十分无措，连自己的伤都不顾就去为她揩眼泪。

"攻玉哥哥。"

他手上一僵，怔怔地望向她。

"要是早一点就好了。"她低着头，想起当时在相府，一仰头就能看到铺满的紫藤，阳光顺着紫藤的缝隙洒进来。

转过身，一旁的周攻玉在光线下，连轮廓都显得朦胧高远，遥不可及。他是太子的时候，就不是她的攻玉哥哥了。

"我当时，是真心喜欢你。可世上的事就是这么难以圆满。我喜欢你的时候，连你皱一下眉都难过；可你喜欢我，却可以看着我去死。"原来这些事再想起来，眼眶还是难免酸涩。

"那时候我满心都是你，现在已经不行了。你行事向来冷静，遇事总要衡量轻重，我的性命也可以被拿来衡量。即便这次回了东宫又能如何，再如何强求，我跟你也是没有好结果的。"

她越说下去，语气就越是平静。

周攻玉放在她肩上的手指慢慢收紧，轻颤几下后，又缓缓松开了："现在也不晚，我喜欢你，只要再等一段时日，你我还可以回到从前，又怎能说是强求？"

这话与其说是在说给小满听，不如说是在安慰自己，就算是强求，他也不会放手。

小满对于周攻玉的话，并没有再觉得生气。

那个时候她活得浑浑噩噩，周攻玉像一束光，让她遇见了，就再不想松手。后来发生了那么多事，她也怀疑过，周攻玉是否有她想的那样好，也许只是一个错觉呢。若要相比，韩二哥待她何尝不比周攻玉好。

其实也没什么好比的，只是时机不同罢了。对于周攻玉来说，又何尝不是这样。那时候恰好有这么一个人出现，便在心上留下了抹不去的一道痕迹。

待离别后，才知道情深刻骨。

念之即伤，思之即痛。

"你且等等我，"周攻玉额头抵着她的肩膀，手指牵着她的手，"别这么快放弃，不要对我死心……"

她垂着眸子一言不发，良久后才拍了拍他的肩："回宫吧，不然皇后娘娘该要责骂你了。"

"那你和我一起。"

"好。"

再回东宫，见到小满的宫人都忍不住打量她，直到车辇没影了才敢说上几句。

而东宫的人都认识小满，几乎是将她当作太子妃照料的，也亲眼见过太子对她呵护备至，哪里敢多嘴多舌。

小满一回去，胖成一团球的"芝麻"就跳起来挠她的裙带。

小满弯腰逗它，问道："这才几日不见，怎么就胖成了一个球？"

周攻玉将"芝麻"抱起来，犹豫着开口："我有件事想和你说……"

她一见周攻玉眼神闪躲，便知道他又瞒了什么事，所以才会心虚。说来也好笑，他从前总是喜怒不形于色，如今在她面前却越来越藏不住了。

小满不为所动，也没觉得意外，只是脸上的笑意渐渐隐去了："你说吧。"

周攻玉的步履显得有几分急乱，拉着她往书房走，将上次见到付桃时的计划和盘托出。小满愣了半晌。

"你要找一个烟花之地的女子到东宫？"

周攻玉点头。

"你利用别人来刺激皇后和朝臣，若适得其反，你自己的名声岂不是也要被抹黑？"小满说着就有些动怒了，撇过脸去不想和他再说。

周攻玉倒了一杯清茶，递给她："清清火，都是我不好，别气了。况且我要那些虚名也无用，只要政事上寻不到错，他们也不会拿我怎样。那些人总说你是祸水，留在我身边会翻天。"

见她依旧不说话，周攻玉转移话题。

"你中蛊一事，定衡已经替我查出来了。那日你吃过莲花糕，再食用姜月芙的糕点，二者混在一起便可诱发蛊毒。威远侯府的那名侍女是被姜府的一位小厮收买了，才特意买了莲花糕。"

"竟是如此？"小满有一瞬的哑然。

纵使她和姜月芙都不将对方当作自己的姐妹，也不得不承认，从前在相府一起过了十五年，虽然彼此疏远，至少能表面上做出一副友善亲爱的姐妹模样。

为姜月芙做了十五年的药引，甚至差点因此而死，照理说，她实在是不欠姜月芙什么。

思及此，小满说道："过几日，是我母亲的忌日，我想回姜府祭拜她。"

那日也是她的及笄礼，是陶姒陪她过的第一个生辰。如今回忆起来，只剩下潮湿阴冷的雨水，和陶姒悲鸣一般的哭泣声。

周攻玉试探着问："我能不能和你一起去？"

"你不要耽误政事就好。"

"不耽误。"

姜恒知早就知晓，姜月芙给小满下毒的事瞒不过太子，于是早早就准备好了将她送走保命。而姜月芙久病缠身，又染上"百花泣"的瘾除不去，送走了若没人照料，还是生不如死。程汀兰不忍心，不愿意送她走，仍盼着此事不被挖出来追究。

过了一段时日，宫里又传出些风言风语。说太子迷上了小满不久后，又往宫里添了一个姑娘，而且还是一个烟花之地的姑娘，宠爱万千，几乎是由着她胡闹。

换作不知情的人，只会当作这是男人本性。但姜恒知深知周攻玉和小满之间的情意，一眼便能看透本质，也不禁唏嘘，太子对小满是真心喜爱，才会不惜以这种方式保护她。

程汀兰并未像他一般想这么多，她深知，若太子真的没那么喜欢小满了，也许就不会再追究姜月芙的罪名，姜月芙就不用被送走了。

于是她还高高兴兴地和姜月芙说："月芙，你莫要为此难过，娘不会让你被送走受罪的。别看太子前几日宠爱小满，可这男人哪有例外，都是会变心的，待她也不过是初尝情爱觉得新鲜，如今可不就宠上了旁人，据传还是个粗俗无礼的民间女子。小满还是没有本事，竟会让这种人比了去。要是你做太子妃，哪里会让这种上不得台面的人踏进东宫呢……"

姜驰微微皱眉，低声问："太子殿下，真的不要小满了吗？"

"他们二人还未成亲就住到了一起，现如今太子变了心，她的太子妃之位能不能坐得稳还未知。兴许过几日，她就会搬出宫。"

"还有近日宫里传闻，说平南王的婚事定下来了，已经在挑日子了，保不齐就在年末。平南王要是成了婚，太子的婚事应当也不远了。"

姜月芙正要起身，听到"平南王"三个字，身子忽然晃了晃。

陶姒的忌日，刚好也是小满的生辰。
几近晚秋，枝叶凋零，寒风瑟瑟。
周攻玉带回来的姑娘，似乎知道自己的任务是什么，她看得明白，毕竟做好了，太子许诺还她自由之身。

她别无所求，只愿不再回那烟花之地，哪怕之后浪迹天涯。

于是她将恃宠而骄演绎到了极致，在御花园顶撞了一个不受宠的婕妤，对方看在周攻玉的面子上没有开罪，她的行事便便更加大胆。

没过多久，流言传得沸沸扬扬，批判周攻玉的也不在少数。

正当他们传太子抛下政事，陪那女子去游湖的时候，周攻玉乘着马车和小满回到姜府祭拜陶姒。

马车行到半路，开始下起了淅淅沥沥的小雨。

秋雨阴冷潮湿，被寒风卷着吹入帘中，将昏昏欲睡的小满冻得哆嗦一下，整个人都清醒了。看向周攻玉的时候，发现他正伸手去按住被风吹动的帘角。

"没事，我不困了。"

"你若不想与我坐那么近，我换个位子便是。"周攻玉的话，也和这阴冷的雨水一般，凉丝丝的，透着寒气。

小满听出来他是有些不满的，毕竟回到东宫这么久，她都没有再亲近过他，天色一暗下来就再也不肯与他独处。看起来反而更加疏远了，连乘车马也要隔开距离。

"没有的事，太子切勿多想。"

"分明就有。"

周攻玉说完，她便不说了，权当默认，更是让他心里发堵。

两人都醒着，坐在马车中一言不发，安静得能听到落雨的"沙沙"声，以及车轮碾压过的声音。

她并不想惹得周攻玉不高兴，只是今日特殊了些，实在撑不起笑脸。

默了片刻，她又觉得自己总是冷脸不太好，便想主动开口化解僵硬的气氛："今日……"

"待会儿可能会冷，把披风系上吧。"周攻玉又是先她一步，"怎么了？"

小满摇摇头："也没什么。"

周攻玉抿唇一笑，说道："我还以为你怕我不开心，想哄我一次。"

"那你不开心吗？"小满认真地问。

"我不开心，你会哄我吗？"周攻玉反问她。

小满其实是没怎么哄过人的，也不知道安慰人是不是和哄人一样，想到周攻玉和韩拾都喜欢揉她头顶，就像她揉"芝麻"一样。

见她半晌没有反应，周攻玉自讨没趣，脸上笑意也渐渐沉了下去。就在这时，小满却微微起身，手探到了他头顶处。

柔软的衣袖拂过周攻玉面颊，浅淡隐约的冷梅幽香，和他身上的气息如出一辙。

接着他便感到头顶被轻轻揉了两下，很快她就收回了手，皱着眉一脸不解："这样算是哄了吧？"

小满见周攻玉面上都是错愕，以为自己犯了什么忌讳，比如太子的头顶摸不得这种，正犹豫着要不要道个歉，就见他忽然弯下了腰，手遮在眼睛的位置，连肩膀都在微微抖动，像是极力忍着什么。

她疑惑道："我只是摸了几下，应该没什么事吧？"

周攻玉终于忍不住闷笑出声，扶着车壁，敲了敲她的额头："哄得很好，我现在开心了。"

哄人就和哄猫一样，不开心的时候就揉两下，果然是没什么区别的，连周攻玉这样的人都不例外。

下车后，周攻玉亲自为小满撑伞。

"在想什么？"周攻玉见她想事情想得出神，连台阶都没有注意，便出声问了一句。

小满看向他被雨水打湿的肩膀，说道："你不用护着我，雨都淋湿你的衣服了。"

"我身子好，淋湿也无碍，倒是你一染了风寒就要走一趟鬼门关。"周攻玉将她往自己的怀里带了一下，"还靠那么远？"

小满听话地往他身边靠了一下，说道："关于姜月芙，我还没想好该怎么办。她想害我性命，自然不能就这么算了，可……"

话还未说完，便听一阵急促的脚步声，伴随着杂乱的呼喊迅速靠近。

周攻玉也停下了脚步，和她一起看向人声传来的地方。

"快按住小姐，快抓住她！"

"不能伤了小姐！你们拿着棍子做什么？"

"真是疯了，要死人了，快去叫老爷啊！"

小雨淅淅沥沥地下着，不久便湿了人的衣衫。

女子摔倒在地，衣袖上沾了泥浆，打湿的乌发也狼狈地贴在颊边。

有侍女想要靠近，她便用手上的匕首将人吓退。

小满站在伞下，惊讶地看着姜月芙。

这时候，姜月芙也抬起脸朝她看过来，脸上的表情从痛苦瞬间转变为愤恨和屈辱。

她将想要按住她的小厮划伤，挣扎着起身时，动作都显得有几分癫狂。

"百花泣"发作，得不到缓解，便如同被万虫啃噬，痛痒无比。恰好赶上阴雨天，她旧疾发作，疼到几乎失去理智。

雨水顺着她的下颌流下，她抬起匕首，直指小满："你……姜小满……"

姜府的人自然知道这是太子和小满，哪里敢让姜月芙靠近，就算是伤了自己，也不敢让周攻玉被伤到一根头发。

面对众人的围堵，姜月芙如同疯狂的困兽，失去理智后就无差别地攻击靠近她的人。

小满惊愕地站在原地，问周攻玉："她这样很久了吗？"

周攻玉似乎不为此所动，语气都是不咸不淡的："应当是的。染上'百花泣'越久，就越是精神癫狂，无法自持。姜夫人为了替她缓解痛苦，中了林菀的计谋，才让姜月芙成了如今的模样。"

他话音刚落，一个人影冲到姜月芙身边，想要去抱住她，却被下人齐齐拦住。

程汀兰一路跑过来，被雨水淋湿后也不再端庄，只剩下爱女心切的模样："月芙！月芙你别伤了自己，千万不要做傻事啊！快把匕首放下！你们不许碰她！"

下人们被她呵斥，哪里再敢动姜月芙，只能犹豫着围住姜月芙。

程汀兰看到小满和周攻玉一起出现，也只有短暂的惊讶，目光仍是留在姜月芙身上。

不多时，姜恒知也不疾不徐地赶到了，伞下还有一个林菀。

他似乎已经习惯了姜月芙的模样,瞥了一眼,无奈道:"还不快将小姐押下去带走!"

话毕,他正给周攻玉行礼时,姜月芙忽然推开了侍从,疯了一般胡乱刺向他们,很快又朝着小满的方向而来。

小满身边有白芷和阿肆,怎么都不会受伤。周攻玉侧身将她罩在怀里,连雨水都沾不到她,更何况是姜月芙。

姜驰抱住姜月芙,伸手去夺她的匕首,掌心却被划了一道。

姜恒知怒道:"还不快打晕她!"

姜月芙眼看着精神都恍惚了,哪里还认得什么人。程汀兰哭喊一声:"不许打月芙!我看你们谁敢?"

锋利的匕首上染了血,又被雨水冲刷干净。

姜恒知跑入雨中拉住程汀兰:"都到了什么时候,你还护着她!她伤了多少人你看不见吗?"

为了拦住姜月芙,有一位侍女脸上都挂了伤,一路上更是有许多人受伤,连姜驰也不例外。

姜恒知正怒着,忽听一旁的林菀尖叫一声,立刻转身将她搂在怀里护住。

小满看到姜月芙的动作,连忙去拉程汀兰,却还是慢了一步。

在姜恒知转身抱住林菀的时候,程汀兰愣了一瞬,胸口处传来的剧痛让她回过神,触目惊心的血花在衣衫上绽开。她疼得喊不出任何人的名字,只是呆呆地看着姜月芙。

雨不知何时大了起来,地上的水洼渐渐染成了猩红。

小满被周攻玉拉了回去,扣着后脑勺按进怀里,低声道:"别看了。"

她睁大着眼,呼吸急促地攥紧周攻玉的衣服,指节用力到泛白。人倒地的闷响声、惊呼声、脚步声,都混杂在雨声里。

程汀兰脸色苍白地倒在地上。姜恒知跪在雨水里,手指发抖地捂住她的伤口,却怎么也堵不住汩汩涌出的鲜血。她张口却发不出声音,血从口中流出,又很快被雨水冲去。

她的嘴巴一张一合,像是有许多话要告诉姜恒知,却一点声音也发不出来,只剩下"嘀嘀"的气音,痛苦而又绝望。

直到眼神涣散了,姜恒知也没有听到她说了什么。

程汀兰的丧礼连归隐山中礼佛的老夫人都惊动了。

姜、程两家也曾鼎盛一时,落到今日的下场,死的死散的散,难免惹人唏嘘。

程郢闯入姜府,把姜恒知按在地上打了一顿就跑了,后来几日都没有再出现。

小满回到宫里消沉了许久,心中空落落的,也说不清是什么滋味。

她与程汀兰并不熟悉,从前在相府的时候,偶尔会收到程汀兰送来的衣料首饰,见面的时候也只会和蔼地对她笑笑。因着府里的许多下人都是扒高踩低,对她不甚恭敬,她也鲜凑到其他人眼前惹人嫌。

记忆中的程汀兰,是一个端庄温婉,很爱孩子的母亲。

曾有一次,她撞见程汀兰在花园给姜月芙扎辫子,那时候她就很希望自己与陶姒也能这样温情地相处。

只不过造化弄人,陶姒死后的第三年,程汀兰也于同一日,死于自己女儿之手。

两人死前都爱着自己的女儿,也都对姜恒知失望至极,开始得大相径庭,下场却一样。

立冬那一日,阴了好几日的天终于放晴,难得地出了太阳。

日光照在孝服上,为衣服镀了层暖光,看着有些讽刺。

姜恒知是官降四品,连丧事都限制了规格,可上门祭拜的人还是络绎不绝。

一些是曾经受他提拔,受恩于他的人,还有一些怨恨他的,亲自到场只为了看他如今的落魄下场。

丧礼那日,小满穿了身素白的衣裳,发髻上只插了一支玉簪。

周攻玉陪她到了姜府,放眼望去都是一片肃穆的白,人影不绝,却让她感到无端的冷寂。

如今的姜恒知虽然官位不高,但曾经也是一朝之相,太子前来参加他发妻的丧礼,也并不是什么稀奇的事。

那女子在宫里张扬放肆,连皇后都惹怒了,周攻玉将此事担下,惹得众人议论纷纷,他和那女子都成了众矢之的。小满和他一同现身姜府的时候,引来所有宾客的注视,其中不乏一些女宾,用怜悯的表情看着她。

周攻玉面色无虞,侧过脸对她说:"你自己小心些,等我应付完了来找你。"

女宾一般都会与男宾分开,小满不想面对一群陌生人的打量,便和白芫一同去了灵堂。

满目都是惨淡的白,只有一具黑沉沉的棺木摆在中央,看得人心底发寒。

程汀兰的至亲都不在了,如今有资格为她披麻戴孝、上香烧纸钱的人只剩下程鄢和她的子女,以及头发花白的姜恒知。

然而今日只剩下姜驰一人,灵堂这种地方,若非血亲,常人都不愿久留,以免沾上晦气。程汀兰的死因,对外都传是病重,但当日府里的动静闹得那样大,下人又那样多,对姜月芙怨恨已久的也不是没有,弑母的说法还是流传开来。

小满从没见过如此沉寂的姜驰,就像是被拔光了爪牙,再抽打到遍体鳞伤的野兽,连背影都变得脆弱,好似不堪一击。

姜驰抬起脸,看着小满:"你为什么还要来?"

小满从桌上拿了立香,正要去点燃,却被姜驰一把夺过,他语气冷硬地说:

"若非真心，何必还来惺惺作态。"

"姜驰，也不是只有你一个人失去了母亲。"

姜驰将立香拍在桌案上，泛红的眼眶蓄满了泪水，咬牙道："陶姒如何与我母亲相比？我就知道，你是来讥讽的。如今我也没了母亲，你心中必定在想是我活该，是不是？你现在该高兴了吧？"

当初陶姒逝去，他咒骂小满，撕毁她母亲的遗书，嘴里没有一句好话，如今轮到他了。

姜驰攥紧拳头，胸膛剧烈地起伏着，强忍着不让自己露出狼狈脆弱来，一副只要她敢笑，就要打人的模样。

小满自然不会给自己找罪受，何况在人丧母之日进行嘲讽，实属没有道德。

姜驰失德，她却不能和他一般。

人死如灯灭，生前种种，不过化为一缕轻烟倏尔消散，恩仇便也泯灭了。

"你不必如此，我今日来，只是为了祭拜姜夫人，没有与你计较从前的意思。"本就是不好的事，她自己都能放下，为何姜驰还紧抓着不放，实属叫人想不透。

这立香在明日起棺之前都不能熄灭，要有后辈不断地续香才行。姜月芙精神失常，如今定是被关起来了，程郓受刺激后不知去向，只剩下一个姜驰，默默地在此燃香，已经一夜未能合眼，还要再等到明日天亮方可休息，如今眼下也是一片疲惫的青黑色。

"姜驰，该续香了。"小满提醒道。

姜驰横了她一眼，擦去眼泪默默地去燃香。

小满站在牌位前一言不发，看着满目的白，忽然忆起些什么，问道："当初我母亲去世，府中似乎没有办丧礼。"

停棺七日，做法事，宾客来祭拜这些都没有，她作为女儿，甚至没能像姜驰一般为陶姒穿上孝服，亲自燃香守灵。等她高烧醒来，陶姒早就匆匆下葬了。

姜驰跪在火盆前，沉默地烧着黄纸，半晌后才说："你怨恨我吗？"

她愣了一下，刚想回答，他又自顾自开口："我现在什么都没了，家道中落，曾经的友人对我不屑一顾，被人冷眼讥讽，也被落井下石。如今连母亲都没了……姜小满，你可觉得解气？"

黄纸被火舌舔舐，蹿起的火焰又很快熄灭，纸灰随着热气朝上飘散，再悠悠转转落到了她的肩头。

冷却的黄纸，只剩下枯败的灰，一触就散。许多人的一生也是如此，苦苦煎熬，飘摇辗转，最后如尘灰散去了，连声音都没留下。

"姜驰，我对你没什么怨恨，也说不上原谅。我与你之间，最好没有交集。旁人的悲惨不能代替我所遭受的一切，便没有解气一说。你的伤痛是你自己在体会，我也一样。并不是你痛了，我所遭受的苦难就可以被抵消。我不恨你，也不想看见你，能明白吗？"小满在程汀兰的灵堂前，也算给了姜驰颜面。

侍女们都跪在院子里,只有他们二人在灵堂中。

可当晚姜月芙翻窗逃离了姜府。

姜月芙从姜府逃离后,小满便没有再听过她的消息,下蛊这件事自然也无法找她算账了。

程汀兰下葬不久后,从山中回来的老夫人也病逝了。

临终前,小满也赶了回去,见了她最后一面。

老夫人双眼混浊,已经看不见什么东西了,听到她的声音后,还是勉强喊了句:"小满来了啊……"

虚弱无力的声音,像是从喉咙中挤出来的。

小满坐在老夫人的榻边,手被紧紧握住。老人的手只剩下一层薄薄的皮肉包裹着骨头,可她握得很紧,几乎是用了全部的力气。

"老夫人?"

小满见她张了张口,似乎是想要说什么,于是将身子贴得更近。

"我们姜家对不住你,也对不住你母亲……小满啊……往后可要好好过。你是个好孩子,祖母不能看着你出嫁了,一转眼,你怎么就这么大了……"

老夫人只能发出梦呓般的话语,絮絮叨叨地说着无关紧要的事,最后又说了句:"太子殿下喜不喜欢你啊?他要是对你不好,可怎么办呢?他是太子,要是欺负了你,没有人为你撑腰怎么办呢?"

小满这下子确定老夫人是看不清人了,周攻玉分明在她身旁站着。

"太子很喜欢小满,一定会好好对她。宫里的传闻都是骗人的,他只喜欢小满一个人,不会让她受欺负的。老夫人还请放心……"周攻玉语气沉稳,像是在做承诺一般和她说着。

老夫人听完后,拍了拍小满的手:"好啊……好……"说完便没有了声音,睁着眼一动不动。

小满这才反应过来,老夫人这是走了。

这次回府,也是姜恒知派人到宫里传话,她才急忙赶了回来。老夫人是善终,没有太多痛楚,从屋子里出去后,守在门外的姜恒知偏过脸,没有看向她。

"老夫人去了?"

"刚走。"

姜恒知缓慢地点了点头,良久没有再开口。

周攻玉和小满回宫的路上,见她神情低落,问道:"姜老夫人从前对你很好吗?我好像没听你提起过?"

小满是个很容易满足的姑娘,一些微不足道的小事都能让她记挂许久。从前,要是哪个侍女替她摘了好看的花,她都会开心地说给周攻玉听。但这位老夫人,即使他在记忆中努力搜寻,也没寻到什么信息。

"我与老夫人其实是很生分的,她喜欢清静,为人又严肃板正,连姜驰都怕她。我与老夫人都不曾说过几句话，自然称不上对我很好……但从前我过生辰，我身边有个侍女端来了上好的糕点，当时也不敢确定，现在想来，糕点应当出自老夫人院里。"小满说完这些，也不由得沉默了。

如今老夫人也走了，姜恒知身边，也不知道还剩下什么。

降职罚俸，都没有让姜恒知的背脊弯下。可这一连串的变故后，他低垂颈项，身躯也渐渐佝偻了下去。才四十余的年纪，便有了苍老之态。几日之间，他的头发就白了大片。

万般皆是命，最终……也都是一样的。

种何种因，结何种果，怨不得旁人。

将那女子带进宫的初衷，就是为了硌硬那些多管闲事的大臣，不关注政事，却整日对着皇室品头论足。

周攻玉将小满带回东宫，本来没有碍着什么事，却偏有人说不合规矩，在朝中争论得面红耳赤。

他淡然地回应着他们，将话里藏刀的朝官默默记下，转身便想出这种伤敌一千自损八百的法子来。

那女子果然担得起太子给她的重任，短短一段时日，得罪的人比小满认识的人还要多。连皇后都怒到夜入东宫，在太子书房怒斥周攻玉。小满抱着猫恰好路过，不过偏头看了两眼，便跟着一起受训了。

周攻玉接过她手里的猫，两人并排站着，低头听皇后训斥。

"没出息！好歹是大家出来的女儿，却被一个粗俗不堪的烟花女子踩到头上，丝毫不将你这个未来太子妃看在眼里。你倒好，整日无所谓，半点也担不起太子妃的位置，朽木一块！"

除了当初去拜访那些个儒士外，小满已经很久没有被人指着鼻子教训了，偏偏皇后说的话还很有道理，她确实整日待在东宫，看书喝茶不思进取。她被说得脸红，心虚地瞄了眼周攻玉。

周攻玉被皇后从小训斥到大，早就习惯了，还若无其事地冲她笑了笑。

一见到二人眉目传情的模样，皇后正要发怒，将要说出口的话突然就断了，也总算察觉到了点不对。

都说太子如何宠爱那个妾室，金银财宝地供着，闯了祸也为她担着，喜爱得很。可若真是喜爱那妾室，看向小满时，眼里的情意可作不得假。

自己的儿子，心思有多难猜透，皇后自己也是知晓的。

"太子，本宫问你，你是否真心喜欢那无礼的妾室？"

周攻玉看了小满一眼，坦然道："母后希望儿臣喜欢谁？"

"自然是……"皇后刚要说小满，便陡然停住，一切都想明白了，不由得怒道，"你这是胡闹！"

"母后既然明白儿臣的意思，有些事还是不要插手为好。"

皇后一方面觉得自己被诓了很生气，另一方面又觉得幸好太子没有昏了头，走上皇帝喜爱舞姬的老路。

然后，她看向低着头乖巧站在周攻玉身边的小满，想到自己方才还怒冲冲地训斥了对方，会不会太过了些，语气就温和了几分："小满，我方才说的你记住了吗？"

小满点点头。

"你是太子妃，要担起自己的责任。"

小满弱弱地开口："可我还不是啊……"

皇后不满地瞥了她一眼："迟早会是，你如今已经住进了太子妃的寝宫，自然也要提早担起责任。"

等皇后板着脸将二人说教一番离去后，小满长吁一口气。

"你若不高兴，我下次不让母后来烦你了。"

小满将"芝麻"抱回来，掂了掂重量，语气有点郁闷："也不是，只是皇后娘娘的话也没错，我好像是不思进取了些。感觉在宫里，大家都有自己的事情做，我还不如在书院的时候能做点什么。'芝麻'刚抱来的时候还是小小一团，现在都胖成这样了，我的腰身好像也粗了一寸，届时就跟它一样……"

周攻玉没想到她是因为这些才面露忧愁，笑道："和一只猫比什么？你本就瘦弱，身子也不好，胃口好是件好事，何况我也看不出什么变化，还是很瘦。"

小满叹了口气，不想与他闲扯这些。

这段时日，小满时常出宫，帮着时雪卿对书院教授学生的方式进行调整。书院成立了许久，始终没有个正经的名字，时雪卿让她来想。

第一个女学，总要有个好名字，她想了好几日都未能想到。直到看史书的时候，瞧见那位自己登基做皇帝的公主，后来的史官，称她是离经叛道。

"离经叛道"在大多数人眼里，实属不是什么好词，和大逆不道是一样的，一般都是要被人口诛笔伐。

想来书院办了这么久，流言蜚语和荒诞的污蔑一直没有停过，办女学一事也算是符合了世人眼中的大逆不道之举。

最后小满言简意赅，直接用了"离经"二字为书院命名。

那一日，周攻玉站在学堂门口，看着小满撩起衣袖，语气温婉却目光坚定，对堂中的二十多位女学生说："为书院取这个名字，本意也很简单。你们身为女子，生来便有许多枷锁，一生活得不自在，而我希望你们能脱离俗世的纠缠，摒弃束缚你们的经典和教条，不畏人言与艰险，活得自在随心，拥有选择的权利，可以成为时先生这样了不起的学者，亦可以像林大夫，救死扶伤。前朝曾有陆大人以女儿身入朝为官，沙场之上也有像程夫人一样的巾帼英雄。而我希望你们日后也有更多活法，扬名立万也好，默默无闻也好，只要不辜负自己的初心，哪一种都是精彩的。即便日后嫁作人妇，选择相夫教子，平安顺遂地过一生，我也为你们高兴。"

堂下的学生面色恭敬，无不正襟危坐，仔细聆听小满的教诲。

周攻玉看着小满自信而又沉稳地站在台上，忽然有些恍惚。只觉得当年那个哭着扑进他怀里的小姑娘，好似蜕变成了另一个模样，可再看，又觉得什么也没变。她依旧温柔包容，在跨过无数苦痛后，努力坚韧地活着，以蓬勃的姿态盛开于荆棘之上。

小满放下书卷，看向门口逆光站着的周攻玉，笑了笑："事办完啦，我们可以走了。"

"好。"

江若若和周定衡的婚事定在年末，小满陪着江若若去看了正在绣的喜服。回宫之时，江若若问起东宫侍妾的事，小满不知如何作答，江若若便叹气道："我还当太子殿下对你是一往情深，谁知道也不过如此。你这般好的姑娘，他实在是眼瞎心盲。"

回宫后，小满将此事说给周攻玉听，他笑道："我确实眼瞎心盲，她的话倒也不错。"

小满无奈道："你倒是丝毫不在乎那些非议？"

周攻玉将折子放下，揉了揉眉心，说道："你知道这是假的便好，旁人的非议，能奈我何？

"不过，这也提醒了我。如今事情发酵到这一步，也算是她完成了任务，等过两日我便将她送出宫去。"

小满有些担忧地问："她可会有危险？"

周攻玉摇摇头："你放心。此事因我而起，自是要保她周全，我会将她送到安全的地方。"

她笑了笑，没有再言语。

夜深的时候，久不做噩梦的小满泪流满面地从梦中惊醒，身上冷汗涔涔，瑟瑟发抖。

殿里的灯忽然点亮，黑暗中有了光晕。周攻玉披着一件宽袍，披散着墨发，将烛台轻轻放下，坐在小满床侧。

"做噩梦了？"

小满泪眼蒙眬地看着他，眨了眨眼，泪水便滚落了下来。

烛光微弱，周攻玉的眼神越显得温柔。他刚要伸手，又犹豫着停下，试探地问道："我抱你一下，好不好？"

小满被吓得不轻，周攻玉恰到好处地出现，将她从梦魇中拉回现实。

她没有答话，周攻玉苦笑了一下，以为自己被拒绝了。

下一刻，温软的身子落入怀中。

小满埋头在他肩侧,手环住周攻玉的腰,小声道:"这个梦真的很吓人,不是我胆子小。"

周攻玉眼神软下来,哄劝道:"我知道。"

"看到你就不吓人了。"

他愣了一下,低笑声中是藏不住的愉悦。他抬手抱住她,说:"那便好。"

夜里是周攻玉哄着小满睡着的,第二日从她房里出来时,宫人们的眼神都很欣慰。

周攻玉本该如其他人所想的那般欢喜,可清晨在他离开时,发现了小满桌上的信。

是韩拾寄来的。

信上说,不日回京。

然而自收到韩拾说不日回京的信后,小满便再没有他的消息。她又带着药方去找了其他的大夫,皆没有更好的化蛊之法。

这蛊毒到底怎样才算解了,连她自己也不清楚。只是每次看到周攻玉流血,她就忍不住地心软,便更加无法对他硬起心肠。

在东宫的那些日子,似乎时间也开始过得轻快起来。

江郡守夫妇都远在巴郡,长兄如父,江所思便担起了照顾江若若的责任。

威远侯是个闲散侯爷,时常和自己的老友去游山玩水,整日不见踪影,为了避免周定衡与江若若私下会面太频繁,江所思就让她住到了自己的府邸。

小满去找江若若的时候,犹豫了许久,才开口问了有关韩拾的消息。

江所思告诉她,今年从边关回京的人马,至少要十日才能到达京城。

十日,可后天就是冬至了。

韩拾和她说过不日回京,看来还是无法赶回来陪她一起看花灯。

这一年的冬至,宫中有个小宴会。周攻玉想推掉当日的政务陪小满出宫。可这个想法,却在他心中辗转多日,都不知道该如何开口。

两年前,是小满第一次出府。

如今再想起来,竟觉得恍若隔世。

去年冬至的时候,周攻玉正与朝中旧派世家互相抗衡,心中愁绪难解。没有让阿肆跟在身边,孤身穿过人流,灯火辉映,光影斑驳交错。他鬼使神差地走到了月老祠,那里都是成双结对的眷侣,偶有几个也是陪着友人前来。

这样一个相貌非凡的公子孤身在月老祠,被人打量也是难免的事,只有一个卖花的老妪,看他的目光和旁人都不同。

周攻玉走去,态度和善地问她为何这样看着自己。

那位老妪白了他一眼,说出的话,让他记了许久,以至于每次回想起来,都会感到心口处隐隐作痛。

"我记得你,去年的时候,你身边还跟着个漂亮的姑娘。如今果然是不在了,想必你定是伤透了她的心。那么娇滴滴的小姑娘，公子竟也不知珍惜。当时她就抓着兔子灯，坐在河边哭得好生可怜。我一问啊，才知道她的情郎不喜欢她，见她那般难过，想必是十分喜欢你。如今可不就是，把人弄丢了吧。说起来，这般好看的一对，我还是头一次见，哪有人在冬至的时候把姑娘惹哭……"老妪絮絮叨叨地说了好些话，周攻玉却不敢再听下去，转身便走了。

直到迈入香火气浓郁的月老祠，看着满树的红绸时，偏偏那么巧，一阵凉风吹过，红绸"哗啦"作响，翻卷飞舞着。

只是无意中的一个抬眸，便在这千万条红绸中，看到了"周攻玉"三个字。下面跟着的，是"姜小满"。

人声鼎沸的月老祠，一瞬间万籁俱寂，似乎割裂出了两个天地，人声和缭绕的香火都与他无关，只有翻滚的红绸映在他眼中，将眸子染得猩红，如同被剑划伤了一般。

良久后，喧嚣声又重新出现在耳边。方才出现的红绸怎么也看不见了，似乎只是他的错觉，周攻玉眼底发热，双目莫名疼痛。

他伸手欲触，才发现不知何时，面上已经冰凉一片。

忆起往昔，他才发觉失而复得是多好的一个词。上天何其仁慈，竟给了他这个机会。

小满并不愿意让周攻玉陪同，也没想过去什么月老祠。

对二人来说，冬至都有些特殊的意味，彼此都不愿触及这个心结。

周攻玉知道她要陪着江若若去看花灯，虽然想亲自陪在她身边，可既然她说了不愿，强求也只是坏了她的兴致。

到江府等候的时候，江若若为了见周定衡，自然是好一番打扮——细细地匀了脂粉，还要仔仔细细地描眉。小满等了许久，忍不住说："看花灯都是在天黑的时候，你的妆再好看，平南王也看不见呀。"

江若若不满道："便是有一丝一毫的机会，我也要他看到我好看的样子。你生来就漂亮，哪里需要描妆，我就不同了，今日定有好多美人，我不能被人比了下去。"

与陵阳相处得久了，江若若的性子越发活泼，没有江所思照看的时候，全然忘了江家的家规是什么。

"那你呢，太子殿下怎么也不陪你出来？"

"是我不想。"

江若若皱起描了一半的眉毛，疑惑道："奇怪了，难不成你还是不喜欢太子殿下？哪有人不想和自己情郎一起游灯会的？"

小满想起了往事，说："其实我与太子是看过灯会的，那是我第一次出府。"

"那你为何不想和他一起，是灯会不好玩吗？"

"灯会很好。"小满笑眼微微垂下，忆起了当时的场景，"我第一次见到那样多的人，都挤在一起，还有青面獠牙的面具，和卖糖人的小贩。花灯也很多，有的还会做成兔子形状。我很喜欢那个兔子灯。当日还有人夸我好看，我还高兴了很久。"

"你居然记得那样清楚？"江若若惊讶地说。

小满停顿片刻，笑意渐渐消失，自言自语道："对啊，我怎么还记得那么清楚？"

周定衡来接江若若的时候，江所思也去找陵阳了。小满看着江若若跑向周定衡的时候还踉跄了一下，忍不住笑出声。

她站在府门前，仰头望着满天的夜星，想到韩拾此刻应当和她在同一片星空下。

两年前的这个时候，也是他们二人的第一次相遇。

小满低下头，提着裙摆下台阶，想快些走几步，好赶上江若若他们。

身后忽然传来马蹄声，骏马"呼哧呼哧"地喘着粗气，小满以为有人经过，也没回头，就往边上挪了几步。

半响后，没听见马的动静，似乎是不准备走了。她正要回头看一眼，就听背后传来一人的声音，带着几分无奈和戏谑的笑意，说道："真是个傻丫头。"

她还以为自己出现了幻听，僵立在原地一动不动。

那人故作伤心地叹了口气，又说："这么久不见，也不回头看一眼韩二哥？"

韩拾一身轻便骑装，坐在高大的枣红马上，漆黑的眸正看着她。

小满的失落霎时间被扫空，心中只剩下了欢喜的情绪，惊喜道："韩二哥！"

他利落地翻身下马，将自己的银枪挂好，就那样站着，与小满隔了十余步的距离，二人都没动。

韩拾笑了一声，张开双臂："给你看看，完完整整，保证一个指头也没少。"

小满朝韩拾走去的步子越来越快，最后直接由走换为跑，快速奔向他。

韩拾将人抱起来转了一圈，嘀咕道："好像重了一点，就是个子还是不见长高。"

"长高了！"

站好后，小满打量韩拾的脸，发现他颊边有一道不算明显的疤痕，肤色比从前要深，稚嫩的少年面庞也好似更加硬朗坚毅。

"兄长和我说兵马还有好几日才抵达京城，你怎的今天就到了？"

"我说好了冬至回来陪你看花灯，自然不能食言。比其他兵马先走几日，快马加鞭地赶回来，总算还来得及。"韩拾说起自己快马加鞭赶回来，眼神颇为骄傲，"我就说一定能赶上冬至的花灯，旁人还不信呢。"

215

小满疑惑道:"旁人?"

正好此时,身后有马蹄声越来越近。昏黑夜幕中,一人一马的身影逐渐清晰,身形高挑的女子牵着马走近,面容显露在灯笼的光线下。

等人走近了,小满才彻底看清楚来人。

韩拾说道:"她叫楼漪,是个很厉害的江湖大夫,在我们驻扎的城中行医。当时有个人闹事,被我给打了一顿,我是她的救命恩人。"

楼漪淡淡地看了他一眼,道:"是你受了重伤无人医治,而我救了你。"

小满只抓到了一个重点:"重伤?韩二哥受了什么伤?"

韩拾立刻瞪了楼漪一眼,冲她挤了挤眼睛,扭过头又笑对小满:"一点小伤,根本不严重,她是为了彰显自己医术高明才胡说八道的,你可别当真。"

楼漪没有再否认,对上小满的目光,微微弯唇,露出一个并不明显的笑。

"姜姑娘。"

小满友好道:"叫我'小满'就好了,谢谢楼姑娘救了韩二哥。"

"不谢,医者的职责而已。"

楼漪的相貌看着较为清冷,不笑的时候让人觉得不好亲近。韩拾知道小满心思细腻,担心她多想,便解释说:"楼漪就这个性子,对谁都是冷着脸的,但人特别好,心地也很善良。她在边关那地方也没什么亲友,我与她是好友,便带她来京城一起过节。虽然看着有些凶,但她人可好了。"

楼漪还是第一次听韩拾这样认真地夸赞她,有些意外地瞥了他一眼。

京城的繁华的确是楼漪从未见过的,尤其是冬至的缘故,街上的人流比往常要多上许多。

小满和韩拾走在一起,听他说着在军营中的趣事和在边关的所见所闻。楼漪偶尔应和他几句,多数时候还是显得拘谨沉默。

孤身一人行医,楼漪独自走过许多地方,吃了很多苦,却也开阔了自己的眼界。小满对这些很感兴趣,便从韩拾身边转到了楼漪身边,好奇地问起那些经历。

楼漪以为自己的过往与多数女子不同,像这种温婉的名门小姐,应该会露出看一个异类的惊异表情。但小满并非如此,她如同韩拾所说的那样,是个有些与众不同的姑娘。

等到夜色渐浓,街上的行人也越多了,成双成对十分惹眼。

楼漪知道韩拾许久未归,小满应当有话要和他说,便找了个理由去其他地方闲逛,留下二人独处。

走了许久,小满在一个卖花灯的小摊前停住,仰头看着挂在高处的那个兔子灯。

"你想要这个?"

小满又不看了,摇头道:"不想要。"

韩拾已经伸手取下，也不顾她拒绝，将钱递给小贩，然后将灯塞到她手里："你这眼神分明就是想要，干吗说不想呢？想要的东西就拿着。"

纸糊的兔子灯略显粗糙，却也笨拙可爱，和从前没什么不同。

盈盈明灯挂满街道，好似没有尽头。

楼漪是外人，有些话在她面前不好说，可如今只剩他们二人了，却依旧不知从何说起。

春日里，伞下的轻轻一吻，他不知如何说起；而同样的，关于太子，小满也不知道该如何说。

"京城的月老祠我还没去过呢，小满可愿意陪我去一次？"

听到月老祠，小满眉心一跳，只能硬着头皮答应："好。"

彩灯被风吹得轻轻摇晃，月老祠中有红绸被风吹着，飘飘扬扬。还未真正踏入，浓郁的香火气便被冷风送到她鼻尖。

小满不知怎的，脚步忽然就停下了，不想再往前走："韩二哥，我有话想对你说。"

韩拾也停下，了然一笑："我也是，想了好久，还是在这里说好了。"

半年多的时间，发生了很多事，说是天翻地覆也不为过。

无论是朝堂变动、姜家的没落，还是周攻玉与她的关系，江若若和周定衡被赐婚，韩拾都由信中知道了。

可亲眼所见，亲耳所听，终究是不一样的。

就像他在边关经历的刀光剑影，数次身陷险境死里逃生，这些都是薄薄的一张信纸无法承受的重量。

"你如今在东宫，可有人欺负你？太子殿下他……他人怎么样？"韩拾顿了一下，压住苦涩之意，才将这句话完整说完。

离开京城时想问的话，等再回到京城，已经说不出口。

小满攥紧手中的兔子灯，眼睫颤了颤，缓缓点头："太子待我很好，没人欺负我。"

"关山迢递，书信总是要很久才能送到。月前收到的信中，说你被人下了蛊毒，是太子一直在用血为你化蛊……那如今，你的身子可好些了？"韩拾说起这些，才觉得是如此无力。

在军中，其实他也收到了姨母的信，除了对他任性妄为而长篇大论训斥了一通外，便是有关小满和太子的事。

太子是君，他是臣。

"比从前已经好了许多，大夫说我会好起来。书院虽然时不时会遇到麻烦，但都不是什么大事，一切都还好。"小满越说声音越小，渐渐地就听不见了。

韩拾沉默了一会儿，才听到几声极为压抑的啜泣。他无奈地叹了口气，揉了揉她的脑袋，问道："好端端哭什么？"

"韩二哥……没有想问我的吗？"

217

在走进月老祠，看到飞舞的红绸时，她便更加清晰地明白了自己心里是怎样想的。韩拾是很好很好的人，可无论她做了哪一种选择，最后都要辜负他的心意。

这世上她最不希望看到韩拾伤心难过，可她又无法避免要做出这些让他难过的事。

"有啊。"韩拾强撑着让自己用轻松的语气说道，"我还不知道你以后想去什么地方，还会不会再给我写信。虽然我的字写得不怎么样，但是也勉强能看吧？你可莫要因此而不愿回信了。"

小满的眼睛无法抑制地酸涩起来，眼前的灯光人影也被泪水氤氲到模糊。

"韩二哥不会不理我吗？若我让你不高兴了，你会不会从此讨厌我，不想再见到我？"

韩拾见她哭，心口处像是有块粗砺的石子在不断磨着，疼得并不强烈，却足以让他无法维持故作愉悦的笑意。

"那小满会吗？若是我让你不高兴，把你弄哭了，你日后可会讨厌我？"

小满摇头："韩二哥永远都是韩二哥。"

"那便是了，小满也永远是小满。"

韩拾说完，小满抬起眼，被泪水模糊的人影清晰后，一眼就望到了他如明星般的漆黑眼眸。

"无论你的心意是怎样，我都不希望你会为此自责。若你真的喜欢太子，我反倒会更加安心，本来有些事就不是非黑即白的，情意更不是。"韩拾说的这番话，小满也听懂了。

他的意思是说，即便小满没有改变心意，他们二人也是无法走到一起的。无论是因为太子，还是因为彼此的志向与选择。

君臣之间最忌猜疑，他不敢赌周攻玉是个正人君子，也输不起。在此事上任性妄为，甚至会连累江家和他的姑父。

"你真的喜欢太子吗？"

喜欢周攻玉吗？

小满垂眸，神情有些恍惚。

周攻玉待她很好，温柔细致无半点不体贴，甚至连她对哪盘菜多动了几次筷子都要记住。他也从不对她那些奇怪的想法说出半句不好的话。

真的没有一丝一毫动心吗？

其实是有的。

但她忍不住退缩，想要抑制见到他时，心头忽然涌出的欢喜。

只是，迟早有一日，她是要离开京城。太子妃的头衔太沉重，她担不起。皇宫里的规矩和尔虞我诈，她依旧学不来应对之法。

如果知道这段情意注定短暂，还有开始的必要吗？待到结束，还不是为彼此增添烦恼与痛苦。不如不动心，离开时也就不会有所不舍。

但这些，仍然无法否认这个问题的答案。

小满垂眼看着手里发出微微明光的兔子灯，有些歉疚："对不起，韩二哥。"

"你要这样想，那也是我对不起你，我才是食言的人。"韩拾苦笑着给她揩去眼泪，"别哭了，不然回了宫，太子还以为谁欺负了你，要找那人算账。"

他说完，小满反而哭得更厉害了，还说："我不想回去……"

"听话啊，过几日二哥再去找你玩，好不好？"

两人在外待的时间差不多了，韩拾找到楼漪要送小满回宫。

明灯照耀下，小满泛着水光的眼睛一看就知道是哭过的。

楼漪轻飘飘地看了眼韩拾，欲言又止。

韩拾知道她肯定在心中唾弃他把小姑娘惹哭了，倒也没反驳，随口说了句："对了，你不是医术高超吗？小满身子一直不好，身上还有残余的蛊毒，如今还在让人以血化蛊呢，你帮忙看看什么时候能好。"

"什么蛊？再说得详细些。"楼漪听着觉得不对。

小满想起自己身上还有上次出宫带着的药方，顺手拿出来递给楼漪，然后说起了自己身上的蛊，和太医对她的叮嘱。

楼漪越听，眉心皱得越厉害。韩拾看出不对，也有些慌乱，忙问道："你这副表情是做什么？她身子怎么样了，可别吓我。"

小满也有些发虚，等着楼漪开口。

"此蛊确实有压毒之效，但我方才观你脉象，身子已是无恙，说明蛊毒已解，且此蛊不需要用人血来化蛊，只需服药即可消解。你给我的方子，也只有补气血的效用。"

楼漪说完，看到小满听到自己身子无恙，非但没有开心，反而露出一种称得上恼怒的表情，以为自己说错话了，补充道："我行医六年，小满姑娘若信不过，也可以再去问问旁的大夫，便是有所出入，也不会差太远。"

"楼姑娘的医术，我自然是信得过，只是有些惊讶，只是……"小满顿了顿，又道，"只是有人说要以血化蛊，且只能用一个人的血，于是他就一直放血为我入药，我觉得此事略显荒诞罢了。"

楼漪没注意到韩拾面色变了，说道："确实荒诞了些，这些血只能是白流了。"

小满深吸一口气，努力让自己冷静。

楼漪给韩拾使眼色，询问自己是不是说了不该说的。韩拾也不知道该如何回应。

片刻后，小满淡淡道："韩二哥，我今日不想回宫。"

韩拾知道她被太子骗了，肯定是气得不轻，索性也不再劝说："那就去兄长那里，今晚和若若一起。"

"嗯。"

民间有热闹的灯会烟火，宫中也有宴会歌舞，只是与民间的烟火气相比，席间的人都太过疏离庄重，总要想着一言一行是否合规矩，衣着有没有得体，脸上的笑容也是亦真亦假。

周攻玉早早离开，并不喜欢在这种场合多留。

恰好这个时辰小满也该从宫外回来了，他还要早些回到东宫。

冬至是情人的日子，他希望小满往后忆起这个节日，想到的不再是令她难过的事。

回到东宫的时候，长廊上都挂满了各式做工精巧的花灯，将小满回来时会经过的地方都照得明亮如昼。

她眼睛在夜里看东西时常模糊，加上她怕黑，每次走过这条路都会感到害怕。

周攻玉很早之前就想这么做了，只是拖到今日，想给小满一点惊喜。

周攻玉走了几步，心中又觉得忐忑，问道："等小满回来了，她可会喜欢？若是她不喜欢这些花灯呢？"

阿肆已经习惯周攻玉提起小满时就像换了个人一样，回答道："殿下如此用心，小满姑娘定然会喜欢。"

周攻玉等了很久。

冬至的时候，他总会给东宫的宫人也留一段时间，让他们不用在身边侍候。连阿肆也被他屏退了，偌大的宫殿中，空荡荡的，只剩他自己。

明灯照亮了回来的路，可长廊的另一头，始终没出现他想到的人。出宫之前，她明明说好会早些回来的。

周攻玉坐在殿前的玉阶上，望着被风吹得四处摇晃的花灯，心绪也随着忽明忽灭的灯火摇摆不定。

小满总是要回来的，晚一些也不甚要紧，他多等一会儿便是了。

一直等到阿肆出现，说是白芫从宫外传回了消息。

周攻玉听完后，并没有太大的反应，只是缓缓起身看着被风吹灭的花灯，自言自语地说："灯灭了。"

阿肆心中不忍，连带着对小满也有了怨气："夜里风凉，还请殿下早些歇息。"

周攻玉"嗯"了一声，却没有转身走入殿中。他语气依旧平淡冷静，好似无事发生："我知道了，你先回去吧。"

等阿肆离开后，便真的只剩周攻玉一人了。

满天星河之下，枝叶婆娑作响。

白芫从宫外传来的消息是韩拾今夜抵达了京城。

难怪，小满不肯回来，原是因为韩拾回京了。

花灯被凉风吹灭了几盏，周攻玉又一盏盏重新点亮。不多时，他坐在玉阶上，将准备好的烟花点燃。庭中浮着淡淡的硫黄味，地上还有些烟花冷却的硝灰。

小满应该不喜欢闻到这种味道。

脑海中出现这个念头后,连周攻玉自己都短暂地愣了一下。实在是有些难过,明明她为了韩拾将他抛下,他却仍在担心如何做会让她不开心。

小满时常和他说,人不能什么都想要,这不公平。

如今他才算明白了一些,她说的不公平是什么意思了。

周攻玉坐在殿中一夜未合眼,只是坐着出神。每当他合眼,脑海中尽是小满和韩拾在外游玩的景象。

他们二人会去哪儿?做了哪些事?

他无法控制自己去想这些,甚至会在心中怀疑,小满是否会像同他在一起的时候那样去拉韩拾的手,又是否会和韩拾一起去月老祠,在红绸上写下二人的名字。

周攻玉不敢再想,也不愿合眼,一直到晨光熹微时,寒风从殿门的缝隙吹进来,将冷却的花灯拂落。

静谧中,他好似听见了些脚步声。

周攻玉抬起发酸的脖颈,看向来人。

小满一早赶回宫里,见到的就是这样一番场景。

庭院中是被燃过的烟花,廊边挂满了各式精巧的花灯,当她走到周攻玉的寝殿时,才发现殿门未关。轻轻一推,门便推开了,入眼便是周攻玉坐在地上,脸色苍白,墨发披散,一动不动,安静得像缕幽魂。他抬起眼帘看向她,眸光好似微微闪动了一下,却又很快下去。

看到小满出现在面前,周攻玉还以为是自己真的疯魔了,才会有这种幻象,但反应过来她是实实在在地回来后,他又有些不知所措,欲言又止了好一会儿,最终还是抿紧唇一言不发。

小满蹲下来,直视着周攻玉的眼睛,脸上并无什么愧疚,连说话时的冷静语气都和他极为相似:"你不想问我什么吗?"

周攻玉看了她一眼,开口才发现嗓音干涩暗哑:"昨晚我备了烟花,你没看到,下次再为你准备,不要失约,好不好?"

小满的表情有些古怪,皱眉道:"我没有回宫,让你的心思白费,你不觉得生气吗?"

他摇了摇头,冰冷的手掌触到她温软的指尖。

有没有生气?约莫是有的,却只有那么一瞬,更多的还是难过,满腔都是酸涩,却又无可奈何。即便小满不愿回来,他又能如何。本来这一切都是他在强求,得到什么样的结果,也都是他咎由自取。

是他将自己的心捧出去,硬塞到小满的手上,她若不愿要,想丢在地上踩两脚,那也是他自己的错。

小满将自己的手抽回来,神情有些淡漠。

她昨晚本是极为恼怒,可一夜过后,心绪又平静了。周攻玉骗了她,也救了她的性命,以血化蛊本就是假的,他却每一次都真的放自己的血。

为了骗她能做到这个地步,连她都有些想不通,周攻玉到底是怎么想的。

"你骗我,其实蛊已经解了,而且也不需要你的血。"小满顿了顿,接着说,"我确实是有些笨,如果不是遇到了从京外来的大夫,可能永远都不知道自己被骗了。我也怀疑过你说的是假话,去找京城的大夫问过几次,没想到你竟然能将所有大夫都收买,让我信以为真。"

周攻玉没想到这件事会露馅,神情有些慌张,拉住她的手,想要解释却又无从开口:"小满,你先不要生气……"

"我昨夜未归,不是因为韩二哥,只是因为你骗了我,有些生气罢了。可想了一夜,我今日一早便进宫来,就是为了想当面和你说清。你我二人若只有算计欺骗,那只会是折磨,你费尽心思留我在你身边,而我总要揣测你说的话哪些是真,哪些是假。两个人在一起,要真心真意,情投意合才好。可我们之间却是假心假意,你对我很好,无时无刻不在为我着想,可我担不起你的喜欢,也受不住你的恩情。"

她说得越多,周攻玉的心越是慌乱无措:"不是这样,你担得起,这世上只有你担得起。我知道不该骗你,只是……只是我没有办法,不知道该如何留住你,我只是喜欢你。我的情意从来不是假的,小满……"

"可是太子殿下……"小满蹲在他面前,将发中簪着的玉簪抽出来递到他手上,"你让我觉得,喜欢也不过如此。"

玉簪是周攻玉送给她,却被她经由陵阳转送回去的那一支。后来又被周攻玉悄无声息地放进了她的妆奁。其实她知道,只是一直没有拆穿罢了,偶尔还会取出来簪上。

小满说完后站起身,再不看他一眼,朝着殿外走去。

周攻玉攥紧手中玉簪,看着她渐行渐远的身影,心中升起一种感觉,就好似他这次没有抓紧小满,往后就真的要失去她了。

周攻玉追上前,想要拉住她的手,却又怕她厌恶,便改为扯住了她的袖子。

小满脚步停住,回身看他。

"小满……"周攻玉觉得自己如今的样子,实在是卑微低贱,比那些遭受丈夫变心,苦苦哀求要挽回的女人还要可悲。

他曾经不屑那些人困于情爱,为一个不爱自己的人痛哭流涕,失态不说,还十分没出息。

"别走,不要走了。"原来他才没出息,比他瞧不上的人还要十倍百倍的没出息。

"你是不是不要我了?"他嗓子干哑,像被石子卡住,酸痛得难受。他只管抓紧了她的袖子,用力到指节泛白,好像一松手,她就再也不见了。

小满从未想过会看到周攻玉这副样子,没有半点太子该有的高傲矜贵。他摆出如此卑微的姿态,近乎乞求地说:"你是不是……不要我了?"

她没什么犹豫地回答:"是。"

当断不断,反受其乱。

虽然她喜欢周攻玉,但是继续下去,两人都受折磨。

或许,放弃才是最好的选择。

说完,她去扯自己的袖子,奈何周攻玉抓得很紧,纵使眼眶都泛红了,还是不死心地坚持,被小满瞪了一眼,他又垂下头沉默着。

小满正要掰开他的手指,忽然有什么滴落在她的手背上,没什么热度,却好似滚烫无比,让她手指跟着一颤,动作忽然就停下了。

"你是太子,怎么还哭了?"

周攻玉大概也觉得很丢脸,垂着头没有理她的话,手上却将她的衣袖捏得更紧。在这之前,小满是没想过周攻玉会摆出这副模样的。

她又想起了常人形容周攻玉,尽是些温雅尊贵、举世无双这种词。可面对眼前红着眼眶,低声下气的男子,她实在是难以将这些词与他联系起来。

这样一个人在她面前落泪,要说没有一丝一毫的心软,那是假的。

可她还是要走。

"便是半分喜欢也没了吗?若是离开,没有不舍吗?"

小满迟疑了片刻,才说:"无论有没有,我都不想做太子妃。虽然我也不太清楚真心爱一人是怎样的,但应该不是你这般,要用诓骗的无赖法子将人留下。可你是真的救了我,这件事我不怪你。你也不要再强求了,本不必闹到这个地步。若今日你让我走,往后你还是攻玉哥哥。无论从前有什么,都一并算了。"

周攻玉手中紧紧扯住的衣袖,被一寸寸抽出,缓慢又决绝,如同钝刀伤人,疼得深刻。

"若我非要勉强呢?"

"那我应该也没什么办法吧,可能会不想再见你。"小满的语气听着还算淡然,并无多少伤心,似乎也没有什么不舍。

周攻玉沉默了一瞬,终于还是放下了手。

阿肆远远地看到这一幕,连忙朝他赶过去,也只见到小满远去的背影。

"殿下,这是怎么回事?小满姑娘怎么走了?"上一次见到周攻玉这样失魂落魄,还是两年前在雪地中。

往常的他总是喜怒不形于色,无论何种情绪都要藏在心底,几乎成了一种本能,连在阿肆面前都鲜露出脆弱的模样,这般失态实在是少见。

"我不能让她走……"周攻玉的声音轻若呓语,听上去虚弱又可怜。

阿肆心中不忍,忙问:"敢问殿下,究竟发生了何事?"

周攻玉抬步想去追她,却不想身子晃了晃,忽然晕了过去,被一旁的阿肆稳稳扶住。

晨间寒凉,连宫墙都冷得惊人。

白芫遥遥跟在小满身后，眼看着她越走越慢，片刻后扶着青墙蹲下了，肩膀微微颤抖着。

小满的裙摆好似一朵鹅黄的花，开在冰冷高大的宫墙之下，成了这凛冽寒冬中唯一一抹春色。

可如今，这点春色也要离开了。

小满回到江府时脸色不是很好，一回到屋子，连发髻都没来得及拆，倒头就睡。下人不好叫醒她，等到天色昏暗，该用膳的时间，江若若去小满的房中将她叫醒，却发现她满面泪痕，像是做了噩梦。

小满睁开眼时，大概是有些睡蒙了，乍一看到江若若还没反应过来，扭头看了眼四周，才发现自己已经不在东宫了，眼前的人自然也不是周攻玉。

"怎么了？你今天进宫，到底和太子说了些什么？"

小满睫毛被泪水沾湿，垂着头的样子像是做了错事，而害怕被责罚的孩子。

"若若……我想离开京城了。"

江若若有些惊讶，问道："怎么了？太子对你不好吗？"

小满往前挪了挪，环住江若若的腰，委屈地说："我不敢喜欢他了……我不喜欢皇宫，也不喜欢那里的人，连他都要骗我。"

她不可能永远不出东宫，就连皇后说她担不起太子妃的责任，也说得没有错。

就算空有喜欢，也是撑不下去的。有一日没了喜欢，她就什么都不剩了。

"你说的是解蛊的事？"江若若叹了口气，拍了拍小满的背，安慰道，"这件事韩拾和我说了，虽然太子殿下骗你有错，可他也是真心喜爱你，旁人都羡慕不来。你晾他几日便好，哪能赌气说离开呢？……你真就舍得？"问了一半江若若又顿住了，叹息一声没再说话。

"不舍得也没办法……总不能什么都想要。他以前也这样选过，那个时候他不要我，现在又换我选了……"

"你是想回益州？"

小满点头："我还有好多事要做，像离经书院，若能在巴郡也办一个多好。益州还有许多我未曾去过的地方，听说南下到了扬州，风景也极为好看，只是这些我只在书里看到过。我还未登过高山，看过河海，怎能就此被困在深宫一生……我想过了，等年底，你与平南王完婚后，我与义母他们一起回益州。"

江若若被她说愣了，虽然心中满是想不通，但也不能阻止小满这样想。

江若若知道从前小满被拘在姜府十五年，对一切都好奇，什么都想要亲眼看到。可寻常女子，大都只想求得一个安稳，哪里会如她一般想这么多东西。

"你这就……决定了？"

"决定了，长痛不如短痛。回头看可以，但我不能往回走，以后的事情再说吧，总有一日他会遇到更好的女子。我也有自己的地方要去，只好辜负他的喜欢了。"

然而并未等多久，第二日，宫里传话，让小满进宫。

进宫之前,她已经想过了皇后娘娘会对她说些什么。哪知皇后没有见她,只是让人先将她领到了东宫。
　　阿肆正在殿外候着,看到小满来了,脸色也称不上多好,语气冷硬地说:"殿下在房中谁也不见。"
　　听到他说周攻玉不肯见人,小满反而问:"那我可以走了吗?"
　　"走?"阿肆一副被气到的表情,"你就不担心殿下吗?"
　　小满无语凝噎……
　　周攻玉这般冷静自持的一个人,难不成还能寻死,伤心难过也死不了人,她还要担心?
　　阿肆不耐烦道:"昨日殿下饮了许多酒,吐了好多血,连太医都被吓坏了……"
　　小满走后,周攻玉颓废得不成样子,将周身的侍从屏退,独自在殿中饮酒,也不知喝了多少。夜里,他腹痛难忍,喝进去的酒水被吐得干净,最后呕出来的满是鲜血。
　　阿肆连夜去叫来太医,此事自然也被人传到了皇后那儿。
　　听到他这样,小满心里不由得一揪。
　　"那他现在如何了?要紧吗?"小满压下面上的惊慌,强装镇定地问。
　　"要不要紧,姜小姐自己去问就是了。"
　　"可你不是说他谁也不肯见吗?"小满让自己冷静下来,又想到他故意欺瞒自己的事,特意让自己狠下心,"我也不是大夫,你看好太子就好了,让我来又能怎样?"
　　"你怎么……"
　　阿肆一句话还未说完,房中响起两声咳嗽。周攻玉的气息听着有些虚浮,从紧闭的房门中传出来:"让她走吧,不打紧。"
　　小满站在门外,眼睑低垂着,微光落在脸上,仍是不见多少暖意。
　　她听到周攻玉的声音,想开口,却觉得如鲠在喉,难以言语。
　　"小满。"
　　"嗯。"
　　从门中传出的话语,并不带埋怨,也没有一丝一毫的恼怒,还是原来的温雅平和,略显苦涩的轻笑一声后,他说:"叫我一声'攻玉哥哥'吧。"
　　"攻玉哥哥。"她嗓音微颤,"不要喝酒了。"
　　"好。"
　　"那我走啦。"
　　房中的人久久没有应声,终于还是无法亲口再说出一个"好"字。
　　她说以前的都算了。
　　算不了。

// 第九章

醉酒

离开东宫,小满以为自己就能离开了,谁知皇后还是要见她。

无奈之下,她只好去了御花园,陵阳正在那里陪着皇后喝茶。

皇后一见到小满,脸色就黑了大半,将茶盏重重一放。瓷杯磕在石桌上的清脆声响,让小满的心脏不由得一颤。

"好你个姜小满。"皇后冷冷地斜睨了她一眼,"无才无德,太子妃这位置,你坐不得,自然有别人能坐。你又算什么东西,太子良善,给你恩宠那便是你的福分,你倒好,一而再再而三地冒犯太子,处处为他添乱,让他遭受非议指责。如今太子因你受难,你却如此铁石心肠。"

皇后一想到昨日周攻玉吐血的模样,心中的怒气更盛,对小满横竖看不顺眼,处处挑剔挖苦。

无论皇后说什么,小满都乖乖认错,一句也不反驳。只是想到周攻玉最终会有新的太子妃,她心里某一处地方,又有几分不畅。但她告诉自己,这本该是最好的结果,各自分开,互相安好。

皇后一通训斥下来,就像打在棉花上,心中的气半点没有消减。最后是陵阳看不过去,帮着劝皇后,才让小满被放出宫。

隔了几棵树的不远处,惠贵妃就在那儿听了许久。本来她还对周定衡的这个王妃看不上眼,只觉得处处比不上自己挑的人,现如今再看,倒是比太子的心上人要好上许多。至少是个老实的大家闺秀,懂规矩,身家也不错。

不过,能让皇后娘娘讨厌的,那就是她喜欢的。当初不就是皇后把江若若塞给了她儿子,那她也要让皇上把皇后厌恶的姜小满塞给太子,直接下旨赐婚,气死她。

惠贵妃冷笑一声,转身就去找皇上。

这几日小满胃口都不怎么好,动几筷子后就停下了。

韩拾看得出她不开心,哄道:"听说你学了骑马,我带你出去玩好不好?

昨日发现一个馄饨摊，做得可好吃了！"

小满犹豫地说："可我骑得不太好。"

"没关系，有我在呢。"韩拾知道小满是为了他特地学的骑马，心中也很高兴，兴致勃勃地说起骑马有哪些好玩的事。

等催着小满去换衣裳的时候，宫里就来人了。

小满换了身轻便的窄袖短袄，刚一出来，便见到庭中跪了一地的人。

江所思瞥了她一眼，下颌点了点，示意她到前面跪下。

小满呆呆地走过去，跪在宣旨的太监面前。

"皇命受天，胄后而存，太子周玫玉，性温而有礼，恰逢斯年，储宫无主，姜氏少而温顺，长而贤明，行合礼经，言应图史。今帝赐恩……"

这一通话如同晴天霹雳在她耳边炸开，脑子都是混沌的，剩余说些什么也无心再听，连圣旨递给她都没有伸手去接。

宣旨的宫人皱了皱眉，江所思忙道："应当是太过惊喜，有些愣住了。"

说完他扯了扯小满的衣裳，催促道："快领旨谢恩。"

小满僵硬地接过了圣旨，连谢恩的话都没说。

宫人也知道她深受太子喜爱，不能计较这些东西，说了几句客套话，将赏赐留下便走了。

江所思看她呆愣住，一言不发的样子，叹了口气说道："如今木已成舟，你没得选了。"

小满攥紧了圣旨，话语中带着几分咬牙切齿："为什么……"

韩拾欲言又止，只能拍拍她的肩："我们先想办法，你若真不愿意，去求一求太子，看看能否收回圣旨……"

"我总是没得选……"小满似乎是疲倦至极，低低地说了一句，转身回房了。

门被合上，楼漪看了看韩拾，问道："不能收回圣旨吗？"

江所思愁闷道："抗旨不遵是死罪，古往今来，从没有能收回的圣旨……这圣旨赐到了江府……"

小满要是走了，也会害了江所思。

即便以江所思的身份，皇上有怒气也不会拿他如何，却也不是没有影响，多半是贬官罚俸。

可小满的性子，绝不会让身边人因自己受到牵连。

此事，也就成了死局。

夜里寒风瑟瑟，窗户没合紧，被风吹得不断撞击出声响。

小满浑浑噩噩地靠在榻上，睁着眼没有入睡。忽听门外有些响动，似是人的脚步声。

片刻后，她听到门被人轻叩了几下。

她坐直身子，披了件衣服起身朝房门走去。

门外的人忽然出声了:"小满。"

她停下,不再往前,也没有出声。

周攻玉自顾自说道:"我知道你还未睡,天色已晚,我本想明日再来,但思量一番后,还是心中不安。此事并非我的意思,我是在赐婚后才得知的消息。"

小满没有理会他的话。

"我知道你心中有怨气……但此事并非我所为,你……"他停顿了一下,"你相信我……这是真话。"

无论他说什么话,都没有得到一个字的回答。

今夜无星无月,黑沉沉的什么都看不见。

周攻玉知道她一定听到了,便又说:"夜里盖好被子,若是太冷,叫人生个炉火。"

小满静默地站着,听到脚步声渐渐远去,才感到眼前昏黑到找不见方向。

理解从来都很难,世上也没有感同身受这回事。

就像所有人都觉得,小满能成为太子妃,是一种莫大的殊荣,对二人来说是有情人终成眷属的美事。

可小满只觉得自己又要被勉强,但若说全无喜悦也并非,只是她跟周攻玉这一场孽缘缠缠绕绕,无论分开或者在一起,都不该是在这样的时刻。

她还要游历山水,还有好多事情想做,为什么老天要这样为难她?

周攻玉想要与小满成婚,想了许久。可赐婚的旨意下来的时候,他却并无半点喜悦,只剩下满腔的忐忑不安,怕她会因此更加厌恶他,好不容易在她心中留下方寸的位置,却因这件事彻底泯灭,如何能开心得起来。

也不需要怎么查,周攻玉很快便得知此事是惠贵妃在背后撺掇皇上,让皇上下了赐婚的圣旨。甚至都没有和他这个太子说过,还自以为这件事会让他高兴得去谢恩。

皇后知道是惠贵妃从中作梗,只是想不到连定下太子妃这样大的事,皇上都不和她这个皇后商议。

赐婚一事,几乎将所有人的关系都闹僵了。

江所思知道赐婚于小满而言是逼迫,虽然内心纠结不已,却还是去找了周攻玉,恳求他能撤回赐婚的旨意。

周攻玉苦笑道:"连你也当这圣旨是我求来的?"

"太子殿下的意思是……"

"并非我不愿,此事我已经找过父皇。朝令夕改,同样是君王大忌。父皇将我训斥一通后,母后又去他面前闹了一番,惹得父皇更加不满,无论如何也不愿意收回旨意。"

周攻玉说起这些的时候,脸色也好不到哪儿去。他颇为无奈地叹了口气,揉了揉眉心,说道:"小满认定是我,连话也不肯与我说了。"

江所思也觉得周攻玉运气实在不好，正和小满闹了不快，紧跟着就有不相干的人添柴加火，将这火势烧得更旺。

周攻玉似乎是想到了什么，又说："这几日她在府中可有好好用膳，胃口如何？"

江所思摇头："自回府后，小满胃口一直不好。"

"果然如此……"

江所思看到周攻玉若有所思地沉默片刻后，似乎想到了什么有趣的事，无意识地微弯嘴角。

"稍后我从膳房拨一个厨子到江府，我把她喜欢的吃食写下，还请你带回，让厨子照着上面来，应当不会出错。"

江所思惊讶道："殿下将小满喜欢的都记下了吗？"

周攻玉解释道："只是与她用膳时，记住了她的喜好，有些菜她只尝过一两口便放下了，有些菜能让她多用些饭，时间久了，不经意便记下，倒也没什么。"

听到这些，江所思心中不由得敬佩周攻玉。这哪里是没什么，换了旁人，哪里会连对方吃了几口菜也记下。堂堂一个太子，对待小满可谓是细致入微，如何叫人不服。

"殿下待小满极好。"他称赞道。

"极好？"周攻玉笑了笑，"但她不愿要，那些好也就成了'不过如此'。"

回到府里没几日，小满就因为夜里睡觉不安生染了风寒，整日咳嗽打喷嚏，刚好楼漪在府中，就为她开了几服药。

小满望着黑褐色的药汁，不情不愿地端起来后，问道："楼姐姐下回能不能多放些甘草，这药也太苦了些。"

楼漪道："良药苦口。"

果然这药再喝多少年，她也是习惯不了的。

等小满喝过了药，韩拾才说："好了，别不高兴。明日我带你出去玩，东市有一家特别好吃的馄饨，早想带你去了。"

小满见韩拾的眼神含着期待，显然是盼着她能高兴点，也不想因为自己影响到周围人，便点头道："好。"

这还是几日来小满第一次愿意出门，韩拾心中总算是有些宽慰。

等韩拾走后，小满用膳的时候，才发现有什么不对。

江府的人没有这么细心，每道菜都按照她的口味来做，更不可能和东宫的膳房做的菜分毫不差。

看来是周攻玉派人来了。

冬至过后，京城冷得厉害。

到了夜里，小满旧疾发作，虽不若以前疼痛难忍，却依旧免不了难以入睡。

冰冷的身体怎么都暖和不起来，骨缝也像是夹了碎冰一般，又疼又凉。

第二日白芫唤小满起床的时候，才说屋外下雪了。

小满愣了一下，皱眉道："下雪？可我说好要和韩二哥出去的。"

白芫将窗户和房门都关紧了，确认不漏进一丝寒风，将小满扶起来，说道："无事，姑娘像从前一般在眼睛上系一条缎带，待到了屋内看不见雪光了再取下，不打紧的。"

白芫送小满出了院子，走了没多远，临时想起什么，说道："小姐在此等候片刻，我去拿个手炉便来。"

小满点了点头，索性就在原地等她。

因为眼睛被蒙着，看不见下雪的样子，她心中其实是觉得很可惜的。京城一到下雪便极为好看，处处银装素裹，天地浑然一片雪白，能找到许多乐子。

虽然白日里不能看，夜里光弱下来，她还是可以看上一会儿雪的，其实也没关系。

她这么想着，心中的惋惜又少了许多，甚至还来了兴致，蹲下来将雪搓成了球，想要等白芫来的时候砸她。

不一会儿，她听到了脚步声，手上的动作便停下了。

昨日夜里，周攻玉察觉到下了雪，想起小满的雪盲症后整夜都难以入眠，一早便出宫来到江府，想要见她一眼再回宫。

茫茫一片雪白中，唯有那抹红色的身影极为惹眼，在雪地里是不容忽视的存在。

小满的鼻尖也被冻得发红，一圈兔毛围在她白皙的脸颊边上，衬得她十分可爱。

周攻玉没忍住，伸手揉了揉她脑袋。

小满猝不及防被人揉了两下，也看不见眼前人是谁，只是片刻后，那人便伸手要扶她起来，小满迟疑了一下，喊道："谢谢韩二哥。"

扶住她的人僵住，如同失语般一言不发。

小满立刻就知道自己叫错了，也意识到了来人是谁，神情立刻变得不耐烦，想要将自己的手抽出，却发现手被握得更紧了。

"你……唔！"

她的话被堵回口中，又被周攻玉悉数打碎。冰冷的唇上有了温度，腰身也被人扶住，无法逃离。

耳边本是风声，却渐渐转为二人的喘息声。冰冷的雪落在脸颊，更显得唇上炙热，烫得惊人。带着温度的舌尖探入，缓慢又带着不容拒绝的强势，一点点搅乱她的理智。

距离上一次带着酒气的吻，已经过去了许久，周攻玉再一次带她回味了当时的感觉。

只是这次他是清醒的，十分清醒。

寒风中,这个吻让这方寸之地慢慢升温。

小满紧闭的牙关被他撬开,恼怒的声音也被一点点吞食,双手被紧紧地桎梏着无法动作。

她以为周攻玉听到自己喊了韩拾的名字,应当会十分生气,也许也会粗暴地对待她。

只是这个吻虽然是强制的,却也十分温柔耐心,细致研磨地与她亲密。

没有愤怒,有的只是那些并不难察觉的绝望。

也许是因为被蒙着眼,感官便更强烈了,吮吸的声音也更清晰,小满本来苍白的脸因为羞恼而通红。

周攻玉终于结束了这个不情不愿的吻,手却依然紧抱着她,缓缓埋在她脖颈处,才哑着嗓子,颤抖地问:"你方才,是不是在想他……"

冰天雪地中,有什么滚烫的东西落入小满的衣襟。

小满僵住身子,脑海里浮现出来的第一个念头是:周攻玉在胡说八道些什么?

小满怒道:"你做的混账事,我想韩二哥做什么?闹够了没有?"

她看不到周攻玉的表情,也知道自己的脸现在一定是不争气地红了,于是更为愤怒,转身朝着来时的方向走去,不想和他待一处。

周攻玉赶忙拉过小满,扶住她:"你要去哪儿?"

小满将周攻玉的手扯开,烦躁不已:"你已经是太子了,为什么就不能放过我?"

他停下脚步,没有再追上去。

等到小满因为踩在雪地中步伐不稳的时候,周攻玉又不知何时出现在她身边,将她稳稳扶住。

"你要回屋,我带你去。"

小满冷着脸,语气没什么温度:"不用了。"

"我不说话。"周攻玉说完,语气有些委屈地补了一句,"你当我是韩拾也可以。"

小满的斗篷滑落下去,还不等雪落在乌发上,又被周攻玉很快盖回到她的头上,当真就一个字也不说了。

雪地中只剩下二人的脚步声,沉默让气氛变得更为古怪。尤其是周攻玉那句让她将他当成韩拾的话,简直是莫名其妙。

小满走了没几步,泄了气一样地说:"太子殿下觉得强迫人很有趣吗?"

不仅强迫人,自己还要哭。

奇奇怪怪!

被强迫的人明明是她,周攻玉却一副委屈至极的样子,甚至还流眼泪!

"在东宫那些日子,你就没有一刻动心过吗?"周攻玉答非所问地问她。

小满突然道:"那我不愿与你在一起,你觉得很难过吗?"

231

她紧接着又说:"你看,我只是说了句不要你,你便伤心到要流泪。可当初你要我去死时,我虽十分难过,却也没有死缠烂打过。当时我依旧盼着你好,希望你想要的都会有,望你日后能是一片坦途。可你喜欢我,却只让我难过。"

周攻玉低垂着眼帘:"你仍是不愿信我,赐婚的旨意我并不知情,前几日也去求过父皇。只是此事已被朝臣入册,若朝令夕改,皇室颜面有损,他不肯更改旨意。"

小满沉默了下,说:"你明知道我不愿做太子妃,若不是你骗我要以血化蛊,也不会闹到如今的局面。"

周攻玉说:"我知道此事是我的错,不该骗你。赐婚一事我会再劝父皇,我希望我们能够在一起,但是前提是,你能够开心。"

小满怕自己心软,撇过头去。

"我今日还有事,太子请回吧。"

白芫已经在远处观望了许久,不知道该不该去打扰二人,想了一会儿,只好替小满去和韩拾说一声。

韩拾得知周攻玉来府中找了小满,便知道今日带她出去的事多半是要耽误了,倒是没有多说什么,只问道:"太子有欺负小满吗?"

白芫想到小满自己摔了一跤还要哭,然后周攻玉去扶还被打的那一幕,回答他:"太子待小满很好。"

韩拾低垂着眼,叹了口气:"那好吧,下次再带她去。"

小满被周攻玉半拉着回房后,立刻就解下了系在眼睛上的缎带。一双带着盈盈水光的眼眸盯着他,许久后才缓缓开口:"我不想做太子妃。"

周攻玉勉强撑起的笑容带着几分苦涩:"我知道。"

她眼眶通红:"你放过我,算求你了,放过我。"

她的每一句话,都像是一根刺,将他的心扎得血肉模糊。

"你要我如何放过你?"

小满这些日子想过无数的法子,最后真正能有用的,也只有一个。

"我本就身体不好,太医都说过我活不长的。"

她话说了一半,周攻玉便心头一沉,睁大眼看她。

"若是我嫁与你后,突然在哪一日死了,也不关江家的事,只是我自己命薄对不对?"

周攻玉明白了她的意思,他想说此事荒唐,可看到她泛红的双目,几乎是乞求地看着他,如同两年前一般。

那时候他要小满回姜府,是在要她的命。

如今要她回皇宫,何尝又不是以另一种方式将她埋葬。

"若我说不呢?"

小满平静道："我会死。"

"好。"周攻玉笑得极为悲凉，以至于看着像是又要落泪了，可到底是没能哭出来。

他又重复了一遍："好……我听你的便是，以后不要说'死'了。"

谁都猜不到周攻玉和小满之间是如何破冰的，都只当是周攻玉一片痴心使她回心转意。明面上的时候，二人也算相处融洽。

这场雪下了许久，小满风寒未愈，楼漪让她不要再外出吹风，更不要偷偷去玩雪。韩拾听了楼漪的话，也不敢再带小满出去。

窗外飘着的雪渐小，地上也还是厚厚一层。前几日江若若在屋子里烧炭没有开窗，险些昏死过去，周定衡跑来府中，对她院子里的下人发了一通脾气，这回整个府都注意起烧炭的事了。

屋里暖烘烘的，小满靠在软榻边上，烤着炉火听侍女讲市井杂谈。听得昏昏欲睡之际，房门"吱呀"一声，冷风凉丝丝地飘进来。小满刚缩了下脖子，房门又被人轻轻合上。

侍女"哗啦"一声起身，周攻玉摆了摆手："不必行礼，我只是来看看小满。"

他解下披风，放置一旁。细雪进屋便化开了，将额发染湿。他将另一只藏在袖中的手拿出，掌中正托着一个雪捏成的小兔子。小巧又精致，眼睛是两颗红豆，看着十分可爱。

"刚才来的路上，顺手为你捏了一个。"周攻玉说起来显得轻松随心，可实际上，他哪里会用雪捏兔子。只是下雪的时候在宫里见到宫女捏着玩，便想到了小满，还向对方请教了一番，才将这兔子捏出个形状来。他做了好几个，最后选了最好看的拿给她，从东宫一直带出来，放在马车外担心颠簸摔碎，拿在手中又怕化掉。

周攻玉最后只好坐在车厢外，马车一路平稳行驶，将这小小的雪兔子送到小满面前。

小满看到周攻玉冻红的手掌，心里有些莫名的酸楚感。

她接过雪兔子，也没怎么看，顺手推开窗，将雪白的一团放到窗外："谢谢殿下，下次还是不要做这些事了。"

说完后，她便将怀中抱着的手炉递给周攻玉，将周攻玉扯得俯下身，说道："你都不会冷吗？快来烤一烤，你看你袖子也湿了。"

"母后的话你不要放在心上，日后我不会再让她说你了。"周攻玉坐在小满身旁不远处，她垂落的乌发就搭在他臂弯。

小满叹了口气，说道："你怎么又来了？到了年底，宫里不是有很多事要你去做吗？"

"我想见你。"他的回答只是这一句。

现在政务在他眼里也不是很重要了。

233

小满被他的话噎住，也不知道怎么接，只好说："你是太子，怎么能随心而为？你该留在宫里处理政事，来我这儿浪费时间做什么？"

周攻玉沉吟片刻，缓缓开口："我心悦你，怎会是浪费时间？而且，我总觉得你会走，我怕再也看不到你。"

她听到这话，心也有些软。

"就算不处理政事，就没有旁的事想做了吗？"

周攻玉平静地应道："没有。"

小满瞪了他一眼，周攻玉又笑了笑，解释道："不是故意气你，是真的没有。"

他语气中的笑意也渐渐隐了下去，话里浮出的，反而是在他身上极为罕见的迷茫。

"我没有什么喜欢的，自小母后便对我严加看管，有些玩乐的东西都会被当成是玩物丧志。定衡喜欢骑射，母后要我胜过他。待他喜好诗文对弈，我便不能落在下风。我按照她的期望，所学皆是她想要的。而太子之位，亦是我生来就必须握在掌中的东西。说起来，你是唯一的变数。"

小满哑然，睁大眼看着身前的人。

周攻玉很少会说这么多话，尤其是关于他自己的事情。他总是让人捉摸不透，言行举止甚至冷漠到刻板，似乎与他无关的人，就算惨死在他面前，他也不会眨一下眼。

周攻玉有很多老师，身边也有过许多幕僚。他们教给周攻玉仁义和君王之道，却从未教过他感情。从小到大，他身边的一切人也都是安排好的。他不觉得这些有什么，直到喜欢上小满，他才有了出地牢前换身衣袍的习惯。

"除了你，我不知道自己还想要什么。"

"那你为什么要做太子？自古以来，那些贤明的君王都想着让百姓安居乐业、海晏河清、平息战火。那你呢？你便从未想过这些吗？"

周攻玉眼神空寂得如同冰原，他弯唇一笑："他们让我做，我便这么做了。若你喜欢这样的君王，我也并非做不到。"

"怎么会呢？你做一件事，除了被逼迫，也该有自己的目的才行。哪有被人逼着坐上太子之位的，你若不想，就没有别的事可以做了吗？"小满更加疑惑了，直接跪坐在周攻玉身边，目光一动不动地盯着他，似乎觉得他是个怪人。

"也不算被逼迫……我只是……只是不知道自己该做什么。我不知道除了这些，自己还有什么事可以做。"

在遇见小满之前，他的路十分清晰，从生下来便被定好了。父皇对他没有关心，更无所谓宠爱，母后只将他当作和惠贵妃争宠的工具，母后那边的母族也要他登上皇位。他们说了什么，他照做就是。

争权于他而言，只是一种本能罢了。

周攻玉说起这些，情绪并没有什么起伏，像是在说一件与己无关的事。

小满将自己手中剥好的栗子递给周攻玉，含混不清道："很甜的，你尝一下。"

周攻玉没有伸手去接，俯身就着她的手含了一颗。香甜的栗子被嚼碎在口中，他竟有种被从寒潭拉回暖阳下的感觉。

小满小声说："以后没人会教你做什么，你可千万要做个好人。那我就不劝你去处理政事了。要是以后再碰到想做的事，只要不害到旁人，都可以试一试。做君王也不能没有喜好啊，高祖还喜欢吟诗、唱曲儿呢，就没有人会说他是玩物丧志。不会没有事能做，世间有趣的东西很多，总有能令你开心的吧。"

她话音刚落，周攻玉敲了下她的脑袋："妄议高祖，这些话你也敢说出口？"

小满抬起脸看向周攻玉，他眼中却是盈盈的笑意："至少此刻，我的确是开心。"

即便只有一条路，若这路上能有她，也不算枯燥无趣。

炉火烧得正旺，屋子里暖融融的。

周攻玉在宫中劳累了几日，也不知何时就睡了过去。身上盖着条软毯，屋子里安安静静的，没有什么声音。

他睁眼时，正巧见到小满要去推窗，立刻起身把她的衣领往后一扯，将人稳稳接入怀中，才开启一条缝的窗户便被他"啪"地合上了。

"你干吗呀？"小满半悬空着，挣扎扭动着要下去。

周攻玉有些不悦，却还是压下沉怒，软下了语气："你的眼睛不能看雪。"

小满反驳道："也不是一点儿都不能看，看一眼不会瞎的，你摔窗户做什么！"

周攻玉知道自己刚才是急了些："我只是担心你，刚才有些心急。"

小满从他手臂间挣脱出来，才说："我只是开了一条小缝，看看雪有没有停，不打紧的。"

"停了吗？"

小满笑起来，眼中若有灿星："还没停，兔子可以多留几日了。"

周攻玉手虚握着，抵在唇边轻咳了两声，嘴角泛起笑意。

"那也好。"

来时他盼这风雪早晴，可现如今，却希望这雪能多下些时日了。

化雪的时候很冷，地上的白还未散尽，宫里就派了人来，说是来教江若若礼数的嬷嬷。小满也是太子妃，婚期定在了明年春日，万物苏醒，枝头含春的时候。这要学习礼数，自然也不能少了她。

皇后不想让自己的儿媳被惠贵妃的儿媳比下去，特意对嬷嬷交代过要好好管教她。自从这嬷嬷来了，她便是愁容满面，整日恹恹的，打不起精神。

韩拾和小满之间，虽然曾有过些情愫，但彼此都是想得开的人，若不能在一起，也会盼着对方过得好。韩拾和楼漪都是拘不住的人，小满和江若若在受教的时候,二人在一旁听得连连咂舌。

在教养嬷嬷的眼里,韩拾自然是外男,和小满太过亲近的样子,是为失礼。

小满按嬷嬷所说,学习一个名门淑女的走姿。韩拾见风大了便给她加了件披风,立刻被嬷嬷板着脸训斥。

"韩公子行事也要注意分寸,姜小姐是要做太子妃的人,你们二人若无事,便该懂得避嫌,私下会面已是无礼,怎能行如此亲密之举。韩公子是名门之后,也该有些教养,难道没人……"

韩拾被说得脸色有些难看,尚未等他发作,小满便怒而开口:"闭嘴!你若再说,这太子妃我不当了!"

教养嬷嬷听了,脸上不禁露出一抹嘲讽:"劝姜小姐慎言,不当太子妃可不是由小姐来定。奴婢是皇后娘娘的人,教养姑娘是我的……"

"既然自称奴婢,就该有奴婢的样子,我不想看到你,滚出去。"

嬷嬷一愣,面子便挂不住了:"你……"

"滚!"

韩拾从未见小满发过这么大的怒火,况且对方又是皇后的人,连忙安抚道:"别生气,犯不着为了一个宫人得罪皇后,你不喜欢等日后打发了就是。"

小满扯了扯身上的披风,脸上还是不大高兴,说道:"她说了很多让我讨厌的话,还让我背《女诫》,义母都不曾要我习过这种东西。那些我都可以应付,可我不能容忍她说你不好。"

旁人能说她不好,唯独不能说韩二哥,谁都不可以,便是周攻玉说了半句,她也会翻脸。

韩拾不禁笑出来,说道:"屋外风大,我们去屋里烤火。"

"好。"

言罢,二人便将教养嬷嬷撂在院子里不管了。

这教养嬷嬷听了皇后的话,本就是来训练小满的,见她听话乖巧,还想着再不客气一点。哪里知道这才三日,小满就忍不住对她发了火。她好歹也是皇后的人,便是对方日后要做太子妃,也要给她几分颜面,这般无礼,她定要去说给皇后娘娘听。

小满平日里不喜欢被人说教,周攻玉曾想过替她回绝了这些教授礼数的嬷嬷,但小满不想他再与皇后起争执,想着忍一忍,就算心中不快也没有与他开口。

如今这嬷嬷突然要回宫,周攻玉立刻就知晓了,将人拦下来亲自盘问。

嬷嬷将小满和韩拾的事添油加醋地说了出来,周攻玉自然不会全信,但心中翻涌的酸涩还是压都压不住。最后这嬷嬷在周攻玉威逼利诱下,将此事咽了下去,照常给皇后报告小满学习礼数的事,却听从周攻玉吩咐不到小满面前惹她不快,连小满的院子都没再去过。再后来,周攻玉找个由头将她打发了。

周攻玉认为此事自己有错,带着公文去了江府批阅,不让皇后再插手。府中的人也渐渐习以为常，连一向守礼的江所思都不再过问。周攻玉俨然把江府当作了太子的一处行宫。

韩拾与小满之间行事坦荡，自然也从不避讳什么。周攻玉看在眼中，心里自然是醋意难平，却又半个字不能说。

换了常人，哪能容得一个喜欢自己未婚妻的男人整日在眼前晃悠，何况是极为小心眼的周攻玉。旁人敢觊觎小满，他下手绝不会留情，可面对韩拾，他还要想着若对韩拾说了什么不好听的话，小满会生气。若韩拾受了伤，小满会难过。

待韩拾和楼漪走后，小满的房中便只剩下了周攻玉。

她总觉得背后有道目光一直盯着自己，转身便看到他眼神幽怨可怜，好似那被主人抛弃一旁的宠物。

小满走到他身边蹲下，眨了眨眼，问道："你为何这样看着我？"

周攻玉轻叹一声："无事。"

"你不喜欢韩二哥。"

周攻玉见她明知故问，语气凉凉地接道："我只喜欢你。"

小满笑道："那个嬷嬷好几日没来，皇后也未责罚我，是你替我拦下了吗？"

她说完后，周攻玉搁下了折子，回答："早说过你不想学，没人能逼你，我能为你挡去，你偏不信。日后不喜欢就和我说，哪里需要强撑着。"

说完，他又撇过头去咳嗽了两声。

小满给他倒了杯水递过去，周攻玉饮尽后，才说："方才见你们聊得高兴，便不好坏你的兴致。有件事我早想与你说。"

"什么？"

"程郢死了。"周攻玉语毕，先看了她一眼，见她神情无恙才继续说下去，"与妻子和离，在京中受人耻笑。后姜夫人离世，程郢便一蹶不振，整日留恋花楼酒馆。前日化雪，寒冷难忍，他应当是醉了酒，脚下不慎摔倒也没有爬起来，便在雪地中睡了过去，冻死在了大街上。昨日被人认出，尸身便送到了程府。"

听到程郢的下场，小满有些唏嘘："那姜月芙呢？她人去哪儿了？"

林菀和姜家有旧仇，如今姜家落得这般下场，虽然少不了周攻玉的推动，但真正使坏的，还是林菀。何况前几日，她又听闻了一件大事。

除了挑拨姜恒知与汪汀兰夫妻感情，使姜月芙服用"百花泣"，林菀原来还给姜恒知戴了绿帽子。

一双儿女都不中用，他本来只剩下一个林菀所生的儿子，谁知道还是林菀和旁人的孩子。

留下一封书信后，林菀带着孩子远走，姜恒知气得派人去追杀，人早就跑得没影了，生生将他气得吐血，这次是真的卧病在床，无法上朝。

在小满眼里，这都是与己无关的人，听到这些消息也都像听戏似的，更说不上恨不恨的，不过偶尔还是会觉得解气。

"姜月芙如今回到了姜府，侍候在姜恒知身边，不曾出过府。你若不喜欢，我可以为你除去她。"周攻玉说完，又小心翼翼地去看她的脸色，怕她不高兴。

小满摇摇头："不必了，她若离世，我还要为她守灵，况且我也不喜欢旁人因我而死。"

她话音刚落，周攻玉就像是想起了什么，面色一凛。

后面几日，小满就听说太子往姜府派去了太医，送了上好的补品。

不等她自己开口询问，周攻玉便主动和她交代："听闻姜大人这段时日身子不好，按照律例，父母离世，子女需要守孝三年。"

守孝三年，自然是不能成婚的。就算快见阎王了，他也要让姜恒知的命吊着，等到他与小满拜堂成亲后才准咽气。

得知周攻玉是这么想的，小满竟还觉得有些好笑，也不与他计较这些。

再过几日，江若若与周定衡的婚期便要到了，江郡守夫妇也从巴郡赶到了京城。

江郡守夫妇来京，小满和江若若都极为高兴。而韩拾因为之前擅自做主跑去参军，和江夫人才打了个照面就被训斥。

周攻玉美名远扬，郡守夫妇对他自然也是赞不绝口，都很惊讶小满与他之间会生出情意。

而周攻玉也知道小满离开京城的一年多，一直是被江郡守他们照料着，对二人也是极为谦恭有礼。

夫妇二人拜见过皇上后，便回到江府安置下，要等江若若与周定衡成了亲再走。

在此之前，周定衡是日日来找江若若，总想着带她去玩，但是江家规矩多，自己的岳父岳母都来了，他也不能给他们留下个不知礼数的印象，只好压着性子少见江若若。只要还未成亲，就应当避嫌，私下相会说出去也不好听。周攻玉身为太子也要顾及，没有再像几日前那般，把江府当行宫了。

然而周定衡发现不过两三日，东宫便又不见了他的身影，便疑惑地去找他。

"皇兄你这几日都去哪儿了？总不能整日去见小满？"

周攻玉抚了抚袖子，漫不经心道："为何不能？"

周定衡惊疑："你在江府进进出出那么大动静，被江郡守知道了，肯定要不满的！"

"不让他们知道便是了。"周攻玉斜睨他一眼，"你平日胡闹惯了，如今怎的连翻墙都不会了？"

"翻……翻墙？"周定衡瞠目结舌地瞪着周攻玉，面上满是震惊。

他是如何也想不到周攻玉会为了小满翻墙，如此气度非凡、清隽如墨画的一个人，竟然也做得出这种事？

周攻玉轻飘飘地叹息一声，似是感叹："我本是想多等几日，但是忍不住了。"

周定衡道:"下次带上我一起。"

小满得知周攻玉是翻墙来找她的后,喝水时都被呛到了,自然是少不了震惊。

几次后,她也习惯了,只是没多久便听到了江夫人去若若院子里,把周定衡逮个正着的事,便对周攻玉说:"你身为太子,还是不要这样做了。若害我和若若一样丢脸,我可是会生气的。"

周攻玉淡然笃定道:"定衡蠢笨了些,自然不能与我相提并论,不会教你丢脸的。"

说到做到,一直到江若若大婚,周攻玉翻墙的事也没有让江夫人撞见过。

江若若大婚的喜服很是好看。大婚前一晚,江若若和小满在一个屋子里说话,侍女们也围着夸赞江若若。楼漪身为医者,说了些许话,惹得姑娘家家的脸红不已。夜里江夫人和江若若说话到了深夜,说完去找小满时,发现她居然还没睡。

小满的屋子里只点了一盏昏黄的烛火,满室静幽幽的。江夫人便摸着小满的脸颊,缓慢温柔地说着话,把小满当作自己的女儿般。

小满见了江夫人,便忍不住说出心里话:"义母,我有好多事想不通。"

江夫人揉揉她的额发,劝慰道:"世上原有许多事就是想不通的,知道如何让自己高兴些就是了,非要想通,便是在为难自己。我看得出太子是真心喜欢你,那你呢,你是真心喜欢太子吗?"

小满将头埋到被子里,闷闷地小声说:"有点喜欢……"

江夫人笑了,又问:"那你怎么不高兴呢?"

"义母看出我不高兴了吗?"

"你的不高兴太明显了些。"江夫人将被子撩开一个角,"说说吧,你到底在想什么?"

小满愁眉苦脸地想了一会儿,说:"就是想问义母,若有一件喜欢的东西,但有一日必须丢掉,可丢掉的时候必定极为伤心,那我还该去碰这样东西吗?"

"这根本不算问题。"江夫人没有多作思考,便想好了怎么回答小满,"就像你明知道自己会死,难道现在就不活了吗?"

小满被说得哑口无言,愣怔了许久,才磕磕巴巴道:"这……这……这不一样。"

江夫人又道:"那好,便说另一个。你明知道养猫日后会因它死去而心痛,你定然会因此不养猫吗?"

本来心中还犹疑不定,不知如何抉择的小满,得到这个回答,心中豁然开朗,好似在昏暗路上举足无措之际,见到了一束指引她的亮光。

"谢谢义母,小满明白了!"

不管结果如何，她都要在离开之前，好好遵从一下自己的内心。
"明白就好，快睡吧。"

次日，江若若出嫁。
十里长街都是红绸，迎亲的车马绕了京城一圈，四处撒喜糖。
江府极为热闹，一早便开始忙活，四处挂着红绸。
小满也穿了身桃红暗纹的夹袄，领子还圈了层兔毛，很是可爱喜人。
周攻玉文采斐然，又是太子，站在门前微微一笑，那些要求新郎对诗的侍女便心软放人了。
小满是第一次看人成婚，觉得十分新鲜。而在承认自己的心意后，面对周攻玉时反而不如往日自在。
喧闹人群中，他一身繁复暗纹的玄青色长袍，在众多深色中很是显眼。加上身量高且面容出众，其他人都仿佛成了背景，唯独他清晰得让人一眼看见。
小满远远地和他对视，周攻玉看到小满，便穿过人群朝她走来，一直走到她面前，笑得温柔宠溺："原来你在这儿，让我好找。"
微光下，他眼眸剔透，闪着细碎的光。
小满的心跳似乎漏了一拍。
周定衡成婚，来往宾客众多，也不全是官宦世家，还有许多他在军营中结识的人。席上的人多了，敬酒便是一轮轮接着来。
喜宴到了高潮，看守便松懈了些。姜月芙便是这个时候进来的，周定衡和旁人成婚，她总要亲自看上一眼。
小满想再去和若若说几句话，没想到路上会遇到姜月芙，她也正在寻找平南王妃的院子。
姜月芙捏紧了袖中的物件，冷眼看向小满："你怎么在这儿？"
小满扫了眼四周，反而有些好笑："平南王娶妻，似乎并未请你来，你来是准备做何事？"
姜月芙背脊挺直，没有半分心虚，也不能容忍自己在小满面前露出低微的模样："我来看看他的王妃。"
四周挂满了红灯笼，将二人的脸都照得红幽幽的，彼此都没什么好脸色给对方。
"你想见若若，她可不想见你，坏了她成婚的好事。若我记得没错，孙小姐也是被你加害。"小满今日说话不留情面，几句便激得姜月芙气息不顺。
"姜小满，你说对了，我今日的确是来坏她美事的。"姜月芙语气发了狠，颇为咬牙切齿，看小满的眼神尽是明晃晃的仇恨，"我不好过，你们却个个美满，实在不公平。我今日未曾想过害你，是你自己不识好歹，对我出言不逊，不是姐妹情深吗？那你便替她去死好了！"姜月芙话说完，抽出袖中始终攥紧的物件，迅速朝着小满刺去。

小满见到姜月芙总算装不下去，转身就想跑去叫人，一只手凭空伸出将匕首捏住。

女子力道虽然不大，可这猛地一刺，锋利的刀刃也是划开层层皮肉，将手掌划得深至见骨，鲜血淋漓染了大片袖袍，连小满的衣裙上都溅了血。周攻玉握住利刃，面色阴冷到骇人，不等姜月芙反应过来，利刃便被握着掉转方向，猛地刺入她腹中。

周攻玉连她的手都懒得碰，推着利刃又没入一寸，任手掌皮开肉绽，像是毫无感觉般。

姜月芙疼到连呻吟声都发不出，睁圆了眼睛，似有不甘。她倒在地上"嘀嘀"喘了几口气，还挣扎着向前爬，也只是徒劳罢了。地上的血迹蜿蜒开，不一会儿，她便睁着眼不再动弹，气息都消失了。在微弱红光下，她的尸身看着十分瘆人。

周攻玉用另一只完好的手扣住小满的后脑，将她按到怀里，庆幸似的发出一声低叹："还好。"

周攻玉第一次在小满面前杀人，一手的血没敢再去碰她，而她看着有些惊魂未定，也许是被他的样子吓到了。

姜月芙留着始终是个祸患，迟早要除去的。失去了母亲的庇佑、父亲的疼爱，又久病缠身染上"百花泣"，往后注定是要苟延残喘地活着。她嫉恨小满，也厌恶嫁给周定衡的江若若。

她本来是京城第一才女，甚至是太子妃的最佳人选，最后死在了心上人的大喜之日，死在周攻玉手里。

小满不会同情一个三番五次想害自己的人，何况留下她对江若若也是后患无穷。不过突然遇到这种事，心里还是有些乱的。周攻玉处理好伤口后，早早送她回府。

平南王府和江府离得不远，不到半个时辰便能走到，小满不想乘马车。正好这个时间，街道上空荡荡的没什么人，倒也自在。

周攻玉陪着她在寒凉如水的夜色中缓步走着。

小满想事情想得出神，没怎么和身旁的周攻玉说话。忽闻深巷中传来几声犬吠，由远及近。犬吠声越来越大，很快就看到了跑近的野狗。小满吓得步子都乱了，连忙往周攻玉身侧躲，扯着他的衣袖大气也不敢出。

周攻玉知道她害怕，伸出手臂将她搂到怀里，安抚地轻拍两下，等野狗的身影跑远了，才低声说："没事了。"

话说完了，他却迟迟没有将小满放开。

经过这些时日的相处，周攻玉已经没有再擅作主张，对小满做些无礼的事。小满待他的态度似乎松了许多，可要离开的这个想法，却从未被撼动过。连他自己也不敢猜，如今在小满心里，他有多少的分量。

兴许不如韩拾在她心中十分之一的分量。

方才周定衡成婚的时候，他心中也在想着与小满的婚事，想着她穿上嫁衣的动人模样。

这样明艳如火的颜色,其实很适合她。

多年前她披着件红色的斗篷,远远看去,就像灰败冬日中的火焰,灼人眼球,叫他移不开目光。

"你今日在想什么?怎么心不在焉的?"周攻玉轻声问她。

这是小满的另一桩心事。

她打算假死,抛弃身份离开皇宫。

只是这件事,她不能对任何人提起。

也想在离开之前,再对他好些。

小满难得没有将他推开,扯着他衣襟的手指紧了紧,认真地回答了他的话:"这几日义母对若若说了很多话,还有兄长送她出阁,可我没什么亲人,会不会让人觉得很奇怪?"

这并不是谎话。送江若若离开的时候,义父眼神欣慰,义母眼中满含泪水,皆是面带不舍,而若若在益州的兄弟姐妹也都来了。直到今日,她才真正想到了自己也快和周攻玉成婚这件事。

周攻玉低眸,犹豫了一下,才试探地去牵小满的手。她手指微动,却没有避开,任由周攻玉将五指嵌入她手掌,让彼此十指相扣。

他掌心温热,力气有些重,像是生怕她反悔将手抽出一般。

"旁人有的,小满也会有,无论往日如何,攻玉哥哥会是你永远的亲人。"他嗓音温润,像温水缓缓浇灌在她心上,融化层层碎冰。

二人并肩走着,街上挂着的灯笼光线微弱,在地上拖出了并不明显的两道长影。

夜路漫长寒冷,周攻玉陪着小满一路回到江府,最后仍是要分开,再独自回到庄严冷寂的皇宫。

小满站在江府的后门口,心脏像是被什么拉着往下沉,让她感觉胸口处沉闷酸痛。

她对周攻玉并没有什么责怪,甚至还有些可怜他。

周攻玉站在江府的后门,面目隐在阴影下,手指仍固执地勾着她,迟迟不肯松开。

"真的不能留下吗?"

小满已经推开了门,将自己的手指抽了回来,袖角也轻飘飘地从他掌心溜走。他手心一紧,却还是没有抓住她。

他心中突然升起一股巨大的失落和惶恐,下意识就喊出了声:"小满!"

小满转过身,疑惑道:"怎么了?"

她只是转了个身,怎么再回头周攻玉就一副仓皇无措的表情。

周攻玉上前,将她的手拉住,语气带着恳求和讨好:"我不回去,好不好?今晚留在江府陪你。"

小满抬眼看他,黑亮的眼在夜里像颗剔透的琉璃珠。

她似乎在纠结要不要答应,片刻后还是点了点头,且低声说:"那你在软榻上睡。"

让他睡地上都可以。

白日里跟着韩拾他们闹腾多了,小满觉得困,早早便和衣躺下。周攻玉也不打扰她,静静地听她匀缓的呼吸声。

许久后,小满在翻身,似乎睡得不太安稳。周攻玉没什么困意,也并未合眼,将她的动静都听得一清二楚。

夜里寂静无声,即便是再细微的声音,都能变得无比清晰。

周攻玉忍不住起身,走到小满的床榻边,俯身将手掌贴上她额头,额上散落几缕碎发,似乎还生了一层薄汗。

"怎么了?"他语气担忧,又为她披了披被角。

小满正处于半梦半醒间,困得不行却又因为疼痛无法入睡。她像只撒娇示好的猫,用头蹭了蹭周攻玉的掌心。

周攻玉手臂一僵,心头软得一塌糊涂:"哪里不舒服?"

"肚子疼……"

"今日吃了什么?"

"没乱吃……不是肚子凉,就一点点疼。"

她和周攻玉一问一答间,脑子也清醒了大半,开始想自己是为何腹痛。但她身上大病小病实在不少,若真要细想,能找出许多个理由,索性也懒得纠结了,哼哼唧唧地裹紧被子往里拱。

周攻玉见她强忍着不哼出声,心中有些不忍。触到她冰凉的脸颊,他问道:"身子还是暖不热?"

"嗯……"

他单披了件外衣,发丝松散着垂下,将小满拍了拍,说道:"若睡不着,我为你讲些杂谈。"

小满很喜欢听这些东西,瞬间有了精神,忙往里侧滚了两圈,将腾出来的位置拍了拍,示意他坐上来。

周攻玉抿唇一笑,拢了拢衣襟,轻声细语地开始说起那些怪力乱神的杂谈。小满听得认真,等周攻玉咳嗽两声后,才注意到他衣衫单薄,于是将自己的被子分出去一点,还未盖上去立刻又扯回来。

周攻玉低头看着她。

小满从被窝里伸出手臂,指向软榻:"你自己有,男女授受不亲。"

周攻玉笑了一声,起身去将被子抱了过来,靠在榻上继续讲……起初小满

243

还听得津津有味，后面却是疼得厉害，整个人都蜷了起来，也不大听得进去了。

周攻玉跪坐在她面前，心中慌乱，问道："我去叫大夫？"

小满强忍着疼说道："不行，我还要脸，可以忍一忍。"这种疼比她犯旧疾时如同骨缝被插刀子更甚，就像是有什么在小腹撕扯，也是极难受。

周攻玉犹豫了半晌，将她的被子掀开一条缝，手伸了进去。

小满像是被子里进了蛇一样跳起来，要不是深夜怕惊到人，她能叫出声。但周攻玉并未有更多动作，只是将温热的手掌放在她小腹稍上的位置，规规矩矩不再乱动。

等他手掌微动，轻柔缓慢地为她揉肚子时，小满攥着他的手就往外扯，咬牙切齿地说："你做什么？"

周攻玉心中确实没什么杂念，语气也算坦然："好些了吗？"

小满沉默着不应他。

好是好些了，还很舒服，但说出来丢人。

周攻玉并未做过这种事，为她揉肚子的力道像是以前在书房揉"芝麻"一样，见小满老实下来，也没有再哼哼唧唧了，不禁在心里想，她和小猫的相似之处确实不少。

"我们日后是要成婚的，如今你不舒服，我能做的只有这么多。旁人也不知道，没事的……"周攻玉低声哄人的本事很有一套。

小满见他真的很规矩，也没有再抗拒了。

夜里等她呼吸平稳，真正熟睡后，周攻玉的手臂从她腰腹环过，生怕将她扰醒了，却还是让人虚虚落入怀里。

温香柔软的身子，娇小一团，如今就在他身侧了。

周攻玉从未睡得这般安稳，这般心满意足，哪怕是仅有几个时辰的美好，也足够他仔细回味半生了。

第二日，天色蒙蒙亮，周攻玉醒过来，目光落在她娴静柔和的侧脸，又缓缓移到二人交缠的墨发上，终是撑着手臂起身，将被她压住的长发小心扯出来。

小满轻哼了一声，没有醒，往被窝里拱了两下，埋头继续睡。

周攻玉无声轻笑，正待他掀被下榻时，目光触及素绸的床单上，有几点墨团般的深色。

他停住，仔细一看，才发现那哪里是墨团的黑，分明是红！

很少有什么事能让周攻玉觉得不知所措，但小满可以轻而易举地做到。

他静默地看了她一眼，发出一声轻飘飘的叹息。

还好被沾染的是里衣，穿上外袍不会有人看见。

小满向来浅眠，周攻玉已经是小心翼翼地在穿衣束发了，尽量不发出什么声响。但她却被身体的不适给闹醒了，惺忪睡眼还未睁开，便撑着身子爬起来，忽然腹下一股热流，她起身的动作随之一僵。

方才还半梦半醒的眼立刻就瞪大了,像是有人在脑子里放烟火发出震响声,轰得她整个人都傻了。

周攻玉朝她看去,表情也同样的尴尬。

"你……"小满伸出手,指了指周攻玉的衣袍下摆。

那里沾了些许血迹,远看如同雪白的衣料上绣着的红梅。

周攻玉好不容易压下的情绪,又被她点燃。脸上浮起的绯色,一直蔓延到了耳尖,他咳了一声,道:"我不知你会是今日……"

小满脸色涨红,瞪大了一双眼,手指尴尬到蜷起,将被褥都攥起了深深的褶皱。

别说周攻玉不知道,她自己更不知。因为常年喝药,月事从来就没有准过,一月两次,两月一次也不甚稀奇。哪知……哪知会是今日!

偏偏就是今日!

小满咬着牙,羞恼地钻回了被窝,将整个脸都埋进去。

见她又羞又恼,连话都不肯说一句的样子,周攻玉又觉得有些好笑,穿好衣物走到床榻边,俯身问道:"还疼吗?"

被褥里的人一动不动,也没有说话。

他无奈地扯了扯被子,温声道:"你松一些,别将自己闷坏了……"

只是轻轻一扯,被子里的人就又缩了缩,将被褥压得更紧了。

周攻玉知道小满此刻必定是恼羞成怒,饶是努力克制了,还是忍不住闷笑出声。

他一笑,小满就将被子掀开了。

晨光熹微,屋里亮堂些了,也能更清晰地看到她脸上的红,像是煮熟的虾子。

小满的发丝凌乱披散在颊边,眸光熠熠地看着他。她猛地推了他一把,想骂一句,又怕被早起的侍女听见,只好压低声,愤愤道:"谁让你睡在我旁边的!若不是你不老实,好端端怎么会……"

周攻玉轻咳一声,解释道:"我昨晚困了,没注意到,兴许你夜里睡觉不老实……"

"你说我自己往你怀里钻?"小满更怒了,纤纤玉手攥成拳去捶打他,如同挠痒痒一般,看着像是情人间的打情骂俏。

周攻玉捉住她的手腕,微微一挑眉:"兔子急了果然会咬人,原来小满恼羞成怒的时候也会不讲理。"

她在外总是一副平静乖巧的模样,脾气好又温温柔柔的,偏偏到了他面前,少了几分温婉,多了几分鲜活生动。

小满正要说什么,脸色突然就变了,眉头也随之皱起,眼神不自在地避开他。

"还在疼?"周攻玉试探性地问了一句,立刻换来她咬牙切齿的一句:"不要问了。"

他尚未开口,忽然听到屋外的声音,便扶着她的肩做了一个嘘声的动作。

小满也听到了脚步声,那声音一直来到了房门前,使得她呼吸都轻了几分。

这时,房门被轻叩两下。

"小满,醒了吗?我有话问你。"

是义母。

小满瞪大了眼睛看向周攻玉,他也略显讶异。

这个时辰来找小满,确实早了些。

她做了个口型:"躲起来。"

周攻玉揉揉她的脑袋,示意她不用担心,起身将衣物穿好,走到了内间的屏风后。

屋外的人还在小声和侍女说着话。

"小姐的房门怎么闩上了?"

"回夫人,小姐平日里不喜欢屋中有人守夜,不过往日也是不闩门的,可能昨夜忘了吧。"

江夫人并未多作怀疑,只是又轻敲了两下房门。

小满想到被褥下的污血,又急急忙忙地爬起来,披了件衣裳去开门。

江夫人见她醒了,目光草草掠过,就看到她雪白的里衣上沾染的点点红色:"昨夜来的?"

小满红着脸应了。

江夫人语气温和,拢着她往屋里走:"莫站在风口,进屋去吧。我这么早来,也是有事想要问你。"

小满想着屋子里还有个周攻玉,浑身都不自在,动作僵硬地就要往榻上坐,立刻被江夫人叫住:"嗳!你这孩子,等一等,先把月事带换上。"

白芫端了洗漱的水进来,正好被江夫人看到,便对她招了招手:"那个侍女,去拿月事带,服侍你们小姐去屏风后换上。"

小满一惊,急得立刻站起身,忙说:"不必了,不急这一会儿,义母你先说要紧事吧。"

早知今日这样,昨日周攻玉就算说答应她一百个心愿,她也断不会松口让他在府中留宿,真是搬起石头砸自己的脚。

江夫人拧着眉,面色不霁:"为何不必,你去更衣,我也好说事,分明是两不耽误。你若面子薄,自己去换就是了。"

确实找不出理由来,总不能说太子殿下就在屏风后吧。

小满知道没法子了,接过白芫手里的月事带时,脸颊火烧似的,连指尖都红透了,微微发着颤。

白芫奇怪地看了她一眼,问:"不用奴婢帮小姐更衣吗?"

"不用……"小满觉得太阳穴的位置都在隐隐作痛了。

她抱着自己的外袍,急匆匆地朝屏风走去,还强调:"都不要过来。"

江夫人笑道:"怎的越大脸皮越薄了。"

小满没答话,将月事带藏在袖子里,和屏风后的周攻玉对视,二人皆是面红耳赤,尴尬到不知如何好。

饶是他再足智多谋,远胜他人的沉稳冷静,也依然是个未经人事的男子,连第一次亲吻小满,都会不知所措。这种场景,是他怎么也想不到的。

周攻玉为难地看了她一眼,做口型道:"我不看。"接着就转过了身,老老实实地站着。

小满只觉得此刻脑袋"轰"地要炸开了,手里的东西简直像是个烫手的火炭。

就算周攻玉转过了身,她也不至于没脸没皮到在他面前做这种事。

最后她也只是动作僵硬地换衣服而已,羞愤已经占据了她的理智,连系衣带的手都在抖,半天了还没整理好。周攻玉微微侧目和她对视,似是想笑又忍住了,转过身,低头为她系好带子。

与此同时,江夫人也正在说昨晚江若若成亲的事。

"昨夜府中出了事,太子殿下与你一道,想必你也是知道的。那姜家的大姑娘昨夜里没了,都说姜家姑娘神志不清,昨夜发病掉湖里了。这是外边的说法,昨夜殿下去了芳林苑找你,那砖缝里的血可不好清理。我倒是问你,这人真是太子殿下除去的?"

周攻玉的手指很是好看,尤其是握笔执卷的时候,说不尽的风情雅致。如今这双手,正在仔仔细细为她解开缠在玉扣上的发丝。

听到江夫人的话,他只是稍稍一抬眼,面色并无多少变化。

小满知道此事瞒不过义母,便老实说了:"姜月芙昨日拿了匕首,想要伤人性命。"

是姜月芙先要动手,周攻玉才动手杀了她。

江夫人明白了她的意思,却还是微皱了下眉,语气带了些微愁绪:"传闻果然不能尽信,东宫的这位并不简单,你日后该如何招架呢?宫里规矩那样多,若日后你过不好,我如何能安心……"

小满宽慰道:"这是我自己选的,义母不必忧心,殿下他……也待我很好。"

话里的人就在眼前,她提起来也是浑身不自在,只希望义母能快些换个问题,不要纠结于她与周攻玉的事了。

"哪里是你自己选的呢……我与你义父心里清楚,若若也说了,起初你是不愿留在宫里的。韩拾与你的心思,我们不是不知,但你二人……你们在一起,日后满是坎坷,终究会害了自己。若你真心喜欢殿下,我与义父也算安心,否则岂不是做了那棒打鸳鸯的恶人了。"

那句"棒打鸳鸯"出来,周攻玉的脸色可谓是差到了极点,像是那冰面上还蒙了层寒霜。

小满瞥了他一眼,思量一番才回道:"义母多想了。无论如何,此事怨不得任何人，我与太子确实是有些渊源，如今嫁给他并非被迫。至于棒打鸳鸯，此话实在是言重了……"

"你那日问我，若有喜欢的东西，但时间到了却要丢弃，届时必定伤心难过，还要不要暂时拿到这东西。我如今细想，才觉得是委屈了你。"江夫人一叹气，"你若当真如此喜欢韩拾，这些时日我不会再说什么，只愿你能不留遗憾。只是与太子成婚后，你定要恪守太子妃之仪，将旧情割得干干净净……"

小满听得一头雾水，脑子也蒙得厉害。她是怎么也没想到自己一番话，能被歪解成这个模样。况且周攻玉就在此处，全然叫他听了去，她实在是没法做人。

但苦于此时不便开口，她又无法与他说清楚，正烦闷着想要给江夫人解释，耳后忽然有热气喷洒，细细密密地落下来，她轻微战栗地缩了缩肩膀。

周攻玉怒极反笑，凑到她耳边，声音压得极低，语气中带了几分咬牙切齿："当真想气死我？"

她长到十七岁，还是头一回遇到这样尴尬的事。

江夫人隔着一扇屏风，正在说着小满和韩拾的事，而周攻玉在屏风的另一面，手臂轻轻一勾，将她环在了怀里。

二人贴得很近，能感受到彼此身上的气息。

周攻玉墨发半束，冰凉滑腻的发丝贴在她滚烫的脸颊上，她眨了眨眼，觉得呼吸都变得困难了。

等人跨过房门，终于离开了，小满才缓缓呼了口气，转过身与眸光幽怨的周攻玉对上。

她哽了一下，解释道："我义母并非这种意思。"

周攻玉垂下眼，慢条斯理地抚平衣上的褶皱，语气有些磨人："旁人的意思我一概不管，我只想知道你是如何想的。是否我宫里的紫藤，比不上窗台的栀子花？"

小满摇了摇头，周攻玉心中猛地一紧，紧接着又听她说："其实我从前并非喜欢紫藤，只是姜府那处的长廊安静人少，我便在那里散心。后来喜欢紫藤，是因为能看到你。每次你都会出现在那处，像做梦一样，连带着我看见那片紫也会心生欢喜。"

不过后来有一阵子，她都没去过那处长廊，花也不愿意看到，怕自己触景生情，平添难过。

"可后来就不是这样了，我看到栀子花，会觉得开心，可看到紫藤的时候，就只觉得心里不好受。不是比不上，只是不一样。"

她的话里没什么情绪，只是平淡地叙述罢了。周攻玉却宁愿她话里能有所怨恨，哭也好骂也好，控诉他辜负过她的情意。可这些事似乎再难牵动她，连多余的表情都不屑表现出来。

他和韩拾不一样，在她心里根本毫无可比性。

"我知道了。"周攻玉从背后抱住她,将脸颊埋在她颈侧,嗓音颤抖着,竟表露出了一丝脆弱感,"我知道,对不起。"

除夕前一天,小满去陶姒的坟前上香。

山上寒冷,此地也偏僻,坟前的草叶上覆了层白霜。

小满跪下给陶姒上了香。

也不知谁选的地方,实在是偏得过分,这碑也不太气派,哪里像是丞相府的手笔呢。碑文上没有多余的字,只草草刻下了"益州陶氏之墓"。

短暂又简洁,几个字便结束了陶姒的一生。

"母亲,若世上真有轮回一说,想必你也该投胎了。来生一定要擦亮眼,嫁给一个很好的人,和和美美地过一辈子,切勿再遇到这种人了。以后要是再生女儿,也待她好一点,陪她过生辰。"

起身的时候,白芫扶了小满一下。她捏着白芫的胳膊,轻声问了句:"白芫,你的母亲是什么样的?"

白芫想了想,说道:"她在我幼时便病逝,我连她的样貌也记不起来,不过依稀记得她很会唱歌,时常唱曲儿哄我睡觉。"

"那也很好了……"

至少能有些温情可以回想。哪里像她,翻遍记忆,也难以找出陶姒的笑颜。

除夕当日,京中有名的淮山寺会有许多去祈福的人。

江夫人想着带儿女都去一趟,小满没什么兴致,无奈前几日韩拾劝她的时候,将她送的平安符拿出来炫耀,嚷嚷着:"这是小满去淮山寺特意为我求的平安符,可灵得很,我几次死里逃生,多亏了它保佑!旁人都没有呢。"

江夫人抓住了他话里的"死里逃生",又开始对他背着亲人参军的事表示不满。

恰巧来寻她的周攻玉听见了这句,似乎是想起了什么不好的回忆,看向她的眼神都带了几分幽怨。

他一整日,说话都是凉飕飕的,小满始终装作并未察觉。直到离开时,他才忍不住问:"你怎么不给我一个?"

小满道:"淮山寺的石阶太长了,我爬不动。"

这么说完后,周攻玉也不再强求,眼中却还是失落得很。尽管小满给的理由十分敷衍,但他也不想她太劳累,没有便没有,但想到韩拾手上的平安符,还是有些不甘心。

小满以为平安符的事算是揭过去了,她是真不想再爬一次淮山寺的长阶。

除夕那一日还下了雪,天寒地冻,路面湿滑难行,那石阶更难走了。她窝在炉火边,被热气熏得昏昏欲睡,门突然被人叩响。

白芫正在为她剥杏仁,小满便自己去开门了。

"吱呀"一声后，冷飕飕的风朝里灌进来，冻得她一点瞌睡都没了。

周攻玉见来人是她，便挡住门外的寒风，迅速将门关上了。他抖落肩上的碎雪，从袖中掏出一个小物件，放到小满的手上。他手指冷得惊人，指节都冻红了，怕凉到她，也没敢多触碰。

"淮山寺的平安符。"

小满哑然，睁大眼看着他："你去了淮山寺？"

他发上的雪化了，将额边的几缕发丝染湿："你可以送给我了。"

他语气有些骄傲，像是在邀功一般，乍一进到温暖的屋子里，眼眸也被氤氲出了一层水汽，像是雨后起雾的山林，柔软得一塌糊涂。

淮山寺的石阶有多长，小满是亲身体会过的。她边走边歇息，光是上山就走了一个多时辰，要不是白芷扶着，她几乎要手脚并用地爬上去。

下雪后，路面更是湿滑难行，需要更加谨慎，稍不留心摔倒，就可能止不住地滚下山，少不了伤筋动骨。

小满的目光落在周攻玉手背的擦伤上，想开口，喉头却像是卡了什么东西，上下困难。

周攻玉见她愣住了，伸手揉了揉她的头顶，笑道："怎么傻了？"

小满眼眶微微发热，竟有些酸涩了。

"这样也算吗？"

"我是替你求来的平安符，再由你送与我，如何不算？"周攻玉面上坦然，丝毫不觉得有什么问题。

小满低头，拉过周攻玉的手，将平安符置于他手心。符纸叠成小小一个，朱砂印记红得让她觉得刺眼。她没有看他，只是一字一句地说着："愿你平安顺遂，风雨无忧。"

周攻玉似乎也觉得好笑，眉眼弯得像月牙，平日里的淡漠沉稳都扫去了，只剩一抹明朗的笑意："那我便谢谢小满，圆我心愿了。"

"你不冷吗？"

周攻玉想要去拉她的手，又想到自己手掌冰凉，便扯着她的袖角朝火炉边走。白芷自知留下不妥，便自行退下了。

山上的雪比这里还要大，怎会不冷。从昨日便开始下雪了，周攻玉却清早来找她，必定是昨日上山，天亮便赶回来，下山时兴许还滑倒摔伤了哪处。

"不冷，山上景致也不错。"其实也没什么景致，冰天雪地，他留宿寺里一夜未睡，担心大雪封山他赶不及回来，不等天亮便往下赶。寒冷不说，下山的路更是难行，纵使他极为小心，还是在摔倒的时候扭伤了手腕。

那个时候，他脑海中冒出来的第一个念头是：还好小满没有来。

小满不知道该如何说他，将手炉塞到他怀里，低声道："下次不要这样了。"

"为什么？"

小满看向他，眉毛微皱着："这样做不值得。"

"值得。"他说,"若不是遇到了你,我不会为任何一个人做这些事。他们为我定好的路不该是这样,可从你出现,这条路就不在了。他们让我怎么做,我便会做到最好。只有你,是我自己想要,与任何人都无关。"

他的眼眸里有丝毫不带遮掩的爱意:"喜欢人这件事,我也是第一次。也许在这方面,我比起常人要迟钝些,才使你伤心难过了。可我也会尽自己所能,爱你护你,珍之重之。"

"即便我会转身就走,离你而去吗?"

周攻玉的话,像是一把小锤子,一下下地轻砸在她心上,将坚硬的外壳敲碎,露出最柔软的部分。

他垂眼看着她,纤长的眼睫颤了颤,才说:"我不愿你日后回想起我,会觉得爱一个人也不过如此。"

即便只有一时的欢愉,他也想努力抓紧,且不管日后如何,至少现在她还在眼前。

小满听到他的话,神情有一瞬愕然,很快又露出了一个释然般的笑:"我知道了。"

除夕夜,宫里也会有年宴。

身为一朝太子,周攻玉自然不能缺席。

当天去过江府后,周攻玉又很快赶回了宫。年宴也算是一次小的家宴,周定衡与江若若新婚,江若若也要参加。若不是江夫人和江郡守在京城,周攻玉也会不顾礼数,将小满一同带去。

此次的家宴与往年唯一的不同,便是多了一位江若若,以及留在京城的陵阳。皇上眼里只有惠贵妃,对待皇后有敬无爱,周攻玉同样也没能得到他几句关怀。

江府之中,江若若是第一次离开父母,江夫人还略显惆怅地叹气,没多久便被韩拾逗笑了。楼漪面冷心热,待人温和有礼,府中的人也很喜欢她。

江夫人出身世家,年幼时也在边关住过一年半载,和同样身在边关的楼漪有许多话可以说。而离开了若若的小满,未免显得有些孤寂,总是看着窗外发呆。

江所思的院子最是风雅,长了一棵极高的梅树。屋外雪还在下,梅枝都被压弯了,风一吹,就有细雪伴着梅花瓣簌簌落下。

酒足饭饱后,只剩年轻的晚辈吵着要守岁不肯睡,江夫人也不管他们,给每人分发了压岁钱,只要没有成家的人一律都有。

韩拾推开了堂门,雪光让黑夜都变得明晃晃一片,梅树上还挂着几个灯笼。

炉火就在小桌边,楼漪正在温酒。

小满跪坐在楼漪身边,兔毛在脸颊上乱扫,她鼻尖微痒,扭头打了个喷嚏。

楼漪笑道:"若还是觉得冷,可以喝口温酒。"

"喝了酒便不会冷了吗?"

韩拾似乎是想到了军营中的趣事,兴致来了便开始说:"边关要比京城入冬早,军中有些将士的衣物来不及准备就忽然下雪了,他们冷得厉害了就去城里买酒喝。几杯烈酒下肚,能赤膊打马球,真是半点冷也察觉不到了。"

小满也没喝过酒,回想起来,只有舌尖的辛辣和周攻玉的气息。被韩拾说得也有些好奇了,问道:"喝酒真的那么有用吗?"

"那是自然了!"韩拾大力鼓动,想诓骗小满。

江所思咳了两声,目光扫过韩拾的时候带了警告的意味。

"我还没有和韩二哥一起喝过酒,我们也来喝一杯吧。"

江所思有些意外地看着她,以往韩拾也不是没有诱哄过她喝酒,都未曾成功过,怎的这次她会主动要求。

她还未曾与韩二哥喝过酒,日后也没什么机会了。

灯笼悬在头顶,光影绰约,映照在韩拾的玄色衣袍上:"小满终于肯陪我喝酒了。"

"这一杯,韩二哥敬你,愿你余生顺遂,一生喜乐。"韩拾直视着小满,端起酒盏一饮而尽。

小满垂眼,清亮的酒液倒映着灯火。

"小满也愿韩二哥,前程似锦,来日可期。"

酒液入喉,舌尖只觉辛辣苦涩,腹中火烧火燎一般升起了暖意,再过一会儿,又觉得回味甘甜,酒味芳香绵长。

小满掩唇咳了两声,韩拾笑着拍了拍她的后背,戏谑道:"喝这么急做什么?我又不催你。"

"韩二哥,你一定要过得好才行。"小满在他俯身靠近的时候,极小声地说了一句。

韩拾为她拍背的手停了一下,也低声应了。

"我会的。"

所有戛然而止的情愫,都被融入辛辣的酒液中,在梅香和雪色中,化作对彼此最好的祝愿。

俗话说得好,喝酒只有一次和无数次。

小满一开始不觉得有什么,等到连续喝了三杯,靠着白芷赏花的时候,眼前的灯笼都有了重影。

"这还未到子时,烟花还没放呢,小满可不能醉。"韩拾朝小满看去,才发现她颊边两团红,像是晕开了胭脂一般。眼睛都眯成了一条缝,对着那一树白梅打瞌睡,下巴一点一点的,像是小鸡在啄食。

白芷也无奈道:"公子怎的让小姐喝这么多酒?"

韩拾反驳:"又不是什么烈酒,小满喝得也不多,这谁能想到?还有你都喝一壶了,不是也没反应吗?我还以为姑娘家都像你一样能喝……"

正当韩拾和白芫愁着该怎么给小满解酒的时候，本不该出现在此的周攻玉来了。

他一身暗纹的牙白深衣，袍边滚着金线绣成的云纹。手持一柄纸伞，缓步走近。

凛然出尘的身姿容貌，在雪色与花色间，俨然是另一幅绝美的风景。

本来正闹腾着行酒令的人，见到周攻玉的一瞬间，都瞠目结舌地停住动作，连行礼也忘了。

等他们反应过来，又是一阵骚乱。

周攻玉摆手示意他们免礼，目光落在唯一垂着脑袋一动不动的小满身上。

白芫要是知道周攻玉会来，是绝对不敢让小满喝酒的。现在小满一身酒气，是遮也遮不住，她不免就有些心虚不敢看他。

周攻玉也没有责怪什么，靠近小满后，嗅到她一身的酒味儿，问道："喝了多少？"

韩拾见他俯身就去抱小满，心中有点泛酸，答道："桑落酒，喝了三小盏。"

桑落酒不是什么烈酒，入口绵甜，后味无穷。三杯就倒了，看来确实是酒量不怎么样。

正打着盹儿，身子忽然就悬空了，小满稍微挣扎两下，就被按着不能乱动，头顶传来一句略含无奈的话："别动了。"

小满不太清醒，往周攻玉怀里拱了两下。

厚厚的雪地上传来"嘎吱嘎吱"声，在寂静的夜里十分清晰。小满的呼吸中都带了甜香的酒气，沾染到周攻玉的衣襟上。

似乎是真的冷了，她总算醒了一点。发现自己被周攻玉抱在怀里，她还以为是在做梦。

这个时辰他分明要在宫里，怎么能出来呢？

"你怎么来了呀？"

她嗓音微哑，软糯又乖巧，眼睛半眯着看他，脸颊红得不正常。

"想见你了。"

"可我们上午才见过。"

周攻玉叹了口气："可我一会儿不见，你就醉成了这个模样。"

他话音刚落，静谧的夜被破竹声划开。如同凤鸟夜啼，一声长啸后，烟花升至顶空，在漆黑的夜里炸出一棵巨大的火树。

这一声如同号令，紧接着，四处都响起了烟花升空的炸裂声，黑夜被撕开，绚烂明亮的花火照亮夜空。满地的雪反射着烟花的光，使地面更加明亮了。

小满睁大眼，拍了拍周攻玉的手臂，想要他将自己放下来。

周攻玉换了个姿势，将她的腰背扶住，单臂托着她，像是抱小孩一样轻松将她稳稳托住。

烟花腾空，转瞬即逝，一朵接着一朵绽放。

二人的身影被明晃晃的烟花照亮，小满扶着周攻玉的肩膀，眼里映出璀璨的烟火。

周攻玉出神地看着她展露笑颜，似是要将这一刻永久铭记。

小满忽然扭过头，搂住周攻玉的脖颈："新年快乐，攻玉哥哥。"

烟花暗下，又重新亮起。

周攻玉眼眶温热："新年快乐，小满。"

周攻玉一路抱着小满回了屋，她刚被放下就朝一边倒，又被周攻玉扶正了。

他皱眉不悦道："我记得你不喜欢喝酒。"

小满嘀咕了两句，他没听清，贴近她又问了一遍："方才说什么？"

"韩二哥……"她该陪韩二哥喝一次的。

如果说他方才的心情，就像火树银花般绚烂明媚，那小满的这句话就像兜头浇了他一盆凉水，顿时凉了。

小满垂着的脑袋被他抬起来，屋里光线很暗，屋外的光透进来一星半点，恰好映在他半张脸上。光影交错，晦暗不明，使他的眼神看起来有几分阴鸷。

他的语气里有几分咬牙切齿的不甘心："你眼前的人是谁，还分得清吗？"

小满脸颊热得厉害，周攻玉从宫里赶来，衣衫都浸透了夜里的寒凉。她醉了，也不管周攻玉在说什么，直接钻到他怀里。冰凉的衣料贴在脸上，缓解了不适感。

周攻玉方才还压着火气呢，被她抱一下，便气消了，有些发狠地将她抱得更紧。

"我是谁？"他又问了一遍。

小满这回听清楚了，却想戏弄周攻玉，便故意答道："韩二……"她还未来得及说完，未出口的话被他封住。

周攻玉的薄唇冰凉，贴上她温热又带着酒气的唇，很快就升了温。

他吻得凶狠急促，像是要证明什么一样，舌尖撬开她的牙关，有些发狠地逼迫她回应。

小满的脖颈仰起一个弧度，手放在他胸膛处抵着。周攻玉吻得太深，让她有些不适，甚至是喘不过气，胸腔都闷闷地发疼。

她有些害怕了，微弱如呻吟的求饶声，被他尽数吞没。

周攻玉见她是真的受不住，再折腾就要发火了，将唇瓣稍稍移开了些，吻落在她嘴角。

"韩拾会这么做吗？"吻朝下移动，落在她下颔处，又下移了几分，他问，"你再说一次，是谁？"

她的兔毛斗篷被解下，衣襟微微松散开，亲吻落在雪白的颈项上，辗转厮磨间，周攻玉的呼吸忽然快了几分。

周围的空气似乎都热了起来,染了些许情动。

"攻玉哥哥……"她以为自己喊完后,周攻玉会放过她。

事情却并非如此,他只是微微一顿,动作仍未停下,炙热的吻落在她颈侧,不安分的手滑到了她腰际,如划过湖面的风,掀起阵阵涟漪。

她被激得身子一颤,猛地将周攻玉垂落在她胸口处的墨发扯了一把。

沉迷于啃她脖子的人倒吸一口冷气,停下后伏在她肩头不说话,片刻后闷闷的声音传来:"就不能轻点吗?"

小满松开手里的发丝:"你太过分了。"

她现在觉得手脚发软,抿了抿唇,还有一点点疼。

周攻玉的喉间溢出一声颇为愉悦的轻笑,缓缓抬起脸,黑夜中看不出他情动时微红的眼尾。

"没忍住,下次尽量。"

小满涨红了脸,忽然觉得无话可说。

她喝完酒早就有了睡意,何况已经过了子时,加之被周攻玉一番折腾后,她更想睡觉了。

她推了周攻玉两下,才觉得压在她肩头的人这么重,丝毫没有反应。

不仅如此,周攻玉还抓住她乱动的手,喑哑道:"等一等。"

等什么?

她有些奇怪,正要问,却发觉静默的夜里,周攻玉的喘息声越发沉重,混合着酒香,使这方寸之间变得旖旎。

"你……"话刚出口,她便被周攻玉环着腰掉转了方向,背对着他无法看到表情,但那呼吸仿佛带了热度,让她觉得灼人无比。

黑夜中,能听见彼此的心跳。

但这难耐的喘息声,她起先还没反应过来,等想到了什么,脸上都燥热起来,恼怒道:"你放开我。"

周攻玉的呼吸渐渐平稳,听话地将她放开,走到桌前倒了两杯冷茶饮尽,这才撤去些燥意,同时还心虚地不敢看她。

心悦的女子就在眼前……便是他也难以自持地失态了。

周攻玉咳了两声,掩饰自己的尴尬。小满羞愤到不知所措,离他远远的,像是在避什么危险的野兽。

"我要就寝了,你快走吧。"

周攻玉无奈道:"这么晚了,你将我赶走,我还能去哪儿?"

"随便你去哪儿,谁教你这个时辰来的,可不怪我。"她强装镇定,开始拆头上的发髻。

周攻玉揉了揉眉心,低叹一声:"小没良心的,这个时辰赶我走,屋外天寒地冻,宫里我回不去了。这样吧,我去找你的韩二哥,看他愿不愿意收留我一晚。"

"不许去!"让周攻玉睡到韩二哥的屋里,她不敢想这是什么样的画面。

他眯着眼笑了:"这可是你自己要留我的。"

上回周攻玉和她同榻而眠,恰好撞上她来月事,每每回想起这件事,她都觉得自己脑子要炸开了。

好在这回她早早就困了,也没有那么多精力去计较,还没说几句话就睡过去了。

周攻玉正听到小满说起江夫人给她留了压岁钱,话还未说完就没了声音,平缓的呼吸近在身侧。

轻而缓的呼吸声,如同石子落入深潭,不停地敲击他的心脏。

这是他过得最安宁的一次新年,也是他第一次觉得往后余生也能有所期待。

周攻玉侧过身,手臂微微一带,将娇小的身躯带入怀中。

室中静默,凉如水的夜色中,响起一人的低语声。

"今夕何夕……"

今夕何夕,见此良人。

周攻玉这辈子都忘不了小满。

第二日清早,等小满醒来,床榻上只有她一人,身侧只有一个微微的凹陷,看得出昨夜确实有人睡过。她后悔自己昨天喝了酒,说话做事都没个分寸,抱着枕头就要捶,手探到了枕下的硬物,拿起来对着光打量,才发现是一块玉佩。

这玉是两年前周攻玉所赠,被她扔在雪地里,几经辗转,又回到了她手上。

大年初一,是阖家团聚的日子。而皇上纵使心里只有惠贵妃,也不能撂下自己的一众儿女后妃。

从前皇后娘娘还会因为皇上初一时去陪惠贵妃而发怒,如今这几年也懒得去计较了。兴许是心中麻木,对于他的偏爱也无可奈何。

情之一字,最是强求不得,她只是不甘心。

皇帝子嗣不多,除了太子和平南王,以及夭折的几个孩子,剩下两个不到十岁的皇子。三位公主,一位远嫁,一位及笄,最后是宁嫔所出的凝玉公主,养在惠贵妃身边,十四岁的年纪,体弱多病鲜出来走动,也只有遇到宫宴才会出来一趟。

等这场家宴吃得差不多了,周攻玉起身离开,凝玉也由侍女扶着回宫。

殿门前,二人相遇。

细雪飘飘扬扬地落下,堆积在伞面上。

凝玉身上裹着厚厚的斗篷,寒风掀起一角,露出底下鹅黄色的裙边。

伞面微抬,露出她苍白的脸,柔弱又楚楚可怜。

"凝玉,要回宫了吗?"周攻玉见到她,停下了脚步。

因为处处被约束,他与几位手足的情谊并不算深厚,由于周定衡的托付,他近两年才注意到了这位体弱多病的妹妹。

无论是惠贵妃还是皇上,都对凝玉十分关爱,遍寻名医为她调理身子,连皇后都时常将名贵的药材送去她宫里。只是凝玉的身子还是没什么好转,看着仍是娇弱的,似乎风一吹就要倒了,让人心生怜惜。

"嗯。"凝玉乖巧地点了点头,"皇兄要回东宫了吗?"

"倒不用瞒你,我有事要出宫一趟。"周攻玉想到小满,连目光都柔和了许多。

凝玉眸光微微一暗,低声问道:"可是去找姜家的二小姐?"

周攻玉对小满的喜欢,便是不说话,也能从眼神中看出来:"我与她说好了,不能爽约。"

之前小满离开后,他一见到凝玉,脑子里便冒出小满来。同样是体弱多病,身姿纤弱,可又大不相同。

只因为凝玉和小满的几分相像,周攻玉就对这个妹妹多了几分关照。让太医多注意她的身体,在凝玉病重的几次,也去看过她。凝玉不怎么与人说话,见到周攻玉也是眨着大眼睛怯生生地看,不敢靠近。

后来亲近了些,见到她的次数也多了起来,见到的时候会主动走近他说两句话。

只是这半年,凝玉的身子又不大好了,留在殿内不怎么出来,周攻玉很少遇到她,但那些补身子的药材却不曾停过,依旧往她的宫里送。

是出于怜悯,也是出于对小满的愧疚,再见到这样的姑娘,他就总想着能让她活下去。

凝玉拢紧了披风,微微一颔首,轻声道:"那皇兄快去吧。"

"雪天路滑,你回宫小心些。"

年后没几日便出了太阳,融雪顺着屋檐滴落,砸在浅浅的水洼中。

小满的婚事早在筹备中,她留在京中的时间,时常去书院教授学生。因为林秋霜帮着周攻玉骗她的事,她有好些日子不与林秋霜说话,直到林秋霜来向她诚恳地认错,二人才又重归于好。

冰雪消融,枝头初现春色,韩拾也要离开了。随他回京的楼漪,也会一同离开。

皇后娘娘的一个表侄女,也在初春时进了宫,据说是得知太子妃的赐婚诏令,从江南一路赶来,连新年都是在路上过的。甫一进宫,她便跪拜在皇上皇后面前,恳请做周攻玉的侧妃。

小满刚从江若若口中得知了这件事,连那位小姐的名字都没弄清楚,周攻玉便从宫里赶来,解释起了其中的缘由。

那位皇后的表侄女名为许静好,是出自江南的书香门第,有名的才女。

小满和许静好比起来,除了相貌更胜一筹,其余皆在许静好之下。

皇后自然是喜欢这样家世身份都配得上周攻玉的女子,更何况求的还是个侧妃之位，没有问过周攻玉便爽快地应了。皇上却认为，太子妃还未嫁过去，又要立侧妃，未免有些不给小满面子，暂且搁置了立侧妃的事。

周攻玉赶到后，和皇上表示自己只会迎娶小满一人，将皇后气得不轻，指着他怒骂一通。皇上没有那么激动，只是颇为感慨地说："朕明白你是真心喜欢她，心里装不下别的女子。可你既然身为太子，就要担得起这份责任，只要你心中有她便是。既然要做太子妃，想必也能理解你。何况你今日喜欢，日后未必只爱她一人，也不能言之过早了。"

周攻玉知道他是什么意思，依旧笃定道："只要她在，儿臣的后宫便不会有旁的妃嫔。"

皇后发了一通火，倒是皇上没怎么拦着周攻玉。

如今说得信誓旦旦，真正能守住誓言的又有几人？他再如何宠爱惠贵妃，也要给足朝臣面子，做到雨露均沾。

许静好得知被拒绝，抹着眼泪去了东宫，却被告知太子不在，又哭着去找了皇后。

此事传到小满耳朵里的时候，她正跟着府里的侍女学做糕点，脸上手上都是面粉。

江若若急得焦头烂额，为她打抱不平："你说要是皇后娘娘答应了她怎么办？你还未住到东宫，她就想先进去，哪有这个说法。好歹也是名门出来的，这般行事好不知羞！"

小满应了两声，不慌不忙地洗净手："太子殿下不会答应的。"

"要是皇后娘娘逼他纳侧妃呢？你这般死心眼地相信他，日后等后宫的女人多起来，还不得伤心死了。"

小满似乎是想到了若若所说的场景，心口处有些许酸涩，却还是闷声道："他现在不会，他现在只喜欢我。"

日后她走了，周攻玉要是遇到了喜欢的女子，她可能会有些难过，但还是想要他幸福康健。那是没办法的事，没道理她不愿意留在他身边，还不让他爱上其他女子。

可至少现在，周攻玉身边不能有其他人。

"你就那么相信太子？"江若若没好气地说。

不等小满回答，身后响起了周攻玉的声音："她自然要相信我。"

小满抬眼看去，周攻玉站在院门口，目光停在她身上，不容置疑地说："我连她的长相都未能记住，更不会让她踏入东宫。

"这世上我唯独爱你，也只娶你一人。"

这种话，换了别的女子听到该有多高兴，可小满却止不住地失落。

周攻玉那么喜欢她，可她还是要走。

第十章 //

大婚

　　许静好一直以为,她是最合适的太子妃人选。姜月芙会的她也会,且无论是家世还是容貌都不在旁人之下,何况姜府出事了,现在怎么也该轮到她了吧。
　　可突然冒出了她听都不曾听过的姜小满,区区一个身份低微的庶女,却被赐为了太子妃。
　　许静好不服输,她真心爱慕太子殿下,自小的心愿便是嫁给他,即便太子妃之位不属于她,也甘愿做侧妃,只要能留在他身边。
　　不过一介庶女,又该拿什么和她相比。
　　周攻玉亲自去找皇上,拒绝了让许静好成为侧妃的事。知情人都在暗中嘲笑她,连许夫人都觉得面上无光,将她训斥了一番。
　　可那是太子,就算只是做了侧妃,日后等他登上皇位,位分也不会低,哪能如此轻易言弃。
　　皇后从前宠着陵阳郡主,也是看在自家人的分上,但陵阳在京中久了,行事作风也被看在眼里,根本担不起太子妃的位置,她也就放弃了这个想法。而许静好饱读诗书,端庄有礼,正是合适的后妃人选,自然会帮着她。
　　"你放心,太子只是一时被那女子迷了心智,日后自然会看到你的好处,这些事他说了不算。依本宫看,你先住在宫里,过些日子本宫再和太子商议。"
　　许静好眼眶微红:"谢过皇后娘娘,静好有一个不情之请,不知可否……"
　　皇后轻抬眼帘,道:"你且说吧,本宫听着。"
　　"小女仰慕太子殿下已久,只愿能常伴殿下身侧,便是为奴为婢也心甘情愿,还望皇后娘娘成全,能让小女侍奉殿下……"许静好说着,声音越来越小,脸颊染上绯色,面带羞怯地低下了头。
　　皇后立刻就明白了她的意思。
　　所谓的为奴为婢,哪里是真的要一辈子当个侍女,不过是暂时委曲求全,以求能贴身相处,日久生情罢了。这法子也并不少见,只是很少有高门贵女为了得偿所愿,肯自降身份做到这个地步,说出去也要叫人耻笑的。

更何况以周攻玉的性子……平日里近身侍奉的也少有女子,万一被赶出来怎么好。

皇后犹豫的时间,许静好神色越发慌乱,手指揪紧衣袖,紧张地等待她发话。

"也好……你若真这么想,便随你去吧。到底太子是本宫亲子,再如何也要给本宫面子。"且不说周攻玉必须要娶其他妃子,单说这件事,她是他的母后,让他收一个侧妃有什么好为难的。若还不肯收,岂不是明着与她作对。

一个姜小满,到底哪里好,竟让他说出只娶一人的糊涂话。

许静好长呼一口气,心中又升起了隐秘的喜悦。太子殿下,应当还记得她吧。

江若若正和小满说着关于许静好的事,周攻玉就赶到将这些话听了进去,让她有种背后议人长短被抓包的心虚感。

好在周攻玉并未在意,目光也只停在小满身上。

江若若瞥了眼小满,朝她挥了挥手,示意自己要离开。

小满点头应了,看向周攻玉,眉眼都弯了起来:"你怎么来了呀?"

来之前,他一直忐忑侧妃的事会让小满心生误会,便忙赶来与她解释,但一见到她,那些不安也就成了庸人自扰。

小满又重新开始信任他了。

周攻玉抬起手,将她下颔沾染的面粉擦去,眸子轻扫过白芷,端着水正要靠近的白芷立刻转身退避。

"我还怕你误会,原是我多虑了。"

小满偏头,朝江若若离去的方向看了一眼,说道:"若若只是为我担心,你不要怪她。"

"她会担心,是人之常情。"周攻玉看着小满,短暂地沉默了片刻。

"你在想什么?"

"也没什么,过两日是我母后的生辰,想带你一同去,寿礼我已经替你备好了。"

方才,他突然想起了从前孤身一人坐在廊下的小满。

如今的她似乎长高了些,也更爱笑了,身边有人关心她照顾她。

周攻玉看到依旧鲜活生动的小满,心里那点对韩拾的怨怼也散开了。如果不是韩拾,他珍爱的人,可能早就孤零零地死在冰天雪地里。

小满微微蹙眉,问道:"连寿礼都是你备好的,这样不是骗皇后娘娘吗?她生气了怎么办?"

周攻玉将她的手握住,往屋里边走边说:"这又如何?你又不知道母后的喜好,届时还要来问我,我亲自挑自然不会出错。更何况寿礼不重要,送礼的人才重要。"

"皇后娘娘不喜欢我,无论我送什么,都会觉得生气……"

周攻玉也不知道如何安慰她,因为这说的确实是实话。皇后的性子偏执,周攻玉越是违背，她便越是生气，也不仅仅是因为小满，只不过是不喜欢他的违抗罢了。

"不必介怀，母后不喜欢，并非是你不好。"周攻玉揉了揉她的脑袋，"是她不知道你有多好，我知道便够了。"

小满被说得有点害羞了，撇过脸去不回话。

小满专心和侍女学做糕点，周攻玉坐在炉火边批阅奏折，炭火中埋了两个红薯让他照看。阿肆赶来传话的时候，正见到堂堂一个太子，穿着名贵整洁的锦袍，俯身挽着袖子，用铁夹从炭火中夹出一个黑乎乎的东西。

阿肆愣了一下，问道："殿下这是做什么？"

周攻玉瞥了他一眼，面无表情道："没见过红薯？"

阿肆看着那个黑乎乎的东西，犹豫了一下，又问："殿下是不是烤煳了，平常红薯也没有这么黑的。"

面对如山的奏折都能气定神闲的人，此时却对着两个烤成炭的红薯犯了愁。毕竟他一个太子，没有做过这种事。平日里被夸成神仙的人难得有了棘手的事，竟然是不会烤红薯，周攻玉也觉得十分难为情，撇下铁夹不再管两个黑乎乎的东西。

"我方才看折子有些忘了……"他轻咳两声，看向阿肆，"出什么事了吗？"

阿肆向周攻玉禀报了许静好被皇后强塞到东宫的事，又补充道："侍卫都按殿下的吩咐拦过了，但皇后娘娘执意如此，他们担心激怒娘娘，会招惹更多麻烦，只好先放人进了东宫。"

周攻玉慢条斯理地抚平衣袖上的折痕，垂着的眼瞳隐在阴影下，冷淡的语气和方才判若两人。

"确实是不知好歹，没有让她滚回江南，已是给足了颜面。这位许家的姑娘实在是没什么礼数，到旁人的地方去，竟也不和主人打一声招呼。"

"攻玉哥哥，怎么了？"小满听到周攻玉的语气不善，从背后喊了一声。

周攻玉转过身，方才冷寒的眼神，只一瞬便温和了，看着小满的时候，只剩温柔的笑意："一件无关紧要的小事罢了，说出来不过惹你烦心。"

"是侧妃的事？"

周攻玉顿了顿，点头道："许家的小姐自请到东宫侍奉，为奴为婢贴身照料，母后同意了此事。"

小满沉默了。他心中忽然升起一阵慌乱，忙又道："我也是方才得知，已经要着手处理此事了，不会让她在东宫留一天。"

小满面带疑惑道："你急什么？"

周攻玉哑然地看着她。

"我没有要生气的意思啊。"

周攻玉听完她的话，非但不觉得心安，反而像是憋了一口郁气难以抒发。

小满也没有注意周攻玉的表情，目光都被地上漆黑的两坨吸引过去了，问道:"这里有两块炭掉出来了。"

阿肆看向周攻玉。

他面色不变,淡然道:"阿肆,将炭夹回炉子。"

阿肆表情怪异地应了一声,夹起黑乎乎的一坨时,手还有些微抖。

小满的心绪很快又回到了许家小姐的事上,她知道周攻玉一定会处理好此事,早知道方才还不如不问,确实只能给自己平添烦恼。

她将侍女做好的糕点端给周攻玉,问道:"方才阿月做的,要不要尝尝?"

周攻玉问:"你做的呢?"

"我做的卖相不好,尚要等我多练练。"

话一出口,周攻玉对盘中的糕点失去了兴趣:"那我便等你练好的那一日,不急。"

虽然许静好的事很快就被小满三言两语给带了过去,可周攻玉仍是觉得心中烦闷。怎么也没想到这件事小满不在意,耿耿于怀的却是他。

等临走时,小满都没有提起过,周攻玉总算忍不住了,问道:"你真的不在乎吗?"

小满沉思片刻,答道:"你当时说起许姑娘的时候,其实我心里还是不太情愿的,但你不会那么做的,我相信你不会让她留在东宫。"

周攻玉心里有点怨气,便问她:"若我会呢?"

小满猛地睁大眼看向他,似乎有些不敢置信,愣愣道:"可你不是说……"

他又忙说:"我只是说说,不会那么做,你不要生气。"

小满摇摇头,手指悄悄地握紧了,说道:"若你真的那么做了,那也没关系吧。可能我会难过一阵子,但难过也没什么,死不了人的。反正日后,难过也是迟早的。"

是她自己要喜欢周攻玉,又是她在两相抉择下,选择更适合自己的活法,那些难过也不是不能接受,时间久了总能忘记的。她相信周攻玉也是这样的吧。以后他会有三宫六院,还会有皇子公主,一定也能很快忘记她。

周攻玉的眸光渐渐黯淡了,俯身压下,唇瓣贴上去,呢喃道:"怎么总说我不爱听的……"

一吻毕,小满气喘吁吁地转过身,红着脸不看他。

"那我走了。"

"你……你要走就快走!"她气息不稳,语气还有些气急败坏。

周攻玉轻笑一声,心情愉悦地离去。

太子回到东宫不久,宫里就开始风传,许家的小姐在东宫半日,就打碎了先皇赠予太子的玉器,吓得许大人赶去东宫磕头谢罪。这次连皇后都不知道怎么求情了,人是她属意安排的,才半日就惹出这种祸事来,被皇上知道了,兴许连她也要被怪罪。

许静好抽噎了半响，怯怯地问："殿下不记得我了吗？"
　　周玫玉面色疏离，轻扫过一眼，话里隐含讥讽："并未见过，本宫还以为许姑娘是新来的侍女，才会一时粗心将玉器打碎，经侍从提醒后才知竟是许家的千金。方才语气重了些，还望姑娘不要介怀。"
　　许静好听了，眼泪更是止不住地流，一旁的许大人忙压着她赔罪。
　　这话说出来，显然是在指责她粗俗无礼，连宫里的侍女都不如，连许大人都觉得面上无光，恨不得立刻将她拖出去。
　　皇后也看不下去了，只好说："静好也是无心之举罢了，想必太子不会怪罪，此事就算了，静好先回去好生歇息吧。"
　　所谓先皇赐予的玉器，于周玫玉眼里也不过是一件死物，碎了便碎了，他只是想找个简单的法子将许静好丢出去而已。
　　但这毕竟是一件小事，至多让皇后觉得她不够稳重细心，倒不至于因此厌了她。

　　等到了皇后寿宴的那一日，第一次以未来太子妃身份出席的小满，被上上下下无数双眼睛打量着，或好奇或艳羡，又或是鄙夷或嫉恨。
　　这些目光让小满感到不适，她有些紧张，攥着的掌心微湿，也不知道自己该看谁好。
　　周玫玉身穿苍青色的暗纹长袍，金线绣成了精致云纹飞鹤，长身玉立，霞姿月韵。远远地看着，便觉得他通身的气度矜贵而又清冷，旁的男子见后免不了要自惭形秽一番。
　　许静好望了太子一眼，发现他目光正放在姜小满身上，心中一阵阵抽痛，满腔酸楚不甘。
　　小满穿了身云雾绡的鹅黄襦裙，绣了桂花和兔子，换作旁人也许是稚嫩了些，由她穿着却是灵动可爱。加上她容貌出众，看向她的男子也不在少数。只是在皇后眼里，小满连穿衣打扮都不入她的眼，活泼有余而端庄不足。
　　被皇后冷冷瞥过一眼后，小满更是坐立难安了，生怕自己有什么不得体的地方，会坏了江家的名声。
　　虽然她身处江家，却依旧是姜恒知的女儿，姜恒知因病无法赴宴，来贺寿的人是入仕不久的姜驰，就坐在她身侧。
　　宫宴之上的座次都有严格的规矩礼制，周玫玉若是为她违背了一星半点，余下一个月她的名字就会不停地出现在御史监口中。
　　寿宴中，皇后与许静好十分亲近，时不时就夸她两句，反而对小满态度冷淡。周玫玉却对小满处处关照，吩咐人为她添了手炉和热茶，从她身后走过时顺手将披风搭在她肩上，态度十分自然，丝毫不畏惧旁人的眼光。
　　众人将他对小满明目张胆的偏爱看在眼里，一时间也有些唏嘘。
　　小满本来还觉得他这样太张扬了些，但又无法推拒，索性就不管了。皇后不喜欢她也没什么重要的，只要不会给江家添麻烦就好。

寿宴进行至中途，宫女给姜驰上茶的时候，路过小满身侧，忽然身子一歪，半杯茶水都泼到了小满身上。她立刻跪下求饶，给小满磕头认错。

茶水并不算烫，而且小满穿得多，也只是打湿了外袍的袖子，可穿着湿衣却已然是不得体了。

"小姐饶命，奴婢只是一时不慎，求小姐饶了奴婢吧！"宫女跪在她面前，胆战心惊地磕头认错。

小满听到她额头撞到石砖上的闷响，心不由得随之一抖，说道："算了，我去西殿换身衣裳，日后小心些。"

她正要起身，姜驰将她的袖子扯住，冷眼扫向宫女，语气严肃道："让白芫跟着，寸步不离。"

不等她开口，那小半截袖子就被周攻玉扯了回来。

他扶着小满的肩膀，目光看似随意地掠过姜驰，又落到那宫女身上，莫名一笑。

"怎么了？"小满皱眉不解道。

周攻玉拍了拍她的肩，说道："让白芫带你去凝玉的宫里换衣裳。"

他话音刚落，宫女的脸色一瞬惨白，伏在地上的身子战栗着。

小满听了他的话，也意识到了什么不对，点头道："那我去啦。"

"去吧。"

寿宴虽然热闹，可凝玉向来不喜欢这种场面，早就想回宫了，得了周攻玉的话，顺从地起身陪小满一同离开。

凝玉见过小满几次，那个时候小满还在东宫，也在喝药，从太医那里知道她身子不好，而且从前的姜丞相对她也不爱护，落下了一身的病根。

那姜小满应该也是身子弱，又病恹恹的样子吧，也许与她一般，因为药物浸染，身上总是有股苦涩的药味，与她没有什么不同。

在见到小满之前，凝玉一直是这么想的。

直到她去东宫找周攻玉的时候，看到一个女子抱着猫坐在秋千上，大笑着喊："再高一点呀！我不会怕的！"

那女子的笑容明媚到刺眼，衣裙飘扬如花一样绽开。

原来她们是不同的。

小满听周攻玉提起过凝玉，却从未见过，这还是第一次。于是，她有些拘谨地笑了笑："我叫小满，谢谢你。"

"我知道。"凝玉低垂着眼。

所有人都知道她是姜小满。

"不用谢我，是皇兄在帮你。"

小满又道："但还是要谢谢你。"

凝玉脸色苍白，别过身去咳了几声，一旁的侍女连忙为她顺气，片刻后又若无其事地继续前行。

"你的身子可好些了？"她冷不丁地开口问。

小满回答："好多了，如今还在调理，日后应当是没有大碍。你也要好好服药，养好自己的身子，不久后便也能好起来了。"

她说了这番话后，凝玉的表情看着竟还有几分替她高兴的样子。

"皇兄待你这般好……你当然会好起来。"凝玉说完后，情绪似乎又低落下去。

小满看凝玉还是个体弱的小姑娘，自然是说着各种话来哄她，凝玉只是不太热情，但也称不上冷淡。

凝玉的身子比小满还要瘦弱些，但好在她是公主，衣饰众多，挑到合适的衣物并不难。

小满脱下外层衣物时，凝玉手指轻轻滑过衣料，问："你喜欢这个颜色吗？"

小满应道："这件是太子殿下挑的，我喜欢的裙子前几日被炭火烧破了一个洞，差点气哭了，太子就送了我这件。可我还是觉得原来的好看。"

凝玉摩挲了两下裙上绣的花，静默着不置一词。

等换好衣服，凝玉没有再回到宴上。小满由白芫陪着往回走，说着自己被人泼了一身茶水的事。

"好端端走着路又没人绊倒她，这茶怎么就泼到我身上了？到底是不喜欢我故意要我出丑，还是真的要算计我……"小满嘀嘀咕咕地说了一堆，才靠近宴会厅，就听到了清晰的狗叫声，吓得她身子一颤，紧抱着白芫的手臂，嗓音都有些颤抖了，"有狗……我听到……"

白芫正疑惑，拉着小满继续走，想查看一番，才走了两步，凶恶的狗吠和凄厉的惨叫声一同响起。堂中不知何时一片骚乱，很快就听到了凌乱的脚步声，朝着她们的方向来了，狗吠紧跟其后，追着脚步一同靠近。

小满呼吸都要被吓停了，颤抖地去抱白芫，才抱到，又被人扯着后领给提了出去。

周攻玉将她往怀里一按，安抚地拍了两下，挡住她的视线后，又将她的耳朵捂住，让她听不到惨叫和狗吠。

小满吓得脸都白了，眼中满是恐惧，抬头看向周攻玉，见他唇瓣微动，似乎是说了什么。

她耳朵被捂住，听不清这句话，却能猜出口型。

周攻玉对她说："别怕，我在这儿。"

皇后的寿宴上出现恶犬伤人的事，将女眷吓得花容失色，也顾不得什么礼仪了，你推我搡地往后躲。

两只咬人的恶犬是由后宫的静嫔饲养，本来今日皇后寿宴，她听自己表妹的话，新教了两只爱宠作揖的动作，想讨皇后开心能领个赏，怎料事态会发展

265

到如今的模样。

往日温顺的两只狗,今日忽然发疯般追着她的表妹撕咬,静嫔吓得叫出声,扑上去想将自己的狗扯回来,却被侍女拉住了。

眼前的一切发生得很快,凄厉的惨叫声响起,如刀子划开了歌舞升平的宴会,将表面的平和割裂,沾染上血淋淋的恶意。

那位被撕咬的是秦将军的女儿,今日本是盛装出席,打扮得美艳动人,却无奈被恶犬撕咬,衣裙破碎,遍体鳞伤,精致贵重的珠花和凌乱的发丝缠在一起,脸上的妆容也被眼泪晕染,看着好凄惨,被带下去让御医照看。

皇上忍怒不发,只是扫了静嫔一眼,静嫔瑟缩着跪在地上求饶。

自始至终,小满都被周攻玉拦着。等松开她的时候,地上的血迹都被擦拭干净了,只留下几道深色的水渍。

小满惊惶未定,扯着周攻玉的袖子,周攻玉索性将她的手牢牢握在掌心。

温热的手掌包裹住五指,方才还心有余悸的小满,忽然就觉得安定了许多。

"这到底是怎么回事?"

周攻玉看向地上那片水痕时,面上一片漠然:"许是那位小姐逗弄恶犬,给自己招惹到了祸事。"

她只是去换了身衣裳,一回来就撞见了这幅场景。若她没有走,说不准也要被吓晕过去。

"那方才的小姐会不会出事啊?"

周攻玉瞥她一眼,皱眉道:"管她做什么?"

"被狗咬也太疼了,换作是我,宁愿咬舌自尽也不想被狗咬死。"小满嘀咕了一句,被周攻玉敲了下额头。

他叹了口气,眼中满是无奈:"胡思乱想什么,有我在还能将你吓成这样。"

静嫔毕竟是秦小姐的自家人,也不好多追究什么,只是被罚了禁足思过,处死了两只狗。

皇后的生辰宴算是毁了,她虽然心情不快,但也懒得计较什么。

许静好远远地看到周攻玉和小满站在一起,宽大的袖袍遮掩住二人紧握的手。她愣了一下,心中的不甘更甚了。

实在是输得不能心服口服,她不知道自己差在哪里。若周攻玉娶了一个才貌双全、家世地位都高于她的女子,那她也认了。

可姜小满除了一副好皮囊,无半点与他匹配之处。在京中稍微打听一下,这位太子妃的名声也并不算好,尤其这与伦常违背的女学,也是由她一手创办。更何况,太子殿下对姜小满痴心一片,她却与韩家的公子不清不楚,一再践踏太子的心意。

这样一个女子,如何配得上太子妃之位,又如何能站在周攻玉的身边。她宁愿太子当真如外人所说,不留恋情爱,不沉迷女色,也好过选了姜小满。

可眼神骗不了人,外人只是没见过他留恋情爱的模样。

比起皇后隆重的生辰宴，周攻玉的生辰宴从不大肆操办。今年也一样，他只会约上几个相熟的亲友，在东宫小酌几杯，这便算庆祝过了。

只是今年人多了几个。

江所思是朝中重臣，且向来规行矩步，总想着君臣有别要避嫌，不愿前去，就备了贺礼让小满一同捎去。

一同的还有凝玉公主和陵阳，以及成婚不久的江若若和周定衡。

陵阳是为了蹭东宫的珍品好酒，而一向不喜与生人共处的凝玉，兴许是周定衡的缘故，愿意与同龄人多加往来。

韩拾离京的日子，就在周攻玉生辰之后的那一日，他是韩将军的遗子，进宫拜见过皇上后就要走了。

小满想为他饯行，又不能将周攻玉撇在身后，正好他要进宫，便等着他出宫前再见一面，说几句话再走。

她早早去了东宫，却一下午都在厨房中没有出来。

周攻玉看折子看得有些不耐烦，中途去见了小满几次，才得知她是在做糕点。只是停留了一刻，心中的躁郁就仿佛被抚平，折子写得再烂也能勉强看下去了。

等到天色渐暗，小满得到消息，说是韩拾已经拜见过皇上，要出宫了，她便急忙去换衣服，要去约定的地方和韩拾见面。

此事周攻玉是知晓的，但见到她落寞不舍的神情，心中还是忍不住一阵阵泛酸。

看到小满端着一盘糕点走进殿中，周攻玉的脸色缓和了些，紧接着，小满将糕点放入食盒，盖上了。

他沉默了半响，表情都有些僵硬。

"你做了一下午的糕点，是为韩拾准备的？"

小满应道："是啊，我说好了要让韩二哥尝尝的，可他明日就要走了，我只好今天给他做。"

她面色自然，似乎不觉得有什么问题，使周攻玉都不好计较，以免显得他小题大做。

"这个时辰韩二哥应该已经出来了，我要去换身衣裳。"

等小满转身离去，阿肆看向周攻玉，只见他眼神阴鸷地盯着食盒，脸上的表情满是怨念。

"殿下要觉得看了不高兴，不看它便是。"阿肆十分感慨，这小满姑娘第一次做好糕点，都是想着韩公子，没有太子的份儿，也难怪他们殿下醋意浓厚了。

周攻玉的语气带了几分咬牙切齿："她做的糕点，凭什么要给韩拾？"

"就是就是，殿下还没尝过呢，怎么能给韩拾？"

周攻玉沉思片刻，脸色稍有缓和，说道："去，把里面的糕点给换了。"

267

阿肆以为自己听错了,又问一遍:"殿下说什么?"

"换了,找个相像的点心放进去。"他面色坦然,半点心虚不曾表露。

小满亲手做的糕点,他尚未用过,凭什么就给韩拾送去。

阿肆眼神复杂地瞧了周攻玉一眼,还是照他说的做了。

小满换好衣裳出来时,头发被珠花勾住,她伸手去扯,疼得眉毛皱成一团。周攻玉叹了口气,起身去为她解开缠绕的发丝。

"前段时日被狗咬伤的秦小姐你还记得吗?"她冷不丁发问。

周攻玉为她整理发髻的手微微一顿,气息沉了沉,问道:"怎么了?"

"她的伤口溃烂,已经卧病在床好久了。楼漪说她这种伤势,若再治不好,可能会没命。"

她的语气没什么起伏,周攻玉也无法揣摩她的心思。思量片刻,他略带惋惜地说:"秦小姐确实是气运不佳,可惜了。"

他说完,小满一言不发,没有再搭话。

周攻玉察觉到了不对,扳过她的肩头,看到她的表情不悦,又说:"我是怕吓到你。"

"我是不是给你添了很多麻烦?"她脸上没有责怪的意思,看了他一眼,又很快垂下眼,"那日若没有去凝玉公主的殿里,我会去西殿换衣裳,会走另一条路。我问过了,静嫔的狗也是从那条路带过来的。我的衣服上还有被泼上去的茶水,兴许茶里也掺了东西……"

说起这些的时候,她其实是有些无奈的。

"你一定觉得我不聪明,所以什么都不和我说,原来有人那么恨我,但我却不知道。"

周攻玉面色紧绷,心中已经慌乱一团。她每说一句,都要将他心脏揪紧一分。

"我不会觉得你不聪明,我只是不想让你知道……"他声线有难以察觉的颤抖,"我怕你后悔……"

小满不解地看着他:"为什么?"

不等周攻玉回答,她又反应过来,自顾自地说:"我知道了,因为别人不喜欢我做太子妃,对我下手。你觉得我会害怕这些,会觉得做太子妃是一件很难的事,心中必定是更不愿意了。"

周攻玉嗓子有些干,闭了闭眼,又睁开,无奈道:"我只是不想让你面对这些乱七八糟的事。"

他怕小满退缩,也不想让她觉得,原来留在他身边是一件这糟糕的事。

天色渐暗,落日的余晖映在青砖和琉璃瓦上,橙红过渡成了浅紫,浓郁的艳色让人移不开目光。

夕阳的光照进大殿,洒在小满的衣裙上,像是为她的裙子笼上一层朦胧的薄纱。

"我确实不愿意,可是攻玉哥哥,你不要忘了,我是要走的。"

落日余晖再美好,也是转瞬即逝,如烟花一般,再怎么绚烂,升到夜空也只有短暂的一瞬,迷乱了人的眼睛,很快又重归黑暗。

留不住的东西,又何止一件。

他似乎不想再回答这句话,只好强撑起一个笑,温柔道:"好了,快去快回,我还在这里等你。"

小满点了点头,提起桌上的食盒,转身时裙摆扬起一个好看的弧度。

冰凉的衣料从他指尖滑过,很快便远去了。

"你在此处看着,等姜小满从这儿经过时,将她引到韩拾那边,糕点里……"墙角下,两个宫人小声谋划着。

"要是出事了怎么办?"宫女打扮的女子脸上有些焦虑,"我也没见过姜小满,如何知道是不是她?"

"你以为小姐为何今日带你进宫?等将人引过去,立刻换衣裳出宫,谁也不知道此事。姜小满就是个病秧子,喜欢穿浅色衣裳,多是鹅黄、桃粉,垂桂髻和琉璃花钗,手上提着一个食盒。你见了便能认出来……稍后我会拖住她的侍女,等她经过,你若出了岔子,等着被责罚吧!"

夕阳西沉,橙红融于浅紫,最后紫色也染了浓郁的黑。宫里已经点上了灯笼。

小满加快脚步,想早些见过韩拾,回到东宫去。这个时辰,周定衡他们应该也到了,不能让人久等。

正想得出神,忽然有个宫女"扑通"一下倒地不起,砸在地上发出一声闷响,将她吓得停住脚步,身边的白芫立刻赶去查看。

宫女脸色苍白,额上泛着湿冷的汗,神情痛苦地蜷缩着身子。

"她怎么了?"

白芫摇头:"似乎是腹痛。"

小满看了眼四周,这条路上来往的宫人不多,总不好将人丢在这里,只好说:"帮她找个太医吧,路不算远,我自己去便是了。"

"奴婢要护着小姐的安危,不能离开。"

天色暗沉,小满到了夜里识人不清,加上不怎么熟悉这里的路,也不太放心。但又要去找韩拾,他若是等太久以为她不去了怎么办。

倒地不起的宫女睁开眼,气若游丝地说:"奴婢……奴婢一介贱命,主子不必为我耽误正事……"

目光触及小满今日穿着的雪青百褶裙,神情似乎更痛苦了。

小满蹲下身子,无奈道:"没有人的命是贱命,也不需要妄自菲薄,我先送你去好了……"

"姜小姐。"

她正发愁时,身后忽然传来一人的轻唤声。

扭头看去,入眼的人穿着鹅黄的云雾绡襦裙,发髻上簪了珍珠和琉璃的钗梳。乍一看，还以为是看到了另一个小满。

"凝玉公主。"

凝玉走近，问道："怎么了？"

"这里有个宫女晕倒了，四处无人，想送她去见太医，可我的侍女在外都是寸步不离跟着我的。可我要去找韩二哥，若是迟了，我怕他会以为我不去。"

凝玉想了想，问自己的侍女："你抱得动吗？"

侍女只能摇头，白芫自小习武，和普通女子自然不同。

眼看着天色就要暗了，小满也不能再耽误，凝玉便说："现在去叫人也太麻烦了些，索性我替姜小姐和韩公子说一声，你们找到人将宫女送去见太医后，再去找韩公子吧。"

"那我便谢过凝玉公主了。"

"不谢，只是小事而已。"凝玉也想看看，到底是什么样的男子，能比过她的皇兄。

宫女脸色一变，似乎是疼得更厉害了，挣扎着要起身："奴婢无事，怎敢这样劳烦主子……"

凝玉瞥她一眼，冷声道："已经耽误了主子，还多话做什么。"

宫女也不敢说话，只是身子抖得厉害，也不知道是恐惧还是疼痛的缘故。

小满将食盒递给凝玉："若见到了韩二哥，先替我将这个给他。"

"这是什么？"

"这是我亲手做的糕点。"

凝玉和小满的身量相仿，穿着打扮也有共通之处，夜里看得不甚清楚，难免会被人误认。

接过食盒，凝玉顿了顿，又说："让我的人帮她一起送这宫女吧。"

小满道："不必了，总不能让你一个人去。"

凝玉不觉得有什么要紧，便说："我在宫中也时常独自走动，从未遇到什么祸事，哪里需要这般警惕，又不是什么龙潭虎穴。"

小满依旧担心，凝玉直接对侍女道："好了，你们去吧。"

小满和韩拾约的地方，在韩拾出宫时顺道经过的集萃阁，是从前一位爱花的太妃用来供奉花神的小殿，太妃去世后，就成了一个歇息的好去处。

集萃阁并不偏僻，但夜色将至，凝玉还是停下思索了一番，回想是哪条路。

正在此时，一个宫女遥遥看到她，走近后行了一礼，说道："见过姜小姐，韩公子已经等候多时了，让奴婢为小姐引路。"

凝玉也没有否认，由着她将自己当成小满，跟着走了一路，果真到了集萃阁。

此时夜幕降临，宫里早已点上了灯，集萃阁外只有两盏昏黄的灯笼挂在檐角。韩拾站在门前，看到她出现，惊喜地喊了一声："小满！"

凝玉走近他，身边的宫女默不作声地退下。

韩拾看清了来人，皱眉道："你是何人？"

凝玉借着昏黄的光线，打量了韩拾几眼，答道："我是凝玉公主，姜小姐路上遇到了些事，让我和你说一声，她稍后就到，让你莫要以为她是失约了。"

韩拾闻言，俯身行了一礼："原来是公主，在下方才失礼了，还将殿下当成了小满。"

除了檐角挂着的灯笼，集萃阁的内殿昏暗一片，只有供奉在花神像前的两盏莲花灯，整个殿室都摆满了花花草草，阴暗又寂静，能听到窸窸窣窣的虫鸣声。

凝玉将手里的食盒递给韩拾，走入殿中，问道："你方才将我认成了姜小姐，我和她很像吗？"

她说这话的时候，韩拾正揭开食盒疑惑地看。凝玉解释道："这是姜小姐亲手做的，说要给你尝尝。"

言罢，她看到了食盒中的糕点，又觉得奇怪。

姜小满做的糕点怎么和宫里的一模一样，是宫里的厨子教她做的不成？

不过，凝玉也只是疑虑，并未说出口，就见韩拾大剌剌地拿起一块丢进嘴里。

很快他就一副被噎到了的表情，捶着胸口将糕点咽下去后，才长吁一口气，眨了眨眼，问道："公主方才问什么来着？"

凝玉忽然觉得气闷，姜小满是不是瞎了眼，这个一身傻气的人哪里比得上太子。

"我方才是在问，我和姜小姐是否很相像？"

韩拾想也不想，直接说道："一点也不像啊，小满她……"

"哐——"

话还未说完，身后的门忽然被关上，在寂静中发出一声突兀的巨响。未等二人反应过来，很快又传出锁门的声音。

韩拾和凝玉皆是一惊，冲过去要看，才发现门早已被锁严了。

韩拾整个人都傻了，愣道："这是干什么啊？我得罪谁了？"

凝玉也从来没遇到这种事，她自认也从未与人结仇，好端端却被与韩拾锁在了一起，同样是不知所措。

"如今怎么办？"

韩拾叹了口气，无奈道："我去看看窗户能不能出去，可惜入宫不让带剑，不然我能直接把门给劈开。"

"这里是先太妃的集萃阁，不可随意毁坏。"

"门窗怎能比公主的名节重要，我是男子大可不必在意，可殿下不同，这黑灯瞎火的，男女共处一室就算没什么，说出去也是不好听的。"韩拾叹了口气，只能自认倒霉。

"姜小姐稍后会来，我们就能出去了。"说完，凝玉又想到了什么，抬眼看向韩拾，"这不是冲着我来的。"

他也立刻明白了凝玉的意思，默默放下了手中的糕点。

凝玉是被人错当成了小满,才会和他一起被锁在这里。想要将他与小满关在一处,是要害小满的名节。

小满与太子的婚期将近,若是此时与他传出丑闻,不仅太子妃做不成,还会连累江府和姜恒知。

想要毁了她的清白,自然不是简单地关在一起,必定会下些乱七八糟的东西。

而从他进来,就没有在集萃阁内闻到过什么异香,只有草木的味道。而小满亲手做的糕点,是他一定会吃的东西。

凝玉看着韩拾,眼神忽然变得警惕,甚至瞥了眼一边的花瓶,似乎在犹豫要不要过去拿。

韩拾有些无措地拍了拍手上的糖霜,急忙解释道:"在下一点感觉也没有,殿下要不再等等,要是下手没轻没重,没打晕还好说,把我打出什么毛病怎么好,日后我还要上阵杀敌的……"

凝玉松了口气,却还是没有彻底卸下对他的防备,坐在离他远远的地方等着小满来。

集萃阁内昏暗一片,等小满的过程实在煎熬,奈何凝玉又对他戒备得很,韩拾为了表示自己一切无恙,试探地问:"公主殿下,要是太无趣了,在下给你讲故事吧?"

"什么故事?"

"一些鬼怪杂谈,殿下肯定没听过,小满可喜欢听我说这些了。"

"那你讲吧。"

扶着腹痛的宫女走了一段后,小满将她交给了路过的几个宫人,临走时那个宫女的表情还扭曲着,一副疼痛难忍的模样。

转身后,白芷笃定道:"方才的宫女有问题。"

小满疑惑道:"她看上去很害怕,我还以为是我的错觉。"

"就是害怕。"

听白芷这么说,小满忽然有些担忧独自去找韩拾的凝玉了:"那我们快些,要快些找到他们。"

集萃阁并不远,小满飞奔过去的时候,有个宫女看了她一眼,又急匆匆低下头走了。白芷停住步子朝那宫女看去,那宫女缩着肩膀,心虚一般加快了脚步。

"算了,先去看韩二哥他们。"小满拉了白芷一把,制止了她想去追人的冲动。

凝玉的侍女不停地问小满怎么回事,小满只好说:"我不知道,只是担心出事而已,凝玉公主人很好,不会有人想对她怎样的。"

话虽如此,她心中也是一阵焦灼,方才那个急匆匆走过的宫女,更是加重了这份担忧。

总算到了集萃阁前，檐角的两个灯笼，在黑夜中像是两只幽幽的眼睛，发出瘆人的凄惶光晕。

看到锁住的殿门，小满心中一紧，提着裙子飞奔过去，对白芫她们做了个噤声的动作。深吸一口气后，慢慢贴近门缝，生怕自己听到什么不好的声响。

而一片静谧中，还是能隐约听到殿中的人声，夹杂着女子的抽泣。

"殿下别哭啊……我真不是故意的……"

韩拾的声音传来，震得小满脑子"嗡嗡"作响，好不容易才平复下来，轻叩殿门的手指都在颤抖着。

她一开口，才发现嗓子干涩得不像话。

"韩二哥……"

正在哄凝玉的韩拾一个激灵跳起来，兴奋道："小满来了，我们能出去了。殿下你快别哭了，不然真让人以为我欺负了公主，十张嘴也说不清。"

小满愣了一下，又觉得不对劲，问道："公主为什么哭了？"

韩拾叹了口气，有点愧疚地说："我也没想到公主殿下胆子这么小，讲了两个鬼怪的故事，就把她吓哭了，怎么说都停不下来。"

听到他这么说，再一想到方才的恐惧，甚至是绝望感，小满的火气"噌噌"往上冒，咬牙道："殿中黑漆漆的，只有你们二人，你还要故意吓公主！"

"我以为姑娘家都和你一样爱听这种东西……"

凝玉的抽噎声停住了，对门外的小满说："今日恐怕是有人想算计你，出了点差错，你快让人把锁解开吧。"

小满扭头对侍女说："你去找人……"

不等话说完，白芫抽剑砍锁，一气呵成，快得他们都没反应过来。

铁锁"哗啦"坠地，白芫淡然地收剑："好了。"

此事只不过是虚惊一场，二人也没有受到什么损害，但韩拾还是心有余悸，说道："还好算计你的人比较笨，不然今日可就出大事了。"

"原本是想把我和你关在一起，但是关成了凝玉公主吗？"

韩拾想起什么，转身回到殿中，出来时还端着她带来的点心，说道："你这点心做得不错，本来我还以为下了东西不敢吃呢。凝玉公主就是不信，一口也不肯尝。"

小满皱眉，接过点心移到灯笼下仔细看。片刻后，她迷惑地转身，说道："可这不是我做的啊。"

韩拾道："啊？"

凝玉摇了摇头："我一直拿着，没有被人换过。"

这个时候，小满总算想起了下午的时候，糕点在周攻玉的桌案上短暂停留了一下。

"不……不是吧……"

小满不好和人说，糕点可能是被周攻玉换了，只能硬着头皮和韩拾道别。

273

安抚过凝玉后,她又急匆匆地往回赶,路上正好见到携着好几人往集萃阁方向走的许静好。

小满和凝玉齐齐看向许静好,许静好等人也停住脚步。

几个跟着许静好赶来的人,也都面色古怪地看了看她,又看了看小满,小声道:"怎么回事?这不好好的吗?"

"这是被诓了不成?"

气氛极为尴尬,面对衣衫完好,连发丝都整整齐齐的小满,许静好僵在原地,死死地盯着她。

小满笑了一下,问:"许姑娘,要到哪儿去?"

这短短的时间,纵使再有神通,姜小满也不可能无恙地走出来,连发丝都没有凌乱半分,更何况身边还有个公主。必定是出了什么差错,她根本没有中计。

险些被许静好设计的凝玉有些愤怒,没好气地说:"这才天黑,许静好,你带着一帮人往哪儿去呢?"

"回禀殿下,方才有宫人说这里出了事,我才带人来看看,如今看来,应当是来迟了。"

分明什么也没有,她却嘴硬,还非要说是来迟了,才没有抓到把柄。

小满脾气再好也受不住了,怒道:"什么来迟,出了什么事,许姑娘倒是说说,我立刻吩咐人去查探。若是有宫人敢胡编滥造,戏耍宫里的贵人,可是大罪,不能轻易放过。许姑娘且说吧,想必皇后娘娘是愿意为你讨个说法的。"

皇后再如何喜欢许静好,也不会容忍她做这种有损皇室颜面、伤害到周攻玉的事。

许静好没想到她会这么硬气,不由得慌乱了,语无伦次:"不必见皇后娘娘,不是什么大事……是误会,想必是宫人拿我们消遣,故意找麻烦来的……"

今日是周攻玉的生辰,凝玉不想和许静好多做纠缠,要处置她有的是时间,于是扯了扯小满的袖子,轻声道:"先走吧,皇兄还在等着。"

跟着许静好一同前来的人,见状也纷纷面露不悦地撇清干系。小满没有再理会,将一行人甩在身后。

这个时辰,按理说周定衡也到了,但等她回去了,却看到阿肆正从廊下急匆匆走过。

"阿肆,太子殿下呢?"

阿肆看到小满,眼前立刻一亮:"小满姑娘,我正要去找你,还好你平安无事。"

凝玉问:"皇兄呢?"

阿肆对凝玉行礼,答道:"公主先回去吧,殿下临时有事,不便招待外人,三皇子方才也回去了。"

这话只对着凝玉说,却没有要小满一起走的意思。

"皇兄怎么了,今日不是他的生辰吗?我还备了贺礼……"

274

"公主的心意到了就好,殿下必定能明白。"阿肆不再多说,笑着应付了她。

无奈之下,凝玉只好离开。

凝玉一走,小满的表情立刻就变了,她低声问:"太子殿下是不是换了糕点?"

何止换,他还给吃了。

阿肆长叹一声:"小满姑娘还是自己去看看吧。"

小满小跑着到了周攻玉的寝殿,里面没什么声音。小满敲门,喊道:"攻玉哥哥,你在里面吗?你怎么样了?"

房中的人没有答话,片刻后,她隐约听到了"哗啦啦"的水声。

不多时,门"吱呀"一声被打开了。

周攻玉披了件单薄的长衫,松松垮垮地搭了件宽袍,墨发还在不停地滴水。脸上脖颈上也都是未擦去的水痕,唇瓣因为寒冷而发白,脸颊却泛着不正常的红晕。

他抿唇不语,抓着门框的手极为用力,微微地颤抖着。双瞳黑得发亮,紧盯着她的眼神,乍一看,就像是要狩猎的野兽,泛着凶狠。

小满看出他方才是在洗冷水澡了,试探地问了句:"你还好吗?"

周攻玉危险地眯了眯眼,缓缓扯出一抹笑:"小满想试试吗?"

周攻玉说完这句话,小满条件反射性地往后退了一步,不等她转身要跑,就被抓住胳膊扯进了屋子。

寝殿里只点了两支蜡烛,勉强能驱散黑暗。

昏暗中,人的感官也会更加清晰。周攻玉从背后环住小满,将她紧紧桎梏在怀里。

他衣衫单薄,小满却穿着整齐,衣料层层叠叠地堆在身上。

她制住周攻玉的手臂,生怕他再往别的地方乱摸。指尖触碰到的皮肤才泡过凉水,而这冰冷很快就散去了,带着一股灼人的热度,从内里开始攀升,一直到了肌肤表层。

"我不试……"她努力使自己镇定下来,好声好气地和周攻玉说话,"你先放开我……"

"不试什么?"周攻玉说话时,还带了些隐约的鼻音。他泡了许久的冷水,但身上依旧热得吓人,可见泡了冷水也没有多大效果。

不多时,她抓着周攻玉的手被他反制住。他修长的手指握在她纤细的腕骨处,指腹触碰的地方也如火燎过一般。

周攻玉身子微微一沉,压在小满肩上,近在咫尺,呼吸可闻。

温热的呼吸落在小满裸露的颈侧,紧接着,有什么柔软滚烫的东西也贴了上去,烫得她身子一颤。

小满呆了一下,立刻就开始挣扎,被周攻玉几下就按得无法动弹。

"我……我不,你放开,叫太医……太医可以治好你。"

周攻玉哂笑一声,语调里还沾染了几分浓烈的、化不开的情欲。

"小满,在外人面前,我还是要留些面子的。这种事……太医可管不了。"

小满听他语气都不正常了,也不由得紧张起来:"那我……我也管不了。又不是我让你吃的……是你自己,你……"

分明是他自作自受,换了糕点就算了,他还自己吃了下去。

周攻玉的身子僵了一瞬,深吸一口气,似乎在极力平复什么,再开口,语气还染了几分威胁:"不然,你想给韩拾?亲手给他做的糕点,还下了这种东西,嗯?"

那一声"嗯"出口时,他还颇为不悦地将小满的下巴抬了抬,不等她回应什么,自顾自地吻了下去。同时环住她的手臂,带着她的身子转过来,臂弯屈起,微微用力,便将她轻易托了起来,后背抵在了冷硬的墙壁上。

这次的吻多少带了几分情难自控,也就格外急切用力,逼得她喘不过气来。

"求你,和我试一试。"

耳鬓厮磨,亲密无间,周身的热度也跟着攀升。

周攻玉冰凉带着湿意的发丝垂落,顺着小满微松的衣襟滑进去,她被冷得一个激灵,瞬间就清明了,别过脸躲开周攻玉的吻,连忙将他不安分的手抓住,气息不稳地说:"不行……"

周攻玉停下,微微仰头看她,犹如深潭的眼眸,此刻像是有星辰坠落其中,泛着粼粼碎光。

他似乎也想到了什么,将小满抱到了书案前,抬脚将书案前堆叠的奏折、书卷踢开,动作是少见的粗鲁。随即小满被他小心翼翼地放下,而后屈膝跪坐在她身前。

"此事是我有错。"

她盯了周攻玉一会儿,怎么也没想到他会突然道歉,疑惑道:"怎么了?"

此时的他还在强压着身体的不适,声线都是微颤的:"我不该让人有可乘之机,去算计你……"

因为出了些岔子,才没能算计到小满,可若是没出岔子呢?他不敢想,小满被他置于了怎样的境地。

小满顿了一下,学着周攻玉安慰她的样子,俯身揉了揉他的脑袋,手掌贴着他发热的脸颊,说道:"此事错不在你,是我粗心大意,让人有机可乘。只是你这东宫的人,该要清理一番了。"

周攻玉没有回话,像猫一样侧头蹭了蹭她的手掌,似乎在汲取凉意为自己降温。

"真的不试试吗?"

小满坚定道:"不了。"

周攻玉的沉默,更像是无声地压抑着什么,挣扎了许久,还是朝她伸出了手。

小满察觉到,手臂撑着书案要往后退。周攻玉的手指却停在她衣裙的系带上,细微地颤抖着,替她将松开的衣带一一系好。

"你先回去。"

他喘息着说出了这句话,似乎已经是忍耐到了极致。

小满走到殿门前,看着身形隐在阴影中的周攻玉,没忍住又问了一句:"真的不用叫太医看看吗?"

周攻玉深吸一口气,不再理她。

许静好毕竟是个大家闺秀,手段虽然阴狠,却没想过用什么更烈的药,只是些催情的药物。她只是认定了韩拾与小满有私情,加上这药物,必定是难以自持。如何也想不到这药最终会用到了周攻玉的身上,让他在自己生辰这一日,反复几次,在凉水里待了一个多时辰。

小满夜宿东宫,已经不足为奇,江夫人却急得不行,险些夜里让江所思去宫里接人。

第二日,太子身体抱恙不去早朝。小满第一次起得比周攻玉还早,洗漱后连发髻都没有梳,便急匆匆奔去了他的寝殿。

周攻玉随手披了件衣袍,将寝殿的门打开,让小满进来。

昨晚那个求着她试一试的可怜模样,今日又消失得干干净净,似乎昨夜情动的周攻玉是她的错觉。

天亮后,他还是那个温雅淡然的太子,看一眼都觉得遥不可及。

除了小满,谁也不知道。

周攻玉背过身去,掩面打了个喷嚏,小满侧目看他。

"着凉了?"

"嗯。"

周攻玉刻意与小满保持些距离,不想将自己的病气传给本就体弱的小满。

"昨日是凝玉公主和韩二哥被关在了一起,回来的路上,我还见到了许静好带着人想去捉奸!这件事必定与她有关。"

"嗯。"他说话都带着鼻音,听上去有些怪异,"阿肆已经查出来了,除了许静好,其他人都已处置,至于她,由你决定。"

小满不知道该如何处置许静好,思考了一番,还是摇摇头:"她想嫁给你,讨你的喜欢才最重要,就算没了我,也未必能轮到她,实在是莫名其妙。"

尤其是险些害到韩二哥的身上,才叫她最生气。许静好的谋算中,韩二哥无辜被牵连,若不是出了岔子,他的前程都会毁于这件事,平白染一身脏。

周攻玉看了她一眼,说道:"她想毁了你的清白,你若是气不过,用她的手段奉还便是。"

小满压下心底的火气,让自己平静下来,没多想便拒绝了:"用这种计谋对付女子,实在是恶心。许静好是这种人,我不是。"

她瞪了周攻玉一眼,似乎在不满他会提出这种建议。

周攻玉笑道:"我知道你不会这么做,你与她自然不同。她心思污浊,可你不一样,你是干净的。"

他希望小满永远干净,像许静好一般脏污的人有许多。他只怕有一天,会把灰尘落在她身上。

"那你是什么样的?"小满问周攻玉。

他笑了笑,答道:"应该也不怎么好。"

小满听了,小声嘀咕一句:"确实不怎么好……"

周攻玉听到,摇着头叹息一声,故作失落地说:"真叫人难过啊,连你都不喜欢我……"

他话音刚落,猛地打了一个喷嚏。

小满见他衣着单薄,准备去床榻边拿一件厚实的外袍。

周攻玉突然想起什么,面色一变就要叫住她。

"小满,你等等,不用了!"

小满还未走到床榻边便停下了脚步,皱着眉打量床榻上的粉色裙子。

周攻玉起身想去拿走,却被小满眼疾手快将裙子抽了出来。

桃粉的裙子,上面还有隐约的暗纹,和精致的海棠花刺绣,以及……一大块墨渍。

她有一条一模一样的裙子,还是周攻玉送给她的,自然记得十分清楚。离经书院才创立的时候,学生打闹管不住,还将墨泼到了她最喜欢的裙子上,就是手里的这条。因为洗不干净,周攻玉就让人做了一件一模一样的送给她。

小满疑惑道:"我还以为你早就扔了,怎么还留着?"

说着,她就翻弄了一下裙子,忽然就在桃粉的衣料上,瞥见了除墨团以外的污渍。

她奇怪地看了一眼,正要伸手去摸,忽然被周攻玉攥住了手。

"等等!你别……别碰。"

周攻玉如玉的俊颜,不知何时染了层醉酒般的绯红,逐渐蔓延到耳根,红得像是要滴血。

小满愣了一下,总算反应过来这是什么,一副如同被雷劈一样的表情。

她张了张口,瞳孔骤缩,脸颊一瞬爆红,如同手上爬了一条毒蛇般,甩着手飞快地将裙子丢在地上。

周攻玉自知此事理亏,轻咳一声掩饰尴尬,心虚到不敢看她的表情。

"你下流!"小满气恼地骂了一句,不敢再多看地上的裙子,好似那块污渍脏了她的眼,再看就要瞎了。

周攻玉也是一阵难堪,勉强为自己辩解:"我也是无奈之举……"

"下流!"

"昨夜是例外,我往日不会这样。"

"你无耻!"

"好好好，我下流。"

韩拾离京的事，并没有被耽误。只是他心中越发不安，担忧起小满日后的处境，甚至开始后悔，当初带她回京也许错了。

如果她没有回京，就不会重新遇到太子，也不会一心想要兴办女学，遭受外人的非议和诋毁，她应该还在益州种花养草，每日想着去哪儿玩乐。深宫里的阴谋算计，本是不该与她有关的。

心中这份愁绪，丝丝缕缕地缠绕着他，怎么也找不到一个出口。

告别过亲友后，楼漪和韩拾一同离开京城，看出韩拾心中愁闷，她便问起了小满的事。

楼漪牵着马，发髻上的银饰撞击着，发出清脆的"叮当"声。

"你在担心小满姑娘？"

韩拾看向她，笑道："怎么，你想要安慰我？"

她冷哼一声，没有作答。

韩拾习惯了她这副模样，当初在沙场上，他受了重伤神志不清，只是隐约听到了银铃声，睁开眼就看到了楼漪，她脸上是关切和恐惧。

但当他醒来后，楼漪立刻就换了一副表情，像是在说"你怎么还没死"。

"我真是没见过你这么别扭的女人。"韩拾喃喃道。

"不说算了。"

"嗳，说说说，你急什么？"韩拾叹了口气，又想到昨日的事，"我就是害怕小满做了太子妃不开心，其实有些事我没好与外人说，小满她自己也不曾对旁人讲过，可能连若若都不知道。那位太子殿下，是小满很久以前就喜欢的人。我第一次见她，是在冬至的灯会上，她和太子手拉手从我面前走过……"

他说到这里的时候，楼漪忽然扭过头，眼神颇为同情地看着他。

"你再这样我不说了！"

楼漪整理好表情，收回了羞辱人一样的目光。

韩拾继续道："那些都不算什么，我第一次见小满，就觉得她是个很漂亮、很讨人喜欢的小姑娘。结果等我离京的时候，在雪地里捡到了她。可能再晚半个时辰，她就会生生冻死在那里。"

也可能不需要半个时辰。

他永远都忘不了那一幕，所幸小满当日的衣物是红色的，在雪地里还算显眼，被白雪覆盖了一层，也能隐约露出衣料的颜色，让马车夫不至于忽略这么个活人。当时她浑身僵冷，面色白到发青，呼吸也很微弱，白得像个瓷瓶，一碰就要破碎了般。

"我当时就在想，这么好看的小姑娘，怎么会有人把她丢在冰天雪地里不管，她的情郎去哪儿了？"

楼漪问："是姜府的人丢了她？"

韩拾摇头:"她和我说,是太子殿下不要她。"

楼漪闻言,果然也皱起了眉,面上满是不解:"我以为太子殿下对她是用情至深。"

他一想到这些,心中又有些烦躁:"只要小满能过得开心,我也没什么好说的。即便我与她缘分不够,也盼她能顺遂无忧。如今还没嫁给太子,就招人嫉恨了,日后太子再护不住她怎么办?她在宫里要是过得不好,我此生都难以心安。"

"木已成舟,你不如相信太子,也相信她。"

许静好的所作所为,周攻玉没有瞒着皇后。

从一开始中意许静好,便是因为她知书达理,还是自己母族的人,沾亲带故的更放心些。但坑害小满,却是犯了皇后的忌讳。她出身显贵,又是端庄得体的六宫之主,从来不屑做这种阴损的事,在她眼里能想出这种不要脸计谋的,和惠贵妃也差不远了。

许静好一个高门贵女,算计人的手段如此歹毒,哪里还敢将她留在太子的后宫。

但终归是自家人,皇后还是想留些颜面,将人贬出京城算了。

周攻玉不肯,他告诉皇后,无非是给她一个心理准备,而后便一声不吭,让人去彻查了许家。底下贪赃枉法,徇私舞弊的,被一一揪了出来。

太子对皇后的母族动手,自然是要牵扯出无数的事件来。连他的舅父都进宫来求情,皇后更是怒不可遏。

皇上本想帮着说情一二,但太子揪出的错处又是事实,索性由着他去了。

无论太子怎么折腾,政事始终没有乱过套,可见其手段之强硬,他这一国之君当得清闲,还有什么好说的。

婚期将近,反而更无法平息。

许静好的侍女被处死,惠贵妃知道此事,为了给凝玉公主出气,找了个由头打了许静好三十大板。不等许家人找皇帝去问惠贵妃的罪,便被周攻玉一番清查,折腾得老房子起火,再无法顾及其他。

这一切,说是许静好招来的也不为过,许家人恨不得将她扒皮抽筋,更遑论再为她讨说法。

周攻玉用一年的时间,将自己温润如玉的传言给摘了个干净。

诛杀乱党,扳倒姜恒知,接着又大义灭亲。桩桩件件的事摆出来,雷霆手段可见一斑。称不上温和贤良,倒是有几分心狠手辣、表里不一的意味了。

皇后不能容忍母族被削权,去东宫闹了几次。周攻玉冷眼看着,也不怎么理会,待她闹够了,才说道:"母后应该与舅父他们交代一番的,总该要习惯,儿臣不会一直根据你们的喜好办事,更不会再迁就。"

"你这逆子!别忘了,如今你这太子之位,是谁一手抬上来的,谁是你的后盾!你这是卸磨杀驴!"

周攻玉将笔搁置在一旁,平静地看着她,语气冷淡:"那又如何?"

皇后一顿,瞪大眼睛望着他,有些不敢相信自己听到的。

"你什么意思?"

"母后以为儿臣是什么人?"周攻玉眼帘半垂,看不清眸中的情绪,"是好人吗?"

不是什么好人,也不算是很坏的人。

皇后不是第一次面对这样不服管教的周攻玉了。不知道是从什么时候开始,他不像以前那么听话顺从,甚至开始违抗她。

可一直以来,她还是觉得自己将儿子养得很好,养成这样一个举世无双的皇子,谁不羡慕周攻玉呢。

她和自己的母族,一直想将他扶持为太子,精心铺了这样的路给他,明明这样好……怎么就……就长成了今日这副模样。

"本宫将你培养到今日,你不知感恩,还对你舅父他们恩将仇报!"皇后呼吸急促,胸口剧烈地起伏着。巨大的不解和愤怒,使她面目都有些狰狞。

周攻玉显得有些事不关己,语气也是不咸不淡的:"舅父当我是棋子,我亦如此,何谈恩情?便真是恩将仇报,又如何?"

留着也是给自己添堵,不如早日挖去,早日顺畅。

皇后以为周攻玉至少是顾念着亲情,无论如何都不会对自己的家人动手。但她没想到的是,周攻玉在她的培养下,骨子里早就没多少"情意"可言了。心上为数不多的情意,都给了小满一个人,对旁人是半分也掏不出来。

他能做个好太子,也不是为了江山社稷,只因为已经习惯了做到最好,做不好会惹来麻烦。

他最怕麻烦,仅此而已。

在离大婚还有几日的时候,小满回到了姜府。她是姜府的小姐,面子上总要做足。

太子大婚,自然是头等大事,提前就开始布置。

除了有宫女给她讲大婚的流程,其余琐碎的事都不需要她操心。

在大婚之前,小满与周攻玉三日内不可相见。

陶姒早逝,没有生母为她讲解那些闺房事宜。江夫人便跟去了姜府,一直为她操办婚事。

沉寂许久的姜府,因为小满的婚事重新热闹起来,灯笼也都换成了红色。

西苑的长廊已经很少有人去,草木疯长无人修剪,一片萧条景象。

寒意消退后,紫藤也结了苞,米粒大小的花苞垂挂着,日光透过层层藤蔓,洒下一地光斑。

朦胧的光晕模糊了小满的眉眼,她仰头看着结满的花苞,发丝被风轻拂过,闪着丝绸般的光泽。

片刻后,小满注意到有人来,侧目朝姜恒知看去。他又急忙挪开眼,让人搀扶着离开了。

花白的头发,和虚浮的脚步,使他的背影都显得如此苍老,已经看不到那个令人畏惧的权臣模样。

钦天监选定的良辰吉日,恰逢花朝节。

婚服和头面早已送往姜府,喜服赶制了半年。周攻玉自从见到小满回来后,便开始着手准备,不管小满是否有意嫁给他,他都想为她缝制一身喜服。

江若若对着那些华贵的金线连连咂舌,说道:"我还从未见过这么贵重的喜服,太子妃的排场果然不同凡响。"

小满头疼地说:"你和平南王成婚,已经如此烦琐,我要嫁的是太子,那岂不是更麻烦了?听说还要祭天,那么多人看着,出了错岂不是很丢人?"

江若若安慰道:"我当时也这么想的,夜里愁得都睡不着,但最后一切都好好的,也没什么错处。你与太子大婚,已经省去了许多繁文缛节,像告祖宗和醮女礼肯定是用不着了,也没人敢逼着太子殿下作催妆诗,没人敢去闹殿下洞房,你说对不对?"

小满还是发愁地看着那些金灿灿的礼冠,说道:"结婚流程很复杂,时间要好久,你看那个凤冠那么大,我拿起来都嫌重,却要戴在头上,一个时辰下来脖子都要断了。"

江若若对此深有感触,目光都带着同情:"这倒是,你这凤冠可是足金的,好看是好看,就是重了点。不过可见殿下对你的喜爱,旁人见到了羡慕都来不及。"

按理说,这几日,小满和周攻玉是不能相见的,可就在大婚前一天,周攻玉换了便服出宫,约她在姜府的后门见。

后门没有打开,也没有人在那处等着她。

小满停下来,疑惑地问白芷:"攻玉哥哥不是约我在此处见面吗?"

门上传来轻叩的声响,小满惊喜地跑过去想要开门,门外的人开口道:"不能打开。"

"约我见面,又不肯见我是为什么?"

周攻玉轻笑一声,答道:"不是不肯,是不能。明日就能见到了,何必如此心急。提前见面不吉利,会坏了规矩,他们说要守住这三日,才能长长久久。"

可他与小满之间,哪里来的长长久久,不过是虚妄,说出来自欺欺人罢了。

好在小满也没有反驳什么,由着他去了,还说:"我不心急,不见就不见。"

"是我心急。"周攻玉的声音又轻又淡,像是在诉说自己的情意,一字一句温柔至极,"虽不能见到,能听听你的声音也好,这样应当不算坏了规矩吧。"

小满的心脏跳得飞快,手掌轻贴在门板上,听着他的声音从门缝中透过来,心底柔软得像是一团轻飘飘的柳絮:"明日就能见到了。"

"那件嫁衣可还喜欢?试过了吗?"

"试过了,我很喜欢,就是太重了。还有礼冠,我的脖子都要被压断了。"小满说起这件事,语气中带了几分怨,一想到要架着这些东西几个时辰,她就觉得头疼。

周攻玉猜到她会这么抱怨,宽慰道:"我已经让工匠做轻些了,没想到还是这样。明日你让侍女梳个简单的发髻,在马车中将发冠取下,待下马车时再戴好。我让人免去了一部分不必要的俗礼,你也能少些劳累,早去歇息。"

周攻玉说得容易,小满也当了真。殊不知在这之前,因为削减大婚的流程,他和礼部的臣子议论了近半月,朝臣争得脸红脖子粗,还是无法使他动摇。最后折中了一下,才让礼部的人不至于气到撞柱明志。

与周攻玉成婚这件事,并非她所愿,说是身不由己也不为过。

可再次喜欢他,却是自己的选择。既然知道自己的心,便没什么不好承认的。人活一世,还是要让自己少些遗憾。

"攻玉哥哥,明日我就嫁给你了。"

她隔着厚厚的门板,声音传过去,细若蚊蚋,却还是被他捕捉到了。

周攻玉抬手,轻轻摩挲过门上斑驳的红漆,好似能触碰到门后的小满。

"等我。"

大婚之日真正到来的时候,小满才有了新嫁娘的紧张感。从前对她来说就像是做梦一样的事,如今却真真切切地发生了。

嫁衣华贵,层层叠叠地堆上身,走路时都能感到其厚重。黄金珠翠做成的礼冠沉重地压着,步摇随着走动的步子,发出清脆的撞击声。

今年的花朝节,被太子大婚的风头给盖了过去,十里长街的红,迎亲队伍一眼望不到尽头。

靖朝的规矩,出嫁多在黄昏。

小满整整一日都在被人按着梳妆穿衣,身上仔仔细细地装扮好,周围的侍女和嬷嬷走动个不停,来来回回几乎要晃花了她的眼。

嬷嬷再三交代,不让她吃太多东西,怕耽误了娶亲,小满只喝了一碗鸡丝粥。待到锣鼓喧闹,爆竹声响起的时候,白芷急忙将扇子递给她,让嬷嬷搀着出去。

新妇以扇遮面,要等拜过堂,行过礼才能放下。

小满穿着一身艳红如火的嫁衣,在众人的欢呼喝彩声中,缓缓走过那条爬满了紫藤萝的长廊。堂中的海棠盛开,花影婆娑,风一吹,花瓣簌簌落下,打着转飘到她的肩发上。

那位举世无双的太子殿下,看到新娘出现后,朗然一笑的风姿,是三月里最动人的春色。

瞥见这一幕的众人,皆是面露怔然。

姜驰作为亲兄弟,要搀扶小满登上马车。纵使二人再有隔阂,也要尽力维持住表面的亲情。

迎亲的队伍一直到了皇宫,路上有重兵把守,以防被人闹事中途出了差错。周攻玉说简化了大婚上的琐事,果真不是在骗她。

因为人太多,她做完这一切被送入东宫的时候,还有些浑浑噩噩的不真实感。

酸痛的脖颈却提醒着她,一切都是真的。与周攻玉拜天地,成为太子妃,都真切地发生了。

按照旁人的话,周攻玉与她行过合卺礼,还要说一大段的祝词,小满皱着眉,恨不得立刻将头上沉重的发冠取下。

周攻玉察觉到她的不适,便对一旁的人说:"这些就免了吧。"

侍女是周攻玉的人,自然也听他的话,顺从地带着一干人等出去了。

身为太子,也需要宴请宾客,小满还要再等待许久。

此时天色早已暗了下来,她折腾了大半日,已是疲惫不已。

周攻玉为她取下发冠,小心地整理被步摇勾住的发丝,低声说道:"我会早些回来,你先用膳,实在累了就先歇息。"

小满坐在镜子前,困倦地点了点头。

人走后,小满趴在桌上休息,侍女来送晚膳时才将她叫醒。

周攻玉的寝殿以往都是整洁到一丝不苟的,如今布满了喜烛和红绸,喜庆到让她觉得不适应。

用过膳后,小满的困意也被驱散了大半,索性让人备好热水梳洗。

思忖着周攻玉回来还要许久,她就自顾自地洗完澡,钻进被窝。侍女都被周攻玉吩咐过,也没有阻止她。

周攻玉没有耽误太久,然而等他回房的时候,小满已经睡下了。

软和的被褥裹成了一团,顶端露出她半个后脑,发丝凌乱地铺开,红黑相衬,有种夺目的美艳。

周攻玉坐在榻上,静静地看了她半响,许久后才伸出手抚过她脸颊。

本来睡熟的小满,脸颊忽然贴上冰凉的手指,皱眉往被窝里缩了缩,小声嘟囔了一句。

注视着她的人轻笑一声,也不再逗弄她了,起身唤人备水洗漱。

夜里小满迷迷糊糊地醒来,全然忘了自己与周攻玉成亲这回事,还以为是在自己的房间,睡眼惺忪地掀开被子准备爬下床榻喝水,蓦地感到身侧有人,才惊恐得瞪大了眼,不知所措地僵住身子。

周攻玉不以为意,起身揉了揉她的脑袋,嗓音带着初醒的沙哑,问道:"要喝水?"

小满点了点头,周攻玉遂下榻去,倒了茶递给她:"还不算太凉,少喝些,若真的渴了,我让人取热茶来。"

一番折腾后,等再躺下的时候,她是怎么也睡不着了,背对着周攻玉发呆。从前也不是没有和他睡在一起过,但那两次都是她睡着了,什么也不知道,这次清楚地感知周攻玉躺在一旁,呼吸近在耳侧,实在是无法安眠。

小满战战兢兢地躺着,再也不敢乱动了,生怕自己一动就跟他贴在了一起。

待到身侧人呼吸平稳,听着像是睡着了,她正要往被窝里钻,却听周攻玉的声音冷不丁响起。

他叹了口气,语气略带无奈:"小满,你压到我头发了。"

小满立刻往靠墙一边躲,却被他一把拽进怀里。

二人身躯相贴,隔着薄薄的衣衫,依旧能感受到彼此的热度。

周攻玉感觉到她身子绷紧了,打趣道:"睡不着,那要不要试试?"

不等小满开口说不,他便翻身将她压制住。吻落下去的时候,她没有再推拒。发丝相缠,呼吸可闻。在寂静的夜里,那些黏腻的声音显得如此清晰,清晰到令人脸红。

小满略微仰起头,洁白的脖颈往下,是一片雪白的肌肤。

周攻玉轻咬她的肩颈,留下一片红痕。

发丝扫过她裸露的肌肤,激起一阵战栗,她小声道:"能不能算了?"她忽然有点害怕。

周攻玉停下,呼吸微乱:"你说呢?"

"我觉得还是算……唔!"

她惊得说不出话,慌乱去抓周攻玉的手。

周攻玉听到她的声音后,溢出一声轻笑:"我不会太过分的。"

平日里执笔的修长手指,用在解衣带上也十分灵活,轻柔的衣料滑落,被随手丢开。小满捂着脸不敢看他,一个劲地往褥中钻,又被扯出来按住。

周攻玉的手掌拢着一半柔软,用诱哄的语气安抚她,指尖落在哪里,就在哪里点起一团火似的。从小满嗓间溢出的每一声细碎低吟,对周攻玉而言,都是致命的毒药。

微妙的声响持续了许久,小满再一次口渴要求喝水,才让周攻玉消停了些。

天色将明的时候,周攻玉为小满扯了扯被子。她睁开眼,不满道:"你别弄我了……"

周攻玉愣了一下,问她:"很疼?"

要说起这件事,周攻玉已经是在极力克制,悉心照顾她的感受,每次都会注意到她的表情,以盼能给她带来欢愉。但再如何,也会有情难自控的时候,还是将她折腾得哼哼唧唧流眼泪。

小满说话的时候,嗓子还有些哑:"我困,你不要跟我说话了。"

她闭着眼继续睡,眼上落下一片温热,一触即离。

"好。"

等小满再醒来的时候,本以为周攻玉早就离开了,然而却听到了一些响动,

285

揉了揉眼睛正要扭头。

"先别动。"周攻玉扶着她的身子。

小满侧目看去,发现周攻玉无聊至极,将她的一缕头发与他的编成了复杂的辫子。

连她都不会编,怎么堂堂一个太子还学这种东西。

"你怎么还会编辫子?"

周攻玉温声道:"从前见惠贵妃给凝玉编过,觉得好看便记下了,好久之前便想为你编一次了。"

好久之前,到底是多久,连他都快记不清,应当有三年了。

小满眨了眨眼,说道:"真好,那你现在可以给我编头发了。"

周攻玉嘴角抿出一抹笑意。

"是啊,真好。"

第十一章 //

只会是他

　　太子新婚,不用上朝,周攻玉也乐得留在殿中陪小满。

　　昨夜将小满折腾得精疲力竭,尽管周攻玉有意控制,还是在她身上留下了不少痕迹,看着有些触目惊心。

　　侍女昨夜送来了洗漱的热水,周攻玉耐心地为小满清洗身子,她本来还强撑着羞耻心不断抗拒,最后在他半哄半逼迫下也放弃了挣扎。

　　床榻也收拾得干净,为她换好干净的里衣,这才安稳入睡。

　　小满早晨清醒过来,还别扭地不愿和他说话。

　　周攻玉眼中是如何也藏不住的喜悦,似乎东宫的一切,都因为小满而变得生动了,连她穿衣都成了有趣的事,非要亲力亲为,为她系好每一根衣带。

　　因为许静好的事,周攻玉处置了许家,和皇后闹翻了脸。小满在皇后那处自然也不讨喜,也就没必要上赶着去给自己找麻烦。只需要做好自己的太子妃,偶尔替太子出席一些场合,其余的都不用她操心。

　　新婚第二日,凝玉公主就命人送来了贺礼,是一支做工精巧的簪子,和两只锦鲤。

　　锦鲤被小满养到了东宫的池子里,平日就绕着睡莲游弋,为冷清寂静的池子添了些许色彩。

　　刚成婚的太子妃,本来是要一一拜见长辈的,然而太后已逝,几个太妃也都青灯古佛,不喜欢被人打扰,皇后不给面子,不想见她。皇上又不在乎这些虚礼,周攻玉说了两句后,便也没将此事放在心上。

　　周攻玉起早,为她编好了发髻,说道:"日后东宫由你做主,你想做什么都可以。若是有人让你心烦,尽管处置,可不必问过我。"

　　小满摇头:"不用我做主,那些琐事我不想管。义母教我做账的事当初可愁死我了,东宫的这些人我也不想管。"

　　"不是说让你管这些,只是想你过得自在。东宫的人已经重新排查过了,无论你做了什么,他们都不会乱说。"

江夫人和江郡守，在周攻玉和小满成婚后便赶回了益州。

小满是太子妃，也没有归宁的必要。

于外人而言，她这个太子妃做得十分没有存在感。但在东宫众人眼里，因为她的到来，东宫的空气似乎都带了一股甜腻的味道。

并不难发现，以往勤政稳重的太子，似乎没那么勤奋了，甚至史无前例地出现了上朝迟到的事。皇上睁一只眼闭一只眼，也就算了。所幸他对待政事并不懈怠，做什么都没有出过差错，只是比较黏太子妃。每次去找他议事的朝臣，都能感受到太子的笑脸下，是十足的不耐烦。

小满不像从前任何一任太子妃，会与其他夫人拉关系，时不时办一场花会结交贵女。

她没有半点当太子妃的自觉，整日窝在宫里看书喝茶，种花养草逗逗鱼，偶尔还要揉一揉因为看奏折生闷气的太子。

东宫的紫藤开得繁茂，她踩着凳子修剪那些杂乱的枝条。微光落在她脸上，让她整个人都显得格外柔和，身子陷入紫色的藤萝中，像是花中的貌美精怪。

宫女生怕她摔倒，围在一旁战战兢兢地看着，劝道："太子妃要不还是让奴婢们来吧，若是伤到了，殿下那边也不好交代啊。"

小满挑眉道："我又不是玻璃做的，有什么好伤到的？从前我也种过很多花，还上树摘过桃子。没道理来了东宫就只能看书，那多无趣啊。"

一听她说上树，众人又是脸色各异，纷纷叹气。

小满又开始说："并非你们所想的那般，我也不是总爬树的，是韩二哥逼我，我才那么做，后来也跟着他一起挨训了。又不是猴子，哪里会总是上树？"

正在这时，白芷走来叫了她一声，手上拿着一封信。

"太子妃，付姑娘写的信。"

小满下来，接过信，欣慰地笑了笑："初次相见，她还一字不识，如今都能给我写信了。"

忽然想起什么，她步子一滞，问白芷："药快没了？"

"已经所剩无几，可要与林大夫说一声？"

她正要开口回答，背后传来一个人声："什么没了？"

周攻玉不知何时回来的，身上的朝服还未脱下，气度凛然。

他不解地看着小满，问道："林大夫的信吗？"

"是一个学生的信。"小满回答他，"进宫前林秋霜为我备了调理身子的药，差不多要喝完了。"

周攻玉走近，牵起她的手，说道："让她写个药方便是了，何必还要多此一举，太医院的药材总比她那处齐全。"

小满笑了笑："是她的心意，况且我也习惯了。太医用药总是求稳，于我而言不是什么好事，她也更熟悉我的身子。"

日光渐盛，周玫玉侧了侧身，为她挡住大片的光线。小满愣了一下，随即笑道："也不必要这般谨慎，这点光不要紧，我还受得住。"

周玫玉坚持，拉着她往殿里走："你日后还要看风景，太医说了，这几年还未恢复好，且要慢慢调理，不得松懈。"

"知道啦。"

扫了手上的信一眼，小满眸光暗了暗，出声说道："明日我要出宫一趟。"

"是去看若若吗？"

"还要去书院，许久没有回去，听闻近日时先生身子有些不康健，我也该去看看。"

周玫玉若有所思地点了点头，片刻后又说："我陪你去可好？"

"你无须陪我，总是抛下政事，届时御史又该说了。"

学生中知道小满是太子妃的，只有一个付桃。

所有人中数她最勤奋，努力而又坚韧。

付桃的爹娘将她卖到了青楼，最后是小满帮着赎身，起初付桃还有些不清醒，想着再去帮扶自己的兄弟。在青楼拿到的丁点钱财，也都交给了他们。等回到书院，付桃的爹娘得知此事，又开始不情愿了。

本来能留在青楼为他们挣钱，却被小满给搅和了，留在书院做事不再送钱给家里。

付桃的爹娘贪心又恶毒，敲诈时雪卿，想将自己的女儿再卖一次，屡次骚扰不说，还破坏书院的名声。

逆来顺受惯了的付桃，也在听到他们辱骂小满后，忍无可忍地抄起扫帚将自己的爹娘打走。

小满知道后，直接让人把他们丢进牢里。面对着寒意森森的刑具和墙上的血迹，以及隔壁时不时传来的哀号，半个月后再放出来的二人，再也没敢出现在付桃面前。

付桃摆脱了吸血的爹娘，在书院更加勤奋，尤其是对小满越发感激，听不得旁人说她半句不好。

小满回到书院的时候，她正在帮着林秋霜晒药。比起从前干柴一样的身板，和黯淡麻木的神情，如今的付桃神采奕奕，和人说话的时候眼里都带着光。

"夫子回来了！"付桃一见小满，立刻满面笑容地跑向她，将手上的灰尘在衣裙上蹭了蹭，接过小满手中的包裹。

"这是给你的一些衣服。"小满端详了她一会儿，嘀咕道，"你长得好快，都要比我高了。"

付桃笑道："这哪里比得，夫子貌美，无论如何都好看。"

付桃比从前好看了许多，她不用再承受家人的重担，也不需要回到噩梦一样的勾栏，被人剥下衣物如同商品一样卖出去。

她读书识字，学会了辨别草药，也能背下简单的药方，能看一些简单的病症。灰败的人生照进了光，也照亮了前方的路。

"夫子在东宫过得可好，那些贵人会不会很难相处？"付桃这些日子也时常担忧小满的处境。从前能看出来，小满并不喜欢太子殿下出现，更不用提嫁给他。以至于一直到了如今，她依旧认为，太子是强迫小满嫁给他的。

众人都羡慕小满嫁给太子，认为这是她的福气。付桃却固执地和人强调，小满也很好，太子娶了小满才是真的有福气。

小满边走边回答付桃的话，比起从前与人谈起趣事的表情，此时的脸色实在称不上高兴。

"还好，我不常与外人相处，只是有些无趣，旁的倒也不算太难过。"

想一想在东宫的日子，若只过一年就罢了，要是真的与周攻玉做一世夫妻，看着他坐于万人之上的高位，那才是真正的无趣。会有许多人看着她，告诉她身为皇后该怎么做，会让她与许多妃嫔相处。

那以后的她也许不会比皇后娘娘好到哪儿去，对着四四方方的院墙和漫无尽头的御道荒度余生。

那不过是从姜府这个牢笼离开，又到了一个比姜府更大一些的牢笼。

都是困住她，蚕食她血肉的地方，本质上并无太大不同。

林秋霜见到小满的时候，并没有露出意外的表情，只是意味深长地说了一句："我还想着你快来了，却没想到这么早，太子殿下不仅没忍住，还有些不知节制，这么早就让你喝完了药。"

小满红着脸咳了两声，推着林秋霜进了屋子。

林秋霜好奇地问："太子果真是年轻力壮。他婚后待你如何，可还算体贴？"

"和从前并未有什么不同。"小满敲了敲桌子，一本正经道，"好了，去把药准备好。"

林秋霜叹了口气，眼中满是不解："既然太子殿下待你很好，又为何非要喝这种东西？你可是太子妃，总要诞下子嗣的。有了孩子也有个依仗，如今你年龄还小，喝多了对身子不好，想点别的法子避一避不行吗？"

小满不为所动："其余的方法不够稳妥，既然不想要，便不能有一丝可能。孩子于我而言，不是什么依仗。"

她从没有生过做母亲的念头，也没有这种准备。

"芝麻"意外死去的时候，她哭了好久，甚至夜里想起来都觉得难过。孩子会成为软肋，会不断蚕食她的意志，让她再难做到义无反顾地离开。

林秋霜不明白小满为什么会这么想，只好说："你就真的不担心，这种药喝多了日后再难有孕？"

小满看向林秋霜，眼中闪过一丝动摇，却又很快消失："我可以承受。"

话都说到这个份儿上了，林秋霜也不想多话惹人厌，索性不再劝她，最后抛下一句"太子殿下也怪可怜的"就走了。

小满装作没听见,全然不理会。

时雪卿应付过学生后来见小满,也看到了林秋霜为她准备好的药,没有多问什么,只说:"殿下知道吗?"

小满摇头。

时雪卿大多数时候都是板着脸不笑的,看起来很严肃,和小满的娘亲一样,时间久了竟让她觉得有种亲切感。

"他应该知道。"

小满眼神淡淡的,轻声道:"夫子不了解殿下,以他的性子,未必不是在算计我。"

她的话实在是耐人寻味,时雪卿忽然笑了:"我以为你是真心喜欢他。"

小满眨了眨眼,表情又很认真:"我的确是真心喜欢太子,只是不放心他罢了。"

她这样的性子,有了孩子一定会难以割舍。小满很清楚周攻玉的为人,周攻玉也熟知她的一切。

放下茶盏后,屋外刚好传来付桃的呼喊。

"夫子,你夫君来接你了。"

小满起身,向时雪卿拜别。

朝周攻玉走去的时候,他也正朝她走来,手臂上还搭着一件披风,待她走近,便将披风为她披上。

"今日天凉,夜里可能下雨,我早晨才说过让你多穿些。"他语气略显不悦,眼神却没有责备的意思。

话毕,他还是将她有些冰冷的手指牵过,握到掌心焐热。

东宫的紫藤开得繁茂,紫色的紫藤沉甸甸地坠着,随风轻摇的场面,显得十分雅致。

她为了排解无趣,在后院种花养草,还插了一根葡萄藤。

一直到紫藤的花朵渐渐稀疏,阳光越发刺目的时候,春日也就要结束了。

皇后和周攻玉的关系越闹越僵,连带着小满也被看不顺眼。而惠贵妃却因此而喜爱小满,时不时就让江若若和小满一起去她宫里喝茶。小满若去了,便要被皇后永远厌恶,只能找借口推托。一来二去,惠贵妃也没了兴致。

起初,朝臣对周攻玉选的太子妃都不看好,以为会再纳几个出身世家的侧妃,好笼络势力牵制人心。哪知道都入夏了,侧妃的事始终没有动静,御史代表其他人,委婉地和皇上提了这件事。皇上也劝了周攻玉,依旧没能使他动摇,念着他新婚,也就不好再多说。

因为此事,周攻玉在朝臣心中,从以往的明智清醒,成了一个沉溺情爱、固执自我的人。

周玫玉发现自己已经不在乎这些了，他从前很听旁人的话，一板一眼规规矩矩，几乎没有什么疏漏。不知从何时起，他对旁人的劝诫和说教感到厌烦，只想抛下这一切，听到那些没完没了的指点，心中是说不出的烦躁。

天气逐渐炎热，朝臣们的官服也换了轻薄的长衫。去年春闱的榜首是江所思，排在他之后的一位李大人同样出彩，也一同入仕，留在京城谋了一个高不成低不就的官职。

然而这位李大人自己争气，没有什么背景，却还是在去年冬日立了功，随江所思一起升迁了。

可就在夏日里，爆出的一件事，让听者无不瞠目结舌。

那位李大人，其实是李姑娘。

小满知道这件事的时候，李大人已经被收押入狱。

周玫玉和三个朝臣在书房中议事，将近一个时辰后三人才离开。

小满端着冰过的葡萄去找周玫玉的时候，他正坐在书案前揉眉心，看上去是真的有些苦恼了。

见到她来，他还是勉强笑了笑，扯了扯她的袖子，让她坐在自己身边。

看到她手里端的葡萄，他立刻又问："冰的？"

"对啊。"

周玫玉将碟子移了移，脸色变得严肃起来："我说过了，你不能吃这些，对身子不好。"

"就吃了一点点，剩下的都送来给你了。"小满不把这件事放在心上，说起来也没什么悔改的意思。

他面色微沉，语气重了些："这是你自己的身子，为何就是不肯听？如今也不是小孩子了，总让人操心。"

说完，便喊了白芷一声。等白芷进来后，他严厉道："日后看着太子妃，不许……"话还没说完，便注意到身旁的小满将头压得极低，剩余的话便戛然而止。

周玫玉停顿了片刻，语气软下来，脸上还有几分慌乱。

"小满？"

她低着头沉默不语，两只手攥在一起，纤瘦的肩膀忽然颤了颤，看上去脆弱极了。周玫玉伸手想去拉她，而她撑着起身要走，也不回身看一眼。

"你等一等，不要闹了。"

他抓住了她的手腕，说出的话又像激怒了她，握住她的五指被一根根用力掰开。他五指用了些力，小满掰不开，也就不再动了。

周玫玉以为她终于要冷静下来，听他好好说话，却听到了抽泣声。

小满抬起微红的泪眼，哽咽着说："你放开……"

周玫玉愣了一下，连忙松开手，慌乱地起身，问道："怎么哭了？我不是要凶你，只是太医说了……"

他伸手给她揩眼泪,而泪水却像是停不下来。

"我要回益州……我不想在这里,要回去……"小满抽噎得停不下来,断断续续说了这些话,哭得可怜,像是受了天大的委屈。

周攻玉抱着她跪坐着,轻轻地拍着她的后背安慰,低声解释:"我不是不想让你吃,太医说过你身子弱要忌生冷,况且你每次来月事都会腹痛。这个月也快了,届时疼得彻夜难眠怎么办?方才是我不好,语气有些重了,这次就不要与我计较了。"

小满被他安抚了一会儿,情绪也渐渐稳定,趴在他肩头怏怏的,还是忍不住觉得委屈,声音里的哭腔还未退去:"我就吃了两颗……"

周攻玉有些心虚地道歉:"抱歉。"

"都说我不好,你也觉得我不好。"小满是真心觉得委屈。

她只是想给周攻玉拿葡萄,就要被说不好。

周攻玉明白了她在说什么,心中的愧疚更甚了:"你很好,是我不对。"

小满被他抱在怀里哄了一会儿,声音闷闷的,说道:"你是不是也后悔了,觉得我很烦,一点用也没有?"

周攻玉脸上满是无奈的笑意,揉了揉她的头顶,说道:"不要瞎想,我是真心喜爱你,从未这样想过。旁人的话都不作数,只有我自己说的才算。"

夏木阴阴,树影透过窗棂落下,点点日光斑驳地落在砖石上。

"不生气了好不好?稍后我要去趟地牢,看看那位李大人,早些回来陪你。"

听到"李大人",小满不禁蹙眉,疑惑道:"你准备如何处置她?"

"还未想好,等见过再说。大多数朝臣想治她以欺君之罪,可她虽为女子,功绩却是属实,也有朝臣为她求情,此事不好轻易定论。"

"那我能和你一起去吗?"她没忍住问了一句。

周攻玉转身奇怪地看着她:"你想见她?"

"我觉得她很厉害……"

他思索片刻,说:"地牢不是什么好地方,可能会吓到你,真的要去吗?"

"要去。"

见她坚持,周攻玉也不再劝阻。

宫里不少人知道这位太子妃身子不好,冬天怕冷不能吹风,夏日里阳光太刺眼也不行,一看到有人撑伞,立刻就想到了她。

只是再一细看,撑伞之人竟是太子殿下,宫人又纷纷跪拜,一句话也不敢多说了。

小满微眯着眼,踮起脚凑近他耳边,小声说:"他们不敢看你了。"

周攻玉无奈一笑,说道:"那正好,让你一个人看。"

牢狱外是炎炎烈日,踏入狱内,似乎立刻有一股寒意扑面而来,夹杂着血腥和湿冷的霉味。小满的脚步顿了一下,周攻玉便说:"你可以去歇息,想问什么和我说便是,我替你问她。"

她摇了摇头,继续向前走:"我只是没有来过这里,不是害怕。也没什么好害怕的……"

牢中还算整洁,关押的都是要犯,许多人还是朝中有头有脸的人物,不乏被周攻玉这个太子抄了家的。走近后,认出周攻玉的人跪地求饶,他目不斜视地掠过了他们。

李大人名李遇,身上的官服被脱下后,穿了身素净的圆领袍就被关押到了这里。因为是大牢中唯一一个女子,周围的罪犯也会时不时对她出言挑衅,言语粗俗不堪。

周攻玉思及此,让人为她换了一间最里面的牢房,四周都没人,也算清静。

见到周攻玉和小满后,她起身行礼,衣袍整洁,发髻也一丝不苟地用木簪别着,不像是个被关押的犯人,倒像是个清贫的书生。

"起来吧。"

"谢太子殿下、太子妃。"

李遇直起身,隔着牢门和二人对视。

小满打量了李遇一会儿,才惊叹道:"你好高啊,长得也很好看。"

李遇虽是女儿身,身量却不输男子,眉眼英气俊俏,若好生打扮,确实雌雄难辨。

李遇笑了一下,更加好看了:"太子妃谬赞了。"

周攻玉当然知道李遇是女子,但看到小满两眼发光地盯着她,心中还是觉得别扭至极,轻咳两声,说道:"说正事。"

李遇恭敬道:"殿下且问。"

狱卒殷勤地搬来椅子,让周攻玉和小满坐着问。周攻玉问话的时候,小满也认真地看着李遇。

也许是因为假扮男子太久,李遇的言行举止没有半点女气,仿若一个真正的男子。若不是她确实没有喉结,胸前又有隐约的弧度,真的很难被人看出。

"……你的母亲出身官宦之家,后来被贪官污蔑,父亲惨死,还有一个弟弟。'李遇'这个名字,也是你弟弟的。顶替他的身份,假扮男子参加考试,从乡试一直到殿试,去年才为李家翻了案,是吗?"

"殿下明察,家道中落后,微臣的亲弟感染风寒,母亲拿不出买药钱,弟弟夭折后,因为母亲自小疼爱他,此事于母亲而言打击过大,从此便神志不清,总将微臣当作弟弟。后来微臣便穿着他的衣服,用他的名字,一直到如今。"

小满听得怔住,怎么也没想到事情竟然是这样的,便问她:"那你的本名呢?你以前叫什么名字?"

"微臣原名'李愿'。"

"你做了李遇,那'李愿'怎么办呢?"

李遇愣了愣,显然没想到小满会关注这个问题,脸上的神情有些复杂,笑容勉强，带着几分苦涩："既然如今是'李遇'，死去的自然就是'李愿'了。"

周攻玉看到小满的表情，也明白了她的意思，问道："你可甘心？"

李遇摇头："微臣如今虽抛却了'李愿'的身份，可我依旧是自己。"

"你的母亲一直以为死去的是你，可有觉得不公平？"

李遇沉默片刻，答道："微臣的确曾感到不公，也怨恨过母亲的偏心，可到底是我活着，即便世人眼中的我不是'我'，那也无妨。换了一个身份，虽然有所失去，可假扮男子却让我得到了更多，有了更为宽阔的天地，更多的选择。这一切都是曾经的'李愿'无法得到的，即便重来一次，我还是会选择成为李遇。男子能做好的，我也能做好；男子做不好的，我亦能做好。"

说完，李遇抬眼看向周攻玉，坚定的眼眸一片清明，不掺半点杂念。

周攻玉瞥了她一眼，淡淡道："你已经为李家翻了案，若我不治你的罪，将你贬为庶民，可有不平？"

李遇俯身行礼："微臣谢殿下不杀之恩。"

小满站起身，走到李遇面前，问道："你就没有想过，以女子之身入朝为官吗？还是你做官只为翻案？"

李遇跪下，答道："臣见过云霞，泥灰再难入眼。"

她以男子的身份，走到曾无法触及的高度，见到了从未见识的景色。要她跌落尘泥，从此沦为平民，一切志向再难触碰，自然是不甘心的。

小满和李遇的目光对上，乌黑的眸中闪着熠熠的光亮。二人隔着牢房的几根木柱子，离得十分近不说，小满的眼中还满是不加掩饰的欣赏。

周攻玉沉默地看了一会儿，伸出手提着小满的领子，将她扯回自己身边，利落地往怀里一按，然后面带不悦地眯了眯眼，问李遇："离那么近做什么？"

李遇面色微僵，赶忙道："是微臣失礼了。"

周攻玉冷哼一声，问道："你办事比吏部的废物要好，看在你的政绩上，不取你的性命。以女子之身为官，你敢吗？无论办事如何，都会沦为众矢之的，你所受到的排挤冷眼，甚至是栽赃陷害，将会数不胜数。"

李遇听到他这些话，不可置信地睁大了眼，又赶忙跪下谢恩，没有出现过犹豫的神色："微臣谢殿下成全！日后自当万死不辞，效忠于殿下。"

周攻玉点了点头，带着小满转身离去。

等走远后，小满才问他："你居然让她入朝为官？"

周攻玉挑了挑眉："你不就是这么想的吗？"

小满还是按捺不住满心的惊讶："但我没想到你真的会这么做！"

"让她继续为官，你就那么开心？"周攻玉心中忽然又有些后悔了，"你很喜欢她？"

她点头，周攻玉的面色立刻又沉了下来。

李遇没有被处死，只是被降了官职。此事一出，众臣无不哗然，纷纷上书斥责周攻玉此举糊涂。

前朝也有过女子为官，却不像李遇身在重职，如今的李遇自然要更惹人议论。

皇上和周攻玉谈了半个时辰，被他说服后，也决定不再管李遇的事。而朝中曾得罪过李遇，或被李遇抢了功劳的人，更是不遗余力地诋毁羞辱她。

周攻玉也不在乎旁人怎么说，只是某一日，奏折中有人斥责此事是因为小满，因她开办女学，违背伦常，使得太子心性大变，做出一些糊涂事，要他废了太子妃。

周攻玉默不作声，将那人办不好的政务给了李遇。

李遇完成得很好，打了那个朝臣的脸后，周攻玉在朝上毫不留情地嘲讽了他。被斥责的臣子，面红耳赤，恨不得撞柱自尽。

等到了夏日，宫里的荷花开得正盛，皇后邀请那些王妃夫人进宫赏荷，小满身为太子妃再推托就说不过去了，只好换了端庄的衣裳准备前去。

女子入朝引起的轩然大波，不仅仅是前朝，更波及了民间，以及那些官宦之家的后院。

称赞此举的人毕竟是少数，更多的人还是认为太子行事荒唐，一切都是因为小满而起。皇后对小满厌恶得紧，巴不得立刻为太子选一个知书达理的良娣。小满想都不用想，便知道邀她一同赏荷，是免不了被挖苦的。周攻玉知道此事后，让白芫护着她，说不久便来接她回去。

御花园中有一座较大的水榭，皇后就在那处设宴，请那些王妃夫人入宫赏荷。

炎炎烈日被水榭四周的竹帘遮住，层层纱幔将蚊蝇阻隔在外。水榭四角放置的四个铜鼎装满了冰，由宫人执扇挥动，将丝丝缕缕的寒气送往各处。

竹帘挑起，小满走进后，众人的眼光齐聚在她身上。

皇后瞥了她一眼，不等其余人行礼，便说道："来得这样迟，还不赶紧坐下。"

江若若偷偷向小满招了招手，小满眼神一亮就要朝她走去，却被皇后一个眼神制止住了。

"太子妃，你过来。"

小满悻悻地收回目光，乖乖走到皇后身边的位子坐下。

不远处是礼部王尚书的夫人，正以扇掩面小声地和旁边的妇人说着什么，目光有意无意地掠过小满。

旁人的打量让她倍感不适，只能低头看着果盘，让自己忽略这些目光。

皇后见她低头不语、傻傻呆呆的模样，心中更添了几分不耐烦，也懒得再委婉，直接说道："太子政务繁忙，你身为太子妃，应该贤明淑德，不可总让他为你挂心。东宫的事务，本宫看你也处理不来，日后做了皇后，掌管六宫又该如何？"

这话若私下说，倒也不算什么，但此时毕竟有许多外人在场，皇后毫不留情地批评，简直是在给她难堪，让所有人都知道她这个太子妃不称职。

江若若有些紧张地看向小满，摇扇子的手都停住了，见到小满低头不语受欺负的模样，心中更是不忍。

小满低头听训，也没什么触动。还好她不像那些深闺娇养的小姐，不然这几句必然要说得她泣涕涟涟。

"母后教训得是，儿臣日后必定警醒自己，好好学习操持宫中事务。"皇后说了什么，她也没必要置气，反正见到的次数也不会太多，忍忍就过去了。

皇后瞥了她一眼，也没说好不好，便看向了坐在另一边的臣妇臣女。其中有一位蓝裙的小姐，梳着未出阁女子的发髻，正出神地呆坐着，也没注意到皇后的目光停在自己的身上。

"锦思今年也该及笄了吧？"皇后缓缓出声，转向那位名唤锦思的小姐时，脸色都好了许多。

江若若一听到这话，顿时眉心一跳，警惕地抬起头看向那个锦思，接着又看向一脸无所谓的小满。

温锦思忙起身行礼，回道："回娘娘，锦思还有一个月就是及笄礼了。"

皇后脸上的笑意更浓，柔声问："本宫记得你还未许配人家……"

温锦思的母亲忙一脸喜色地替女儿回话："回禀娘娘，锦思还小，还未许配呢。"

小满就坐在一旁，忽然觉得四周的空气稀薄，令人窒息得难受，默默看向答话的母女。

"锦思是本宫看着长大的，那时你还小，没想到都这样大了。当初还小小一个，在宫里见到太子便走不动路，哭哭啼啼地追着他要糖。如今长大了反而疏远了，连本宫也不亲近了……"

温夫人笑着回话的时候，不少人在偷偷打量小满的神情，而她始终是面色漠然地听，除了说到温锦思哭着找太子要糖那处，面上出现过一丝愕然外，再无半点动容，甚至连该有的生气羞愤都没有。

温锦思心虚地瞥了小满一眼，忙又低下头。

不多时，似乎是要下雨了，阴云蔽日，遮挡了暑气，水榭中变得闷热起来，因而挑起竹帘，微风拂过湖面缓解了燥热。

皇后起身，众位夫人也作陪，一同去赏荷。

小满起身，凉风习习，却吹不散心头郁气。

那位打量她许久的尚书夫人走近皇后，瞧了小满一眼，也说道："太子妃如今也是大姑娘了，可莫要像小孩子似的。太子殿下是将来的九五之尊，自然要开枝散叶，繁衍子嗣。做了妻子，就要体谅自家夫君，一切以他为重。男子娶个三妻四妾可谓再平常不过了，何况是殿下，太子妃要大度才是，为太子挑选端庄贤良的侧妃，也是太子妃的本分。"

皇后只是冷冷地看了小满一眼，并没有说什么。尚书夫人似乎觉得自己能对太子妃说教，眉眼中都带了几分得意。

若不是小满这个太子妃不如皇后的意，旁人当面哪里敢说太子妃半句不好，见皇后默许她的做法，也就更加忘形，想着将自家女儿送进东宫。

小满沉默了片刻，脸上忍不住露出一丝嘲意，问道："男子娶妾，也是应该的吗？夫人认为应当大度，不能不愿，对不对？"

"自然是。"

小满赞同地点头："夫人言之有理。"

见小满赞同自己的话，那妇人心中更得意了，一副对自家儿媳说教的嘴脸，好似比起太子妃，她才是高高在上的那个。

江若若在池边等了小满许久，总算等到皇后放小满离开。

"小满，你快过来。"

等小满走近，江若若屏退身边的侍女，这才一脸不悦地压低声音，说道："皇后娘娘这么说也就罢了，余下的几位，真是多嘴多舌到惹人厌烦。太子殿下纳不纳侧妃，哪容旁人置喙。便是真的纳侧妃，也轮不到她们家女儿。"

江若若为小满打抱不平，一脸的义愤填膺。小满苦笑着安抚她："不必同这些人置气，总归不是和她们一同过日子，往后不见就是了。"

"太子妃……"

二人正说着话，身侧有人喊了小满一声，扭头去看，才发现是温锦思，那位皇后娘娘看好的温家嫡女。确切地来说，皇后看好很多贵女，只是不喜欢小满罢了。

温锦思不如她母亲那般阿谀奉承，一副谄媚嘴脸，像是只要皇后发话，就能立刻将自己女儿洗干净送到太子的床榻上去。

温锦思见到小满的时候还规规矩矩行了礼，又给阴着脸的江若若行了礼。

"你有何事？"

小满问完，就见温锦思迅速扭头看了一眼，见自己的母亲不在，才无奈地压低声音说："回禀太子妃，其实小女已经有心上人了，但母亲想让我入宫，一直不肯同意这门亲事。还请……请太子妃帮帮我……"温锦思言语恳切，似乎是真的不情愿。

小满听完，说道："此事我会和太子商议……"

一听这话，温锦思脸色"唰"地就白了："太子殿下知道了，会不会怪罪……"

哪有男人愿意听到一个女子不愿嫁给他的话，即便这个人是太子，万一对她生出不满怎么办？

江若若看温锦思神情惊慌，不禁笑道："太子心里只有太子妃一人，怪罪你做什么？不必杞人忧天，想那些乱七八糟的。"

听她这么说，温锦思忐忑不安的心也逐渐平静了下来，越发觉得这位太子妃平易近人，没有传闻中说的那样不好。

298

江若若本来因为皇后那番话,心中已经对温锦思生了厌,但又见她小心翼翼地解释,生怕自己做了侧妃的模样,又觉得有几分趣味,便问:"也不知是谁家的公子,竟能让你连太子侧妃都看不上眼。不如跟太子妃说说,兴许能帮你牵个线,促成这段姻缘。"

温锦思羞怯地看了小满一眼,又扫了眼四周,确认无旁人会听到,这才小声说:"是孙太傅的第三子……"

孙太傅是孙敏悦的父亲,对于周定衡从前喜欢的姑娘,江若若自然也是了解过的,温锦思一出口,便知道是哪一位了。

"你说的可是孙三郎?"

温锦思红着脸点了点头,江若若又逗了她两句。一旁的小满静静听着,也不清楚她们在说什么。

听闻这些嫁入高门的夫人,通常会把其他高门世家的情况摸清楚,连家中几口人、谁最受宠都会记下来。她身为太子妃,也只能勉强记得那些官员的名姓罢了。

蜻蜓飞得极低,都聚在了湖面上。风一吹过,荷叶随之摇摆,带来一阵浅淡的荷香。

一只蜻蜓直冲过来,小满闪身躲避,手上的扇子不慎落下,卡在湖岸边的石缝中。

"太子妃当心些。"温锦思看到了,连忙走来将小满往回拉了拉。

"算了,一柄扇子,待会儿让侍女捡起来……"小满正说着,温锦思就已经自顾自地蹲了下去,一手抓着岸边石头的凹陷处,另一只手正费力地去够扇子。

"这点小事何须叫侍女来,马上就拿到了。"温锦思有意讨好小满,也希望自己能做点什么,即便是捡个扇子也好。

小满皱眉,正要伸手拉她回来,温锦思脚下一滑,惊叫一声猛地朝下栽去。小满抓住的衣袖也从手中滑落,随之就是"扑通"一声巨响,动静迅速引来了其他人的注意。

小满惊得张了张口,白芫已经将温锦思从水里拉了出来,滚下去的时候还被石头擦破了脸颊,留下了些许的伤口。

温锦思惊魂未定地喘着气,夏日衣裙单薄,湿透后都贴在身上,将身躯勾勒了出来。

"你没事吧?"小满拿出帕子为她擦干脸上的水,手才抬起就被人撞开。

温夫人奔过来,将浑身还在滴水的温锦思抱到怀里,哭喊道:"锦思,你怎么了?怎么掉进去了?有没有事?这脸怎么伤到了……"

温夫人嗓音尖厉,叫喊的时候像是知了一样聒噪,小满听得直皱眉头。

温锦思咳了两声,解释道:"方才不小心,脚滑了。"

"好端端怎么会脚滑呢?你站在那里,怎么会落到水里去?"

这话显然是意有所指，想说温锦思是被人推下去的。江若若一听就怒了，不等她说话，皇后就呵斥道："太子妃，这是怎么回事？"

温锦思见引起了误会，连忙说："不关太子妃的事，是小女执意去捡扇子才脚滑落水，太子妃还要拉我一把。都是我自己不小心，还望皇后娘娘责罚。"

那位劝小满大度的尚书夫人，此时也阴阳怪气地开腔："奇怪了，温姑娘好好一个小姐，捡扇子这种事，哪用得着你去做呢？这好端端捡什么扇子啊，侍女怎么也不在身边？现在闹得，脸都破了相，还好救得及时，没出什么大事。"

小满就是再傻，也知道对方是什么意思。无非是暗指她故意屏退侍女，逼迫温锦思捡扇子，再趁此机会将人推下水。

温锦思屏退侍女，是害怕自己的话被身边人说给温夫人听，哪里想得了这么多，被这么一问也愣住了，不知道该如何作答。而在旁人眼里，却成了不敢说实话，只能默不作声的意思。

江若若气愤道："夫人慎言！"

温夫人立刻跪在地上，哭诉道："还请皇后娘娘为锦思主持公道。她年纪还小，也不知哪里惹得太子妃不快，要受这般折磨。女子的脸最是重要，要是真的毁了……锦思她、她日后可怎么办啊……"

小满疑惑地看向温锦思的脸，那点擦破的小伤，还不及被猫挠出的伤口深，哪里会破相？

"我没有推她，连她自己都说了是不慎落水，为何非要怪到我头上？"

江若若也气愤道："方才我就在一旁，到底如何难道我们自己不知，还要旁人胡乱揣测污蔑不成？"

侍女拿来长衫搭在温锦思身上，她也怯怯地说："真的是我自己不小心，只是觉得麻烦才去捡扇子，太子妃并未推我，还请皇后娘娘明察。"

皇后沉默了许久，看着浑身湿透的温锦思，缓缓道："你不用怕，这宫里如何，还是本宫说了算，不会让你受委屈。"

江若若瞪大了眼，也不愿相信皇后真的是非黑白不分，就这样给小满扣上一个罪名。这样说话，摆明就是要护着温锦思。

小满面色平静，淡淡道："我说了与我无关。温小姐和平南王妃的话，你们都不信，那无论我如何解释也是无用。"

尚书夫人叹息道："温姑娘若是成了太子侧妃，也能与太子妃和睦相处，不过是多个姐妹罢了，何必要苦苦相逼，闹得无法收场呢？"

小满看都不看她一眼，权当听不见。江若若一肚子火气，愤愤道："分明不是太子妃所为，不过是你们希望此事与太子妃有关，才会如此黑白不分！"

温锦思也不想给小满惹事，见到她被误会更是慌乱，想跪下请皇后责罚，却被温夫人牢牢架住，强行让侍女给带了下去。

"平南王妃与太子妃交好，这是众人都知道的事，便是感情好，也不能混淆事实啊，这不明摆着……"

小满没说话，等皇后的定夺。

片刻后，皇后说道："太子妃行事不端，迫害温家嫡女，在此罚跪两个时辰。"

皇后开口后，有几位夫人还颇为失落。推人下水只罚跪两个时辰，若换了旁人，是太轻了些。

可说到底，这也是太子妃，此举已经是向所有人打了她的脸，算不得轻罚。

白芫皱了皱眉，喊来另一个侍女吩咐了几句，便走到小满身边。

皇后已经认定那事是小满所为，江若若也知道扭转不了她的意思，只说："皇后娘娘，这天快下雨了，太子妃身子不好，若是淋了雨恐会染上风寒。"

皇后不耐烦地回她："那便何时下雨，何时再起身。"

除了江若若和皇后身边监罚的宫女，那些夫人也都回到了水榭，有人幸灾乐祸，也有人觉得此事不公，除了江若若，却无人为她说话。

皇后不喜欢的人，谁也不敢向她示好。

江若若气得说不出话，又无法使皇后相信小满，只能陪着小满一同罚跪，任皇后派人来劝也不肯起来。

小满只好小声说："太子不久便来了，你有什么好跪的，赶紧起来。"

江若若更加为小满感到不值，失落道："也许当初不该让你和太子相见，你若不做太子妃，就不会被人欺负。皇后不喜欢你，你在宫中岂不是寸步难行？"

小满宽慰道："倒也没那么艰难，我与皇后见面的次数屈指可数，平日里也不会有人欺负我。好了，你别跪着，回去坐下。"

"我就不信被人这般对待，你还不觉得委屈？温锦思自己都解释了，却还是不信，分明是偏心。难道要我坐着看你受罚，不如一起跪了。"

"不喜欢我的时候，我做什么都是错的。今日换了不喜欢你的人在场，也能污蔑是你推了她，也不想同她们生气了。"

乌云滚滚，灰蒙蒙的天幕压低，仿若登上楼阁，便能触到那些云雾。

小满的心情也和此时的天气一般，灰败沉闷，大雨将至。

她根本不适合做太子妃，也不愿意为了做一个合格的太子妃，去磨平自己的棱角，将自己安在一个模子里。

天地都好像成了一个牢笼，将她关在这里，整日对着高高的宫墙，和记不清脸的宫人，连时间都变得缓慢，只有宫里的花开花败，不断提醒她在这里度过的日子。

"若若，我真的不适合留在宫里。"小满缓缓说完，攥紧了自己的衣袖。

江若若轻轻叹了口气，说道："时间久了会习惯的。"

"不。"小满摇头，语气坚定，"不会习惯，永远都不会。"

从前周玉问她喝药苦不苦，手臂的伤疼不疼，她也曾说过自己习惯了。

可其实药还是很苦，伤口也一样疼。每一次都同样深刻，没有因为经历得多了，便改变什么。

江若若看出她此时心情不好，只能安慰道："看这天色约莫半个时辰后就要下雨，再忍一忍……"

白芜陪小满一同跪着，不到一炷香的时间，周攻玉便赶来了。

他面色阴沉，隐怒不发。匆忙的脚步却显出他此刻的焦急不安，衣袍下摆随着步子摆动，如风雨将至被掀起的湖面波澜。

"小满。"周攻玉叫了她的名字，待小满抬起头，便俯身将她搀扶起来。

江若若也由白芜扶着起身，还未站稳便仰面倒了下去，双目紧闭不省人事。

"若若！"小满推开周攻玉，立刻去拉江若若。

水榭那边七嘴八舌的夫人们，一看太子来了，纷纷噤声观望。

周攻玉立刻让人去叫太医来，又将慌乱的小满拉住："先不要急，已经让人去找太医……小满？"

她扭过头，被周攻玉叫了一声，这才摸到脸上的湿意，抿了抿唇，眼泪流得更多了，委屈又自责，几乎说不出话，只抽泣着低下头，被他抱进怀里轻柔拍着安抚。

"怎么母后罚你跪，你就要跪？"周攻玉无奈地叹了口气，听着她哭，心像是被人撕扯一般难受。

"若若怎么了？"她将脸埋在手心，哭得肩膀一颤一颤的，"只有她为我说话，她是不是也因为我受伤了……会不会出事？"

周攻玉发现她的身子都在颤抖，似乎真的是怕极了，哄道："江若若不会有事，你若不放心，我们一起去就是了。她平日里身子那么好，断不会一跪就出事，不要瞎想。"

见到小满为江若若担心受怕到这种地步，周攻玉心里忍不住有了一丝嫉妒。好似在小满心里，他的分量远远不及江若若，也比不得韩拾。

皇后见到小满被扶起来，起身要来拦住他们。周攻玉回眸，眼中只剩令人发寒的冷漠，不见半点母子温情。这一眼让她的脚步生生止住，没有再往前。

若强行去拦住周攻玉，最后也是在这么多人面前丢了自己皇后的脸面。

起初带头污蔑小满的尚书夫人，看到周攻玉对小满的爱护，此时也忍不住心虚起来。

太医赶到的时候，江若若才悠悠醒转。小满盯着江若若，紧张地问："若若，你感觉如何？可有不适？这些时日有没有乱吃东西？"

她自己是被人下过毒的，也害怕江若若与人结了仇，被暗中算计，一颗心都提到了嗓子眼儿。

太医皱眉沉默许久，突然撩起袍子跪在地上。

小满见他一跪，眼泪险些又要夺眶而出。

而太医说的不是"无能为力"的话，而是"王妃已有两个月的身孕了"，硬生生让她把眼泪憋了回去。

小满的脑子空了一瞬，呆呆地问："你说什么？"

周攻玉松了一口气,拍拍她,笑道:"没事,是她有孩子了。"

江若若捂着嘴,不敢置信地看着小满:"我有身孕了?"

小满觉得一切都很不可思议,似乎若若还是当初在益州时的样子,与她一样都是个小姑娘,怎么突然间就有孩子了。

她看向江若若尚且平坦的小腹,迟疑了片刻,问:"你要做母亲了吗?"

江若若满眼的欢喜,连语气都是轻快愉悦的:"是啊,你以后可是他的婶母了。"

罚跪的事最后波及许多人,温夫人本是想将脏水泼给小满,最后见真的开始追究,又连忙转了风向。好在温锦思从一开始便说了不是小满推她入水,也不算诬陷,正好将一切错事推到王尚书的夫人身上。有几位当日可怜小满,没敢为她说话的,等事后想将自己摘干净,也纷纷附和,称太子妃并未推人,只是被人混淆黑白给诬陷了。

在李遇入仕上,王尚书是反对最为激烈的几人之一,也曾多次上书给皇上,对周攻玉多有批评不满。这些折子最终还是没有到皇上手上,直接送入了东宫。

以王夫人为首的几位,最后都因污蔑太子妃,被掌嘴五十,罚跪四个时辰。

不止如此,小满想起王夫人对她的说教,又让人出宫去查探王尚书,最后将他养在府外的美貌外室给抬进了府,以太子妃的名义,吩咐脸颊肿胀的王夫人要大度。气得王夫人一口气上不来,当时便昏了过去。

因为江若若怀有身孕还被罚跪,惠贵妃第一个去找皇后讨说法,最后还闹到了皇帝那里。

此后,小满称病久居不出,旁人的花帖也一概不收。

对于给周攻玉惹麻烦这件事,她也总算是看开了。

兴许是从前不被人喜欢,她就更加想做个乖巧听话的孩子,害怕自己让人觉得是个麻烦。即便是做了太子妃,她也希望安分一点,不要让人烦心。

可她日后是要走的,周攻玉还会有太子妃,会纳侧妃,也会有良娣和美人。

旁人若认为她不是个好的太子妃,那换了新的太子妃,在两相对比之下,或许会显得那一位更加贤德,也不算什么坏事。

她总归是不能永远做他的太子妃。

盛夏的热气持续了很长一段时间,周攻玉整整一个夏日,都没有再去过皇后宫中。

许家和太子的关系已经僵冷,本来拥护本家人上位,也是由于当今天子平庸无为,一心情爱,让他们野心越发膨胀,想要把控皇权。

谁知道被他们一手培养的周攻玉,最后会因为一个女子,硬生生将许家探入朝政的手给撕出来,连带着自己也要伤筋动骨,势力因此受损。

许家是百年的名门,先后出了几位皇后、贵妃。以周攻玉如今的能力,虽能暂时除去许家对朝政伸出的手,却也不得不顾忌,百足之虫,死而不僵。许家若要与他抗衡,并非毫无可能。

太子身上有许家的血脉,本能互相依存,硬要撕下这块痂,使自己也鲜血淋漓。

入秋,小满又去找了林秋霜。为她把过脉后,林秋霜如往常一样,又劝了她几句,最终拗不过她,还是抓了药让她带进宫。

自江若若有了身孕后,周攻玉也有意无意地问小满是否喜欢孩子。她总是敷衍过去,自那以后,周攻玉似乎生了别的心思。

虽然往日他和正人君子也扯不上什么关系,却也不像如今这般不知节制。

她不像周攻玉,过于热衷这些,就算再有精力也会被榨干的。她思量一番,想到那位因纵欲过度而在朝上晕倒,被人嘲笑至今的官员,便开始推拒周攻玉。

若是堂堂太子殿下,哪日也忽然晕过去,被太医诊出是因不知节制、房事过多而导致的,那他们的脸面都要丢尽了。

而因为此事频繁,她的药却不敢停,若身子无碍,却总是当着周攻玉的面喝药,必定会被他猜到,只能偷偷喝下避子汤,再命人将药渣拿到东宫外的地方丢弃。

醒来后,小满起身去沐浴,却被他抱了回去。这几日都是如此,每当事后她要沐浴,都会被按回怀里,等到早晨才洗漱一次。

走出东宫一段距离,周攻玉又想起一些事,便折返了回去,本想朝书房走去,却闻到了苦涩的药味。

宫女手里端着一个陶罐,见到周攻玉立刻跪下行礼。

苦涩的药味便是从她手中的陶罐里散发出来的。

"这是太子妃的药?"

宫女由于心虚,低头不敢看他,只能点点头。

"是什么药?"周攻玉心中冒出了一个念头,又不愿意相信,面色冷了下去。

宫女不敢回答,只能说:"奴婢也不知道,太子妃并未说过。"

周攻玉看向陶罐的眼神逐渐冰冷,一想到那个可能,胸口处憋着一团闷气,火烧火燎一般疼痛。

"阿肆,把药渣送去给徐太医,问仔细些。"说这些话的时候,他的语气冷寒得像是要凝结出冰来。

周攻玉推门而入的时候,小满正放下药碗,皱眉擦去唇边苦涩的药汁,见到他微微一愣,问道:"怎么回来了?"

"有些事忘记了。"他脸上还保持着温柔的笑意,似乎什么也不曾发觉,"不是说好了,怎么又开始喝药?"

小满看了眼碗底的药渣,面色如常,回答道:"近日食欲不振,才让太医抓了药来。"

周攻玉眼眸沉静地看着她,笑意未达眼底:"怎么没听你说起过?"

"都是小事,不必让你烦心。"小满的手指轻敲着桌子,轻一下重一下,心中也有几分焦虑，"不是还要上朝？不要紧吗？"

周攻玉走近她。

白芷自觉端着药碗退下。他目光扫过药碗，眸光微暗，俯身吻住了小满的唇，从她口舌中，尝到了残留的苦涩。

小满一直在防备周攻玉，也是因此才不愿告诉他避子汤的事。

若周攻玉知道了，他会想尽办法破坏。而她猜得没错，他的确是这种人。也是因此，在太医告诉他，那些药渣是避子汤的时候，他几乎是立刻便想到了应对之法。

"徐太医，你可有办法，开出补身子的药，让它的味道和避子汤一般。"周攻玉说完后，又问，"避子汤喝太多，可会损害她的身子？"

"自然是会。"

周攻玉沉思片刻，终是没有再说什么。

当日喝避子汤被周攻玉撞见，小满以为此事并不算什么，如往常一般，随意两句便能将此事敷衍过去。

而等她再次喝避子汤的时候，却察觉出了不对劲。

味道其实没什么不同，也许只是熬得久了些，可她对此耿耿于怀，始终放不下心。

等宫女想去倒掉药渣的时候，她让白芷叫住了人，并留下了药渣，全部倒在地上，拿着一根筷子翻找，终于找出了不对劲的地方。

她喝了那么多药，对药里加了什么东西，自己也是知道一些的，可这堆药渣，明显不是药方上写的药材，不过是味道相似。

小满傻傻地看着，良久后才对白芷说："他知道了。"

周攻玉知道了，还将她的药给换了。

小满僵硬地起身，缓缓走到案前坐下，也没让人收拾地上的药渣，只闷声道："我还以为自己能瞒过他，原来他早就知道了。"

周攻玉根本没有要让她离开的意思，他换了这些药，无非就是想要她能有身孕，用孩子让她心软，让她不愿意离开。

他以为将避子汤换了，她不会知道，直到有了身孕才会明白……何必如此。

白芷看她沉默不语，更觉得此事不小。

"太子妃不如和太子殿下再好好商议一番。"

"我要出宫。"

白芷疑惑："什么？"

"出宫。"

其实被换过后的避子汤的味道和原先的区别并不大，若不是因为她喝惯了，能尝出那点微乎其微的不同，又不够信任周攻玉，可能真的会被傻傻地骗过去。

白芷劝过小满了，她仍是坚持要出宫。

305

小满踏出东宫的那一刻,立刻就有人去禀告了周攻玉,并暗中跟随她一同出宫。这些她都知道,只要周攻玉愿意,她就算死了也离不开他。

也正因此,心中那点仅剩的期盼成了笑话,她除了被欺骗的气愤,更多的还有失望。

她半刻也不愿在宫里多待,反正都想换个太子妃,她走了不是皆大欢喜。

白芷扶着气急的小满上马车,不解道:"宫外有那么好吗?太子妃为何那么不喜欢留在宫中,多少女子都求之不得。"

小满正弯腰要进去,听到她的话又回过身来,问:"那我问你,若是让你与我换,你来做太子妃,你可愿意?"

白芷从未想过成为太子妃,更不敢妄想与周攻玉扯上关系,毫不迟疑道:"奴婢是剑,做不得金枝玉叶的花儿。太子妃命贵,与奴婢自然是不同的。"

"你我并无不同,所谓贵贱皆是旁人定下,我从未觉得自己比你命贵。"她语气沉了沉,摇头道,"曾经我也只是用来救人的药引,根本算不得花儿。的确有许多女子费尽心机想入宫,有如许静好,可温锦思便不是这样的人,你也不是。"

"那太子妃不是真心喜欢殿下吗?又为何迟迟不愿有孕?"既然跟了小满,她的主子就不再是周攻玉,便只能听从小满的吩咐,连避子汤这件事都要帮着小满瞒过周攻玉。

小满想到周攻玉,脸色更加不好了,冷冷道:"若是喜欢他还要生孩子,那我不喜欢了就是。"

白芷知道小满此时还在气头上,不能聊起关于周攻玉的事,只好说:"那太子妃出宫后想要如何?"

"先去趟书院,我与林大夫有话要说。"

小满钻进马车后,白芷也随之进去了。

马车缓缓前进中,小满再没有说话,只沉思着想自己的事。

白芷抱着剑闭目小憩,没多久又睁开眼,正想伸手去掀开帘子,小满抬眼看向她:"还要一会儿呢,怎么了?"

白芷欲言又止地看着她,还是将手放了下去。

马车不知走了多久,小满察觉到不对,猛地掀开车帘,这才发现根本不是出宫的路,而是回东宫的小道。难怪路石平坦,没有车马人声。

"停下!"她怒了,质问驾车的随从,"太子吩咐的?"

"回禀太子妃,没有殿下应允,属下不敢私自放太子妃离宫。"

她瞥了眼白芷:"你方才便知道了?"

白芷无奈道:"殿下不肯,奴婢知道了也是无用。"

她垂下眼,忽然觉得失去了力气,也不想再计较更多:"算了,我们回去吧。"

言罢,她也不要人扶,自己挽了挽衣袖跳下马车,脚步不稳地趔趄了一下。

"太子妃……"

小满站住不动了，看向前方身穿一袭苍青色的长袍，朝她缓缓走来的周攻玉。

待他伸出手想要牵过她的时候，被狠狠甩开。

"你骗我。"她冷漠的眼神一瞬间好似回到了将他弃之如敝屣的时候。

周攻玉若无其事地笑了笑，平静道："你也在骗我，其实也不相信我会真心放你离开，是不是？"

小满因为愤怒和无能为力，眼中慢慢蓄起泪水，一字一句道："是你让我无法相信，从一开始便是这样。你口口声声说爱我，却只会让我置于如此境地。也许一开始我便不该回到京城，不如让你以为我死了，总好过现在，只能委屈憋闷地留在你身边。骗子！我当初就不该相信你的话！"

周攻玉的脸色随着她的话越来越阴沉，最后已经是半点笑意都看不见了。眼神如同一只蛰伏的野兽，阴鸷而危险。然而他的语气依旧是那般浅淡温雅的，配上他此时的表情，使听者有种毛骨悚然的畏惧感。

"嫁给我，于你而言只有痛苦和不堪吗？你后悔与我重逢是不是？你可以不要我，而我失去你却会发疯。"周攻玉攥住她微颤的手，目光冰冷，"我远比你想的要爱你，迟早有一日你会明白。而我只想在此之前，你能留在我身边。为什么连这些都不能做到？难道你真的如此厌恶我，数着日子想离开吗？"

东宫的侍女们听闻太子回来了，刚想去说太子妃不在殿内，就见太子将离去不久的太子妃给抱了回来。

而那位温婉娇弱的太子妃，正怒气冲冲地说着什么，被面色阴沉的太子紧紧按在怀里，连挥动的手臂都一起被制住了。

宫人们都不敢出声，无人敢去拦。见太子朝寝殿走去，眼疾手快的宫人忙要去开门，不等赶去，就见平日温和有礼的太子，抬起一脚踢开了门，步子都不带停顿的。

宫人默默去关上了殿门，和周围人面面相觑了一会儿，招手示意都退远点，准备好沐浴的热水……

小满被周攻玉摔到床榻上的时候，好在身下是柔软的被褥，除去脑子蒙了一下，倒是没有感到疼痛。毕竟周攻玉的表情，让她险些以为他要动手了。

她撑着手臂要起身，又被周攻玉按了回去，随后便熟练地解她的裙带。

"你想做什么？放开我！"她语气慌乱，胡乱地要去推他，被周攻玉攥住双手桎梏在她头顶，扑腾个不停的双腿也被压制住了，"我不要，别碰我！"

"小满，与我生个孩子吧。"

周攻玉的指尖冰凉，触到小满腰际的那一刻，她身子颤抖个不停，下一刻便哭得像是受了天大的委屈。

周攻玉无奈地松开她，启唇道："方才……"

话语戛然而止，一支簪子刺进他胸膛，猩红的血在苍青色的衣料上扩散，像是洇开了一团浓墨。尖锐的痛感随之清晰，他这才发觉，自己是真的吓到了小满。

小满握着簪子的手颤抖着,发丝被泪水打湿,凌乱地贴在颊边,看着可怜极了。

"你要杀了我吗?"他抽去小满手中沾了血的金簪,随手一扔。金簪落地发出的清脆声响,似乎唤醒了她的理智。

周攻玉甚至忽略了疼痛,只是静静地看着她,那一刻他似乎有很多话想说,眼中分明满是伤心难过,最终却还是忍了下来。所有强装的凶狠与冷漠,还是在她的眼泪面前卸了下来。

"对不起,方才我只是气急了想吓吓你。"他揩去小满眼下的泪水,"不是真的要欺负你。"

"你解我裙子……"她抽噎。

周攻玉只能将她的裙带重新系好:"只解了一半。"

小满看向他胸口的血迹,别过脸,避开了他的手:"我不信你了,我不相信你。"

他的手伸到一半又顿住,目光落在染了血的簪子上:"我将你的避子汤,换成了补身子的汤药。"

"我前几日喝过了避子汤。"

小满听到他的话,猛地抬起头,瞪大了眼睛望着他:"什……什么?"

"你身子不好,不能喝,换我喝便是了,何苦要瞒着我。"

周攻玉无奈地扯出一抹苦涩的笑,鲜血染红了一大片衣襟:"小满,别生气了,我真的只是吓吓你。"

周攻玉又回想到了那一日,太医告知他小满在喝避子汤。那一瞬间,也曾有愤怒涌上心头,将他的理智和冷静燃烧殆尽。

只是忽然发现,他怕的不是小满会离开,而是她从未有过动摇。自始至终,都是他一人在维持着二人之间脆弱到一碰就碎的感情。

他想要走向她,可她不肯移动半步。

"太子妃体弱,是药三分毒,太子殿下还请三思。"

徐太医对小满说的话,林秋霜也一定说过,可她仍是坚持要服用避子汤,日日防备,不愿怀上他的孩子。

他已经做了许多,却始终留不下小满。

徐太医目送失魂落魄的太子离开,刚叹了一口气准备转身,就见他又折返回来,这一次,他说:"重新开一服避子汤。"

徐太医愣了一下,恭敬道:"太子妃她……"

"是我喝。"

好在小满的力气不大,慌乱中刺向周攻玉的那一下并未伤及要害,只是刺伤了皮肉。

周攻玉并不想让其他人知道,也只是草草上了药了事。染血的外袍被丢在地上，小满望着那片血迹发呆了许久，最后捂着脸呜咽出声。

"求求你……别再逼我了，让我走吧……"

她瘦弱的肩颈随抽泣声不断轻颤着，桃粉的衣衫凌乱地堆叠在身上，像是一朵被摧残的花。

周攻玉的伤口处也像是有冷风灌着，透出冰凉刺骨的寒意。他问："真的这般想离开，就不曾有一刻，想过要为了我留下来吗？"

小满没有回答，周攻玉跪在她身前，轻声道："可我想过要为了你离开，抛下一切随你走。

"我想过的，小满。"

她愣怔地抬起头，通红的双眼盯着他，脸上满是不可置信。

"离开？"

周攻玉轻轻将头靠在她肩上，疲倦地叹了口气。

他不在乎太子，不在乎储君，也不在乎父皇和母后的期望。

"我也被困住了。"

从生下来，周攻玉就被困死在了这座皇城，注定将这条命都扎根在这里，日复一日，做着令他生厌的事。

随着天气变冷，朝中局势也是风云变幻。

表面的平静，却掩盖不住底下的暗潮翻涌，夹杂着狼子野心，和皇室宗亲的算计。太子将许多事宜交给平南王，引起了许多臣子的不满，连江所思都对此颇有微词。

迟来的兄亲弟恭，只会使人更加不安。

许家是百年望族，即便被砍了枝丫，也挡不住深埋地下、早已绵延百里的根脉。即便身为太子，想和许家作对，也注定不是什么轻易的事。

皇上将这一切看在眼里，却又无法制止些什么。如今朝政是太子把持，他不过挂个名头，偶尔说上几句话罢了。若不是皇上对许家忌惮，以他对惠贵妃的宠爱，岂会这么多年才封个贵妃。他能做的，也只有保住他们母子平安无事。

江若若的肚子一天天隆起，约莫等到年后就要生产。周定衡对她百般呵护，也不让她再出去乱跑，只有小满时常出宫去王府陪她。

平南王府除了江若若一位正妃，还有两个妾室，平日里也十分安分，江若若无聊的时候还会与她们说说话。

小满看到两个妾室的时候，也曾问过江若若是否会吃醋，江若若却说："男子有个三妻六妾实属平常，王爷比起旁的男子已是十分好了，惠贵妃也没有为难我，府里也十分省心。其他皇室宗亲，谁人后院不是十个八个的女人，更别提陛下，后妃更是数不清的……"

江若若说着便停下了，又道："太子殿下独宠你一人，兴许是有废弃后宫的意思，你也不必忧心。"

"我知道,我不忧心的。"

自从与周攻玉争吵过后,从前横亘在二人之间那层隐约看不见的隔阂也消除了。从那以后她没有再喝过药,都是周攻玉喝。

要么不行房,要么选择喝避子汤。周攻玉在这一点上,从来都是毫不犹豫地选择后者。

小满这个太子妃,依旧和从前一样,外界对她有诸多猜测,却也因此愿意去了解女学。离经书院的学生比从前更多,甚至还买下了隔壁的院子,有更多女孩去书院求学,甚至有已为人妇的也来读书习字。而那些富贵人家的姑娘,大多请有先生,也会如寻常人一般,认为女子不必读书。

朝中对于小满的议论,也暂时转移到了李遇的身上,风头盖过了男子,自然是要被排挤的,只有少数开明的朝臣会正常地待她。

李遇的存在似乎激励了书院的学生们,让她们也认为自己能通过考取功名,与男子一般当官入仕。

白芫将小满的变化看在眼里,从书院的夫子到东宫的太子妃,这个身份似乎没能给她带来什么改变,只带给了她委屈无助的眼泪。

而周攻玉,从小满回京开始,他就已经不再是从前的太子殿下了。似乎有一层面具,从他身上慢慢剥离。

快入冬的时候,小满命人将睡莲下游弋的两条锦鲤捞起,送到湖里放生了。

鱼游走的时候,她就站在那儿看了许久,眼中有隐隐的期盼,好似她能同这游鱼一般远走似的。

天一冷,本就体弱的凝玉公主又开始卧床不起。

惠贵妃虽不是她生母,却是从小将她养在身边的,因为此事也郁郁寡欢了许久。等到冬至的时候,也不知听谁说可以去寺庙祈福,非要去淮山寺为凝玉求个福祚。

周攻玉去过淮山寺的消息也不知被谁传了出来,惠贵妃还亲自来问过他,淮山寺是否灵验。

小满的护身符是除夕的时候,周攻玉连夜上山求来的,灵不灵验他又如何得知。而惠贵妃笃定连太子都去的佛寺,一定是最灵验的,于是更坚定了要去淮山寺的决心。

冬至是情人相聚的时候,皇上因对惠贵妃的宠爱,乔装成了普通的富贵人家,与她一同去淮山寺礼佛。皇后却被孤零零地留在宫里,心中必定是少不了怨恨。

江若若因为有身孕不能出门,小满身为太子妃,也不想在周攻玉和许家抗衡的时候出门,以免惹来一身麻烦。

天气寒冷,她便窝在殿中看书,周攻玉在一旁将温好的茶递给她。

"淮山寺的阶梯那样长,皇上为何肯答应惠贵妃?"

周攻玉慢条斯理地饮过了茶,才缓缓答道:"父皇珍爱惠贵妃,与她在一起便觉得心中欢喜,淮山寺的长阶自然不算什么。即便他是皇帝,在爱一个女子的时候,同常人也是一样,并无不同。"

说罢后,他幽幽地叹了口气:"可惜我冒着风雪,走过千级石阶为你求来的护身符,被你随手丢弃。"

小满辩解道:"我也不是故意的,丢了之后我还找了好几日没敢告诉你,最后不是被你找到了吗?分明是不见了,怎么能叫丢弃呢?"

周攻玉没说话,目光停在书案上的枯枝上。

小满奇怪地问:"你为何要在瓶子里插一根树枝,还放了许久,是有什么用意吗?"

他轻笑一声,答非所问。

"去年的冬至,你去找韩拾整夜未归,今年我们一起过。"他看向小满,烛火跳动,明暗在他脸上交错,"往后也要一起,年年都不分开了。"

当日花朝节,原本送给韩拾的玉兰花,最终还是落到了他手上。能与小满长久的,也只会是他。

// 第十二章
紫藤

深夜的时候,似乎发生了什么急事。

小满窝在暖和的被褥中睡得正香,被披衣起身的周攻玉惊醒,睡眼惺忪地问了一句:"怎么了?"

周攻玉本来有些紧绷的心,忽然就松软下来,替她掖了掖被子,安抚道:"无事,你好好睡,不用管这些。"

见他神态平和,小满也不再多想,往被子里拱了拱继续睡。

一直到第二日,她才得知就在昨夜,发生了一件天翻地覆的事。

惠贵妃与皇上在淮山寺遇刺,因为夜里山路崎岖,惠贵妃被追杀时,不慎滚落山下。

被找到的时候,惠贵妃的头和腰腹都在流血,不等寻到大夫便咽了气。

皇上清晨回到宫中,惠贵妃的尸身被他抱在怀中,已经变得冰冷。他悲愤至极,回宫后不等见过周攻玉,便先冲向皇后的寝殿,二话不说便扬手打了下去,扬言要让她为惠贵妃偿命。

以往皇上尽管不爱皇后,也是给了她敬重的,从未做过这种事。皇后一时气急,顶撞皇上不说,还称惠贵妃是死于报应。

惠贵妃的死将整个皇宫搅得一团乱,若说最嫉恨惠贵妃的人,那一定是皇后。

也因此有人将此事怪罪到了周攻玉头上,只因惠贵妃来问过他,淮山寺是否灵验。

震怒过后,皇上又守着惠贵妃的尸身,忽然呕了一口血,倒地不起。

众人又乱作一团,叫太医的叫太医,抬皇上的抬皇上。

周攻玉揉了揉眉心,叹了口气,转身看到小满。

"你来这里做什么?"

"到底是怎么回事?"她靠近皇后寝殿的时候,还能听到里面有女人崩溃的哭声。

皇后虽然一直被冷落，可这么多年，皇上到底也没有对她动过手。

"昨日刺客对惠贵妃下手，父皇怀疑此事是母后所为，不知是听信了谁的谗言，竟认为我也从中作梗，想除去他和惠贵妃，好早日登基。"周攻玉说完，殿中的哭声越发凄惨，连他都听不下去了。

小满想了想，低声道："可是许家？"

他揉了揉小满的头，没有说话，算是默认了。

太医为皇上诊治的时候，皇后正在殿中哭泣，而惠贵妃的尸体已经梳洗整齐，送进了棺椁。

昨日是情人相聚的日子，却生了这种使人心碎的祸事。

皇后从小便高傲尊贵，从不肯在外人面前低下头颅，就算哭得再难看，也不想被人看到。

周攻玉并没有要进去安抚的意思，拉着小满要走，却被她扯住了。

声音从紧闭的门缝漏出来，凄凄婉婉的沙哑哭泣，听得人骨头发酸。她还从未见过皇后这般失态，想了想，还是说："皇后只有你了，去陪陪她呀。"

周攻玉回身看了眼紧闭的殿门，问："母后待你不好，你可怨恨？"

小满摇头："不喜欢我的人有许多，若都要怨恨，活着未免太辛苦。往后日子那么长，回想起来，那点不好也没什么。可她是你的母后，你不一样的。"

"我知道了。"周攻玉牵住她的手，"随我一起去看看她吧。"

推开殿门的时候，光线从门缝漏进去，照见了沉浮的灰尘。

光线与灰尘中，一身华服的皇后正颓废地坐在地上，泪痕未干的脸颊，有一块明显的红印，显然是被皇上掌掴了。见到自己儿子来，这位强势偏执的女人，头一次露出了脆弱无助的表情，抬起蒙眬泪眼看着他。

"阿玉，你父皇他打我……"皇后呜咽着说完，眼泪又止不住地往下流。

周攻玉蹲下去要拉皇后起身，却被她哭着抱住了。

"他竟然打我……可我才是皇后，我才是他的妻……方才他还想杀了我……"皇后的发冠歪斜，发髻也凌乱得不成样子，挂在周攻玉肩上哭得不能自已，毫无仪态可言。

周攻玉也从未见过这样的母后，像是变了个样子，剥去了坚硬的外壳，变得脆弱普通，成了一个需要依靠儿子的母亲。以往所见的她通常是威严端庄的，也会因为惠贵妃而歇斯底里，却没有哪一次如现在这般，无助地抱着他，像是溺水的人抓住了一块浮木，绝望地哭着向他诉说自己的委屈。

他第一次觉得，母后也是需要他的。

周定衡进宫来找周攻玉的时候，面色阴沉到旁人不敢靠近，与从前和颜悦色的他判若两人。

遇见小满后，他才微微缓和了脸色，冲她点了点头，算是行礼了。

"平南王节哀。"

周定衡面色悲痛，又不知该如何言说。

周攻玉从书房走出，唤了他一声："定衡，你进来。"

周定衡的面色"唰"地就变了，看上去又气愤又伤痛，加快步子走向周攻玉，紧握拳头的样子让小满担心他会和周攻玉在书房打起来。

望见她担忧的面色，周攻玉觉得有些好笑，却还是安抚了一句："不要胡思乱想。"

等二人留在书房商议的时候，小满让人拿着一些送给凝玉的物件一起离开东宫，边走边问白芫："太子殿下真的不会和平南王打起来吗？要是打不过怎么办？"

白芫已经习惯了小满奇奇怪怪的想法，还认真地思考了一下他俩打起来的样子，一本正经道："太子殿下的御射皆在平南王之上，又有阿肆自小陪伴，武艺自然也不落下风。若是打起来，应当是平南王吃亏。"

小满"啊"了一声，面色非但没有变好，反而更愁了："那他打了若若的夫婿，若若会不会和我生气？"

白芫笑了一声，答道："奴婢只是说说而已，殿下和平南王都是聪明人，自然不会轻易受人挑拨。"

小满想了想，又问道："那他小时候没有与人打过架吗？姜驰小时候总是和郭守言打架，还喜欢朝我扔石头。"

白芫仔细思考了一下，说："我从前只在暗中为太子殿下办事，不像阿肆一般陪伴太子左右，对这些也不甚了解。但听阿肆说起，太子年幼时也曾与平南王起过争执。陛下宠爱平南王，使他自小就有些骄横，对殿下言语冒犯，殿下不予理会，平南王便先动了手，后来殿下气急才拿砚台砸了他。二人都有伤，被太傅告到陛下那里，却只处罚了殿下一人。"

言罢，白芫又疑惑道："这些事太子殿下不曾说过吗？"

小满摇了摇头："你这么说我才想起来，那时候我还小，记得不甚清楚，他额头上有伤，来找我的时候都沉默着不说话，问了便说是无意摔伤的，我也没有多问，想必就是因为这件事。那皇后娘娘呢，她没有护着太子吗？"

"听阿肆说，皇后也责骂了殿下，自此以后殿下再不与平南王争执，无论何事都自己承受着，也不和旁人说。"话说到一半，白芫顿了顿，"除了太子妃。"

小满一哽，忽然就忘了自己想说的话。

她其实能理解当时的周攻玉，就如她拼命学着姜月芙的样子去讨好姜恒知一样，根本就是无用的。姜月芙和周定衡都是被偏爱的那一个，只是好在周定衡小时候胡闹，长大后入了军营变得稳重许多，而姜月芙却因为母亲的溺爱一步步走错。

"不说了，还是去看看凝玉吧。"

惠贵妃身子不好，生下周定衡后就落了病，后来又生了一位小公主，未足月便夭折了。凝玉在惠贵妃身边长大，从小也是锦衣玉食，没受过半点委屈。

如今惠贵妃突然离世，还在病中的凝玉哭得嗓子都哑了。

小满到凝玉的宫殿时，便见到她正伏在床头，哭到肩膀一抽一抽的。侍女来报说太子妃来了，也不见她有反应，只等小满走近的时候，才抬起红肿的眼。

"皇嫂……"

小满并不擅长安慰人，更不知道如何哄凝玉这样的小姑娘，只能回想周攻玉每次哄她的模样，俯身去摸了摸凝玉的脑袋："惠贵妃会保佑你的。"

"若不是……若不是为我，就不会去淮山寺……母妃就不会死，是我害了她。我本来就活不长，克死了生母，又害死了母妃……"凝玉哭得太难过，说话也口齿不清，见到小满来了就像见到依靠般，被摸了两下就往她怀里钻。

小满胸前的衣襟被打湿了大片，轻轻拍着凝玉的后背，一直等她的哭声慢慢平静下来，最后只剩起伏的呼吸声。

不知过了多久，凝玉小声地说："我没有母亲了……我把她害死了。"

对凝玉来说，惠贵妃才是她的母亲。

小满却说："我的娘亲也不在了，她对我甚至不像惠贵妃待你那般好。我过去一直认为她很厌恶我，动辄叫我去死，也很少对我笑。我长这么大，她只为我过了一次生辰。那一次之后，我的生辰便成了她的忌日。直到现在我也说不清楚，她到底是否爱我。她冷漠地看着我长大，却又盼着我能好好活下去。你与我不同，惠贵妃对你的爱护众人皆知，她也是真心待你。她若在天有灵，也必定不愿意让你因此内疚，她会希望你好好活着的。惠贵妃那么喜欢你，重来一次，必定也会希望你做她的女儿……"

世上最好的安慰，永远都是两相对比之下，让她觉得自己的苦难不过如此。

就像是在人受伤的时候，将自己的伤疤掀开，露出鲜血淋漓的一面，笑着安慰道："你看，我比你还要痛。"

小满不知道如何安慰人，只会笨拙地用自己的方式来安慰凝玉。而说完后，凝玉果真缓和了下来，甚至还问她："你的母亲为什么待你不好？"

小满摇了摇头。

她自己也说不清楚，大概是爱屋及乌，也恨屋及乌吧。她是姜恒知的血脉，是导致陶如悲惨一生的引子，才会令陶如看着她便心生厌恶。

"那她待你不好，她死了你也会难过吗？"

小满没有想到凝玉会问这些，苦笑了一下，答道："我只有一个娘亲，当然会难过。"

凝玉是公主，有父皇也有皇兄疼爱。她所拥有的只有那么一点，却直到陶如死去，才发现自己也是被爱着的。

凝玉本是被安慰的那一个，如今又反过来和小满说："那你日后有皇兄了，皇兄是世间最好的男子，他一定会对你好的。"

"嗯。"

天色暗下来，小满估摸着也该回宫了，凝玉却抱着她的手臂不放，啜嚅道：

315

"母妃死了,我怕……"

白日里凝玉去见过惠贵妃的尸身,等浓烈的悲伤过后,到了夜里忍不住开始后怕。

小满犹豫了一下,一见凝玉眼睛还红通通的,很快又心软了,和侍女吩咐道:"和太子说一声,今夜我不回去了,在这里陪凝玉公主。"

周定衡从东宫离开后,周攻玉便一心等着小满回来,一直等到夕阳西沉,心中慢慢浮起了焦虑,而小满还是不见回来,只让一个侍女来传话,说是她今夜要陪凝玉。

成婚后,周攻玉没有一夜不是与小满同榻而眠,甚至怀里没有她就会睡不安稳。在侍女说完后,他微怔了一下,没有说什么。凝玉毕竟是个娇滴滴的小姑娘,他总不好这个时候还要将小满抢回来。

因为凝玉病体未愈,宫人担心凝玉将病气过给小满,倒是她自己不大在意,两人同榻而眠,只是不在一个被窝里。

夜深的时候,殿中静悄悄的,小满又听到了一旁响起抽泣的声音,显然是努力在憋住,却还是无法掩饰。

"睡不着吗?"

小满侧过身看向凝玉,又开始宽慰她。

说着说着,凝玉便钻到了她的被窝里,虽然是折腾了一番,好在没有继续哭了。

第二日一早,不等小满起床,便有宫女来通报,说太子来接她回去。

她小心翼翼地穿好衣服出门。

周攻玉紧皱的眉头,在看到小满的一瞬便舒展了,他快步向她走来,一言不发就将她抱在了怀里,迷恋一般深吸了口气。

小满被抱住,能感受到他怀中带着晨间的寒意,似乎是站了许久,衣料都是冰凉的。

"怎么不在东宫等我?"

周攻玉缓了缓,贴在她颈侧:"你不在我睡不安稳,昨夜便想来了,恨不能将你抱回我的榻上。"

小满听到他就在此处说这羞人的话,便扯了扯周攻玉的袖子,低声道:"我们快些回去吧。"

周攻玉难得听她急着要回东宫,神色微微一变,仍是温和地笑:"好,我们回去。"

惠贵妃下葬的时候很冷,皇上因为悲痛过度卧床不起,却还是在这一日颤颤巍巍地起身,让宫人搀扶着走到棺椁前。原本康健的他在几日间头发花白了大片,看着像是老了十余岁。威严的一国之君伏在棺上号啕大哭,闻者无不叹息落泪。

虽然没有明说，但宫中也渐渐有传闻，说刺客是周攻玉的人。这些捕风捉影的谣言到底是有了些影响，无论听着再怎么离谱，总有人会相信。

淑妃是四皇子的母亲，如今整日服侍在皇上身边，穿衣打扮都学着惠贵妃的模样。

太子尚且年轻，纵使有聪明才智，也无法轻易撼动权臣世家百来年培养出的根基。他背后的支撑是许家，能控制他的也是许家，若不想再受到任何摆布，只能除去野心勃勃的许家人。

那是周攻玉的支撑，也是他的血脉亲人，此举无异于壮士断腕，注定是要让自己陷于危险的境地。

惠贵妃的离世并没有改变什么，影响最大的应该是皇上，他颇有些神志不清地说胡话，甚至开始思索着退位的事，想将皇位交给周攻玉，自己去淮山寺为离世的惠贵妃祈福，以求二人来世再做夫妻。

年关将近，看似平静的朝堂实则波涛暗涌。

而自从程汀兰和姜月芙相继离世后，姜恒知的身体也越来越差。他曾经对小满另有所图，直到妻离子散，白发人送黑发人，权势名利都远去后，他才像是终于看开了这些东西。

也正是因此，直到重病不起后，他才让人去宫里给小满传了话，让她回姜府一趟。

小满要去一趟平南王府，权当顺路，便没有拒绝。路上，周攻玉派了好几个暗卫随行，以防有人对她下手。

姜府和原先没什么不同，只是府中服侍的下人少了许多，府里冷清得让人心里发慌。

就像姜恒知对她别无所求一样，她对这个父亲，也早就别无所求了，只是觉得失望而已。姜驰穿着一身玄色的衣袍，站在一片阴翳中，身形消瘦，目光森冷，像是游魂，乍一看还会吓到人。

小满和他目光对上，立刻就移开了，走进屋去看望姜恒知。

她以为姜恒知是真的想见她，只是没想到他是真的病糊涂了，和皇上一样，白日里就开始说胡话了。她刚一走近，便听他喊了姜月芙的名字。

"月芙……月芙来了？"

小满沉默片刻，答道："是我，小满。"

姜恒知表情一愣，露出恍然的神色，片刻后垂下眼，似乎还有些落寞，长叹了口气。

"小满啊……我忘了，我糊涂了，对不住你。"

"对不住我什么？"小满的语气没什么起伏，也称不上失落，她很早以前就学着不抱有期待了。

姜恒知睁着混浊的双目，呆呆地看着帐顶，像是在回望自己的过去："我前几日总梦到很久以前的事，我还梦到了你娘，她站在花丛里说了什么，我还没听清她就跑了，跑得很快。前面有个水潭，我想追上她，可无论我怎么喊，她都不停下，就一直跑，跑到了潭水里。"

他闭了闭眼："我都快忘记她笑起来是什么样子了。小满啊，你笑一笑，你笑起来和她一模一样……"

小满面无表情地看着姜恒知，嗓音冷硬："忘了就忘了吧，何必还要刻意去记起来。"

姜恒知也不介意她的冷漠，像是在找一个倾诉对象般，自顾自地又开始说："还有汀兰，月芙的娘亲，我怎么会负她……我分明爱她，我分明是想与她白头偕老。汀兰温柔善良，从未害过人，最后却落得这种下场。我身边的人最后都不得善终，为什么……"

小满想起程汀兰被姜月芙误杀时，姜恒知怀里还抱着林菀，顿觉讽刺，反问道："是啊，为什么呢？"

小满微微压低了身子，小声说："她定是真心爱父亲，死前最后一眼都是看着你，而你却在看林菀。我以为她才是父亲的此生挚爱，然而凶险之际，被你抱在怀中安抚的却是林菀，不是你珍爱的夫人。"

想来实在可笑，林菀是故意接近姜恒知，孩子也并非他亲生，甚至还设计让姜月芙染上"百花泣"。

林菀似乎是个禁忌，提到她，姜恒知猛地睁大眼，呼吸忽然加快，扯着纱幔的手用力到颤抖，似是怒极，又无能为力到了极点。

小满淡淡道："怪我吗？可我什么也没做，我甚至不曾想过要报复任何人，只是想好好活着而已。父亲的冷眼、姜驰的欺辱，还有身上的无数疤痕，我都不曾计较。'百花泣'不是我让姜月芙用的，林菀也不是我让父亲迎娶的，连姜月芙想杀了我泄愤，也只不过是我没有用自己的血救她。你看，其实说来说去，都是自作自受。"

想到进门时姜恒知喊的那声"月芙"，她又觉得可笑，遂站起了身。

"许久不曾叫'父亲'，其实我自己都有些不习惯。"她转身要离开，姜恒知猛地咳嗽起来，门外的姜驰不知站了多久，立刻冲进来扶住了他。

姜恒知没有看姜驰，喘了几口气，说道："你恨我？"

小满像是看透了一样，冷眼望着姜恒知苟延残喘的样子："是父亲恨我。"

姜恒知愣了一下，忽然大笑起来，苍老沙哑的笑声，更像是枯树被狂风摧折时发出的悲鸣。

"我早该明白。"

小满从来都是这样，看似温柔乖巧，却又比谁都坚强冷硬，她其实什么都清楚。

姜恒知恨自己，却也恨小满。

恨她的存在让周攻玉变了心，恨她不肯救自己的亲姐姐。

小满离开姜府的时候，姜驰送了她一小段路，二人并未说什么，只在离别之际，他冷不丁地开口："父亲让我提醒你，近日在宫中凡事小心，少出宫为好，许家人都在盯着东宫。"

"知道了。"

对许家而言，无法掌控的太子即便有许家的血脉也是无用，因此将目光放在其他可扶持的皇子身上也是必然。若淑妃想铤而走险扶自己儿子，必定会和许家联手。

小满从平南王府离开，回到东宫的时候才知道周攻玉中毒这件事。

皇后身边是许家的人，东宫也难以避免。

许家恨死了周攻玉，要对付他，连周定衡也要一起除去，才能扶持四皇子上位。惠贵妃死在许家人手上，怎么看周定衡都不会与他们一起对付周攻玉。何况有了周攻玉这样的前车之鉴，再要扶持谁，也要找个软弱平庸的皇子。

太子病重的消息已经努力遮掩，却还是传了出去，几日不上朝，朝臣们纷纷猜测他是否真如传闻所说，已经病到无暇顾及朝政。

许家的势力也在此刻开始搅浑水，站出来说要立储君，首选就是平南王。

此举必定让周攻玉猜忌周定衡，最后再名正言顺找个理由铲除他，好嫁祸给周攻玉。

小满卧在周攻玉怀里，听他讲话本子的时候，外界正对他的身子骨议论纷纷，好似他已经病重到迎风咯血。然而这个人昨日在榻上还十分精力旺盛，折腾得她在冬日出了一身热汗。

周攻玉又念完一页，将书合上，亲吻她的后颈，低声道："近日京中不太平，定衡想将若若送走，你也去吧。等事情解决，我带你去看淮山寺的梅花，我们一起去求平安符。"

"还要多久？"

"快了。"

起初，小满以为要等年后才离开，可她没想到会来得那么快，甚至未及过除夕，周攻玉就已经将一切安排妥当。

江若若的肚子高高隆起，鼓圆的样子让小满有些担忧。肚子太圆了，就像是熟透的瓜，让人觉得脆弱，稍有些磕碰就会裂开。小满对待若若，就像是对待一只瓷娃娃般小心翼翼。

她觉得自己好像还很小，可与她一般大的若若，已经从原先灵动爱笑的小姑娘，成了一个稳重的母亲。若若低头看向自己浑圆的小腹时，眼中溢满了温柔与期待。

小满不太懂这些，自然也无法感同身受，去体会江若若即将为人母的心情，但她也会忍不住去想，当初陶妪生下她之前，会不会有一刻也是这样，温柔地注视自己的腹部。

许家和太子翻脸是早晚的事,只是周攻玉下手得猝不及防,将自己的舅父逼到狗急跳墙,为了保住许家的荣华可以做出任何大逆不道的事来。姜恒知在的时候,权臣相争,却也互相制衡。周攻玉难免要被二者牵制手脚,如今只剩许家,他们的狼子野心再难遮掩。

周攻玉是被这些人从小教养长大,也一脉相承了他们的心狠手辣,对待手足毫不留情。

小满和江若若被暗中送去一个隐秘的山庄,等到一切平息后再回京城。

临走前,江若若又陪小满回了趟姜府,第一次看到她长大的地方。

周攻玉病重的事不胫而走,连姜驰都状似无意地向她打探,可想而知许家会趁此机会如何下手。

小满是周攻玉唯一的软肋,所以要护着她离开,将她送去不会被脏血沾染的地方。

除夕的时候,平静终是被打破了。

夜里不知何时开始飘的雪,薄薄的一层白堆积着,慢慢地压到枝叶低垂。

许家称太子谋害惠贵妃,逼迫皇上退位,还派了刺客去杀害周定衡。一堆莫须有的罪名砸上来,将皇后惊得脸色惨白,几乎是颤抖地走向自己的兄长。

她没有想到有一日,要看着她的母族将刀刃对向自己的儿子。桩桩件件的罪名加上来,不是剥夺周攻玉的太子之位,而是要让他死。

死寂的宫城,最终还是响起了兵刃交接时的撞击声,在风雪中格外冷硬。

许家走到今日的地步,也有他在背后推波助澜,逼着他们破釜沉舟,互相撕破脸皮。因此今日看着自己的舅父做出逼宫造反这种事,他真是一点也不意外。

只不过他的母后对此十分悲恸,哭着喊着要让国舅停手,见无济于事,又抓着周攻玉的手臂说:"你舅父他们只是一时糊涂,阿玉你是好孩子,他们都是看着你长大的,放过他们吧……"

细雪就像是白墙上刮下来的灰屑,飘散着模糊了人的视线。

周攻玉撑着伞站在高台,看着越逼越近的反贼兵马,回答她的话:"母后说笑了,舅父一路闯到含元殿,怎么看都是让他放过我才是。"

"你是他的外甥,他只是一时糊涂想不开,不会怎么样的。我一定好好劝他,不会的,许家不可能造反……绝不可能……"

周攻玉听她自欺欺人的说法,只觉得可悲又可笑:"母后身为皇后,许家造反,要除去你的儿子另立太子,可曾想过会置你于何种境地。需要的时候是亲人,不需要时便能狠心除去,舅父一向如此。怎的身为许家人,只有母亲如此糊涂?他们给了你什么?"

皇后抬起脸,看向朝着含元殿一步步走来的将士,以及她几位面色不善的兄长。

淑妃为了送四皇子上位和许家联手,动用了所有兵马来逼宫,似乎是笃定周攻玉中了毒,如今正好拿捏,选择在除夕这一日强行逼宫。

皇后泪流满面地冲着逼近的国舅,哭喊着让他们停手。

国舅面色阴沉,瞥了她一眼,厉声喊道:"让你做了皇后,却只能做到如此地步,无能。许家荣华了百年,却不想如今要断送在你们母子手中,日后还要落得个逆贼的名声。你若真的心中有愧,不如带着周攻玉自戕,告慰先祖。"

来自家人的冷言恶语,远比腊月的风雪伤人,将皇后心中仅存的希冀冻结。

周攻玉站在玉阶之上冷眼看着,甲胄刀剑反射出的锋芒映在他眼底,使他平静的神色都显得凌厉。

"母后也听见了,舅父在做这些之前,可是想要连你一同除去。许家存,我们都会死。母后可知为何父皇无法像对惠贵妃一般待你?试问有许家这样的存在,父皇如何敢与你交心?"

皇后愣怔了片刻,又忽然发狂地大笑起来,脸上泪痕未干的样子,看着似疯似癫,宫女见了都去扶她。

周攻玉抬了抬手,吩咐道:"带皇后去歇息吧,这些场面入眼,无非是给自己添堵。"

皇后被宫人扶着走了几步,又回头朝着周攻玉嘶喊:"可本宫姓许!本宫是许家的人!他是你的舅父啊!"

周攻玉闻言并未回头,仍旧一动不动地站着。

国舅遥遥地望向他,看不清他脸上的表情,心中竟生出了些许慌乱。

他看着周攻玉长大,教导周攻玉无数道理,也教周攻玉如何处置碍事的杂碎。周攻玉无论面对何事,脸上总是一成不变的淡然,似乎早已胜券在握。若周攻玉真的病重,此刻更该留在东宫,又岂会在此地早早等着他来。

雪越下越大,早已备好的人将国舅的兵马截断。雪花落在冰冷的刀剑之上,和猩红的血融在一起。

小满裹紧了斗篷,和白芷一起在后院折蜡梅,想在雪下大之前,采了花插到江若若房中的花瓶里。正在这时,有下人来报,说山庄闯来了一个人,声称是她弟弟,如今已被制住,想让她去看一眼。

小满以为是有人胡诌来骗她的,哪知去了,才发现真的是姜驰。

姜驰面上满是焦急,见她来了立刻要挣脱身边人。小满挥了挥手,让人松开他。

小满警惕道:"你是如何得知我在这里?我分明不曾向你提过。"

姜驰没有先答她的话,而是说:"你的行踪暴露了,带着平南王妃赶快离开。我来找你的时候,瞧见了一队兵马,这才快马加鞭赶在他们之前找到你。"

小满看向他的目光中仍有怀疑，姜驰只好承认："是平南王妃的侍女在姜府说话，恰好被我听见，我才知道此地。"

周攻玉心思深沉，自然是千防万防，小满的身边人都是绝不可能泄密的。而江若若怀有身孕，坚决要贴身侍女随行，再三嘱咐后还是有侍女私下说漏了嘴。

意识到姜驰说的可能是真话，小满脸色立刻就变了，带着白芫朝江若若的屋子跑去。

江若若听到脚步声，皱眉道："外面下雪了，你快进来，要不然眼睛又该疼了。"

看到跟在小满身后的姜驰，她立刻变了脸，不悦道："他怎么会来这儿？"

"若若，有人来了，我们现在必须要离开。"小满说完，白芫已经去帮江若若收拾东西了。

江若若整个人都傻了，疑惑道："有人来了，他们要做什么？"

小满也没空回应她，将斗篷往她身上一披，扶着她就要走："事情很急，已经耽误不得了，我们先走。"

江若若坚持要带上自己的贴身侍女，小满也不反对，只是几人还未出山庄的大门，便有一支羽箭破空而来，深深插进廊边的木柱上。箭身晃动着发出嗡鸣，犹如勾魂的葬歌。

江若若被吓得大叫一声后，立即捂住了嘴，侍卫们齐齐守住山庄，对小满说："禀报太子妃，逆贼逼近，还请太子妃随属下另寻他路。"

姜驰面色骤变，拉着小满的手臂，厉声道："你先不要管旁人，他们定然是冲着你来的，我带你先走。"

小满听到这番话怒道："她不是旁人，何况逆贼想要谋反，势必不会放过平南王和他的王妃。若若要是落在他们手上，下场不会比我好多少。"

雪不知何时下得越大，若若听到小满的话，心跳得飞快，眼泪都要出来了。

她安安稳稳地长大，从未经历过这种事，完全是不知所措，只知道跟着小满，又怕自己会拖累她。

小满见她害怕，安慰道："我们一起走，不要害怕，山庄有数百精兵，定能保你安然无恙。"

姜驰见状，也自知无法劝动她，脸色越发阴沉。

侍女在前面扶着若若走，小满低声问他："你可见到了有多少兵马？"

"目测不过千人，他们此时对你出手，必定是京城已经有所行动，太子如今自身难保，根本救不了你，你明白吗？"姜驰的语气中带了几分咬牙切齿的愤恨，"你嫁给太子，便永远过着如履薄冰的日子，可真是会选！"

小满被他说得也是心中窝火："现在说这些有何用，能不能闭嘴？"

姜驰冷哼一声，推着她往前走。

"啊！"

前方忽然传来一声痛呼,小满连忙跑去,看到江若若摔倒在地,捂着肚子面色痛苦地呻吟着,而扶着她的侍女则是面色惊恐,无措地看向小满。

小满去扶住江若若,强装镇定地让人去把稳婆叫来接生。等将江若若扶进屋子的时候,她才发觉自己的手都在颤抖,听到江若若止不住的惨叫声,更是遍体生寒。

江若若突然要生产,外面还有堵截的兵马,小满现在是真的陷入了绝境,无助感如潮水般一波波涌来,压得她喘不过气。

雪越下越大,如剪碎的鹅毛四处飞散,洋洋洒洒地落下,遮住了青黑的砖石。

皇宫的雪是脏污的,脚印和猩红的血混在一起,使本来干净纯白的雪地,发出难闻的腥气,看着令人浑身不适。

周攻玉为了今日已准备多时,几乎不费什么气力就平息了这场闹剧般的逼宫。

国舅被拿下的时候,依旧是姿态高傲,丝毫没有败者跪地求饶的丑态,对于输在周攻玉的手上,他虽心中有愤恨不甘,却也不得不心服口服。

他被押到周攻玉面前跪下,玉冠已经削去,发髻散乱十分狼狈。

周攻玉甚至只是平静地看着他,眼神既没有愤怒,也没有一丝不忍心。素净的长袍没有沾上丁点血污,站在飘落的飞雪中,好似一尊精美的石像,漠然地看着眼前的一切。

国舅抹去嘴角的血,问他:"你从前不是这样……究竟是何故……"

雪花落在周攻玉纤长的眼睫上,他眨了眨眼,淡声道:"舅父和母后为我选的路太过无趣,我厌了。"

"不是为了女人?"国舅冷嗤一声。

周攻玉瞥了他一眼,没有否认:"我本想留舅父一口气,但你三番五次让人对她下手,确实惹我不高兴了。除去许家是迟早的事,不是我也会有旁人,舅父心中应当比我清楚。谁坐上龙椅,于你而言其实并不重要,只要皇权依旧留在许家手中,母后与我都可以舍弃,不是吗?

"天子之道,在于制衡,这是舅父所授,我学得如何?"

周攻玉低声说着,语气中没有一丝一毫的得意,却让人觉得讽刺十足,听在国舅耳朵里,好似被人抽了耳光一般难堪。

国舅半晌没有应声,只恨恨地啐了一口,从牙缝中吐出两个字:"孽障!"

侍卫走上前想要将国舅押去处刑时,皇后忽然冲上前要扯开侍卫,朝周攻玉喊道:"你这是大逆不道。"

"造反是诛九族的罪,母后竟认为我才是大逆不道的人吗?"

被护在身后的国舅忽然冷嗤一声,对周攻玉说道:"你是最适合做天子的人,她迟早成为你的软肋。"

"我心甘情愿。"

323

"心甘情愿？"国舅笑得莫测，"舅父临死前再帮你一把如何？"

周攻玉脸色一变，忽然察觉到了什么，伸手想去拉走皇后，国舅强行夺下侍卫手中的长剑，不顾皮开肉绽的手掌，将剑横在颈上用力一划。

腥热的血喷洒一地，染红了大片雪地。

周攻玉纤尘不染的素袍上溅上了血，仿佛是衣袍上绣了艳丽的红梅，红得刺目。

皇后的华服也染红了大片，睁大眼望着倒下的国舅，所有话语都凝滞在了口中，眼前一阵阵发黑，只能被人勉强扶住站立。

雪越下越大，在地上铺了一层厚实的白。

换了从前，小满或许是喜欢这景色的，可她从未像今日一般厌恶下雪。

江若若摔了一跤，腹痛难忍，稳婆说江若若要早产了，不能再带着到处走动，也就意味着她必须要等江若若生了孩子再离开。山庄被许家的兵马团团围住，留在里面的人出不去，外面的人一时半会儿也进不来。

小满揉了揉发酸的眼睛，走进屋子去帮着稳婆为江若若接生。血水换了一盆又一盆，江若若的嗓音也由凄厉变得嘶哑，似乎是费尽了体力。

小满拿着布巾的手微微颤抖，又走了出去，问守在门前的白芫："如何了？"

白芫脸色同样凝重，答道："反贼攻打山庄，撑不过一个时辰了。"

小满脸色惨白，几乎能听到不远处兵马厮杀的声响。

姜驰深吸一口气，愤怒又无奈地说："姜小满，你不要犯糊涂，你才是太子妃，外面的人可都是冲着你来的，若是现在不走，就彻底没机会了。趁着现在山庄还有兵马支撑，我带你走。"

"姜驰，谢谢你。"小满摇头，"可我不该走，若若要活下去，我不能抛下她。"

白芫说："山庄还有一条偏僻的小路通往后山，那里应当没有多少人马，太子妃走吧。"

小满的目光触到白茫茫的雪地，酸涩得想流泪。她眨了眨眼，有些悲哀地说："我不能走，我一走，那条小路也会被发现，若若怎么办？我和他们走，让他们放过山庄，若若和你们能活下去。"

"不行！"白芫和姜驰同时出声。

白芫扫了姜驰一眼，对小满说："太子妃的性命便是我的性命，谁都可以死，唯独太子妃不能。"

姜驰忍无可忍，朝着房中的稳婆喊了一声："如何了？生出来了吗？"

稳婆也知道反贼来了，此刻更是焦头烂额，恨不得接生完立刻离开，没空搭理他。

雪花被风吹得乱舞，白芫看到小满眼睛通红，这才想起来她有眼疾的事，忙将她推进屋子准备替她找布条。

姜驰也发觉不对，问道："怎么回事？"

白芫向来不会回应外人的话，小满只好答道："有些眼疾，不能看雪地。"

"我怎不知你何时有的眼疾？"

小满听出姜驰语气中的疑惑和担忧，脚步微微一顿，轻声道："是离开姜府后的事，你自然不知道。"

她其实很疑惑，姜驰怎么突然对她好言好语，兴许是因为姜家现在就剩他们俩了吧。

小满走进房中，握住了江若若的手。江若若用尽全力，将她的手腕攥到发红，额头冒起了青筋，平日极其注重仪态的她此刻痛苦到面目狰狞。

山庄的兵马都用来抵御反贼，他们深知，太子妃和王妃一旦出事，他们都要陪葬，因此没有一人后退。

雪地被染红了，碎肉残肢散发着令人作呕的腥气。

江若若精疲力竭，终于诞下孩子。

高高隆起的腹部平坦了许多，腰肢却仍是比不得从前的纤细，她累得一句话都说不出，抱着小满流泪，几乎哭不出声了。

她方才在生产时疼得快要发疯，心中也恐惧到恨不得死去。她是个拖累，可能会害死小满，可她又害怕小满真的抛下她离开，因此抓住了小满的手后，她几乎不敢松开，生怕这里只剩她一个人。

江若若靠在小满怀里，连孩子都没有看一眼，委屈地说："周定衡真是个王八蛋。"

小满拍了拍她："那等我们回去好好骂他。"

江若若的衣服都是随意往身上套的，又用毛绒的斗篷严严实实盖住，两个侍女扶着她就走。

此时反贼已经进了山庄，刀剑厮杀的声音不再是错觉，小满为了不碍事，也没有顾及眼睛的刺痛抬步就往外，然而下一刻，脖颈上就传来了冰凉的触感，刀刃就贴在搏动的血管之上。

小满喘气的动作都轻了下来。

白芫和姜驰都看向将匕首架在小满脖子上的侍女月娘，那是江若若执意带来山庄的人，在益州的时候便一直侍候她。

"月娘？"

月娘被小满唤了一声，忍不住话里的哭腔，答道："太子妃，是月娘对不住你和王妃，今日太子妃必须要和我走，我家中上下十口人，求太子妃行行好。许姑娘说了，他们不会对太子妃怎样的。"

白芫冷笑："这种鬼话你也信，太子妃出了事，太子殿下必定将你九族都扒皮抽筋，挫骨扬灰。"

325

月娘瑟缩了一下，眸中闪过一丝犹豫，很快又重新坚定："不可能，不行。太子妃要和我走，你们离开我不会说的，我只留下太子妃一个。"

小满有些冷，说话的时候，雾气将红通通的眼氤氲得更湿润了，像是雨后起了雾的山林。

她的嗓音也如眼眸一般，遥远又清冷："这里，也是你说出去的，是吗？"

月娘哭着应道："是我，我没有办法……"

小满闭了闭眼："死了好多人，月娘你该去看一眼。"

江若若等了许久，没能等来小满，急着回来找小满，一眼就看到了自己的侍女劫持了小满。她的腿一软，险些跪在地上，哑着嗓子喊月娘的名字，月娘强忍着不去看她，只咬着唇流泪。

小满看向白芫和姜驰，说道："逃不掉，你们走吧，兴许就是命定的，我今日不能跟你们走了。"

姜驰不知为何也红了眼，愤愤道："你今日必须走！"

"白芫，你让若若他们走，没时间了。"

她已经能听到反贼的脚步和叫喊声，已经没时间再犹豫了。

白芫先是应了，刚一侧过身就猛地一脚踹向身旁的桂树，堆积的雪如盐堆般掉落。

月娘和小满正在树下，雪落下来的时候，二人都没反应过来，月娘心中一急，手上的匕首直接向小满刺去，却被白芫及时握住，匕首只划破了一层皮，留下一道浅浅的血痕。而握住刀刃的白芫和月娘厮打起来，直接一脚将月娘踢出一丈远。

白芫的掌心鲜血淋漓，也来不及多管，此时紧闭的院门被敲响，发现推不开，院外的人开始踹门。

姜驰拉着小满跑向侧门，想走小道离开。月娘挣扎着想跟上去，被白芫踩住肩膀，用剑尖抵住喉咙，冷眼看着她："方才你是想杀了太子妃，那你说的许姑娘，可是许静好？"

月娘害怕得颤抖起来，向白芫求饶。

其实许静好对她的吩咐，便是让她将小满带去见自己，若带不过去，就直接杀了，所以她下了死手。

白芫的手上血肉模糊，鲜血顺着手掌流到剑柄，一直蜿蜒到了剑尖，最后滴在月娘白玉般的脖颈上。

"求求你放过……咳……"

白芫的剑划过月娘的喉咙，求饶的话语戛然而止。

院门被撞开，约莫有七八个反贼冲了进来。

太子妃说人命无贵贱，可其实，她仍旧认为自己的命比不上太子妃的命。

即便今日死在了这里，她也一定要让太子妃活下去。

白芫的手受了伤，握剑的时候疼痛难忍，可她还是没有退缩。

"白芷，白芷还在后面。"小满被姜驰拉着狂奔，不断地回头看向身后，"白芷没有跟上来！"

姜驰斥了一声："闭上眼睛，别看了！"

小满气喘吁吁，脚步却不敢停下："白芷怎么办？"

姜驰答道："她武艺高强，自然有办法脱身，带着你才更难逃走。"

二人在雪地里留下了一长串清晰的脚印，停下就会被追上。

江若若和抱着孩子的稳婆已经被侍卫推上了马车，整个山庄都被围住，即便是小路也会有人把守，若若不敢抛下小满硬闯，一直等着她来。

姜驰拉住小满，不让她上马车："不行，人太多了，雪地里太明显，会被发现。"

他看向小满："会骑马吗？"

周攻玉教过她骑马，虽称不上精湛，但还是会一些，此刻已经由不得她说不，只能点头。

姜驰二话不说立刻将她的珠花拆下扔到地上，发髻拆散墨发披散，又被他灵活地绾成一个男子发髻，用玉簪别住。

小满明白了他的意思，将自己身上的斗篷塞进若若的马车。姜驰从侍卫身上扒了一件宽大的男子披风盖在小满身上，这才推她上了马。

小满冻红的手指紧紧攥着缰绳，眯着眼看向侍卫，凝声道："王妃交给你们，杀出去以后分开走，绝对不要停下。"

侍卫领命后，小满和姜驰驾马跟在马车两边，所剩不多的侍卫将他们护住。

冲出去的时候，果不其然有兵马围住，好在不多。几个侍卫勉强拖住了他们，小满他们找了机会立刻驾马冲出。

雪下得很大，小满强迫自己看清眼前的路，除了马蹄的踩踏就是风雪的呼啸，脸颊被冷风吹得如同刀割般。她以为自己是眼花了，眼前的雪地变得一阵黑一阵白。

身后传来兵马追赶的声响，姜驰见她不对劲，一把扯过她从马上跃下。

小满被他抱住摔在雪地里，立刻就明白了他的意思，用马鞭抽了一下马，二人则从山坡上直接滑了下去。

虽然雪中会留下脚印，但追兵若是没有及时注意到，二人还是有机会逃走的。

小满和姜驰跳到了另一条路，准备去和江若若他们会合，而小满的眼睛刺痛难忍，已经看不清前路了。奈何身后追兵还是紧追不舍，二人终究跑不过一队兵马。

小满听到了马蹄的踩踏声，下一刻，是身边人忽然倒地的闷响。

"姜驰！"

姜驰的腿被羽箭刺穿，血蜿蜒了一地，小满被他绊倒，也摔倒在地。

327

许静好和自己的兄长坐在马上,没有再靠近,就像是遇到了势在必得的猎物,反而停下,耐心地打量着她。

"你就是周攻玉喜欢的女人?"许静好的哥哥蹙眉问了一句。

小满没有回答。

他也没指望小满会理他,将弓重新拿起,嘲弄道:"像只雪兔似的。这样吧,你从这儿开始跑,我只射一箭,若是没射中,今日就留你性命。"

小满看不清他脸上的表情。

"我想下马去看看。"许静好突然开口。

许静好的兄长睨了她一眼,问道:"你自己可以吗?"

她的脸上露出一种屈辱的表情,咬牙道:"有什么不行的。"言罢,她翻身下马,一瘸一拐地走向小满。

姜驰这才注意到,许静好是个跛足。

她走了一半,恨恨道:"姜小满,看着我,看看我被你害到了什么地步。"

小满迷茫地抬起脸,她眼睛疼得厉害,根本看不清眼前的人,只能听到许静好咬牙切齿的声音。

"如果没有你,根本不会有今天的局面,太子殿下不会死,许家也不会逼宫。你就是个脏东西,谁沾了你,都要惹得一身污秽,甩也甩不掉。灾星,遇见就遭殃!"许静好发泄地骂完,才发现小满的目光一直没有看向她,心中的怒火烧得更旺,几乎焚尽了理智。

小满只注意到了"太子殿下不会死"这句,僵冷的手指掐着掌心,麻木到没有疼痛。直到听到姜驰的呼喊,她这才皱着眉问:"怎么了?"

她以为自己压住了什么,僵着身子想要爬起来,却被忽然撑起身的姜驰推了一把,栽进冰冷的雪堆。

箭矢刺穿头颅的声音近在耳侧,温热的血洒在了她冻僵的脸上、手上。

小满颤抖着喊了声姜驰的名字,却没得到应答。

天地安静一片,只剩冰凉的风雪依旧喧嚣。

许静好被这一箭吓了一跳,转身看向兄长,不悦道:"你为何把他杀了?这是姜恒知的独子。"

兄长不以为意:"姜恒知如今不过是个废人,许家还怕他不成。"

"姜恒知毕竟做了多年的丞相,背后也有许多人脉,要是他……"

她才说了两句便被打断,兄长挥了挥手,让她回来。

他翻身下马,衣服上的血渍凝成了碎冰,一步步地走向跪坐于雪地中的小满。

小满身下的雪地,已经被血染红了。

她眼前模糊一片,睁眼便刺痛难忍,只能听到缓缓靠近的脚步声。大雪被风吹着擦过脸颊,刀割般的疼痛。

328

她垂下头，抱着姜驰迅速冷却的尸首，攥紧了被压在底下的剑柄。

许家的三郎，是主动要替国舅来抓小满的。除了想给许静好出气，更多的是因为周攻玉。他自小就被拿来和周攻玉比，从没有哪一次能胜过。如今周攻玉心爱的女人落到他手上，他心中不免起了些恶劣的念想。

许三郎俯身，将小满的下巴捏住，逼迫她抬起头。

"怎么，不敢看我？"

小满撇过脸，将头重新埋下，唇瓣翕动了几下，似乎说了些什么。

许三郎没听清，不由得靠得更近，问她："你方才说什……啊！"

小满猛地挥剑刺向他，因为不能视物，冬日衣物又太厚，没有刺中要害，仅仅是让他受了些皮外伤，许三郎被吓得倒退了两步，接着更是怒不可遏，一耳光朝她打过来，却被她翻身避过。

凭借着声音，她将掌心攥住的一团雪扔向许三郎，听到一声咒骂，起身就跑。

当着这么多下属的面被如此羞辱，许三郎气得理智全无，丝毫不管身后的人在喊些什么，只想提住小满将她毒打一顿。

即便她什么也看不见，也依旧跑得很快，似乎能听到后面的脚步声越来越近，如催命的鼓点。

如此近，如此令人绝望。

许三郎追上小满后，伸手要拽住她的头发，手臂才一抬起，尚未等他屈起手指，又是一箭破空而来，带着滔天的怒意和决然，又狠又准，直直地从他眉心穿透，他甚至没来得及发出一声惨叫。

身后追赶的脚步声停下，尸体闷声倒地。

小满似乎什么也听不见，不管不顾地朝前跑，最后被凸起的石头绊倒，无法控制地往前栽去。

迎接她的不是冰冷的雪地，而是夹杂着凛冽风雪和清淡梅香的怀抱，熟悉到令泪水夺眶而出。

霎时间，刀割般的风雪平息，紧绷的弦断裂开，疲倦与恐惧，都在此刻消失不见。

"对不起。"周攻玉嗓音干哑，微颤地说出这句话，将小满紧紧拥在怀中。

她有很多话想说，还想在周攻玉怀里号啕大哭，发泄一整日的恐惧和愤怒。可张了张口，喉咙却酸涩无比，像是被什么堵住了一样。

"姜驰死了。"

说完，她便失去力气般不再开口。

周攻玉将外袍解下，披在小满冻僵的身上，将她打横抱起。而这时，两路兵马将许家的反贼齐齐堵住，一个也无法逃脱。

小满被送进温暖的马车中，伺候的人给她递了热茶和暖炉，她整个人却像是吓傻了一样，一言不发地坐着。

侍候的下属问她可有什么不适的时候，小满终于动了一下："王妃在哪儿？"

329

还有……我有个侍女,她呢?"

下属答道:"王妃和小世子平安无事,已被安置好。太子妃的侍女也还活着,只是伤重了些,并未危及性命,还请太子妃安心。"

小满点了点头,继续呆坐着。

冻僵的手慢慢暖和,有了令人不适的痒意,如同被虫蚁啃噬。她的眼睛慢慢恢复,看到衣袖上的大团血渍后,缓缓靠在车壁上。

从一开始,周攻玉为了避免小满出事,就将二人的行踪瞒住了,只是没想到会漏算了江若若从娘家带来的侍女。周定衡最后还是心软,允许江若若带着自己的侍女一起走,这才险些酿成大祸。

他看到许静好的时候还有一丝意外。

许静好见他杀死了自己的哥哥,不停地哭喊咒骂着什么,没有半点名门贵女的仪态风度。

这些人,他一个也不想留。

到了如今的地步,名声已经不重要了,淑妃和四皇子已经按逆贼一并处置。他不可能对许家做到斩草除根,但至少,要让他们再无重来的可能。

周攻玉转身,侍卫动手,许静好应声倒地。

雪下得很大,姜驰的尸首很快被盖了一层积雪。周攻玉默默地停留片刻,让人将他的尸身运回京城。

一直到现在,他仍是心有余悸。他有些后悔,不该让许三郎死得如此痛快。

周攻玉自责又心疼,在心中酝酿了许久,想了很多安抚小满的办法,最后掀开车帘走进的时候,却没有在她脸上看到预想中的眼泪。

小满看着周攻玉,嗓子还有些哑,语气莫名让人觉得低落。

"你离不开,对不对?"

周攻玉没有骗她,艰难道:"我不能现在撒手。"

他取来药膏,在掌中搓热,细致地为她上药,指腹轻轻抚过她颈上的伤口。

"你曾经说过,要带我离开姜府,可你食言了。当日我留你在房中过夜,你说许我三个心愿,无论什么都可以。"小满抬起泛红的眼看他,"就说我死了,让我走吧。其实你若真的放不下权势地位,我也没什么怨恨的。若真要比较,我也有许多放不下的东西。"

周攻玉手一抖,药膏落到地上。他沉默着没有答她的话,好似这样就能躲避过去。

"世上本就没有真正的圆满,不能什么都想要。"

周攻玉拾起药膏后,低着头没有看她,手背上忽然砸下一滴滚烫的泪水。他身子颤了一下,这才抬起脸朝她看去。

小满的神情中还有一抹惊愕,眼眶虽红,却并无泪水。

原来是他自己的眼泪。

"说错了。"周攻玉苦笑道,"我放不下的,只有一个你。"

她不是笼中鸟,无法活在深宫中。

蝴蝶是不能养在笼子里的,春天到了,她要去百花盛开的地方,留在这里,只能看着她死去。

"我爱你,所以我不会再强迫你。"周攻玉如同在说什么誓约般,又坚定地重复了一遍,"小满,我真的爱你。"

今年的冬日格外漫长,新年的气氛也因为反贼逼宫的事,染上了不该有的压抑。

没多久,太子妃死于反贼之手的消息就传遍了。这场白茫茫的大雪许久未停,凄凉地覆满了山河,像是为离去之人送行。

提到那位早逝的太子妃,人们多是哀婉叹息。

路过姜府的时候,都要颇为同情地为姜恒知叹口气。

换作从前,谁又能想到这位荣光一身的丞相,会落到今日这般困窘的地步,除夕当日,儿女接连死去,只剩他白发人送黑发人。

姜恒知看到姜驰的尸首后,在程汀兰的坟前静坐了一晚。直到次日清晨,下人实在冻得不行了,要去拉他起来,年近五旬的老人,却坐在亡妻的坟前突然号啕大哭,一度哽咽失声。

浑浑噩噩地回到宫中后,周攻玉似乎也被明亮的雪光晃得花了眼,总觉得周围一切都是如此虚幻。他一脚踏空,险些从长阶滚落,还好被阿肆扶住,喊了一声,让他清醒过来。

周攻玉扶着阿肆的手臂,回身看向自己走过的路,是一眼望不到尽头的长长宫道。

"阿肆,这里像不像是笼子?"

"太子殿下,皇后娘娘还在等着你,不要想不开……"阿肆看到他的神情,也不由得心中一紧。

周攻玉脸色苍白,抿紧唇一言不发,松开了阿肆的手,独自走向冰冷庄严的宫殿,在重重落雪中,颇有几分形影相吊的悲凉。

太子妃逝去不久后,皇上退位,将一堆烂摊子丢给周攻玉,自己去淮山寺出家,为逝去的惠贵妃祈福,这次连皇后都没有再拦他。

新皇登基之后以雷霆手段,将朝中旧派与深埋的毒刺拔出,也带来了伤敌一千自损八百的后果。起初还有人不解,联想到之前太子妃就是死于反贼之手,又觉得不那么奇怪了。

而后宫空置,一个人也没有,开始有朝臣劝新皇添置后妃,他二话不说便将说出这话的朝臣官降两级。

此事一出,众人哗然,御史洋洋洒洒地写了千字的奏折批评此事。周攻玉

331

将折子拿到朝堂上，淡然道："字太多，不想看。"言毕，将折子丢给御史，让他自行抄录十遍，抄不完就不许回府。

现今的行事作风和往日谦逊温和相比，像是换了个人。

周攻玉这副昏君做派自然是叫人气愤，但他们又不得不承认，在政事上，周攻玉还从未出过什么乱子。而其余的事，他更像是听不得旁人置喙。

一旦有朝臣对周攻玉的私事指指点点，不是被降官职就是被处罚抄折子，后者尤其使人屈辱。一来二去，从前喜欢多管闲事的几个老臣，也鲜因为琐事去烦他了。

李遇身为朝中唯一的女官，在吏部做了许久，能力也渐渐得到了肯定，但女子行事，必定处处受阻。不久后，离经书院搬离了原先的位置，由皇帝下旨，允许设立女学。除了在吏部任职，李遇也成了书院的一名夫子。

而皇帝下了令，便是底下的人再有不满，想着周攻玉如今随心所欲的作风，又只能踌躇着不敢出声，只敢和平南王抱怨两句，希望周攻玉能听一听。

兴许是因为不肯承认太子妃的离世，丧事也并未大肆操办，就像太子妃并未死去。

而事实上，对于很多人来说，这位太子妃也没有给他们留下过什么很深的印象，如同京城的一场大雪，雪化了什么都没留下，只是偶尔会有人提及，略微感慨罢了。

凝玉大病初愈后，去看了周攻玉。朝着东宫的方向走出去很远，身边的侍女才问她："公主不是要找陛下吗？"

她这才恍然想起，皇兄已经登基为帝了。

新搬去的皇帝寝殿处处透着精巧奢华，比起东宫却少了许多的花花草草，庄严又冷寂。

凝玉走进的时候，第一时间便想到了小满。她想，像皇嫂这样的人，到了再冷清的地方，都会让那处变得温情起来。可这样一个女子，孤零零地死在了冰天雪地里，连记住她的人都很少。

凝玉看到周攻玉正在窗前摆弄一根葡萄藤，疑惑地出声："皇兄这是在做什么？"

周攻玉转身看到她，略微颔首，冲她笑了笑，说道："你皇嫂之前总想在东宫种葡萄，可惜几次都没种活，剩下一根藤被我栽到了这里，没想到竟长得很好。"

听他提起小满，凝玉默了片刻，轻声说："皇兄不要难过了……"

她发觉，其实记住小满的人少了一点也没关系，至少周攻玉会将小满刻在心里，怎么都忘不掉。

周攻玉没有应答，站在窗前的身影覆了层朦胧的光，垂眼看着葡萄藤的眼眸中也散落了光点，显得安静柔和，并不如她所想的那么阴郁。

看到书案上还摆着一根枯枝的时候，她不禁觉得奇怪，问："这根树枝怎么还在?"

周攻玉瞥了一眼,也没有要遮掩的意思,坦然道:"是你皇嫂在花朝节赠我的定情物。"

"皇嫂所赠?"

"嗯。"

柳絮飘扬,飘过了庄严冷寂的皇宫,似乎这片飞絮,也飘过无数个日夜,从春光正暖的京城,一直落到秋风瑟瑟的益州,落到如雪般的芦花上。

"姑娘,柳公子让我给你送来的桃片糕。"付桃一手提着食盒,一手抓着乱蹬腿的兔子,"他还送了只兔子来,说给你养着玩。"

小满正专注地看账本,闻言头也不回地挥了挥手:"你帮我回个礼吧,我就不去了。"

付桃叹了口气,说道:"姑娘真的不考虑一下柳公子吗?他人还挺不错的,也没有那些儒生的酸腐气。都过去这么久了,据说皇上也要开始选妃了,怎么只有姑娘还放不下呢?"

小满顿了片刻,回头看她,疑惑道:"可我不是放不下这件事啊,无论有没有放下,我都不喜欢柳公子。他人是好,可于我而言也仅仅是个好人而已,我为什么要考虑他?"

付桃一噎,似乎也知道自己说的话不对,又向她解释:"我不是那个意思,只是怕你会难过,毕竟皇上他……"

"我知道。"她合上手中的账本,看向窗外花苞低垂的海棠,微微敛眉,"我不难过。"

付桃走后,小满坐在窗前,看着被风吹得摇摆的海棠。离开京城已有一年的光景,很多事都变了。

知道她假死的人并不多,因为她的身份实在尴尬,不想再牵扯从前,所以连江若若也是等到事情安稳后才被告知,这也是出于江所思对若若的了解。

她想,若是韩拾知道了此事,多半会气得从边关赶回京城,便让周攻玉特意给韩拾写了信安抚他。除此以外,时雪卿也知此事。

她又回到了益州,江夫人得知她的死讯,哭得极为伤心,乍一见到她回来,也就不再斥责她假死一事,只要她平安健康地活着便好。

和她一同来到益州的,只有白芫和付桃。

白芫受了重伤,一只手臂险些废掉,来到益州之后便一直在养伤。虽然手臂是养好了,却注定往后不能再习武。对于此事,她倒是没有多难过,还反过来安慰小满,说:"我从小习武只是为了活下去,如今能安稳度日,想必也无须再拿剑杀人,于我而言并非坏事,还望太子妃不要放在心上。"

白芫是因为喜欢跟在小满身边,感到平静又自在;而付桃则是简单地想换个地方。因为曾被卖作妓子,她在京城生怕被从前在青楼遇到的男人认出来,也不愿日后爹娘找上门掀她的伤口，求着小满带她一起离开。小满在益州，一直是这二人在照顾着。

她没有再和周攻玉有过任何书信往来，也不知道周攻玉是否会在她身边安插眼线，兴许会有，也兴许他真如传闻那般，又有了新欢。

但至少，他也如自己承诺的那样，只要身在皇位一日，就不会再来叨扰她。

小满也清楚，山河广阔，若不是刻意想见到，便真的不会再有偶然相遇这回事了。

周攻玉生来就和皇宫连在一起，权势才是相伴他一生，早已融入骨血的东西，不可能让位于一个小小的女人。

益州和京城相隔太远，即便是书信也要许久才能送到，其他的事，也就只能听听民间传闻。尤其是那茶馆里的话，都是三分靠听七分靠胡说，当不得真，听来了还要闹心。一来二去，她也刻意不再听京中传来的消息。日后如何，全靠缘分。

时雪卿告诉她，姜恒知辞去了官职，去了离经书院教授学生。兴许是因为他曾是丞相，而自己又有真才实学的缘故，书院也有了冲着他而去的一部分官家子弟。坏处就是书院也有扒高踩低、抱团欺负人的事情了。小满听到这些，也觉得苦恼，然而也提不出什么太好的建议。毕竟她人在益州，不了解书院的情况，每日里都要被江夫人逼着学习管理商行，有学不完的东西。

游历天下也是要花钱的，她总得挣够了钱再去游历。

短短的时间里，变故多得让人来不及反应。

很多人都说皇上疯了。

他似乎是撕下了一层面具，变得不再谦和忍耐，会在朝堂上毫不留情地发火，也会讥讽嘲笑那些惹他不满的臣子。

比起从前温润好说话的那个周攻玉，如今的这个皇上，性格称得上恶劣。

尤其听不得有人说已故太子妃的半句不好，若是说了，轻则贬官，重则打入牢狱。换作从前，谁敢相信这是周攻玉做出来的事。

周定衡不止一次地听人抱怨周攻玉脾气差，去找他商议的时候，他也只是淡然道："朕早就想这么做了。"

之前的皇后，现在的太后在那一切发生之后没再管过周攻玉，或者说是没有机会。

独自在宫里过了半年后，忽然觉得余生枯燥无趣的太后喝了酒，站在高高的宫墙上吹了许久的冷风，支开宫女后便从高墙一跃而下。

那一日，周攻玉从宫外回来，给她带了好看的衣料和头面，希望能哄她高兴，正好看到了这一幕。

太后跃下的时候，宽大的衣袍被风扬起，像是鸟儿张开了羽翼。

她跳下宫墙，最后死也是死在宫外，没有留在这个困了她一生的牢笼里。

周攻玉脱下外袍，盖在她的尸身上。

回宫后，他谁也没有见，什么也没有说，沉默中酝酿着躁郁和疯狂。

他情绪如同崩塌了一般叫嚣着想要离开，也想走出去从城墙跳下算了。一切一切加在他身上，都叫他想要崩溃，可那个时候，他又看到了书案上的信。

是小满写给时雪卿的。

"巴郡将入夏时，花开得最盛，只可惜没有紫藤。"

周攻玉顷刻便冷静了下来，没有再胡思乱想。

他时常觉得前路昏暗，再怎么走都只有冰冷死寂，可想到小满，又觉得一切没那么差，似乎黑暗中也能见到一点光亮，寒冬的时候也能有一丝暖意。

这皇宫唯一能牵绊他的人也不在了，往后的岁月，他只想换个活法。

京城的霜雪如约而至，再一次覆满这个繁华却又苍凉的宫城时，早就无人居住的东宫却起了一场大火，将盘绕在回廊的紫藤烧成了焦炭。烈火一直蔓延到了宫室，火光照亮夜幕，滚滚浓烟腾起，一直到第二日天亮，这场大火终于被扑灭。

因为东宫早就没有需要侍候的主子了，救火的宫人也以为只是损伤了些财物。等他们得知周攻玉在此缅怀太子妃的时候，一切都已经来不及了。

皇帝驾崩之后，所有人才反应过来，一切都是那么顺理成章。

皇帝无子，平南王身为储君接替皇位，而朝堂早就被肃清过，本应成为最大阻碍的许家落败，周定衡也在朝中理事许久，即便立刻上位，也不会因为事发突然而出什么大乱子。

周攻玉为周定衡铺好路，早就将自己的身后事安排妥当。

此事除了震惊世人，并没有惹出什么乱子，他走得安静又平和，连一丝波澜也没有掀起。

后事全由周定衡一手操办，等一切事了，周定衡去找江所思抱怨的时候，周攻玉就坐在亭中和江所思下棋饮茶，一副悠闲做派，看得最近忙得焦头烂额的人来气。

周定衡大步走去，满脸写着不乐意，问道："皇兄倒是自在了，人人都在哭你英年早逝，前几日还有好些个小姐闹着要去灵堂上香，有个还伤心得晕过去了。"

周攻玉挑了挑眉，语气颇为风凉，浑不在意道："是吗？"

江所思抬眸看了他一眼，问："你想如何安排？"

周攻玉的目光落在棋盘上，手指无意识地轻叩着桌沿，似乎是想起了什么。短暂的沉默后，他才回道："早些去吧，免得我不在，她身边又多了乱七八糟的人。"

江所思低头轻笑一声，不做言语。

前段时日，益州安排的人回来传话，说是有个柳公子心悦小满，为人正派不说，还讨得江夫人欢心，周攻玉当场就黑了脸。若不是江所思在旁劝着，以周攻玉的脾性，多半会神不知鬼不觉地给这位公子安排什么"意外"。

周定衡皱眉道："我一直没问你，这件事小满知道了吗？"

"为了不走漏消息，还未与她说过。"

周定衡听了只觉得离谱，惊到拔高了语调："啊？"

周攻玉淡淡瞥了他一眼："等我到了益州，她自然会知道。"

"那小满听说你驾崩，肯定要伤心难过，你竟然舍得不告诉她？"

是有些不舍得。

他起初的确是想提前告诉小满的，但她在与时雪卿和江若若的书信往来中，再没有过问他的消息，哪怕只是只言片语，似乎是铁了心与他断干净。

他做不到和小满一样狠心，所以才会借时雪卿的口吻与她写信，也会将她的每一封信反复看，以期望能看到她问起，即便是些不着调的民间传闻，只要能看到问起与他有关的蛛丝马迹也好，然而没有。

周攻玉心中其实是有些埋怨的，也是因此才将此事瞒下，等去了益州亲自见她。

皇帝驾崩的消息传到郡守府的时候，小满正在给院子里的花浇水，江夫人脸色悲戚，欲言又止地看了她许久。

小满起身看向她，脑海中已经做了最坏的打算。

之前一直有传闻，说皇后人选已经定下，她是不肯相信的，可看到义母这样的神情，又难以抑制地从心底浮出酸楚来。

她眨了眨眼，问道："怎么了？"

"京中传来消息，皇上驾崩了。"

她以为自己听错了，微微睁大眼，又问了一遍："什么？"

"皇上夜里去东宫喝酒，东宫走水，火势太大……"眼看小满脸色越来越差，江夫人的话说到一半便停了。

小满愣愣地站了一会儿，才动作迟缓地转过身，呼吸也变得急促。

江夫人见她神情愣怔，正要开口劝慰，就见她身子晃了一下，脱力般朝一旁倒了下去。

待到小满醒来，付桃、白芷，以及江夫人都围在她身边。

小满躺在榻上，睁大眼望着帐顶，努力平复自己的情绪。

她醒来又觉得很不可思议，驾崩？怎么可能驾崩，周攻玉怎么会死，又怎么会是这种死法。

不可能的。她始终不愿相信，兴许他是真的放弃了，他想离开皇宫。

小满揉了揉眉心，对担忧自己的人说道："我没事，已经好了。"

江夫人仍是神色担忧，心疼地摸着她的脸颊，说道："既然离开了，总归是有缘无分，日后就放下这些，不要去想了。"

"好。"

京城的消息都传到益州来了，书信应当也不会太晚。兴许他只是临时想到了办法脱身，书信在路上耽搁了，才没有告诉她。

小满强撑着打起精神，和往常一样做自己的事，却每日都在等来信，每等一日，心就凉一分。

最后等来的是江所思和若若的信，信中劝她放下。

小满坐在海棠树下，捏着信纸的手颤抖着，将信纸攥出了褶皱，指节用力到泛白。她茫然地抬起头，看向白芫，无措道："白芫……这是假的。"

她睁大眼睛，泪水蓄在眼眶里："是假的吧？"

白芫沉默着不知如何回答，只能走近将她抱住，轻轻拍了两下。

连续几日，小满都郁郁寡欢，做什么都提不起精神，院子里的花也是付桃照看。白芫放心不下小满，几乎不让她离开自己的视线。而大多数时候，她都在安静地看书，只要稍加注意些，便能发现她的书许久不曾翻页，看着看着便会开始发呆，眼眶莫名泛红。

付桃很喜欢那位诚恳又正直的柳公子，也不知道是听了谁的话，一直对白芫说："要让姑娘好起来，就该让她结交新的郎君。那位柳公子才貌双全，为人又好，何不让姑娘看看他呢？"

"姑娘嫁过人了。"

付桃立刻又说："公主尚且三嫁，柳公子不是那种迂腐的人，他早就知道了，也并不在意这些。"

白芫觉得不靠谱："这些话你自己和姑娘说。"

付桃和小满说完，又被拒绝了。

柳公子这次选择攻其所好，知道小满爱花，便将家中稀有的兰花给偷偷搬走，亲自来找小满想送给她。

小满在院子里看着又一株死去的紫藤，心情已经低落到了极点。

"姜姑娘怎么了？"

她自己心中烦闷，不想因此迁怒旁人，勉强地答了话："柳公子来了。也没什么，只是益州似乎不适合种紫藤，几次都活不到开花，眼下正是紫藤花开的时候，可惜这里见不到。"

柳公子察觉自己抱着花盆的样子有些傻，立刻放下花盆，安慰道："兴许是用错了方法，巴郡也能种活紫藤，我见过的，姜姑娘一定也可以做到。"

"公子见过？"小满疑惑道，"在何处？"

他心生喜悦，忙道："是醴泉寺的后院，以前一位香客种下，后来被僧人悉心照料，生得很好，我去年陪母亲去看过。只是地方偏僻，有些难找，我可以陪姑娘一起去。"

小满向他道了谢，却还是想自己去，便出言拒绝了他的好意。

"公子课业繁忙，还是不要为我浪费时间的好。这兰花想必也不是凡品，公子还是拿回去吧,我承不起这个人情。"

柳公子也不觉得生气,分明是个书生,笑起来却和韩拾这样的浑不懔有几分相似,理直气壮道:"这有什么承不起的,我觉得姑娘承得起。索性你周围没有旁人,何必如此推拒我的好意?这盆花在我眼中和路边野草无异,只因要送给姑娘,它才成了珍品。无须承我的人情,我一厢情愿也觉得满足。"

小满哑然了一瞬,突然觉得柳公子这想法,和从前的她竟然是无比相似。

"不该一厢情愿,这不是好事。"

"那我也认了。"柳公子又答。

小满对上他坚定的眼神,才发现自己对于这种情窦初开的少年,真是一点办法也没有,无论旁人说什么都是劝不了的。

为了不被柳公子缠着,她打听了醴泉寺的位置,第二日小满便和白芫一起,想要自己去看看。哪知道他似乎是料到了这一切,她找到上山的路时,正好撞见他带着自己的小厮小跑着跟上来,笑容满面地打招呼:"姜姑娘,好巧啊!"

小满无语凝噎,被迫与他同行。

但柳公子的话也不算假,醴泉寺的确不好找,有许多岔路,石阶上都是碧绿的苔痕,湿滑难行。她到了寺门前时,鼻尖都出了层薄汗。

醴泉寺路远又偏僻,寺中香火不旺,僧人也只有零星几个,四周幽静而雅致,能听到山中鸟鸣和不远处的隐约泉水声。

她往厢房处走了没几步,便见到了柳公子说的紫藤。

确实生得很好,她没想过在巴郡也能见到如此繁茂的紫藤。

花苞沉甸甸地垂挂着,如一团紫云。

她呼吸都轻了几分,也没注意身后喋喋不休的人何时没了踪影。

小满坐在亭子下,仰头看了片刻,眼眶忽然就酸涩起来,从心底漫出的苦涩和无奈,将她整个人包裹住,呼吸都变得困难。

她用手蒙住脸,肩膀微微颤抖,难以抑制地哭出来。已经过了许久,没有任何一个人告诉她周攻玉活着。

她宁愿二人不再相见,但他要好好活着,都好好活着。

至少不是现在这样。

一片安静中,她听到了脚步声,也许是柳公子,也许是白芫,都无所谓了。

她没有抬眼去看,仍陷在悲痛的情绪中无法自拔。

"哭什么?"温雅又清冷的嗓音,像醴泉寺带着凉意的山风。

走过了无数个日夜,从她十岁那年,一直到今日,这句话萦绕在她耳边,像是一场易碎的梦境。

小满抬起满是泪痕的脸看向来人。

周攻玉半倚着廊柱,眉梢微挑,语气戏谑道:"认不出来了?"

不是梦。

小满闷声看了他一会儿,眼眶越来越红,终于忍不住起身扑到他怀里。

周攻玉张开双臂接住,将她抱了个满怀。

他忽然问:"你叫什么名字?"

"姜小满。"

周攻玉笑起来,问道:"小满,那你吃糖吗?"

小满愣了一下,似乎是想起什么,正要摇头,周攻玉扣住她的后脑,径自落下一吻,吻得深而急切,将许久以来的思念和忐忑不安,全部交付在这个吻中。

小满被亲得舌尖发麻,头脑昏昏沉沉的,终于被他放开。

周攻玉埋在她的脖颈处喘息着,发出一声满足的喟叹,末了心情愉悦地笑出声。

"你笑什么?"小满奇怪地问他。

"你还是喜欢紫藤。"他神情中竟露出了一丝少有的得意,"无论其他的花多好,都不如紫藤。"

小满抿起唇,红着脸不看他。

周攻玉闭了闭眼,低笑一声,将她抱得更紧:"我想到了第一次见你,那个时候的我,如何也不能得知,日后我会如此爱你。"

"那以后你要做什么?"

"游历河山。"周攻玉睁开眼看着,她深潭般的眼眸映出浮光点点,"与你一起。"

"好。"

// 番外

看瀑布

离开京城的第一年,周攻玉虽然人不在皇宫,要处理的事务仍是不少。

周定衡在处理政务上的能力毕竟不如他,偶尔和朝臣发生争论,焦头烂额不知如何处理的时候,便会差人去请他。直到周定衡在政务上渐渐得心应手起来,周攻玉才能放心远行。

以周攻玉的性格,本该把皇位丢出去便一切不管,这种烂摊子当然要留给周定衡自己处理,他只管自己和小满逍遥快活便好。

然而这种不负责任的行为,小满当然是第一个看不下去,若不然,他早就躲到深山老林,四处游山玩水,让这些麻烦事怎么找都找不上他。

两人出去游历,为了方便周定衡的人找寻,也多是在繁华的城镇游玩。直到一年后,才试着去偏远处走走。

正值桃花汛,冰雪消融,水流湍急,是看瀑布的好时候。

小满从前看了不少游记,一直很想亲眼去看瀑布。那个时候,她有什么不懂的,多是询问周攻玉。问起诗经典故、经世之道,他自然是应答如流,然而纵然他有经天纬地之才,却始终是受困于皇宫,整日忙于政务的皇子,懂得的道理虽多,真正做过的却少。

小满被困在院子里,对这个世界有太多的好奇,她问日月星辰,问山川湖海,周攻玉没见过,但好在看过的书足够多,他一一回答这些问题,然后在一一回答中发现,原来他也有许多好奇的地方。

论治国论才学,周攻玉的确是出类拔萃,然而要论在民间行走,他甚至不如一个得到自由不到五年的小满。

两人带着一男一女两个侍卫,找了一个本地的闲秀才领路,一共五人出发去红云村看瀑布。

马车到了半途,路途越发崎岖难行,几人在马车上晃得不知天南地北,五脏六腑也好似要移位。最后索性改为骑马,慢悠悠地走了半日,总算到了红云村。

正是农耕时节，村落里的人大多在田地里耕种，见到有衣着华贵的外人来乡里，立刻便一传十十传百，纷纷猜测来人来历。

周攻玉没来过这么偏僻的村落，更没有同这些普通的乡民打过交道，他甚至连这些人说的话都听不懂，包括跟在他身后的两个侍卫也是如此。

与他们相比，小满甚至显得有些游刃有余。

她离开丞相府以后，或许是觉得自由难得，活着更难得，不仅没有郁度日，反而更加珍惜周遭的一切，性格也活泼了不少。

小满和那秀才沟通一番后，拿了些银钱出来，让村里给他们置了一个干净的院落，堂屋连着两间打扫好的卧房。

瀑布没有名字，只知道在龙鸣潭中。一说去龙鸣潭，村民便知晓了他们的来意。然而距离那瀑布仍有一段脚程，山路崎岖难行，需要有当地人带路，又正值春雨连绵，去路湿滑难行，他们要多留几日等天晴再去。

周攻玉睡不惯村落里的院子，这里有些难以言喻的湿冷气味，夜里又有窸窸窣窣的声响，也不知道是鼠虫还是野猫。

虽说不上讨厌，但的确令人难以安睡，一直到晨光熹微，他才疲倦至极地合眼。

周攻玉醒来的时候，已经不知道鸡鸣了几次，他整理好仪容起身洗漱，侍卫将温好的饭菜呈上。

周攻玉扫视院落，回头问："小满人呢？"

侍卫答："夫人上午带着白芫出去了，说是闲着无聊，去帮村民做点什么。"

周攻玉闻言微微蹙眉。

蒙蒙细雨，虽然不碍事，但小满身体弱，要是淋湿了着凉怎么好？何况路上湿滑难行，说不准还要摔跤。

周攻玉想着这些，草草用过饭便撑着伞出去找人了。

红云村正如其名字般，每当山花开放季节，满山野生的桃花李花都开得繁茂无比，在青葱的山峦之中，仿佛飘浮了朵朵红云，来此观赏瀑布的雅士便取了这么个名字。

田埂很窄，湿滑难行，周攻玉走得很慢，鞋靴和袍边沾了些泥水。他走了很远，能看到远处农户家中袅袅升起的白烟。

田地中错落着不少人影，连稚子也坐在田埂上。蒙蒙细雨，对他们来说并不碍事，鲜有人披蓑戴笠，周攻玉要一眼找到小满并不算难。

她身量纤细，大大的斗笠扣在脑袋上，显得她像是一只缓缓移动的野蕈。

周攻玉抬眼望去，连绵的青山间有红粉山花错落，云雾似轻纱飘散笼罩，只远远看上一眼，心中便莫名感到安宁。

再看向田中的身影，"野蕈"不知何时已经抬起盖子，露出一张白净的笑脸。

亮盈盈的眼睛，也像是被蒙蒙细雨冲刷过一般清澈。

341

"夫君！"

她喊了一声，冲周攻玉的方向招手。

"小满。"周攻玉脚步加快，朝小满走近些。

等靠近后，他才发现小满抱着一个小筐，里面装着些豆子似的东西，方才她正是在帮忙朝挖好的坑里播种。

周攻玉看到小满的裙边和裤脚都是污泥，微微蹙了下眉，却没说什么。

挥舞着锄头的老妪气喘吁吁地停下，也擦着微湿的脸看向周攻玉。

他接触到小满的目光，犹豫片刻，将伞收起交给身边的侍卫，也缓步走进田地中。

周攻玉接过锄头。

"我来吧。"

他也曾执弓握剑，然而这使用农具，对他而言实在陌生，即便是宫里的一株花草，也不用他照看。

但周攻玉想，只是耕种而已，不会比君子六艺更难了。

想是想，当真去做，会发现又是另一回事。

湿润的泥土堆得到处都是，周攻玉动作时会顾及脚下，照葫芦画瓢的事，挖出来的坑虽然大差不差，但比起周边手脚麻利的村民而言，让他耕作实在有些耽误。

不一会儿，休息过后的老妪便对着他说了几句话。周攻玉听不懂这浓厚的乡音，但还是看懂了对方伸手要接过农具的动作。

小满笑道："她说多谢你，还是让她自己来吧，天黑之前她要干完这些农活。"

周攻玉悻悻地垂眼，看向自己脏污的袍边。

他是养尊处优的皇子，最擅长处理政务，离了京城后，一身才学像是也没了用武之地。小满好似也不是很需要他，甚至有许多事务他还要重新请教旁人。

周攻玉不由得想到韩拾，能征善战的少年将军，能文能武，混迹市井街巷，不受拘束，是个潇洒的人。

听上去又是一个不服管教的人，作为臣子，他这种个性往往令人不喜。

但作为好友，作为眷属，与这样的人相处，应当比他有趣多了。

"小满……"周攻玉欲言又止。

"怎么了？"小满疑惑地看他。

周攻玉摇头，问："快到晌午了，你衣衫单薄，先回去吧。"

小满点头，将竹筐放到一边，和耕作的老妪摆摆手，这才提着裙边走到周攻玉身边。

周攻玉将她的斗笠摘下来，一手撑伞一手牵过她。

小满边走边道："村民说龙鸣潭的瀑布很大，隔着半座山头都能听到水声，离瀑布不到十丈的时候，衣衫就湿透了，连身边人说什么都听不见……"

周攻玉点头,却道:"龙鸣潭必定阴寒湿冷,你要多穿衣裳,撑着伞离远些,会着凉。"

他顿了顿,又说:"只是这雨不知还要下多久……"

春雨总是连绵不绝,想到要在此处停留许久,他虽说不上难熬,但心中仍是感到有些不自在。

或者说,是对如今截然不同的身份和处境,有些无所适从。

"不知道呢,雨停了就能去看瀑布了,村民说下午要带我去稻田里抓鱼、捡鹅蛋……"

周攻玉出手大方,小满又性格讨喜,村民对她很是热络。相比之下,他虽彬彬有礼,但那股自小养成的端正,总会让与他往来的人多几分拘谨。

抓鱼、捡鹅蛋……

周攻玉联想到那幅画面,面上不禁露出犹豫之色。

他不曾做过这种事,也谈不上有兴趣,但他想陪在小满身边,跟她一起做她想尝试的事,尤其是,他不想太无趣,让小满觉得扫兴。

他温声道:"我陪你一起。"

"好啊,到时候弄你一身泥,可不要嫌脏。"

"不会。"

对于抓鱼、捡鹅蛋这种事,小满可以说是热情高涨,用过午饭便拉着周攻玉去稻田里了。

除了他们俩,还有不少孩童,以及年纪相仿的青年。

周攻玉替小满挽好了衣裳,望着被蹚到浑浊的稻田,犹豫片刻,选择先去一旁捡鹅蛋。

小满也不介意,自己下田玩得不亦乐乎。

她忙活了许久,蹚得一身泥水,连脸上都溅了些泥点子,腰间的箩筐却是空空如也,但这并没有影响她的好心情。

直到跟随周攻玉的一位乡民急匆匆地跑来,冲她喊道:"夫人,你家夫君摔着了,快去看看吧。"

小满直起身,赶忙跑上田埂,连鞋都来不及穿,赤着脚就跑过去。

周攻玉的位置离她不远,就在方才还站在田埂上看了她一会儿,也不知怎的转眼间就摔伤了。

等小满赶到的时候,只见周攻玉衣衫染了泥水,发冠歪斜不说,连白净如玉的脸颊也沾了泥。他坐在田埂上,扭过头正在对一位少年说些什么。

那少年面色慌乱,紧握竹竿的手略显局促,不远处几只大鹅昂着脖子走来走去,另一人正挥着手臂驱赶。

"怎么回事?"小满几步跑过去,在周攻玉身边蹲下。

他皱眉道:"不碍事,只是摔了一跤,好像是扭伤了。"

343

侍卫开口补充道："方才郎君站在这儿找鹅蛋呢，有只大鹅不知死活，追着郎君要啄。郎君惊慌闪躲，脚下踩空摔到田里去了……"

周攻玉听到这话，目光变得闪躲，垂眼看向他处。

就算当初被训斥被责罚，周攻玉也没有过哪一刻，感觉面上无光，姿态狼狈到见不得人的地步。

他被乱党追杀，被刺客伏击，什么场面没见过，唯独被大鹅追着惊慌躲闪，是他想都不曾想过的事。

"小满，我……"他想说点什么，又觉得此刻模样狼狈，只好苦笑一声。

小满难得面色严肃，扶着他安抚道："先忍一忍，我们回去休息。"

周攻玉的伤势比他以为的还要严重，小满也知晓他一向能忍痛，见到他面上不显痛苦，一路被搀扶着也能勉强回到居处，还以为只是寻常扭伤。村子里的赤脚大夫来看，却说他伤了筋骨，强硬地上手一掰，让他的骨头复位。即便是周攻玉再能忍，也疼出了冷汗，脸埋在她怀里闷哼一声。

小满摸摸他的后颈，动作像摸路边的狸猫。

"没事啦。"

等大夫领了银钱离去，周攻玉倚在榻上，半个身子还落在小满的怀抱里。

周攻玉换上了干净的衣裳，小满用帕子给他擦拭掉额上残余的污泥。

天已经彻底晴了，天空像被雨水洗过，琉璃一般通透。

小满听到一阵古怪的鸟叫声，抬起头朝窗外看去。直到听见一声叹息，她低头看去。

周攻玉正盯着她，见她回望，又合上眼。

"还疼吗？"小满不知道还能如何缓和周攻玉的疼痛，语气有些无措。

她摸了摸他的脸，此刻只希望他心情能好些，于是倾身去吻他。

周攻玉配合地启唇，与她唇齿相贴，呼吸交换了一会儿，她呼吸有些乱了，这才红着脸将脑袋抬起来，问："好些了吗？"

周攻玉无奈，笑道："你想哄我高兴，那你呢？"

"我？"小满愣了一下。

"你也不高兴。"周攻玉叹了口气，撑着坐起身，面上也不知是歉疚还是失落，"我本就是个无趣的人，如今连周全也称不上……是我让你扫兴了。"

大夫说他伤势不轻，至少要休养半个月才能下地行走，去看瀑布的山路崎岖难行，雨后地面又湿滑，他伤成这样是去不成了。

周攻玉见小满望向窗外，便知她心中或许在懊惜，满怀期待的一程，因他出了这样的变数。堂堂一个男子，被一只大鹅吓到摔进农田，实在是有些……

"你受伤了，我见你疼，自然会不高兴，怎么会觉得扫兴？"她想了想，问，"是因为瀑布去不成了？"

"你若想看，我让人护送你……"

"我要跟你一起。"小满打断他的话。

她知道对于周攻玉而言，一切都是翻天覆地的改变，纵使他想要接受，也需要时间适应。何况她对韩拾的在意，总让他想要做得更好，甚至是面面俱到，无一处不胜过韩拾。

　　"我不觉得攻玉哥哥无趣，也没有扫兴。我不需要人处处照顾我，我学会了很多，我也能照顾你了。"

　　她眨了眨眼，继续道："我不愿意为你留在宫里，你也不要为我逼着自己改变。我以前喜欢你，以后也是如此，跟你在一起，就不会有什么扫兴……"

　　周攻玉心头忽然一软，自觉是在庸人自扰，不禁低头苦笑一声："是我心思太多。"

　　"但这一程，我还是无法陪你了，你若不去，难免留下遗憾。"周攻玉想着，去看瀑布的路上必定湿滑难行，他要让随行的人仔细护好她，免得她有什么闪失才是……

　　"不遗憾，这一次没去成，我们日后还能再来，分明是留了一份期许。你若不在，才是真的留憾。"

　　周攻玉愣怔了一下，听到她的说法，心情竟也舒朗起来，然而心头总又觉得憋着一口郁气。

　　小满见他又仰头凑近，便低头回应他的亲吻。

　　一吻结束后，周攻玉才满意，连眉眼都透着点愉悦。

　　侍卫被叫进来，只听他吩咐道："那只大鹅，去找出来，今晚便将它宰杀烹食。"

　　吩咐完，他这口郁气也得以消散，又回过头看看小满，温声问她："吃鹅如何？"

　　"你消气便好……"

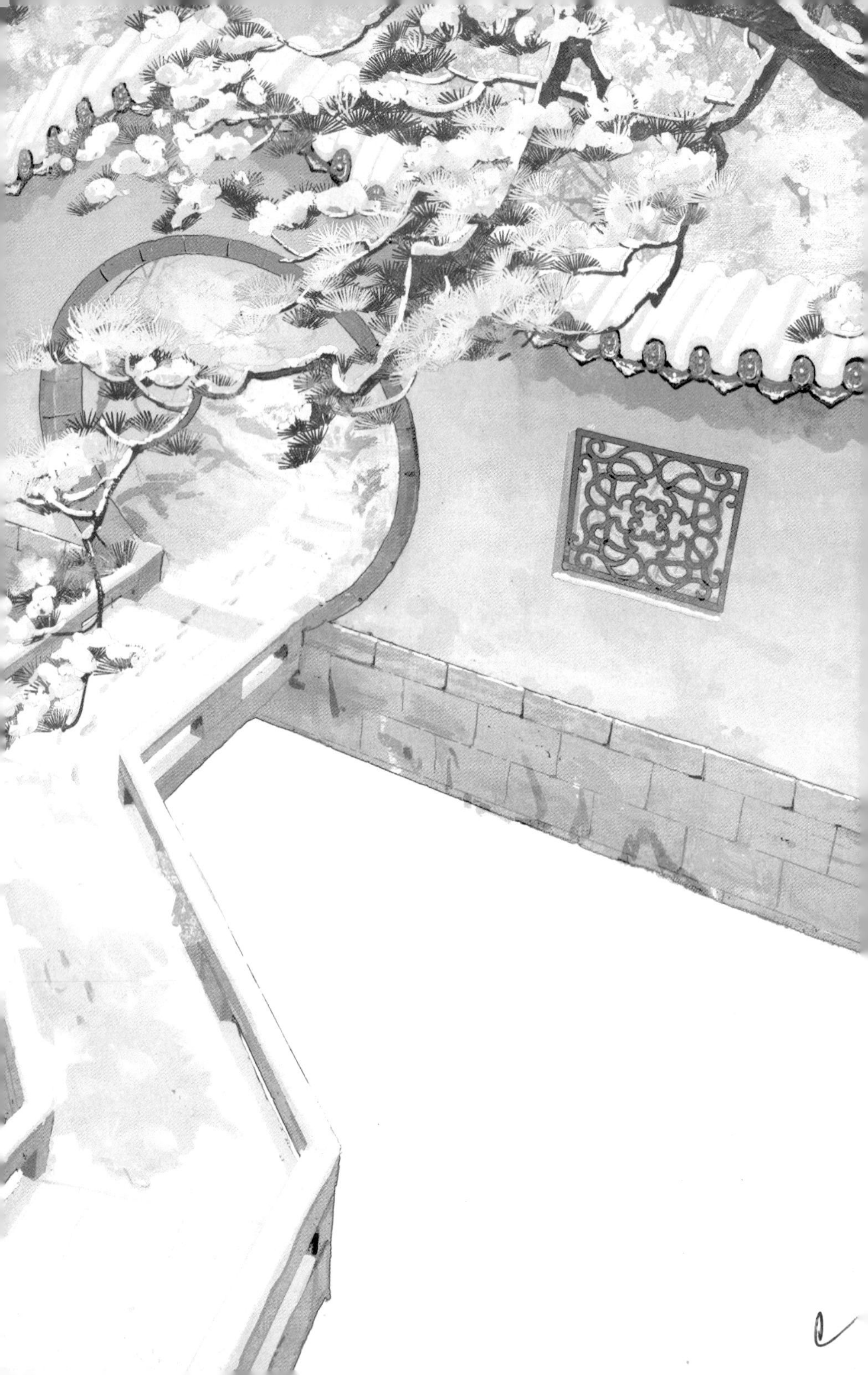